EL DON DE LA DIOSA
LA HUIDA

ARANTXA COMES

EL DON DE LA DIOSA
LA HUIDA

ARANTXA COMES

MUNYX
EDITORIAL

Primera edición.
El Don de la Diosa. La huida.

www.munyxeditorial.com

ISBN: 978-84-120160-5-5
Depósito Legal: DL T 666-2019

ÍNDICE

NO ESPERARÁ A DESCENDER A LA NUEVA TIERRA Y FLORECER COMO
UN MISTERIO, EN PARTE SANADOR Y EN PARTE VENGADOR.
SUS VOCES NO PUDIERON DETENER SU DESEO.
AMANECERÁ Y OTORGARÁ LA ENERGÍA DE LOS SUEÑOS PERDIDOS A
QUIENES FUERON CONDENADOS. EL FINAL ESTÁ CERCA.

Nueva Erain
N
O
E
S
Núcleo
Mudna
Río Delt
Río Sur
Zona vegetación
Zona montañosa
Ríos y lagos
Pueblos indómitos
Capitales
Casa Noah

GLOSARIO

(POR ORDEN ALFABÉTICO)

ANOMALÍA: ser que posee una parte del poder de la Magia.

BIRBERRIO: instrumento de viento típico en la sociedad draiziana. Actualmente, ya no se utiliza para el entretenimiento, sino que su función es estrictamente militar: avisar del inicio de conflictos armados.

DANÍAN: significa «guía» y «ser que dirige sin dominar». Máxima autoridad en Núcleo.

DANORNIAM: significa «poder compartido con los demás y cedido a un ser valiente del pueblo». Es el derecho a guiar que ostenta el danían. No es hereditario, sino que cualquiera puede aspirar a él, siendo sucedido a quien más preparado esté. Es habitual que este poder se le conceda a un draiz.

DRAIZ: especie racional que convive con los seres humanos.

HARUM: significa «nacido entre dos mundos» y se les denomina así a los descendientes de la unión entre draizs y seres humanos.

KALENTE: significa «líder». Son cinco y se encargan de dirigir los sectores más importantes de la ciudad: justicia, militar, artesanía, mensajería y erudición.

LILAB: significa «pareja» o «compañía».

LIMAN: significa «fortaleza» entre otras acepciones. Es el edificio central de la ciudad de Núcleo, cuyas primeras plantas están destinadas al servicio público (biblioteca, sala de reuniones, talleres…) y las últimas a las dependencias privadas de los líderes.

MALÍ: significa «educadora».

NELIM: significa «vida». Exactamente, la que se siente a través de las sensaciones, de los detalles… El sentimiento hacia los seres queridos o hacia uno mismo.

SIENCO: significa «alianza».

A Euge y Laura, por mantener vivas mis palabras y
ser la fuerza que a veces me falta.

A quienes combaten la desigualdad
y no le dan la espalda al mundo,
porque sois esperanza.

El futuro nos tortura y el pasado nos encadena.
He ahí por qué se nos escapa el presente.

Gustave Flaubert

PRIMERA PARTE
DONDE LAS PALABRAS CALLAN

EL MONSTRUO

Hace 22 años

EL LLANTO DEL NIÑO se convirtió en su sentencia de muerte. O más bien fue el fulgor dorado que envolvía todo su cuerpo como una membrana celestial. Berreaba y berreaba, extendiendo los bracitos hacia el cielo. Pero los otros no estaban convencidos ni de su propia existencia, así que prefirieron no arriesgar la nueva vida que latía bajo sus pechos por aquel extraño bebé.

Se observaron las manos en un atisbo de curiosidad y terror. Efectivamente, eran sus manos. El joven las reconoció de inmediato por aquella cicatriz blanquecina y alargada que recorría parte de su pulgar. La joven, porque le faltaba el dedo meñique.

Estaban vivos. Estaban allí.

¿Dónde?

Allí era la única conclusión que eran capaces de razonar. Pero aquel detalle poco importaba, porque estaban vivos. Porque lo habían conseguido. La joven sonrió, sintiendo el barro reseco que manchaba su piel cuartearse en sus mejillas al ampliar el gesto. Él le respondió abriendo los brazos. Ella dio un paso con la intención de fundirse en un largo abrazo, cuando otro llanto, diferente al del bebé dorado, pero también de un recién nacido, se propagó desgarrado a lo largo de la pradera verde.

Se volvieron hacia los lloriqueos, confusos y alerta. Cerca de ambos, un grupo de personas se observaban temblando, alejándose desconfiadas las unas de los otras. Algunos presentaban profundas heridas sangrantes, otros estaban completamente empapados y la mayoría de ellos se aferraban a sus propios cuerpos con la mirada aterrada y nerviosa puesta en todas partes.

—Basil.

El joven se volvió hacia su esposa, quien, al oír su propia voz, no pudo evitar llevarse las manos al cuello. Había sonado alto y claro. ¿Esperaba encontrarse con un sonido más gutural? ¿Tal vez muda? No solo estaba viva, sino que al parecer mantenía todos sus sentidos y facultades intactas.

—Basil —repitió con más convicción.

—Fiama —le respondió él, buscando en su interior el mismo valor que había encontrado la joven para levantar la voz.

—Tenemos voz. Oh, por favor, ¡estamos vivos!

Fiama rio sin contenerse y el resto, cada vez más próximo a ambos, se detuvo ante la estruendosa carcajada. Basil soltó una risita y luego miró al grupo de personas que seguían sin saber cómo reaccionar. Un adolescente, tal vez de dieciséis años, se giró hacia su acompañante, se llevó los dedos índices a la comisura de sus labios y estiró hasta formar una mueca horrenda que pretendía imitar una sonrisa. La mujer a su lado le revolvió el pelo y le contestó en un idioma que Basil no supo reconocer.

—¿Hay alguien que hable mi idioma?

En algún momento el bebé dorado se había callado, instante perfecto que el joven aprovechó para repetir la pregunta, aún más fuerte. Aquella insistencia provocó que varias personas huyesen veloces en direcciones distintas. Confusa, Fiama observó a la mujer que corría con un bebé en brazos —el que había acompañado con su llanto al dorado—. Sus ojos, del más puro gris, se enturbiaron como el agua sucia y, por fin, entendió.

—Amor, ¿qué sucede? —Basil alzó una mano buscando reconfortarla, pero ella lo interrumpió.

—Nuestro hijo…

Hijo. La palabra clave que esclareció la confusión y terminó por despejar los restos de bruma que habían empañado cada uno de sus recuerdos. Sí, estaban vivos. Él y su amada Fiama. Pero aquello no era lo único importante.

Lo importante era por quién estaban vivos.

—¿Dónde está?

El bebé volvió a llorar. El fulgor dorado comenzó a centellear como si tuviese vida propia, como si reaccionara a una llamada imperceptible. Un manto de nubes negras apareció de pronto, transformando el azul claro en una cúpula oscura que apenas dejaba pasar los rayos de sol. Un trueno resonó, profundo, y algunos chillaron. Basil y Fiama, todavía alterados por los recobrados recuerdos, se cogieron de la mano y estudiaron su alrededor. Al oeste, muy cerca de su posición, la linde de un bosque los invitó a resguardarse del temible temporal.

—Nunca había visto tanto verde en mi vida —susurró la joven.

—Ni yo. —Apretó la mano de su esposa—. No tenemos tiempo que perder. O nos guarecemos o no sobrevivimos a hoy. —Basil se volvió hacia el resto, cada vez más cerca, cada vez más aterrorizados—. ¡Nos guareceremos bajo esos árboles hasta que amaine la tormenta!

Los demás no parecieron muy convencidos de sus palabras, pero entonces, un hombre alto de espesa barba canosa avanzó entre el grupo, cojeando, y se detuvo frente a los afectados.

—¡Protección! ¡Bajo esos árboles! —gritó en el idioma de los dos jóvenes, aunque con un acento marcado por las erres. A la vez que profería el mensaje, gesticulaba las indicaciones para aquellos más perdidos. Otro trueno retumbó en la pradera—. ¡Corred!

Aquel poderoso estruendo se hizo entender mejor que Basil, porque el grupo inició la marcha sin un titubeo más. El hombretón, afectado de una pierna, los persiguió. Nadie se detuvo a recoger al bebé dorado, que seguía llorando a la vez que parecía invocar a la mismísima tormenta que los estaba amenazando.

Basil tiró de la mano de Fiama, pero esta se resistió como una estatua hundida en la tierra, incapaz de apartar la vista del bebé. Rechistó algo ininteligible y volvió a insistir, pero ella le dedicó una mirada cargada de culpa. El joven negó con contundencia:

—Ese no es nuestro hijo.

—Lo es. Lo reconocería en cualquier parte…

—Se habrá perdido. Ese no es nuestro hijo.

—¿Y aunque no lo sea vamos a dejar que muera?

Basil alternó la atención entre Fiama, el bebé dorado y las personas que ya estaban llegando a los límites del bosque. El hombre que lo había ayudado a comunicarse los estaba observado con el ceño fruncido, aunque un gesto enfadado del joven terminó por obligarlo a internarse en la arboleda.

—Ese monstruo no es nuestro hijo.

Aquellas palabras golpearon a la joven hasta que toda su determinación se convirtió en un leve y molesto rumor en sus oídos, cediendo por fin hacia el bosque. *Ese monstruo*. Era un recién nacido. Una pobre criatura a la que estaban abandonando por aquel extraño, y aparentemente peligroso, fulgor dorado.

Estaba repitiéndose.

Aquel bucle de egoísmo.

Aquella lacra humana.

Varios truenos hicieron temblar la tierra y los relámpagos se convirtieron en las luces que alumbraron el camino de ambos. Se internaron entre los árboles, apartando ramas y esquivando gruesas raíces que parecían diminutas montañas naciendo de las entrañas de la naturaleza. No tardaron en llegar junto al variopinto grupo, guiados por el alboroto.

Los diferentes idiomas, los gritos y los sollozos se entremezclaban en un caos que se elevaba hacia el cielo, venciendo incluso al rugido de la tormenta. Fiama se soltó del agarre de una sola sacudida y se dirigió hacia donde el hombretón de barba canosa se había sentado y observaba el panorama en silencio. Basil le recriminó algo que su esposa no llegó a escuchar, aunque esta tampoco se giró para que se lo volviese a repetir.

Basil nunca habría dejado morir a nadie.

Ella jamás habría cedido.

Pero la realidad era que lo habían hecho.

Cuando se encontró a pocos pasos del desconocido, dudó en si entablar conversación o no: los había descubierto abandonando a aquel bebé. Pero él era el único que entendía su idioma o, al menos, que lo había demostrado. Tres suspiros le costaron a Fiama concluir que era mejor buscar a Basil y solucionar sus diferencias. Si se encontraban allí, vivos, era mejor empezar con buen pie. Sin embargo, la voz del hombre la detuvo:

—Habéis dejado morir a ese bebé.

—Y tú. Y todos. No éramos los únicos en oírlo berrear. —¿Por qué intentaba echarle la culpa a quién no debía?

—Cierto —marcó mucho la erre, tan característica de su acento—. Pero ese crío no es mi hijo.

Fiama lo taladró con un gesto de rabia. La intensidad del griterío y de los truenos estaban destrozando sus nervios. Solo de pensar que Basil se estaba inmiscuyendo en aquella acalorada discusión sin aparente sentido, la derrotaba hasta dejarla exhausta.

—Siéntate. No te estoy juzgando… No del todo. —El hombre

enarcó una ceja.

—Entiendo. —Se dejó caer cerca, pero manteniendo una distancia prudencial. Poco había tardado en equivocarse en aquel lugar que reconocía, pese a que ahora la vegetación lo engullía todo. Intentó remediarlo, alzando una mano—. Me llamo Fiama.

—Mijaíl. Encantado. —Con sus enormes dedos estrechó los cuatro de Fiama.

—Se suponía que nada debía ser así.

—Se suponía que no deberíamos estar vivos.

—¿No quieres vivir?

Mijaíl no contestó, si bien apartó la mirada hacia una chica pelirroja que discutía a voces en un idioma muy cerrado y en el que no parecían existir las vocales. Fiama frunció el ceño y observó la escena, por si le revelaba el significado de aquella pena que reverberaba en la mirada del hombre. No quiso interrumpir los pensamientos de Mijaíl con su retahíla de pesquisas, así que lo dejó tranquilo unos minutos mientras rascaba con una uña el barro reseco de la suela de su bota.

—No es nada mío, si es lo que estabas pensando.

—¿Perdón? —Fiama volvió en sí.

—La chica pelirroja —cabeceó hacia la desconocida—, solo me recuerda a alguien.

—Entiendo.

—No lo creo. Tú tienes a tu lado a ese joven de mirada crispada y has dejado morir a tu hijo.

Mijaíl se incorporó y se dirigió al camino que había abierto el grupo entre los árboles para llegar hasta aquel claro. Fiama no pudo mover ni un músculo. Notó el ardor de las lágrimas. Le había costado menos de una duda darle la espalda a aquel bebé que no era uno cualquiera, sino su único hijo. Y Basil y ella lo habían abandonado por miedo a su aspecto.

No habían aprendido ni un poco.

Se incorporó, ansiosa, y buscó a Mijaíl con desesperación. ¿Y si se llevaba a su pequeño? Tenía que volver a por él. ¿Cómo la desesperación por conservar su vida había provocado que desamparase a otra? El egoísmo. El miedo. Fiama creyó oír el grito de Basil advirtiéndola, pero ella continuó avanzando en busca del hombre cojo que los había ayudado. Que le había revelado la verdad.

Sin embargo, no se encontró con Mijaíl. Se había esfumado. Fiama lo llamó colocándose las manos alrededor de la boca para proyectar aún más su grito, pero nadie respondió a su llamada. El último chillido le desgarró la garganta y las lágrimas por fin brotaron. Se arrodilló sobre la tierra, encogida en un ovillo. Tal vez, si se abrazaba con más convicción, terminaría por convertirse en un diminuto punto en la inmensidad hasta desaparecer.

Como debería haber sido desde un comienzo.

Pero la lluvia negó su súplica desconsolada.

Fiama levantó la cabeza de una sacudida y se puso en pie entre tropiezos. Las gotas comenzaron a caer del cielo con debilidad mientras los truenos seguían amenazando con arreciar el temporal. Recorrió el corto tramo que le quedaba hasta llegar a la linde del bosque. De pronto, la pradera se abrió de nuevo ante ella; infinita. Un punto dorado en medio de la nada verde le indicó que el niño continuaba allí. Ahora refulgía más poderoso, como si intentase vencer a la tempestad.

La joven inspiró hondo, tratando de reunir toda la valentía que había ido perdiendo por el camino. Retrasó un pie para coger impulso y alguien la retuvo por el hombro. Se volvió dispuesta a defenderse, pero los oscuros ojos de Basil la tranquilizaron.

—¿Qué haces?

—Voy a por nuestro hijo —le espetó Fiama.

—¡Ese no es nuestro hijo! ¿Cómo te lo digo? Nuestro hijo es

dulce y cariñoso, y no ese monstruo que brilla... *así*. ¿Es que no has notado el peligro rezumando de su cuerpo?

Un relámpago iluminó el cruel rostro de Basil. Fiama no reconoció a su esposo en aquella expresión y se preguntó si haber sobrevivido al pasado lo había cambiado; si la parte más benévola de él había muerto con su anterior vida. Entonces despertó el implacable rayo que atravesó el cielo en dos y descargó su ira contra la tierra. Contra el bebé.

—¡No!

Fiama echó a correr por la pradera. La lluvia se convirtió en un tupido manto de agua. Se resbaló con el mismo barro que al despertar había ensuciado su rostro, pero se recompuso de la posible y estrepitosa caída. No percibía si Basil la seguía; los truenos continuaban rugiendo y la lluvia salpicaba en alto y monocorde, silenciando el resto.

Alcanzó a la criatura entre sollozos. La luz, acariciando su tierna piel, no dejaba de brillar con intensidad. El rayo no había acabado con su vida; o tal vez lo había hecho y aquello que lo hacía refulgir era una energía externa a él. Sin embargo, cuando interpuso su cuerpo entre su hijo y la lluvia, este abrió sus ojos redondos y dejó de llorar.

—¿Pequeño?

El bebé alzó un bracito y Fiama acercó el rostro para que su diminuta mano le rozase la mejilla. Era su hijo. Aquellos iris tan parecidos a los suyos. Aquellos suaves mechones oscuros intentando poblar su cogote. Aquella delicada y pálida piel. Era inconfundible.

Lo abrazó, sintiendo que el agua podía sepultarlos a los dos bajo tierra. Entonces una mano se posó sobre su espalda, cálida y reconfortante. La joven alzó la mirada a duras penas, pero pudo distinguir la figura de Basil entre la violenta luz que desafiaba al cielo.

—¡Este es nuestro hijo, Basil! ¡Y no es un monstruo!

—¡Ha sobrevivido al impacto!

—¡Parece que no le ha dado! —Fiama estudió con alivio el cuerpo del niño, intentando a su vez protegerlo de la lluvia.

—¡No! ¡El rayo le ha dado! ¡Lo he visto! ¡Es Ella! ¡Está en él! —El tono de Basil la alarmó.

En sus profundos ojos relucía algo más que vida, tal vez... ¿codicia? Fiama cobijó a la criatura contra su pecho. ¿Protegiéndolo de su propio padre? ¿Protegiéndolo de la persona que ella más amaba? Un relámpago, que sostuvo su destello mucho más tiempo del que ella habría preferido, reveló entonces la horripilante sonrisa que Basil había dibujado en su rostro.

—¡Es cierto! ¡No es un monstruo! ¡Es... otra cosa! ¡Es nuestro hijo! ¡Nuestro hijo! —repitió, desquiciado.

Y Basil extendió la mano, como una garra en la oscuridad, dispuesto a arrebatar a su hijo de los brazos de Fiama. Dispuesto a darle la vida que se merecía.

NOAH

UN RUMOR ARRULLA EN MIS OÍDOS. Noto los rayos de sol reverberar cálidos sobre mi rostro. Hora de despertar; aunque sienta por primera vez en mucho tiempo que puedo quedarme acostado más tiempo del habitual. Cojo la manta por el borde y estiro hasta que me cubre la nariz. De nuevo, el arrullo molestándome. ¿Será algún pájaro repiqueteando su pico contra mis ventanas?

» *Noah, despierta.*

—Cállate —susurro.

Hace días que no hablo conmigo mismo y mi voz surge ronca. No debo abandonarme. No puedo darme ese lujo ahora que he determinado qué hacer con mi vida. Cuál puede ser mi misión en ella.

» *Ha salido el sol.*

Gruño para acallar al rumor; la Voz que se pierde en el flujo de mis pensamientos una vez me detengo a estudiarla. Pero para estudiarla tendría que compararla con mi propia voz y yo tampoco soy un sujeto muy fiable. Haciendo acopio de las pocas ganas que tengo de levantarme, me desperezo y pataleo hasta quitarme la gruesa manta de encima. Aunque es primavera, las brisas matutinas son frescas y la humedad sigue calándome los huesos como en invierno.

Primavera. Con el próximo verano habré vividos dos años. Eso según unos retazos borrosos prendidos en mi débil memoria. A veces solo hay eco en ella.

—¿Cómo te llamas? Noah… O eso creo. ¿Cuántos años has vivido? Dos años... O eso creo. ¿Por qué estás en esta casa? Porque *nací* aquí…

Se me quiebra la voz antes de continuar con mi examen para comprobar el estado de mi memoria. Todo sigue en su sitio, menos los episodios de mi vida; los que espero que solo estén perdidos y no borrados para siempre. O esa es la conclusión a la que llegué tras despertar hace ya dos años. Gracias, en parte también, a la Voz. Porque eso explicaría por qué estoy en esta casa, por qué sé hacer lo que sé, y por qué no entiendo o no recuerdo cuándo aprendí todo lo que no he olvidado. Por qué me lo cuestiono todo.

Soy un ser humano. Estoy solo en esta casa junto al mar, pero no estoy solo en el mundo como creí al comienzo. Hay más; más como yo y de otras especies. Muy lejos de mi hogar. Mucho más al norte.

» *Pierdes el tiempo.*

Frustración. En mi corta vida solo dos cosas me han hecho experimentar este sentimiento que me encoge la garganta, me incendia las mejillas y me hinche de malestar. Una de ambas es no haber comprendido algunos textos de la biblioteca de mi casa; capacidad tal vez perdida en mi memoria o que nunca llegué a aprender. La otra es la misma Voz. Porque no es mi voz, es otra cosa… Algo explicado en los libros, cuya existencia algunas veces niego por miedo y otras me debo a ella.

Porque esta Voz es la prueba de la verdad.

Y esta certeza me quita el sueño más que nada.

Un cosquilleo me recorre la nuca. Sacudo la cabeza para espantar la reacción.

Dispuesto a no dejar que la Voz vuelva a hablar —si *hablar* es el término adecuado para describirlo—, me incorporo de un salto bastante torpe. Me desperezo otra vez mientras estiro las piernas y los brazos. Observo por la ventana: hace un día espléndido para salir a correr. Me miro la ropa. He dormido con el conjunto de ayer, bastante cómodo y elástico. Perfecto.

No me calzo las botas, porque ya amenazan con dejar caer sus suelas, y salgo por la puerta principal. Inspiro hondo y, sin perder más tiempo, corro colina abajo hacia la orilla de la playa. La frustración se la llevan las olas. Adoro el mar, porque me hace sentir libre. Aunque nunca he sentido lo contrario como para saber si esto es la verdadera libertad. Porque parte de mi experiencia se perdió con mis vivencias, y un cosquilleo se adueña de mí cada vez que creo sentir por primera vez; como si quisiese despertar la parte dormida de mis recuerdos. Como si estuviese reconociendo un sentimiento que ya he vivido antes.

Sacudo la cabeza: estoy corriendo, me siento bien y eso debe bastarme… por ahora.

Después de alcanzar los cinco kilómetros, doy media vuelta. Nunca he sobrepasado el espigón que crean las gruesas rocas que reconducen el río Sur —como lo denominé en su momento gracias a mi poca imaginación— hasta el mar. Jamás se me ha ocurrido cruzar al otro lado. Viajar. Pero eso va a cambiar pronto.

Cuando llego de nuevo frente a la casa no me detengo a recuperarme del resuello. Me desvisto hasta quedar completamente desnudo y me lanzo contra las olas como algunos peces de escamas plateadas hacen al atardecer. No espero que el agua esté tan helada y, por un instante, mis músculos se engarrotan tanto que tengo que detenerme. No obstante, el acaloramiento por la carrera y los rayos de sol recuperan el sofocante calor, y me zambullo en el agua para bajar la temperatura de mi cuerpo.

El baño me despeja del todo y renueva todas mis fuerzas. Después de chapotear, bucear y jugar con las olas, salgo del agua. Me coloco los pantalones y, dejando el resto de ropa atrás, me dirijo al huerto, separado de la playa; más cerca del resto del mundo que del infinito azul. La piel de los tomates reluce; por su superficie resbalan gotas de rocío. Saco una zanahoria; tiene un aspecto delicioso. Me ruge el estómago y observo el campo para decidir qué será mi desayuno. Las fresas ganan la batalla visual, pero cuando voy a coger un puñado de ellas, las moras me parecen más apetitosas todavía.

Termino por coger un buen puñado de ambas.

Entro por la puerta trasera de la cabaña de madera. Me estoy tomando con mucha tranquilidad mi último día en ella. Mañana partiré y no miraré atrás. Mentiría si dijese que no me siento un poco alterado, como cuando desperté dos años atrás y no solo fui consciente de mi existencia, sino de todo lo que guardaba en mi cabeza —y todo lo que parece faltar—.

Ese estallido de pensamientos fue implacable.

Pero también esclarecedor.

Y, aun así, no hubo un temor real. Tal vez sorpresa, incomprensión y curiosidad. Pero ¿miedo por el conocimiento? Nunca. Al fin y al cabo, aquella tromba de saberes, que no recordaba haber aprendido, era totalmente lo opuesto a lo desconocido. Y, según los libros de la biblioteca, lo desconocido conforma el miedo más irracional para la especie humana. Yo voy a iniciar un viaje en esa dirección, y más que aterrado me siento eufórico.

Devoro el desayuno, fresco y delicioso. Me chupo los dedos y la sal del mar se mezcla con el dulzor de la fruta. Una mueca. Corro hasta la cocina en busca de agua. Cojo un vaso y lo hundo en un cubo repleto de ella. Bebo hasta que no queda ni rastro de ese sabor tan desagradable. Menos mal que en mi zona llueve con frecuencia, por lo que los huertos se mantienen sanos y siempre estoy abastecido para las necesidades más básicas.

Y hablando de necesidades básicas...

Salgo corriendo por la puerta principal y me acerco a una enorme roca que linda con una duna. Sonrío, divertido, cuando suspiro de alivio por no haberme orinado encima. Solo me ha pasado una vez; la primera noche después de mi *nacimiento*. La Voz y una pesadilla desordenaron todos mis sentidos hasta que no fui capaz de contenerlo más. Supuestamente, habría tenido que sentir vergüenza, pero no había nadie allí para hacérmela sentir. O tal vez es que no me avergüenzo por mis acciones y fallos.

La brisa cambia de dirección y me empuja por la espalda. Voy a dar media vuelta para entrar de nuevo en casa, cuando una flor marchita capta mi atención. Dudo en si ayudarla o no. Puede suceder cualquier cosa, desde destrozarla hasta conseguir revivirla. Incluso que no ocurra nada. Según los archivos del Caimán no podemos hacer daño con nuestro poder, pero la potencia de este sí puede provocar el caos.

Demasiada energía acumulada en un solo cuerpo.

Demasiada magia para controlarla.

Aun así, me acerco y me acuclillo frente a ella, protegiéndola de la impetuosa brisa. Carraspeo e inspiro hondo. Las pocas veces que he usado magia los resultados han sido catastróficos. Abro los ojos lentamente, concentrado. El viento se intensifica y el entrechocar de las olas contra la orilla estalla en mis oídos. En mi piel rezuma el poder. Rozo el tallo de la flor con un dedo. No sucede nada. No desespero. Pensando que la vida necesita más intensidad para proyectarla, concentro la energía en las yemas de mis dedos. Soy capaz. Esta vez acaricio los pétalos, que antes fueron blancos, y sucede. El fulgor dorado tiñe mis yemas y, como una nube ligera y dispersa, envuelve la flor entera.

Sonrío.

Dejo de sonreír.

Un segundo tarda un vendaval causado por la intensidad de mi magia en arrancar ese ser marchito de la tierra para llevárselo lejos. Mi energía se esconde y la ventisca cesa de golpe.

—Y por esto nos persiguen. Por la que llamaban Diosa a la Magia.

Me incorporo, sin dejar de mirar lo que he provocado. Me limpio algunos rastros de arena de las manos en el pantalón. Eso es todo. No puedo hacer más. Doy media vuelta y me dirijo de nuevo al interior. No hay tiempo que perder.

Una vez dentro, entro en la única habitación separada del resto. Hay una cama, un escritorio y un armario repleto de ropa. Nunca he usado el colchón. No me pertenece y no me transmite buenas vibraciones utilizarlo; siempre con la sensación de que he invadido un espacio al que nunca he sido invitado. El escritorio está totalmente despejado, muy diferente al caos que domina la mesa, las estanterías y el piso del salón. Abro el armario, repleto de ropa vieja.

Cojo un conjunto al azar. Mientras me quito los pantalones, me fijo por enésima vez en las prendas más pequeñas que cuelgan en las perchas de madera. Antes que yo, aquí vivieron dos seres. Uno adulto y otro más pequeño. Se marcharon antes de mi nacimiento y entonces yo ocupé el espacio que les pertenecía.

Que pertenecía al Caimán.

Vistiendo la ropa del Caimán.

Leyendo los libros del Caimán.

Aprendiendo y viviendo gracias al Caimán.

A su legado.

Un hormigueo me recorre la nuca. Reconocimiento.

Salgo al salón, arreglándome la manga de la chaqueta. Me calzo las viejas botas sin deshacer los cordones. Últimamente apenas me he asomado al espejo, pero puede que sea la última vez que me vea en mucho tiempo, así que echo un vistazo para recordar cómo soy.

Los iris de un verde intenso destacan a causa de las profundas ojeras que nunca me abandonan. El pelo rubio, de un pálido enfermizo, me roza los hombros. Me lo corté cuando llegó a la parte baja de mi espalda y se convirtió en una molestia para muchas de mis actividades cotidianas. Ato un puñado de mechones con una cuerda fina en la parte alta de mi cabeza. Me rasco la barbilla. No me gusta afeitarme, porque luego la piel me pica demasiado, pese a que termino haciéndolo.

—Estoy perdido. No recuerdo nada. ¿Y si esto es lo que soy? ¿Y si solo me estoy convenciendo de que antes tenía algo para no sentirme solo? —La sugestión me vence y la opresión se instala en mi pecho, alimentando los peores pensamientos—. Estoy solo...

¡Estoy solo!

» *No lo estás.*

—¡Cállate!

Enmudezco por mi propio grito. Intento acompasar mi respiración. Me ahogo, y pocas veces soy capaz de evitar perderme en esta oscuridad. Me apoyo en la mesa y empujo unos folios, que caen en estampida contra el suelo. Las lágrimas se agolpan en mis ojos. Oscuridad. Es lo único que me invade por dentro.

» *La bellota...*

La bellota. Palpo la superficie de la mesa intentando hallar el objeto. Los sudores fríos y los mareos comienzan a dominar todo mi cuerpo. Sin embargo, cuando doy con esa pieza única, una ola de alivio apacigua la inquietud. Siento el clavo que atraviesa el fruto contra la palma de mi mano. El corazón empieza a recuperar su ritmo habitual. Respiro hondo.

Enfoco la vista en el suelo agrietado de madera. Me concentro en una hendidura, intentando enumerar todos sus detalles. Luego deslizo la mirada hasta mi mano. La abro. La bellota reluce por el sudor de mi piel. El clavo ha dejado marcas anaranjadas en mi palma a causa del óxido que lo está carcomiendo. El cordel negro sujeto al extraño objeto raspa por el desgaste.

Me coloco el collar alrededor del cuello. Una sensación de nostalgia me inunda el pecho. Nostalgia por algo que no recuerdo. Sin embargo, es el tipo de sentimiento que reafirma mi teoría sobre que he perdido la memoria: para sentirla necesito un pasado. Y esta bellota atravesada por un clavo que encontré en la mesa del salón el día en que desperté ha sido, hasta el momento presente, el objeto con más carga emocional pese a no recordar su origen.

—Vale… Con cuidado.

Consigo sostenerme sobre las piernas, aunque las rodillas aún me tiemblan. ¿Seré capaz de vivir en un mundo que conozco por la teoría y no por la práctica? Observo todo el trabajo que he estado estudiando durante dos años enteros y que reposa sobre la mesa en forma de folios, libros y mapas.

Acaricio los volúmenes en los que he resumido todos los conocimientos recopilados por el Caimán y en los que se encuentra todo lo necesario para salir de aquí y defenderme en un país inhóspito: Nueva Erain. Una tierra en la que conviven dos especies totalmente diferentes. Una tierra que fue destruida y reconstruida por…

—El Caimán —leo, acariciando la firma de quien ha escrito parte de lo aprendido—. Te encontraré.

Me vuelvo sobre mis talones y contemplo el enorme mapa que se muestra como un nuevo misterio ante mí. Nueva Erain, bastante despoblada. Si los estudios del Caimán son correctos, yo debo vivir en el sur, en esa marca de color rojo que señala un pequeño punto en la frontera con el mar. Sin nombre, casi como yo. Sin habitantes, solo yo. Muchos de los caminos están marcados por líneas de diferentes colores, pero la roja, más gruesa que ninguna, se dirige por el centro del país hasta la capital, dividida en dos territorios enfrentados: Núcleo y Mudna. Ahí la tinta se pierde en un borrón. Sin embargo, es una buena zona para empezar a buscar al Caimán, además de propagar la verdad que el país parece desconocer. O esconder.

No sé cuánto tiempo habrá pasado desde que el Caimán y ese ser más pequeño abandonasen esta cabaña, pero si la situación del país continúa igual a como él explica en sus archivos, entonces me será fácil integrarme y guiarme por Nueva Erain.

Dos años de puro esfuerzo estudiando, entrenando y meditando deben ser suficientes para lograr mis objetivos.

—¿Pero lo vas a cambiar tú, una persona que ni siquiera se ha cruzado con alguien de su especie? Sí, yo. Yo solo. Como siempre ha sido. Estoy preparado. He estudiado todos los documentos que he entendido. Conozco la sociedad de este país mejor que sus propios ciudadanos.

» *¿Seguro?*

Termino de convencerme en silencio.

Me dirijo a la mochila que descansa en una de las esquinas de la habitación y compruebo que todo lo necesario para sobrevivir está dentro. Solo falta empaquetar un poco más de comida y meter los archivos que he recopilado, y estaré preparado para dejar esta vida atrás.

Salgo al exterior, recordando que he dejado la camiseta y los calzoncillos en la orilla del mar. No puedo olvidarme de nada; no puedo dejar a la vista ninguna pista sobre mí. Me meto las manos en los bolsillos de la chaqueta y me dirijo colina abajo acompañado por la brisa. Voy a echar de menos el mar. Su sonido, su movimiento, todo él. Me agacho y entierro los dedos en la tibia y suave arena.

Sobreviviré sin todo esto. Debo hacerlo.

Me acerco a la orilla con pasos lentos para retardar el regreso. Me acuclillo y recojo las piezas de ropa. Están empapadas y sucias por la arena mojada. Es cuando alzo los ojos que algo capta mi atención. En medio de la extensión azul hay un punto negro que se acerca. Me froto los ojos con el antebrazo y observo de nuevo. El punto negro permanece, un poco más grande que antes.

—No puede ser.

Atraso un paso, dispuesto a echar a correr para esconderme, pero sé que no me dará tiempo a escapar. Tengo que hacer tantas cosas antes de partir. Respiro hondo. Valentía, digna de los personajes de las pocas historias de ficción existentes en la biblioteca del Caimán. Nunca me he enfrentado a una situación que requiera de un valor similar, pero he combatido al hambre y alguna que otra catástrofe atmosférica.

Dejo caer la ropa en la arena. Corro hasta el pequeño cobertizo que está unido al lateral de la casa, donde guardo las diversas herramientas útiles para arar el campo. De entre todas ellas, escojo un machete que apenas uso. No me detengo a comprobar si está afilado, así que me repito que debo mostrarme suficientemente amenazador como para asustar a ese *punto negro,* pero no tanto como para enzarzarme en una pelea que ya, desde el comienzo, sé que está perdida.

Regreso a la orilla con la respiración alterada. Ahora logro distinguir sin problemas lo que es la sombra en el horizonte. Una persona. Alguien como yo; o eso parece. El pelo anaranjado le roza el cuello. De momento, no discierno más. Alzo el machete. Las manos me tiemblan y el filo parece poseído por un seísmo. Agarro la empuñadura de diferentes formas, tratando de encontrar la postura que no me haga agitarme así. Pero no hay manera.

Por primera vez en mi vida, estoy sintiendo miedo.

Miedo real.

Es muy distinto a otros sentimientos, porque se esconde en zonas oscuras de mis instintos a los que no me atrevo a entrar. A enfrentar. Es una sensación parecida al vértigo, pero mucho más inestable. Es una visión agónica e indiscutiblemente incierta.

Trago saliva.

—¿Qué quieres? ¡Tú! ¿Qué quieres?

La persona, como respuesta, alza una mano. Viste manga corta, mostrando un brazo totalmente pintado. Es un entramado de colores que ocupa toda su piel. Una segunda manga, tal vez... Me asusta aún más. ¿De dónde viene? ¿Con qué intención? ¿Por qué? Nadie nunca ha llegado a mi zona, ¿por qué ahora? ¿Por qué justo ahora?

—¿Qué quieres? ¡No lo vuelvo a repetir!

Me doy cuenta de que, por mucho que grite, va a resultar un intento vano por detenerla. Voy a pelear contra alguien. Sacudo el machete, haciendo movimientos que más resultan torpes aspavientos. Consigo escuchar cómo se ríe. Eso me paraliza del todo. La risa de otro ser. Ha acariciado mis oídos e inundando mi pecho de una sensación cálida. Y, de pronto, me doy cuenta de un detalle que me aterra mucho más que una futura pelea: voy a interactuar con un ser racional por primera vez. Voy a escuchar su voz, a descubrir su expresión corporal, a mirar a los ojos de alguien como yo. La impresión me ataca y noto que el aliento se escapa con toda la valentía que había reunido.

La persona de cabello naranja está tan cerca que ya es irremediable. Ha viajado en un bote de madera de un aspecto bastante inseguro. Una mochila cuelga de su hombro y desciende hasta entrar en el mar. El agua le roza las rodillas y me percato de que ha dado con un banco de arena.

Se aproxima hacia mí con el ceño fruncido. Su rostro comienza a mudar hasta quedarse mucho más pálido que el mío. Y entonces, alza ambas manos. Inclino la cabeza hacia un lado, intentando analizar su gesto y lo que significa. Asustado, levanto más el filo. La persona extiende totalmente los brazos, confundida, pero sin dejar de avanzar.

—¿Qué quieres?

Última oportunidad.

—¡Baja el arma, no voy a hacerte daño!

Su voz me desestabiliza durante unos segundos. Más porque proviene de otra persona que por su peculiar acento, muy distinto al mío, aunque se haya expresado en un perfecto eraino —el idioma de los seres humanos del país—. Es increíble. Estoy escuchando a otro ser, no a mí mismo delante de un espejo, imaginando que mi reflejo no soy yo.

Sin embargo, mi instinto me pellizca para advertirme que la curiosidad no se puede convertir en confianza. ¿Debo creerla? Puede estar mintiendo, y de la mentira conozco muchas cosas. No solo por lo que sé del país en el que me encuentro, construido a base de ellas, sino porque, día a día, yo me miento a mí mismo. Me hago creer que todo va a ir perfectamente, que todo se solucionará solo por esperar que es posible. Que recuperaré mi pasado y, por fin, seré feliz.

» *La voluntad no lo es todo.*

—Silencio…

—¿Perdona?

Me concentro de nuevo en la persona desconocida, intentando hallar un punto equilibrado entre mis reacciones contradictorias. Ahora está frente a mí. Bueno, más bien frente al filo del machete. Rememoro el tono de su voz, tratando de encontrar matices que me revelen sus intenciones. Profundizo en sus pupilas dilatadas, rodeadas por un anillo de un intenso azul, muy parecido al del mar.

—¿Eres un pervertido?

—¿*Pervertido*? —reproduzco. No sé a qué se está refiriendo—. ¿Qué me has llamado?

—Pervertido.

Le ha molestado que la observe tan detenidamente. El Caimán habla de eso en sus libros sobre la sociedad: a los seres vivos, sobre todo con raciocinio, no les gusta que se los estudie con atención. Indiscretamente. Sin embargo, yo nunca he puesto en práctica mi sutilidad. Las rocas, las plantas, el agua o la arena no reaccionan a mi curiosidad. Solo una ardilla me enseñó sus paletas cuando se sintió amenazada por mi atenta mirada.

Y aunque me doy cuenta de mi error, de pronto, el calor me sube hasta las mejillas. La persona sigue observándome. Quiero ocultarme de su dura mirada azul. Y, cuando comprendo mi reacción, me percato de que lo que estoy sintiendo es vergüenza. No me gusta, me hace sentir... ¿irritado? Pero la irritación es muy distinta a la vergüenza, porque esta última me encoge el estómago y no me deja encontrar un lugar seguro en el que posar la mirada.

—Eh, pervertido, ¿qué pasa?

Otra vez con esa palabra. Trato de explicarme:

—¿Eres un ser humano?

—Sí, una humana. Como tú.

No me he equivocado, estoy frente a alguien de mi especie.

—Yo... Es solo que no he visto a nadie en mi vida. A ningún ser de cuerpo presente, ¿entiendes?

—¿Qué me estás...?

Y, de pronto, abre mucho sus enormes ojos. Se lleva una mano al pecho y yo bajo el arma, preocupado por su bienestar. En mi vida mi máxima preocupación ha ido dirigida a que creciesen bien las verduras y frutas que cultivaba en el campo. Pero ahora ese sentimiento evoluciona a pasos agigantados, dirigiéndose a un «alguien» y no a un «algo».

Un cosquilleo me cruza la espalda como un latigazo, erizándome la piel. Estar cerca de una persona es un detonante para mi memoria adormecida.

—¿Estás bien?

—Eres como nosotras. Una *anomalía* —me espeta.

Y sus palabras despiertan mi interior. La desconocida retrocede un paso, pisando con fuerza una ola que le salpica las perneras de los pantalones. Puedo sentir cómo la magia me impulsa hacia ella. Como si una cuerda nos atase y, poco a poco, se tensase hasta juntarnos en su centro. Y, pese a la enorme coincidencia, tengo la sensación de que la humana está más confundida que yo.

La Magia cobijada en dos cuerpos distintos; llamándose a sí misma.

—¿No estás sorprendido?

—Claro. —Sé que existen más como yo. No puede esperar que me asombre cuando ya tengo conocimiento de ello—. Es decir, eres la primera persona que conozco. Por esa parte, estoy totalmente fascinado. Y resulta que eres una anomalía como yo. Se supone que esto es lo que tiene que pasar. Que es inevitable que nos juntemos.

—No, justo es lo que no tiene que pasar. No me puedo creer que estés tan tranquilo cuando se supone que la primera persona que te encuentras en tus veintidós años de vida es otra anomalía.

Veintidós años. Los años que, según la historia escrita por el Caimán, tenemos quienes poseemos magia. Veinte años perdidos; todo ese tiempo he olvidado, supuestamente.

—Es lo que tiene que pasar. Mi energía habrá atraído a la tuya. No sé…

—Mejor si no sabes. Tengo que alejarme de ti cuanto antes.

Avanza, dejando el bote a la deriva. Me esquiva sin más y un impulso domina mi cuerpo. La detengo por el brazo pintado. Me asombro porque esa *manga* parece su propia piel, cálida y suave. Blanda y delicada como la mía. Frágil. La chica se gira con los labios apretados. Es complicado leer las expresiones humanas. No sé qué puede estar sintiendo. No importa cuántas horas me haya pasado delante del espejo atendiendo a mi rostro, intentando hallar las emociones que en los libros se describen. Es imposible, no las encuentro. Esta persona me lo está mostrando y ni aun así soy capaz de conectar mis conocimientos.

La magia se desata entre mis dedos y su brazo en forma de calambres. Vibramos. Somos como un tornado incontrolable. Empiezo a marearme y, por su tambaleo, entiendo que ella también está sintiendo los efectos de nuestra conexión.

—Suéltame, pervertido —dice entre dientes. No lo hago.

—No sé qué significa esa palabra, pero no me llamo ni me identifico como *pervertido*. Mi nombre es Noah. Puedes llamarme así.

—¿Estás loco? No quiero saber nada de ti.

Lo comprendo entonces: me rechaza. Dejo caer la mano, pero ella no se mueve. Curioso, estudio mis dedos. No están manchados y aún siento el rastro de su tierna carne en ellos.

—Necesito ayuda.

—No voy a ser yo quien te la ofrezca, anomalía. —No usa mi nombre.

—Es que…

Y un estruendo, tan profundo que reverbera en mi pecho, se extiende en eco por toda la playa. Me vuelvo, buscando el origen. Otro punto negro en el horizonte; este mucho más grande. Me alejo de la orilla y me choco contra la chica. Ella se queja y noto cómo se tensa todo su cuerpo.

—Te pido perdón.

Disculparse. El Caimán también lo hace mucho en sus escritos.

—¿Por qué?

—Los he traído hasta ti. Sin querer.

—¿A quiénes? ¿Más personas? —Debo proyectar más entusiasmo que otra cosa, porque la chica me mira extrañada.

—Al Código. A nuestro enemigo.

El miedo regresa con fuerza y me derrumba. El Código es, entre otras funciones, el captor en secreto de las anomalías. De seres mágicos como ella y como yo. La chica me observa como si fuera un pez a punto de morir asfixiado. No me gusta ese gesto.

—No quieres que estemos juntos, vale. No es mi objetivo hacerlo y no te voy a obligar a lo contrario. Ayúdame con algo y luego podrás marcharte.

—No voy a...

—Por favor —suplico. Qué nuevas están siendo todas estas expresiones para mí. Me asombra cómo me puede cambiar otro ser en cuestión de segundos.

Fija su vista en el horizonte y alterna varias veces la mirada hasta posarse de nuevo en mí. No me muevo hasta que ella cede. Con otro movimiento inconsciente, la cojo de la mano y la arrastro hasta el interior de la cabaña. Recojo la mochila y meto en ella los libros importantes y el diario del Caimán. Con dos zancadas más llego a la cocina y abro un armario enorme. Dentro, unos barreños de madera contienen litros y litros de aceite. Me ha costado recolectar tal cantidad, pero, por suerte, será suficiente.

—Coge este y empieza a esparcirlo por la habitación.

Olisquea y frunce la nariz.

—¿Es aceite? ¿Qué pretendes?

—¡No perdamos tiempo!

Me coloco la mochila en la espalda y agarro otro barreño. Empiezo a empapar la mesa y las estanterías. La chica corre hasta la habitación y la oigo volcar el líquido por todas partes. Intento no alterarme y esconder la angustia que me está encogiendo el corazón. No sabía que iba a ser tan complicado deshacerse de todo lo que ha formado parte de mi vida desde siempre.

Cuando termino con el primer recipiente, alcanzo el tercero. Ella sale de la habitación y me señala el armario abierto. Asiento. Solo queda uno más. Bordeo todas las esquinas echando grandes cantidades de aceite. El hedor comienza a ser insoportable. Salgo al exterior y termino el último litro en la puerta principal. La chica llega desde la parte trasera.

—¡Ya está! ¿Ahora qué?

—Ahora…

Lanzo miradas nerviosas al punto negro, todavía lejano, mientras escarbo en el interior de mi mochila. Ni siquiera me fijo en qué tipo de embarcación viajará el Código. Aunque no importa cómo lleguen, sino que lo hagan. Alcanzo el objeto. La chica no se resiste más:

—¿Por qué vas a incendiar tu hogar?

—Porque el Código no puede saber lo que guarda esta cabaña.

Se aparta y entro por última vez. Entrechoco ambas piedras, dirigiendo las chispas hacia un montón de papel impregnado de aceite. Me cuesta varios intentos crear una llama pequeña, pero cuando lo consigo, me dirijo a otras zonas para crear diferentes focos.

Salgo, tosiendo por el humo negro que se acumula en el espacio. Me saltan las lágrimas, incontrolables, y no sé asegurar si es a causa de la espesa y oscura nube o por el dolor que se está concentrando en mi pecho. Sin embargo, me alegro cuando me encuentro con ella esperándome fuera. Se ha alejado de la casa y, con los brazos cruzados, observa el mar.

—Una llama más y…

Pero, de repente, un fogonazo de fuego, que rompe una ventana buscando más oxígeno, me hace tropezar. Caigo de espaldas y un agudo calambre en el trasero me sube por la espalda.

—¿Estás bien?

La chica se agacha junto a mí y me tira del brazo. Sin mirar al mar ni a mi casa, me incorporo intentando ahogar los quejidos que intentan desgarrar mi garganta. Me duele todo. Nunca me ha consumido un sentimiento así, pero está destrozándome por dentro. Las lágrimas no dejan de surcar mis mejillas.

—¡Vámonos!

Y avanzamos hacia delante. Hacia el futuro. O, al menos, yo corro hacia el mío. Corro para entregar la verdad y para enfrentar la mentira. Corro para expandir la palabra del Caimán. Para decirles a todos que nacimos del fin de la humanidad.

KIRA

EN LA HERIDA PUEDO VER PERFECTAMENTE al *draiz* que intentó asesinarme ayer al atardecer. Lo lógico habría sido buscarlo, encerrarlo y luego condenarlo a muerte en secreto. Lo lógico según el Código. Pero yo no soy el Código, aunque sea humana. Cuánta etiqueta, cuánto estigma.

Suspiro mientras me levanto de la cama. Hoy va a ser un día demasiado largo como para estar analizando los contratiempos del pasado. Ayer me intentaron asesinar, sí. Pero no es la primera vez, ni será la última. Me acerco a la ventana y la abro, dejando que la brisa cálida de la primavera cruce mi habitación y la llene de olores que nunca me recuerdan nada bueno. Aun así, dejo que el aire viciado del cuarto se esfume, y cierro la ventana de golpe.

Entro en el baño. Me despojo de toda la ropa que, más tarde, cuando tenga un hueco libre, quemaré. Mi madre odia que me deshaga de las prendas solo porque me recuerdan momentos malos de mi vida. Ella no sabe que, si fuese así, entonces iría desnuda por la calle. Quemo la ropa cuando está manchada de sangre. Cuando huele a ella y a humo… y a muerte. Esta, además, resalta por la sangre del draiz del que me tuve que proteger.

Lo había herido en una pierna y ese hecho avivará una llama a la que, al final, no me podré enfrentar. Mi futuro está sentenciado, aunque saberlo no me va a detener.

Peleo con el pequeño grifo hasta que cede y el enorme barril deja correr el agua. Está helada. Tirito, con la piel erizada, alejando la mano herida del chorro. Haber intentado detener una estocada agarrando el filo del arma no ha sido una buena idea, pese a que ha sido la que me ha salvado de que me rebanase el cuerpo por la mitad.

Las campanas resuenan. Una, dos, tres… hasta siete. ¡Siete campanadas! El amanecer me ha engañado. Salgo del baño corriendo, con el pelo mojado haciéndome cosquillas en la parte baja de la espalda. Me seco tan rápido como puedo y luego me visto con lo primero que encuentro en el armario. Decidida a salir, me detengo: olvidaba dos cosas muy importantes. Corro hasta la esquina de mi cama, donde descansa Sustituta, la espada que perteneció a mi padre.

Sonrío cuando la agarro por la empuñadura, verde esmeralda y tallada en cientos de escamas. Nunca olvidaré el día en que le cambié el nombre a la espada. Mi padre se escandalizó, poniendo el grito en el cielo porque quería cambiar el sagrado nombre de su espada, legado de familia, por otro. Sin embargo, fui contundente en mis razones: «Siempre me has contado que la espada no hace a quien la empuña, sino que es quien la empuña quien hace a la espada. Pues muy bien, tú usaste a Sienco —"alianza" en draiziano— como creíste, por eso no puedo permitir que tu forma me domine a mí. No. Hasta el día en que la merezca por fin, Sustituta será su nombre».

Estoy segura de que mi padre nunca se ha vuelto a sentir tan orgulloso de mí como aquel día.

Lo segundo de lo que no puedo olvidarme reposa sobre la cómoda. Lo agarro, lo poso sobre mi ojo derecho y ato el cordón negro por detrás de la cabeza, ocultándolo entre mi enmarañado pelo. Me observo un segundo en el espejo de pared para comprobar que me he colocado bien el parche. Hace años que no necesito guía para ponérmelo, pero desde aquella pesada broma que me gastó…

La puerta suena tres veces.

—Hablando del susodicho —carraspeo—. Adelante, Ézer.

La puerta se entreabre y mi hermano asoma la cabeza. Me vuelvo hacia él con una mueca y Ézer no puede más que echarse a reír. Entra con las manos metidas en los bolsillos del pantalón y se detiene frente a mí. No suele ser tan silencioso por las mañanas. De hecho, tiene un espíritu demasiado enérgico para mi mal humor matutino. Una de las pequeñas y finas trenzas que siempre recogen parte del lado izquierdo de su pelo está prácticamente deshecha. Él nunca habría dejado un detalle así sin perfeccionar. Es demasiado detallista. No me hace falta indagar más: trae malas noticias.

—¿Qué sucede?

Todavía mudo, saca un sobre manchado de tierra de su amplio bolsillo. Recorro el espacio, siguiendo la carta que, por supuesto, va dirigida a mí. Conozco demasiado bien el papel. Conozco demasiado bien la tinta roja que se transparenta entre las capas a causa de los intensos rayos de sol.

—Quémala —digo mientras me engancho el cinto.

—Kira…

—No, Ézer. No estoy preparada para leer sus tonterías. Tengo muchas cosas que hacer.

—Sabes que es una advertencia de batalla. No la puedes obviar. No eres adivina… De momento.

—Sé cuándo va a suceder. Sé los tiempos que se toman entre

batalla y batalla, Ézer. Llevo a la cabeza de esta guerra fría desde hace cinco años. No tienes que enseñarme cómo gestionarla.

Quizá he sido demasiado contundente con mis palabras, pero sirve para que mi hermano guarde la misiva en su bolsillo. Luego entorna sus preciosos ojos marrón claro y estudia mis movimientos. No ha reparado en que me estoy colocando a Sustituta, pero no tarda en demostrar su desacuerdo cuando se percata.

—Zigon y Ehun —le cuesta llamar *padres* a la pareja draiziana que nos ha cuidado desde que éramos pequeños— no te van a dejar salir. No después de lo de ayer.

—No pienso postergar ni un día más el Intercambio. Y menos por lo de ayer —contesto con retintín.

—Vas a hacer que te maten.

—Lo sé, pero eso no me va a impedir salir de estas cuatro paredes y hacer lo mejor por Núcleo. —Termino de amarrarme bien el cinto, compruebo la sujeción de la vaina y lo miro con determinación—. ¿Te quedas o me acompañas?

Mi hermano se recoge un mechón de pelo blanquecino tras la oreja y me aguanta la mirada, enfurruñado. Nunca suele ganar contra mí en estos juegos. Y, como es de esperar, rompe el contacto apartando la cabeza y cruzándose de brazos. Sonrío, victoriosa.

—Ay, mi pobre Ézer. —Extiendo las manos para arreglarle la trencita, pero un dolor agudo inunda mi palma. Gruño.

—Estás sangrando.

Me coge la mano. Es verdad; el vendaje destaca rojo contra la luz.

—Creo que se te ha saltado algún punto.

—Eso podremos solucionarlo lue…

—Ahora mismo.

Se dirige a un cajón de la cómoda y rebusca hasta encontrar

un pequeño maletín médico. No sé hasta qué punto me gusta que Ézer conozca el contenido de todos mis muebles. Se yergue, dejando sobre la cama un rollo de vendas blancas. Maniobra hasta que consigue pasar el hilo por el ojal de la aguja y luego mueve los dedos en mi dirección para que le dé la mano herida. Miro al exterior a la vez que él obra un milagro. Porque no hay otra forma de describir las artes curativas de mi hermano. Es cuidadoso, decidido y eficaz. Nunca me ha dolido una curación por su parte, tal vez, porque es agradable sentir sus suaves manos tratando mi piel.

Las mías son todo lo contrario a las suyas: llenas de cicatrices y durezas. Demasiado ásperas.

Después de vendarme la herida no espera a que diga nada, me coge por la muñeca y estira con fuerza hasta que me saca de mi habitación. Forcejeo un poco, pero Ézer no afloja. Sabe que puedo vencerlo, por lo que ha aprendido a no bajar la guardia. Descendemos las escaleras, cruzándonos con varios draizs alados. Son del sector de los eruditos. Lo sé por la posición de sus prendas, entrecruzadas en el pecho. Se dirigen a la biblioteca. Los saludamos llevándonos un puño al vientre —el gesto de respeto draiziano— y ellos corresponden de la misma manera.

Alcanzamos el pasillo del segundo piso. El olor a pan recién hecho y a queso fundido remueve mi estómago y lo hace rugir contra mi voluntad. Descubro la sonrisa de satisfacción de Ézer y entonces entiendo a dónde me conduce. Me resisto con más ahínco, deteniéndome en seco, pero el piso de mármol está tan pulido que mi hermano consigue, literalmente, arrastrarme.

Algunas draizs del sector justicia se cruzan con nosotros y se ríen de la situación. Sé que, por ser quien soy, no debería armar tales escándalos infantiles, pero estoy dispuesta a hacer cualquier idiotez para no presentarme al desayuno al que Ézer me está obligando a asistir.

—Kira, no seas cría.

—¿Cría? —Pongo una mano sobre la de él para forzar la separación—. Me estás arrastrando por un pasillo para que vaya a desayunar, cuando debería estar a medio camino de la casa de Guo y no jugando a la familia feliz.

Ézer se detiene en seco y la inercia me empuja hacia delante. Me detiene antes de que entrechoquemos y provoquemos la risa del resto de draizs que inundan el pasillo. Me saca fuera del camino y me arrincona tras una columna adosada.

—Escúchame, se han reunido los *kalentes*. Ehun y Zigon quieren que estés presente.

Hago una mueca de desagrado. Los kalentes dirigen cada sector importante de Núcleo. Kalente, aligerando la pronunciación de la inicial, significa «líder» en draiziano.

—¿Para qué? ¿Para que me maten envenenándome con la comida?

—No, idiota. Para demostrarles que a ti no te vence nadie.

Me sorprendo por la afirmación. Ézer se extraña por mi reacción y recaigo en mi propio error. Mis padres confían en mí. Jamás pondrían en duda que yo no sea capaz de anteponerme a una situación tan grave como es que un draiz me ataque. De ser así, ambos nunca me habrían cedido el puesto de *danían* —«guía» para el idioma humano. Entonando fuertemente la «i», la palabra acoge el significado de «ser que dirige sin dominar»— en Núcleo.

Al sol, el pelo blanco de Ézer es aún más níveo y brillante. Cuando alzo el rostro para clavar mi mirada en la suya, me cuesta mantener el contacto. Es como un copo de nieve suspendido en el aire. Sonrío débilmente. Este es mi hermano, la luz en mi eterna y profunda oscuridad.

—¿Vamos allá?

Los ojos de Ézer se iluminan de emoción y, juntos, avanzamos pasillo arriba. Esta vez ningún draiz se ríe de nosotros, de hecho, varios nos muestran su respeto con la mano cerrada a la altura del abdomen. Hasta que mis padres no cedieron su *danorniam* —«poder compartido con los demás y cedido a un ser valiente del pueblo»— en mí, no entendí por qué los que me aceptaban en la ciudad mantenían cierta distancia fría, aunque cortés, conmigo. Antes del cambio, rogué todos los días por ser tratada como cualquier otro. Y pese a que hoy en día considero bastantes amistades como un tesoro, con muchos de los draizs sé que no es recíproco.

Porque antes que la amistad entre dos especies *está la sangre.*

Sacudo la cabeza. Para mí no hay distinción entre ellos y nosotros. Me he cansado de analizar nuestras nimias diferencias y, por ello, lucho por derribarlas; nos tienen enfrentados sin sentido. Durante el paso de los años he alcanzado mi límite en el poder de convicción desde mi posición. Ahora que poseo la danorniam, soy capaz de lograrlo: lograr la unidad de ambos pueblos.

Llegamos ante la puerta de la sala de reuniones, donde se congregan los kalentes de los distintos sectores para discutir los problemas políticos, económicos, sociales y culturales que pueden generarse en Núcleo y fuera de él. Son elegidos por el pueblo y me gustaría tener mejor relación con cada uno de ellos, pero ser humana parece importarles más que mi capacidad para guiar Núcleo —de la que dudo muchas veces, aunque sin dejar que la inseguridad venza—.

¿Prepara...?

Pero no lo dejo terminar. Empujo las puertas de la sala de reuniones con las dos manos y entro sin mirar atrás. Escucho a Ézer a mis espaldas, con sus pasos tranquilos, casi silenciosos, pisándome los talones. No bajo la mirada ante el imponente panorama que se presenta ante mí. Una larga mesa ocupa el centro de la enorme habitación de mármol blanco y sobre ella reposan unos cuantos platos llenos de comida. Y, aunque no es abundante, me sigue pareciendo demasiada para quienes la van a disfrutar.

Mis padres están sentados en una esquina y entre ambos hay dos sillas vacías para Ézer y para mí. Nos esperan. Siento la mirada roja como la sangre de Almog, la kalente del sector militar y capitana del ejército nuclense, de la que cada vez estoy más convencida de que me odia profundamente. Ese resentimiento lo palian un poco los ojos completamente amarillos y comprensivos de Roll, el kalente de los artesanos. En los demás no me detengo; si lo hubiese hecho, habría vomitado de puro nervio.

Continúo avanzando sin dudar, con el sonido de las hebillas de mis botas entrechocando a cada paso. Cuando llego a la altura de Eka, la kalente de los eruditos, todos se levantan para recibirnos con parsimonia, con el puño sobre el vientre. Ézer y yo respondemos con el mismo gesto, y hasta que no alcanzo mi silla y mi hermano asiente desde el otro lado de la enorme mesa, que ahora me parece infinita, no intervengo:

—Gracias por asistir. —Me expreso en draiziano. No suelo usar el eraino, el idioma de los humanos, porque no me he criado con él.

—Tu fría bienvenida es para morirse de risa —suelta Almog mientras se sienta de nuevo.

—Querida Almog —empiezo, sin ser capaz de retener el sarcasmo—, cuando venga a Núcleo el festival del humor, ya te llamaré. Haces mucha falta.

—¡Kira! —me reprende mi madre.

Oigo cómo rechina la silla de Almog. Estoy segura de que no me perdonará la afrenta, pero ya son muchos años cuestionándome y, quiera o no, yo soy la cabeza de toda esta organización. Sin embargo, tengo que morderme la lengua para no continuar despotricando. No debería ceder ante tanta provocación, cuando mi intención no es separar más ambas especies, sino establecer la paz entre ellas. Pero soy humana y, como tal, me meten en el mismo saco que al resto de mi especie; en el saco de los del Código, para ser exacta.

Me vuelvo hacia mi madre, que ahora posa una de sus manos de seis dedos azulados sobre mi brazo. Parpadea a una velocidad pasmosa con sus cuatro ojos anaranjados y me da un apretón. Nunca he sido capaz de obviar la tristeza de mi madre, así que chasqueo la lengua y destenso los hombros.

Alcanzo la fuente de panecillos recién horneados y comienzo a desmenuzar lentamente la hogaza. Tengo los ojos de mi padre taladrándome la frente. No voy a ser yo quien hable primero. No puedo evitar demostrar que no me agrada no haber sido informada de esta reunión con antelación. Y, aunque trato de permanecer imperturbable, paso de participar en este desfile de apariencias.

—Kira, esta reunión ha sido organizada por la misiva que ha mandado esta mañana el Código —me informa mi padre—. ¿La has leído?

—No —suelto.

—Esto no se puede tolerar —gruñe Haneul, el kalente de los mensajeros.

—Pero, Kira, es necesario saber cuándo son las batallas. Prepararnos. Sopesar nuestras opciones —apunta Eka, toqueteando las arrugas de los guantes que caracterizan a los artesanos.

—Ya sé lo que van a decir. Ya sé cuándo quieren *jugar*. Sé el porqué, la forma y cómo frenarlos. Siempre lo he hecho y siempre lo haré.

—La última vez se llevaron al hijo de Guo. Eso es mucho suponer, hija. —Mi madre entorna los ojos.

Un golpe bajísimo por su parte.

—¡No es digna para ser la danían! —grita Almog.

—¡Soy digna porque me lo he ganado! —me defiendo, y mi madre me intenta detener de nuevo por el brazo, pero ni siquiera noto su tacto—. Los draizs no otorgáis la danorniam por herencia. Estoy donde estoy por mi esfuerzo. Por lo que hice hace cinco años.

—¡El Incidente no es un buen ejemplo! ¡Todo son mentiras! ¡Eres una humana! —Se incorpora Almog, haciendo tambalear la mesa.

—¡Y tú una draiz! ¿Y qué?

—La sangre siempre por delante. ¿Recuerdas nuestro lema draiziano? Es como si una hogaza —coge una pieza de pan. O sea, yo— intentase liderar una marea de sopa. Imposible. Incompatible. Se ahoga… Se ahogará. —Y tira el pedazo de pan a un cuenco enorme de sopa que, con el impacto, salpica todo a su alrededor.

—¿Me estás amenazando?

Me levanto, tirando la silla con mi brusco movimiento. Inconscientemente, llevo una mano a la empuñadura de Sustituta. Sin embargo, antes de que pueda hacer otro movimiento, Ézer me detiene poniendo una mano sobre la mía. Y su contacto es como despertar de una pesadilla. Lo miro, inquieta. Tengo la respiración alterada y noto el sudor frío recorriéndome la espalda. Mi hermano no afloja el agarre y, poco a poco, voy desasiendo los dedos hasta dejar caer el brazo a un lado de mi cuerpo. Oigo la risa de satisfacción de Almog al otro lado de la mesa y a Roll rechistándole para que no empeore más la situación.

Ézer regresa a su silla, pero yo no me siento. Espero a que todos me miren y la sala acoge un silencio molesto. Respiro hondo. Alzo la mirada y digo:

—¿Dónde está Korshid? —La kalente del sector justicia.

—Está investigando el caso de tu atacante, Kira —informa Haneul.

—Bien, pues mientras no estemos todos, doy por concluida esta reunión.

—Pero...

—Es suficiente. No pretendo que nos enfrentemos, pero si Almog no es capaz de controlarse, huyo de esta emboscada en forma de desayuno. —La draiz tuerce el gesto.

—Kira... —comienza mi padre.

—Me voy —anuncio, interrumpiéndolo.

—¿Que te vas? ¿A dónde? —pregunta Eka, indignada.

—Por si no lo recordáis, hoy hay un Intercambio. Y, si no me marcho ahora, esta reunión, que ha sido una completa pérdida de tiempo, podría desencadenar una guerra que hemos mantenido muy fría durante años.

Cojo la fuente de panes ante la confusa mirada de todos.

—Van a sobrar, así que voy a repartirlos por Núcleo.

—Los nuclenses no pasan hambre. No hay necesidad —apunta Roll.

Gracias al sistema de trueque en la ciudad, el índice de pobreza es muy bajo. Todos reciben bienes de primera necesidad por su trabajo, sin embargo, incluso así se establecen pequeñas jerarquías sociales que generan distintos tipos de riqueza.

—Siempre hay necesidad —le contesto—. Por cierto, a la próxima cocinemos un buen plato de sopa con una hogaza de pan ahogándose en medio. Lo disfrutaremos entre todos.

Y, con esta frase, doy media vuelta y me encamino hacia la puerta principal de la sala de reuniones. Capto cómo Ézer me persigue y cómo mi padre me llama cada vez más furioso. Mi decisión va a desencadenar una riña en la que Zigon no me va a dar la razón. Nunca lo hace cuando pierdo los papeles. Yo intento anteponerme a su rechazo y falta de comprensión, pero lo entiendo. Al fin y al cabo, él es un draiz y yo una humana, y si en su interior al final impera la sangre de su pueblo, yo no soy quién para forzarlo a cambiar de parecer. No después de habernos salvado a Ézer y a mí del abandono de nuestra familia biológica.

La sangre siempre por delante.

—Kira.

Ézer me saca de mis pensamientos. Le lanzo una mirada de preocupación y trata de componer una sonrisa que acaba en un gesto torcido. Levanto una mano, indicándole que no hable. Ahora necesito estar en silencio, aunque junto a él. Su presencia me relaja, me ayuda a reflexionar mejor.

Llegamos a la planta baja del enorme edificio de piedra gruesa en el que vivimos y una estampida de niños, cinco draizs y un humano, a punto están de chocar contra nosotros. Al reparar en mí, primero se asustan, pero cuando les sonrío, responden con una carcajada sonora que tranquiliza la marea de enfado que, hasta hace unos instantes, ha dominado todo mi carácter.

—¿Habéis desayunado? —pregunto.

—No, danían. Nuestra *malí* —«educadora»— quiere esperar a que la vieja Doda abra su puesto de pastelitos —responde el niño draiz más mayor, haciendo zumbar sus pequeñas alas, emocionado.

—Mientras, ¿queréis abrir el apetito? —Muevo el recipiente lleno de panes frente a sus enormes e infantiles ojos.

—¡Sí, danían! —exclaman mientras algunos olisquean el delicioso aroma que desprenden las piezas horneadas.

—Pues tomad.

Le tiendo la fuente al más mayor y reemprendo la marcha al tiempo que escucho con satisfacción los vítores de los pequeños. Cruzo el portal principal del *Liman,* nuestra casa, y entonces, una mujer humana se acerca a mí con una sonrisa complaciente y la mano sobre el vientre. Ézer y yo contestamos.

—Muchas gracias, Kira. —No recuerdo su nombre, pero sé

que se trata de la malí—. Los niños se van a poner las botas hoy.

—No hay ningún problema. Para eso estamos. —Sonrío, avanzando.

—Kira…

Me giro hacia la mujer. Me sostiene la mirada unos segundos, y luego mueve la mano en el aire, acallando el resto. No insisto, me despido con una nueva sonrisa y continúo. No me pasa desapercibida su duda. Algo está cambiando en Núcleo. Algo está cambiando en la ciudad vecina, en Mudna. Puedo notarlo en el ambiente, en el comportamiento de los ciudadanos, en sus palabras. Y no me agrada nada.

Observo durante unos segundos más la fachada pálida y rugosa del edificio en el que anoche consiguió entrar un mercenario draiziano. En él vivimos mi familia, los kalentes y algunos aprendices de los distintos sectores. Liman, cerrando el tono en la segunda vocal, significa «fortaleza» en draiziano. El idioma de esta especie es muchísimo más rico que el de la humana. Las palabras adquieren un significado distinto según la entonación, y el uso del pasado, presente y futuro es bastante complejo. La forma de expresión draiziana es tan enrevesada como lo es la vida misma. Late a cada letra, como si los sonidos, el movimiento de los labios y todo la maquinaría necesaria para poder conformar una palabra fuese un organismo vivo y separado del propio individuo. Además, el acento draiziano es mucho más suave que el del eraino.

Desde que tengo conocimiento, los draizs han usado el Liman —«fortaleza, cobijo, cielo, infinito…» hasta donde sé de esta única palabra en sus procesos de expresión— como hogar de los danían y otros cargos importantes. Para lo colaborativa y justa que es la sociedad draiziana, siempre me ha extrañado que los danían y kalentes gocen de una posición un poco más privilegiada que el resto. No estoy de acuerdo con este sistema, por lo que llevo varios años ideando junto a Ézer un proyecto para convertir el Liman en un edificio completamente público al servicio de los nuclenses.

De momento, ya he conseguido que las dependencias privadas se trasladen al tercer y cuarto piso, y que la planta baja, el primer y segundo piso se destinen a la sala de reuniones, una biblioteca, una zona de juegos, una guardería, tres talleres, dos salas de curación y varias salas de estudio y práctica destinadas a los aprendices de los distintos sectores.

Al final, el Liman se erigirá como una fortaleza para todos.

Cruzamos dos calles, evitando que nos atropellen los caballos u otros animales de carga. Nos estamos acercando al mercadillo y el bullicio de la mañana se está empezando a notar. Muchos se detienen a darme las gracias, otros me lanzan miradas desconfiadas. Sé que no paso muy desapercibida por culpa de mi oscuro y espeso cabello, y el parche que siempre me cubre el ojo derecho. Soy Kira, la danían de Núcleo, y este cargo, otorgado hace cinco años ya, es una imposición de la que no puedo desprenderme.

De pronto, percibo el susurro de una amenaza. Aparto a Ézer con un empujón y consigo que esquivemos la trayectoria de un puñal que casi se clava en el cuello de mi hermano, pero que termina incrustado en uno de los largos troncos que alzan un tenderete de abalorios. Por supuesto, el objetivo real era yo. Observo el arma y luego a mi alrededor. Cerca de un puesto de especias, un draiz con la cara cubierta, pero con los guantes del sector de los artesanos, tiembla al ser descubierto.

Trago saliva. Por poco.

Saco el arma de la madera y la lanzo contra el suelo, clavando su filo en la tierra con firmeza. Ézer me coge la mano herida con suavidad. Yo le doy un apretón débil que aun así me duele.

—Sigue practicando.

El draiz huye confuso ante mi propia afirmación.

—Pero no lo provoques.

—Tiene motivos para odiarme. Todos lo tienen.

Y es cierto. Los draizs no soportan a los seres humanos y viceversa. La historia de Nueva Erain cuenta que los humanos llegaron a este país sin nombre en una expedición por encontrar lugares del mundo que todavía no habían sido descubiertos. Los draizs eran una especie totalmente rural, de costumbres muy sencillas. A ojos de los humanos, fáciles de dominar. Y, por ello, cuando alcanzaron esta *nueva* tierra, la conquistaron. No superaban en número a los nativos, pero sí en conocimientos de batalla y artilugios. Los draizs, que no esperaban aquel ataque, se vieron sometidos por mi especie de la noche a la mañana. Se les impuso las leyes y costumbres humanas, diluyendo la cultura draiziana y acrecentando la tensión entre ambos hasta que fue insostenible y la sociedad se dividió en dos: Núcleo para los draizs, y Mudna para los seres humanos. Pocos viven fuera del centro del país. Esta es la versión oficial del nacimiento de Nueva Erain, de cómo llegamos y lo controlamos todo.

Luego está la otra versión. La que prácticamente todos niegan y que parece sacada de la cabeza de alguien con muchísima imaginación. De la que apenas se habla ya. De la que no se ha demostrado nunca con pruebas fehacientes que sea cierta. Yo no creo en ella por eso mismo, y porque mi familia, en quien más confío, ha negado su verdad.

—Kira —Ézer me saca de mis ensoñaciones de nuevo—, ¿ese no es el puesto de Guo?

Mi hermano señala al frente y un tenderete de madera endeble que expone una gran diversidad de telas de colores me confirma que hemos llegado a nuestro destino. Asiento y me acerco al puesto, esquivando a varios draizs que me observan con precaución.

—¿Guo? —No lo avisto por ninguna parte.

Pero, ante mi pregunta, unos cuernecillos verdes aparecen en la parte posterior, tras unas cajas apiladas por cuyos bordes sobresalen retales. Entonces Guo se asoma. Me sorprendo al encontrarme con que su barba, antes negra como la noche, ahora reluce como la plata, dominada por las canas.

—¡Kira! ¡Ézer!

Sus ojos se anegan de lágrimas. Sé que por su cabeza solo pueden pasar dos opciones: su hijo está vivo o muerto. Enseguida alzo una mano para tranquilizarlo y Guo deja escapar un fuerte suspiro. Ézer me pone una mano en la espalda para infundirme ánimo. Estas situaciones nunca son fáciles. Apoyándome sobre los telares que reposan en el estante del puesto, me reclino hacia el draiz, que también avanza para recortar la distancia que nos separa. Mejor si no destacamos. Los Intercambios suelen perturbar a la sociedad, porque son los momentos en los que el Código más cerca está de Núcleo.

—En breve realizaremos el Intercambio —le susurro—. Lo traeré de vuelta. Sano y salvo.

Guo emite un sonido lastimero que me destroza por dentro. Reuniendo toda la fuerza que encuentro en mi interior, poso una mano en su hombro huesudo y aprieto. Él me mira mientras unas enormes lágrimas surcan sus verdosas mejillas. Hace el amago de abrazarme, pero se detiene. Se detiene. Tal vez porque soy yo, tal vez porque haberlo hecho habría significado un chismorreo seguro por parte de quienes nos observan con curiosidad.

—Gracias, Kira. Eres buena. Tan buena que no sé cómo te lo voy a pagar.

—Viviendo con plenitud la vuelta de tu hijo. Él fue muy valiente al enfrentarse aquella vez al ejército del Código, pero ya es hora de que vuelva a casa —lo consuelo al tiempo que poso una mano sobre su mejilla.

Guo asiente con energía. Aparto la mano con un movimiento suave. Cualquiera de mis acciones es revisada con lupa por todo mi alrededor y, si me hubiera alejado de Guo rápidamente, habría supuesto unas habladurías que ni serían ciertas ni me puedo permitir: «Lo rechaza porque es un draiz»; «Lo odia porque es humana»; «No se merece la danorniam».

Observo la piel de mis dedos, empapada por las lágrimas del draiz desconsolado. Cálidas y transparentes como las de todos nosotros. Somos iguales, pero nos empeñamos en marcar la diferencia, porque siempre tiene que haber un pez más grande en el mar; siempre tiene que haber una especie que devore a la otra.

De repente, los ciudadanos que abarrotan el mercado comienzan a hablar más fuerte y a replegarse hacia nosotros. Ézer me coge del codo y alzo la mirada, dispuesta a enfrentarme a cualquiera que quiera echarme en cara el contacto con Guo. Sin embargo, el escándalo no es por mi causa, sino por la llegada de Almog y dos soldados montados a caballo.

—¡Almog! —la llamo, acercándome a la posición en la cual la capitana está deteniendo a su montura.

—¡Se acercan, Kira! ¡Ya están aquí!

Si no quería que nadie se enterase de que el Código iba a acercarse a los límites de Núcleo, Almog se ha encargado de fastidiarlo todo. No obstante, no se lo reprocho. Esta vez en su mirada no detecto malicia, más bien preocupación. Pese a todo, sé que la kalente sería incapaz de mezclar sus asuntos personales con los de Núcleo. Quiere demasiado a su pueblo. Así que dejo a un lado el disentimiento que siempre nos enfrenta y me dirijo hacia los soldados.

Me hago escuchar por encima de los gritos que los draizs y los humanos profieren sobre el miedo que les causa saber que se acerca una comitiva de humanos de Mudna.

—¡Soldados, calmad este caos! —les ordeno a los otros dos—. ¡Ézer!

Los dos draizs, que lucen las hombreras del ejército de Núcleo, descienden de los caballos a mi orden. Me monto enseguida en el blanco, mientras que mi hermano se sube con elegancia al negro, que parece encabritado. Él tiene mano con los animales. Bueno, tiene mano para todo en general.

—¡Almog! —aviso a la capitana a la vez que obligo a mi montura a que cambie de dirección, hacia la salida del mercado—. ¡Han llegado antes de lo previsto! ¡Saca al prisionero de los calabozos y tráelo al límite! ¡Yo haré tiempo!

La del sector militar asiente y dejo que abra camino entre los ciudadanos que se lanzan hacia nosotros suplicando por una respuesta a tal acontecimiento. A duras penas alcanzo a oír las inútiles explicaciones que Ézer intenta darles. Inútiles porque no lo escuchan, porque el terror impera en sus oídos. No quieren palabras que los calmen, quieren soluciones inmediatas.

Y soluciones les daré.

Almog consigue crear un pasillo que aprovechamos para cabalgar rápidos, aunque cuidadosos de no aplastar a nadie. Los temerosos gestos de los nuclenses se desdibujan por la velocidad, pero los escucho tan alto y claro, que mi estómago se retuerce nervioso por cualquier posible error. Porque no me puedo permitir fallar. Nunca.

Conseguimos salir del mercado sin altercados. Almog me hace una seña con el brazo para indicarme que se dirige a los calabozos. Le respondo con una indicación similar y nuestros caminos se separan. Tomamos la ruta por una de las cuatro calles principales que estructuran Núcleo. Esta conduce a las afueras y, normalmente, nunca está transitada. Es una parte poco habitada, ya que su localización es la más cercana a los límites que separan nuestra ciudad de Mudna. A medida que avanzamos, los edificios se van convirtiendo en ruinas; las ruinas que encontraron los primeros draizs que se asentaron aquí. Monstruosas construcciones metálicas prácticamente enterradas en la tierra, que chirrían y siempre parecen a punto de derrumbarse.

Mis padres me contaron que así se habían encontrado el mundo, medio construido y medio destruido. A veces pienso en cómo fue el mundo antes de la llegada de los seres humanos, antes de los draizs, cuando esas edificaciones habían sido alzadas en un tiempo donde todo fue más… ¿moderno?

El eco de los cascos de unos caballos por una calle transversal reconduce mi atención. Mis padres se acercan con una comitiva de soldados para acompañarnos al límite de Núcleo. Ézer y yo aminoramos la marcha hasta que Zigon y Ehun se colocan a nuestro lado y el resto del ejército, detrás. Reemprendemos el camino a buen paso, pero el silencio no es portador de buenas noticias, y que mi padre se haya puesto a mi lado menos todavía.

—Luego hablaremos tú y yo, jovencita.

—Sí, padre.

—No, *sí, padre*, no, Kira. ¿Entiendes que como nuestra danían no puedes comportarte así con los kalentes de los sectores más importantes? ¿Entiendes que es necesario el apoyo de todos ellos para que tú puedas completar tus tareas sin iniciar una guerra civil? ¿Es lo que quieres?

—No, padre.

—*No, padre*; ya estamos otra vez —suelta Zigon en un draiziano tan cerrado que, por un momento, no logro discernir lo que me ha dicho.

—Quiero decir… Ha sido inapropiado y cuando todo esto se solucione, le pediré disculpas a Almog y al resto de kalentes. —Me cuesta mucho ceder, pero Zigon me ha educado en la humildad, y me alegro de que esta salga a relucir en el momento apropiado.

—Así lo hará Almog también.

—¿En serio? —me sorprendo, abriendo mucho mi ojo.

—En serio.

Una fuerza interna me llena por dentro. Sí, yo le pediré a Almog disculpas, pero ella también tendrá que hacerlo. Qué satisfacción. Siento la mano de mi padre sobre mi nuca; un ligero golpe de advertencia, señal para que me centre. Lo mucho que Zigon me conoce me alarma. Cómo sabe leer mis gestos, incluso mis pensamientos. Si las apariencias no nos distanciasen tanto, cualquiera habría asegurado que somos familia biológica.

Una vez salimos de Núcleo, una alargada sombra de color granate, que se extiende a lo largo del horizonte, nos espera. Chasqueo la lengua, molesta. El Código trae soldados de más. ¿Y si la misiva comunicaba que la batalla se realizaría tras el Intercambio? Imposible. Ézer me lo habría dicho. Me insulto por dentro, a mi orgullo, por no haber leído esa estúpida carta. Aprieto las riendas del caballo y lo espoleo para avivar el paso. Necesito... No. Deseo que este día termine ya.

Los dos ejércitos se van aproximando. Dos líneas difusas en diferentes zonas que, poco a poco, se van haciendo más nítidas hasta que los integrantes nos descubrimos los rostros. Ese punto esclarecedor es el límite entre Núcleo y Mudna. Una frontera que jamás puede cruzar alguien de la ciudad contraria sin un permiso especial. A no ser que desee una flecha entre ceja y ceja.

Mis soldados aminoran la marcha y mis padres también. Yo me quedo delante con Ézer. En el ejército contrario sucede lo mismo. De la primera fila de chaquetas granates, solo dos personas se acercan a nuestro encuentro. A medida que se aproximan, vislumbro con más precisión sus rasgos y sus prendas. Hace dos meses que no nos vemos, pero tampoco vamos a hacer de nuestro reencuentro una fiesta. Lucen la levita característica del Código con su símbolo: un círculo negro bordado en la pechera, significado de unión y fuerza. Nadie sale ni nadie entra si el círculo no lo desea. Para mí, opresión y mentes cerradas. Un peligro.

Bernice se ha cortado el pelo rubio hasta el hombro, detalle que me sorprende. Siempre lo ha llevado recogido en una larga trenza. Desde mi posición ya advierto sus ojos verdes observando con devoción a la persona que cabalga con seguridad unos pasos por delante de ella: Sid. Sid, que continúa igual que siempre. Igual de presuntuoso.

—Ya se acerca...

—Ya los veo, Ézer. Tengo un solo ojo, pero los veo.

—Hablo de Sid.

Me giro hacia él, alarmada, descubriendo en su rostro una sonrisa demasiado traviesa. Odio cuando insinúa este tipo de cosas. Me hace sentir incómoda, fuera de lugar, lejos del mundo al que me estoy enfrentando. Como si todo se resumiese a una realidad fácil y banal.

—No me eches tus ganas a mí si no corresponde tu amor, Ézer.

—Oh, ¡ja, ja, ja! No es mi tipo, no te preocupes.

Y calla, porque Sid y Bernice han llegado al límite; esa fina línea invisible que, sin embargo, todos advertimos. Los morros de nuestros caballos están a pocos centímetros de tocarse, pero mientras sus patas no traspasen la frontera imaginaria, estamos a salvo.

Permanecemos en silencio, escrutándonos con fiereza. Nos medimos la valentía, aunque yo desisto antes, porque me urge conocer el paradero del hijo de Guo. ¿Por qué no está junto a ellos? Si la respuesta es negativa, Sustituta desayunará de inmediato. Sin embargo, y como suele suceder, no soy yo quien habla primero.

—¿Dónde está Alejandro? —pregunta Sid.

—¿Quién es Alejandro? —suelta Ézer con ironía.

Y luego me replica a mí por provocar a los draizs que no me apoyan.

—No tientes, Ézer. No estás en posición de tensar más la situación.

—No estás en posición tú, Sid. —Tomo las riendas del asunto—. Os habéis adelantado a la hora del Intercambio. Doce campanadas, no siete. No anunciar un contratiempo rompe…

—…las leyes, bla, bla, bla —me interrumpe, y la rabia me estrangula por dentro. ¿En qué se ha convertido?—. Ya lo sabemos, pequeña Kira.

Bernice ríe la gracia de Sid y la rabia pasa de estrangularme a mí a estrangularla a ella. Una pena que la voluntad no sea suficiente para que ocurra. Intento concentrarme, obviando las ganas que tengo de gritarle a Sid todo lo que nos hemos ocultado durante años. Me reprimo, porque esos secretos ya no importan.

—Tenemos la misma edad, pequeño Sid —replico con retintín—, pero entiendo que lleves mal las matemáticas. Visto un idiota como tú, conocida toda Mudna.

Involuntariamente, aprieta los labios. Pronto se percata de su propio gesto e intenta corregirlo, pero ya es demasiado tarde. La misma Bernice se ha dado cuenta de que, esta vez, la batalla verbal la he ganado yo. Ézer suelta una risita de diversión y eso cabrea aún más a Sid, cuyas mejillas pálidas se tornan rojo fuego. No me satisface atacarlo de esta manera, pero no sé qué más hacer para distanciarnos sin llegar a las manos.

—Si volvéis a incumplir las normas, la próxima vez nos encontraremos en una batalla real.

—Eso si no la provocas tú antes con alguna de tus violentas salidas, Kira. Porque el día en que tengas un desliz, conquistaremos Núcleo. ¿Es que no has leído nuestra misiva? —Bernice se cruza de brazos como si hubiese soltado una gran proeza.

—Creía que había dejado claro que no atiendo a idiotas mudnanos. —Sonrío.

De pronto, la chica da una sacudida a su caballo, que responde dando un paso adelante. Y lo que sucede después es tan rápido que mi propio movimiento me sorprende. Sid coge las riendas para detener al animal de Bernice, tiempo suficiente para que yo desenvaine a Sustituta y apunte con su filo en dirección al cuello de la mudnana, sin traspasar el límite.

—Baja el arma, Kira, no ha irrumpido en vuestro territorio.

—Solo por haber violado la Ley de Intercambios contemplado en los Pactos de la Armonía que, recuerdo, nos mantienen en esta supuesta paz, ya debería haberme cobrado su vida —espeto con voz grave.

—Está prohibido matar humanos.

—También asesinar nuclenses y parece que esa parte del contrato, a veces, la olvidáis.

—Nosotros no hemos asesinado… —empieza Sid, pero mi hermano interviene:

—Aquí llega Almog con el prisionero.

Con Sustituta todavía en ristre, no dejo de clavar mi mirada en Sid. Tiene los iris de un intenso color gris que a veces lucen extrañamente opacos y sin vida. Qué veo en ellos suelo guardarlo bajo llave en lo más profundo de mis pensamientos, porque me confunden. A veces me proponen que lo ataque y otras que lo salve.

Por fin capto los pasos del caballo de Almog y, lentamente, desciendo la espada hasta que la envaino. Oigo a Bernice tragar saliva. Al menos esta noche tendrá pesadillas con Sustituta. Cuando Almog llega a nuestra altura interrumpo el contacto con Sid para observar a la capitana. En la grupa de su montura está acostado hacia abajo el prisionero humano de Mudna.

—¿Dónde está Elpor? —cuestiona Almog con acritud.

—¿Sid?

El chico no ha dejado de mirarme en ningún momento, por lo que, cuando vuelvo a hacer contacto con su mirada, los sentimientos se revolucionan con demasiado ímpetu. Sid suspira y, sin apartar la vista, alza una mano. Entonces una montura se abre paso entre el resto del ejército. Tras el soldado que cabalga está sentado Elpor, el hijo de Guo. Por primera vez, han sido más delicados que nosotros.

—Elpor, ¿estás bien? —pregunto mientras el caballo se acerca.

El draiz me contesta con un asentimiento. En su gesto se entrevé el miedo y el trauma. Si le han tocado un solo centímetro de piel, yo misma cruzaré el límite, haré frente a cualquier defensa y desafiaré a cuantos hagan falta para vengar su dolor.

Cuando el caballo del soldado humano llega hasta el límite, Almog gruñe y Alejandro baja de la grupa con un salto muy torpe. Está maniatado, a la espalda, por lo que sus movimientos en todo momento parecen conducirlo a una dura caída. Por la parte de los humanos, Elpor desciende con las manos atadas al frente. El control de su equilibrio es mucho mayor y consigue llegar a nuestro lado sin problemas. Alejandro se desmaya una vez cruza la frontera.

Almog ayuda a Elpor a subir a su caballo y cuando me convenzo de que el draiz está libre y seguro tras la capitana del ejército, decido que ya es hora de concluir el Intercambio:

—Vámonos. —Estiro las riendas del caballo para reconducirlo hacia Núcleo.

—Nos vemos en la próxima batalla, Kira —me provoca Sid—. ¿A quién os arrebataremos esta vez?

¿Por qué no nos limitamos a cumplir nuestras obligaciones sin tener que verbalizar un odio que no existe?

—Adiós —le respondo con una última mirada cargada de más mensajes de los que pretendo.

No vuelvo a girarme para comprobar cómo se marcha el ejército de Mudna. Suspiro de alivio. Alejarme de Sid es como llegar a aguas tranquilas después de una fuerte marejada: descanso y paz.

Nos unimos a mis padres y al resto de soldados. Algunos palmean mi espalda y mi madre me da un suave beso en la frente. Sus finos labios contra mi piel terminan por calmar la tormenta de nervios que se ha desatado en mi pecho. Reemprendemos la marcha mientras Almog, sin tacto alguno, interroga a Elpor sobre lo que ha visto en Mudna y cómo lo han tratado. El hijo de Guo tartamudea y se queda sin palabras; la mitad de ellas siempre atascadas por un repentino ataque de tos.

—Almog, el interrogatorio para luego —le pide mi padre con tranquilidad, y la draiz responde de inmediato.

¿Alguna vez me ganaré la confianza de la capitana? ¿La confianza de cualquier draiz por quien soy como Kira y no por quien soy como hija de Ehun y Zigon, los antiguos danían de Núcleo?

—¿Eso es un mensajero de Haneul?

La pregunta repentina hace que atienda al horizonte. De los lindes de Núcleo se acerca alguien a caballo a una velocidad pasmosa. Sin esperar a una reacción ajena, espoleo mi montura y me dirijo hacia quien se aproxima a nosotros. Efectivamente, forma parte del sector de mensajería. No me gusta el gesto que arruga su rostro. No me gustan las prisas con las que corre hacia nosotros.

¿El Intercambio ha sido una trampa para que el resto del ejército humano embosque Núcleo? ¿Una revuelta interna? Lo cierto es que miles de teorías cruzan mis conjeturas. Todas, menos la que el mensajero me da a conocer una vez llega a mi altura.

—¡Kira! ¡Hay un... loco!

—¿Un loco?

—¡Sí! ¡Un humano está en la Plaza Triangular proclamando que...! —Las palabras se agotan con su aliento.

—¿Proclamando qué? —Noto el hormigueo y el frío en mis extremidades anunciando un futuro desmayo.

—¡Dice que los humanos os salvasteis del fin de la humanidad!

NOAH

CORRO SIN MIRAR ATRÁS. Escucho la respiración de la chica persiguiéndome, pero cada vez más lejos. Me detengo, aunque sé que, si bajo el ritmo, parte de mi energía reposará definitivamente con el descanso y ya no seré capaz de recuperarla de nuevo. Me doy la vuelta, recolocándome el asa de la mochila sobre el hombro. La chica intenta apretar el paso pese a que el camino, cada vez más empinado y rocoso, le dificulta la tarea de avanzar con sus cortas y gruesas piernas.

Respiro profundamente; tanto que toso. Tanto que una especie de jadeo se me escapa junto a un montón de lágrimas más. La casa del Caimán ahora es un punto negro y rojo bajo mis pies. Desde aquí, el mar parece comerse lo que, en dos años, he podido considerar mi cobijo. Pero en toda esa inmensidad azul no encuentro el otro punto negro que nos ha amenazado a la llegada de la desconocida; la embarcación que ha forzado el inicio de mi viaje.

Como la humana aún está lejos y el navío desparecido ya no parece constituir un peligro, me permito llorar en voz alta. Me desgarro la garganta mientras las lágrimas recorren mi rostro acalorado y se cuelan entre mis labios o se pierden por el cuello. Durante unos instantes, tengo que apoyarme sobre las rodillas para no desfallecer. De pronto, mi vista comienza a nublarse y un insoportable pitido copa mis oídos. El dolor me está ahogando. Un dolor muy diferente a cuando me hiero físicamente. Un dolor muy diferente a la noche en que desperté. La vida es capaz de golpear así de fuerte y comienzo a dudar de si estoy preparado para afrontar lo que viene después.

La desconocida llega hasta mí e intento boquear para recuperar toda la entereza que se ha escapado junto a mis lágrimas. No dice nada. Se queda ahí de pie, observándome, como si fuese un animal apresado en una trampa. De nuevo, no me gusta que me contemple así, como un humano indefenso e inútil.

Pestañeo, intentando recobrar los cincos sentidos. Encontrar un punto en el que calmar todo este torrente de emociones que jamás he experimentado —aunque un reconocible cosquilleo por la nuca me indica lo contrario—. Y entonces, más allá de la desesperación, lo que creo que es una planta llama mi atención. Está atrapada entre dos enormes rocas, a merced de la brisa fresca que se cuela por los resquicios de sus protectoras. Jamás he visto en los alrededores de mi casa, ni en los archivos del Caimán, un organismo tan extraño. Tiene la raíz larga, delgada y verde, coronada por un conjunto de finísimas pestañas blancas que aparentan demasiado frágiles como para sobrevivir en un medio natural tan salvaje como es la propia Tierra.

—Diente de león.

Me giro, aguantando el impacto de los rayos del sol contra mis ojos y esperando que la sombra que proyecta la chica me ayude a mirarla directamente. Suda muchísimo y se toca la zona de los hombros donde descansa su mochila, entre quejidos. Se deja caer en el suelo y resuella. Mis labios resecos se despegan para decirle que no es momento de descansar, que, aunque no veamos al Código perseguirnos, eso no significa que no estén tras nuestros pasos. Y, sin embargo, me encuentro de pronto sentado en tierra, con las piernas temblando sin control.

Decido contestar:

—¿Así se llama esta flor?

—Exacto. —Ella extiende la mano, acerca la planta a su rostro y sopla con decisión.

Las delgadas y pálidas pestañas se desprenden de su centro y sobrevuelan el espacio, planeando y dejándose llevar por la brisa. La danza de los frágiles fragmentos a través de la luz me atrapa hasta el punto de que olvido por qué me tiembla todo el cuerpo.

—Bueno, yo me tengo que marchar —digo, tras recuperar el aliento—. No puedo perder tiempo.

—¿Me vas a dejar aquí?

Frunzo el ceño. Ella no quiere acompañarme. Ella prefiere no estar cerca de mí y, sin embargo, ahora me está preguntando que por qué la dejo aquí. No lo entiendo. Yo no la dejo en ninguna parte, ella se marcha de mi lado.

—Pero tú no quieres acompañarme. —Me incorporo, acomodándome la mochila.

—Cierto, pero tengo un problema mayor. La marea o... la Magia, si quieres verlo así, me ha conducido hasta tu costa, y no sé dónde me encuentro. No conozco todos los caminos de este país. —No me pasa desapercibido de nuevo su extraño y suave acento, y la forma en la que habla de Nueva Erain como si no perteneciese aquí.

—¿Eso significa que vienes conmigo?

—No lo sé. —Se incorpora, apoyando las manos en la tierra.

Sus dudas me están confundiendo. ¿De verdad es tan complicado? Puedo llegar a entender por qué no quiere juntarse con otras anomalías. Hacerlo supone exponerse a un peligro mayor. Por lo tanto, su indecisión carece de sentido después de haberme expresado tan claramente su propósito de alejarse de mí. Pasan unos minutos en que el silencio le sirve más a ella que a mí, porque me encuentro harto de su quietud. Y es raro. Siempre me ha gustado el silencio, porque en él percibo más sonidos que cuando nada calla. Pero este cambio me sorprende; me sorprende descubrir que hay silencios incómodos y difíciles de romper.

La humana no parece molesta con él, pero yo no aguanto más. Mi paciencia, hasta el momento inagotable, ha sido vencida. Me limpio las manos manchadas de tierra en el pantalón, doy media vuelta y emprendo el camino.

—¡Eh! ¡Eh!

Me llama con insistencia. Creo que jamás me cansaré de escuchar su voz. No es el sonido del mar, no es el gruñido de algún animal, no es el viento silbando, no es mi voz desgastada. Es otra persona. Y es tan fascinante y esclarecedor que tengo la sensación de que, si habla una vez más, su voz será capaz de desvelar todos los secretos del universo. Por eso respondo sin volverme:

—¿Qué?

—¿Cómo te vas así sin decirme nada? ¿Cómo eres tan maleducado? ¿Es que nadie te ha enseñado a comportarte?

—Ya te he dicho que eres la primera persona que veo en mi vida. He leído sobre las normas sociales, pero, sinceramente, no comparto la mayoría. Al menos, no las de este país.

Llega hasta mí y me detiene de un empujón.

—Eres una anomalía muy rara. De hecho, eres una anomalía repleta de anomalías.

Esa frase me hace sonreír.

—¿Y ahora por qué sonríes?

—Es que no te entiendo. Si todos los humanos y demás especies son tan complejas como tú, lo voy a tener difícil para integrarme.

—¡Oh, créeme, soy de lo más fácil que te vas a encontrar en este maldito mundo! —Y su propia afirmación termina en una risa que tironea de mis mejillas, pero no consigo corearla.

Reemprendo el camino. Ella suspira e intenta acompasar sus pasos a los míos. Mis piernas son demasiado largas para su ritmo, y me descubro intentado reducir el paso. No puedo negarlo: quiero que me acompañe. Después de tanto tiempo en soledad, por fin alguien aparece en mi vida. Pero no voy a tratar de convencerla de lo contrario, no voy a obligarla. Obligar es una práctica cruel que gracias al Caimán sé que debo evitar; solo alienta a personas perversas.

—Llevas un mapa, ¿no? Dentro de tu casa vi uno colgado en la pared y me resultaría extraño que no lo hubieses cogido.

—Sí, llevo uno.

—Vale, pues te acompañaré hasta que sepa situarme, ¿de acuerdo?

—Como quieras. —Me encojo de hombros.

—Eres insufrible, de verdad.

Un tirón en mi interior me revela que la energía que nos consume a los dos está de acuerdo con esta decisión. Me rasco el torso intentando aplacar la intensidad. La teoría sobre muchas cosas me la sé. Soy capaz de definir muchísimos conceptos sin ni siquiera pararme a pensar. Y, sin embargo, la práctica está siendo dura.

» *Es complicado mostrarse como uno es sin encubrir... Sin mentir, ¿verdad?*

Como siempre, la Voz tiene razón.

Sentado en una roca gigantesca, continúo observando el territorio. La humana insiste en que no pretende continuar a mi lado, que lo mejor es que nos separemos y, sin embargo, no se marcha. Me persigue con sus cortas piernas que, aunque dan zancadas más lentas, parecen tener la experiencia de la exploración. Yo, en cambio, vagabundeo siguiendo las indicaciones de un mapa que, por el momento, acierta en sus señalizaciones. Aun así, no me confío. La diferencia de años entre que el Caimán y el ser más pequeño abandonaran la casa junto al mar y mi *nacimiento* en ella puede ser abismal. Puede que el mapa ya no sirva.

Pero es mi única esperanza. Y si Nueva Erain de verdad es una isla y al final me pierdo, la costa me detendrá. Los límites físicos del país hacen más seguros mis pasos.

Llevamos un día caminando sin descanso. Ella no me ha pedido parar y yo no siento agotadas mis fuerzas. No obstante, sé que, en un momento u otro, tendremos que descansar, al menos, unas horas. Comer caminando no me supone un problema, pero es obvio que es imposible dormir avanzando.

Apenas hemos cruzado palabra en todo el camino, el cual ha consistido en subir hasta lo alto de una cadena de montañas, que separan el sur del país —mi casa— con el resto, y descenderla hasta llegar a un extenso prado. Después de recorrer diez kilómetros campo a través, en él hemos encontrado una ruta trazada por lo que parecen huellas de carros y caballos. La temperatura ha subido y las brisas son mucho más cálidas que en la costa. La hierba, en diferentes alturas, crece mullida bajo nuestros pies y los árboles se congregan a menudo en enormes masas. Y, pese a que echo de menos la arena de la playa y la visión que me ofrece un horizonte despejado, me asombra descubrir lo diferente que es el país según en qué zona te encuentres.

—Vas muy rápido.

—Si te dejo atrás es para comprobar que seguimos las indicaciones correctas.

—Hay un camino de tierra, ¿lo ves? Es esta zona marrón que divide en dos las partes verdes del prado. —Llega hasta mí con la cara roja, a juego con el color de su pelo.

—Lo veo claramente. Pero eso no significa que sea la única dirección de todo el país. No nos podemos confiar —le contesto, doblando el mapa.

Como respuesta, pone los ojos en blanco y me grita:

—¡Era una ironía! ¡Puro sarcasmo! ¿Es que no has leído sobre eso?

—¿Ironía? ¿Sarcasmo? —Aprieto los labios—. ¡Ah, sí! Vale, entiendo… Creo. Es un concepto interesante.

Y de verdad que lo es. No resulta tan complicado de captar. Si asocias bien los términos y escuchas el tono con el que se pronuncia, es sencillo descubrir cuándo intentan pillarte con un sarcasmo o no.

—Increíble. Eres increíble. —Se deja caer en la tierra y se deshace de la mochila a brazadas.

La observo con detenimiento. Su brazo manchado de pintura está intacto pese a las enormes perlas de sudor que lo recorren. El pelo pelirrojo parece un nido de pájaros que solo incita a tocarlo para comprobar si en su interior oculta algo. Su cuerpo está formado por curvas carnosas —a su lado yo estoy enfermizamente delgado—. Su ropa está empapada y sucia. Toda ella huele a animal muerto. A comida podrida. Olfateo mi chaqueta. Los dos apestamos igual.

Ella se percata de mi estudio y frunce el ceño. Entreabre sus gruesos labios, pero no dejo que hable, adelantándome a sus posibles quejas. He tenido tiempo para meditar bastante sobre el impacto que mis inexistentes conocimientos sociales pueden causar en los demás. La desconocida está siendo un buen sujeto para practicar, porque responde sin temor tanto a mis supuestos errores como a mis supuestos aciertos.

—Ayer… Ahora… No te estaba mirando. Es decir, lo estaba haciendo, pero no pretendía molestarte. Noté tu… ¿incomodidad? La noto —me explico.

La chica parpadea, sorprendida. Yo mismo estoy atónito por haber descubierto el sentimiento que, de pronto, ha crecido en su interior. No estoy siendo un experto en la lectura de gestos y expresiones, pero tengo que aprender si quiero integrarme en la sociedad. Es necesario.

—Pervertido.

—No me gusta esa palabra. Suena a insulto.

—Pues no me mires.

—¿Que te mire te resulta molesto?

—Que me mires como lo haces, sí.

—¿Y cómo lo hago?

El rojo de sus mejillas se torna incandescente. ¿He dicho algo malo? Solo deseo saber cómo la he estado observando para no repetir este gesto que parece disgustar tanto a los humanos. Intento ponerme en su lugar. Si alguien me observase sin discreción, tal y como yo he hecho con ella, también me sentiría muy incómodo, sin importar la intención.

—Mi cuerpo no es un objeto que puedas repasar con atención. No te lo permito.

Y, de golpe, lo entiendo. Ella piensa que la estoy mirando con un interés sexual o peor. Oh, no. No, esta no es mi intención. La indiscreción no es un término que abunde en los archivos del Caimán, pero el interés sexual sí. Con definiciones explícitas.

—No te estaba mirando de esa forma. Yo… Lo siento.

La chica ladea la cabeza, entorna los ojos y, tras unos segundos, se echa a reír. Su risa es contagiosa. Tiene una cadencia agradable. Pero, de nuevo, no consigue que me una. Estiro las comisuras de mis labios y me rasco la nuca, ahí donde el pelo sudado se pega a mi cuello.

—¡Eres tan tan raro! —continúa hasta que su risa se agota. Se seca unas lágrimas. *Reír hasta llorar*, he leído sobre ello. ¿Seré capaz de conseguirlo algún día?

—Lo siento. —Disculparme me resulta más sencillo de lo que el Caimán dice. Aunque tal vez hay distintos tipos de perdón. Tal vez, según qué, es más o menos complicado ofrecer una disculpa.

—No, no. Es bueno. Eres muy peculiar.

—No soy peculiar. Simplemente, he perdido la memoria.

Ella enmudece de pronto. Otra vez esa mirada que parece decirme que no voy a sobrevivir en Nueva Erain. A lo mejor me lo estoy imaginando, a lo mejor solo quiero ver en cada gesto de su cuerpo un mensaje. Hay tantos detalles que se me escapan... Tendré que preguntarle sobre esa mirada en concreto, sobre qué significa.

—¿Has perdido la memoria? —retoma la conversación.

—Eso creo. —Pienso en mis palabras. Nunca he hablado con nadie de esto. Bueno, nunca he hablado con nadie que no sea conmigo mismo—. Según mi memoria solo he vivido dos años.

—Pero tienes veintidós, porque eres una anomalía.

—Sí. Veintidós. Veinte años perdidos.

La desesperación vuelve a oprimirme el pecho. Me llevo una mano ahí donde el aire se acumula y parece esconderse para no llegar a mis pulmones. Luego tanteo hasta encontrar la bellota atravesada por el clavo. La manoseo y la cobijo entre mis dedos. Cierro los ojos, intentando concentrarme en la energía que me transmite este objeto tan extraño. Recuerdo la noche de mi despertar y lo mucho que me tranquilizó hallar el collar sobre la mesa. Sin abrir los ojos aún, me lo quito y comienzo a enrollar el cordel en torno a mi muñeca. Es, de pronto, cuando noto sus dedos sobre mis manos. Abro los ojos y dirijo la mirada hacia la chica.

—¿Estás bien? ¿Echas de menos tu casa? Siento mucho…

Tardo en contestar. Su mano reposa sobre las mías. Es la primera vez que me toca y su contacto me resulta diferente a cuando lo provoco yo —sin contar la vibración que producen nuestras magias conectándose—. Su gesto es muy distinto. Una sensación cálida se expande por mi pecho y siento… ¿paz? Pero si no estoy en guerra, ¿cómo es posible que esta humana transmita tanto con tan poco?

» *Estás en guerra contigo mismo.*

—No. —No sé a quién me dirijo con esta negación. Retomo la conversación—. Se supone que debería echarla de menos, pero no. La siento como algo material. Algo que, en realidad, no me pertenece.

—No me refería a la casa en sí, sino a tu hogar.

Lo comprendo.

—Sí, al hogar sí, aunque fuese del Caimán y su acompañante. No mío. Yo ocupé su espacio como esos bichos que cambian de cascarón. No pertenezco a ninguna parte.

—¿El Caimán?

—Es el ser al que busco. Es por quien tengo una misión.

—¿Y cuál es tu misión?

—Contarles a todos que venimos del fin de la humanidad.

—¿Estás…? ¡Estás loco!

—Sé que se ha ocultado la verdad en este país. Yo los liberaré de la mentira —sentencio.

—Noah —es la primera vez que usa mi nombre, marcando mucho su acento por la tensión—, te asesinarán como hicieron con los que trataron de contar esa historia después de que se prohibiese hacerlo.

Enmudezco de golpe. Tiene sentido que ella sepa la verdad, porque es una anomalía, pero me sorprende, porque siempre he pensado que nuestra verdadera historia es un secreto muchísimo mejor guardado. El Código la vetó bajo pena de muerte para someter a los draizs y engañar a generaciones y generaciones de humanos. Ellos no quieren que recordemos por qué se nos dio una segunda oportunidad para vivir.

» *Es lo que sois...*

—Cállate...

» *Es lo que eres y no debes frenarlo.*

—¡Silencio!

Otra vez. La calidez de su mano; esta vez apoyándose en mi espalda. Luego me acaricia y me voy dejando caer contra tierra. Soy un laberinto de pasadizos escurridizos que no llegan a ninguna parte, a ningún final. No conozco mi pasado y tampoco parezco saber mucho del presente. El Caimán es mi respuesta. Ofrecer la verdad es el encuentro definitivo. ¿O la huida definitiva?

—¿Noah?

Levanto la mirada y la chica me recibe con una sonrisa. Una sonrisa que me recuerda a la casa junto al mar. A la casa que invadí con mi presencia. Pero en su gesto descubro un doble filo, como el de un arma: me reconforta y me destroza. Me reconforta porque, por fin, estoy junto a alguien. Junto a un ser que late vida y la transmite. Pero me destroza, porque me está dando a entender que esa casa que yo he creído un simple techo bajo el que dormir, ha sido mi verdadero hogar. La vida de mi corta memoria.

Las lágrimas se acumulan en mis ojos y no las retengo. Por segunda vez, lloro de pura tristeza. Y la tristeza agota, aunque el vacío que crea también llena. O, más bien, deja espacio para nuevos sentimientos. Como vaciar un recipiente para tener la oportunidad de rellenarlo de algo nuevo. Algo, supuestamente, mejor.

—¿Noah?

—¿Cómo te llamas?

No sé por qué lo pregunto.

—Ya te he dicho que…

—Por favor.

Suplico. Suplico como lo hice hacia el duro invierno, cuyo frío casi me mató el primer año. Como lo hice cuando no sabía descifrar algunos escritos del Caimán. Suplico porque nunca he sentido la soledad como una bestia que se afila los dientes para hacer daño.

—Me llamo Runa.

—¿Runa?

—Sí.

—Pues Runa, he perdido mi hogar. He llorado bastante por él, pero no entendía el porqué de ese sentimiento tan desesperante. No sabía que algo aparentemente material pudiese convertirse en algo intangible y sentimental.

—El hogar no tiene por qué tener forma de casa. Puede ser el cobijo de un árbol o incluso alguien.

—Tu sonrisa, Runa, me ha recordado al hogar. —Intento componer un gesto agradable.

Me gusta decir su nombre en voz alta. Hace más real su presencia.

—Pero que me acabas de conocer, ¿qué dices?

Se separa de mí, aunque no bruscamente. Comienza a estrujarse las manos como si así pudiera contener un sentimiento irrefrenable. Runa es demasiado divertida, mucho más que las olas del mar.

—Eres una anomalía repleta de anomalías, Noah.

No puedo evitar que mi imaginación juguetee con la idea de

que Runa me acompañe y me ayude a extender la verdad por Nueva Erain. A contarles que venimos del fin del mundo a todos los que no lo saben y a alzar de nuevo la voz de los forzados a callar. Que el Código se ha inventado un nuevo origen para enaltecer la figura de los seres humanos y ocultar que, en realidad, invadimos a otra especie, también hija de la naturaleza. Hija de la Magia.

Observo cómo Runa se lleva una mano al pequeño bolsillo de su grueso cinturón y saca una lámina rectangular en la que hay esbozado un ojo del que se desprende una lágrima. En la parte inferior hay algo escrito, pero no sé descifrarlo. ¿Otro idioma diferente al eraino y el draiziano? Una idea repentina, aunque no descabellada, me cruza por la mente y me deja sin respiración. ¿Es posible que proceda de otro país?

No se percata de mi duda y, como no soy capaz de reaccionar, ella continúa:

—Aquí pone: El Hallazgo. —Me señala la inscripción con el índice—. En mi… —enmudece. Palidece y sus claros ojos repasan el lugar, inquietos. He acertado.

—¿En tu idioma?

Runa aprieta los labios y contiene la respiración. Que venga de otro país me sorprende, pero no creo que sea algo tan terrible como para alterarse. Por eso, en su desmedida inquietud, creo intuir algo más. Algo que no se atreve a decir en voz alta.

—Vengo a visitar y explorar Nueva Erain. ¿Es un problema? —pregunta, apenas vocalizando, y yo niego rápidamente porque no quiero molestarla.

Carraspeo y repaso la ilustración con el dedo. Trato de retomar la conversación para que Runa se destense. No quiero destrozar lo poco que hemos construido hasta ahora.

—¿El Hallazgo? ¿Eso qué significa?

Ella parece acceder en silencio a mi acuerdo de dejar estar el tema de su procedencia.

—Pues significa que mis cartas de adivinación —¿acaba de decir adivinación? ¿De adivinar el futuro?— me han mostrado que tú eres la anomalía a quien alguien busca desesperadamente. Desean hallarte. El Hallazgo es esquivo, pero parece que tú aceptarías descubrirte ante ese ser.

—Tus cartas son solo un juego. Están equivocadas. A mí no me buscan, me persiguen. Igual que a ti. Por la Magia. Y soy yo quien está buscando a alguien. No al revés. —Me dirijo hacia la mochila, cierro bien los bolsillos y me la cargo a la espalda.

—Tu camino no es único, Noah.

—Cierto, pero sigue sin responder a cómo vas a ser capaz de conocer el futuro.

Entonces Runa esboza una sonrisa que hasta el momento no he visto en ella y que, desde luego, no me recuerda al hogar. Es una mueca desdibujada por un sentimiento hiriente… o que hiere. Aunque no pueda ponerle nombre, me molesta.

—Somos anomalías, ¿no? ¿Quién te hace pensar que nuestro poder reacciona de la misma manera en todos los cuerpos?

—Pero…

—¡Está bien!

Retraso un paso, porque con esas palabras tuerce el gesto de nuevo hasta convertirlo en su cálida sonrisa. ¿Estoy descubriendo una parte de Runa de la que desconfío? En realidad, no sé nada de ella. Podría pertenecer al Código. Podría estar engañándome para darme caza.

De pronto, el hecho de que ella no quiera estar conmigo me alivia. Tal vez mi misión es mejor llevarla a cabo solo. Siempre lo he estado, así que no tengo por qué sentir la necesidad de compañía solo por conocer a una persona. Por suerte, Runa…

—Te acompañaré hasta que nos topemos con la capital. Bueno, con una de las dos capitales.

» *Te está engañando…*

—Cállate —chisto, pero ella me oye.

—¿Qué sucede?

—Nada. Me parece bien. Quiero decir… ¡Muy bien! —Intento sonar entusiasta, aunque fingir no es una conducta que haya practicado mucho, porque nunca he tenido que aparentar conmigo mismo—. ¿Y allí te separarás de mí? —tanteo.

—Desde luego. No quiero que nuestra magia nos ponga en peligro.

—Te perderás cómo cumplo mi misión.

—Eres demasiado sincero, Noah. Por tu bien, te aconsejo que aprendas a mentir.

Así que es cierto. Los humanos no podemos sobrevivir sin la mentira. Sin ocultar. Pero si mi misión se basa en ser sincero, ¿qué tipo de persona sería si no sigo ese mismo camino para todo lo demás? Carraspeo.

—Me dirijo a Núcleo. Si voy a Mudna, que es donde está el Código, no saldré vivo de allí.

—Lo que me extraña es que creas que vas a salir vivo de Núcleo. Los draizs rechazan a los humanos.

—No todos. Confío en que apoyen la intención de mi visita.

Runa me responde poniendo los ojos en blanco, y comienza a caminar. Ella es misteriosa. Es como algunos ejercicios de matemáticas que siempre dejaba incompletos por no saber resolverlos. Es un laberinto distinto al mío. Lleno de luz pero también de sombras oscuras, demasiado tenebrosas; nunca me acercaré a ellas.

Me he emocionado con nuestro encuentro. He caído en la trampa de ilusionarme solo por tener contacto con un ser racional. Runa puede resultar ser un arma de doble filo, porque, según el Caimán, todos los humanos lo son.

Incluido yo.

Lo único que queda de la última página del diario del Caimán son unos pequeños trozos irregulares en los que no se aprecia ni una sola letra. Alguien ha arrancado parte de esa página. ¿El mismo Caimán? No puedo saberlo. Ni siquiera intuirlo, porque cuando desperté, el diario ya se encontraba en aquel estado. Lo que tengo claro es que la página desaparecida debe entrañar algo especial. Algo que noto como parte esencial de mí. Porque los documentos, ahora incinerados, construyeron al Noah que soy en el presente. Si falta una hoja, falta un pedazo de mí.

Rozo los restos con los dedos y mi mirada se desliza hacia la penúltima página. He leído infinidad de veces el diario del Caimán, y todas las lecturas siempre me han dejado mentalmente exhausto. ¿Es posible echar de menos a alguien que ni siquiera he conocido? ¿Es posible considerar familia, considerar hogar, a un ser que incluso podría no existir?

Respiro hondo. Leo en un murmullo:

Si me lees, aquí finaliza este camino. Si me lees, es porque ya no estaré. Si me lees, es porque tú estarás de nuevo. No he soportado tu ausencia. No la he soportado en esta casa que se me venía encima. Ahora me tengo que ir. He indagado demasiado, he descubierto demasiadas cosas más allá de este lugar. Creo que cabe una posibilidad, una ínfima posibilidad de volverlo a conseguir. Sé que están por ahí, por el mundo. Sé que está aquí, en alguna parte… como tú.

No te voy a prometer mi vuelta, porque tú no pudiste prometerme la tuya. Lo entiendo: no pudiste. Y no huyo, solo busco fuera de aquí. Lejos de ti, tal vez. Espero que, si vuelves, encuentres todo esto, espero que si vuelves acudas a

Y fin. «Acudas a» son las dos últimas palabras, porque alguien arrancó el resto. Siempre he creído que el diario y todos los documentos van dirigidos a mí, aunque quizá yo no sea el objeto de todos estos mensajes. Tal vez me he aprovechado de las pertenencias de otro ser, simplemente, para darle un sentido a mi vida. Sin embargo, el Caimán es la razón de mi existencia. No tengo un pasado, y sin el Caimán dejo de tener presente. Y si no poseo ninguno de ambos, ¿qué será de mi futuro?

Quiero recuperar mis recuerdos. Quiero saber cómo era el otro Noah; qué experimentó. Si vivía en la casa junto al mar o apareció en otro momento. No obstante, no puedo evitar sentir una pizca de temor: ¿y si al rescatar mi memoria, el anterior Noah regresa con tanta fuerza que hace desaparecer a mi yo actual? Aunque estoy lleno de huecos, me gusta cómo soy. No quiero esfumarme sin más.

Cierro el volumen, tratando de controlar mi respiración. Observo la bellota que se balancea pendida de mi muñeca. ¿A quién pertenecería? ¿Al Caimán? ¿A su acompañante? Pero parece tener demasiado tiempo. Está demasiado usado. También cabe la posibilidad de que, antes de que yo llegase, alguien hubiese pasado por allí y se le hubiese olvidado. Alzo el brazo para observar el objeto a contraluz.

El aliento entrecortado de Runa me saca de mis pensamientos. Guardo el diario del Caimán en la mochila. Tres días más de viaje juntos han pesado más de lo que imaginaba. Interactuar con otro ser racional es agotador. Además, Runa es una persona muy críptica. A mis preguntas contesta con monosílabos, encogiéndose de hombros o con el mismísimo silencio. Le ofrezco sinceridad con mis respuestas y ella me responde con indiferencia absoluta.

Solo el segundo día mi insistencia dio frutos. Me contó que su brazo pintado lo estaba, pero para siempre. Que a aquella práctica se le llama: tatuaje. Yo le volví a palpar el brazo, fascinado. Era inevitable mirarme las manos después de tocarle la piel. Runa se rio de mí, por supuesto, y me sorprendió que le hiciera gracia mi curiosidad. Y lo más asombroso es que creo que su tatuaje cambia de forma y color cada cierto tiempo. A veces la ilustración muestra olas de mar, azules y verdes; otras, una especie de construcciones de piedra, e incluso alguna noche me ha parecido apreciar cuervos de ojos rojos con los picos abiertos. Obviamente, cuando le pregunté sobre mi impresión, solo obtuve una sonrisa como respuesta.

Al cuarto día, a punto de llegar a Núcleo, me doy por vencido. Runa no tiene intención de dejarse conocer, al menos, no con otra anomalía. Tampoco quiere mi sinceridad. Lo único que desea es alejarse lo máximo posible de lo que ella considera un peligro inminente: la unión de nuestra magia.

Llega hasta a mí resoplando. Le tiendo una cantimplora llena de agua fresca. El centro de Nueva Erain está surcado por varios ríos y ocupado por muchísimos bosques, por lo que abastecernos de provisiones ha sido bastante sencillo.

—En serio, Noah, me muero. Dime que la mancha que veo en el horizonte es Núcleo y no un espejismo. —Bebe tan rápido que parte del agua se la derrama por encima.

—Si me contestas a unas preguntas te respondo sin problemas. —Ato la última correa de la mochila.

—¿En serio? No voy a decirte nada sobre mí. ¿No tuviste suficiente con el tatuaje?

—No.

—Pues no te voy a contestar, querido Noah.

—Retintín —le señalo, y ella se echa a reír.

Aunque hemos permanecido en silencio la mayor parte del viaje, no he abandonado mi estudio sobre el comportamiento social. Gracias a Runa, estoy aprendiendo a diferenciar cuando alguien habla con retintín, con sarcasmo e incluso las emociones que pueden atrapar las palabras. Lo último aún tengo que pulirlo bastante, pero comprobar que avanzo solo me anima a continuar aprendiendo a relacionarme.

—Muy bien, Noah. —Runa aplaude con lentitud.

—Claramente ironía. Te estás burlando de mí.

—Te daría un abrazo si no fuese porque cada vez que nos tocamos siento tu magia como una horrible punzada. ¿En serio no puedes contenerla ni un poco?

Frunzo el ceño. Sabe que no, así que me lo está preguntando para desviar la atención de ella; algo que suele hacer siempre. Me cruzo de brazos y enarco una ceja —la chica lo hace mucho y se me ha pegado el gesto—. Ella me contesta imitando mi expresión que, en realidad, es suya.

—Te has dado cuenta.

—Aprendo rápido. He estado dos años solo con la única ayuda de mis propias, aunque escasas habilidades. No voy a... —¿Cómo es esa expresión?

—Andarte por las ramas —completa Runa.

—Eso, a andarme por las ramas. Voy a preguntarte y vas a tener que responderme al menos con cinco palabras, ¿de acuerdo?

—Y luego me dirás si eso del horizonte es Núcleo.

—Por supuesto.

Aprieta los labios y observa durante unos segundos el cielo. Descruza los brazos para poder cogerse de las manos y me dice:

—Está bien, dispara.

—¿Que dispare?

—Es una forma de decir que empieces a hablar sin impedimentos.

—Entiendo. —Lo anoto mentalmente—. Bien. Mira, Runa, he concluido que no me fío de ti. Apareciste de manera misteriosa delante de mi casa a la que nunca ha llegado nadie. Dices ser de otro país, pero te perseguía el Código. Dices que vienes a explorar esta tierra, pero ya sabes nuestro idioma a la perfección, sus ciudades e incluso sus conflictos políticos. ¿Cuáles son tus verdaderas intenciones? ¿Es que piensas hacer algo malo?

—Uf, eso es más de una pregunta, ¿eh, Noah? —Su voz suena tan neutra que me eriza la piel del cuello.

—He dicho que iba a preguntarte, no he especificado cuánto.

—Quiero ayudarme a mí misma.

—¿Esa es tu respuesta?

—Una respuesta de, al menos, cinco palabras. ¿Eso es Núcleo? —Sigue con ese tono de voz monocorde que parece denotar enfado. Su mirada ronda aquí y allá, incómoda.

—Sí, lo es. Andando. Cuando antes lleguemos, antes podremos separarnos.

Emprendo el camino y me percato de lo mucho que me duele la garganta. Es como si me hubiese comido una planta llena de espinas. Y pensar que había deseado que me ayudara en mi misión. No. Runa no es de confianza. Runa no la pide tampoco, así que no se la voy a dar más.

Pero eso no disipa todas las dudas que le he expresado.

Tres kilómetros después, Núcleo es una realidad. La periferia de la ciudad la conforman casas de piedra de dos pisos. Logro avistar a algunos draizs salir de ellas. Mi corazón empieza a latir desenfrenado por la impresión. El Caimán recopiló y dibujó los diversos aspectos de esta especie mamífera: alados, de piel azul, de manos palmadas, de siete ojos… Cientos de características físicas distintas, como en el ser humano. Solo que el Caimán dejó claro que los humanos tienden a discriminarse entre ellos, aunque todos estemos compuestos por carne y huesos. Los draizs no plantean esas disyuntivas, porque entienden que sus diferencias corporales son una mera capa que resguarda lo verdaderamente importante.

Aunque no me puedo olvidar de los *harums,* hijos de humanos y draizs. Harum, que significa en draiziano: «nacido entre dos mundos». Son una población joven y escasa que permanece oculta, según el Caimán, por el propio prejuicio que existe en el país. No logró documentar la apariencia de ninguno, pero por lo poco que recabó, sé que las características físicas de ambas especies se mezclan, aunque predominan las humanas. ¿Continuarán asustados e invisibles a los ojos de Nueva Erain?

—Noah, ¿estás bien?

—Son draizs. —Omito a los harums—. Estoy viendo draizs. —La emoción deshace un poco el malestar que ha agarrotado mi garganta—. Son una especie fascinante.

—Te recomiendo por enésima vez que te calmes. A los draizs no les gustan los humanos.

—Lo sé.

—Pues si lo sabes cálmate. No vamos a ser bien recibidos.

—Pero ¿no te marchas ya?

—Quiero descansar. Necesito un buen plato de comida caliente y bañarme. Lo necesito con urgencia. —Suspira—. Además, me ha entrado curiosidad. Quiero verte en acción para que no me lloriquees que me he perdido cómo realizas tu misión —se burla de mí.

—Llevo casi dos años preparándome para esto, pero no creo ser capaz de empezar ahora mismo.

—Lo harás bien, si no te matan antes. —Detecto que es un chiste, aunque no llego a entender su humor basado en temas dolorosos—. Lo harás bien. Practicas en sueños —cede ante mi nula reacción.

—No lo creo.

—Pues hablas durmiendo. Te lo digo yo que no me has dejado ni una noche en paz. —Me da un ligero y cordial empellón. La primera vez que me empujó de esa manera me puse en guardia pensando que me iba a atacar.

Respiro hondo, acuciado por los nervios. Es cierto que la mayoría de draizs repudian a los humanos por lo que hicimos. Su miedo no me extraña, aunque me apena. La decisión de unos pocos que tomaron el poder nos ha condenado al resto. Espero que sepan ver que solo pretendo ayudarlos.

Continuamos la marcha al son de siete campanadas que apreciamos lejanas, extendiéndose por la ciudad. Aminoro la marcha, pero Runa me coge del brazo y estira de mí. Estamos apenas a medio kilómetro del borde externo de Núcleo y a cada paso mi entusiasmo va perdiendo fuerza.

—Tranquilo. Es tu misión, ¿no?

—Que tú me animes no me anima.

—¿Soy tan mala contigo?

—Lo que eres es sincera. Y eso está bien. Pero lidiar con la sinceridad de otra persona es complicado. No quiero meterte en problemas.

—Voy armada.

—Esto solo empeora…

Y no sé cómo lo logra, pero se ríe. Retomo la marcha y mi gesto se descompone a medida que nos acercamos. Estamos llegamos a Núcleo. Un paso y entramos en la ciudad. Un paso más y…

Estamos en la ciudad.

Avanzamos por la calle polvorienta. Núcleo es una ciudad muy poco colorida. Hay vegetación, aunque es escasa y queda sepultada por el marrón de la tierra, y el amarillo y el rojizo de los materiales que componen las edificaciones. Los alrededores de la ciudad ya ofrecen algunas pistas sobre lo que vas a encontrarte en ella: yermas superficies duras y arenosas, salpicadas por algunos matorrales y restos de construcciones metálicas del antiguo mundo —que solo había podido ver en dibujos del Caimán, pero que me moría por estudiarlas más de cerca—.

Núcleo promete lo que desvela su camino.

Estamos sucios y apestamos demasiado como para no llamar la atención. Aunque se me olvida que somos forasteros humanos, y que con eso basta. Un pequeño draiz de alas membranosas nos señala mientras estira del pantalón de su madre que, inmediatamente, lo devuelve al interior de una casa.

—Hola —saludo. Avisto a un draiz de cuatro brazos—. Hola.

—No saludes a todo el mundo —me chista Runa por lo bajo.

—¿No es un gesto de buena educación?

—Antes tal vez. Ahora resulta demasiado perturbador.

—Puede ser. Nos miran inquietos.

—¿Y qué esperabas?

Vagabundeamos por las calles, totalmente perdidos, bajo la atención de los draizs. Runa trata de deshacerse de la tensión, indicándome sitios en los que estaría bien que empezase con mi misión, pero mi inseguridad ha crecido tanto que la respuesta a todas sus apreciaciones es una rotunda negativa.

No sé en qué momento sucede, pero cuando nos damos cuenta, un enorme grupo de draizs nos persigue. Hallo entre la multitud unos cuantos humanos, sin embargo, eso no me calma. Los que habitan en Núcleo desde el comienzo de la conquista son aceptados porque han demostrado su lealtad y bondad. Todos los nuclenses parecen hostiles y alerta por igual.

—Es perfecto. —Sonríe Runa.

—Estás disfrutando. Nos persiguen. Nos conducen a una trampa.

—¿Ves esa plaza de ahí? —No me ha escuchado y señala al frente—. Vas a subirte al bordillo de esa fuente y a empezar.

—No. No, Runa.

—Noah, si no lo haces ahora, no te vas a atrever nunca. Entiendo tu malestar, eres nuevo en todo esto. Que te presten atención, estar rodeado de público… Es nuevo, vale. Pero estoy aquí para ayudarte.

—Estás aquí para marcharte.

—No seas injusto.

Lo estoy siendo. Estoy siendo hasta contradictorio con mis propias intenciones respecto a Runa. Estoy sacando todo de mi interior, dando golpes al aire por si alguno le cae a alguien y consigo, de esa manera, deshacerme de mi creciente ansiedad. Interactuar es complicado; interactuar y estar rodeado de seres racionales es casi agónico.

Llegamos hasta la plaza y Runa me empuja hacia la fuente. Vuelvo la mirada, negando. Ella me mira con sus profundos ojos azules, advirtiéndome. Me giro de nuevo hacia la fuente a la espera de que mi público no sea tan numeroso como me ha parecido mientras cruzábamos Núcleo. ¿Por qué no podía empezar ante una masa pequeña? Tantear el terreno y no arriesgarme a terminar muerto, como bien ha destacado Runa a cada segundo de nuestro viaje hasta aquí.

—Hazlo —me susurra la chica—. Están esperando.

Están esperando, sí, a que sea un blanco fácil. ¿Por qué si no nos han seguido? Trago saliva y, con un paso tembloroso, subo al bordillo de la fuente. Giro sobre mis talones, mirándome los pies. De reojo, advierto la multitud que me rodea. Y, de pronto, todo lo que he aprendido con Runa: los gestos, las emociones... Todo desaparece. Solo aprecio innumerables ojos de distintos colores puestos en mí, con intenciones tan diversas que no logro sacar en claro ninguna.

Balbuceo. Me atraganto. Oigo una risita, y también el entrechocar de dos metales. Cierro los ojos. Estoy sudando. Me he confiado. Tengo demasiada fe en la sociedad; demasiada, teniendo en cuenta la poca que tiene el Caimán.

—¡Hola! —saludo en eraino. Pienso un instante en expresarme en draiziano, pero no lo domino lo suficiente y no deseo que alguien crea que los estoy faltando al respeto. Abro los ojos.

Alzo una mano y capto cómo Runa se estampa la suya en la cara—. Quiero decir…

—¡Fuera de Núcleo, humano!

—¡Es un infiltrado del Código!

—¡Despojo!

—¡Traidor!

Me parecía una suerte saber draiziano, pero ahora que mis oídos están copados por su odio, preferiría olvidar su idioma. Al final no chillan tanto como preveo, pese a que sus mensajes me llegan igual: altos y claros. Voy a morir aquí, estoy casi seguro. Pero entonces, la voz de Runa atraviesa la plaza y acalla a los nuclenses, sorprendiéndome.

—¡Escuchadlo! ¡Tiene un mensaje importante y sin distinción para todos nosotros!

Sus palabras levantan un murmullo generalizado que me intranquiliza todavía más. Sin embargo, alguien comienza a chistar. Alguien está callando a los demás y no es mi compañera. Poco a poco, el murmullo se convierte en un silencio que domina toda la plaza. Runa me ha dado una oportunidad y, aunque los nervios están ahogándome, no voy a desperdiciar su esfuerzo.

—Nuclenses…

» *Más alto. Alza el rostro.*

La Voz.

Lo hago.

—¡Nuclenses, vengo a entregar un mensaje muy importante! ¡Venimos del fin de la humanidad!

Nadie responde. Veo algunas bocas abiertas. Miradas confusas. Draizs y humanos. Dirijo una mirada desesperada a Runa, que enseguida hace aspavientos con las manos, indicándome que continúe con la explicación. Antes de que comiencen a criticarme, prosigo:

—Vosotros no. Vosotros sois hijos de esta tierra, pero los seres humanos no. No del todo —matizo—. Nosotros tuvimos la oportunidad de vivir hace mucho tiempo, antes de que... —Dilo—. ¡Antes de que la Magia destrozase todo lo que la envenenaba en este planeta para regenerarse de nuevo! —murmullos. Algunos de reconocimiento, otros que me cuestionan—. ¡La conquista del ser humano a los draizs fue inaceptable! ¡El Código es el terror! ¡Restos de la sociedad que llevó a este mundo a la perdición! En el pasado, en el antiguo mundo, la Magia aguantó la vida de este planeta hasta que los humanos prefirieron explotarla. La Magia, considerada entonces como una divinidad, decidió terminar con la humanidad que, día a día, asesinaba a la naturaleza. A ella misma. No justifico su decisión, sin embargo... —Mis ojos se deslizan hacia la calle en la que un revuelo comienza a formarse—. Sin embargo...

—Vamos, Noah —me anima Runa.

—¡Las anomalías, que no las conocéis, pero así las llama el Código...! ¡Las anomalías son la prueba viviente de que hay fe en este mundo, porque fueron salvadas por...!

Y una flecha sobrevuela el espacio y me roza la mejilla. Enmudezco. Siento mi sangre, punzante y cálida, recorrerme la piel. Runa se tapa la boca con ambas manos, asustada. Los draizs también callan de golpe. En la plaza solo se advierten, de pronto, los cascos de unos caballos avanzando. El peligro. Lo percibo sin ni siquiera tener que echar un vistazo. Frente a ello, decido poner en práctica la maniobra que Runa me ha enseñado para declarar que he venido *en son de paz*. Alzo las manos y me vuelvo lentamente hacia el sonido del metal y los relinchos de los caballos.

El escenario me deja sin aliento. Un ejército de, al menos, cincuenta draizs, ocupa toda la calle por la que han llegado. Son grandes, enérgicos y amenazadores. Sin embargo, mi mirada queda atrapada por los dos humanos que avanzan entre los soldados. Uno tiene el pelo blanco como la nieve y la otra camina con decisión, con su único ojo descubierto puesto en mí.

La multitud nuclense que he congregado sin pretenderlo saluda a los recién llegados cerrando un puño sobre su vientre. Oh, no. El saludo de respeto draiziano. Continúo petrificado, con las manos en alto, incluso cuando la chica del parche se sube de un bote ágil al bordillo de la fuente. De reojo advierto a su compañero alternar su mirada entre ella y yo. No sé interpretar su gesto.

—Corre, Noah. Es La Mano Ejecutora —me advierte Runa.

—¡Almog! —grita la del parche—. ¡Detén a estos dos humanos por escándalo público!

—¡No! —chilla Runa, pero antes de que pueda huir, una musculosa draiz de piel rojiza ya está sujetándola por la espalda y amenazándola con un cuchillo.

La chica del parche se gira hacia mí. A corta distancia puedo apreciar a la perfección las pecas que salpican su nariz. La humana parece percatarse de mi escrutinio y me da un toque de atención con un ligero golpe de su espada envainada en la pierna. Alzo de nuevo la mirada y me encuentro con ese ojo de un castaño claro, pero tan profundo como un pozo. Parece vacía por dentro.

—Mi nombre es Kira, y soy la danían de Núcleo. Bienvenido, alborotador. —Sonríe. Retintín—. Tú y yo tenemos que hablar.

KIRA

EL FIN DE LA HUMANIDAD. La historia alternativa y no demostrada —prohibida por el Código— sobre la llegada de los seres humanos a Nueva Erain. La versión que cuenta que algunos recibieron una segunda oportunidad para vivir y que la Magia los eligió de lo que llaman el antiguo mundo para salvarlos de su propia destrucción. Sin embargo, no hay pruebas que verifiquen esta versión. Los mudnanos niegan esta historia. Los nuclenses también. Solo los indómitos, humanos y draizs que decidieron marcharse de las capitales del país y vivir en pequeñas zonas de la isla, desvinculados y apartados de las leyes impuestas por el Código, apoyan esta historia abiertamente. Sé que el hecho de que el Código sepulte esta versión es motivo suficiente para sospechar y pensar que puede haber algo de verdad en ella. Pero si mis propios padres, los seres en los que más confío, la niegan. Y como no hay pruebas reales de que existe esa *Magia*, entonces no puedo creer en ella. Y, por tanto, en tal leyenda.

¿Soy culpable por centrar mis esfuerzos en la protección de los nuclenses y no en una historia que, venga de la mano de un poder superior o no, no está marcando ahora mismo una diferencia real?

Porque hace veintidós años que los humanos llegaron a Nueva Erain y conquistaron a los draizs. Hace veintidós años que el centro del país se dividió en dos para separar ambas especies. Años después, los indómitos decidirían no participar en esta guerra, pese a que fueron perseguidos, obligados a volver o a morir en su intento de huida. Hasta el Incidente, transcurrieron dieciocho años de puro horror en los que salir a la calle era un futuro incierto, porque el Código se enfrentaba a todo y a todos: a los que se exiliaron a voluntad, a los draizs que no bajaban la guardia y a los humanos que decidieron no apoyar su conquista y fueron recibidos en Núcleo.

Por suerte, mis padres eran los danían en aquellos tiempos. Comprensivos, tolerantes y justos, que aceptaron a los humanos que huían de su propia especie en la tierra que les había correspondido. Ellos mismos nos encontraron a Ézer y a mí llorando en medio de un bosque, cerca de un prado muy próximo a Núcleo. Nos acogieron y nos cuidaron. Nos criaron junto a Kalestra y Dido, sus hijos biológicos, como si también lo fuésemos.

Me llevo una mano al parche. Echo demasiado de menos a Kalestra y Dido. Mi hermana habría guiado Núcleo mejor que yo. Ambos habrían sabido qué hacer con estos dos humanos que han irrumpido en la ciudad avivando la llama de una historia que debería estar bien apagada por el bien de todos. No es el momento de tentar la ira del Código. Y lo que más me extraña es que ambos intrusos no conozcan las consecuencias hacerlo.

Observo al chico desde mi montura. La herida que le ha causado la flecha de Almog ha parado de sangrar, aunque ha dejado un rastro rojizo en su pálida piel. Parece enfermo, y las ojeras que enmarcan sus enormes ojos verdes no mejoran su aspecto. Pero es en su mirada donde descubro lo raro que es. A veces el pánico titila en sus pupilas, sobre todo cuando Almog lo intimida y él se percata. Sin embargo, durante gran parte del camino, lo que más reluce es su curiosidad y sorpresa.

Todo lo contrario que su compañera, que no enmascara su desasosiego ni un solo segundo. Se mira las muñecas encadenadas e intenta mantenerse firme en la grupa del caballo de Ehun. Parece al borde de la histeria. Ni siquiera cuando el chico la observa y trata de decirle algo ella se esfuerza por atenderlo.

Algo en esa actitud me dice que no son tan íntimos como he imaginado en un comienzo.

—¿Qué vas a hacer con ellos?

Ézer se coloca a mi lado y me susurra la pregunta sin desviar la mirada de los recién llegados. Su voz destila tensión y, por un momento, me duele que mi propio hermano piense que esta situación me va a sacar de quicio. Sabe con todo lo que he tenido que lidiar de primera mano durante cinco largos años; esto no va a superarme. Me observo las manos y puedo ver en ellas toda la sangre que he derramado por la causa. Sacudo la cabeza, sintiendo el corazón golpearme el pecho. La sangre desparece. Me fijo en el desconocido que ahora me mira con el ceño fruncido. El estómago baila en mi interior y me encorvo hacia delante, mareada.

—¿Kira?

Me aferro a la realidad de la voz de mi hermano, aunque queme como el fuego. Quiero que ese chico deje de estudiarme como si fuera una pieza de exhibición. Aprieto las riendas y alzo el rostro. El sudor me resbala por la nuca hasta perderse por la espalda. El desconocido ladea la cabeza, desconcertado, y vuelve la vista al frente.

—No voy a castigarlos, si es lo que te preocupa.

—Kira, eso no…

—Déjalo, Ézer.

He golpeado fuerte y bajo. Sin embargo, sé que él aguantará mi arremetida. A veces es el pozo en el que descargo toda mi frustración. Lo recompensaré por ser tan paciente, por quererme tanto. Le daré la libertad que tanto anhela, porque cada vez es más evidente; el hecho de que quiere marcharse de Núcleo.

—¿De dónde han salido? ¿Por qué han decidido venir a Núcleo a hablar sobre algo que lleva muerto desde hace años? ¿Sobre algo que causó tanto dolor? ¿Se sabe si en Mudna ha sucedido algo parecido?

—No que sepamos. Le preguntaremos a Haneul por si acaso, pero… —Baja la voz—. En cuanto llegue cualquiera de las espías les preguntaré también.

Está claro que el kalente de los mensajeros no va a saber nada, a no ser que el Código quiera que lo sepamos mandándonos una de sus preciadas cartas de letra roja. Así que nos tocará averiguarlo por la otra vía. De cara a Mudna cumplimos los Pactos de la Armonía a raja tabla, porque mantienen esta guerra fría en suspense. Sin embargo, si actuásemos sin artimañas, no sobreviviríamos, y por eso existe la parte oculta del ejército nuclense: las espías. Infiltradas en territorio enemigo para extraer la mejor y más fresca información.

El espionaje está prohibido en los Pactos, pero sé que el Código tiene sus formas, y yo me niego a ceder.

—Cuando Pantea y las demás regresen, comunícamelo. Esta irregularidad no nos conviene. Esto… necesito hablarlo con los papás y el resto de kalentes.

—Los ciudadanos están descontentos.

—Lo sé. He visto el terror, el desconcierto y la rabia en sus rostros. Así que, de momento, vamos a encerrar a esos dos en los calabozos.

—Pero, Kira…

—Yo tampoco quiero y, sin embargo, es lo que único que se me ocurre de momento para mantener la situación bajo control.

Espoleo al caballo. El animal aprieta el paso y, poco a poco, me alejo de mi hermano. Necesito espacio. Necesito meditar. No quiero tenerlos encerrados para siempre, solo lo suficiente para comprobar que Mudna no se ha enterado de esto y para que Núcleo vea que este pequeño altercado no va a afectarnos negativamente.

No me siento bien con mi decisión. Noto cómo el Código, con sus déspotas y violentas leyes, me obliga a tomar medidas como esta. He coartado la libertad de expresión de ambos desconocidos y los estoy encerrando por ello. Pero como danían debo acatar ciertas normas por el bien de Núcleo, aunque me convierta en un objeto de odio. Aunque me sacrifique a mí misma en el intento.

La chica grita hasta que se da cuenta que su eco es el único que la va a responder. No me pasa desapercibido su extraño acento. Hay muchos y muy distintos en Nueva Erain, pero el suyo destaca por ciertos siseos. El chico solo se recuesta en el suelo y cierra los ojos. Ézer le dice que puede descansar en el camastro, que para eso hay uno, pero el desconocido simplemente lo mira a los ojos y asiente, sin moverse del sitio.

A veces me olvido de que el Liman tiene construido en el subsuelo un amplio calabozo. Es el lugar que menos me gusta utilizar de todo el edificio. Pero si algo odio más que esta caverna oscura son las enormes jaulas en las que encerramos a nuestros prisioneros. Sí, jaulas. Todas construidas con barrotes de metal, cuyos huecos privan la intimidad de quienes las ocupan. El interior queda a la vista del ejército que custodia. Entre jaula y jaula apenas hay dos metros de separación; espacio que, en tiempos de guerra, no fue suficiente para contener tanto a draizs como humanos, que encontraban la manera de recortar la distancia para matarse entre ellos.

Trato de recomponerme y llamo a Ézer, que sigue insistiéndole al chico en que se acueste en el camastro. Mi hermano me mira, enfadado. Es muy cabezota cuando quiere, y si se junta con sus ansias de ayudar, resulta imparable. Pero tal vez es mi mirada de alerta la que debilita sus ganas de que nuestro nuevo *inquilino* se sienta más cómodo en el calabozo. No hay forma de que se sienta a gusto si de todas formas va a estar encarcelado.

—Voy a convocar otra reunión con los kalentes —le susurro a Ézer cuando se acerca a mí—. Querrán saber qué quiero hacer con ellos.

—Sabes que mantenerlos prisioneros por lo que han hecho es absurdo.

—Son humanos. Los van a querer bien atados. Aparte, quiero comprobar si Mudna se ha enterado de esto. No quiero darles más razones para que rompan los Pactos de la Armonía. —Me cruzo de brazos, observando de reojo a la chica que se agarra a los barrotes y pone la oreja en nuestra conversación con descaro.

—Pero tú eres la danían de Núcleo, no ellos. Si los convences de que no son una amenaza, no habrá problema.

—¿Y no son una amenaza? —Escruto el rostro de mi hermano en busca de alguna apreciación que a mí se me haya escapado para confiar con tanta facilidad en los dos aparecidos.

—No tienen pinta de serlo.

—Ojalá *no tener pinta* fuese suficiente. —Le doy la espalda a la caverna.

—Kira, tú no quieres esto. Lo sé. Tienes que hacer lo posible para dejar claro que cualquier draiz o humano puede manifestar sin problemas su opinión. Que no nos doblegamos ante las crueles imposiciones del Código.

—¡Eso ya lo sé, Ézer!

Alzo la voz y el grito se lo lleva el eco. Ambos intrusos alzan el rostro hacia mí. La chica parece sorprendida, pero el otro es, de nuevo, una máscara de curiosidad. Me rasco la frente para intentar aplacar el nerviosismo que me está carcomiendo desde el estómago. Les hago una indicación a los dos soldados que vigilan las celdas para que se mantengan alerta. Ellos se cuadran ante mi gesto y giro sobre mis talones.

—Tengamos esta conversación en otro sitio.

Avanzamos escaleras arriba, perseguidos por los gritos de súplica de la chica. Del otro no obtengo nada. Y hasta que no llegamos a la planta baja, no retomo la conversación. Estoy demasiado alterada por los consejos de Ézer. Tiene razón, tanta que abrasa. Pero no puedo hacer lo que me venga en gana por muy buenas que sean mis intenciones. La danían guía, no ejecuta sin escuchar a los demás.

—Kira, parecen cadáveres en vida.

—Habrán recorrido un largo viaje.

—Kira —Ézer me detiene por el brazo y me obliga a mirarlo directamente—, han venido a pie, ellos dos solos, única y exclusivamente para esto. El chico parece que vive dentro de una burbuja y la chica está a punto de mearse encima de miedo. Solo ella llevaba una daga y ni siquiera la ha sacado cuando nos ha visto llegar a la plaza. Te resultan raros y eso, justamente, es lo que los vuelve inocentes.

—Está claro que o son temerarios y venían a tentar a la muerte, o no conocen la problemática del país. Lo primero me insta a que los mantenga encerrados, y lo segundo me preocupa. Hay pocas posibilidades de que alguien viva solo en Nueva Erain, aislado de todos y todo, sin conocimiento de nada. Lo otro que se me ocurre es que…

—Es que vengan de fuera. De otros países.

—Es improbable, pero puede ser, sí. —Me llevo un dedo a los labios, pensativa, rememorando los matices tan peculiares en la voz de la prisionera.

Ézer tiene razón. Hay demasiadas variantes misteriosas que envuelven a las dos personas. Tanto mi hermano como yo hemos aprendido a analizar bien al resto de seres, a tratar de resolver quiénes son antes de que hablen y les dé tiempo a callar lo que su apariencia sí transmite. Estos dos han aparecido de la nada, hechos polvo, con un mensaje demasiado peligroso.

—Está bien. Trataré de usar tu baza. —Respiro hondo.

—Esta es mi hermanita. —Ézer me rodea con sus largos brazos e intenta alzarme, pero no se lo permito.

—No te emociones tanto. Aún no lo he conseguido.

—Eso es lo que tú crees. —Y sonríe, confiado.

Deshacemos nuestros pasos hasta llegar a la puerta principal del Liman. En ella espera agolpada una multitud gigantesca que reclama una respuesta. Una solución. Al verme, la revolución crece en exigencias más feroces y algún que otro insulto. Intento tranquilizarlos, pero, al final, solo los soldados, haciendo barrera con sus cuerpos y armas, consiguen dispersarlos.

Subimos hasta la sala de reuniones, a sabiendas de que los kalentes y nuestros padres ya se encontrarán dentro. Tengo claro que Almog, Eka y Haneul no van a perder la oportunidad de despellejarme viva. Por suerte, las puertas de la enorme sala están cerradas, lo que me permite tomar una profunda bocanada de aire antes de exponerme a las críticas.

—Ézer. —Tengo que decírselo o voy a reventar—. Kalestra y Dido lo habrían hecho mejor que yo. Tú lo habrías… —Pero mi hermano me detiene.

—Kalestra y Dido estaban siendo educados para ello. Y yo… Kira, que sea cuatro años mayor que tú no me faculta para desempeñar mejor esta tarea.

—Ya, bueno. Tú solo quieres ser libre fuera de aquí.

—Kira…

Pero esta vez soy yo la que no le deja concluir. Me pesan los hombros y me duele la cabeza. La herida de la mano comienza a mandarme punzadas de dolor. Arrastro los pies. Intento levantarlos, andar con confianza, pero es como si las suelas de mis botas contuvieran las rocas más pesadas de todo el país. En menos de un día me han intentado asesinar dos veces, me he enfrentado a una conversación con mi peor enemigo y he capturado a dos humanos que han metido el dedo en la llaga. Y solo han dado nueve campanadas matutinas.

Apenas miro a mis padres y a los kalentes cuando entro en la habitación. De reojo advierto a Korshid, la líder del sector justicia. Me alienta encontrarla por fin entre nosotros. Es la única del lugar, junto a mis padres y Ézer, que me trata como a una igual. La necesito de mi lado en esta discusión, sobre todo cuando parece que también vamos a tratar el tema de mi primer atacante.

—¿Qué ha sucedido? ¡Esos dos humanos nos han puesto en peligro! —me recrimina Almog nada más llego a la mesa, libre de comida y de sillas.

—¿A mí me lo preguntas? Que sean humanos no significa que tenga que conocerlos ni mucho menos leerles la mente.

—Con esa voluntad… Así de despreciable es vuestra especie —me escupe Haneul.

—¡Silencio! —ordena mi padre.

Quiero agradecérselo. Quiero insultar a Almog y Haneul por ser tan poco comprensivos. Quiero desmayarme aquí en medio. Pero aguanto y me quedo en silencio. Ni siquiera la lengua me responde, pegada a mi paladar con fuerza. Rozo la mesa intentando que mis dedos mantengan sutilmente el equilibrio de todo mi cuerpo. Mi madre parece notarlo, pero no reacciona.

—Almog, no es culpa de Kira lo que ha sucedido —dice Zigon—. Discúlpate.

—No voy a pedir perdón por decir la verdad. —Casi puedo oír cómo le rechinan los colmillos.

—Yo sí te pido disculpas, Almog. —Las palabras salen como un susurro de mis labios—. Por lo de antes..., a la hora del desayuno. No debería haberte faltado al respeto. Eres una kalente y capitana del ejército. Como tal, no mereces mi desprecio. Lo siento mucho.

El «mucho» se pierde en un gemido. Esta vez sí, mi madre extiende una mano y me acaricia la parte interna del brazo. Su piel siempre está caliente, como la de todos los draizs de ojos naranjas y piel azul. Alzo unos dedos y los muevo en el aire, indicándole que puede soltarme. Después de haber caído tan bajo, lo último que necesito es que mi madre me haga parecer aún más débil.

—Kira —la voz de Almog me atraviesa como una esquirla—, disculpas aceptadas.

Nunca me reconocerá. Ni ella ni los demás. Haga lo que haga. Todos habrían preferido que Kalestra hubiese sido la danían de Núcleo, y no yo. A mi hermana le había correspondido la sucesión de la danorniam de la ciudad —siendo apoyada por Dido— y no a mí, aunque me lo hubiese ganado, aunque hubiese arriesgado mi vida por ello.

Consideraba a Kalestra y Dido mis hermanos de sangre, tanto como Ézer. Los quería, los admiraba, eran un referente para la persona que yo quería ser cuando fuese adulta. Fueron aplicados, dispuestos, justos, valientes, comprensivos... Eran todo lo que un danían debe ser. Yo también creía tener todo aquello, pero cuando profundizo en mi interior, cuando alguien me hace sentir tan insegura como para no poder vencer la crítica destructiva, me encuentro con una Kira inexperta, perdida y desmotivada.

—¿Almog? —La voz de mi padre tiembla. Está enfadado.

—No. —Almog va a protestar, pero me adelanto—. No hace falta. No quiero que se disculpe si no lo siente de verdad. No quiero mentiras. Quiero la verdad. Y la verdad es que me odias, Almog. Pero está bien. ¿Sabes por qué? Porque puedo lidiar contigo y con quien me enfrente. Me basta con mis aliados y conmigo misma. Mientras haya alguien que quiera luchar por esta ciudad, ahí estaré yo.

Solo aparto la mirada de la kalente militar para descubrir la ligera sonrisa que enmarca el rostro de mi hermano. Está orgulloso de mi respuesta. Por otra parte, Almog no deja de taladrarme con su mirada, aunque sus labios se quedan ligeramente entreabiertos. La he dejado con la palabra en la boca. Nunca pensé que unos ojos sin pupilas ni iris pudiesen expresar tanto; me equivocaba. Los ojos rojos de Almog se humedecen, pero no como símbolo de tristeza, sino de frustración. En ellos arden miles de sentimientos, que se regeneran y vuelven a calcinarse.

—Dicho esto —retomo la conversación, tratando de no mirar mucho a Almog y apretando la empuñadura de Sustituta para aplacar el cansancio—, Korshid, ¿has averiguado algo del mercenario?

—Sí, Kira. —La kalente cruza un par de brazos en la espalda y con los otros dos gesticula—. Creemos que viene de un sector rebelde de los artesanos.

—¿Mercaderes?

—¿Cómo lo sabes? —El cejo sin vello de Korshid se frunce.

—Esta mañana uno me ha atacado. No sé si será el mismo o es que existe una célula dispuesta a acabar conmigo, pero…

—¿Han atentado contra ti otra vez? —Mi padre alza la voz.

—Tranquilo, Zigon —interrumpe Ézer—. Nadie se ha enterado y Kira ha sabido manejar la situación.

—No, hijo. Esto es grave. En menos de un día han amenazado su vida dos veces. ¡Dos veces! —Mi padre ni siquiera me mira.

Su frente azul está perlada de sudor. Su enfado se ha convertido en miedo.

—Padre, Ézer tiene razón —intento mediar.

—¿Lo has dejado suelto? —me pregunta Korshid.

—Estaba asustado. Tal vez lo han obligado a hacerlo…

—¡Kira! —Esta vez es mi madre la que se impone—. ¿Entiendes que podrías haber muerto? ¿Lo entiendes siquiera?

—Sí, pero…

—¡Pero nada! Eres la danían de esta ciudad. Eres su esperanza. No te prohibimos pasear sin escolta por Núcleo porque sabemos de tus habilidades y confiamos en que el pueblo te quiere más que te rechaza. Sin embargo, no puedes ir por ahí…

Su voz se pierde en mis pensamientos. Es un eco doloroso en mi mente. Puedo cuidarme sola. Puedo sobrevivir a todo y a todos. No es solo que pueda, sino que lo voy a hacer. Es mi misión encontrar un futuro pacífico, no solo para Núcleo, sino para toda Nueva Erain. Derrotar al Código es una necesidad para que por fin Mudna, Núcleo y los pueblos indómitos se unan o, al menos, puedan convivir sin temor a la confrontación. A la muerte.

—… tienes una fortaleza enorme y te admiro, mi cielo. Pero no puedes arriesgarte así. No puedes comportarte como lo hiciste en el Incidente.

El corazón se me encoge. Aquel día fue el más duro de mi vida a la par que el que me dio la posición que ahora ostento. Fue mi perdición y mi victoria. Mi sacrificio y mi triunfo. Me convirtió en la persona que soy, fuerte pero repleta de heridas sangrantes.

—¡Silencio! —chillo. Mi madre enmudece de golpe—. Silencio, por favor. Tienes razón, madre. La tenéis, y yo… —Intento recomponerme—. Respecto al mercenario, se encargará Roll, para eso es el kalente de los artesanos. Korshid, obviamente, tú lo ayudarás. Si los atrapáis, intentad que el resto no se entere.

Bien. Dicho esto —no espero a que me confirmen mi orden—, los dos humanos... Vamos a liberarlos.

—¡Imposible! —Almog se recupera del golpe anterior y asesta de nuevo.

—Kira, su acto conforma una ilegalidad inscrita en los Pactos —tercia Eka.

—Entiendo que lo que estaba diciendo nos pone en peligro, pero tendremos que preguntarles al menos, ¿no? Saber de dónde vienen, con qué intención...

—¡La intención es clara! Quieren infundir temor en Núcleo. Claramente son infiltrados de Mudna que vienen aquí a derrocar la paz. Atacar desde el interior.

—¿Pero alguien les ha preguntado si son de Nueva Erain? ¿Si conocen la situación de este país?

—¿Cómo no van a conocerla? —se escandaliza Haneul.

—¡Puede ser! —me defiendo—. Si no los interrogamos no sabremos nada. No leemos mentes, solo juzgamos. Por favor, intentad dejar de lado los prejuicios y centraos en lo verdaderamente importante. ¿Son inocentes o no?

—Aprovecharán que bajas la guardia para atacar sin escrúpulos —gruñe Almog.

—Yo apoyo a Kira.

—Oh, Ézer, ¿no me digas? ¡Una sorpresa que estés del lado de tu hermana! —Haneul manotea en el aire, irónico.

—Seguro que este le ha metido esa idea pacifista en la mente. Kira no sería capaz de razonar algo tan democrático en la vida —se mofa Almog.

—Cuida tus palabras, capitana —le advierte Ehun.

—¿Es que tus hijos no se pueden defender solos?

La sangre me hierve. A veces no puedo evitar pensar que Almog y Haneul solo quieren liderar Núcleo, sin importar el destino de la ciudad. Que lo importante es exiliar a todos los humanos y que sea íntegramente draiziana. No aparto la sospecha de que alguno de los dos kalentes sea quien esté intentando asesinarme. Me rechazan. No me quieren aquí. Lo demuestran cada día.

Ellos continúan discutiendo. Las voces han empezado a elevarse hasta un punto en que es complicado diferenciar quién dice qué. Yo sigo con la mirada perdida. Totalmente absorta en mis pensamientos. No soy capaz de meterme en ese fuego cruzado del que no saldré malherida, sino moribunda.

Pero son las últimas palabras de Almog las que activan todo mi adrenalina y mi toma de decisiones. No lo medito, solo me dejo llevar por la rabia y luego por la firme intención de proteger a los dos humanos. Puedo estar equivocada, pero merecen justicia; merecen poder defenderse.

Esas palabras, que terminan con toda mi fortaleza:

—¡Kira provocó la muerte de Kalestra y Dido!

Mi cuerpo reacciona solo. Apoyándome en la mesa con una mano, me subo a ella. La cruzo sin que nadie logre detenerme y cojo a Almog del cuello de su peto de cuero. La aproximo hasta situarla a pocos centímetros de mi cara. Nuestros alientos chocan. El suyo movido por la estupefacción, el mío por la ira.

—¡No os mováis! —advierto al ver que los demás están dispuestos a separarnos—. Yo no maté a Kalestra y Dido. Hice lo que pude. ¡Lo hice! —Siento que el ojo se me anega de lágrimas—. No estabas allí. Si yo no pude defenderlos y cargo con su muerte, ¿dónde estabas tú para no evitar el ataque? ¿Quieres torturarme por ello? ¡Dime, Almog! —La sacudo y ella no se resiste. Está paralizada—. Puedo soportar tus embistes. Pero soy yo la danían de Núcleo, no tú, y vas a acatar mis órdenes lo quieras o no.

—¿Eso es lo que quieres ser, Kira? ¿Una dictadora? —Y se atreve a sonreír con suficiencia.

Aflojo el agarre y el peto de Almog se escurre entre mis dedos. Ella ha calado mi culpa. Ella ha calado mi temor. Soy transparente, al parecer. Pero ella siempre hace una cosa de la que normalmente se arrepiente, y es subestimarme.

Aquí de pie, mirándola desde arriba y con el resto de kalentes demasiado tensos, mi boca se mueve sola:

—Hagamos un trato.

—No, Kira —me alerta Ézer.

—¿Un trato? Interesante.

—No seáis crías. Esto no es un juego —nos reprende Ehun.

—La danían de Núcleo está hablando, ¿no? —Almog se pasa un dedo por sus inexistentes labios, desafiante—. Adelante, Kira.

Sé que voy a enfardarlos a todos con mi comportamiento. Yo misma no me siento cómoda destacando que poseo la danorniam, pero tengo que hacer algo con Almog. Tengo que lograr que lo justo gane terreno.

—Si atrapo a Sid en la próxima batalla, los humanos son libres. Si no lo consigo…

—Si no lo consigues me dejas a mí tomar la decisión sobre ellos —propone Almog—. ¿Hay trato? —Extiende su mano de seis dedos.

De reojo, reparo en la negación de Ézer. Mi madre se ha llevado una mano a la cara y mi padre no parece contento. Pero no es nada extraño, él apenas se siente orgulloso de mí. No le gusta cómo tomo la mayoría de las decisiones. No desisto. Me haré respetar.

Miro la mano de Almog.

Avanzo hasta llegar al calabozo. Los dos intrusos se incorporan, mirándome como animales apaleados. Ézer me persigue, alarmado. En todo el trayecto no ha parado de gritarme que me equivoco, que lo mío es un suicidio y que he condenado a los dos humanos. Su falta de confianza en mis habilidades duele, pero no tanto como mi agotamiento físico.

—¡Libéranos, por favor! —suplica la chica.

Del bolsillo trasero saco unas llaves que le tiendo a Ézer. Mi hermano, rechistando, se dirige a la jaula de la chica para abrirla.

—Os he conseguido una tregua. He conseguido sacaros de aquí, de momento…

Mis palabras se enredan en mi lengua. Intento enfocar la vista en el desconocido que me observa como si fuese una estatua. Sus ojeras son dos surcos enormes como pozos… Como mi pozo. Me tambaleo.

Un golpe seco contra el suelo.

Y la oscuridad.

NOAH

POR PRIMERA VEZ TENGO LA OPORTUNIDAD de entablar conversación con más de un ser racional y ni siquiera he sido capaz de emitir una palabra. La garganta se me ha resecado, como si fuese un mueble cubierto de polvo: apenas usado e inservible. Todo lo contrario que Runa, que parece haber agotado todos los insultos y súplicas del planeta.

Lo peor es que no he escuchado el consejo de Runa: los draizs rechazan realmente a los humanos. Si cierro los ojos puedo recordarlos al detalle manifestando su odio hacia mí. Pero por mucho que busque en mi interior, no puedo sentir el rencor del que el Caimán habla en sus escritos. Lo único que siento es curiosidad y una especie extraña de felicidad. Tal vez… ¿satisfacción?

Los draizs son especiales, solo me ha hecho falta echar un vistazo para comprobarlo. Al menos he contado diez subespecies, pero el mismo Caimán enumeró al menos unas veinte. Me sé todo lo que mi *mentor* recolectó sobre ellos. Y, sin embargo, cuando los contemplé desde el bordillo de la fuente, me encontré con que no conozco nada, con que mis datos no bastan.

Los humanos y los draizs somos muy complejos. El raciocinio es lo que nos diferencia del resto de seres vivos. Y mi pregunta continúa siendo: ¿conseguiré sobrevivir a ellos? ¿Integrarme? ¿Esto me dará la oportunidad de encontrar al Caimán?

Entro dentro de la bañera y tanteo el grifo del enorme barril colgado de la pared. La palabra bañera es curiosa y sonrío al recordar al chico del pelo blanco… Ézer, pronunciándola. Ni siquiera he sido capaz de manifestar que con un recipiente grande lleno de agua me basta para lavarme. Bueno, o tres, porque en cuanto el agua sale en forma de chorro desde este singular artilugio y comienzo a frotarme la piel, me doy cuenta de que voy a necesitar tanta agua como en el mar cabe para quitarme toda la mugre.

El agua cae prácticamente negra y mi piel empieza a recuperar su color habitual, pero, aun así, no consigo eliminar la suciedad del todo. Miro a mi alrededor y, cerca de un cubo, hay una especie de piedra de color azul. La cojo, pero enseguida se resbala de mi mano. Me lamo los dedos y su sabor irritante me cierra la garganta. Después de un ataque de arcadas, me agacho a por el objeto. Lo friego entre mis manos, observando absorto cómo se genera una nube de espuma, como la del mar.

Echo de menos el mar. Su libertad. Ahora entiendo lo que no es la libertad: negar mi voluntad. Si lo pienso bien, mi pérdida de memoria se parece a esa cárcel en la que me han encerrado; todos mis recuerdos están apresados en esas jaulas a las que yo no consigo acceder.

—Creo que es jabón —me susurro a mí mismo, estudiando el objeto azul a contraluz del sol que entra por la ventana.

En la lista de tareas del Caimán está escrita la frase «lavarse con jabón», pero nunca he visto nada parecido. Solo puedo suponer. O también puedo preguntarle a Runa, incluso a Ézer, porque no impone tanto como la danían. Lo he escuchado defendernos en los calabozos. Además, su mirada se parece al otoño: marrones con algunas pequeñas zonas que a veces están salpicadas de amarillo y otras de verde; es cálido, no como Kira.

Me froto el cuerpo con el objeto y la espuma se lleva el resto de suciedad. Ahogo una exclamación, sorprendido por el resultado. Los individuos somos capaces de descubrir o crear cosas asombrosas. A veces me imagino en la sociedad del antiguo mundo de la que habla el Caimán en sus textos. La que añora de alguna manera. Aunque jamás viviría en ella, daría un vistazo por curiosidad, para comprobar cuánto lograron crecer y cómo lo echaron todo a perder.

Y los antiguos humanos debieron conseguir algo grande, porque la Magia no fue capaz de hacer desaparecer toda su huella en el mundo actual; las ruinas metálicas susurran la verdad.

Cuando decido que ya me encuentro lo suficientemente limpio y no apesto, busco la toalla para secarme, pero no está. Ni colgada en la puerta ni en el suelo. Me la he olvidado en la habitación contigua. Me sacudo el agua de encima, me escurro el pelo, salgo de la bañera y abro la puerta.

Su débil exclamación es lo que me alerta. Ézer está sentado en la cama en la que Kira está acostada, dormida. Su rostro y sus orejas se encienden. Alterno la mirada entre mi cuerpo y su expresión.

Deseo sexual. Incomodidad. Privacidad. Reacciono tan rápido y tan bien como puedo. Trato de taparme entero, encorvándome sobre mí mismo, pero como no sé qué parte de mi desnudez estará molestándolo, termino acurrucado en el suelo, cogiéndome de las rodillas y con la cabeza enterrada entre mis brazos y mis piernas.

—Lo... lo siento —musito—. No sabía que ella estaba aquí.

No te estaba mirando. No quiero molestarte. Los humanos odian que se los estudie tan detenidamente. Yo… La toalla…

Otra vez la vergüenza dominando todo mi cuerpo, que tiembla; mi habla, que tampoco controlo. El calor llega a mis mejillas e intento refrescarme con el frío de mi piel, pero no se pasa. Oigo el sonido de unos pasos que se detienen frente a mí. No alzo el rostro; no soy tan valiente como pensaba, ya que no seré capaz de enfrentar el enfado de Ézer.

Sin embargo, algo cae sobre mí y me cubre. Una tela. La toalla. Me envuelvo de inmediato con ella, pasándola por mis hombros. Es lo suficientemente grande como para ocultarme el cuerpo hasta las rodillas.

Ézer se sienta de nuevo y, aunque ya no parece inquieto, sus orejas aún están sonrojadas. ¿Habrá sentido incomodidad como Runa en su momento? Me llevo una mano al rostro. El calor también ha enrojecido mi piel, al parecer, un signo físico frecuente al sentir este tipo sofoco.

—No te preocupes. No eres la primera persona que veo desnuda en mi vida.

El chico ríe quedamente y de entre mis labios se escapa un suspiro a la vez que sonrío. ¿Cómo es posible que un desconocido consiga que esté al borde de la risa con tanta facilidad?

—No tiene por qué ser vergüenza. Hay muchas razones para reaccionar así… —Piensa en mi nombre.

—Noah. Mi nombre… es Noah.

—¿Dudas? —Ézer alza una ceja.

—De todo.

Me acerco al borde de la cama y observo a Kira. Está mucho más pálida que antes. Dormida parece una persona distinta. Ahora en sus rasgos no se entrevé el peligro que ha arrugado su rostro durante toda la mañana, solo paz y tranquilidad.

—Es una buena persona. Pero os ha asustado, ¿verdad?

—No. Puede. He sentido más miedo cuando estaba hablándole a los draizs.

—Siéntate.

Me giro hacia él y, como respuesta, Ézer le da unos golpecitos a la cama. No dudo y le hago caso. Trato de que la toalla me envuelva el cuerpo con firmeza para asegurarme de que no caiga.

—Sabes que lo lógico sería que tú hubieses sentido vergüenza, ¿no?

—Pero Runa me dijo que no estaba bien que observase así a las personas.

—¿Runa es tu amiga? —Amiga no es, pero no sé por qué asiento—. Eres tú quien estaba desnudo frente a mí y no al revés. Yo estaba observando tu desnudez y no al revés. ¿Lo entiendes?

—Sí, pero yo no me avergüenzo de mi cuerpo. Además, si no es la primera vez que ves a alguien sin ropa, ¿por qué enrojeces? ¿Por qué has dejado de mirarme?

Entreabre los labios y sus orejas recuperan el intenso color. Frunzo el ceño, por si así soy capaz de desentrañar lo que Ézer está sintiendo. Creo entender a qué se refiere. Me he confundido, quizá, movido por el nerviosismo: él es quien me ha observado y soy yo quien tendría que haber sentido molestia por ver expuesta mi intimidad.

—¿Dónde está Runa?

—En otra habitación, con Ehun y Pantea. —Ladeo la cabeza, todavía interrogante—. Ehun es la draiz que nos acogió a mi hermana y a mí. —Miro a Kira. Son hermanos—. Es como nuestra madre. Pantea es una amiga de Kira, aunque a ella le cueste reconocer en voz alta que tiene amistades. Respondo por ambas, aunque no lo necesiten. Son de confianza. Puedes estar tranquilo. —Y Ézer encaja su mirada en la mía.

Mis ojos recorren su rostro. Kira y Ézer son hermanos, una familia, tal y como siento que lo es el Caimán para mí. Busco en

Ézer las similitudes que pueden vincularlo a la chica del parche. Su pelo es blanco como la nieve, bastante extraño teniendo en cuenta su juventud; unos pocos años mayor que yo. En cambio, Kira tiene el pelo oscuro como la noche. Pero es en la claridad de sus ojos marrones y en las pecas que ocupan el puente de su nariz y salpican un poco sus mejillas lo que confirma su parentesco. Aunque Ézer luce dos lunares diminutos y simétricos cerca de cada esquina de sus párpados inferiores.

Alzo ambas manos y llevo un índice a cada lunar. Ézer se estremece bajo mi contacto, pero me tiene absorto. ¿Mi memoria habrá perdido a una posible familia? Un cosquilleo por el pecho se convierte en dolor de repente. Mi pasado, ¿dónde se habrá escondido? Lo necesito para recuperarme a mí mismo. No sé qué hacer sin él. Sin mí. No estoy disgustado con la persona que he logrado ser en dos años, aunque me siento perdido. Sobre todo, cuando las personas o draizs me miran como si fuese un espécimen extraño.

No me mirarían así si fuesen ellos los que hubiesen olvidado parte de sus recuerdos. Sé que parezco un niño pequeño intentando aprender del mundo, pero yo soy así, con mi pasado o sin él.

—Noah... —murmura.

—Pero ¿qué narices pasa aquí?

Aparto las manos del rostro de Ézer y ambos nos volvemos hacia la voz. Kira está intentando reincorporarse y nos observa con una mueca de espanto. No entiendo cuál es el problema real. Abro la boca para explicarle que su hermano y yo solo estamos hablando, antes de que ella desate su inconformismo habitual.

—¿Podéis intimar fuera de mi cama? —De su tono se escapa un agudo nervioso bastante gracioso.

Ahora tiene más sentido su gesto. Otra vez el tema del sexo.

La construcción del pudor respecto a nuestros cuerpos y la limitación de nuestra expresión son dos de los muchos aspectos que no comparto con esta sociedad.

—Kira, no te confundas. —Ézer alza una mano.

—Solo estaba comprobando las características físicas que os unen —intervengo, sintiendo que debo apoyar al chico.

—Ya, y yo veo por ambos ojos. —Ironía—. ¡Si estás desnudo en mi cama! Vístete, recojamos a tu amiga y vayamos a la biblioteca a hablar de vuestra llegada. —Kira reprime un quejido y se lleva una mano a la cabeza—. Estoy bien, estoy bien —se apresura, porque Ézer ya está adelantando su cuerpo hacia ella—. Es un simple dolor de cabeza, luego me tomaré algo y se me pasará. En fin. Tú —me señala—, ¿tienes ropa de repuesto?

—Sí. —Me incorporo, enroscando todavía más la toalla—. En mi mochila tengo todo lo que necesito, aunque creo que la suela de mi bota derecha está a punto de desprenderse.

—Ézer te prestará un par. Entra al baño para vestirte mientras mi hermano te consigue unas.

Asiento. No me acostumbro a su seriedad. Cojo la mochila apoyada contra la pared y, sin mirar a ninguno de ambos, me dirijo a la habitación contigua. Pero antes de entrar, Ézer me llama:

—Noah, no te preocupes por mi hermana. La pobre no encuentra la manera de librarse de la tensión que estropea la bella actitud que tiene en realidad. —Sarcasmo. Diversión.

—No lo consigo porque… ¡Sois todos insoportables! —Kira le lanza un cojín a la cara y, pese a que trata de reprimir una incipiente carcajada, de sus labios se escurre una débil risita que acompaña a la estruendosa de Ézer.

Entro en el baño y cierro la puerta. Las risas se cuelan por el resquicio inferior y algo reverbera en mi garganta. De entre mis labios se escapa una especie de sonido agudo, y me doy cuenta de que es el inicio de una risa.

Durante el camino hasta la biblioteca no dejo espacio para el silencio. Ézer contesta a todas mis preguntas con una sonrisa en el rostro, por lo que deduzco que no le molesta mi curiosidad. Por primera vez, alguien acepta sin problemas mi deseo imparable de descubrir lo que desconozco. Todo lo contrario que Runa y Kira. La recién llegada a Nueva Erain pone los ojos en blanco a cada pregunta que formulo, claramente fastidiada. La danían anda unos pasos por delante de nosotros con la mirada fija en un folio repleto de palabras escritas en rojo; su rostro ha vuelto a fruncirse y en ella ya no puede advertirse ni un solo rasgo sereno.

El hermano de Kira está inmerso en un monólogo sobre el Liman, el edificio en el que nos encontramos. Ézer me explica sobre el significado de la palabra en eraino y yo le comento que sé una base bastante extensa de draiziano. Aunque cuando desperté, aquel conocimiento continuaba intacto, traté de reforzarlo con los libros del Caimán. Sin embargo, aprender draiziano a la perfección fue una tarea imposible; su lengua va hilada a la forma de vida de la propia especie.

—Hemos conseguido muchos progresos respecto al uso que se le da al Liman, sin embargo, convencer a todos los kalentes y nuclenses es complicado. Sus reglas son férreas y están asentadas en la sociedad.

—¿Cuál es vuestro objetivo final, entonces?

—Kira quiere que el Liman sea un edificio de uso público, en el que no viva nadie. Pretende que todas sus estancias sean útiles para los ciudadanos, sin distinción. Más de una biblioteca, espacios de entretenimiento, que las diferentes escuelas tengan un entorno adecuado… Por supuesto, la sala de reuniones, donde se congregan los líderes para debatir los problemas de Núcleo, se mantendría. En definitiva, no habría habitaciones privadas.

—Entiendo. Conozco la política de este país, pero en mis documentos falta la historia de los últimos cinco años. Desde esa fecha hasta el presente, no sé nada. ¿Han cambiado mucho las formas de proceder?

Ézer aminora el paso, frunciendo el ceño. Kira me observa por encima del hombro. Runa, sencillamente, me mira como si hubiese sentenciado nuestra muerte. Tardo en comprender por qué me contempla con tanta gravedad: queremos demostrar que somos inocentes, pero hablando sobre cosas que no conozco del país parezco todo lo contrario.

Sin embargo, Ézer me transmite demasiada confianza. Runa me había aconsejado mentir antes que ser sincero para poder sobrevivir, pero a mí me cuesta un esfuerzo enorme ocultar que he perdido mis recuerdos. Aparentar que lo conozco todo.

—Bueno, a ver… —Intento corregirme al notar que se me acelera el pulso y un sudor frío empieza a recorrerme la espalda.

—Ézer, ven un momento.

Kira llama a su hermano sin dejar de mirarme. Intimidar es una acción cuya sensación he conocido gracias a la dirigente de Núcleo. Sus gestos me hacen sentir como si fuese una hormiga que ignora su destino en un mundo de gigantes. En la fuente, en los calabozos, en su habitación… En este mismo instante. Es su ojo marrón claro, pero tan impenetrable como la noche, lo que me hace desviar la mirada al suelo.

—Te has lucido, Noah —me susurra Runa. Un reproche—. Te dije que mintieses. Lo más seguro es que ellos mismos lo estén haciendo. Querrán granjearse tu confianza, desplumar todos tus secretos y luego condenarte. Nunca te fíes de aquellos que ostentan demasiado poder.

» *Tampoco de los que quieren alejarte de todo.*

Son las palabras de la Voz las que me tranquilizan. Intuyo que Runa quiere ayudarme con sus conocimientos sobre el comportamiento humano, pero la Voz siempre acierta en sus mensajes. Al fin y al cabo, ella quiere alejarse de mí por ser una anomalía, y no tiene por qué darme más muestras de cordialidad. La entiendo, aunque yo sí necesito franqueza en mi vida si quiero reconstruirme del todo y cumplir mi misión. Tampoco soy tonto, sé que los demás me mentirán. El Caimán así lo advertía en sus textos: una de las mayores lacras de la humanidad. No obstante, la confianza también es fundamental y, al menos, en Ézer la estoy encontrando de una forma u otra.

Mi intuición, mi instinto de supervivencia y la Voz son mi mejor protección.

—Si nos quisiesen encerrados para siempre o algo peor ya lo estaríamos. Podríamos haber muerto esta mañana en la plaza.

—Primero nos quieren destrozar para luego matarnos. A no ser que averigüen antes lo que somos. —Runa se acerca un poco más a mí y descubro que el paisaje tatuado en su brazo comienza a cambiar y a transformarse en esos cuervos oscuros de ojos rojos.

—Si quieren mi historia, se la daré. Al contrario que tú, no tengo nada que esconder.

—¿Estás loco? Además, ¿tú por qué crees que yo oculto algo?

—Esquivas mis preguntas. No hablas sobre ti. Tu silencio habla por sí solo.

Runa enmudece y se separa de mí. Tal vez me equivoco al pensar que con honradez voy a alcanzar mi objetivo sin altercados, pero conozco demasiado bien el dolor que provoca la mentira. Me he engañado a mí mismo demasiadas veces como para querer causar lo mismo en los demás. Si mi sinceridad me condena, me condenaré siendo yo.

Jugueteo con la bellota pendida de mi muñeca, enganchando

el clavo entre los dedos y haciéndola girar. Kira y Ézer han aminorado tanto la marcha que Runa y yo tenemos que detenernos para dejarles espacio. Están discutiendo y me descubro tratando de hacer el mínimo ruido para poder escucharlos.

Sé lo que es cotillear. Cotillear quiebra la intimidad de quien la guarda; muy parecido a observar a alguien indiscretamente siendo el otro consciente.

—No puedes irte de viaje… —susurra Kira.

—Una expedición va a partir hacia la costa oeste. No puedo desperdiciar esta oportunidad.

Noto una sensación molesta en el estómago al oír decir que Ézer se marcha. Es el único ser que hasta el momento no me ha causado temor, que incluso casi me provoca la risa. Kira puede ser su hermana y él puede confiar en ella por razones obvias, pero para mí la danían de Núcleo es como una sombra: esquiva y desconfiada. Oscura. Quedarme solo con ella me pone más que nervioso.

—No te necesitan para comprobar si la costa es adecuada para construir un puerto, Ézer. Puedes vivir unas semanas más con la duda, pero yo no sé si pasaré de la próxima batalla. Te necesito. Necesito a alguien de confianza con un ojo puesto en ellos dos.

Me gustaría confiar en Kira, y no me he parado a pensar que tal vez ella también esté haciendo un esfuerzo por fiarse de nosotros sin trabas. Que le pida a Ézer ser nuestro protector hasta que se decida nuestra liberación me dice dos cosas: Runa y yo no podríamos haber aparecido en un momento peor, y Kira quiere defendernos de lo que nosotros mismos hemos provocado.

O a lo mejor estoy confiriéndole a Ézer una esperanza falsa. A lo mejor no es cuestión de ser demasiado sincero, sino de ser demasiado crédulo.

—Hemos llegado.

Levanto la vista al frente, y los dos hermanos abren las puertas de madera pesada para dejarnos paso a Runa y a mí. Mis pensamientos me han alejado de su conversación y he terminado por seguirlos sin atender al recorrido. Por ello, no soy capaz de contener mi asombro ante el inesperado interior de la habitación a la que los nuclenses me están dejando acceder.

La biblioteca es inmensa, más a lo largo que a lo ancho. Un pasillo sirve de frontera entre dos interminables filas de gruesas y oscuras estanterías de madera labradas con entramados geométricos, rosas y animales. En sus baldas resguardan y acumulan, algunos sin orden, montones de libros, folios y pergaminos. Esta habitación supera con creces la biblioteca de la casa del Caimán.

Avanzo sin permiso. Mis ojos continúan recorriendo los estantes repletos de documentos de todos los tamaños y colores. Los muebles no son muy altos, pero el techo decorado de azul y blanco, imitando el cielo, y los amplios ventanales que dejan pasar la luz al fondo de la estancia, convierten lo demás en una gigantesca criatura de papel y madera.

A lo largo del pasillo hay varias mesas ovaladas rodeadas por sillas. Varios libros descansan sobre ellas y me acerco para ojear sus portadas. Algunos títulos están en draiziano, otros en eraino y unos pocos no los entiendo, pese a que usan el alfabeto de nuestro idioma. Reconozco sus formas inmediatamente: hay libros del Caimán escritos con el mismo lenguaje, que no supe descifrar. Frunzo el ceño y repaso con los dedos las letras doradas y en relieve que decoran el volumen.

—¿Te gusta? —La voz de Ézer me acaricia la oreja.

Me giro, un poco encogido por el sobresalto, y me encuentro al chico a pocos centímetros de mi rostro. Su hombro contra mi hombro. Noto la calidez de su cuerpo en mi piel, y la sensación que me recorre el estómago es muy distinta a la de mi primer contacto con Runa.

Compongo una sonrisa patética, porque Ézer espera mi respuesta, expectante, y porque, durante unos segundos, soy incapaz de articular palabra.

—Yo creía que en mi casa tenía libros, pero esto… Esto es increíble.

—Que tampoco te engañen las apariencias. Muchos no tienen páginas, es decir, solo conservamos las cubiertas.

—¿Y eso?

—Porque son Historia de este país. Según los draizs, algunos ya se encontraban en esta tierra cuando ellos nacieron. Luego los humanos lograron descifrar algunos textos y descubrieron que culturas anteriores que compartían su idioma ya habían pasado por este país mucho antes que los draizs. Así también se supo el nombre que se le daba a esta tierra: Erain. El *Nueva* es un añadido de los humanos, por supuesto —matiza con sarcasmo—. Mudna también corresponde al nombre verdadero de la antigua ciudad. Los exploradores descubrieron en las ruinas…

Pierdo el hilo del relato de Ézer, porque sé que parte de esa historia es mentira. Los humanos no llegaron al país emigrando de otro y no averiguaron los nombres del lugar por una supuesta cultura muy anterior a la draiziana, pero que compartía rasgos con la suya propia. Los humanos llegaron a través de la Magia desde diferentes partes del antiguo mundo. El grupo que terminó en esta isla descubrió que nos encontrábamos en Erain, porque algunos reconocieron sus ruinas y leyeron sin problemas los documentos escritos en eraino, un idioma que, al parecer, en el pasado se hablaba bastante en diferentes países. Incluso había supervivientes de la misma Erain, a los que no les costó descubrir que habían vuelto a su hogar.

La historia inventada por el Código para sepultar la verdadera, además, no se sostiene. Tiene muchísimas incongruencias.

Sin embargo, todo forma parte de una cruel pantomima que te crees o te callas para protegerte de las repercusiones.

—El Código a veces utiliza a sus supuestos antepasados para reclamar el derecho de Nueva Erain. Para suavizar el hecho de que conquistaron y subyugaron a los draizs hace veintidós años.

—Me entristece que Ézer no sepa la verdad.

—Por eso hay que conseguir derrotar al Código. —Kira irrumpe en la conversación y avanza hasta sentarse en una de las sillas de la mesa en la que nos encontramos Ézer y yo.

—¿Ese es tu propósito?

—Entre muchos otros. Pero eso ya deberías saberlo si fueras de este país. —Kira se cruza de brazos y nos mira, inquisitiva.

Runa se sienta en una silla próxima a mí con un suspiro. Ézer rodea la mesa y ocupa una al lado de Kira. No tengo ni que preguntar; sé que quieren que haga lo mismo. Freno mis pensamientos, entendiendo que es hora de hablar, hora de defender mi postura. Me acomodo junto a Runa y me froto las manos, nervioso. Exponer mi historia va a ser complicado, sobre todo frente a la danían de Núcleo, que no va a dejar escapar la ocasión de atar cada cabo suelto.

—Por favor, no queremos hacer daño —implora Runa.

—Tranquila, Runa, aquí estáis a salvo. —Ézer trata de calmarla.

—De momento —exhorta la danían.

—¡Kira! —le reprende su hermano.

La chica pone el ojo en blanco y luego se rasca la frente. Su hermano coloca un brazo en el respaldo de su silla, como si la abrazase por la espalda. Si ya me cuesta adivinar qué pasa por la mente de cada uno, Kira es incluso más inaccesible. La política es una ciencia compleja. La relación entre seres racionales también. Comprobar en carnes lo comprometida que puede llegar a ser una situación en la que se juntan la política y las emociones es otro asunto muy distinto.

—Lo siento —murmura Kira—. Siento ser tan brusca y directa, pero no quiero edulcoraros una realidad que tal vez no pueda ofreceros.

—¿Nos vais a encarcelar otra vez? —Los ojos de Runa son puro pánico.

—No, si de mí depende. Pero tenéis que entender que, aunque yo sea la danían de Núcleo, los kalentes también tienen voz y voto en esto... Desgraciadamente —susurra lo último, pretendiendo que no lo escuchemos, pero lo hacemos—. Os he conseguido esta tregua y, si todo va bien, en unos días seréis libres. A cambio solo os pido que me contéis sobre vosotros. Tenéis que comprender que debo tranquilizar a los líderes draizs; darles una razón para que desconfíen un poco menos.

Runa y yo nos miramos. Su gesto dice: «miente». El mío tiene que gritar: «di la verdad». Luego se debe de deformar para indicarle: «di la verdad, aunque sea a medias». Nos están pidiendo honradez a cambio de nuestra libertad. Sin embargo, me encuentro con que no puedo hablar por Runa de nuevo. Siempre he sido sincero, pero ella solo sabe de mí que he perdido la memoria, que conozco la verdad del planeta, que soy una anomalía y que busco al Caimán, del que tampoco le he hablado. Es bastante y a la vez nada. Nada, porque no le he expuesto las emociones que conllevan todos esos datos sobre mí. Están huecos, faltos de la verdadera información.

Yo de Runa solo sé que viene de otro país, que es una anomalía, que no quiere estar cerca de otras como ella por el peligro que supone, que dice leer el futuro a través de sus cartas de adivinación y que su tatuaje cambia según sus sentimientos, al parecer. Para mí ella es un misterio.

En esta sala solo hay desconocidos que se analizan entre sí para intentar descubrir qué esconde el otro. Entrecruzo los dedos, sintiendo la mirada de Ézer puesta en mí. Puedo confiar en la impresión que me ha causado y, por ende, ofrecerle el mismo crédito a Kira. O puedo mentir y acallar mis instintos. Y llego a la conclusión de que, haga lo que haga, si esto tiene que terminar mal, terminará mal, diga la verdad o no.

Al fin y al cabo, no soy nadie. No tengo pasado, estoy estropeando mi presente y es posible que no consiga un futuro si sigo así.

—Perdí la memoria hace dos años.

—Noah —me chista Runa.

—A ver, tranquilos. —Kira se presiona el puente de la nariz con dos dedos—. Ni siquiera nos hemos presentado formalmente. —Nos mira, pero por primera vez veo indecisión en su rostro. ¿Estará avergonzada por ni siquiera habernos preguntado nuestros nombres?—. Noah y Runa, ¿verdad? —Asentimos a la vez—. Bueno, yo soy Kira, la danían de Núcleo. Y él es mi hermano Ézer, mi mano derecha.

—Hermano mayor, para que quede claro. —Sonríe el chico, y el intercambio de palabras que pretende ser chistoso logra relajar un poco el ambiente.

—Entonces... Noah, dices que has perdido la memoria.

—De forma parcial. Siempre he estado solo. Lo que recuerdo, claro. Nunca me he relacionado con nadie.

—¿Con nadie? —se asombra Ézer.

—Con nadie.

—Eso explica por qué eres tan curioso y reaccionas de forma tan extraña frente a cosas cuya respuesta debería ser obvia. —Asiente Kira.

—Pero ¿despertaste sin más un día, así, sin memoria? —Ézer se lleva un dedo a los labios, pensativo.

—Sí. Lo hice hace dos años en una casa que luego averigüé que pertenecía a un tal Caimán y a un ser más pequeño. Aprendí de sus documentos y me cobijé hasta que hace una semana salí de allí para completar mi misión.

Kira y Ézer se lanzan una mirada que no transmite nada bueno. Me encojo como si así pudiese protegerme de ellos.

—Y tu misión es contar lo que estabas gritando esta mañana en medio de la plaza, ¿no?

Asiento, incapaz de intervenir. Me sorprende el miedo que atenaza expresar la verdad cuando otras personas, aun sin palabras, parecen obligarte a detenerla. Me había prometido no callarme nada, no amilanarme ante los conflictos que pudiese albergar el país. Sin embargo, es complicado dejar de lado todo lo que hace sucumbir a Nueva Erain.

Mi misión no puede ser lo único que me importe. O eso empiezo a comprender.

—Noah, queremos que sepas que no pretendíamos coartar tu libertad de expresión. Es un derecho fundamental que todos deberíamos poder ejercer, pero hoy en día es muy peligroso relatar en voz alta esa historia en concreto.

—Conozco el conflicto entre los humanos y los draizs. Runa también me advirtió de ello antes de llegar aquí. No hice caso ninguna de las dos veces…

—No es eso, Noah. —Kira tuerce los labios en una especie de sonrisa que irradia una pena profunda—. El problema del mensaje no es por los draizs, es por el Código. ¿Sabes quiénes son? — Afirmo con la cabeza—. Lo que tú cuentas ya se manifestó hace mucho tiempo, y el Código se encargó de acallar todas aquellas voces.

—Lo sé.

—¿Lo sabías y aun así te has arriesgado? Si algún espía de Mudna te hubiese descubierto ahora mismo no estaríamos charlando tranquilamente, ¿comprendes?

—Comprendo, y lo siento mucho. No quería poner en peligro a nadie. Solo quiero que la verdad salga de nuevo a la luz.

Ayudar a mejorar la situación de este país.

—No tengo problemas con que cada uno profese sus creencias, pero entenderás que mi reacción ha sido fruto de una medida de protección.

—No es una creencia, es la verdad —contesto.

—¿Me la muestras? —me contesta Kira, tan rápida, tan inquisitiva, que mi valentía palidece.

Runa se remueve en el asiento, incómoda. Entreabro los labios, dispuesto a despertar la magia. Sin embargo, caigo en la cuenta de que Runa tiene razón: ser anomalías en este país es peligroso. Y decírselo a cualquiera que no lo sea es exponerse demasiado. Así que, tras reprimirme, solo niego.

—Tú lo único que quieres es que los draizs te respeten —le espeta Runa de pronto.

—No a costa de cualquier otro tipo de injusticia. —Kira aprieta los labios.

—Eres muy dura con los humanos y muy floja con los draizs, porque vives en una ciudad repleta de una especie a la que le gustaría verte muerta.

—Cuida tus palabras, Runa —le advierte Ézer.

—¿No queríais la verdad? No merecemos estar aquí. Yo menos que nadie. No he sido yo la que ha gritado esa historia en medio de esa plaza. Ni siquiera estaba junto a Noah cuando me habéis capturado. Sencillamente, habéis visto que soy una humana desconocida y me habéis metido en el mismo saco.

Es la primera vez que veo el dolor cruzar el rostro de Kira. El color ha mudado de su rostro y mira a Runa con fijeza. No con brusquedad, sino con angustia. Desde mi posición noto el malestar que está invadiendo el cuerpo de la danían. Yo mismo empiezo a sentirme incómodo, decidido a decir algo para calmar su alteración. Empatía. A esto se le llama empatía. Un cosquilleo hormiguea en mi nuca.

Runa se ha pasado. Entiendo su nerviosismo, no obstante, su

acusación ha sido demasiado grave. Aprendemos de nuestros fallos; somos, en parte, fruto de los errores que cometemos. Y, sin embargo, Kira parece intolerante a equivocarse. Tal vez su cargo no le permite hacerlo. Tal vez no llegamos a comprender lo mucho que oprime un poder como el que sostiene Kira entre sus manos.

Me dispongo a mediar en la discusión, pero Kira se me adelanta:

—Lo siento, Runa.

Incluso en la pelirroja veo la sorpresa ante la disculpa de la danían. El silencio dura más de lo esperado, y lo agradezco. Echo de menos la quietud sencilla y apaciguadora. Durante el viaje, los silencios junto a Runa han sido muy incómodos, pero en esta biblioteca, donde el mutismo debería haber guardado la más enorme de las tensiones, es en realidad el más pacífico de todos.

—A veces pones límites donde no se necesitan, y otras esos límites oprimen hasta asfixiar. ¿Cómo de fina es la línea que separa guiar de mandar? Todavía estoy aprendiendo a conducir Núcleo. Pido perdón por mis faltas, pero, Runa, quiero dejar clara una cosa: es cierto que no soy la más benevolente, pero tampoco soy una tirana. Quiero lo mejor para este país.

—Y, Runa —Ézer capta su atención—, deberías agradecerle a Kira sus intentos por protegeros, porque ahora vuestra libertad depende de la suya.

—¿Cómo?

—Ézer, no hace falta. No necesito justificar mis actos —murmura Kira.

—¿Qué es eso de que nuestra libertad depende de la suya? —insisto.

—Kira ha hecho un trato para obtener vuestra libertad completa. Tiene que capturar a Sid, el capitán del ejército de Mudna.

Solo así ganaréis vuestra liberación.

—¿Y ella qué pierde si no lo consigue? —Runa se levanta de la silla, en pánico.

—Intuyo que no sabéis cómo funciona las batallas entre Mudna y Núcleo, pero siempre existe la misma posibilidad de ganar o perder para ambos bandos. Para el Código, estas peleas son como un juego. Básicamente, el objetivo es apresar a alguien del lado enemigo en una pelea individual y no mortal. Por lo tanto, si Sid captura a Kira…

No tiene que proseguir, porque las consecuencias hablan por sí solas. Runa contiene una exclamación y se tapa la boca. Kira acaricia el parche de su ojo derecho. ¿Cómo se habrá hecho esa herida? A lo mejor ha nacido falta de visión y estoy fantaseando, pero empiezo a entenderla. El ademán que tiene de llevarse una mano al parche cada vez que se tensa la situación se parece mucho a cuando busco apoyo en el colgante de la bellota: el peso de un recuerdo.

—Venid, quiero enseñaros algo —dice Kira, levantándose.

Por el gesto de Ézer, me percato de que la decisión es repentina. La chica se dirige al fondo de la biblioteca y nosotros la seguimos con pasos rápidos. Tampoco tenemos otra opción. Yo vuelvo a quedarme absorto observando las estanterías y Runa me reconduce con un ligero empujón hacia el lado contrario al notar que me desvío.

Llegamos frente a los ventanales a través de los cuales el sol ilumina la estancia. Observo más allá. Desde esta posición, Núcleo me sigue pareciendo una ciudad interesante pero sombría. Las casas de piedra se amontonan unas entre otras y algunos bloques parecen tener la estructura de un panal de abejas. En los caminos, el polvo queda suspendido entre las pisadas de los nuclenses. Me llama la atención el grupo de pequeños draizs y humanos que colaboran para plantar una fila de diminutos arbustos en la linde de un edificio rojizo, muy diferente a las viviendas del alrededor.

—Es la escuela de Núcleo. Se está quedando pequeña, porque cada vez más draizs y humanos de todas las edades asisten, por eso quiero habilitar más espacios aquí, en el Liman. La educación es importante —nos explica Kira.

—Parecen felices…

—Vivimos en un país donde la guerra se ha paralizado, pero que continúa viva. Hace más de cinco años era imposible salir así a la calle, vivir en paz. En Núcleo todos tienen derecho a la educación, se les consigue un trabajo y una vivienda, y aunque algunos coman mejor que otros, a nadie le falta de nada gracias al sistema cooperativo. Pero, pese a todo lo que hacemos, existen desigualdades. Eso —Kira señala a un niño humano sentado en el suelo que mira cómo juegan los demás— es una cosa que todavía no he conseguido evitar, aunque espero que cambie pronto.

—Pero sí hay otros niños humanos jugando con los draizs —comenta Runa, confundida—. A lo mejor es que no cae bien y punto.

—O a lo mejor le están haciendo lo mismo que yo te he hecho a ti. —Kira mira a Runa y la chica del tatuaje desciende su mirada hasta sus botas.

—Siento si he sido demasiado brusca.

—Acepto tus disculpas, pero para poder hacer de este mundo más justo, yo misma tengo que comprender el impacto de mis acciones. Me merecía tu enfado.

Y Runa sonríe. Su rostro parece iluminarse, aunque el sol esté jugueteando entre sus rasgos. El gesto dura solo unos segundos, sin embargo, resulta ser tiempo suficiente para que su tranquilidad se aposente en mi pecho. Respiro hondo, dirigiendo de nuevo la mirada al exterior. Veo cómo un niño draiz se acerca al humano solitario y le tiende la mano, pese a las réplicas de los demás.

—Hay esperanza. Siempre la hay —musito.

Los otros tres me dan la razón con un asentimiento

—Sin ella, a este país no le queda nada —coincide Kira.

Nos quedamos contemplando un rato más cómo los niños trabajan la tierra. Pienso en la fe silenciada de los draizs. Son hijos de la naturaleza—la Magia— y, por ello, creen en dedicarle la vida que ella les otorgó. La conciben como un ente espiritual que incide de manera distinta en cada ser, porque no es una esencia permanente, sino que cambia y evoluciona. Entienden que se forja una unión íntima con ella, aunque no se restringen a la hora de compartir su fe y sus ideas. Hay quienes hacen rituales, mientras que otros prefieren la meditación o poner todo su esfuerzo en la conservación de la naturaleza. Incluso existen los que no hacen nada en concreto. Y me recuerdan al antiguo mundo, donde se veneraba a la Magia como una Diosa.

No cuidar nuestro entorno es lo que llevó a la destrucción de la humanidad por parte de la Magia. Nunca me lo había planteado, pero viendo a los niños cuidar la tierra con tanta delicadeza, me hace pensar que Ella se equivocó con su decisión. Que no podemos llamar segunda oportunidad a haber sobrevivido a una masacre. Nosotros merecíamos una lección, pero ¿la lección fue la muerte? ¿Cuántas personas inocentes y valientes fallecieron? Si la Magia quería que sobreviviésemos *los buenos*, ¿por qué existen personas como las que conforman el Código? Trago saliva. ¿Estamos defendiendo a un poder caprichoso solo porque está atado a la vida del planeta?

—La educación en la escuela es opcional. Si asistes, es flexible. Creemos que la educación es necesaria, pero no podemos obligar a nadie a aprender de ese modo. Hay muchas formas de adquirir conocimiento. —Ézer retoma el hilo—. Los draizs tenían una forma de educar muy distinta hasta que los humanos les impusieron sus formas. Poco a poco, tratamos de que recuperen su cultura; sin embargo, los Pactos de la Armonía son bastante restrictivos. Nuestra paz está basada en el terror.

Los Pactos de la Armonía. No los conozco. Tal vez pertenezcan a los últimos cinco años que el Caimán no documentó. Entreabro la boca para preguntarle por ellos, pero Runa me interrumpe:

—¿Es esto lo que queríais enseñarnos?

—Sí y no —contesta Kira—. Sí, porque quiero que veáis que, pese a las leyes, en Núcleo la ciudadanía goza de una libertad que en Mudna es impensable. Y no, porque justo aquí también está la razón de traeros.

—Kira. —El tono de Ézer es de sorpresa, y no sé identificar si de forma positiva o negativa.

—Mi hermano reacciona así porque es un secreto del Liman que solo conocemos él y yo.

—¿Y nos lo vas a relevar a nosotros? ¿A unos completos desconocidos que hace pocas horas tenías encerrados en el calabozo? —Runa, tan escéptica como siempre.

—Yo también me sorprendo. Pero confío en mi hermano. Él tiene el presentimiento de que sois inocentes. Y si dejo libres a draizs que intentan asesinarme —este dato me impacta—, ¿por qué no voy a intentar libraros de un futuro injusto?

—Que dejes sueltos a seres que intentan acabar con tu vida me parece una locura. Sigo sin fiarme. —Runa se cruza de brazos.

—Yo tampoco de vosotros. —Kira enarca una ceja—. Pero si me capturan... Si me capturan dentro de unos días, Ézer no va a tener el poder para protegeros, y no seré capaz de cargar con vuestro destino en mi conciencia.

—No te entiendo —niega Runa.

—Sinceramente, yo tampoco. No entiendo cómo dos desconocidos han puesto mi mundo patas arriba en pocas horas. Está siendo un día muy duro... —Su voz se quiebra.

—Quiero mi libertad, no tu compasión —le suelta Runa.

—No sé qué problemas habrás podido tener con gente que ostenta poder, pero no quiero que arremetas tus prejuicios contra mí sin conocerme. Sabes quién soy, mi política básica, pero no me conoces. Tal vez lo único que quiero hoy es dejar de juzgar durante unos pocos minutos. Deseo confiar sin trabas. ¿Sabes cuánto hace que eso no ocurre?

Runa no contesta y Kira gira sobre sus talones. Se coloca frente a una estantería y apoya las manos sobre tres libros, que ceden bajo su presión. Pero no solo se mueven los lomos, sino que también lo hace un trozo de la pared, hundiéndose hacia dentro. Runa y yo nos asomamos, boquiabiertos, porque, de pronto, estamos frente a un hueco que da paso a un pasillo oscuro y húmedo. Un pasadizo secreto.

—Esto lleva a las afueras de Núcleo. Si me capturan, huid por aquí.

—¿Cómo sabemos que no es una trampa? ¿Que no nos quieres hacer quedar como unos prófugos?

—Porque si quisiese encerraros y juzgaros ya lo habría hecho, sin necesidad de tanto teatro. Creedme, es mejor arriesgarse a huir que dejar que Almog, la kalente del sector militar, se encargue de vosotros.

—¿La draiz que me ha amenazado en la plaza? ¿Ella es la que decidirá nuestro destino si tú fallas? —Runa traga saliva.

—Veo que te han bastado unos minutos para calarla.

—¿Y si nos escapamos antes de la batalla? —No entiendo por qué Runa está tentando tanto a la suerte.

—Habréis traicionado mi confianza y os buscaré.

—Pero no nos fiamos entre nosotros, tú misma lo has dicho.

—Será hora de empezar.

La danían coloca la estantería en su sitio y Ézer le da unas palmaditas en la espalda, más calmado. No puedo ni imaginarme lo mucho que le tendrá que haber costado a Kira tomar esta decisión. Agarro con fuerza la bellota y el clavo me pincha en la palma. Mi futuro es una incógnita, pero, si quiero tener uno, voy a tener que confiar en ella, que nos ha desvelado un secreto que, supuestamente, solo conocen los dos hermanos. El problema que podemos causarle si no usamos esa salida con responsabilidad puede ser enorme.

—Kira —la llamo por su nombre por primera vez. Ella me mira—. Gracias. De verdad, gracias.

—Agradéceselo a Ézer, y a mí no me las des tan pronto. Todos tenemos una soga alrededor del cuello. Solo puedo esforzarme tanto como hago siempre en pos de la justicia. Es lo único que puedo prometeros.

—Quiero que sepas que impones muchísimo, pero confío en ti. Incluso antes de enseñarnos tu secreto.

—Eres un chico muy raro, Noah... Intentemos que esto funcione. —Me tiende una mano.

La observo interrogativo. Ézer se acerca y coge mi mano para juntarla con la de su hermana. Ah, el saludo propio de los humanos. Muchas veces utilizado para pactar. Aprieto los dedos ásperos de Kira.

—Bien. —Asiente ella.

Y Ézer se echa a reír con naturalidad. Es increíble lo risueño y relajado que puede ser en momentos tan comprometidos. Kira pone el ojo en blanco, aunque veo que le tironea la comisura de los labios. Incluso Runa se permite bajar la guardia y sonreír débilmente. Y junto al cosquilleo que me recorre todo el cuerpo, surge desde el fondo de mi garganta una risotada torpe.

No conozco las verdaderas intenciones de Kira y Ézer. También desconozco la voluntad de Runa. Pero, en el momento en que coreo sus risas, noto que un fino hilo empieza a enredarse entre nosotros. A unirnos de alguna manera.

KIRA

GOLPE ALTO. GOLPE BAJO. Patada. Patada. Golpe bajo. Bajo. Más bajo. Donde duele. Arriba. Directo al pecho; brutal y decisivo. Otro puñetazo, tan fuerte y cargado de rabia, aunque innecesario, que rompe la vara de madera por la mitad. Las astillas se clavan en mis nudillos y gruño.

Abro y cierro las manos. Una pequeña mancha rojiza en el vendaje de la mano izquierda me indica que la herida suturada por Ézer se ha vuelto a abrir.

Suspiro. Le doy una patada al palo quebrado del maniquí de madera con el que suelo entrenar. Cuando me lo construyó Alian, uno de los aprendices de artesanía de Roll, el aparato tenía ocho brazos. Tras mi último ataque solo quedan cuatro. Definitivamente, Alian tendrá que fabricar otro si quiero seguir practicando.

Echo a correr por la sala, muy cerca de las paredes, intentando no tropezar con el resto de instrumentos. Cada inhalación me aguijonea el pecho y reconozco que es el cansancio advirtiéndome de que estoy llegando a mi límite, pero necesito entrenar más y más. Mi condición el día de la batalla es la única baza para obtener la libertad de Noah y Runa y, por qué no destacarlo, la mía propia.

Si Sid me vence, si logra darme caza a mí en vez de yo a él, no solo los recién aparecidos van a tener problemas, no solo yo, sino también todo Núcleo. ¿Qué dirán los nuclenses de mí si se enteran de que he perdido por una simple apuesta? ¿De que me he precipitado en tomar una decisión que, además, involucra a dos humanos que han causado el pánico en medio de la ciudad? Desde luego, Almog no escatimaría en detalles. Y, por supuesto, los nuclenses pedirían mi renuncia al momento.

Para la mayoría soy demasiado joven y una novata que tomó el cargo por puro rebote, ya que lo hice bien en mi primera batalla en campo abierto. Soy una humana. No soy digna para guiar Núcleo. Ni lo fui cinco años atrás, cuando mis padres me otorgaron la danorniam, ni lo soy hoy en día. Solo unos pocos draizs y humanos simpatizan con mi función en esta ciudad. Conmigo como persona. Y a casi todos ellos los he ayudado de alguna manera en su momento, por lo que su apoyo y aprecio están justificados.

Por eso mis palabras ya no sirven de nada. Por eso mis actos son lo único que me definen.

Por otra parte, si consigo atrapar a Sid, las tornas cambiarán. Capturarlo supondrá un duro golpe para Mudna y una gran victoria para Núcleo. Durante cinco años hemos mantenido este sistema de batallas impuesto por el Código en pos de hallar una especie de equilibrio en esta guerra fría tan peligrosamente inestable. En Núcleo no estamos conformes, pero según el Código es la única manera de evitar que se repita el Incidente. A mí me parece que lo único que quieren es medir nuestras fuerzas. Tener la oportunidad de aterrorizarnos un poco más, aunque eso amenace a los mismos mudnanos.

No vamos a obtener la paz a través de la violencia, tenga la forma que tenga.

—¿Estás intentando matarte a ti misma antes de la batalla, Kira?

Me detengo de golpe y la rodilla cruje al descargar todo mi peso en ella. Me llevo la mano a la pierna y estudio que no haya sucedido nada peor. Lo que me encuentro es incluso más alarmante: el piso está manchado de huellas y gotas de sangre. Por mis manos se escurre toda ella como regueros, pero no siento el dolor.

—Estoy entrenando —determino, alzando la vista y viendo entrar a Noah y Runa tras Ézer.

—¿Entrenar? ¿Tú has visto este estropicio?

Mi hermano se acerca cargando un maletín médico. Resignada a detenerme, porque si no lo hago yo me va a obligar Ézer, me siento en el banquillo de madera más próximo a mí. Él se arrodilla a mi lado y me hace una indicación con la mirada. Pongo los brazos sobre mis piernas, dirigiendo las manos hacia él.

—No mires —me susurra.

—No soy impresionable, lo sabes.

Pero aparto la mirada; la aparto porque siempre lo hago. Porque prefiero sentir cómo me cura que contemplar mis heridas y cicatrices. Es una forma de decirme a mí misma que puedo sobrevivir sin sentir la tortura que es sacrificar mi cuerpo y mi mente.

Mientras Ézer trata mis cortes y llagas, me dedico a observar a Runa y a Noah. Tienen muchísimo mejor aspecto. Ya no solo porque llevan casi una semana duchándose, al menos, una vez al día, o porque se están alimentando mejor, sino porque han descansado y empiezan a encontrarse más cómodos con el entorno.

Toda la suciedad del viaje había encrespado y oscurecido su

cabello, pero, una vez limpio, Noah es incluso más rubio de lo que había creído en un momento. Se recoge parte del pelo en una pequeña cola a la altura del cogote, desordenadamente, y sus ojos son de un verde tan llamativo que parece que un bosque habite en su mirada. Eso sí, las ojeras, aunque ahora son un mero rastro oscuro bajos sus párpados, no han desaparecido del todo. Es tan alto como yo y, aunque está delgado, puedo intuir en las líneas marcadas de sus músculos que no es débil, que de alguna manera se ha entrenado.

No obstante, al lado de Runa, Noah parece que haya sido abandonado a su suerte, porque, después de acicalarse, la chica luce el cabello de un naranja vibrante, perfectamente cortado. Es bajita y gruesa, pero en su forma de andar se advierte que es capaz de aguantar grandes esfuerzos. Lo que más me llama la atención es su brazo tatuado. Hace dos días, Noah me preguntó en privado si yo veía cómo el dibujo de Runa cambiaba de vez en cuando. Al principio no lo creí y, aunque aún no se lo he confirmado, tampoco voy a ser capaz de negarle lo evidente, porque es cierto: el tatuaje cambia su forma.

Jamás he visto una ilustración tan compleja, con tantos detalles. Por supuesto, Noah no escatima en explicarme que eso debe ser cosa de magia. Desde luego, el chico está dispuesto a defender sus ideales, no importa la reacción de los demás. Pero yo lo rebato con que el tatuaje debe ser una forma moderna desarrollada fuera de aquí, ya que, al fin y al cabo, ella proviene de otro país.

Solo hace un día que la chica me convocó a solas para desvelarme su secreto. En principio, la sorpresa me desarmó por completo, porque, si eso es cierto, es la primera extranjera que conozco. No es algo que nos sorprenda en Nueva Erain, ya que los humanos mismos en su momento emigraron. Pero después de aquello no se ha conocido oficialmente a ningún *recién llegado* más.

Aunque nuestra intención es mandar grupos de exploración fuera del país, estamos demasiado sumidos en la guerra como para implicar una gran parte activa de nuestros esfuerzos en ello.

Pese a todas mis dudas, me alegra que nuestra confianza se vaya estrechando. A veces pillo a Noah observando Núcleo desde la ventana de la biblioteca con un libro sobre sus rodillas y apretando entre sus dedos un lápiz. Sus ojos siempre desbordan curiosidad, fijos en un punto en concreto. Escribe y dibuja. Pregunta y escucha. El perfecto aprendiz.

Runa pasa la mayoría del tiempo en la habitación o en la biblioteca jugando con sus cartas de adivinación. Siempre frunce el ceño cuando le lanzo miradas de escepticismo. Yo le explico que no es la primera vez que he visto a alguien intentar predecir el futuro o usar las energías de la Tierra para obrar magia. Al fin y al cabo, muchos de los draizs veneran la naturaleza. Creen que su vida está ligada a ella y que, por tanto, comparten esencia, el poder que hace que todo funcione. Pero Runa siempre se encoge de hombros y me saca la carta: La Mano Ejecutora. Así me llamó el día en que llegaron a Núcleo, pero nunca le he pedido explicaciones, ni ella ha pretendido dármelas.

—Ya está —anuncia Ézer.

Regreso la mirada hacia mis manos, completamente vendadas. Espero que los ungüentos y los vendajes de mi hermano sean tan eficaces como para curarme tales heridas en dos días. Porque solo quedan dos días para la batalla contra el ejército del Código. Abro y cierro las manos para comprobar el verdadero estado de mi piel: escuece pero es soportable.

—¿Habéis dormido bien? ¿Qué tal la mañana?

—Hemos desayunado en la habitación con Pantea y Copelia, que nos han enseñado un juego de cartas —cuenta Noah, entusiasmado.

—Yo no me fiaría de ninguna de ambas, siempre hacen trampas.

—Por eso han ganado todas las partidas. —Runa se cruza de brazos.

—Una cosa, Kira —empieza Noah, lanzando miradas nerviosas a mi hermano y a la chica. Me va a pedir algo a lo que yo voy a contestar que no. Estoy segura—, ¿un día de estos podemos…?

—No, no podéis salir del Liman —atajo, incorporándome a la vez que Ézer.

—Pero…

—Noah, entiendo que desquicia estar encerrado una semana, pero puedes elegir entre estarlo en diversas habitaciones de este edificio o estarlo en el calabozo. Suerte que conseguí convencer a mis padres de que me apoyasen en esta decisión, porque si llega a ser por Almog, estaríais allí abajo aún, sin ni siquiera ver la luz del sol.

—Y te lo agradecemos, solo que… —insiste Runa.

—Runa, Noah, en serio. —Alzo una mano—. Me encantaría dejaros libres ya. Me encantaría que lo fueseis para que reemprendáis vuestro camino, pero esto es lo máximo que puedo ofreceros hasta dentro de dos días. ¿Creéis que podéis aguantar hasta ese momento? Porque os prometo que conseguiré vuestra libertad.

Se miran entre ellos, pero Ézer mantiene la cabeza gacha. Sé que mi hermano los ha secundado en la idea de salir del Liman. Incluso cabe la posibilidad de que haya sido idea suya. Tiene buena voluntad. Quiere plantar la semilla de la esperanza en ellos, hacerlos sentir invitados y no prisioneros, pero yo no puedo ceder y, por eso mismo, prefieren su compañía a la mía. Porque Ézer es todo carisma y bondad mientras que yo soy implacable, sometida a miles de limitaciones.

Siempre ha sido así y siempre lo será.

—¿Vais a hacer algo ahora?

—Vamos los tres a la biblioteca. Pantea y Copelia están ocupadas y solo nos puede supervisar Ézer —me contesta Runa.

—Ah... Oh, pues... Bien —carraspeo—. Bien. Pasadlo bien.

Me estiro la camiseta y me preparo para abandonar la sala de entrenamiento, pero Ézer me detiene por el brazo. Sus ojos marrones me miran con tristeza y algo en mi interior hierve. Puedo soportar mucho, pero no soy capaz de enfrentar la compasión de alguien. No necesito que me observe como si estuviese desperdiciando mi vida a raudales. Él sabe que lo odio, y que lo haga en este preciso momento hiere muchísimo más mi orgullo.

—Estaré bien —le espeto—. Las manos, digo..., estarán bien.

Me sacudo su agarre de encima y me dirijo hacia la puerta de entrada a la sala. Lo último que oigo es a Noah musitar:

—Mentira.

Y es verdad que es mentira. Pero yo nunca estoy bien. Y cuando algo me hace sentir medianamente satisfecha, se derrumba.

Ando con decisión, como si nada ni nadie pudiera derribarme. Esta debe ser la actitud a demostrar delante de mi pueblo y, sobre todo, de mi ejército. Desde mi posición logro escuchar los gruñidos de esfuerzo, el acero entrechocar, las caídas y algunas risas. Los soldados están bien entrenados y su predisposición a la victoria es incomparable. Los draizs no eran una especie violenta, sino protectora. Sin embargo, los humanos los obligaron a evolucionar en sus artes de guerra para poder sobrevivir.

Los pocos humanos con los que cuenta el ejército también están en forma, pero su naturaleza no es como la de los draizs. No son tan ágiles, tan fuertes y tan resistentes de base. Aun así, ambas especies se esfuerzan de igual manera para alcanzar su mejor estado para proteger Núcleo de cualquier tipo de ofensiva.

Pantea y Copelia gritan instrucciones al grupo de humanos que, en este momento, están practicando diversas técnicas cuerpo a cuerpo para inmovilizar al enemigo.

Las normas de estas batallas me las tuve que aprender en su día a la perfección para no equivocarme en mi estrategia y, por ello, llevar a Núcleo a la perdición. Cada ejército debe estar compuesto por cincuenta soldados, con la particularidad de que el de Núcleo incorpore diez humanos entre sus filas.

Sé por qué quieren la presencia de los humanos nuclenses. Gracias al grupo de espías descubrimos la estúpida cruzada contra las anomalías. Humanos con supuestos poderes mágicos que el Código busca en secreto para controlarlos. Es tan contradictorio. Prohíben que se hable de la supuesta Magia, pero la desean entre sus filas. Ojalá tuviese más tiempo para indagar sobre esto.

Debo estar atenta a cada batalla, preocupada por que capturen a alguna de ambas especies. Ya que en eso consisten los combates entre ambos ejércitos: en darse caza. Cada parte va vestida de un color identificativo y deben enfrentarse hasta encontrar, de forma individual, un contrincante al que piense que puede vencer. En cuanto escoges a uno, se detiene la batalla. A partir de ese momento, todo depende de un sencillo y peligroso duelo, mientras el resto forman un círculo alrededor de la pelea principal, sin derecho a mediar.

Las peleas no son a muerte; ni siquiera está permitido causar heridas graves. Se puede usar todo el cuerpo y todo tipo de instrumentos posibles para enfrentarte al enemigo, pero si la herida alcanza un punto peligroso, la contienda se termina y gana el ejército cuyo soldado ha sido dañado de gravedad.

El campo de batalla se encuentra hacia el noreste, a medio camino entre Mudna y Núcleo, donde las llanuras son más amplias y hay menos zonas verdes. Unas rocas enormes delimitan el terreno formando un rectángulo gigantesco. Nuestro instinto se ha acostumbrado a los límites, pero en un principio los sobrepasábamos muchas veces y perdíamos; un símbolo de rendición, sea voluntario o no.

Y rendirse no es una opción.

¿Cómo se gana en el enfrentamiento? Cuando en el duelo uno de ambos se rinde o no puede continuar. Nadie puede ayudar al individuo apresado, porque no es su pelea. Así que te detienes y observas cómo pierdes a un compañero mientras el enemigo sonríe ante su victoria.

Eso, precisamente, es lo que quiero hacer con Sid. Lo elegiré como contrincante en la próxima batalla. Seré feroz y lo ganaré. Y luego, con su captura, no solo conseguiré la libertad de Noah y Runa, porque el intercambio de Sid valdrá mucho más que el de cualquier otro mudnano. Y sé que el Código querrá recuperarlo; esta vez no lo abandonarán para quedarse con los nuclenses ya capturados y hacer con ellos a saber qué. Los rumores dicen que los esclavizan, que los tienen encerrados y que incluso a veces los asesinan. La incertidumbre no me deja dormir.

Yo, en cambio, intento reinsertar en la sociedad a los soldados de Mudna que el Código no recupera. Les doy la oportunidad de reconstruir su vida. Muchos nuclenses no apoyan esta medida, pero yo soy partidaria de ofrecer una segunda oportunidad. Normalmente, terminan de nuevo en el ejército, en nuestro ejército, pese a mi negativa. Sin embargo, varios de los kalentes creen que, de esa manera, esos antiguos mudnanos avivarán la llama de los contrincantes y los desconcertarán. Los reinsertados no se quejan nunca. Piensan que es mejor volver a luchar que el destino que les pueda ofrecer el Código tras su derrota.

—¡Pantea! ¡Copelia!

Las dos chicas se giran ante mi llamada. Dan varias indicaciones al grupo de humanos y luego corren hasta mí. Son las dirigentes de mi grupo de espías humanas en Mudna. Alguien tiene que indagar en los asuntos de la otra ciudad sin llamar la atención y, por supuesto, los draizs no tienen opción de pasar desapercibidos. A veces me arrepiento de haber creado este grupo, porque constantemente las estoy exponiendo a un peligro diferente. Si mueren en una misión de espionaje, no seré capaz de perdonármelo. Sobre todo, si son Pantea o Copelia, a las que considero mis amigas.

Copelia se ha cortado mucho el pelo y uno de sus pajaritos mensajeros reposa sobre lo alto de su cabeza. Ha cambiado de lugar y, por tanto, de aspecto. Pantea luce un feo moratón en la mejilla; el maquillaje que se ha aplicado se lo ha llevado el sudor y ahora se advierte perfectamente.

—Pantea, ¿quién te ha hecho eso?

—Sigo infiltrada en ese antro —murmura.

—Te ordené que no volvieras ahí —le espeto con demasiada dureza.

Suspiro para calmarme. Pantea es demasiado exigente. Está tan entregada a la causa como yo o incluso más. Sé que es su forma de agradecerle a Núcleo el darle una segunda oportunidad tras rendirse en el Incidente y pedir asilo entre nuestros muros. No tenía familia, ni amigos ni nadie de confianza en Mudna. No sabía qué aportar a la sociedad y, al final, solo sirvió para engrosar las filas de aquella guerra. Un rostro más entre los miles que cada día vivían por defender la ciudad. Y aquí trabajó duro, se ganó la confianza de todos y escaló hasta dirigir a las espías. Insistí en que escogiese otro tipo de trabajo, en que era muy peligroso, porque cabía la pequeña posibilidad de que alguien la reconociese, pero ella cambió su aspecto hasta que no quedó nada de la antigua Pantea. Ni física ni psicológicamente. Aun así, siempre que emprende una nueva misión, sufro por ella.

Pantea es el ejemplo claro de que debemos esforzarnos para dejar de juzgarnos. Confío en ella casi tanto como en Ézer. Mudnana, nuclense o de la otra punta del planeta, da igual.

—Allí siempre va el ejército.

—¿Todo? —pregunto.

—Sí, todo. —Frunce los ojos—. Sid acude de vez en cuando.

—No me interesa.

—No hace nada.

—Pantea —le advierto—, me da igual. Solo quiero que estés a salvo. Si te descubriesen no podría hacer nada al respecto, ¿entiendes? Tener espías va en contra de los Pactos de la Armonía, lo sabes perfectamente.

—De todas maneras, el otro día fue mi última incursión en esa taberna. Solo quería asegurarme de que el ejército no sospechaba de nuestra trampa para la batalla de pasado mañana.

—¿Y sospechan?

—No. De hecho, han estado comentando que un tal Bruto es el arma secreta que Mudna va a lanzar contra nosotros.

—¿Bruto es su nombre o su apodo?

—No lo sabemos —interviene Copelia—, pero no importa. Sea su nombre o no, parece que hace justicia a sus artes de combate. —Enarca las cejas al imaginárselo.

—Si actuamos como hemos practicado, al Bruto este no le va a dar tiempo ni a suspirar. De todas maneras, decidle a Almog que prepare a Eadre. Si todo sale mal, necesitaremos que una mole nuestra combata a la suya.

Me cojo las manos por detrás de la espalda, dando por concluida la conversación. Sin embargo, Copelia añade:

—¿Por qué atrapar a Sid? ¿Por qué ahora?

—No puedo deciros mucho. Solo que capturarlo puede suponer la liberación de Noah y Runa.

—¿Has desafiado a alguien, Kira? —Pantea me mira inquisitiva.

—Todo saldrá bien.

Es lo último que digo en todo el día. Ordeno cancelar todas mis responsabilidades; ni siquiera hablo con Ézer. Me encierro en mi habitación a meditar. A dormir. A perderme allí donde ni siquiera yo puedo alcanzarme.

Me ajusto la cincha del pecho y compruebo que llevo bien colocado el peto y las protecciones de los brazos y las piernas. Todavía me duelen las manos, pero he estado dos días reposando, así que espero que no me juegue una mala pasada a la hora de la verdad. Llevo unos dedos al cinto, allí donde, dentro de una bolsita, espera la bomba de humo color amarillo. El color que corresponde al ejército de Núcleo.

Para esta batalla, el sector de los artesanos junto con el de los eruditos han inventado a tiempo una serie de armas fabricadas de un material tan sólido como elástico, perfecto para golpear sin dañar gravemente. Hasta el momento hemos usado armas de madera al igual que el ejército de Mudna, pero Roll y Eka nos han asegurado que este material es muchísimo mejor: amortigua las vibraciones de los impactos y es más liviano. Y, por supuesto, mucho menos peligrosas en ataque. Alguna batalla se ha perdido por matar al contrincante sin pretenderlo.

Hay espadas largas y cortas, machetes y manguales. Incluso me parece que hay demasiado armamento para la estrategia que vamos a utilizar esta vez. Todo terminará pronto. Terminará porque le pondré fin de inmediato venciendo a Sid.

Nueve campanadas me indican que ya es la hora. Bajo los últimos escalones, cruzo la entrada y salgo del Liman. Delante del edificio, los cincuenta soldados forman en líneas de diez. Mezclados humanos y draizs. Una misma carne. Una misma voluntad, aunque condenada a señalarse las diferencias.

Pantea y Copelia dan órdenes al flanco izquierdo, y Almog al derecho. Será la primera batalla en la que la capitana del ejército no participe. Resultó una discusión larga, tediosa y llena de tensión. Nuestra estrategia contra Mudna es que nos subestimen, que no nos vean venir. Si Almog no se presenta, considerarán enseguida que Núcleo atraviesa problemas. En concreto, yo.

En toda Nueva Erain es bien sabido mi conflicto para hacerme respetar.

Los nuclenses se congregan a nuestro alrededor. Desde la primera batalla, la ciudad nos ha acompañado hasta los límites como signo de apoyo y para despedirse de los soldados, porque cabe la posibilidad de que uno de ellos no regrese a casa.

«Yo no soy distinta», es lo que pienso cuando noto la mano de mi madre sobre mi espalda. Mi padre se coloca a mi izquierda y solo alterno una mirada para observarlos a ambos. Zigon frunce el ceño, un tenso surco en su frente, y Ehun parece exhausta. Sé que su estado se debe a las últimas decisiones que he tomado. La estrategia de esta batalla, Noah y Runa... Demasiados imprevistos en muy poco tiempo.

—¿Estás segura de lo de Almog, Kira? Es la líder del ejército. Tenaz y efectiva.

—Padre, lo sé. Pero si queremos atrapar a Sid, necesito sorprenderlos en todo momento. Creen que somos incapaces de innovar y hoy les voy a demostrar que se equivocan. Por todo lo alto.

—No pierdas el norte, ¿de acuerdo? —me advierte Ehun—. Es muy importante que te centres. Has pasado por mucho últimamente y los nervios pueden ser tu perdición. Si Sid te captura...

—Estoy perdida. Lo sé.

—Estamos, Kira. Estamos perdidos. —Mi padre me pone una mano sobre el hombro y algo en mi interior se descompone.

Siempre han hecho esfuerzos para que me crea una más. Que, pese a todo, soy digna del puesto que ellos me cedieron. No los culpo por mis propios demonios. De hecho, miro al frente, a todos los seres dispuestos a colaborar para un único fin, y siento esperanza. No me importa ser quien reciba el odio, si en el futuro la semilla de la unidad prospera.

De pronto, mi padre se echa hacia atrás y es sustituido por Ézer, que sujeta la espada que voy a utilizar en esta batalla. Aunque voy a llevar dos machetes ocultos, me siento desprotegida sin Sustituta; creo que por eso he decidido usar una espada, para que simule lo que la otra arma me ofrece. Mi hermano estira el brazo y me tiende el arma.

—Gracias —digo sin mirarlo.

Dos días sin hablarle han sido demasiado para mí. Ni cuando se marcha a explorar Nueva Erain me parece que el silencio nos distancie tanto.

—Kira, ten cuidado, y suerte —me susurra.

—Tendré ambas. No te preocupes. Volveré con Sid a cuestas si es necesario y conseguiré la libertad de Noah y Runa.

Ézer se mueve y se pone delante de mí. Romper una formación es poco habitual, sobre todo si me incumbe a mí, pero mi hermano no se aparta cuando le chisto que se aleje. Incluso mi madre deja caer su mano y se separa unos pasos. No necesito esto. No necesito aparentar más débil de lo que ya me consideran.

Me muerdo el labio inferior, intentando contener todo el veneno de la frustración que empieza a recorrerme por dentro, dispuesto a matarme.

—Sinceramente, Kira, que consigas su libertad o no es la menor de mis preocupaciones ahora. —Y el «ahora» tiembla en sus labios y derrumba la firme rabia de mi corazón—. Si no vuelves iré a por ti, ¿me oyes?

—Ni se te ocurra. —No lo miro a la cara—. Quebrantarías la ley. Puedo cargar con mucho en mi conciencia, pero no con tu pérdida.

—Kira —me coge por los hombros y me obliga alzar la mirada—, si Sid te captura, iré hasta Mudna y te sacaré de allí, aunque tenga que prender fuego hasta el último de los rincones.

De repente, sus ojos marrones se parecen al mío: pese a la claridad, hay un halo oscuro que los convierte en pozos, profundos y peligrosos. No me gusta esa mirada en Ézer. Este no es él.

—Lo conseguiré.

—Lo sé. —Y sonríe.

Me da un beso rápido en la frente y se coloca al lado de Ehun, a quien le coge la mano enseguida. Zigon vuelve a colocarse a mi lado y da dos fuertes palmadas que resuenan por toda la plaza. El ejército enmudece junto a la ciudadanía. Todos están expectantes, con la mirada fija en mí.

Avanzo un paso, carraspeo y alzo la voz:

—Nunca sabemos qué nos sucederá cada vez que cruzamos la frontera de Núcleo. Pero sí sabemos por lo que luchamos. Por qué y por quién arriesgamos nuestras vidas. Porque no os confundáis, que no podamos morir ahí fuera no significa que no podamos morir de otra forma. El Código nos quiere oprimidos, silenciados y escondidos. ¡No lo van a conseguir! Pueden intentar subyugarnos con sus normas, pero nunca, ¡nunca!, van a conseguir que agachemos la cabeza. ¡Recordad! —Comienzo a caminar hacia el ejército—. ¡Esto es por nosotros! ¡Por el bienestar de Nueva Erain! ¡Por un futuro sin miedo! Hoy...

—Me detengo a pocos pasos de la primera fila de soldados—. Ganaremos.

—¡Ganaremos! ¡Ganaremos! ¡Ganaremos! —corean.

Sin mirar atrás. Sin lanzarle ni una última mirada a Ézer, a Pantea, a Almog o a mis padres… Sin más, me dirijo al frente y los soldados me siguen. Escucho los pasos, algunos más pesados, del ejército, que con sus armaduras y armas pesan el doble; y otros más ligeros, de los ciudadanos que nos acompañan en silencio a través de la ciudad.

No les hemos dicho a los civiles que la voluntad de la batalla es capturar a Sid. No podemos alarmarlos, porque no podemos prometer nada. Sid es un contrincante fiero, desenvuelto y preparado. Enfrentarme a él no va a resultar sencillo en ninguno de los aspectos. No obstante, hay algo que me preocupa más que su técnica y son mis dudas, porque en momentos como este es cuando el pasado sepultado araña mis entrañas para salir al exterior.

Cuando alcanzamos la frontera noreste de Núcleo, espero un minuto para que los soldados se despidan de sus familiares y amigos. Yo nunca voy acompañada. Lo prefiero. Tampoco contemplo a los demás. Me tranquiliza más observar el horizonte en silencio. Me centra el hecho de discernir, mucho más allá de la extensa llanura, la sombra de la ciudad de Mudna.

Poco a poco, los soldados van formando a mi lado hasta que creamos dos filas. Alzo un brazo, respiro hondo y luego lo llevo hacia delante, indicando que avancemos.

Entre ellos comienzan a hablar de las diferentes tácticas que van a emplear hasta que yo declare el combate contra Sid. No suelo hablar ni dar indicaciones, porque confío plenamente en el ejército, pero dado que hoy la estrategia es diferente, me decido a recordar los puntos clave.

—No olvidéis que la táctica es distinta a la que realizamos de forma habitual. —El silencio que se forma de pronto por mis palabras recae sobre mis hombros con fuerza—. Hablad, no estoy dándoos una orden, solo recordando lo esencial —continúo cuando el murmullo regresa a ambas filas—. El factor sorpresa es nuestra baza para la victoria. Cuando comience la batalla, seguid mis indicaciones, seguid las líneas exactas del entrenamiento especial que llevamos practicando desde hace dos meses y ganaremos. Lo prometo.

—¿Y si Sid te captura, Kira? —me pregunta Lorad, que se encuentra a mi derecha.

—Acataréis las normas de este juego enfermizo. Eso sí, nadie os impide echar a correr para comunicárselo a Ehun, Zigon y el resto de kalentes. ¿De acuerdo?

—¿Quieres que huyamos mientras Sid te lleva a rastras hasta Mudna? —La voz de Yun está cargada de incredulidad.

—Exacto. Es lo que dicta la ley. Y la ley afecta a todos por igual, seas un soldado, un civil o la mismísima danían de Núcleo. —Observo a Yun, intentando proyectar una débil sonrisa—. Esto es lo que somos. Un equipo.

La charla cala más hondo de lo que esperaba. Capto algunas palabras de asombro y otras de apoyo. Por primera vez, nadie susurra algo negativo, nadie me pone en duda. ¿Empieza a ahondar mi discurso y mis acciones por fin? Me inquieta que, para hacer llegar mi voluntad, deba realizar operaciones tan peligrosas como que Sid tenga la posibilidad de hacerme presa del Código.

Sacudo la cabeza, sintiendo que me está empezando a doler. Si no me concentro, ni siquiera tendré la oportunidad de volver a Núcleo y pensar en otras formas de convencer a los ciudadanos. De avanzar y evolucionar hacia un futuro sin barreras.

Durante un buen trecho solo me observo las botas. El polvo

se arremolina hasta mis tobillos a cada zancada. Me tiemblan las rodillas y me cuesta respirar. ¿Por qué de repente? No voy a hacer nada distinto a otras veces, entonces, ¿por qué? Noah y Runa cruzan por mis pensamientos.

Descubrirme incapaz de deshacerme de esta debilidad es justo lo que provoca a mi orgullo para que mire al frente. Veo la línea del ejército enemigo. Contra el sol, sus figuras parecen más gigantes; o tal vez es mi propia imaginación dibujando monstruos.

Entramos en el límite del campo de batalla. A lo lejos, a izquierda y a derecha, se advierten las rocas que delimitan las esquinas del terreno. Lorad chista algo, un poco asustado. Sé por quién lo dice: entre todas las sombras destaca una más ancha y más alta que las demás. Ese debe ser el tal Bruto del que Copelia y Pantea me hablaron. Es imponente, con brazos grandes y musculosos, cuello grueso plagado de venas y la mirada inyectada en sangre.

Nunca han jugado esta carta y eso que ellos saben de la existencia de Eadre, nuestra draiz más corpulenta. Es la única de su subespecie en todo Núcleo; caracterizada por tener la piel amarillenta, medir al menos dos metros, y tener brazos y piernas tan fuertes como rocas. Desde luego, ese Bruto estará entrenado para superarla.

Cada vez estamos más cerca. Las filas que formamos con nuestros cuerpos se aproximan hasta dejar treinta metros de distancia entre nosotros. Nos detenemos a la vez, como si fuese un baile ensayado. Primero escruto con más detenimiento a Bruto, la táctica nueva de Mudna. Es más alto que Eadre, pero me fijo en una condición que tal vez suponga una desventaja: es muy joven. No tendrá ni los dieciocho cumplidos.

En nuestro mundo, quienes están destinados a la guerra son entrenados desde muy pequeños. Como yo. Así que, que Bruto sea apenas un adolescente no quiere decir que sea más débil que Eadre. Sin embargo, algo impera también en Nueva Erain y es la experiencia.

Me pongo la mano frente a la boca y llamo a la draiz:

—Eadre, a nuestra izquierda, peón octavo, primera fila. Machácalo.

La soldado gruñe con satisfacción y ello me otorga la confianza necesaria como para no ceder ante la presión. Somos iguales, solo que ellos visten de negro y rojo y portan armas de madera. Pero somos iguales; carne de guerra. Mis ojos se detienen en Sid, que se encuentra en medio de su ejército, como yo. Sonríe, pese a que solo es una mueca en su boca. Sus ojos grises están vacíos, puestos en mí. No reacciono a su actitud y lo analizo: dos espadas finas y una especie de puñal enganchado a su brazo derecho. No lo puedo olvidar: Sid es zurdo.

A su lado, Bernice también me observa. Alza la barbilla como si así pudiese mirarme desde arriba. Si lanzo a Yun contra la mano derecha de Sid, espero que pueda acabar con ella. Ambos destacan por ser rápidos y propinar golpes bajos. Muy tramposos.

—Yun…

—Lo sé. A nuestra derecha, peón noveno, primera fila. La machaco.

Sonrío. Confío en cada uno de mis compañeros. Esa es la base de nuestras victorias, cuando ni siquiera tenemos que mirarnos para comprender nuestras acciones futuras. En esta batalla daré órdenes para guiarlos en la nueva estrategia, pero sé que saldrá bien. Tiene que salir bien.

—¡Ejército de Núcleo! —grita Sid—. ¡Por las leyes de Mudna habéis sido convocados a esta batalla! Creo que no hace falta recordar las normas, pero por si acaso… Nada de armas ni de técnicas que puedan provocar heridas graves o conllevar la muerte. En cuanto se declare un duelo, ¡se detiene la batalla colectiva! ¡Nadie puede interferir a favor del perdedor del combate! Sed justos.

—No hables de justicia aquí. Es insultante —digo más alto de lo que pretendo.

—¡La ley es la ley, te guste o no, Kira!

—¡Solicito la cuenta atrás!

Si escucho una palabra más de la boca de Sid, soy capaz de lanzarme contra todo el ejército, rompiendo la estrategia y quebrantando cualquier norma, solo por el gusto de que se calle. La sangre comienza a hervirme y la adrenalina cosquillea en mis dedos.

—¡Tres! —gritamos Sid y yo a la vez.

—¡Dos!

—Y… ¡Uno!

El ejército de Sid se lanza hacia delante contra nosotros. No puedo evitar reírme: han caído en nuestra primera trampa.

—¡Formación en cinco! ¡Lado izquierdo! ¡Siete en zigzag! ¡Vamos!

Y entonces, echamos a correr hacia el flanco que he indicado en vez de iniciar una confrontación directa. De reojo, consigo observar al ejército de Sid, que por la confusión ha aminorado la marcha. No los culpo, esperaban un choque frontal, pero ahora mi batallón corre hacia una dirección diferente. ¿El propósito? El ejército contrario lo descubrirá en breve.

Encabezo el primer equipo de cinco. Chillo: «¡Ahora!», y viramos hacia la izquierda, mientras que el siguiente lo hace hacia la derecha. Miro sobre mi hombro y, de repente, los tres primeros soldados que constituyen la avanzadilla de Mudna caen en una de las trampas: bajo sus pies se desprende la tierra y son engullidos por un agujero enorme.

«¡Trampa! ¡Nos han tendido una trampa!», escucho a Bernice

desgañitarse. Continuamos corriendo, sorteando los agujeros tapados en la tierra que nosotros mismo hemos estado cavando en la noche durante dos meses. Y lo mejor es que no hemos transgredido las normas de este juego: ninguna regla habla de no manipular el campo de batalla.

Al menos veinte soldados de Mudna se precipitan en los agujeros. Sid y Bernice retrasan sus pasos y dan órdenes de atención, pero su ejército está tan desesperado que obvia las indicaciones y se desploma al vacío irremediablemente. Por supuesto, nuestra estrategia no solo consiste en que el mayor número de soldados desaparezca del campo de batalla, sino también atrasar sus pasos, algo que conseguimos.

Cuando llegamos a uno de los límites, nos detenemos y damos la vuelta. Al menos quince de mis soldados se han quedado rezagados para enfrentar a algunos de Mudna que los han alcanzado. Entre ellos se encuentra Eadre contra Bruto. Me sorprende y me desmorona ver lo contundente que está siendo el humano contra la draiz. Sin duda, le está ganando terreno.

Intento no fijarme en su combate. Tengo uno más importante que librar y cuanto antes llegue a Sid, menos daños sufrirá Eadre. Continuamos corriendo hacia delante. Lidero la ofensiva, a sabiendas de que mi estrategia habrá frustrado tanto a Sid, que el chico vendrá a por mí sin pensarlo.

El terreno está plagado de hoyos enormes. Casi todos han sido descubiertos y retienen soldados de Mudna. Esquivamos nuestras propias trampas, oyendo los gritos de los soldados desde el fondo: «¡Sacadnos, por favor!». Pero saben que es inútil: ningún compañero va a perder el tiempo intentándolo. Es más importante hallar un contrincante al que vencer para ganar.

Pronto se dan cuenta de que nuestra estrategia finalizará la batalla antes de lo previsto. Como he supuesto, Sid corre hacia mí con los rasgos endurecidos, afectado y tenso. Bernice lo persigue como una sombra y le hago una indicación a Yun para que le cerque el paso a la humana. Lo último que deseo es que Bernice se interponga y fastidie mi plan.

Yun es tan veloz que lo veo pasar por mi lado como una ráfaga, como una mancha de color amarillo. A diez metros de que Sid y yo nos encontremos, Yun paraliza la marcha de Bernice golpeándola en el pecho con su maza. La chica cae contra su espalda en un duro golpe que resuena en la explanada.

Sid ni siquiera mira atrás, está demasiado obcecado en mi presencia. Mejor, la obsesión acarrea una derrota segura. O, al menos, desvela los puntos flacos.

Es a cinco metros de entrechocar nuestras armas, cuando saco la bomba de humo, y a tres, cuando la prendo. La tiro contra tierra y entonces un espeso humo amarillo comienza a salir de una pequeña boquilla insertada en la esfera. Nos detenemos en seco frente a la señal.

—¡Alto! —Los soldados siguen peleando—. ¡Alto, he dicho! ¡Declaro el duelo oficial contra Sid!

Las armas dejan de encontrarse entre ellas, los gruñidos, los gritos, incluso las llamadas de socorro de los soldados de Mudna han sido silenciadas por mi grito y el humo amarillo. Aunque con asombro, ambos ejércitos forman un círculo alrededor de nosotros, en un radio de unos veinte metros. Espacio lo suficientemente amplio, aunque cercado, como para sentir la libertad de golpear, pero también la presión de estar encerrado.

—¿Qué has hecho, Kira? —La voz de Sid tiembla.

—¡Lo que debería haber hecho hace mucho tiempo ya! —Y no suena con tanta convicción como pretendía.

Enarbolo la espada y apunto hacia su pecho. Nuestras miradas se mezclan. La de él me persigue y la mía escapa. Sid trata de encontrar en mí un resquicio por el que colarse y descubrir la verdadera razón por la que lo estoy desafiando. Me yergo, imponiéndome, para que sepa que no soy la Kira de siempre; para que entienda que hemos cambiado y que nuestro destino es enfrentarnos hasta que uno perezca.

—No lo hagas…

Flexiono las rodillas y arremeto contra él. El golpe es fiero contra su hombro y Sid retrasa unos pasos, confundido. Me observo las manos, sonriendo. Es cierto que el material con el que está hecha la espada es perfecto para combatir: ha amortiguado la vibración por el golpe y es tan ligera que consigo recuperarme al segundo, poniéndome en guardia.

Los soldados de Sid lo animan a responder a mi ataque. La voz aguda de Bernice destaca entre las demás, y parece que el apoyo insufla en Sid la voluntad que le faltaba para enfrentarse a mí.

Voltea ambas espadas de madera, recobrándose del impacto, y se lanza contra mí. Detengo su ataque y, aprovechando que está entrando en calor, arremeto una patada contra su muslo para desestabilizarlo. Consigo que retrase unos pasos, pero no llega a caerse.

Intercambiamos una serie de estocadas en la que no nos llegamos ni a rozar. Mis propios soldados, que normalmente permanecen callados por respeto al combatiente, empiezan a murmurarme técnicas. No estoy acostumbrada a tanto ánimo y atenderlos me cuesta que Sid alcance mi flanco derecho desprotegido.

El golpe me arrebata el aliento, justo debajo de las costillas. Me doblo sobre mí misma, tratando de no soltar mi espada. Sid aprovecha para propinarme un codazo en la espalda y derribarme. Sin embargo, me quedan energías suficientes como para continuar pese al intenso dolor, así que esquivo su siguiente acometida rodando por tierra.

Me incorporo de un salto y me aparto hacia la izquierda, recuperando la estabilidad. Nos conocemos demasiado bien en este aspecto. En tiempos en los que nos dedicábamos a escapar en vez de a pelear, entrenábamos por pura diversión. Él tenía sus manías y yo las mías, y sin contar las nuevas destrezas que hubiésemos adquirido en aquellos últimos cinco años, lo demás continúa intacto.

Otra sucesión de arremetidas fuertes y ágiles termina en una combinación de golpes por mi parte. Descargo la espada contra su omoplato y un hueso cruje. Sid suelta una espada y arremeto el puño contra la parte de su pecho que creo más afectada. Luego le propino una patada a su arma para dejarla fuera de su alcance. Finto y me coloco a su espalda. Lo cojo por el cuello y aprieto la parte interna del brazo contra él.

Su cabello sudado se pega a mi rostro y noto el calor que emana su cuerpo al entrar en contacto con mi piel. Estamos mejilla contra mejilla. Él intenta zafarse de mi agarre. Pretendo dejarlo inconsciente, pero nuestras fuerzas se enfrentan en una batalla igualada. Se anulan mutuamente.

Bernice grita el nombre de Sid y siento la pena que ahoga a la chica. ¿Soy capaz de transmitir esos sentimientos hacia las personas que quiero con una simple palabra? Posiblemente no, por eso siempre estoy sola. Y es ese pensamiento lo que me distrae de nuevo. Aflojo el agarre y Sid aprovecha mi despiste para lanzarme por encima de él. Se encorva sobre sí mismo y deja que la gravedad mueva mi cuerpo hasta que mi espalda impacta contra tierra.

Mi visión se nubla de repente. El sol de primavera golpea con intensidad.

Soy débil.

Respiro a un ritmo descompasado. ¿Desde cuándo hace tanto calor?

Soy demasiado débil.

Los gritos de mis soldados instan a que me levante. Sid se coloca a horcajadas sobre mi cuerpo y alza un puño.

Soy la debilidad en sí misma. Voy a perder.

El chico descarga un puñetazo contra mi rostro y siento el sabor de la sangre en la boca. Le escupo una mezcla de fluidos y se lleva una mano a la cara. Suelto la espada. Me incorporo un poco, sintiendo todos mis músculos doloridos, y le propino un fuerte cabezazo.

No llega a caer, pero la adrenalina está volviendo a consumir mi cuerpo y empleo la energía recobrada para empujar a Sid y colocarme encima de él. Le asesto un golpe y luego otro.

—¡Ríndete!

—No… —susurra.

—¡Ríndete, Sid!

Otro puñetazo. Mis nudillos empapados de sangre. La herida de mi mano abierta completamente. El rostro de Sid lleno de cortes y magulladuras. Las súplicas de Bernice. Los gritos de rabia de los soldados de Mudna. Mis soldados recordándome que me detenga. El nervio bombeando en mis oídos, en mi pecho y en mis venas. Yo siendo implacable, siendo ese peón sacrificable que todo el mundo quiere que sea. Yo…

—Kira… —Sid murmura mi nombre y levanta una mano hacia mi rostro.

Sus dedos se quedan suspendidos a pocos milímetros de mi mejilla; sin embargo, se desmaya y sus yemas solo alcanzan a rozar mi piel con sutilidad. Y despierto. Despierto del abismo de odio y violencia en el que me he visto sumida.

Me incorporo con las fuerzas que me restan. Sid está vivo. De hecho, parece dormido. Su pecho sube y baja. He ganado. Su cara es un amasijo de heridas pero sin gravedad. He ganado. Su hueso dañado tampoco conlleva peligro. He ganado.

—He ganado —digo, desganada.

—¡Kira! ¡Kira! ¡Kira!

Mi ejército corea mi nombre, pero no me siento orgullosa. Soy libre, pero Sid no. He apostado su seguridad por la de otros dos. Y aunque es lo que hacemos siempre, jugar con nuestras vidas en pos de un objetivo mayor, me hace sentir miserable.

Observo al ejército enemigo, que mira impotente a su líder. Bernice llora desconsolada, extendiendo un brazo hacia el cuerpo del chico como si así pudiese agarrarlo y llevárselo sin mirar atrás. Mi escrutinio termina de nuevo en Sid. Esto va a suponer un antes y un después en la historia de Nueva Erain.

—Eadre, carga a Sid. Nos lo llevamos a Núcleo. —De reojo veo a mis soldados dispuestos a corear de nuevo nuestra victoria y alzo una mano para detenerlos—. Un respeto, por favor.

—Ellos nunca nos lo muestran —me espeta Lorad.

—Nosotros no somos como ellos —le reprendo y parte de mis soldados enmudecen—. Eadre. —Llamo de nuevo a la draiz.

Ante la abatida mirada del ejército de Mudna, la draiz carga a Sid en su hombro. Lentamente, mis soldados van abandonando el campo de batalla. El enemigo se queda quieto, como dicta la ley. Yo soy la última en irme. Recojo mi espada, dedico un último gesto silencioso al ejército de Mudna y persigo al mío.

—¡Te odio, Kira! —No me giro hacia Bernice—. ¡Habéis hecho trampas! ¡Esos hoyos… Esos hoyos…! —La estrategia es un vacío legal. Nada estipula que no pueda modificarse el campo de batalla. Y la soldado lo sabe—. ¡Vamos a ir a por ti! ¡La próxima vez que nos encontremos, te mataré por lo que le has hecho a Sid! ¡No tienes ni idea de a quién te estás enfrentando!

Sus gritos se pierden por la llanura, aunque me acompañan durante el regreso. Vuelvo a resguardarme en la punta de mis botas. Tengo miedo. He estado a punto de perder el control sobre mí misma. Podría haber matado a Sid a golpes, con mis puños desnudos.

El camino de vuelta es duro. No estamos tan cansados como otras veces, pero, de alguna manera inexplicable, parecemos más extenuados que nunca. Tal vez la tensión por que la nueva estrategia saliese bien ha sido demasiado demoledora. Estoy segura de que no contar con Almog dejó despiertos a algunos de mis soldados la noche anterior. El mismo hecho de saber que íbamos a capturar a Sid tuvo que inquietarlos.

Nos esperan en la frontera de Núcleo. Lo primero que avistan es a Eadre cargando a Sid. Los vítores no se hacen esperar. Los familiares y amigos reciben a sus soldados entre abrazos y lágrimas. Solo Eadre y yo avanzamos entre la ciudadanía como dos sombras.

Todos se apartan a nuestro paso, como si portásemos la enfermedad más letal. Miran al capitán vencido con desagrado y sueltan algún que otro insulto mientras siguen aferrados a sus valientes combatientes. Yo solo tengo ojos para el oscuro cabello de Sid, que gotea sangre y sudor.

Sangre y sudor, nuestro distintivo.

Ni siquiera me entero de cuándo llegamos ante las puertas del Liman. Allí están mis padres, los cinco líderes y Ézer. Mi hermano da un pequeño paso hacia mí, pero se detiene, porque Eadre se arrodilla ante ellos y yo la ayudo a descargar el cuerpo de Sid.

Lo observan como si fuese irreal; un impostor. Almog sonríe como si le hubiesen hecho el mejor regalo del mundo, aunque lo que la draiz no sabe es que no le va a poner ni un solo dedo encima. Yo soy la danían de Núcleo. Yo he vencido a Sid. Yo tengo toda la responsabilidad y, por tanto, yo trataré al preso como me convenga.

—Sid por la libertad de Noah y Runa —comunico.

—Por supuesto —sisea Almog, dando unos pasos hacia el prisionero.

—¡No te acerques! —grito, llena de dolor—. Tenéis prohibido

acercaros al prisionero sin mi aprobación. ¿Entendido? —Almog frunce el ceño—. ¿Entendido? —Asienten—. Sid es mío —concluyo con la voz ronca.

Recojo al chico y paso uno de sus brazos por detrás de mi cuello. Con esfuerzo, lo arrastro hacia el interior del Liman. Mis padres, los kalentes y Ézer me dejan paso contemplando cómo me llevo a Sid hasta los calabozos. Cargando con mis propios demonios; nuestra sangre y sudor.

Sangre y sudor.

NOAH

ME ESTRUJO LAS MANOS, NERVIOSO. Desde la habitación en la que me encuentro he escuchado algunos gritos y barullo de voces apelotonándose entre ellas para hacerse oír. No cabe duda: el ejército de Núcleo ha regresado de la batalla. Pero la pregunta que circula por mi cabeza, completamente confusa, es si Kira ha logrado su libertad y la nuestra.

Me incorporo y me asomo a la ventana, sin embargo, mis vistas solo dan a una calle estrecha en la que unos niños están jugando con una pelota de cuero. Le doy la espalda a la ventana y me muevo por la habitación, ansioso, igual que el pájaro que una vez atrapé en una de mis jaulas de madera. Desplazándose de un lado a otro, con desesperación.

No estoy acostumbrado a sentir tantas emociones a la vez. Puedo estar contento y al minuto siguiente sentirme insatisfecho. Durante esta semana me he detenido a estudiarme muchas veces, a analizar el cosquilleo que creo que es reconocimiento, cada vez que me sucede algo. Sea una experiencia nueva o no, el hormigueo se manifiesta de maneras distintas. Y si ya me desespera no conocer mi pasado, no saber controlarme a mí mismo me hace irritarme aún más.

¿Qué será de mí en el futuro? Si Kira ha perdido, me quedaré en el Liman encerrado para siempre, posiblemente en los calabozos. La kalente militar, Almog, no dejará que Runa y yo vivamos con normalidad —tal y como Kira ha intentado durante estos días— hasta que, al menos, nos saque toda la información o beneficio que crea conveniente.

Somos anomalías perseguidas por el Código. Si cualquiera se entera de ello, puedo darme por perdido.

Sin embargo, si Kira ha ganado, puedo proseguir mi viaje. Mi misión. Quedarme en Núcleo no parece una opción, aunque la idea no me desagrade del todo. Aprender de los draizs, de su cultura y de cómo *se adaptaron* a la humana los primeros años de la conquista me resulta una tarea muy interesante. Todo aquí, fuera de mi hogar en la playa, cautiva demasiado como para darle la espalda. Si lo estudio, podría incluso completar los documentos del Caimán.

Pero necesito encontrarlo. Preguntarle si su diario y toda su biblioteca va dirigida a mí. Preguntarle si yo tengo un pasado o soy una mera broma del destino. Tengo que ser alguien. Necesito serlo. Quiero serlo. Mi memoria; mis veinte años de vida perdidos los quiero de vuelta, sucumba el actual Noah o no, y no puedo dejar de pensar que el Caimán es la solución al problema.

Definitivamente, si Kira ha conseguido mi libertad, debo salir de la ciudad en busca del Caimán y, por supuesto, continuar expandiendo la verdad. Los pueblos indómitos, como se hacen llamar por haber escapado del sistema de Mudna y Núcleo, resultan un lugar potencial por el que empezar a hablar de la verdad de Nueva Erain. Runa tenía razón: Núcleo ha sido un reto demasiado grande.

¿Me acompañará Runa en mi viaje si se lo pido? Nuestra relación se ha fortalecido en el transcurso de los días. El estar encerrados y tener en común que la escapatoria no depende de nosotros nos ha unido de alguna manera. Ahora me mira, me sonríe y me habla por decisión propia. No pone los ojos en blanco cuando mi curiosidad es imparable y, aunque sean pocas, hay veces que me cuenta sobre ella. Sobre que echa de menos a su abuela, quien le había enseñado todo acerca de las cartas de adivinación. La considera no solo un miembro de su familia, sino también su mentora. Ahora sé que le encanta el zumo y los atardeceres. Y, lo más importante, que su tatuaje sí cambia de forma gracias a la magia que la recorre por dentro y que responde a sus sentimientos.

Tres golpes contra la puerta. Me detengo y mis ojos no se despegan de la entrada hasta que entra Ézer. El chico cierra tras de sí y se cruza de brazos. Lo observo expectante. No parece abatido, pero tampoco entusiasmado.

—¿Ha vuelto?

—Sí, Noah. Ha vuelto. —Y sonríe ampliamente.

Una sensación de calidez inunda mi pecho. Soy libre. Almog no me encerrará para experimentar conmigo. No volveré a sentirme abandonado en ese oscuro calabozo. No me iré una noche más a la cama preguntándome si mi vida ha finalizado. De repente, como si me hubiesen rescatado de una trampa, comprendo lo que son las ataduras y lo que significa deshacerte de ellas.

—¡Soy libre! —digo más alto de lo que pretendo mientras se escapa una débil risa entre las palabras.

Y entonces Ézer se acerca y me rodea con sus brazos. Me quedo paralizado. El inconfundible hormigueo de reconocimiento me envuelve la cabeza entera. Pero es mucho más que eso. El estómago se me contrae, como cuando subía al tejado de mi casa y sentía vértigo al mirar hacia abajo. Todos mis sentidos quedan atrapados en un ciclo de indecisión. Sé que debo corresponder, al menos, con un gesto sutil, pero me siento incapaz. ¿Por qué no consigo ni flexionar un dedo?

El abrazo me descompone sin razón aparente. Ézer no dice ni una palabra hasta que consigo alzar mis brazos temblorosos y posarlos sobre su espalda. Él aprieta más y contiene el aliento. Sentir un cuerpo tan próximo es una sensación extraña pero reconfortante. Su corazón golpea mi pecho, frenético. Su barbilla pegada a mi frente promete no soltarme.

—¿Te vas a ir?

Y me percato de que voy a tener que despedirme de Ézer, tal vez para siempre. Comprensivo, alegre, optimista y bondadoso. La primera persona que me ha hecho sentir protegido, incluso cuando todo parecía perdido. Ézer. Con quien he compartido horas y horas en la biblioteca del Liman hablando hasta quedarnos callados. Nuestros silencios me gustan, aunque aún no sé si compiten contra los míos, a los que echo de menos. Ézer es una buena razón para explorar un país entero, encierre los peligros que encierre.

¿Me acompañaría? Imposible. Nunca abandonará a Kira. Su vínculo es demasiado fuerte como para quebrarlo por alguien como yo. Aunque el objetivo de Ézer es vivir fuera de Núcleo, explorar Nueva Erain, salir del país y aprender del resto del planeta. Su meta no es tan diferente a la mía, ¿verdad?

» *Las relaciones van y vuelven con facilidad. Pero tú permaneces. Como siempre ha sido.*

Por primera vez, siento que la Voz no tiene razón del todo. No necesito a nadie para vivir, para estar completo. Sin embargo, oír la voz de alguien, notar su piel, observar a mi alrededor y encontrarme con otros ojos… Todos esos pequeños detalles avivan una parte de mí que creía desconocida. Me gusta relacionarme, aunque cueste. Me gusta que el mundo me enseñe que hay mucho más de lo que compone la biblioteca del Caimán.

No necesito a Ézer o a Runa conmigo como se necesita una herramienta o el agua para vivir; más bien los quiero a mi lado, acompañándome.

—Sí. —Mi afirmación queda ahogada contra su hombro.

Y hundo los dedos en su chaqueta. Ézer siempre desprende un olor muy peculiar, como a madera y a hierba empapada por el rocío. A naturaleza. Me quedaré con su aroma en el recuerdo. Su recuerdo.

—Noah…

El chico se desase con delicadeza y lo dejo ir. Bajo la mirada a mis pies, algo azorado. Espero que no le haya llegado la intensidad de todos mis pensamientos. Que en mi cara no se lea lo que imagino.

—Noah, no sé qué dirección piensas tomar ahora. Si te vas a quedar o vuelves a tu casa, pero… —carraspea—. Yo tengo que irme de Núcleo durante unas semanas y quería preguntarte si…

—¿Me vas a preguntar si quieres que me una?

Ézer se sobresalta con un pequeño movimiento. Inclina la cabeza hacia un lado y frunce los ojos, observándome con fijeza. Me muerdo la lengua. Me he adelantado a su proposición. A lo mejor no era lo que quería sugerirme. La inseguridad frente a los demás es una de las cosas que peor soporto.

Sin embargo, el chico comienza a reírse de repente. A la inseguridad se le suma la confusión y me quedo paralizado, sin saber qué hacer. Ézer me pone una mano en el hombro y me zarandea con suavidad mientras intenta detener su carcajada.

—Ay, Noah. ¡Cuánto te queda por aprender! O por recordar… —Su risa se apaga, pero mantiene su resplandeciente sonrisa—. ¡Pues claro que te iba a proponer si querías acompañarme en mi viaje! Por cierto, a Runa también quiero sugerírselo. Tendrías que haberte visto la cara…

—No entiendo la gracia de confundir. De verdad que no. —Me cruzo de brazos, algo molesto.

—Es una broma. Tranquilo. —Me da un leve apretón amistoso.

—¿De verdad quieres que te acompañe?

—Bueno, hemos hablado de muchas cosas, pero nunca me has contado si tienes una ruta fija. —Se recoge un mechón tras la oreja—. Y conozco bastante bien este país como para guiarte si necesitas ayuda.

—Sí —lo interrumpo.

» *No lo hagas.*

—¿Sí que tienes una ruta marcada o sí que te vienes conmigo?

—Lo segundo. —Asiento, entusiasmado.

Y los ojos de Ézer brillan. Se lanza de nuevo hacia mí en un abrazo que me quita el aliento por segundos. Me río y le palmeo la espalda, intentando contener su emoción. Ézer es muy efusivo, y siempre muestra sus sentimientos sin reservas. Tal vez por ello me resulta tan fácil estar a su lado, porque no tengo que analizar constantemente sus movimientos para entender qué pretende o qué piensa.

—Pero primero tendré que enseñarte la ruta que voy a tomar. Si no se ajusta a las necesidades de tu viaje, no hay problema en que no vengas conmigo. Copelia ha ido a avisar a Runa de que sois libres. —Me coge de la manga de la camiseta y estira para que avance hacia la puerta—. Vamos —la abre—, y propongámosle a Runa que venga con nos…

Sus palabras se detienen de golpe. Tras la puerta espera Kira. Pantea, a su espalda, se rasca la frente, incómoda. La danían viste un uniforme negro y amarillo. Un conjunto compuesto por camiseta, peto, pantalón y botas, con algunas partes reforzadas por una especie de armazón amarillo muy desgastado. Tiene los puños hinchados y ensangrentados, moratones en el rostro y el pelo enmarañado. Casi todo su cuerpo está cubierto por una capa de polvo, sudor y sangre.

—Os vais. —Es lo único que dice antes de dar media vuelta.

—¡Kira!

Ézer sale de la habitación corriendo. Pantea pega la espalda a la pared para esquivar al hermano de la danían, y yo alzo un brazo, dispuesto a que mis dedos atrapen los de él. Sin embargo, Pantea reacciona lo suficientemente rápido como para detenerme. En su mirada centella la advertencia y dejo caer la mano, resignado.

La discusión entre hermanos es justo la situación que había pretendido evitar desde el comienzo. Ambos son más fuertes juntos. Kira es una persona solitaria, siempre anclada en el futuro. Ézer es un pilar para ella, el que mantiene sus pensamientos en el presente. El que la aleja del deber y del dolor. No me atrevo a insinuar que Kira está celosa por la cantidad de atención que ha tenido que volcar Ézer en Runa y en mí durante esta semana —tan dura para ella—, pero sí afligida.

Hago el esfuerzo de ponerme en su lugar, pero, por mucho que lo intento, me es imposible imaginar la carga con la que la chica debe convivir día a día. Es complicada y tiene muy mal humor, sin embargo, bajo todas esas capas de severidad se intuye a la humana que solo desea ser normal. Ser, sencillamente.

—¿Y si vamos a la habitación de Runa? —me propone Pantea con un amago de sonrisa—. Le puedes ir comentando todo esto.

—¿Nos ha escuchado desde el principio?

—Sí.

Me muerdo la lengua. Pantea me acaricia la muñeca. Carraspeo, tratando de relajar el músculo de mi garganta que me está asfixiando. La espía estira de mí y dejo que mis pies reaccionen al impulso. Las puntas de su largo cabello rubio recogido en una coleta alta me acarician la nariz y me hace estornudar.

Dejo que me conduzca por los pasillos. No alzo el rostro en ningún momento. No soy capaz de enfrentarme a la realidad que he provocado con mis decisiones.

—Se me ha olvidado la mochila en la habitación —musito.

—Tranquilo. Mientras hablas con Runa, voy a recogerla y te la traigo, ¿vale?

El tono de su voz es suave, muy diferente al habitual, más directo y tosco. Pantea está tratando de reconfortarme. Se lo agradezco sin palabras, sonriendo, aunque ella no lo aprecie. Durante esta semana no he sido capaz de preguntarle a la espía sobre su situación. Copelia le había confesado a Runa —congeniaron desde el comienzo— que Pantea era natural de Mudna, pero que Kira consiguió su inclusión en la sociedad de Núcleo tras el famoso Incidente, el cual desconozco.

He deseado durante todo este tiempo preguntarle cómo lo ha conseguido. Cómo ha logrado hacer oídos sordos a las críticas de los nuclenses. Si a día de hoy la tratan con normalidad y respeto. Sin embargo, nunca me he atrevido a formular ninguna, porque sé que el propósito es, en parte, egoísta: solo quiero averiguar si a ella le ha ido bien para convencerme de que yo también lo puedo conseguir.

Llegamos ante la puerta de Runa, y Pantea golpea la madera con los nudillos. La que se asoma es Copelia con el ceño fruncido, pero, en cuanto nos ve, nos deja pasar con una amplia sonrisa en los labios.

Runa está sentada en una silla, barajando sus cartas de adivinación. Se incorpora al descubrirme y, de nuevo, recibo otro abrazo. Este muy distinto al de Ézer. El calor se cobija en mi pecho, como cuando encendía hogueras en la casa junto al mar y me sentía protegido. No importa lo mucho que Runa me esconda, ella me hace sentir como en un hogar.

Ella ha sido la primera persona en mis recuerdos recientes.

Al contrario que con Ézer, mis brazos estrechan a Runa enseguida. Hundo la nariz entre sus anaranjados mechones. Somos libres. Esta experiencia nos ha unido de alguna manera. Aunque nuestros caminos se separen, ella siempre ocupará un lugar en mi corazón, como suelen decir los personajes de las pocas novelas que he leído.

Pantea sale de la habitación y Copelia se aleja de nosotros. Separo a Runa de mi lado con cuidado para comentarle el plan que Ézer y yo hemos pensado. Sé que ella está mucho más ansiosa que yo por marcharse. Aunque ha trabado amistad con Copelia, Pantea y Ézer —en ese orden de simpatía—, Runa se ha sentido desamparada en todo momento. Mientras que yo he conseguido encontrar el suficiente apoyo en Ézer como para vivir los días con relativa tranquilidad, ella no ha logrado deshacerse de esa sensación de peligro.

—Nos vamos juntos de Núcleo.

—Lo sé. Lo he leído en las cartas. —Runa agita el mazo frente a mis ojos.

—¿En serio? —Enarco una ceja.

—Nunca dejarás de dudar de esto, ¿verdad?

—No es eso…

Y, realmente, no lo es. Oigo a la Voz. Soy una anomalía. Sé que sus visiones pueden deberse a nuestros poderes; la misma razón por la que su tatuaje cambia de forma con su estado de ánimo.

—Yo tengo que emprender mi viaje por un camino muy distinto al tuyo, Noah.

—Lo sé. Sé que no quieres juntarte con las anomalías, que crees que hacerlo supone una amenaza. Pero, bueno… Esperaba que…

—Esperabas que nuestra amistad hubiese crecido lo suficiente como para no tener que separarnos. Pese a que confías en Ézer, de alguna manera, te agobia separarte de mí, porque, al fin y al cabo, yo fui la primera persona que conociste.

¿Cómo es posible que conozca mis pensamientos, usando mis propias palabras? Si ahora me dice que lo sabe por sus cartas, definitivamente, la creeré. La otra explicación que puedo darle es que Runa ha llegado a conocerme de verdad. Que nuestra amistad se ha fortalecido lo suficiente como para predecir, al menos un poco, nuestros movimientos y decisiones.

—Entonces eso significa que hoy nos separamos.

Pantea corta la frase de Runa entrando en la habitación con mi mochila entre sus brazos. La deja en una esquina y se acerca hasta nosotros.

—Ézer viene ahora. Os explicará cuál es el camino que va a tomar y decidís. Siento meteros prisa, pero los kalentes os quieren fuera de Núcleo de inmediato.

—¿Algún día podré volver aquí? —Mis labios formulan la pregunta solos y no los culpo. Realmente me agrada Núcleo.

—Cuando pase la tormenta, sí. Ahora todo es un caos. El hecho de que Kira haya atrapado a Sid…

—Pero ¿por qué Sid es tan importante? —Me cruzo de brazos—. Es el capitán del ejército de Mudna, sí, aunque…

—Noah, Sid es el hijo de los gobernantes de Mudna.

Me quedo en silencio. Todo tiene mucho más sentido ahora que Copelia ha desvelado el dato clave. La batalla suponía perder las cabezas de ambas capitales. Aunque Sid aún no gobierne Mudna, algún día lo hará. Kira ha conseguido asestar un enorme golpe a la ciudad humana. ¿Pedirá algo a cambio de la salvación de Sid? ¿Cuánto vale la vida del hijo de los gobernantes de Mudna?

—Un segundo… —Runa remueve sus cartas, pensativa—. ¿Sid es la anomalía de Mudna?

La pregunta tensa el ambiente de inmediato. Pantea y Copelia alternan la mirada. No hay sorpresa en ninguna, menos en mí, que me quedo estupefacto con la boca entreabierta. ¿Sid es una anomalía? ¿El hijo de los mismos que pretenden darnos caza?

—¿Cómo que Sid es una anomalía? —Trato de recomponerme—. ¿Eso es cierto?

—Nunca ha demostrado poseer ningún tipo de poder en público —contesta Pantea, algo reticente por sus palabras. No se las cree.

—Entonces, ¿es mentira? —apunto.

—Es un secreto del Código. Lo mantiene oculto en sus círculos más internos y confidentes, tanto eso como que busca anomalías para formar un ejército. Nosotros lo sabemos gracias a nuestras espías.

—Vaya. Pues el Caimán tiene algo escrito sobre esa búsqueda. Sabía algo, pero… ¿Cómo lo sabes tú? —le recrimino a Runa. Como respuesta, hace bailar sus cartas de nuevo—. ¡Venga ya! ¿Lo crees? ¿Crees que Sid es una anomalía?

—¿Por qué? ¿No eres tú el que cree en la Magia? —interviene Copelia.

—Sí, o sea… Yo...

Con el corazón desbocado, llevo mi mano a la muñeca, allí donde cuelga la bellota atravesada por un clavo. Noto el codo de Runa rozar mi costado y la inquietud debe reflejarse en nuestros rostros, porque las otras dos nos observan con desconfianza.

—¿Pasa algo?

—No.

No les hemos confesado lo que somos. Hemos confiado, pero no hasta el punto de entregarles nuestro secreto más importante: Runa y yo somos anomalías, dominados por un increíble poder que da explicación al destino de este planeta por mucho que se nieguen a aceptarlo.

—¿Noah? —Pantea da un paso hacia mí, a modo de advertencia.

Saben que les estamos mintiendo, pero mi mente no se detiene en ninguna parte. Sid es una anomalía. ¿Por qué su padre no lo usa contra este país? ¿Porque desea un ejército? ¿Nunca tiene suficiente? Y caigo en la cuenta de que, si revelamos nuestra condición, podemos ayudar a Núcleo. Solucionar parte del conflicto del país.

—Ni lo pienses —susurra Runa.

—¿El qué, Runa? —Copelia se pone a la altura de Pantea.

De pronto, estamos acorralados. Hemos hablado de más; no solo nuestras palabras, sino también nuestros gestos. Es cierto, no podemos decirles nada. Es demasiado peligroso. Somos una pieza demasiado importante para el mundo entero. Si caemos en malas manos, podemos suponer el arma más letal jamás conocida.

Pantea alza una mano, dispuesta a presionarnos más, pero entonces la puerta se abre y la cabeza de Ézer aparece por el resquicio. Tiene los ojos hinchados y un poco rojos. Pese a que una tromba de posibilidades cruza por mi cabeza, la única que me resulta más plausible es que ha llorado. Sus labios intentan componer una sonrisa, aunque le tiembla el labio inferior. Verlo así me desespera. Me pican las manos. Quiero darle un abrazo.

—Ya estoy aquí. Me han comunicado que debéis iros cuanto antes, por lo que he traído un mapa. —Muestra el trozo de papel mientras entra en la habitación—. Os enseño mi ruta. Aquí y ahora tendréis que decidir si me acompañáis o no. —Desliza sus ojos hasta Runa—. Bueno, he supuesto que Noah te ha comentado…

—Sí, sí. Pero no es posible, Ézer. Debo tomar un camino distinto.

Pantea y Copelia retroceden unos pasos, aunque sus gestos siguen entrañando confusión. Les damos la espalda, mirando el mapa que Ézer está desplegando sobre la cama. Mis preocupaciones pasan a un segundo plano en cuanto veo las rutas trazadas por el chico. Las indicaciones son mucho más exhaustivas que las de mi mapa. Hay zonas marcadas que ni siquiera conozco. Caminos más largos, más gruesos, más delgados, surcados por ríos, atravesados por montañas. Puntos de todos los colores señalan pueblos distribuidos por el norte y el oeste del país. Puntos que el Caimán jamás ha anotado.

Abro la boca para preguntar, pero Ézer posa el índice en Núcleo y, con la yema, recorre una línea rosácea hasta uno de los pueblos que se encuentra cerca del norte del país. Es una zona mucho más grande que las de su alrededor, bastante lejos las unas de las otras.

—Este es el pueblo al que voy. Ninguno de los indómitos ha puesto nombre a sus localizaciones como es tradicional en la cultura draiziana. Es el pueblo más grande que hemos encontrado y creo que os interesa por eso mismo. —Nos dedica una mirada.

—No es la parte del país que más me interesa explorar de momento —sentencia Runa.

—Y yo… —No me salen las palabras.

—No os he dicho lo más importante. En este pueblo expresan su creencia en la Magia de forma abierta.

El silencio despierta de sopetón. Runa me mira de reojo un instante. Creo que no deseaba que me enterase de su furtiva mirada, pero la he cazado y he descubierto en ella un brillo intenso que no he llegado a entender. El hecho de que en ese pueblo crean en la Magia es esencial para mí, un sitio perfecto al que acudir. Y, sin embargo, para Runa debe suponer todo lo contrario y, pese a ello, en sus ojos reluce algo muy distinto a la negación.

—¿Noah? ¿Runa? —Nos llama Ézer, preocupado.

—¿Creen en la Magia? ¿En mi historia?

—Sí. —Sonríe Ézer.

—¿Por qué no nos lo habías dicho antes? —Mi tono de voz suena con más reproche del que pretendo.

—Los draizs y humanos indómitos huyeron del Código, no solo porque no querían verse envueltos en esta guerra, sino porque se negaron a sepultar sus ideas y vivirlas en clandestinidad. Eso los convierte en el blanco de algunos ataques y persecuciones muy violentas, aunque ahora sea Núcleo la ciudad que copa todo el interés real de Mudna. Somos la ciudad que el Código ve como la inminente amenaza a abatir. Las localizaciones de los pueblos indómitos no son conocidas por la razón que os he contado. Juegan con la baza del desconocimiento para protegerse del enemigo.

—Entiendo. —Pese a que me duele un poco.

—Has hecho bien, Ézer —sale Runa en su defensa.

» *Allí creen en nosotros. Allí seremos más fuertes.*

La Voz tiene razón. Si en ese pueblo indómito creen en la verdad, en la historia que yo quiero despertar de nuevo en Nueva Erain, pasar allí un tiempo puede resultar una ventaja. Podemos compartir información, luchar por el conocimiento, incluso preguntar por el Caimán. En este país escasean las personas que afirman creer en la existencia de la Magia, por lo que no puedo perder esta oportunidad.

Aplaco el malestar que continúa instalándose en mi estómago y que, poco a poco, va trepando hasta mi pecho, y pongo una mano sobre el mapa.

—Iré contigo, Ézer.

—Perfecto. ¿Runa? —La mira.

—¿De verdad allí creen en la Magia?

—Sí.

—Pero, Runa…

—Iré.

Ézer lo celebra con un pequeño salto de emoción y dando

rienda suelta a su verborrea sobre datos del viaje, pero yo no soy capaz de escuchar su explicación. Runa ha accedido. Intento convencerme de que es porque se ha dado cuenta de que nuestra amistad es muy importante, pero, por mucho que ahonde en ese pensamiento, no me lo creo.

Runa oculta algo. Algo significativo que puede afectarnos a todos.

—¿No estás contento? —Runa dibuja una sonrisa rígida.

» *Su sonrisa es una trampa.*

Nos sacan del Liman por una puerta trasera. Han despejado el callejón para que no nos encontremos con alguien. Tres caballos relinchan algo nerviosos a nuestro lado. La única vez que he montado en un animal así fue a la entrada en Núcleo y ni siquiera lo cabalgué yo. Me acomodo la mochila a la espalda y me seco el sudor de las manos en los pantalones.

Estamos esperando a Kira. He pedido expresamente despedirme de ella si es posible. Pese a que no hemos interactuado tanto como me hubiese gustado, nos ha salvado. Ha arriesgado su vida por nosotros. Si somos libres, es gracias a ella.

—Es increíble que hayas pedido que Kira nos despida. Ni siquiera vienen los kalentes —dice Runa con una mueca molesta.

—Debemos agradecerle que ahora nos estemos yendo de aquí por nuestro propio pie.

—Pensaba que Kira te inspiraba miedo.

—Lo que me inspira Kira es respeto —sentencio.

Runa me saca la lengua y se cruza de brazos; dos de sus gestos más recurrentes. Dejo que se queje entre murmullos. Ézer está apoyado contra la pared, jugueteando con un palito de madera. Me acerco a él con pasos silenciosos. Está tan sumido en su tarea que, cuando lo llamo, da un brinco y la ramita cae de entre sus dedos.

—Lo siento.

—No, no. —Trata de recomponerse, pero le vuelve a temblar el labio—. Estaba pensando…

—¿Cómo está Kira?

—Mal. Muy mal. Irme en un momento como este, estando Sid aquí… Necesita mi apoyo. Van a ser unos días muy tensos, llenos de negociaciones con el Código, y yo me voy. Justo ahora.

—Kira no puede molestarse porque no quieras vivir en Núcleo.

Entonces Ézer alza la mirada y me quedo paralizado. Caigo en la cuenta de que no debería haber dicho nada. Si sé que Kira está molesta al respecto es porque el mismo día en que nos apresaron escuché la conversación entre ambos.

—¿Tú cómo sabes eso?

No respondo de inmediato. El tono de Ézer ha sido muy brusco. Siento que se me reseca la boca. Es una faceta que nunca he advertido en él. Todo su cuerpo está en tensión, lo intuyo porque los músculos de su mandíbula están tirantes. He hablado de más y no tengo más remedio que confesarle la verdad. Mentir no solo se me da mal, sino que además es una práctica que me he prometido a mí mismo —y en parte al Caimán— que jamás usaré contra alguien.

—Os escuché el primer día por los pasillos.

—Veo que con la memoria también has perdido los modales, ¿no?

—Lo siento, Ézer —susurro.

Inclino la cabeza hasta que me duele el cuello. Estoy acostumbrado a que Runa se enfade conmigo y me señale mis errores sin temor a mi reacción. Sin embargo, ella se olvida del disgusto al segundo. Por lo que respecta a Ézer, parece ser una persona mucho más sensible ante este tipo de situaciones. Además, a veces se me olvida que apenas nos conocemos. ¿Quién soy yo para forzar nuestra confianza?

Noto que coge aire y levanto el rostro, esperando que quiera solucionarlo, pero sus palabras no van dirigidas a mí, sino a su hermana, que acaba de aparecer.

—Kira.

La danían continúa con el uniforme militar puesto. Tiene las manos vendadas y varias gasas distribuidas por todo su rostro, ocultando sus heridas de cualquier amenaza invisible. Se lleva la mano al parche de su ojo y la deja caer cuando nota mi mirada sobre ella.

—Kira, gracias —digo.

—No hay por qué darlas. Yo os metí en todo esto para empezar, así que… —Suspira, exhausta—. Así que era mi deber conseguir vuestra libertad. Como habéis podido comprobar, a este país aún le queda mucho camino que recorrer hacia la unión y no hacia la discriminación.

—¿Cómo responderán los nuclenses ante nuestra liberación? —se interesa Runa.

—Les diré la verdad y me someteré a las críticas. No obramos bien desde el principio. No debería haberos arrestado de esa manera delante del pueblo. Fui un pésimo ejemplo y prometo corregir mi temperamento para que nunca vuelva a suceder nada igual.

Kira a veces es tan correcta al hablar que parece un manual escrito, aprendido y recitado. Tiene las ideas claras, pero en muy pocas ocasiones confiere a sus palabras la sensibilidad capaz de ahondar en los sentimientos de los demás. Tal vez este sea su punto flaco a la hora de expresarse y hacer llegar su voluntad a Núcleo.

—Aun así, muchísimas gracias. No solo por la libertad, sino

por darme la oportunidad de aprender de tu pueblo durante estos días. Y, cuando todo esto pase, me gustaría volver aquí. Núcleo es fascinante.

Y mis palabras parecen derribar algún muro dentro de ella, porque el siguiente gesto de la chica nos deja perplejos. Estira la mano y la deja caer sobre mi brazo. Con el pulgar me regala una frágil caricia que me estremece entero. Acompaña el ademán con una sonrisa, sincera y tranquila.

—Eres bienvenido, Noah. —Y, sin soltarme, se gira hacia Runa—. Tú también. Os parecerá una exageración, pero la lección que me habéis dado con vuestra aparición ha sido más importante de lo que podéis llegar a imaginar.

Kira, siempre hermética, siempre seria, está mostrando un lado suyo que parece enseñar solo ante sus personas de confianza. Una sensación de calor inunda mi pecho y borra toda la tensión que se ha creado entre Ézer y yo.

Abro la boca, dispuesto a demostrarle que ella también entraña singularidades únicas que la hacen especial, porque, aunque no hayamos hablado, la he observado desde lejos. Sin embargo, ella intuye mis intenciones y no me deja emitir palabra:

—Buen viaje… —Me suelta con delicadeza.

Runa asiente y se acerca a su caballo. Me despido con una lenta inclinación. Doy la espalda a los hermanos para ofrecerles intimidad en su despedida. Tengo que solucionar este problema con Ézer. Si el viaje junto a Runa desde mi casa hasta Núcleo fue un vaivén de silencios y discusiones, no quiero ni imaginarme lo mucho que puede afectarme que Ézer no me trate con normalidad.

Con fuerza, oprimo la bellota del colgante con el puño cerrado.

Es la tercera vez que me caigo del caballo. En la primera caída ni siquiera habíamos dado cinco pasos y Kira me salvó literalmente la vida al interponer su cuerpo entre el mío y la tierra. La segunda había sucedido a mediodía. Ézer y Runa saben cabalgar sus monturas. A un ritmo constante, trotando, avanzaban juntos hacia al horizonte. En cambio, mi caballo apenas andaba a un ritmo regular, se detenía a comer, a defecar y a contemplar algunas briznas que crecían del suelo. Fue en un arrebato de impaciencia cuando lo espoleé, relinchó, asustado, y galopó hasta que sintió que me caía de su lomo. El batacazo fue doloroso. Tumbado, la boca se me había llenado de polvo. Entre toses y la falta de aliento, pude escuchar a Runa desmontar y correr a socorrerme. Ézer también se aproximó, pero dejó que fuese ella quien examinase mis heridas y me ayudase a montar de nuevo.

La tercera caída ha ocurrido por puro cansancio. El dolor en las piernas, concretamente en la parte interna de los muslos, es insoportable. Ya está atardeciendo, pero todavía noto los implacables rayos del sol tostarme la nuca. La casa junto al mar era fría, incluso para ser primavera. Sin embargo, en el centro del país el calor es más sofocante, por eso noto los labios agrietados y resecos. Me resbalo de la silla sin ofrecer resistencia. Ni siquiera siento el dolor de la caída, únicamente alzo una mano para que ni Runa ni Ézer acudan, y permanezco quieto, tratando de recobrar el resuello.

Solo llevamos un día de viaje y nos hemos detenido a comer una sola vez y dos más para descansar. Ézer no ha dicho ni una sola palabra durante el camino. Runa, por suerte, ha pretendido mantener diversas conversaciones: el cambio de clima, lo diferente que es el terreno al norte de Núcleo... Y no le falta razón. Desde lejos, la ciudad parece una colmena marrón y amarilla, envuelta por el polvo; una gran roca rodeada de ruinas metálicas del antiguo mundo.

—Restos de nuestra anterior civilización —me susurró Runa.

Me hubiese gustado preguntarle a Kira qué piensa de esos elementos tan modernos y qué explicación da para su existencia. Está claro que no los han construido ellos. Son ruinas, enterradas en la tierra virgen, contando una historia que el Código ha prohibido.

—Hace mucho más calor por el centro del país —retoma Runa su análisis sobre el terreno—. Y, en cambio, hay más concentración de vegetación aquí que en todo Núcleo. Los prados son de un verde que jamás he visto. Nueva Erain es bonita, ¿eh? Si no fuese por el conflicto político, me tomaría unas largas vacaciones…

Sus palabras dejan de alcanzarme cuando fijo mi vista en la espalda de Ézer. Fisgar en las conversaciones de los demás está mal. Runa lo hace mucho, sin ningún tipo de sutileza. Aunque la diferencia es que ella miente sobre su intromisión, mientras que yo soy incapaz de negar la verdad.

Una verdad, por ejemplo, es que me ha bastado menos de un día sin hablar con Ézer para darme cuenta de lo mucho que puedo echarlo de menos. No como se añora correr por la playa o disfrutar de un buen bocado de fruta fresca, sino más parecido a sentir que el silencio es cómplice. La compañía de alguien que te escucha. Sentir que puedes dejarte caer, porque estará detrás para ayudar a que te reincorpores.

» *En tu interior habita tu mejor compañía.*

No tengo problemas con mi soledad. Sin embargo, la necesidad de conocer a seres racionales ha ido imperando poco a poco sobre la estabilidad en el retiro. La educación, la cultura, las creencias… Es demasiado interesante, demasiado adictivo. Al principio habría afirmado sin temor que lo que me movía conocer a los demás era el propio estudio de la civilización, pero habría hablado sin saber. Porque la primera vez que escuché a Runa, la primera voz en mis recuerdos, destruyó toda voluntad analítica y fue sustituida por algo muy diferente: la sensación de estar vivo. La conciencia de mi propia existencia.

—... ¿habrá más construcciones como las de Núcleo por aquí? —No sé si es consciente de que no estoy escuchándola. O sí lo es y solo me está haciendo un favor al prestarme atención.

—Cuando paremos documentaré todo lo que he visto —le digo—. Quiero cotejar la información del Caimán con el estado actual del país. Al fin y al cabo, sus conocimientos están incompletos desde hace cinco años.

—Cierto. —La inesperada intervención de Ézer nos deja en silencio a ambos.

Runa y yo nos dedicamos una mirada confusa. Sobre todo ella, que no tiene ni idea del porqué de la reticente —y reciente— actitud de Ézer hacia nosotros. La chica me hace unas indicaciones con la cabeza que no entiendo. Pone los ojos en blanco y da una cabezada que me señala a mí y luego recorre el espacio hasta apuntar a Ézer. Lo capto: quiere que conteste yo. Y, en vez de hablar, sacudo una negación.

Ella extiende un brazo hacia mí, dispuesta a convencerme de otra forma, pero me aparto bruscamente, provocando el rechazo de mi montura. El caballo relincha y da un bandazo. Me salvo de la caída gracias a que Runa continúa con la mano tendida hacia mí y consigue agarrarme a tiempo.

—¿Qué sucede?

Ézer aminora el paso y hace virar a su caballo. Intento reincorporarme, pero con mi movimiento desequilibro a Runa. Ambos estiramos hacia el espacio que nos separa y nuestras frentes chocan. Gritamos, más por el choque imprevisto que por el dolor.

—No pasa nada —dice ella entre quejidos—. Ahora nos ponemos en marcha otra vez. —Manotea para intentar erguirse de nuevo.

—Eso, Ézer —pronunciar su nombre es como tragarse una piedra—. Ahora mismo Runa me deja reincorporarme y continuamos.

Como contestación, y para sorpresa de ambos, recibimos una sonora risotada por parte del chico. No le encuentro la gracia, ni a nuestra posición ni al hecho de que Ézer comience a ser tan complejo como los demás. ¿Antes estaba enfadado y ahora, de repente, feliz? ¿Es que para animar a alguien tengo que caerme de un caballo?

—Dejadme que os ayude. —Ézer palmea el cuello de su animal y desciende de un bote.

Se acerca con tres grandes zancadas y dirige los brazos hacia Runa. La chica se apoya en su hombro y solo necesita un leve empellón para volver a una posición estable. En cambio, yo, tan inexperto en reaccionar ante lo imprevisible, no sé qué hacer y me resbalo hacia él.

Ézer me agarra entre sus brazos antes de que caiga del todo. Apoyo los dedos sobre su pecho y me separo. Él me coge por los codos con firmeza mientras me yergo. Pero, de pronto, siento un tirón en el pelo. Ahogamos un quejido idéntico y, por primera vez desde la discusión, nos miramos a los ojos. La distancia que nos separa es de unos pocos centímetros y, desde aquí, sus ojos me parecen más grandes y más marrones. Descubro algunas pecas más salpicando su nariz y eso me hace sonreír. Ézer frunce el ceño, aunque sus labios también se estrechan.

Trago saliva, sin entender por qué la piel empieza a arderme. Abro la boca, dispuesto a excusarme por mi torpeza. Por no moverme de mi sitio. Ézer se menea un poco y un nuevo tirón nos une de nuevo.

—Se os ha enganchado el pelo. Dejadme que os eche una

mano —dice Runa, desmontando.

En cuanto nos separemos, esos ojos y esa sonrisa volverán a pertenecer al horizonte, porque, pese a su gesto de ayuda, Ézer continúa enfadado conmigo. Noto los dedos de Runa obrar en nuestro pelo. Desvío la mirada unos segundos, pero regreso a sus pupilas de inmediato. Si este contacto va a durar tan poco, al menos aprovecharé los momentos ineludibles para mantenerme cerca de él.

El tirón deja de molestar y soy yo quien se separa con velocidad. Mientras me acomodo, Ézer se cruza de brazos. Luego patea una piedra y dirige la vista al cielo violáceo; apenas se intuye la presencia del sol.

—Vamos a acampar ya. Que los caballos descansen. Mañana por la mañana madrugaremos. Nos quedan tres días de viaje.

Asentimos y descendemos de los caballos; ella con maestría, yo a duras penas. A pie, nos acercamos a un grupo de gruesos y altos árboles. Desplegamos las mantas y enciendo una hoguera. Aunque Runa y Ézer parecen muy diestros en la tarea, consigo prender las maderas antes que ellos. Me siento orgulloso, teniendo en cuenta que hasta el momento he sido más una carga.

Ézer saca algunos trozos de carne y de pan y varias piezas de fruta. Acepto una hogaza y dos manzanas. Runa asa la carne sobre el fuego y cuando cree que está tierna, le da un mordisco y mastica con exageración mientras me mira.

—No me das envidia.

—El vegetariano —se burla amistosamente.

Le saco la lengua como respuesta y me concentro en mi cena. La noche transcurre tranquila. Y junto al canto de las cigarras, la suave iluminación de las estrellas y algunas brasas crepitantes, me duermo con los ojos puestos en Ézer. Y, si no fuese porque la oscuridad está demasiado presente, aseguraría que él también concilia el sueño de la misma manera.

Amanecemos cuando el sol es una simple línea rojiza perfilando las cumbres de las montañas. Esbozo el paisaje en una hoja en blanco y escribo diversos apuntes sobre mis descubrimientos. Desayunamos.

Aun arriesgándome a otra caída, dejo que el caballo avance a su ritmo mientras intento dibujar el terreno. Una regañina por parte de Runa hacia mi inconsciencia me hace guardar los útiles y poner toda mi atención en el animal y el horizonte.

El segundo día pasa mucho más rápido, tal vez porque Ézer por fin cabalga a nuestro lado. Parece el mismo de siempre. Sonríe, habla sin parar y nos atiende. Incluso cuando escucha lo que tengo que decir me mira. Es como si no hubiese sucedido nada, aunque no puedo dejar de sospechar que esta comodidad entraña aún un poco de molestia.

Runa parece más contenta por la vuelta de Ézer. De hecho, su tatuaje ha transformado esos oscuros cuervos tan habituales durante estos días en un inmenso océano azul, surcado por pequeñas barcas de madera. El dibujo parece indicar la felicidad o, al menos, la tranquilidad de Runa. Ojalá tuviese su capacidad para abordar y olvidar los problemas con tanta facilidad.

—… ¡y se cayó de culo! —Runa estalla en una carcajada que me saca de mis pensamientos.

—Kira una vez se metió un porrazo espectacular. Claro —Ézer se señala el ojo derecho—, al perder la visión tuvo que educar su sentido del equilibrio de nuevo. Pero sus caídas nos las tomábamos a broma. Si no hubiese sido así… —Y sus palabras me llegan plenas de añoranza.

—Existen muchas teorías sobre cómo Kira perdió la visión del ojo derecho, ¿verdad? —Runa de normal habla muy rápido, pero esa frase la pronuncia como si estuviese midiendo el calibre de su curiosidad. Incluso su acento siseante se ha perdido entre sus palabras.

Él le echa un vistazo de reojo y aprieta los labios. Abro la boca dispuesto a sacar otro tema para que el posible enfado del chico no se haga realidad. Runa sigue sin saber nada sobre nuestra discusión y, la verdad, no deseo que regrese el silencio de Ézer. Me ha quedado claro que los temas referentes a Kira son muy delicados y no deben ser tratados a la ligera.

—Runa —murmuro.

Sin embargo, me equivoco. Ézer ríe por lo bajo, como si hubiese recordado algo chistoso. Se recoge un mechón que se ha escapado de una de sus trenzas y se dirige a la chica.

—Sí que las hay, sí. Muchas de las teorías forman parte del imaginario de Nueva Erain. Pero solo hay una verdadera.

En su voz noto la diversión que le provocan las teorías, aunque a la vez se nota un temblor que se ha instalado al final de sus frases. He pensado mucho sobre el ojo derecho de Kira. Pudo haber nacido así, o pudo haberlo perdido en algún accidente o batalla. Sin embargo, nunca habría imaginado que eso entrañara tanto misterio entre las diferentes poblaciones.

Mis labios se mueven solos, hartos de contener la curiosidad. ¿Arriesgado? Lo es. ¿Satisfactorio? También.

—¿Qué es lo que se cuenta sobre ella?

—¡Ah, claro! Noah no lo sabe, porque el Incidente sucedió hace cinco años. ¿Recuerdas que nos lo dijo, Ézer? Sus documentos terminan justo antes —concluye Runa.

—Me gustaría saber qué sucedió. Me da la sensación de que no saber sobre este acontecimiento hace que no comprenda la mitad de las cosas.

—El Incidente no se puede contar sin repasar la historia de este país desde el comienzo — informa Ézer, a lo que yo contesto con un gesto de ánimo. No me importa escuchar lo que ya sé, si eso me lleva a un nuevo punto—. Bien. Vamos allá.

Los humanos llegaron a Nueva Erain hace veintidós años y, durante los primeros trece, estuvieron integrándose en la sociedad draiz, aprendiendo los unos de los otros, reconstruyendo el país, aprovechando las ruinas de Mudna para convertirla en su ciudad. Poco a poco, invadiéndolos, introduciendo su cultura, su idioma, su política y haciendo desaparecer la autóctona. Al principio, los draizs no se dieron cuenta. Al llegar, los humanos necesitaron ayuda y recursos para asentarse, y ellos se los brindaron, pero los recién llegados trajeron algo para lo que los draizs aún no estaban preparados: el progreso acelerado. Y, bajo la excusa del progreso, los humanos se apoderaron de la tierra, imponiendo su ley y sus costumbres.

Cuando los draizs empezaron a protestar, a hablar de conquista, aunque no se atrevían a sublevarse contra una especie que, habiendo llegado con recursos limitados, sabía aprovecharlos más eficiente y rápidamente que ellos, los humanos reaccionaron con violencia. «¿Por qué sois tan desagradecidos?», les recriminaban a los draizs. «Nosotros, que os hemos dado la clave de la evolución». Sin embargo, Zigon, que en su momento era el danían junto a Ehun, dio un paso al frente y les dijo: «¿Y quiénes sois vosotros para decidir qué es mejor y qué es peor? ¿Os creéis una especie superior, tal vez? Si es así, fuera de estas tierras».

Los humanos se mudaron de la ciudad que ahora se conoce como Núcleo a Mudna definitivamente, y comenzaron a tomar medidas más estrictas. Y así nació el Código, un grupo de personas que se creían con más poder intelectual e influencia que el resto de humanos y draizs. Muchos mudnanos apoyaron este régimen y otros callaron ante el terror impuesto. Fue entonces cuando los draizs se rebelaron y se desató una especie de guerra, que al comienzo se basaba en destruir las herramientas, las cons-

trucciones y todo aquello que sirviese para el progreso de ambas ciudades.

Fue en aquella dispuesta cuando humanos y draizs, detractores de esta situación, se dispersaron por el país, formando lo que ahora se conoce como los pueblos indómitos. Al Código esta decisión no le gustó y mandó perseguirlos.

Los draizs, al principio, tomaron ventaja. Conocían el terreno. Eran expertos en aquel país cuya tierra los había dado a luz. Sin embargo, la superioridad y el conocimiento humano no tardaron en ganar terreno. Armas de todo tipo, desde espadas y ballestas hasta catapultas. Aparatos que ni siquiera les habían enseñado a fabricar a los draizs eran la nueva ofensiva contra los nativos. Y consiguieron acallarlos y subyugarlos.

Fueron años de puro terror. Apenas se vivía en Núcleo. Soldados mudnanos vigilaban sus calles durante todo el día, asegurándose de que se cumplía la ley del Código. Todo debía permanecer tal y como los humanos ordenaban. Los draizs ya no volvieron a recuperar su forma de vida. Por supuesto, nacieron lugares clandestinos en los que practicaban sus costumbres, pero todos esos sitios fueron descubiertos y destruidos.

Desesperados, estos hechos provocaron que Zigon, Ehun y el resto de kalentes se reunieran para trazar un plan para liberar Núcleo del yugo humano. Kira y yo participamos junto a nuestros hermanos, los hijos biológicos de Zigon y Ehun, Kalestra y Dido. Básicamente se trataba de una emboscada. Atacaríamos todos los puestos en los que se encontrase el ejército del Código, desde Núcleo hasta Mudna.

Pero nada salió como se esperaba. Fue una masacre total. Murieron cientos de draizs y humanos. Entre ellos, Kalestra y Dido. Kalestra iba a suceder a nuestros padres en la guía de Núcleo. Esta batalla se denominó «el Incidente». Ante la muerte de mis hermanos y gracias a su actuación en este conflicto, Kira se con-

virtió en la danían y firmaron los Pactos de la Armonía, los cuales asientan, entre muchas otras leyes, que no pueden existir conflictos armados entre ambas ciudades, a no ser que estén sujetos a un acuerdo. Como, por ejemplo, las batallas que se inventó Mudna. Así que nos encontramos en esta guerra fría en la que nadie se acerca, pero en la que todo el mundo desea matarse.

—Como ves, Noah, el Incidente fue la consecuencia de toda nuestra historia. A lo mejor el Caimán se marchó de tu casa al conocer este hecho. Algunos portavoces de los indómitos aparecieron tras la guerra. Trataron de ayudar, pero el Código cargó de nuevo contra ellos. Seguimos recuperándonos de esa guerra, aunque Mudna siempre parece ir varios pasos por delante. No puedo irme de Núcleo. No puedo abandonar así a mi familia. La que me salvó, me protegió y me educó para ser la persona que soy ahora…

La voz de Ézer se quiebra y me dirige una mirada dolida. Detengo el caballo y desmonto. Los otros dos también lo hacen y, por fin, doy mi primer abrazo. Apenas Ézer toca tierra ya estoy estrechando su cuerpo entre mis brazos, cobijándolo. De sus labios se escapa un sollozo que impacta como un soplo de aliento contra mi oreja. Le susurro que se tranquilice, que no puedo imaginarme su situación, pero que lo entiendo.

¿Por qué la Magia salvó a este tipo de personas si supuestamente no escogió al azar? Confiar en nuestra especie solo aboca a la destrucción de la misma, aunque enseguida me arrepiento de mi propia consideración. Tengo esperanza en el cambio, aunque a veces —pocas pero existen— no puedo evitar pensar que preferiría no haber sobrevivido al fin del mundo si la segunda oportunidad que se nos brinda está regida por la intolerancia y el egoísmo. Cada vez estoy más seguro de que la Magia es un ser caprichoso. Pero también de que las personas actuamos con lo que tenemos, sea justo o no, y de que es la forma en que reaccionamos a nuestro entorno la que revela nuestra verdadera voluntad y naturaleza.

Ézer se separa de mí y recibe con una pequeña sonrisa el gesto de Runa, que le pone una mano sobre el hombro. Con labios temblorosos, pero con una determinación envidiable, el chico nos pide que nos detengamos por hoy. Aunque ya está atardeciendo, tampoco cuestionamos si esta parada tan temprana va a retrasarnos demasiado.

Al calor de la hoguera, sintiendo que los escalofríos por la tortuosa historia van desapareciendo, recuerdo al Caimán. No puede ser casualidad que su marcha de la casa coincida con el Incidente. El Caimán siempre ha querido saber más sobre Nueva Erain, explorar todos sus rincones. Y como el *alguien* al que le escribió la última carta de su diario no regresó, es lógico que partiera.

Luego pienso en Kira y en cómo el Incidente la convirtió en danían. No me sorprende saber que no fue la primera opción en suceder a sus padres, si Zigon y Ehun habían tenido dos hijos biológicos —aunque la danorniam no se otorgue por herencia—. Pero sí se fortalece mi respeto hacia ella. Accedió a guiar Núcleo en el peor momento.

—Kira —Ézer rompe el silencio— perdió la visión del ojo derecho en el Incidente.

—No tienes por qué hablar de esto si te duele —dice Runa.

—No, está bien sacarlo de vez en cuando. Está bien que personas como vosotros conozcáis todos los entresijos de esta historia. —Solo asentimos, respetando su espacio—. Kira perdió el ojo derecho y hay muchas teorías al respecto. Algunos, los partidarios de mi hermana, dicen que sucedió defendiendo a Kalestra y Dido. Otros dicen que fue batallando contra Sid, en un descuido que casi le costó la vida. Yo sé que Kira protegió a mis hermanos en aquella batalla, aunque no consiguió salvar sus vidas. También sé que Kira y Sid no se enfrentaron, aunque sí se los vio juntos en algunos momentos. No sé, hay muchas leyendas…

¿Que Kira no se enfrentó a Sid en una batalla siendo enemigos y ostentando cargos de máxima responsabilidad? Acallo mi curiosidad, pero, desde luego, Ézer ha desvelado algo más importante de lo que parece.

—¿No me digas que no conoces la verdad sobre el ojo de tu hermana? —Runa está estupefacta.

—No todos estuvimos frente a ella cuando perdió la visión. —Sonríe, travieso.

—¡No me lo creo! —La chica agita las manos, desesperada—. Creo que lo que hacéis es ocultar la verdad, porque este tipo de leyendas os viene muy bien para asustar a los recién llegados. ¿A que sí, Noah?

—Es todo un misterio, desde luego.

—Si queréis saber la verdad, a la próxima tendréis que preguntarle a Kira.

La afirmación me hace sonreír. Ézer cree en serio que podemos volver a Núcleo sin problemas. Atesoro la expectativa y me arrebujo entre las mantas.

Runa es la primera en dormirse. Tendida en el suelo, unos ligeros ronquidos acompañan al cántico de las cigarras. Ézer y yo ahogamos una risita, y nos recostamos en la tierra. Viajar cansa, aunque sea a lomos de un caballo —no quiero ni imaginar lo exhausto que debe estar el pobre animal—. Es necesario reponer fuerzas, pero las preguntas resurgen como las llamitas que nacen de las brasas de la hoguera.

—Ézer —susurro.

—¿Sí?

—¿En serio no conoces la verdadera historia sobre el ojo de tu hermana?

—Eres demasiado curioso, Noah —dice, sonriendo—. Pregúntaselo a ella.

—Dame una pista, al menos.

—Sí lo sé. Vi con mis propios ojos lo que sucedió. Pero no te lo voy a contar.

—Así que sí lo ocultáis para mantener viva la leyenda.

—Lo quiere ocultar Kira, nada más ni nada menos. Cree que los nuclenses se sienten más cómodos así. Se han contado muchas historias sobre ella, sobre quién es y qué pretende hacer con Núcleo. Lo que mi hermana hizo en el Incidente fue una proeza digna de admirar. Y, sin embargo, solo unos pocos conocemos la verdad, porque ella cree que, si la dijese, los draizs pensarían que está mintiendo y exagerando la historia solo para favorecerla.

—Pero no es una exageración…

—No.

—Ahora entiendo por qué proteges tanto a tu hermana. No solo es tu hermana, sangre de tu sangre, aunque no entienda muy bien esa frase al no tener familia. —Decirlo en voz alta no me duele tanto como creía—. Kira es una persona formidable, de esas que hay que cuidar para que puedan hacer de este mundo un lugar mejor.

—Exacto.

—Ézer. —Me encanta pronunciar su nombre.

—*¿Te puedo hacer una última pregunta?* —Intenta imitarme y ambos contenemos una carcajada para no despertar a Runa.

—Lo he estado pensando casi desde el comienzo. Cómo te cuidas a la hora de relatar la historia de Nueva Erain. Tu relación con los pueblos indómitos. Todo. Tú crees en la Magia, ¿verdad?

Crees en mi historia.

—Sí.

Unas hojas crujen y me despiertan de golpe. Ni siquiera llego a gritar. Unas manos me tapan la boca. Ézer también forcejea contra quien está intentando doblegarlo. Runa se encuentra de pie, maniatada y con un saco ocultando su cabeza.

—¿Sois del pueblo indómito que se encuentra en el kilómetro uno desde el viejo olivo? —No para de preguntar Ézer.

Quienes nos están capturando no responden.

—¡Por favor! ¡Me conocen allí! ¡Soy amigo de Indra! ¡Por favor!

Continúo escuchando los gritos de Ézer, pero dejo de verlo, porque también me ocultan la cabeza. Tras la tela solo logro apreciar las figuras de nuestros captores. La de Ézer, que no para de moverse.

—¡Inmovilízalo!

—¡En serio…! —Ézer se calla de golpe.

—Eso vas a tener que contárselo a Mijaíl.

Dejo de escuchar a Ézer y alguien nos empuja a Runa y a mí hacia delante. Lo último que veo es una sombra. Lo último que escucho es a Runa mascullar:

—¿Cuántas veces nos van a emboscar?

KIRA

Me concentro en las manchitas de sangre que salpican las vendas de mis manos. Almog grita. He dejado de escucharla en el reproche número quince. Los demás kalentes solo observan, incluidos mis padres. ¿La mancha del centro de mi dedo pulgar está expandiéndose o estoy empezando a ver borroso?

Parpadeo. La voz de Almog se aleja. Es como si me estuviese hundiendo en el agua y ella intentase que sus gritos me alcancen desde la superficie. Me agarro al borde de la mesa, sintiendo que, de pronto, a mi océano particular se le suma un terremoto.

Ézer se ha ido. ¿Si le hubiese pedido que no lo hiciera se habría quedado? Sí, pero habría sido muy egoísta por mi parte. Él necesita salir de Núcleo de vez en cuando. Necesita sentir que es libre y que las leyes no lo maniatan como a mí. A veces me es complicado aguantar el impulso de decirle que se marche de una vez por todas, porque si permanece en la ciudad es por mí, por ayudarme y protegerme.

No puedo retenerlo por más tiempo. Su misión en la vida no es vivir a mi sombra. Trato de convencerme al tiempo que las palabras de Almog me alcanzan de nuevo.

—¿Qué piensas hacer, eh, Kira? ¿Vas a plantarte en Mudna para devolverles a su hijo o lo vas a matar delante de toda la ciudad de Núcleo? ¡Dime! ¡Cuéntanos cuál es el plan que quieres ejecutar tú sola! —No obtiene respuesta—. ¡Kira!

—Almog, relaja el tono. Acaba de regresar de una batalla. —Oigo que Korshid sale en mi defensa.

—Pero bien que ha tenido tiempo de ir a despedir a sus amiguitos.

—Era el trato, Almog. Tú la incitaste. —La kalente del sector justicia endurece su tono.

—Creo que Korshid tiene razón —interviene mi madre—. Debería descansar antes de tratar un tema tan delicado.

—Estoy bien —digo, aunque me parece que susurro las palabras—. Estoy bien —repito, irguiéndome y alzando la voz—. Sid va a volver vivo a Mudna, pero por un precio muy alto.

—¿Te fías del Código? —Eka cruza los dedos frente a su rostro.

—No es cuestión de fiarse o no, es cuestión de que tenemos a su hijo. Al heredero de Mudna. Sabéis perfectamente cómo están educados allí: el linaje de sangre es muy importante y Sid es hijo único. Aparte de esa absurda obsesión de que es una anomalía.

—¿Ese es tu plan? ¿Entrar por la puerta grande de Mudna como si nada? —se escandaliza Almog.

—¿Qué quieres que haga? —estallo—. ¿Que muera por vosotros? —Me llevo una mano al parche—. ¿Qué quieres, Almog?

—¡Que hubieses salvado a Kalestra y Dido, los que de verdad trabajaron toda su vida por la danorniam de tus supuestos padres! —grita Almog.

—¡Los protegí! ¡Siempre! ¡Fui educada para ser su guardia personal! ¡Para ser su sombra y vivir para ellos! ¡Matar por ellos! Hacer cualquier cosa para que nunca tuviesen las manos manchadas de sangre. Arriesgué mi propia vida aquel día de hace cinco años. —Presiono los dedos contra el parche—. ¿Por qué te cuesta tanto creerlo? —Bajo el tono, intentando controlar mi respiración—. ¿Por qué no confías en la decisión de Ehun y Zigon? No es por línea de sangre, ¡porque ellos y yo no la compartimos! ¿Tus reproches son rencor? ¿Venganza? ¡Dime!

—Es, sencillamente, Kira, que no tienes corazón. —La voz de Almog se quiebra y la miro directamente a los ojos. Está al borde del llanto—. Cuando hablas parece que te has aprendido un papel. Dices que no confiamos en ti, pero no delegas. Nos ordenas que nos mantengamos al margen de nuestro propio pueblo.

Abro la boca, pero enmudezco al ver una lágrima rodar por la mejilla de la draiz. Dejo caer la mano que hasta el momento ha estado presionando ahí donde antes tenía visión. El resto de kalentes están estupefactos ante el derrumbamiento de Almog. ¿Así soy yo? ¿Una persona que provoca temor hasta en los individuos más fuertes y válidos? ¿Es cierto que dejo de lado a los demás por pura desconfianza? Si los aparto es porque solo quiero que el peso de los problemas recaiga en mí. Sin embargo, parece que Almog ha alumbrado una nueva duda.

La descubro en los ojos de todos.

—Haneul, reúne a los mensajeros más capacitados que tengas. Vas a ir con ellos hasta la frontera con Mudna y vas a comunicar nuestra decisión de hacer un pacto por la vida de Sid.

—Parece innecesario ponerlos en peligro por seguir las normas de comunicar los Intercambios, Kira —opina mi padre.

—O podemos dejar en manos de Bernice y el resto del ejército la versión de una historia en la que nosotros también tenemos voz. El Código es nuestro enemigo y quiero subestimarlo lo menos posible. Si les enviamos una carta con nuestras demandas, quizá evitemos un baño de sangre. Haneul, llévate a Salma contigo. Si a alguno de Mudna se le ocurre hacer un movimiento en falso, ella se encargará.

—¿Vas a mandar a una antigua mercenaria con Haneul y los mensajeros? ¡Es hostil! —se alarma Eka.

—Eka, calma. —Mi madre alza una mano azulada—. Creo que entiendo la decisión de Kira. Si dejamos que nuestro enemigo se acoja solo a su propia visión, podemos iniciar una guerra. Pueden alegar trampas por la jugada de los hoyos en la tierra. Recordad que continuamos bajo el yugo de los mudnanos.

Miro a mi madre, impertérrita. Quiero sonreírle. Quiero extender una mano y entrelazar nuestros dedos. Necesito un abrazo. Necesito a Ézer. Sin embargo, Ehun me lanza una mirada de reojo que es suficiente por el momento.

Almog suspira y se deja caer en la silla. Carraspeo, tratando de recuperar el control de la situación, ya que mi madre se ha puesto de mi lado. Zigon no parece muy convencido, pero le encarga a Ehun la responsabilidad de hacerlo.

—Tiene sentido —interviene Roll por primera vez—. No podemos dejar que ellos se hagan una idea equivocada y usen sus leyes en nuestra contra. Estamos en una posición difícil y tenemos que ser lo más diplomáticos posible.

—Apoyo la moción —accede Korshid.

—Si Korshid está en esto, confío en que sea la decisión acertada. —Eka cede por fin.

—¿Haneul? ¿Almog? —apremio.

—¿Tenemos opción? Tú mandas, así que... será lo que tú digas —murmura Almog con la voz queda.

Algo en mi interior, algo que desde hace tiempo ha estado resquebrajándose, se rompe. Duele y me atraviesa el cuerpo sin piedad. Sin embargo, aparto la debilidad de mi lado para aprovechar la ocasión de la unanimidad.

—Bien. Esto es lo que vamos a hacer. —Le demostraré a Almog que puedo confiar—. Eka y Haneul redactarán la carta. Por favor, haced llamad a Yun y Lorad para que os cuenten nuestra versión de la historia. —Primeros pestañeos de sorpresa—. Korshid, estudia el caso y encuentra alguna ley que destroce cualquier ofensiva del Código. Necesitamos realizar un trato muy favorable por el intercambio de Sid. Roll, me encantaron las armas que tus artesanos y tú fabricasteis para la batalla de hoy. Necesito más armamento ligero y variado. Padres, os necesito para sacarle toda la información posible a Sid. Cualquier detalle será una ventaja para nosotros. Almog, te encargo la investigación de los nuclenses que están intentando asesinarme. —Alguien ahoga una exclamación, pero no reconozco quién—. No podemos tener un pueblo lleno de fisuras en un momento tan importante como este, y no se me ocurre a nadie más capacitada y dispuesta que tú a unificar la ciudad.

Almog me sostiene la mirada con un gesto impasible, como si se hubiese quedado paralizada. En sus ojos rojos, sin iris ni pupilas, no advierto nada. Nada de nada. Este es mi nivel de compresión: cero. Empiezo a entender qué no encuentran los demás en mí. Por qué mis mensajes no alcanzan a nadie.

—Por favor —añado, muy seria.

El silencio se estira un poco más, pero no aparto la mirada de la kalente militar. He efectuado un movimiento muy peligroso dándole el caso de mis asesinos a una draiz que, sin duda, me rechaza. Pero necesito que entienda que confío en ella, pese a nuestras diferencias.

—Sí, Kira —corean todos a la vez, incluida Almog.

—Gracias. Vamos a ello. El tiempo es nuestro enemigo.

Me quedo quieta y observo cómo Eka y Haneul se marchan juntos, repartiéndose las tareas para escribir la misiva y encontrar a los testigos —y participantes— de la batalla que casi me ha costado la vida. Roll me guiña un ojo con una tímida sonrisa que me reconforta y abandona la sala tras los otros dos líderes.

Antes de marcharse, Korshid me pone dos de sus cuatro manos encima del brazo y me da un leve apretón de ánimo. Los siguientes en irse son mis padres. Zigon me mira con una extraña mezcla de decepción y orgullo. Una mirada que solo él sabe poner para mantenerme alerta. En cambio, Ehun me acaricia la espalda, ahí donde termina el largo de mi pelo. Les debo tanto.

Es entonces cuando me percato de que me he quedado a solas con Almog. Intento que los nervios no me devoren y alzo una mano en dirección a la puerta principal de la sala de reuniones.

—¿Almog?

La draiz se levanta de la silla de manera inestable, como si su cuerpo estuviese siendo mecido por el viento. Tal vez la mueve el dolor que le he causado durante todo este tiempo. Su ceño baila hasta encontrar una expresión que se ajuste a sus sentimientos. Jamás la había visto tan afectada, tan vulnerable. Exponiéndose sin máscaras. Y, por segundos, me veo reflejada en ella.

—Sé que no puedes devolverle la vida a Kalestra y a Dido. Sé que darías todo por hacerlo, pese a que es imposible porque lo único que no podemos esquivar es la muerte. Pero los quería… La amaba. —Se refiere a Kalestra, y lo que antes se ha quebrado en mi interior se convierte en ceniza ardiente. Almog estaba enamorada de mi hermana. El daño es desmesurado—. No puedes culparme por echarla tanto de menos.

—Sé que soy dura y tienes razón en que no sé delegar, pero eso no significa que no confíe en vosotros.

—Me has encargado el caso de los que están intentando asesinarte para demostrarme ese punto, ¿verdad? —Se cruza de brazos.

—Confío en ti.

—¿Sospechaste de mí? —No le voy a negar que alguna que otra vez he pensado que responden a sus órdenes. Asiento—. Por mucho que creas que te odio, Kira, no lo hago. Tú dices que eres dura, pero yo sí soy implacable. Y respondo con toda mi rabia contra ti, porque...

—Porque soy humana.

—Porque eres la danían. No voy a mentir diciendo que no me cuesta interactuar con tu especie. Contigo. Pero creo que he demostrado que estoy de tu parte.

—Y tú sabes que jamás te he apartado de nada que crea que tú puedes solucionar o gestionar. Pero si no quiero que te encargues de Sid es porque eres la menos indicada para tratarlo de todos los kalentes.

—¿Y tú, Kira? ¿Eres la más indicada teniendo en cuenta vuestra relación?

—¿A-a qué te refieres? —Mi tartamudeo dibuja una sonrisa indescifrable en Almog.

No puede haber descubierto nuestro secreto. Terminamos con él el día en que nos enteramos de quiénes éramos. No estábamos haciendo nada malo y, sin embargo, sí lo era. Sid y yo no podemos ni siquiera ser amigos, aunque lo fuimos. Mi relación más preciada tras la de Ézer.

—Os descubrí un día, Kira.

—No sabíamos…

—Lo sé. Os escuché. —Baja la cabeza, y la interminable trenza que suele atar su pelo negro como el tizón resbala por su hombro.

—¿Y no dijiste nada?

—No quería destrozar vuestra relación. No quería destrozar aquello que teníais, porque se sentía muy puro. Sé que te va a costar creerlo, pero es la verdad. —Almog da un paso en dirección a la puerta.

—¡Espera! No lo entiendo. No… —No sé dónde dejar quieta la mirada.

—No lo entiendes porque estás vacía. Tu vida es ganar esta guerra, pero hay cosas más importantes que todo eso.

Almog se encamina hacia la salida con pasos lentos y deja que la vergüenza me consuma junto a la rabia. ¿Que estoy vacía? No, no lo estoy. Le propino una patada a la silla y la kalente se detiene un segundo. Me mira por encima del hombro y su mirada apenada no soluciona mi descontrol.

—Cálmate.

—¿Quién eres para decir que estoy vacía? ¡Estoy en continua lucha conmigo misma! ¡Os observo constantemente! Os escucho y aprendo de vosotros. Lo intento todos los días. Crecer como danían. ¡Madurar! ¡No entiendo qué es lo que tengo que hacer para que los draizs confiéis en mí! ¡Lo he sacrificado todo por esta lucha! ¡Todo! —Me empiezan a temblar las piernas.

—Tal vez ese sea el problema, Kira. Has sacrificado tanto de ti que no queda nada para dar a los demás.

Y se marcha dejándome con esa frase haciendo eco en mis pensamientos. No salgo de la sala hasta que consigo acallar a mis monstruos. Esta parte desconocida de Almog me ha vencido. Haber expuesto sus sentimientos de manera tan clara ha derribado el muro que siempre alzo frente a ella. ¿Y si tiene razón? ¿Y si al dar tanto por esta guerra me he convertido en un títere más que solo ejecuta y no siente?

Pero sí sufro. Por los demás y por mí. Por el bienestar de todos. Por un futuro pacífico en Nueva Erain.

—Sufrir… Entiendo.

¿Cuánto hace que no me dedico a algo que no sea a dirigir Núcleo? La guerra no se detiene y los ciudadanos necesitan que alguien no descanse para ponerle fin. El día del Incidente decidí ser esa persona, pero ¿me he equivocado?

Me marcho de la sala de reuniones con paso firme. Tengo que ver a Sid. Cuando lo he dejado en los calabozos bajo la supervisión de Copelia continuaba inconsciente. Pero ya ha pasado parte del día y debe de haber despertado.

De camino a los calabozos le doy más vueltas a la reflexión de Almog. Puedo intentar tomarme unos días libres. Dejar que mis padres y los kalentes se encarguen de la ciudad hasta que el Código responda a nuestro mensaje. Puedo intentar hallar esa parte de mí que, supuestamente, distancia a los demás y revivirla.

Viro la esquina que da hacia las escaleras que bajan a los calabozos y me doy de bruces contra un cuerpo. Mantengo el equilibrio, aunque un tirón de dolor me tensa toda la espalda. Tras la batalla, los eruditos de Eka destinados a la medicina solo han tenido tiempo de atender las heridas de mis manos y mi rostro. El resto de lesiones tendrán que esperar.

Una retahíla de disculpas me obliga a recomponerme del todo. Virea, el cargo más importante entre los médicos y la *lilab* —«pareja» en draiziano, aunque también puede significar «compañía» según la definición que el ser desee darle a su relación— de Eka, no para de inclinarse mientras me pide perdón en todos los idiomas y fórmulas conocidas. Entre sus brazos sostiene, a duras penas, un maletín. Va a curar a Sid.

—Virea, Virea, tranquila. —Coloco mis manos sobre sus huesudos hombros oscuros—. No ha sido nada.

—Estaba parada aquí en medio, porque... porque... —tartamudea, lanzando miradas a la puerta tras la que se encuentra las últimas escaleras hacia los calabozos.

—¿Sid te impone respeto?

—Sí, Kira. —Asiente, y su gesto se relaja.

—Encargármelo a mí.

—Pero...

—Aprendí primeros auxilios contigo, ¿no, Virea? Creo que fui una fantástica alumna en su momento.

—Te equivocas. Ézer fue un fantástico alumno. Tú te dedicabas a enrollarte el cuerpo con las vendas y a usar el bisturí como una espada. —De sus labios se escapa una risa que me anima.

—Déjamelo, Virea. Sé las heridas que le he causado a Sid. Deja que tantee el terreno y luego es todo tuyo. ¿Eso te ayudará a calmar tus nervios?

—Sí.

—Muy bien. —Prácticamente le arrebato el maletín—. Le diré a Copelia que te avise cuando haya terminado.

Avanzo hacia la puerta, pero la draiz me detiene por el brazo. La observo con el ceño fruncido y su amplia sonrisa me tranquiliza un poco más.

—Sabes que te apoyo, ¿no, Kira?

—Sí.

—Ánimo —susurra como si las paredes tuvieran oídos.

Trato de componer una sonrisa que se queda en un amago. Sacudo la cabeza y estiro del pomo de la puerta. Las antorchas me reciben con su lumbre anaranjada y su débil calor. Las llamas se sacuden con la ligera corriente de aire que se levanta al cerrar la puerta. Desciendo con pasos rápidos hasta llegar al pasillo que comunica con los calabozos y entro.

Me topo enseguida con la espalda de Copelia. En su nuca advierto varios trasquilones. Se ha vuelto a cortar el pelo ella misma. Sé que para ella el pelo carece de importancia, pero no puedo evitar encontrar en esos gestos un signo de lealtad. Tanto Copelia y Pantea como el resto de su pequeño grupo de chicas, cuya tarea es infiltrarse y espiar en Mudna, son capaces de hacer cualquier cosa por los nuclenses.

—Copelia. —Se vuelve—. ¿Se ha despertado?

—Sí, hace media hora. Lo he observado desde las sombras, pero no se ha mostrado inquieto en ningún momento. Ni siquiera cuando ha notado mi presencia. —Se aparta, dando un paso a la derecha para mostrarme cómo Sid se encuentra dentro de la celda del centro, sentado en el duro camastro y mirando hacia el lado contrario—. Creo que ha sido buena elección que vengas tú, Kira —murmura, pero el eco se lleva alguna de sus palabras.

—Iba a bajar Virea, pero está un poco asustada.

—Ten cuidado.

—Es Sid.

—Él no es lo que me preocupa.

Comprendo a qué se refiere. Tener encerrado a Sid implica demasiado. Asiento y ella deja caer las llaves de la celda en mis manos. Silba y uno de sus pajaritos se descuelga del techo y se posa sobre su hombro. Le digo que salga de los calabozos y nos deje a solas.

Cuando escucho la puerta cerrarse tras de mí, avanzo hacia la celda. El uniforme negro y rojo de Sid, casi idéntico al mío, está sucio de polvo y sangre. Algunas partes de las prendas están desgarradas y su pelo, aunque seco de sudor, está alborotado.

—Sid.

No me responde. Tampoco lo culpo: lo he capturado. Lo he vencido en batalla delante de todo su ejército y yo sé cómo el Código se cobra los fallos de los suyos si regresan.

—Sid, he venido a curar tus heridas.

Continúa sin moverse. Suspiro. Miro a mis espaldas varias veces, por si alguien me pilla desprevenida, pero sé que Copelia nunca dejaría pasar a nadie sin mi aprobación.

Me acerco a la celda y coloco la llave más grande en la cerradura. Entro y cierro de nuevo, dando dos vueltas al cerrojo. Sid no reacciona, pero aprecio su profunda respiración. Su espalda se tensa y se relaja entre pausas. Avanzo con pasos lentos, bordeando el espacio. Poco a poco descubro las heridas del rostro de Sid, oscuras, resecas e hinchadas. Todo ello causado por mis propios puños. Me escuecen los nudillos.

Me coloco al lado de la cama y observo su perfil. Tiene los ojos abiertos y los labios apretados. Un pequeño corte en su mejilla se abre de pronto y un hilillo de sangre le bordea el contorno. Extiendo una mano, dispuesta a limpiarle la herida, pero entonces, Sid gira la cara con brusquedad y me detiene con una expresión de dureza.

A veces creo olvidar lo mucho que relucen sus ojos grises cuando un sentimiento imparable lo acucia por dentro, aunque «olvidar» es una mentira que me he repetido siempre desde que nos separamos. Es imposible hacerlo. Tiene amoratado uno de los párpados, pero, incluso así, el hematoma no puede ocultar la intensidad de su expresión.

—He venido a curarte.

—Me das una paliza de muerte, ¿y ahora vienes a solucionar este —se señala la cara— destrozo?

—Debía capturarte, Sid.

—Debías, claro...

—¿Quieres que llame a la médica que te iba a atender y me voy?

Enarca ambas cejas y me observa en silencio. Hago un ademán con las manos, animándolo a expresar lo que, al parecer, le está sorprendiendo o haciendo mucha gracia. Separa los labios curvados en una sonrisa traviesa y dice:

—O sea, que tenías ganas de verme.

—Te tienen miedo, por eso he bajado yo —respondo de inmediato.

—Ya.

Le doy varios golpes al suelo con la punta de la bota. Dejo el maletín sobre la cama y me cruzo de brazos. Sid no borra esa estúpida sonrisa de su cara y lo peor es que me la está contagiando. Durante unos segundos tengo la sensación de que nada ha cambiado, de que continuamos siendo amigos en nuestro pequeño espacio neutral al que nadie accede con sus problemas. Tal vez algún día podamos regresar a aquel río que nos dio paz, pero tanto él como yo sabemos que es imposible. La verdad me devuelve rápido a la realidad. Él es mi enemigo y relacionarnos de nuevo sería un error.

—¿Puedo?

—Sí —accede por fin.

Me siento en la cama junto a él. Abro el maletín, sintiendo que tengo sus ojos grises puestos en mí. Me agota tenerlo tan cerca y no poder expresar todos los sentimientos que se están descontrolando y confundiéndome por dentro.

—¿Empiezo?

—Adelante, Kira.

Cojo una botella de desinfectante y le quito el tapón con los dientes. Luego empapo un paño con el líquido y lo pongo sobre la herida sangrante de su mejilla. Sid aprieta los labios, pero no lo aparto. Comienzo a limpiar sus heridas una a una, a eliminar el exceso de sangre reseca y a tratar las inflamaciones. No me atrevo a suturar ni a cubrir ninguna de ellas. Como bien ha dicho Virea: no soy yo quien aprendió a sanar, sino Ézer. Siempre Ézer.

—¿Puedo saber por qué me has tenido que capturar?

—No.

—¿No?

—Eres mi enemigo, Sid.

—Eso es lo que somos ahora.

—Eso es lo que hemos sido siempre. —Fijo mi mirada en la suya, intentando mantener un gesto imperturbable—. Creímos que podríamos imponernos a nuestras responsabilidades, pero no fue así.

—Esta guerra nos ha convertido en peones. A veces me pregunto cuánto hace que no me detengo a disfrutar de la vida.

Dejo caer la mano, invadida repentinamente por la tristeza. La discusión con Almog ha despertado la misma duda en mí.

Desde el Incidente he abandonado todas mis aficiones, porque las considero distracciones. He dejado de lado parte de mí para centrar toda mi atención en guiar Núcleo y conseguir mi objetivo: un futuro mejor.

Que Sid también plantee el problema como suyo no facilita las cosas. Justo lo que nos había convertido en amigos en su momento fue lo mucho que nos comprendíamos. Él es el hijo de los gobernantes de una ciudad que pretende invadirlo y controlarlo todo. Que está destinado, lo quiera o no, a ser el sucesor de sus padres. A vivir una vida impuesta, basada en el odio y el egoísmo. Y aunque nos prometimos que mientras durase nuestra amistad no nos revelaríamos quiénes éramos para no estropear la relación, nuestra forma de ser encajó enseguida. Nuestras carencias y debilidades se complementaban con las fortalezas del otro.

El uno para el otro éramos un apoyo silencioso que se conocía muy bien pese a los secretos.

De todo aquello no parece quedar nada. Cuando en el Incidente descubrimos nuestra verdadera identidad, nuestra amistad se convirtió en incompatible.

—Aparecieron dos personas hace poco más de una semana —le digo, retomando la tarea en sus manos—. Eran muy extraños. Uno había perdido la memoria y otra venía de otro país.

—¿Otro país?

—Sí, o eso decía ella, aunque sabe mucho sobre Nueva Erain. El que ha perdido la memoria venía con la misión de hablar sobre la Magia. Sobre esa versión de la historia…

—¿Habló sobre ello como los indómitos de antes? —El tono de Sid destila muchísima curiosidad.

—Sí, en medio de la Plaza Triangular.

—¿Y…?

—Y los encerré, pero Ézer…

—Tu hermano, el salvador de las causas perdidas.

—Tenía razón. Los encerré porque el Código prohíbe esa historia y me entró el pánico de que sufriéramos las consecuencias. Su encierro fue injusto. ¿Por qué ahora salen de la nada personas como ellos dos? La cuestión es que terminé confiando en la palabra inocente de ambos y decidiendo que las imposiciones del Código no conseguirían su objetivo de amilanarnos. Sin embargo, Almog no cedió.

—Así que apostaste mi cabeza por las suyas.

Abro la boca para preguntarle cómo es posible que sepa con tanta exactitud lo que ha pasado, pero no consigo formular ni una palabra. No ha sido brusco al descubrir la verdad, aunque su frase ha sonado a reproche. Duele, pese a que no puedo culparlo por sentirse herido. Yo me habría sentido igual.

En los últimos cinco años solo nos hemos visto en encuentros grupales para pactar tratos, realizar Intercambios y pelear en batallas. Han sido cinco años en los que hemos tenido que aprender a mantener la distancia, a tratarnos como extraños, a comportarnos de forma hostil. Y, pese a la obligación de cambiar y de alejarnos el uno del otro, cinco años después, Sid y yo todavía podemos entendernos con y sin palabras. Conectamos.

—¿Me permites?

Su pregunta me saca de mis pensamientos. Tiende una de sus manos hacia mí y alterno la mirada entre sus dedos y su rostro. Él esboza una sonrisa divertida y, sin más preguntas, me coge por ambas manos. El contacto es como reconocer un rostro lentamente. Nuestras pieles se rozan en una caricia durante varios segundos y se erizan cuando descubren las heridas, las durezas y las líneas irregulares que tanto definen nuestros cuerpos.

Ahogo un suspiro cuando Sid cierra los dedos en torno a la manga de mi uniforme y estira hacia arriba. Frunce la tela hasta el codo y deja al descubierto una fea herida amoratada y cubierta de sangre reseca. Coge un paño y lo moja con desinfectante. Me muerdo el labio al sentir el escozor del líquido en el corte. Sin embargo, el alivio llega pronto, porque sus movimientos son un poco torpes, pero también delicados.

—No tienes por qué contestarme —murmura con la vista puesta en mi herida—, solo quiero que sepas que te he echado de menos. Tenía miedo de un encuentro a solas contigo. Tenía miedo de que hubieses cambiado tanto que ya no quedase nada de la Kira que eras. Tenía miedo de darme cuenta de que yo también podía haber cambiado de esa manera... Que no me reconocieras ni un mínimo. Pero sigues igual de valiente, ingeniosa y protectora que siempre. Un poco más huraña y triste que antes, pero igual.

—Tú también continúas siendo Sid. Gruñón, atento y decidido. Un poco más imprudente y triste que antes, pero igual.

—¿Eso es lo que nos define a ambos? ¿La tristeza?

—¿No es lo que nos unió?

Clavamos nuestra mirada y nos quedamos así un rato. No sé cómo estará sintiéndose él, pero a mí me embarga la paz. Vuelvo en mis recuerdos a aquellos días junto al río Delt jugando con Sid, leyendo, aprendiendo, peleando, viviendo. Siendo yo misma. A veces solo ambos, otras junto a Ézer. Pero juntos, ayudándonos a dejar de lado lo que nos ocurría cuando volvíamos a casa.

Sid alza una mano, igual que ha hecho esta mañana, solo que sus dedos ya no están empapados en sangre. Se detiene a pocos milímetros de mi rostro y esta vez su mano no cae a mi lado, sino que descansa sobre mi mejilla. Con el pulgar me acaricia el pómulo y roza un poco el parche.

—Ese día te vi hacerlo. —Se refiere al Incidente—. Creí que te perdía para siempre, pero te quedaste ahí de pie, demostrándole a todo el mundo la gran persona que eres. Siempre que te miro a los ojos lo veo, Kira. —Se humedece los labios antes de continuar—. Haz lo que tengas que hacer. Si tengo que pagar por lo que he hecho, por lo que hace el Código... Estoy dispuesto. Estoy preparado.

Sus palabras me asustan y me levanto, intentando alejarme de ellas. Sid se queda con la mano suspendida unos segundos y luego la baja hasta dejarla sobre su regazo. Aparto la mirada y me dirijo hacia la puerta. El torrente de sentimientos, antes perdidos, arrasa con lo que creo estable en mi interior.

Meto la llave en la cerradura, pero la voz de Sid me detiene:

—¿Volverás antes de que decidáis qué hacer conmigo?

Doy dos vueltas al cerrojo y abro la puerta. Es cuando cierro y trato de que las llaves no se resbalen de mi mano, cuando la impresión que me han causado sus palabras encuentra un lugar donde calmarse. Entiendo que el Incidente sea una de nuestras primeras conversaciones. Fue el día que nos descubrió nuestros verdaderos destinos. Y aunque causa un dolor demasiado fuerte como para evitarlo, esta vez lo enfrento.

Alzo la mirada para que note la seguridad de mi decisión y contesto:

—Volveré. Te lo prometo.

El pestillo resuena cuando termino de cerrar la celda. La última vez también nos prometimos que volveríamos a encontrarnos en el Delt. Nunca imaginamos que aquel río se evaporaría para siempre junto con la esperanza de volver a vernos.

—He decidido tomarme unos días de descanso, si es posible. —Todos me miran como si hubiese pronunciado el acertijo más complicado del mundo en otro idioma.

—¿Estás bien, Kira? —pregunta Korshid, pinchando un trozo de carne.

—Sí. Nuestra última conversación me ha abierto los ojos y creo que debo cambiar mi actitud. —Mi padre sonríe de soslayo—. Así que vosotros continuad con las tareas que os he encomendado esta mañana. Si tenéis algún problema, acudid a Zigon o a Ehun. Retomaré mis responsabilidades cuando recibamos una respuesta por parte del Código.

—No deseamos tomar ninguna decisión que no esté aprobada por ti, Kira. —Roll ha dejado los cubiertos sobre la mesa, porque le tiemblan las manos.

—Confío en vuestro criterio. Tenéis más experiencia que yo y habéis estado al lado de mis padres cuando ellos guiaban Núcleo. No conozco mejores draizs que vosotros para conducir esta situación a buen término. —Despedazo un trozo de pan.

—Hija, si piensas que es necesario, no objetamos —interviene mi madre.

—Si son dudas que necesitan de mi aprobación, os atenderé. Sin embargo, he descubierto… —No puedo evitar mirar a Almog, que me observa atenta. El calor sube a mis mejillas—. He descubierto que necesito unos días para mí misma, para estar en contacto con los nuclenses. Sé que no es muy prudente teniendo en cuenta mi situación, pero confío en que Almog la tenga bajo control. Quiero que Núcleo vea que está en buenas manos, que, aunque la situación se pueda complicar, siempre encontrará protección en nosotros.

Y estas palabras parecen zanjar lo que es una decisión que me cuesta tomar. No sé cómo voy a obviar el hecho de que tenemos a Sid encerrado en los calabozos y de que Mudna puede declararnos la guerra por eso. Cómo no ayudar. Cómo voy a disfrutar de la vida igual que el resto del mundo.

Decido empezar por saborear la cena. Normalmente, como poco, rápido y encerrada en mi habitación. Sin embargo, yo misma he congregado a todos los kalentes en la sala para una de esas reuniones camufladas en forma de comida que suelo odiar y evitar.

Una tímida conversación iniciada por Eka acerca de los nuevos frutos que están dando ciertos árboles que han cultivado sus científicos da paso a una conversación sobre licores frutales que, a su vez, termina en una cata de los mismos. Al principio me niego, dispuesta a marcharme a mi cuarto para descansar, pero Korshid estira la manga de mi chaqueta y me susurra al oído: «¿No querías tomarte unas vacaciones? Empieza por disfrutar un poco con nosotros».

Pese a que la kalente de la justicia es una draiz confiable, continúo sin encontrarle sentido a esta especie de fiesta teniendo en cuenta la delicada situación en la que nos encontramos. Siempre que se realizan celebraciones en Núcleo, asisto en calidad de danían —o en el pasado, como protectora de Kalestra y Dido—, pero nunca he sido partícipe. Siempre pienso en qué pasaría si el Código aprovechara nuestra felicidad para emboscarnos. Siempre atenta; cuidando de que Ézer beba menos cerveza de la que siempre termina consumiendo.

Pruebo varios licores. Pequeños sorbitos que dejan el dulzor y el fuerte sabor del alcohol en mis labios. Es cuando mi padre me anima a probar uno de color ambarino que no hay marcha atrás. Las conversaciones se tornan más banales, las risas más estridentes y el cariño crece en forma de abrazos y palabras.

Me noto la cabeza embotada y el calor consumiendo todo mi cuerpo. Hay un momento en que la música comienza a sonar y todos nos ponemos a bailar. Los draizs tienen danzas tradicionales que parecen espasmos combinados con saltos. Una coreografía caótica que encuentra la armonía justo en esos movimientos incoherentes. Antes de la conquista bailaban hasta el amanecer. Antes podían ser ellos con libertad, y me alegra ver un vestigio de su pacífico pasado en este momento, que tal vez pueda ayudar a recuperar. Así que me uno como puedo, y el mismísimo y serio Eka es el que me coge de las manos y me acompaña en el baile.

Lo último que recuerdo de la noche antes de caer dormida en algún lugar de la sala de reuniones es a mi padre acariciándome la cabeza y la placidez en el rostro de Almog.

El día siguiente lo paso en la cama. La resaca me agota del todo, y solo vivo para ducharme, comer, sanar y dormir. Virea me informa de que mis heridas están mejorando rápido. Que la decisión de descansar durante varios días me va a venir muy bien, no solo físicamente. Le agradezco todo su apoyo las tres veces que se pasa por mi cuarto a supervisar mi estado.

Lo de ducharme varias veces no solo tiene que ver con las heridas, sino también con las pesadillas. Duermo mucho y duermo bien la mayoría de las veces que caigo rendida, pero unas pocas son dominadas por los malos sueños, teñidos de sangre y sudor. Muchos recuerdos se deforman para crear un monstruo que me asusta más que nada. Aparezco como una sombra y crezco y crezco hasta devorarlo todo, hasta dejarme en una oscuridad que a veces ciega todos mis sentidos. Cuando consigo despertar, empapada en sudor, la única solución que acepto es ducharme; que el agua me relaje y limpie todo lo que ese monstruo ha ensuciado.

El tercer día tras la batalla empiezo a sentirme lo suficientemente bien como para salir de mi habitación. Virea cambia todos mis vendajes y me suministra alguna que otra medicina por si siento molestias al caminar. Le pregunto por Sid y lo único que me contesta es que mejora con muchísima rapidez. No insisto más. Sé que Virea no se siente cómoda con él y, al fin y al cabo, voy a ir yo misma a comprobar cómo se encuentra.

Decido desayunar en el tejado del Liman. Hace un día espléndido y desde aquí logro observar todo Núcleo y los alrededores. Me pongo de espaldas a Mudna. En mis días de descanso no deseo contemplar su horrorosa sombra que vigila todos nuestros pasos. No quiero que me incite a volver a trabajar. Aun así, tengo que abandonar el edificio porque siento la imperiosa necesidad de controlar lo que los demás hacen. Supervisar sus tareas.

Le pido a Pantea que me acompañe a pasear. Me gusta caminar, recorrer grandes distancias mientras viajo en compañía. No recuerdo la última vez que paseé por Núcleo por el simple motivo de disfrutar de sus calles, pero la reconciliación es rápida.

Al comienzo, Pantea observa alerta a todos los ciudadanos con los que nos encontramos. La presencia del ejército de Núcleo es mayor y, aunque estoy consiguiendo hacer caso omiso, a mi amiga le cuesta dejar de prestar atención.

—Cálmate. No va a pasar nada. Justamente te he pedido que me acompañes para pasar una mañana agradable sin hacer nada más que disfrutar.

—Sabes que esas palabras en tu boca suenan más terroríficas de lo que crees, ¿no?

—Puede ser, puede ser…

Nos sostenemos la mirada con el ceño fruncido, pero es inevitable que el contacto termine con una enorme carcajada. Tengo que contener la risa, no solo porque empiezan a dolerme las mejillas, sino porque los seres a mi alrededor me observan como si hubiesen descubierto un nuevo espécimen. Intento no darle importancia, aunque comienzo a entender las palabras de Almog sobre sacrificar quien soy.

Unos niños están jugando con una pelota en medio de la calle y siento el impulso de acercarme a jugar con ellos. Pese a que estoy decidida a divertirme y obviar mi puesto, no tengo tan claro que los demás me reciban con los brazos abiertos. Que me muestre más cercana no significa que el desprecio y la confusión por parte del pueblo vaya a desaparecer de repente.

—¡Perdonad! —los llamo de pronto—. ¿Nos podemos unir?

—¿Kira?

Pantea me coge del brazo, alarmada, sin embargo, los niños tardan pocos segundos en reaccionar. Sonríen y se aproximan a nosotras. Uno de los draizs me coge de la mano mientras que una humana empuja a Pantea desde la espalda.

—¿Cómo te llamas? —le pregunto al pequeño, estrechando con firmeza sus tres dedos anaranjados.

—Drulu.

—Genial, Drulu. ¿Nos enseñáis a jugar?

—¡Os vamos a ganar! —grita la niña que no deja escapar a Pantea.

Jugamos con ellos durante horas. No me pasa desapercibido el hecho de que pequeñas multitudes se congregan a nuestro alrededor para mirarnos; no por cómo jugamos, sino por cómo reacciono yo. Y aunque me siento incómoda muchas veces, el resto, con sus risas y sus bromas, hacen que me olvide de los demás.

Por supuesto, los niños nos machacan a Pantea y a mí en todos los juegos. Nos damos cuenta de que, al crecer en un entorno hostil, no ha habido lugar para el disfrute, solo para la supervivencia. Aunque no me importa descubrir que he crecido educada para servir a alguien más como guardia, porque en este mismo instante poseo el poder suficiente como para darles a estos niños el presente y el futuro que se merecen.

Es tras el último juego cuando aparece Guo con una enorme bandeja llena de comida. Guo, el padre de Elpor, el soldado a quien intercambié hace una semana.

—¿Kira? —Me dedica un parpadeo veloz por la sorpresa.

—Hola, Guo.

—¿Qué haces aquí?

—Es… una larga historia.

—¿Me la puedes contar mientras descansamos? La madre de Drulu me ha encargado cuidar de los pequeños, ya que hoy no trabajo en el mercado.

—Me parece un plan perfecto.

Aceptamos los cuencos llenos de arroz con pollo que Guo ha preparado y nos repartimos las cinco cantimploras con agua que también ha traído. Pantea se reúne en un corro con los niños para relatarles un cuento. El arte de mi amiga para contar historias es magistral, tanto que el grupo enmudece desde el principio.

En el fondo, le agradezco que se encargue ella. Estoy agotada, tanto física como mentalmente. Me duelen todos los músculos y las heridas, aunque no me arrepiento de haber pasado un rato jugando con ellos. Guo me observa en silencio, a la espera de que empiece a hablar.

—Tuve una discusión con los kalentes y me di cuenta de una cosa. —Cojo con la mano un poco de comida.

—Querrás decir que discutiste con Almog.

—¿Tan evidente es?

—Almog siempre ha sido así. Me resulta extraño que no lo sepas. Cuando tú eras pequeña, incluso antes de que nacieses, Almog se comportaba exactamente igual con Zigon y Ehun, y eso que era más joven que tus padres.

—¿En serio? —Me meto la comida en la boca, sintiendo que mi estómago no aguantará más sin probarla. Está riquísima.

—Sí. Creo que Ehun vio el mismo arrojo en ti cuando te encontró junto a Ézer.

—Era un bebé, Guo. —Río.

—La energía se percibe. Sé que no te guías por ello, pero los draizs sentimos la naturaleza mucho más que los seres humanos. Nacimos de ella y, por lo tanto, somos ella.

—¿Tú creíste a Noah…? Quiero decir, ¿al chico que dijo todo aquello en la Plaza Triangular?

Guo no responde de inmediato. Comemos en silencio. Escuchamos parte de la historia de Pantea que mantiene a los niños ensimismados, apenas pendientes de su comida. Cuando mi amiga alcanza la parte más interesante, Guo retoma la conversación.

—Es complicado, Kira. Todo se complicó con la llegada de vuestra especie.

—Entiendo.

No presiono, pero la duda la siembra. ¿Y si es cierto que hay algo más tras la prohibición del Código? Sin embargo, mi familia y gente de confianza jamás me mentiría. Me termino el plato sin dejar un solo grano de arroz o un trozo de carne en él. Estaba delicioso y necesito un trago largo de agua para saciar la sed provocada por las especias con las que Guo ha mezclado toda la receta.

—De todas maneras, Kira, me alegro de verte por aquí. Entre nosotros. Sabes que tienes mi apoyo y que nunca me faltan buenas palabras para describirte, pero… Es positivo que Núcleo te vea así, lo hayas llegado a comprender por una discusión o por ti misma.

—Gracias, Guo. Gracias.

Cuando terminamos, Pantea y yo nos despedimos del padre de Elpor y de los niños, y regresamos paseando hasta el Liman. Que me haya tomado un respiro de todas mis responsabilidades, no significa que Pantea también lo haya hecho. Con un enorme abrazo, nos despedimos en la entrada y me quedo quieta hasta que pierdo de vista a mi amiga.

Sin moverme, pienso en qué hacer. El sol ya está cayendo. La comida se ha alargado junto a la historia de Pantea. Podría ir a la biblioteca a sumergirme en alguna novela hasta la hora de cenar. O podría visitar a Sid. Sonrío cuando tomo una decisión en un punto intermedio.

Salgo corriendo escaleras arriba. Esquivo a varios draizs del sector de erudición a duras penas, pero, para mi sorpresa, no me regañan. Me observan como Núcleo ha hecho durante todo el día y me dejan subir sin más hasta el primer piso.

Entro en la biblioteca en la que Ézer, Noah y Runa han pasado los días de encierro. No puedo evitar pensar qué hubiese pasado si me hubiese abierto a ellos, si hubiese intentado conocerlos tanto como lo había hecho Ézer. Sin embargo, no pierdo el tiempo pensando en lo que no hice, y busco mi novela preferida.

Me cuesta al menos diez minutos encontrar el libro entre tantas baldas. La biblioteca respira vida, aunque a la vez tenga alma de fantasma por esas cubiertas que han perdido su interior con el paso del tiempo.

En cuanto encuentro el libro, salgo corriendo de la biblioteca y desciendo las escaleras a la misma velocidad con la que las he subido. Todo mi cuerpo me manda pinchazos de dolor desde las heridas que todavía no han sanado. Noto un malestar general acrecentado por el cansancio, pero, aun así, me siento viva. Muy viva. Más viva que nunca.

Alcanzo los calabozos con la frente perlada de sudor y la respiración entrecortada. Uno de los soldados de Almog me mira confundido cuando cruzo la puerta con una enorme sonrisa. Me cuadro, intentando aparentar ser lo más formal posible, y les digo que salgan, porque necesito interrogar a Sid a solas. Se niegan a dejarme sola, pero insisto de tal forma que, al final, no se oponen a mi orden.

Tras darme las llaves y hacer el saludo draiziano, observo cómo se marchan y espero un minuto por si acaso regresan.

Pero no lo hacen. Me giro sobre mis talones hacia la celda y me encuentro con que Sid está de pie, sonriendo. Carraspeo, algo avergonzada por mi repentina y eufórica intromisión. Aprieto la novela contra mi pecho mientras camino hacia la celda.

Abro la puerta y entro. Cierro por dentro y me engancho las llaves en el cinturón. Doy unos pasos cortitos hacia Sid que, con los brazos cruzados, me espera con esa típica sonrisa tan característica suya; mezcla de diversión y travesura.

—Pareces muy animada.

—Sí, es que… —Me recojo un mechón de pelo tras la oreja y le tiendo el libro—. Te he traído mi novela favorita para que no te aburras aquí abajo.

—Oh. —Coge el volumen—. Gracias. Aunque siempre estoy acompañado por un soldado o tus padres. Zigon se puso muy nervioso ayer… Nada destacable —confiesa mientras se sienta en la cama. Lo acompaño.

Manosea las esquinas del libro en silencio y me acerco con cautela. He encomendado a mis padres la tarea de interrogar a Sid, pero no hasta ese punto. Sé que si Zigon o Ehun pierden los papeles con él es justamente por ser el hijo de los gobernantes de Mudna y los líderes del Código.

Aprieto mis manos sobre el regazo e intento encontrar una excusa para exculpar el comportamiento de mi padre; sin embargo, no existe. No quiero que nadie use la violencia contra los presos, sean o no sean Sid.

—Lo siento mucho.

—Tranquila. Entiendo por qué reaccionó así. Yo… A veces he tenido que interrogar a algún nuclense capturado en las batallas y mi padre me ha castigado por ser blando. Porque dialogo. Es increíble. Pero —cambia el tono de repente, mucho más agudo, llamando mi atención—, has venido aquí para traerme una novela y, espero, hacerme compañía y contarme por qué sonríes tanto.

—No estoy sonriendo —refunfuño.

—Oh, sí lo haces. —Ríe Sid, y me descubro deseando que lo haga más—. ¿Nuestra conversación de hace dos días te sirvió para algo?

—Bueno, solo quiero comprobar si era cierto que estoy vacía. —Aprieto los labios de inmediato, dándome cuenta de lo que acabo de decir.

Sid deja el libro sobre la cama y me empuja suavemente por un hombro, obligándome a mirarlo. Está serio, reflexivo. Como quien necesita adoptar una postura concreta para decir una verdad.

—Tú no estás vacía.

Puedo continuar sincerándome con Sid. Intentar ser como éramos antes. Estos días de libertad me deben servir para esto, ¿no? Para encontrarme de nuevo conmigo misma. Pero una vocecilla interna me grita que no debo. Que él está aquí, ofreciéndome su apoyo, pero que cuando salga de esta celda será Sid, sí, pero Sid mi enemigo.

Él parece notar mis dudas, porque aprieta los dedos, hundiéndolos en mi piel. No me hace daño, aunque siento la presión de su urgencia. La sensación de que Sid desea tenerme de vuelta parece cierta y, sin embargo, no puedo evitar pensar que esta impresión es producto de mi deseo. De mi deseo por volver al pasado.

No. No puedo volver al pasado. Es imposible recuperarlo o cambiarlo. El río Delt y sus risas quedan lejos. Sin embargo, sí puedo luchar por el futuro. El futuro que intentamos mantener entre nuestras pequeñas y frágiles manos.

—Si no quieres contarme qué te está pasando está bien. No quiero insistir. Es solo que, como te dije, te echo de menos. Quieren hacernos creer que hemos cambiado y que estamos aquí por un único propósito, pero no es así, Kira. Seguimos siendo mucho más que un cántaro en el que vierten toda la basura que los demás no son capaces de enfrentar. Tenemos responsabilidades. Queremos tenerlas. Sin embargo, ¿por qué desde que sabemos lo que somos, tú y yo, nos hemos distanciado así?

—¿Que por qué? —Me tiembla la voz—. ¡Porque el Código es despiadado! ¡Nos obligan a esto! Ellos mismos conquistaron a los draizs y, por culpa de eso, estamos en esta situación. Tú formas parte de lo establecido allí, ¿entiendes? Has sido educado así, con esas estúpidas normas abusivas, patriarcales y racistas. ¿Cómo vamos a ser amigos si estamos destinados a ser lo contrario?

La verborrea se queda en un murmullo, porque los ojos de Sid se han anegado de lágrimas. Tiene los labios entreabiertos y su pecho sube y baja, lento, como si se estuviese quedando sin vida. Bajo la mirada, intentando encontrar en la tierra, tal vez, lo que no estoy encontrando en mí. Y en su postura encorvada, con el pelo sucio y alborotado, las heridas vendadas, la barba de varios días y el uniforme ajado, que le recuerda cada día lo que es, me veo reflejada. Veo a la misma pobre persona que soy, juzgada por mi origen.

Acabo de hacer con Sid lo que no deseo que hagan conmigo. La Kira que ha amanecido hoy dispuesta a hallar las piezas que faltaban en su fondo vacío no existen, porque Almog tiene razón. Soy despiadada. Soy capaz de decir cualquier cosa solo para protegerme de los demás.

Estoy rota.

—Sid, lo siento. No volveré. Lo siento.

Salgo de los calabozos corriendo. Si una sonrisa me ha conducido hasta aquí, ahora son las lágrimas las que me están haciendo marchar.

Transcurren dos días más en los que me dedico a estar sola. Evito a los demás, incluso a Pantea y a Copelia. A mis padres. No quiero saber nada de nadie. Quiero alejarme para siempre.

Pienso en hablar con mis padres y reconocerles que no estoy preparada para guiar Núcleo. Que accedí porque cuando Kalestra y Dido murieron fue tan devastador que no quería que algo tan doloroso como aquello se volviese a repetir. Que lo mejor sería que Almog tomase el cargo que tanto desea. Está preparada, tiene iniciativa, experiencia y es una draiz. El pueblo la ama, los kalentes la respetan y ellos confían en ella. La sucesión tendría que haber estado clara desde el comienzo.

Y, sin embargo, fui yo. Me lo gané. La elección vino regida por la ley del más fuerte. El Incidente me catapultó a aquella posición. Un día en el que, pese a que muchos dicen que fui una heroína que salvó muchas vidas, fallé en mi trabajo: proteger a toda costa a Kalestra y Dido. Salvarlos.

Le doy una patada a una piedra y esta rebota por el camino hasta llegar a los pies de una humana. La reconozco de inmediato. Era una de las malís de la escuela. Está bebiendo de una cantimplora, observando el cielo; mi piedra la saca del ensimismamiento.

—Oh, Kira. —Se lleva un puño al estómago.

—Por favor, no. —Me recoloco la capucha de la chaqueta. Hoy he salido de incógnito—. No es necesario y, la verdad, mi presencia es un secreto.

—Me parece bien la primera, pero creo que la segunda va a ser un poco imposible.

—¿Por qué? —Frunzo el ceño.

—Una, porque llevas días paseándote como si nada por la

ciudad. Y dos… —Señala a mis espaldas y me giro.

Asomados por las ventanas, un grupo de cabecitas dirigen su atención hacia mí. Los ojos de los estudiantes son puro asombro. Algunos se esconden, con la mirada desganada o tímida, pero otros permanecen; incluso descubro alguna sonrisa.

—¿Quieres pasar a ayudar?

—¿Yo?

—¡Sí, sí! ¡Queremos que entre! —corean todos entre chillidos y brazos alzados.

—Estamos dando literatura. No dirás que no, ¿verdad? —me tienta la mujer.

—Adelante —le contesto con una enorme sonrisa.

A la mañana del sexto día desde que capturé a Sid, la puerta de mi habitación retumba con contundencia. Me despierto de golpe, acostumbrada a los sobresaltos mientras duermo. Abro la puerta y me encuentro con Almog. Su imponente presencia me hace retroceder un paso, porque no la esperaba a ella.

—El Código ha respondido.

Me da unos minutos para que me cambie de ropa y ambas salimos directas hacia la sala de reuniones. Las vainas de nuestras espadas a veces chocan entre ellas. Pero nada consigue que crucemos palabra.

Entramos en la sala, donde ya están reunidos mis padres y los kalentes. Enseguida descubro sobre la mesa una carta desplegada. La letra roja reluce incluso con el sol escondido entre las nubes.

—Kira —me introduce mi padre, y todos me saludan.

Les devuelvo el gesto y solo cuando dejo caer la mano ellos también lo hacen. Sin preguntar, cojo la misiva y empiezo a leerla. La primera lectura me asusta y con la segunda tampoco mejora el asunto. Es hora de ponerse en marcha, de que me cuenten qué ha sucedido en mi ausencia.

—Exigimos la liberación de todos los nuclenses presos sin excepción. También pedimos una revisión de los Pactos de la Armonía, atendiendo a que nuestra situación, pese a ser tensa, puede finalizar si entre todos llegamos a un consenso. —Eka escarba en su bolsa y saca un fajo de papeles—. Aquí tienes todas las condiciones que solicitamos. Destacamos la grave situación en la que se encuentran, ya que tenemos a Sid prisionero.

El silencio se hace con la sala. La tensión se palpa. El Código ha accedido a todas nuestras condiciones por el intercambio de Sid. A todas y cada una de ellas. Sin embargo, el requisito que exigen para ello es demasiado arriesgado.

—Piden que vaya personalmente a Mudna —murmuro tras la tercera lectura.

—Es una trampa —interviene Almog—. No hay duda.

—Dicen que puedo llevar una escolta de, al menos, veinte soldados.

—Quieren que te acompañe tu efectivo más fuerte —se alarma Zigon—. Es una emboscada. No solo recuperarían a Sid, sino que también te tendrían a ti y a una fila de soldados que nuestro ejército no puede perder.

—Lo sé, pero si nos quedamos a Sid pueden reaccionar peor. Ahora que saben todo lo que reclamamos, punto por punto, pueden arremeter donde más nos duele. —Dejo caer la carta sobre la mesa.

—No vas a ir a Mudna, Kira. Terminantemente prohibido —declara mi madre.

—¿Y si es la solución definitiva? ¿Y si los humanos se han cansado de esta guerra fría?

—¿Y si no? ¿Y si te matan cuando estás allí? —A Ehun se le quiebra la voz.

—¿Qué alternativa proponéis? Que sea pacífica.

El silencio me confirma que no han tenido tiempo de pensar en nada. Y, también, que no hay una solución a corto plazo. O nos quedamos a Sid o me meto en la boca del lobo.

—Tengo que ir.

—No.

—Voy a ir.

—¡Kira! —ruge mi padre.

—¡No! Esta es mi decisión. Iré. Sí, soy la danían de esta ciudad, pero que no se os olvide nunca que soy una cabeza más. Si pierdo la mía, hay seres tan preparados como Almog para tomar el poder. Incluso Ézer...

—No hagas esto, Kira —susurra la capitana del ejército.

—No veo otra salida a corto plazo. ¿Vosotros sí? Si proponéis ahora mismo una solución efectiva cambiaré de parecer. Si no... me arriesgaré. Me arriesgaré por todos vosotros. Por Núcleo.

—Hija mía... —Mi madre se echa a llorar, desconsolada.

—Lo siento, madre, pero este país está harto de esta situación. No me fío de la palabra del Código, pero no devolverles a Sid significa declarar una guerra para la que no creo que estemos preparados. —Ningún kalente interviene. Mi padre me mira mientras acaricia los hombros de mi madre—. Voy a prepararme para el viaje. Recogeré a Sid. Tenemos este tiempo para pensar en una solución mejor.

Y dichas estas palabras, con el miedo estrangulándome con sus afiladas garras, abandono la sala.

Me reúno con Pantea y con Copelia y les explico todo lo que ha sucedido. Ellas intentan disuadirme, pero una orden las acalla. Le pido a Pantea que me prepare la mochila y a Copelia que congregue a diez soldados, cinco humanos y cinco draizs.

Llevaré la mitad de lo que Mudna me permite, por si en realidad se trata de una trampa.

—Mandad a Eadre a los calabozos. Voy a sacar a Sid y quiero que el pueblo vea que está bien custodiado.

Agarro con fuerza la empuñadura de Sustituta mientras desciendo los peldaños. El aire viciado, las antorchas, la humedad... Los calabozos ya son demasiado familiares. Incluso más que la sala de reuniones. La soldado que vigila la puerta se aparta al verme. Hace ademán de marcharse, pero la detengo.

—Quédate. Necesitaré tu ayuda. Saca los grilletes.

Avanzo hacia la celda y Sid, que hasta mi llegada ha estado tumbado leyendo, se incorpora sin soltar el libro. Su mirada confundida sigue todos mis pasos y los de la soldado. Abro la celda y le ordeno a la draiz que espose a Sid.

—¿Kira?

—Felicidades, vuelves a casa.

Enmudece. La soldado le arrebata con brusquedad el libro y lo tira sobre la cama. El gesto me duele, pero me mantengo firme. Ojalá haber podido comentarlo con él. Ojalá se hubiese alargado esta paz un poco más. No miro cómo engancha sus muñecas y tobillos con esas pesadas cadenas. Pierdo la mirada en la oscuridad del calabozo hasta que la draiz termina de ajustar los grilletes.

Y entonces Eadre aparece. Viste ya con las protecciones y el uniforme del ejército de Núcleo. Olisquea en dirección a Sid y gruñe. Levanto una mano, indicándole que se tranquilice.

Entro en la celda y saco a Sid casi a rastras. Subimos las escaleras, yo en medio de la soldado y Eadre. Noto la mirada del chico quemarme en la piel, pero no vamos a hablar. Él regresa a donde pertenece y yo actúo como se supone que debo.

Llegamos al vestíbulo del Liman. Y me sorprende encontrarme no solo a los kalentes, mis padres y el ejército que había solicitado, sino también a Pantea, Copelia y una enorme multitud de nuclenses. Algunos gritan abucheos y otros se mantienen en silencio, estupefactos ante nuestro siguiente movimiento.

Dejo a Sid en manos de Eadre y avanzo hasta llegar a mis padres.

—¿Habéis encontrado una solución?

—¿En veinte minutos? ¿Estás loca, hija? —exclama mi padre.

—Estás siendo imprudente —me alerta Ehun—. Necesitamos una estrategia.

—En la carta el Código solo nos daba hasta mediodía para pensar y decidir algo. No tenemos tiempo. Debemos actuar.

—Pero ¿y si te ocurre algo?

—Ya me habéis escuchado antes.

—¡Te escogí a ti como danían, Kira, no a Almog! —Mi padre me agarra y noto su presión en mis hombros.

—Padre, haré que estés orgulloso de mí.

—Ya lo estoy.

Me estrecha con fuerza. Hundo los dedos en su espalda y luego alargo los brazos hasta recoger a mi madre entre ellos. Nos mantenemos así durante unos minutos, escuchando cómo el Liman se va callando ante nuestro gesto. Cuando nos separamos, les digo:

—Mandad a un mensajero que rastree los pasos de Ézer. Necesito que sepa que me voy a Mudna.

—Sí.

—Almog —la llamo y la draiz se gira hacia mí, perpleja—, estás al cargo de Núcleo hasta que mi regreso.

—Kira… —empieza.

—No. Eres la draiz más preparada que conozco. Lo sabes. —Me vuelvo hacia la ciudadanía—. ¡Almog me sustituirá en el cargo hasta mi vuelta! ¡Hasta que regrese con los Pactos de la Armonía renovados y con nuestros compañeros apresados en batalla que en su día el Código no quiso intercambiar por los suyos! ¡Os prometo que me marcho en busca de un futuro próspero para Núcleo y para todo Nueva Erain!

Nadie responde a mis gritos. Nadie. Los ciudadanos están boquiabiertos al descubrir de repente el motivo de mi marcha. Distingo el miedo en los rostros de algunos de los soldados que me van a acompañar a Mudna. Suspiro.

—Eadre, únete a tus compañeros. —La draiz se adelanta.

Cojo la cadena que une los grilletes de Sid y estiro. Noto que el chico mantiene el equilibrio gracias a su habilidad, pero el movimiento ha sido demasiado fuerte. Me habría gustado sacarlo de aquí sin toda esta demostración de poder; sin embargo, es necesario hacerlo. El pueblo no entendería mis sentimientos por él.

Alzo la mirada, resignada. Y entonces todos los nuclenses se llevan un puño bien cerrado al vientre. Contengo la respiración. Trato de que no se note mi nerviosismo, pero no puedo obviar que sus gestos no van solo dedicados a los diez soldados que van a arriesgar su vida al entrar en la frontera enemiga, sino también a mí.

Mi pequeño ejército se abre camino entre los ciudadanos que no gritan al pasar Sid por el medio del pasillo creado entre ellos. Solo permanecen sosteniendo el saludo.

Frente a los caballos que nos van a llevar a Mudna, le quito los grilletes de los pies a Sid para que pueda montar en el animal que tiene las riendas atadas a las del mío. Primero se aúpa él, luego yo. Me acomodo en la silla y miro por última vez lo que dejo atrás. Pantea y Copelia tienen las manos entrelazadas y en sus ojos reluce el miedo. Los kalentes me miran con atención, pero en los ojos de Almog reluce algo más: consideración. Mis padres avanzan unos pasos y juntan las palmas abiertas a la altura de sus ojos; símbolo de amor y cariño.

Yo también lo hago. Espero a que mis soldados avancen primero y los sigo después. Menos de media hora ha costado decidir mi destino. Puedo estar equivocándome. Puedo estar siendo tan temeraria como para condenarlos a todos, pero pensar que por fin estamos alcanzando un nuevo punto en la historia del país me empuja hacia delante.

Llegando a la frontera entre Núcleo y Mudna, diviso la espesa línea granate que crea el ejército del Código. Enseguida distingo a Bernice y a los gobernantes de Mudna. Siento una especie de náuseas mezcladas con terror. Siento que me he equivocado y quiero retroceder. Pero, inesperadamente, Sid habla:

—No te va a pasar nada. Sé que puedes defenderte por ti misma, pero si ocurre algo no estarás sola. No solo tendrás a tu ejército, me tendrás a mí también.

—¿Por qué tendría que creerte?

—Ojalá nunca tengas que descubrirlo.

Sus palabras despiertan en mí algo que sobrepasa el temor a perder. No sé describirlo, pero una especie de adrenalina se apodera de mi cuerpo, sobre todo cuando hacemos frenar a los caballos porque sus morros están a punto de rozar los del enemigo.

—Hola, Kira. Veo que has aceptado nuestro trato.

—Basil. Fiama —pronuncio el nombre de los gobernantes de Mudna, los líderes del Código y los padres de Sid.

—Dad un paso. Se os está permitido. —Sonríe Basil como solo es capaz de hacerlo un loco—. Bienvenidos a Mudna.

SEGUNDA PARTE
DONDE LA TRAICIÓN ASOMA

EL INCIDENTE

Hace 5 años

KIRA SALTÓ DE PIEDRA EN PIEDRA y Sid la siguió. Se detuvo de golpe y el chico tuvo que maniobrar con su cuerpo para no caer al río. Aquel camino de piedras podía resultar muy traicionero si no medían sus pasos. Kira rio a carcajadas y le sacó la lengua. Quien cayese al apacible río Delt, perdía el juego. Y ambos eran demasiado orgullosos y competitivos como para terminar convirtiéndose en el perdedor.

Sid le pegó una patada a la superficie del agua y empapó a Kira, que, en ese momento, estaba llegando a otra roca. La salpicadura la distrajo y trastabilló, sintiendo que su cuerpo se precipitaba hacia delante sin remedio. Sin embargo, no llegó a caer, porque Sid consiguió atraparla por el brazo a tiempo.

—Eso es trampa —se quejó Kira.

—Habló la que nunca juega sucio —dijo Sid, aproximándola hacia su cuerpo.

La chica sonrió una vez logró mantenerse en pie, pero él no la soltó. Echó un vistazo rápido a los dedos de su amigo en torno a su brazo y volvió a sus ojos grises. Tenía un pequeño moratón en el pómulo, pero no le preguntó qué había pasado, porque Sid también sonreía ampliamente, como si hubiese encontrado algo que lo hubiese complacido.

Los dedos del chico resbalaron por el antebrazo de Kira en una suave caricia hasta alcanzar la muñeca. Allí sus yemas juguetearon con su piel, indeciso. Sin apartar la mirada, ella entrelazó sus dedos con los de él. Apretó fuerte, intentando ocultar sus sentimientos de culpa para solo demostrar todo el verdadero cariño que sentía.

Sid no captó la duda en su gesto y tragó saliva, tratando de disimular su nerviosismo. Algunas de las pecas que salpicaban la nariz de Kira alcanzaban los dos párpados inferiores con sutileza, como si no quisiesen invadir aquella parte de su piel, pero deseasen destacar el color de sus dos iris.

Inclinó la cabeza, sintiendo que una fuerza hipnotizadora lo empujaba hacia el rostro de su amiga. Ella se mordió el labio inferior, pero no se movió del sitio. No debería besarlo. No, si quería continuar siendo sincera. Pero eran sus labios; sus labios húmedos los que estaban llamándola sin rencor. Se dejó llevar.

Y fue en las ganas de besarse que en el camino sus narices chocaron con torpeza.

—¡Ay! —se quejaron ambos a la vez.

Kira aprovechó aquella distracción para empujar a Sid, que cayó al Delt sin poderlo evitar. Los pies del chico tocaron fondo antes de salir a la superficie. Ella estalló en carcajadas y, seguidamente, se lanzó al río con las piernas flexionadas. Buceó a contracorriente, sintiendo el empuje del agua, aunque débil. Toda aquella situación de paz y armonía se iba a terminar pronto. Aguantó la respiración bajo el agua, repleta de frustración y pena, y solo cuando sintió que podía volver a disimular su felicidad, salió, exagerando una bocanada de aire.

—A eso se le llama interrumpir un momento —dijo Sid, frunciendo los ojos.

—¡No seas ñoño! Si no sabes dar un beso, es mejor que no lo intentes. —Kira besuqueó la nada, burlona.

—Y si te robo un beso, ¿qué? —Chapoteó hacia ella.

—Aparte de que dejarías de ser mi amigo, porque me parece asquerosa esa actitud de machito bravucón, te partiría la nariz. —La chica compuso una sonrisa tensa junto a una mirada amenazadora.

—Me gustaría ver cómo lo intentas.

Acompañada de un poderoso grito, Kira se lanzó contra Sid sin poder evitar que una carcajada irrumpiese en su severa actitud. Él se protegió con los brazos, y ambos iniciaron un juego dominado por las aguadillas, empujones amistosos y saltos desde las rocas.

Todo el ajetreo culminó con los dos jóvenes flotando de espaldas al fondo del río, la respiración alterada y la mirada puesta en el cielo. Se mantenían en la superficie, remando con sus manos, dejando que a veces sus dedos volviesen a rozarse como si no estuviese premeditado, como si no lo anhelasen con urgencia.

—Podríamos escaparnos de aquí —empezó Sid, escuchando su propia voz lejana, volando hacia las nubes. Una punzada de dolor atravesó el pecho de Kira—. Empezar de nuevo en otro sitio, siendo tú y yo. El *tú y yo* de verdad.

—Ahora mismo soy mi yo de verdad. Me conoces mejor que nadie.

—¿Más incluso que Ézer?

—Bueno, no —respondió Kira, apenada, sintiendo pequeñas corrientes de agua abrirse paso entre su cuerpo—. Eres la persona que más me conoce después de mi hermano.

El silencio regresó, quedando solo presente el piar de las aves, el arrullo del agua y el crujir de las hojas de los árboles al ser mecidas por la suave brisa. Una de esas pequeñas hojas se desprendió de una rama y levitó en el espacio hasta posarse sobre la nariz de Kira.

La chica se incorporó con cuidado, atrapando la hoja entre sus dedos. Sin poder dejar de mirarla y con los pensamientos puestos en las verdades que le había estado ocultando a su amigo desde hacía días, salió del río. Sid la siguió sin preguntar, acostumbrado a que se quedase obnubilada con detalles que le permitían escapar de la realidad.

Kira se sentó en la hierba, bajo el sol, sin apartar la vista de la hoja caída. Él se acomodó a su lado, extendiendo los brazos tras su espalda para poder inclinarse y dejar expuesto todo su cuerpo a los enérgicos rayos del ardiente astro.

Jugueteando con la hierba entre sus dedos, el chico respetó el silencio de su amiga. La observó estudiar la hoja, como si esta entrañase los secretos mejor guardados del universo. En aquellas simples acciones, ella le recordaba mucho a Ézer. La forma en la que escrutaba, cómo tocaba con delicadeza el objeto de estudio, la tensa postura de su cuerpo, casi inmóvil, como si hubiese dejado de respirar. Todo aquello y las pecas que salpicaban su nariz confirmaban el parentesco con su hermano.

—¿Recuerdas el día que nos conocimos?

—Por supuesto —susurró la chica, dejando de lado la hoja, no sin una mueca de reticencia—. Yo estaba cazando.

—Y yo me había enfadado con mis padres.

—Tú me encontraste.

—Y tú te desmayaste.

Los ojos de Kira se ensancharon de alegría, reviviendo aquel encuentro que cambió sus vidas por completo. Y en breve sus vidas volverían a dar un giro brusco para siempre. Tal vez, incluso, de la mano de la muerte.

—Me amenazaste con una flecha sin que me dieses la oportunidad de explicarme. —Sid enarcó las cejas, divertido.

—Reconocería a un mudnano aun con los ojos vendados. —Kira frotó las yemas de los dedos que apresaban la raíz de la hoja y esta giró descontroladamente.

—Te moviste tan rápido, apuntaste con tanta certeza… Tus ojos parecían los de un halcón, fijos en su presa e imperturbables. Siempre me he preguntado si es que tu oficio es cazar para comer o cazar para defender.

—¿Cazar para defender? —La chica frunció el ceño—. ¿No has forzado mucho cierta comparación?

—¿Prefieres que diga matar?

—Prefiero que dejemos de ahondar en nuestras vidas. El día que nos conocimos decidimos eso, ¿no? No indagar, no decir quiénes somos fuera de aquí para poder relacionarnos sin juzgarnos.

Aquellas verdades calladas pronto gritarían y Kira le clamaba al cielo que no golpeasen a Sid con fuerza.

—Pero ¿y si te dijese ahora mismo quién soy o qué lugar ocupo en Mudna? Si fuese algo que consideras negativo… ¿Cambiaría tu opinión sobre mí?

El peso de la pregunta arrinconó a Kira junto a sus preocupaciones, en un lugar del que había estado escapando durante toda la mañana. No solo ese día estaba incómoda, porque tenía que ocultarle a Sid que Núcleo estaba preparando el golpe de gracia contra Mudna, sino que se había levantado con la ligera sensación de que algo malo iba a ocurrir. De que, finalmente, su relación con Sid sería insostenible y se quebraría del todo.

—No lo sé —susurró—. Si me dijeses que eres un artesano, por ejemplo, pues… tal vez. No coincidiría en tu pasividad frente a la política de Mudna, pero al menos no serías una cabeza pensante, ¿entiendes? —Apretó los labios, percatándose de que ella misma sí que conformaba una especie de cabeza pensante o, más bien, una mano ejecutora en los violentos planes de Núcleo.

Sin embargo, ¿no tenía Núcleo derecho a contraatacar después de años y años de sometimiento? ¿No tenía derecho a golpear con fuerza contra cualquier mudnano? Aunque, ¿la solución era el ojo por ojo? ¿Era la violencia la respuesta directa para conseguir la paz? Kira se horrorizó ante sus propios pensamientos. Si Sid supiese que ella formaba parte del ejército en la sombra, sin duda, la despreciaría.

Intentó rectificar:

—No es mi deseo juzgarte, pero…

—No te preocupes, yo tampoco sabría cómo reaccionar. —Sid se pasó una mano por el pelo.

—Venimos de mundos totalmente distintos y, sin embargo, nuestras ciudades se encuentran a menos de cuatro kilómetros la una de la otra. Tú y yo estamos ahora mismo justo en el centro. En una zona neutral. En la línea que delimita tu territorio y el mío. Aquí—Kira se incorporó y se puso al lado de un árbol—, los ciudadanos intentan hacer sobrevivir su cultura clandestinamente mientras crecen temerosos del siguiente golpe del Código. Y aquí —la chica dio dos grandes zancadas, sorteando a Sid y colocándose junto a una roca enorme que emergía desde la tierra—, tus amigos y vecinos viven obviando el sistema impuesto, con una educación… Con una protección… —Kira no supo continuar al descubrir el rastro de dolor que sus palabras estaban imprimiendo en Sid.

—¿Crees que soy así? ¿Crees que todos en Mudna pensamos igual?

—No.

Sid se levantó con gracia, sin apenas rozar la tierra con las manos. Se acercó a Kira, cauteloso, sintiendo que la ropa mojada se le pegaba al cuerpo. Odiaba aquella sensación, pero detestaba mucho más que aquel abismo, que una vez crearon los humanos y los draizs, los separase a ambos de una manera tan determinante. Parecían estar condenados a enfrentarse.

—Un día escaparemos de aquí —murmuró Sid, y su aliento acarició la frente de la chica.

Si él era un simple ciudadano, entonces cabía la posibilidad. Pero Kira había visto en sus movimientos, en su forma de actuar, en sus ropas, en todo lo que conformaba su persona, que el chico no era alguien cualquiera. Y estaba segura de que Sid había descubierto lo mismo en ella. Demasiados años juntos, desvelándose sin miedo. Demasiados sentimientos sin reprimir. Y, al final, lo único que les iba a quedar era una cruel separación, incitada por el prejuicio y la muerte.

—Cuando nadie nos necesite en nuestras casas —susurró ella.

—¿Eso es posible?

Con la boca apretada, Kira alzó el rostro para mirarlo. El corazón le palpitaba tan fuerte que sentía cómo le golpeaba el pecho. Si el chico se aproximaba un milímetro más, él podría notar sus frenéticas pulsaciones. De pronto, se descubrió vagando por los labios de Sid, con unas ganas inmensas por besarlos. No lo hacían muy a menudo, pero cuando lograban vencer a las vocecillas que les susurraban que hacerlo solo causaría más inconvenientes, era casi imposible separarlos.

Kira se puso de puntillas, tratando de vencer la distancia que los separaba. Sid se humedeció los labios, sintiéndolos secos. La chica dejó caer un sutil roce y la piel de ambos se erizó, como si una energía los invadiese, recorriese sus cuerpos y los atravesase. Entonces se separó, pero Sid agarró su cintura, buscando más.

Qué importaba si una guerra se iba a desatar en pocos días. En aquel momento, solo estaban ella y él. En una zona neutral, libre de imposiciones y responsabilidades. Era su instante, de ellos y de nadie más.

Fue entonces cuando el sonido de un cuerno se extendió en eco por la arbolada. Los dos jóvenes se detuvieron, alerta. De golpe, el silencio lo consumió todo. El arrullo del agua, el crujir de las hojas por la brisa. Era estremecedor, como si el tiempo se hubiese detenido.

—El cuerno de Mudna. —Sid se atrevió a romper la quietud con un susurro temeroso.

Sin embargo, se mantuvieron aferrados el uno al otro, con los ojos perdidos en algún lugar más allá del bosque, pero que no alcanzaban a vislumbrar. Segundos, minutos… El tiempo se dilató hasta que otro sonido, mucho más agudo, parecido al piar de un pájaro, irrumpió.

—El *birberrio* de Núcleo.

El cuerno se unió al nuevo instrumento y ambos entonaron a la vez su llamamiento.

—Estamos en guerra —coincidieron.

Kira se lanzó hacia delante, dispuesta a marcharse, pero Sid no la soltó.

—¿Estamos en guerra? —repitió, indeciso—. Kira… —En su mirada se deslizó un reproche y ella chasqueó la lengua.

—No lo sé —mintió, aunque insegura. Faltaban días para ejecutar el plan contra Mudna—, pero tenemos que marcharnos cuanto antes para averiguarlo.

—Kira… —masculló él de nuevo.

La chica intentó componer una sonrisa, decidida a que el gesto no solo animase a Sid, sino también a sí misma. No lo consiguió. No del todo. Con un ademán tembloroso, se deshizo del contacto del chico. Sin detenerse entre movimiento y movimiento, cogió las manos de Sid y enterró entre sus palmas la hoja que había sostenido desde que esta se había desprendido de su árbol.

—Somos como esta hoja.

Él entreabrió los labios, confuso por la afirmación de su amiga. Sin embargo, Kira no esperó a recibir contestación. Lo sorteó y corrió en busca de su caballo, que debía estar descansando a unos pocos metros de su posición.

Cuando lo encontró, se subió a la montura de un salto y cogió las riendas. Sid llegó hasta ella con el aliento entrecortado, como si hubiese estado decidiendo si perseguirla o no y solo hubiese contado con unos pocos segundos para alcanzarla.

Los ojos de Sid no pudieron evitar repasar el fardo que cargaba el caballo en su grupa. De uno de los costados sobresalía una espada. La empuñadura era delgada, color esmeralda y estaba tallada con motivos que simulaban las escamas de un pez. Brillaban con orgullo gracias a los rayos de sol, y los pequeños destellos que reflectaba bailaron en su rostro.

La reconoció. Toda Nueva Erain era capaz de identificar aquella espada.

—Esa espada… ¿La has robado o tú eres…?

—Te echaré de menos —se despidió Kira de su amigo, sintiendo que la tristeza la envolvía entera.

Espoleó al caballo, tratando de concluir, pero su mirada confirmó las sospechas de Sid. Era imposible olvidar la empuñadura de la espada de uno de los danían de Núcleo, Zigon. Recordó la historia que se contaba en Mudna sobre la supuesta acogida de dos niños humanos por parte de ambos líderes como sus hijos legítimos, aunque apenas se sabía sobre ellos. Ató cabos y la verdad lo golpeó. Lo golpeó, porque, de pronto, se dio cuenta de que la vida de Kira nunca podría casar con la suya.

Porque, lo quisiesen o no, habían sido educados para ser enemigos.

Notó la descompasada respiración del caballo contra sus piernas. Lo espoleó una última vez, vislumbrando ya la entrada sur de Núcleo. Desde su posición, Kira advirtió el caos que estaba convirtiendo a los ciudadanos en una marabunta incontrolable. Alcanzaba a escuchar los gritos y las indicaciones del ejército, algunos en draiziano y muy pocas en eraino.

El birberrio, el instrumento más típico dentro de la sociedad draiziana, que pasó a usarse para motivos excepcionales trece años después de la intrusión de los humanos en Nueva Erain, volvió a resonar. Sin embargo, aquel día había algo completamente distinto en el ambiente. Mucho más caótico y confuso. Porque algo estaba claro: Núcleo había iniciado el plan de batalla mucho antes de lo pensado.

Kira entró en la ciudad al galope. Durante unos instantes, dudó en si bajar del caballo y acudir al Liman corriendo, pero sabía que no llegaría a tiempo. Se desgañitó para intentar advertir de su paso con el animal; tan encabritado que realmente pensó que derribaría a alguien si continuaba así.

Los gritos hicieron efecto en algunos, que se separaban como si fuese el verdadero enemigo. Sin embargo, unos pocos la reconocieron y se abalanzaron sobre ella, pidiendo explicaciones. Kira alzó los brazos, intentando aclarar que ella acababa de llegar a Núcleo, que se había enterado por el sonido del birberrio, pero nadie atendió a sus palabras.

La chica logró discernir entre el escándalo frases como: «Han sido los pueblos indómitos»; «No tenemos la culpa»; «Van a matarnos a todos»; «No estamos preparados». ¿Los indómitos? Hacía años que no se inmiscuían en ningún altercado, ¿por qué habían decidido actuar de repente? ¿Por qué lo harían sin buscar su ayuda? ¿Es que también pretendían granjearse su enemistad?

—¡Kira!

La voz de Yun la alcanzó como un rugido. El soldado draiz iba montado a caballo y, a su lado, de pie, alcanzando su estatura, se encontraba Eadre; con sus enormes ojos oscuros puestos en ella y su mentón cuadrado surcado de arrugas de tensión.

—¡Dejad paso! —bramó Yun, haciendo aspavientos con sus manos palmadas y barritando con la pequeña trompa que era su nariz.

Los ciudadanos continuaban agolpándose alrededor de Kira, intentando encontrar protección en la guardia secreta de Kalestra y Dido. Clamaban piedad, rogaban protección y agarraban a sus hijos como si una fuerza invisible se los fuese a arrebatar de pronto.

Entonces Eadre comenzó a abrirse paso entre la ciudadanía a base de manotazos, empujones y codazos. Nadie se atrevía a llevar la contraria a la imponente draiz que pretendía llegar hasta Kira fuese como fuese. La chica chasqueó la lengua ante el comportamiento tan brusco, aunque efectivo, de la soldado. Sin embargo, aprovechó para gritar unas cuantas indicaciones:

—¡Volved a vuestras casas! Escondeos y manteneos tranquilos. En cuanto sepamos algo concreto mandaremos a los mensajeros para que os comuniquen un protocolo de actuación.

—¡Queremos protección!

—¡Mis hijos, mis hijos…!

—¡Vamos a morir!

—¡Nadie va a morir si seguís las indicaciones del ejército! ¡Por favor! —chilló la chica hasta desgañitarse.

Eadre llegó hasta ella, cogió las riendas del caballo con cuatro enormes dedos amarillos, rascó varias veces la tierra con sus pezuñas y tiró del animal entre el tumulto como si arrastrase un peso muerto. Los ciudadanos forcejearon y se resistieron a separarse de la chica, pero Eadre fue tan contundente en sus movimientos y su mirada, enmarcada por unas gruesas venas, tan implacable, que, poco a poco, los nuclenses comenzaron a dispersarse.

La presencia de la draiz fue definitiva para que los ciudadanos de Núcleo dejasen espacio suficiente, sin rechistar, a los caballos de Yun y Kira.

—¿Dónde estabas, Kira? —Las pupilas habitualmente dilatadas del soldado se ensancharon todavía más.

—Estaba dando una vuelta. —Se encogió de hombros, tratando de disimular su error.

—¿Dando una vuelta? ¡Ja! —simuló una risa irónica—. ¿La señorita tenía que dar un paseo?

—Lo siento, Yun, ¿vale?

—Las disculpas tendrás que dárselas a Kalestra, que no cabe en sí de preocupación.

—Pero ¿qué está pasando?

—Ha sonado el cuerno de Mudna. Los soldados mudnanos que patrullaban las calles se han marchado de golpe. Ni siquiera se han detenido a sopesar la situación.

—El cuerno de Mudna indica guerra.

—Ya, pero ¿por parte de quién? Los mismos soldados que se encontraban aquí pueden constatar que no estamos presentando batalla, por eso...

—Por eso habéis deducido que están atacando los indómitos. Pero si ellos no nos han pedido ayuda, ¿por qué habéis tocado el birberrio? ¿Estamos en peligro?

—La niña pájaro —se refería a Copelia— ha mandado a uno de sus pajaritos mensajeros a Núcleo. Ha llegado al minuto y poco de que sonase el cuerno de Mudna. Al parecer el Código se piensa que es un ataque conjunto.

Kira abrió los ojos al máximo.

—¿Están locos? ¡Es una excusa! Lo están usando para declararnos la guerra.

—Sea como sea —las pupilas de Yun empequeñecieron un poco y dejaron que sus iris azulados rodeasen aquellos dos pozos negros—, debemos prepararnos.

Eadre consiguió que atravesasen la calle principal hasta una zona lo suficientemente despejada como para que la chica y el draiz pudiesen avanzar sin problemas. La soldado los siguió con enormes zancadas que parecían despertar un pequeño terremoto a cada paso. Durante el resto del camino al Liman, solo un pequeño grupo de draizs volvieron a retardar su marcha, aunque la draiz fue capaz de disolver el caos a base de gruñidos y de interponer su cuerpo entre ambos caballos.

Kira agradeció para sus adentros que Eadre no hubiese usado la fuerza bruta otra vez.

Alcanzaron el Liman, completamente rodeado de soldados ya armados y dispuestos para el combate. Kira descendió de la montura cuando todavía esta estaba avanzando. Se precipitó hacia delante, pero consiguió mantener el equilibrio. Sacó la espada de su padre del bulto y se la colgó en el cinto. Los soldados que custodiaban la puerta abrieron un hueco para dejar pasar a la chica.

Se dirigía tan concentrada a la sala de reuniones, que no reparó en la persona que esperaba a los pies de la escalera. Trastabilló, sintiendo que podría recomponerse enseguida si centraba su fuerza en los talones, pero, aun así, el *obstáculo* la ayudó a incorporarse.

—Ézer.

Los dos hermanos se fundieron en un abrazo. El chico la separó de su lado con urgencia y estudió todo su cuerpo.

—No busques heridas. Estoy bien.

—*¿El agua estaba fría?* —formuló Ézer la contraseña que habían pactado con Sid para indicar si habían estado juntos en momentos en los que fuese comprometido pronunciar sus nombres y circunstancia.

—*Muy fría* —contestó Kira.

—No podías haber escogido peor día.

—Si *el agua está fría casi todos los días.* —Enarcó una ceja.

—Eres lo peor en cuanto a secretos. Si haces ese gesto desvelas todo el misterio.

Kira quiso sonreír, volver al punto en el que se encontraba antes de que el cuerno de Mudna y el birberrio de Núcleo se hubiesen fundido en uno para clamar la guerra. Sin embargo, era hora de luchar; se acabó el entrenamiento en las sombras. Era hora de su primera batalla en campo abierto. Era hora de proteger a Kalestra y Dido con todo lo que tenía.

—Zigon está muy enfadado. —Su hermano se fijó en la espada.

—Se la iba a devolver como siempre. Cuando nadie se enterase…

—Esta vez no te la has llevado para fantasear con ser su dueña. —Ézer se acercó mucho más a su hermana—. Te la has llevado para contarle *al agua fría* la verdad. ¿Me equivoco?

La chica cerró los ojos, culpable. Se había despertado con aquella intención. Con revelarle la verdad a Sid y secundarla con pruebas. Pero había tenido muchas mañanas como aquella y todas habían resultado igual en cuanto tenía a su amigo delante: mejor continuar manteniendo el secreto.

—¿Lo sabe padre?

—¿Estás loca? No.

El eco de unos pasos por las escaleras alertó a ambos hermanos, que se separaron dirigiendo sus miradas en dirección a los recién llegados. Kalestra y Dido encabezaban un grupo formado por sus padres y los kalentes. Kira y Ézer cuadraron hombros, llevando un puño a su vientre.

Los cuatro anaranjados y severos ojos de Kalestra se clavaron en Kira. La chica tragó saliva y, en silencio, esperó su castigo.

Tal vez la dejaran atrás, negándole su derecho a aquella posible batalla. Era más que probable que aquello sucediese teniendo en cuenta que, además, había robado a Sienco, la espada de su padre, para enseñársela, ni más ni menos, que a un mudnano.

—Ézer, ve a prepararte a la armería —ordenó Kalestra.

El chico asintió con decisión, y unos mechones pálidos se soltaron de sus trencitas laterales. Kira hizo ademán de perseguirlo, pero Kalestra levantó un largo y musculoso brazo azulado, interponiéndose en su camino. Ézer le lanzó una mirada de disculpa, pero ella ya estaba acostumbrada a aquella situación.

—Devuélvele la espada a nuestro padre y pide perdón —sentenció Kalestra.

Pocas veces había visto a su hermana comportarse de un modo tan áspero con ella. Pero por mucho que fuese su hermana, no podía olvidar que también era la futura danían de Núcleo. Que aquella batalla podía inclinar la balanza a su favor para que Zigon por fin se decidiese si cederle la danorniam. Kalestra no iba a mostrarse paciente ni amable, porque justo en aquellos momentos era cuando debía demostrar su férrea y más sensata actitud.

Kira sorteó a sus hermanos y se dirigió a su padre. Con una leve inclinación, sostuvo la espada con delicadeza frente a Zigon. Cerró los ojos, esperando la represalia, la más bochornosa de las reprimendas frente a todos, pero lo esperado nunca llegó. Su padre cogió la espada, sin rozarle las manos, la colgó en su espalda y se quedó en silencio.

—Lo siento mucho, padre.

—Pídele disculpas a tu futura danían, no a mí. Ya no eres una niña pequeña para entenderlo, Kira.

Primer golpe.

Ella se reclinó con ímpetu y volvió a su puesto ante Kalestra, incapaz de mirar de reojo a su madre. Su hermana continuaba con aquel gesto implacable y la espalda completamente erguida y rígida.

—Pido disculpas por mi comportamiento, Kalestra. No volveré a cometer un robo ni a desaparecer como lo he hecho hoy. Y bueno, como todos los días que haya desaparecido y me hayáis necesitado. —Escuchó una risa divertida por parte de Dido.

—Prepárate.

—Sí, Kalestra.

Kira volvió a inclinarse con brusquedad y echó a correr en dirección a la armería todavía con el cuerpo reclinado, avergonzada. Sintió las mejillas encendidas. Ellos la conocían bien y sabían que no había mayor castigo para ella que regañarla y avergonzarla delante de otros, sobre todo si se trataban de los líderes de sector.

Bajó las escaleras con las lágrimas ardiéndole en los ojos. Aquella era la realidad que siempre la había acechado y había negado con la compañía de Sid. Kira no era más que un peón de guerra, entrenada desde pequeña para proteger a otros. Ella era una cabeza sacrificable; una sombra cuyo cometido era ejecutar órdenes y vivir para perfeccionar su técnica.

En su vida no cabían las risas, las zambullidas en el río, las conversaciones bajo el sol y los sentimientos reales.

Solo la sangre y el sudor.

Ézer salía de la armería cuando ella llegaba. A Kira no le hacía mucha gracia cuando ordenaban que su hermano se uniese a alguna batalla. Ninguno de ambos había participado en todos esos años en una confrontación real contra el ejército de Mudna, pero algunas pequeñas incursiones junto a sus hermanos draizs, le habían demostrado a Kira que Ézer ni quería, por mucho que amase a su familia, ni estaba hecho, por mucha técnica que tuviese, para la guerra.

—¿Por qué no ha elegido a Almog?

—Zigon quiere poner a prueba mis habilidades.

—¿Quiere matarte? Esto es una batalla real, no una expedición en la que solo nos encontraremos a cinco soldados como mucho.

—Son sus órdenes, Kira. Date prisa.

La sorteó con agilidad y corrió escaleras arriba. La chica lo vio marchar con pena y no pudo evitar pensar de nuevo en Sid. En que, ojalá, fuese un simple artesano.

Inspiró hondo y el humo le inundó las fosas nasales. Tosió y a punto estuvo de vomitar si una viga de madera en llamas no hubiese irrumpido en su camino. Otro chillido acompañado de sollozos le indicó a Kira que no debía perder más tiempo. Envainó su espada, tapó parte de su rostro, hasta la nariz, con el pañuelo que llevaba atado al cuello y avanzó a través de la casa en llamas.

Mudna había sido implacable. A unos niveles que ninguno habría imaginado. Una respuesta, tan rápida y tan feroz, ante la que los pueblos indómitos y Núcleo estaban sucumbiendo. La batalla se había desplazado hasta los lindes de la ciudad draiziana y parte del ejército mudnano había irrumpido ya en ella. Kira se encontraba en una de esas primeras casas arrasadas por la cruel acción de la capital enemiga.

Había asesinado sin mucho esfuerzo a los cuatro soldados humanos que habían entrado en aquella casa con intención de destruir y, en el mejor de los casos, hacer presos a los dueños de aquel hogar. Sin embargo, sus intenciones se vieron inmediatamente frustradas por la espada de Kira, que rebanó cabezas y atravesó pechos sin piedad. Lo único que la chica no pudo detener fue la antorcha que prendió la mesa del comedor y que, en aquel momento, estaba consumiendo todo el piso inferior.

Tras sortear una viga en llamas, Kira alcanzó el fondo de la habitación. Unos escuálidos brazos verdosos intentaban abrirse paso desde el exterior a través de una ventana prácticamente obstruida por un mueble descolocado. La chica volvió a escuchar unos fuertes berridos en el interior.

El humo cada vez era más espeso, pero aquello no iba a retenerla. Debía salvar aquella vida cuanto antes y volver al lado de Kalestra y Dido. Ellos eran su máxima prioridad, aunque fuese casi imposible hacer caso omiso a las súplicas del resto de ciudadanos.

Alcanzó la otra esquina cuando el fuego se deslizó hasta su posición anterior, obligando a la nuclense a apartar los brazos de la ventana. Unas sábanas en el suelo se movían frenéticamente y Kira las apartó para encontrarse con unos pequeños ojos redondos. La chica cogió al bebé como mejor supo y lo enrolló entre aquellas telas manchadas de hollín.

A duras penas consiguió salir de la casa. Los progenitores de la criatura, que no cesaba su llanto, llegaron hasta Kira, que les entregó al bebé con una sonrisa triunfante.

—Id a la parte oeste de la ciudad. Refugiaos como podáis. Esta zona ya no es segura.

—¿Tomarán toda la ciudad? —preguntó la draiz con voz temblorosa.

—No si yo puedo impedirlo.

Dichas aquellas palabras, Kira se lanzó calle arriba, no sin echar varios vistazos a su espalda para asegurarse de que la pareja, junto a la pequeña criatura, huían sin ser emboscados. Por suerte, aquella calle todavía no había sido asediada gracias a su intervención y a la dura, pero efectiva, contención del ejército de Núcleo en la calle principal situada más al este.

Debía volver al lado de sus hermanos antes de que sucediese lo peor. Había visto la mirada de Kalestra cuando los pueblos indómitos habían ido retrasando su posición hasta que Mudna había traspasado sus límites para adentrarse en su terreno. Terror, eso es lo que había descubierto Kira en su gesto. ¿Estaba verdaderamente preparada? ¿Por qué se la veía tan pequeña frente a lo esperado?

Por suerte, Dido también se encontraba a su lado. El segundo hermano podía carecer del don de la estrategia, pero en batalla era una verdadera bestia. Lo arrasaba todo a su paso. Y, aun así, Kira también se preocupaba por sus irreflexivos movimientos que lo llevaban a bajar la guardia, porque para él todo era atacar, golpear y matar.

Y luego estaba Ézer, cuya posición en aquella batalla era la retaguardia para poder ayudar a los ciudadanos en protección, tanto de defensa como médica. Aquello decisión alivió a Kira, aunque continuaba sin comprender por qué Zigon deseaba tanto que Ézer formase parte de aquella carnicería.

Alcanzó la calle principal justo cuando dos soldados se deshacían de un enorme grupo y se dirigían hacia donde Mudna aún no había llegado. No la vieron venir, y Kira asestó un espadazo que le costó la vida al primer soldado. El segundo se resistió a diversas estocadas que detuvo con su propia arma, aunque una patada en el estómago y un certero movimiento por parte de Kira, derribaron al mudnano sin posibilidad alguna de recomponerse.

La chica detectó la presencia de Kalestra unos metros más allá de su posición. Con sus dos espadas cortas era capaz de enfrentar incluso a seis soldados a la vez. Su musculoso cuerpo y sus hábiles movimientos eran un arma letal para todo aquel que intentase atacarla. Kira corrió hacia su posición, decidida a guardarle las espaldas, aunque pareciese que la futura danían no lo necesitara.

Alcanzando a su hermana, descubrió al imprudente de Dido derribar a un caballo con sus propias manos para poder enfrentarse mejor al soldado que cabalgaba la montura. Un mudnano cargó el arco y Kira se lanzó contra él, en un intento desesperado por detener la flecha que iba dirigida a la espalda de su hermano.

Se interpuso entre el proyectil y el cuerpo de Dido a tiempo. La flecha le rozó el brazo con profundidad y se desvió hasta terminar clavada en el muslo del caballo derribado. Dido giró la cabeza con ímpetu, haciendo que el moño que recogía todo su cabello en el cogote se deshiciese. Descubrió a Kira con el brazo ensangrentado, tratando de vencer al soldado que alzaba un puñal en alto.

—¡Kira! —gritó Dido, incorporándose, dispuesto a proteger a su hermana pequeña.

Sin embargo, la chica neutralizó el ataque con una perfecta patada que lanzó el arma lejos de ella. Luego alzó la mano del brazo sano y descargó un poderoso puñetazo que no solo derribó al soldado contra tierra, sino que también lo dejó inconsciente.

—¡Esa es mi hermana! —rio Dido, llegando hasta ella.

—¡No te precipites, Dido! —le advirtió Kira, examinándose el brazo.

—Lo sé.

—Si lo sabes, entonces piensa. ¡Casi te matan!

Kira alzó la espada y detuvo la estocada de una enemiga, cuyos brazos parecían dominar la potencia de todo un ejército. Dido saltó sobre su espalda y, aferrándose con sus larguiruchas piernas a la cintura de la soldado, intentó alcanzar su daga para atacarla. La chica chasqueó la lengua, rodó por tierra, evitando la ofensiva de otro mudnano, cogió su propia daga y, aprovechando el impulso al incorporarse, hundió el filo en el cuello de la enemiga. Seguidamente, se volvió hacia el otro mudnano y le desgarró la garganta con un veloz movimiento horizontal.

Se deslizó sobre sus talones para dirigirse de nuevo a Dido que, empapado por la sangre de la enemiga a la que había intentado detener por la espalda, luchaba contra dos soldados de Mudna. Se acercó a él corriendo, pero entonces, el sonido de algo pesado impactando en tierra llamó su atención. Cerca de su posición, un descomunal soldado de Mudna blandía un pesado y enorme mangual contra dos personas del pueblo indómito.

Era fácil distinguirlos entre los nuclenses y los mudnanos por las intrincadas formas pintadas en sus cuerpos. Pocos sabían por qué siempre que salían de sus pueblos se decoraban la piel de aquella manera, pero una cosa estaba clara: ellos no deseaban ocultarse, todo lo contrario, preferían destacar su posición en aquel país por muy peligroso que fuese hacerlo.

Recorrió el espacio que los separaba con enérgicas zancadas. Enarboló su espada y, aprovechando que el soldado había vuelto a descargar el mangual, sin acertar, clavó el filo en medio de un eslabón, atrapando la cadena del arma. El soldado sacudió el brazo para intentar recuperarlo, pero la intervención de Kira desvió su atención. La chica descargó un puño contra su pecho, pero el enemigo no se movió ni un milímetro. Contuvo el aliento y, antes de que pudiese apartar la mano, el soldado la cogió y la lanzó contra quienes se estaba enfrentando.

Kira impactó contra un cuerpo y ambas cayeron. La chica respiró hondo, notando una fuerte molestia en la espalda. Un empujón la apartó hacia un lado, pero pudo ver cómo la indómita estaba siendo ayudada por el otro hombre. Tratando de olvidar aquel gesto tan egoísta, se incorporó entre quejidos a la vez que el enemigo recuperaba por fin su gigantesco mangual con un poderoso estirón.

—¡Apartaos! —gritó Kira, dispuesta a recobrar su arma.

—¡Apártate tú! —Otro empujón.

—¿De qué vais?

—¡No necesitamos tu ayuda! ¡Ni la tuya ni la de nadie de Núcleo! —le gritó la mujer.

—¡Habéis traído la guerra a nuestra ciudad! ¡El Código piensa que estáis con nosotros!

El mangual sobrevoló el espacio y la bola claveteada cayó muy cerca de la mujer. El soldado recogió su arma, tiempo que aprovechó el hombre para alcanzar a Kira y gritarle:

—¡Salva a nuestra hija, por favor!

—¡Lelio! ¡No! —le instó la mujer.

—¡Que tú no confíes en las capitales no significa que todos pensemos igual, Brita! —le espetó Lelio—. ¡Por favor! Perteneces al ejército de Núcleo, ¿cierto?

—¡Cuidado!

Kira separó a Lelio de la trayectoria del mangual y por poco fueron aplastados por él. Brita reaccionó y se abalanzó con rabia contra el enemigo. La chica aprovechó la distracción de la indómita para recuperar su espada. Un chillido ahogado la alertó, volviéndose hacia el soldado que había conseguido atrapar a la mujer. Kira contraatacó y consiguió provocarle una herida en el brazo. Sin embargo, el mudnano no soltó a Brita, en cambio, movió sus poderosas manos en torno a su cabeza y un crujido reveló el fatídico resultado.

Lelio, lívido de pronto, bramó con agonía mientras avanzaba atolondrado hacia la mujer. Kira lo interceptó, segura de que, en su situación, el indómito moriría también. El hombre intentó deshacerse de ella entre lágrimas y aspavientos débiles, pero Kira sabía que, si quería salvar a Lelio, debía sacarlo del campo de acción del implacable soldado.

Fue entonces cuando apareció Eadre. Sus enormes brazos empujaron al enemigo que trastabilló, aunque consiguió mantenerse en pie.

—¡Eadre! —gritó Kira, aliviada.

—¡Márchate! —rugió la draiz enseñando sus poderosos colmillos.

La chica bien sabía que Eadre nunca hablaba. Algunos la creían muda. Pero no era cierto. Solo guardaba fuerzas y dedicaba su aliento a aquellos que reconocía. Kira asintió y empujó a Lelio hacia uno de los fantasmales, antiguos y abandonados edificios de metal que marcaban los límites de la calle principal del este. El hombre se dejó llevar, sin apartar la mirada del cuerpo inerte de su compañera.

—Necesito que te ocultes. Sea donde sea. Este no es un lugar para ti.

—Mi mujer... Mi hija —sollozó, arrastrando los dedos por su ensortijado y oscuro cabello.

—¿Tu hija está viva?

—Ha escapado por esa calle. —Señaló un callejón a su derecha—. Pero mi mujer...

—Lelio. —Suspiró Kira—. Lo siento, pero el Código la ha asesinado.

—No, niña, la ha asesinado el rencor.

Un sentimiento de pesar empezó a estrangularla. Se concentró, intentando recobrar aquella adrenalina que la había estado consumiendo hasta la muerte de Brita. Su reproche le había dolido más de lo que llegaba a pensar. ¿Es que Núcleo también era un enemigo de los pueblos indómitos?

—Voy a buscar a tu hija, ¿de acuerdo? Pero para ello necesito que te ocultes.

Lelio asintió y Kira le correspondió con el mismo gesto. Antes de marcharse por el callejón, lanzó una mirada a Eadre. Había vencido al poderoso soldado. Luego echó un vistazo a Kalestra y Dido. El ejército de Mudna había avanzado algunos metros más y varios grupos se estaban internando en las primeras calles transversales. Respiró hondo y se presionó para terminar con aquella misión cuanto antes.

Avanzó por la estrecha calle sin encontrar signos de vida. Pese a que era mediodía, la luz del sol apenas alcanzaba a iluminar el suelo y la humedad era agobiante. Se detuvo para recuperar al aliento y, de paso, analizar en las sombras. Primero el silencio, pero luego unas respiraciones. Y con esas respiraciones alteradas, unos pasos frenéticos

Corrió, tratando de no perder el rastro que le estaba indicando el camino. Era un grupo, Kira estaba segura. Sin embargo, cuando pensaba que se encontraba cerca, cuatro respiraciones más se sumaron a las otras. Y entonces, los gritos y los pasos se tornaron más apresurados. Aceleró el ritmo, virando por un callejón, y la calle se ensanchó. La luz del sol comenzó a estar más presente y los sonidos cada vez más cercanos.

Entonces giró hacia la derecha y se encontró con que varios soldados mudnanos estaban acorralando a tres draizs y una humana de los pueblos indómitos en un callejón sin salida. ¿Se trataría de la hija de Lelio? Unas figuras parecidas adornaban en azul claro su piel oscura y sus cortísimos ricitos podían confirmar el parentesco. Fuese quien fuese, todos necesitaban ayuda.

Kira alzó la espada, cogió carrerilla y apoyó un pie en la pared para tomar impulso. Su caída iba a ser dolorosa, pero al menos desestabilizaría a los cuatro enemigos. No obstante, una flecha silbó atravesando la calle, directa al hombro de la chica. Esta corrigió a duras penas su trayectoria y el proyectil le rozó el cuello, abriendo una herida escandalosamente sangrante. Si se ponía a contar, Kira sería incapaz de recordar cuántas flechas había esquivado en aquella batalla.

Los soldados se volvieron ante el aterrizaje de Kira, que fue aparatoso. Ella se giró también calibrando las opciones de estar en una calle cuyas dos direcciones estaban franqueadas por sus oponentes. Sin olvidar a los civiles, cuyas vidas también dependían de la suya propia.

Sin embargo, unos ojos grises la petrificaron. Sid, surcado su rostro por gotas de sangre y sus brazos por profundas heridas. Sid, con la respiración alterada y el pelo alborotado. Sid, con los labios entreabiertos a punto de susurrar su nombre.

Los soldados vitorearon su aparición, y el chico avanzó con pasos lentos pero decididos, cargando una nueva flecha. Los inocentes gritaron y se reagruparon, entrelazando y apretando sus manos temblorosas, intentando encontrar la calma en aquel tenso momento. Kira respiró hondo, analizando la situación, eliminando posibilidades.

No podía matar a Sid. Habían llegado a su último destino, y era imposible que sus músculos reaccionasen contra él. Pero allí estaba su amigo, alzando una flecha dirigida a ella; una que, esta vez, Kira sería incapaz de sortear. Cerró los dedos en torno a su espada. Lo veía en sus ojos: Sid estaba preparado para enfrentarse a ella y matarla.

Ninguno separaba la mirada del otro y Kira podía ver sin problemas el uniforme granate de su amigo, claro distintivo del ejército de Mudna. Sid también era un peón de guerra. Sid era como ella, tal vez peor. Y, sin embargo, no podía dejar de rememorar al niño con el que se había encontrado años atrás y con el que había entablado una amistad tan fuerte que parecía que nada podría quebrarla. Pero la verdad sí podía, y los estaba destruyendo en aquel mismo instante.

—Sid —susurró la chica.

Tres pasos más y Kira tendría en cuestión de segundos una flecha entre ceja y ceja. Un nuevo presentimiento se abrió paso a través de su pena: un brillo de esperanza. Si iba a morir, podía morir intentándolo, probando que, pese a todo, Sid continuaba queriéndola.

Se incorporó, girándose hacia los soldados desprevenidos. Estos chillaron, intentando reagruparse, pero un espadazo de Kira se llevó a uno por delante y luego otro cayó a causa de una flecha en el ojo. La chica se volvió con una sonrisa y descubrió a un implacable Sid asesinando a su tercer compañero. El cuarto lo miraba horrorizado, como si estuviese presenciando una pesadilla impensable. Kira sacó su daga y le acuchilló el pecho con precisión.

Una vez caídos todos los soldados, Kira se acercó a los civiles arrinconados, cuyas miradas iban todas destinadas a Sid.

—Tranquilos, está con nosotros.

—Eso es imposible —masculló la indómita.

—Escucha, ¿tu padre se llama Lelio?

—Sí.

—Te está esperando en un lugar seguro, pero si continúas juzgando a mi amigo, todo terminará antes de que puedas pestañear.

Los enormes ojos oscuros de la chica estaban repletos de incredulidad; sin embargo, en su interior debió encenderse la llama de la supervivencia, porque se incorporó, indicándoles a los draizs en un perfecto draiziano que siguiesen a Kira y a Sid.

—Detrás de nosotros —indicó el chico.

Kira se colocó a su lado y avanzaron en silencio por las calles, decididos a volver a la principal del este. La chica observó a su amigo y confirmó todas las sospechas que siempre había fundado: sus movimientos, su porte, su forma de escrutar… Todo tenía sentido.

Alcanzaron la calle, donde la batalla estaba alcanzado su punto más crítico. Era imposible saber de dónde salían tantos soldados, pero la lucha apenas se había desplazado, lo que alivió a Kira. La contención de Núcleo estaba siendo más que efectiva.

Antes de que pudiesen ordenarles nada, los draizs huyeron junto a la hija de Lelio y Brita. Kira chasqueó la lengua. Sid hizo ademán de marcharse también, pero el brazo de la chica se movió solo y lo detuvo.

—Sid... —¿Qué le iba a decir?—. Gracias.

—Esto...

Sid apartó a Kira y noqueó a un soldado mudnano con un fuerte cabezazo. Su compañero cayó como un peso muerto y la chica se volvió hacia él, sorprendida. Una pequeña brecha se abrió en la frente de Sid, y la sangre le recorrió el rostro hasta perderse por debajo de la barbilla.

—Ezer y tú sois los bebés que Zigon y Ehun encontraron, ¿verdad?

Kira solo asintió.

—Y tú formas parte del ejército de Mudna.

—Soy más que eso, pero en recuerdo a nuestra amistad te lo seguiré ocultando hasta que lo descubras. No te preocupes, después de esto —señaló el campo de batalla—, lo sabrás pronto.

—No quiero saberlo, quiero...

—Lo que queramos no es importante.

—Lo es, porque si no, no estaríamos combatiendo para salvar a nuestras familias.

Una mirada intensa, pero corta, fue el último gesto que Sid y Kira se dedicaron aquel día. Una mirada que se mantendría en sus memorias durante días, semanas y meses, hasta que se volviesen a encontrar para no demostrar finalmente rastro alguno de todo el cariño que se profesaban.

Sid se marchó sin decir una palabra más y Kira, conteniendo las lágrimas, se lanzó calle arriba, tratando de no seguir a su amigo y detenerlo en aquella locura. El corazón le latía con fuerza y le dolía. Sid había matado a sus compañeros por ella. Había sido la última muestra peligrosa de amistad —y de amor— que el chico realizaría en mucho tiempo.

Poco le costó a la chica volver a introducirse en el fragor de la batalla. No sabía si era impresión suya, pero, pese a que el ejército se había dispersado, continuaba habiendo un gran número de soldados en plena pelea. ¿Cuándo daría fin aquel enfrentamiento? ¿Cuando alguien se retirase? ¿Cuando uno de los bandos resultase perdedor?

La sangre comenzó a hervirle de nuevo. Por la rabia, por la tristeza y por la desesperanza. La pérdida de Sid, la muerte de todos aquellos inocentes, el combate que no parecía tener fin. Notaba el agotamiento, los músculos doloridos y la sangre pegajosa. No había libertad, ni siquiera para rendirse, porque la única libertad que podría hallar cualquiera de todos ellos era mediante la muerte.

Y Kira no quería morir. Mejor dicho, no podía morir. Porque como bien había dicho Sid, lo que ellos querían no importaba. Solo importaba lo que hacían, cómo servían a sus familias y al poder de una ciudad.

Se deshizo de varios contrincantes casi sin pestañear. Sus pensamientos se habían ido acallando poco a poco, sepultando la pena y el arrepentimiento bajo tierra, en un lugar donde no hiciesen eco. Todo fue sustituido por el silencio; un silencio que abrazaba las muertes de su alrededor.

Localizó a Ézer siendo acorralado por varios enemigos y no dudó en acudir en su ayuda. Alzó la espada y con dos movimientos, uno horizontal y otro vertical, mató a dos de ellos. El tercero fue ensartado por la lanza de Ézer.

—¡Kira! —Él avanzó hasta ella—. Os he visto. ¿Estáis locos?

—Teníamos que zanjar un asunto.

—¿Qué asunto?

—Nuestra amistad.

Kira pronunció aquellas palabras con una frialdad que erizó la piel de Ézer. Su hermana no era una persona excesivamente efusiva, pero era risueña y divertida. Siempre trotando de un lugar a otro, llena de energía. Pero aquella Kira era muy diferente. La sangre le oscurecía el rostro y se pegaba a su pelo junto al sudor. Su mirada parecía habitar en otra realidad; una en la que no existía el descanso.

Un grito los alertó y Kira avistó a Dido arrodillado en tierra con una fea herida surcándole el pecho. Un soldado mudnano se reía frente a él con una enorme espada alzaba hacia el cielo. La chica agrandó los ojos, alarmada, y haciendo caso omiso de cualquier advertencia de Ézer, anuló toda distracción y centró todos sus sentidos en salvar a Dido.

Sacó su daga a la vez que asestaba un certero puñetazo en el estómago de un enemigo que pretendía interponerse en su camino. Ni siquiera guiñó un ojo, como solía hacer siempre que deseaba atinar con su puntería. Lanzó el arma y esta sobrevoló el espacio hasta incrustarse en la cabeza del enemigo de Dido.

Kira llegó corriendo, entre empujones, puñetazos y evasiones. Ayudó a su hermano a incorporarse, que sonrió entre quejidos. Cinco soldados más los rodearon y Dido le hizo una indicación para que se preparase. La chica confió en las fuerzas de su hermano y ambos pegaron espalda contra espalda.

El enemigo se lanzó a la vez. Dido arqueó la espalda y Kira se dejó llevar hacia atrás, apoyándose en él, para terminar el arco de su movimiento con una poderosa patada que lanzó al primer soldado de cara al suelo. Clavó su espada en la espalda del segundo soldado a la vez que esquivaba una estocada de otro. Consiguió desencajar el arma del cuerpo enemigo a tiempo para enzarzarse en una serie de ofensivas marcadas por otro mudnano. Sin embargo, Kira desestabilizó aquella danza con un ataque recto y directo a su vientre que, por la duda del contrario, fue certero.

Se volvió hacia su hermano que ya terminaba con su último enemigo. Dido sonrió más ampliamente, levantando un puño en señal de victoria, pero entonces, alguien descargó una maza contra su cabeza. Primero fue la sangre, luego el desvanecimiento de su agradable sonrisa y finalmente la caída.

—¡No! —se desgañitó Kira—. ¡Dido!

Antes de que su hermano tocase tierra, Kira consiguió atraparlo entre sus brazos. La sangre cálida y anaranjada comenzó a empaparle los brazos y el pecho. Meneó el cuerpo de su hermano, intentando reanimarlo, pero no lo consiguió.

—¡He asesinado al segundo hijo! ¡Lo he matado! —clamó el soldado con la maza ensangrentada en alto.

Sus gritos se extendieron por toda la calle y, por un momento, la batalla se detuvo. Todos los ojos, humanos y draizianos, se giraron en dirección al clamor del soldado, al cuerpo sin vida de Dido y al horror de Kira. Kalestra sintió que algo moría en su interior, pero también que el odio se acrecentaba y la controlaba, arrasando cuerpos a su paso, sin darse cuenta si eran o no de su bando.

Obcecada en llegar hasta su hermano, con las mejillas recorridas por gruesas lágrimas, Kalestra ni siquiera pensó en protegerse. Solo en atacar y avanzar. Matar. Matar a todos aquellos que habían provocado que su hermano hubiese sido asesinado en aquella injusta y cruenta guerra.

Un grito.

—¡Kalestra! ¡Detrás de ti!

Un dolor agudo.

La sangre.

La mirada de Basil, el gobernador de Mudna.

—¡Kalestra!

De nuevo. La voz de Kira.

Kalestra cayó contra tierra con la mirada desencajada y el pecho atravesado por el filo de la espada de Basil, que sonreía victorioso. Kira recostó a Dido con cuidado y se hizo de nuevo con su espada. Primero terminó con la vida del soldado que había bajado la guardia y nada pudo hacer ya con su maza. Y después se lanzó contra Basil.

La batalla se reanudó con más fuerza a la voz de Zigon, que observaba impotente el cuerpo de su primogénita a los pies de su mayor enemigo. Kira no oía más que un agudo pitido. El corazón le bombardeaba el pecho. Todo parecía derrumbarse a su alrededor.

Sangre y sudor.

Llegó hasta Basil con una estocada, pero el hombre consiguió detenerla sin perder la sonrisa. Aquel gesto arrebató a Kira el resto de cordura que parecía estabilizarla. La pelea fue encarnizada. Basil se protegía con elegancia y, aunque su ofensiva era precisa, no alcanzaba a Kira. Ella, en cambio, se deshacía en movimientos, cada vez más complejos, cada vez más contundentes.

Y, de repente, Kira lo descubrió en la mirada de Basil: el miedo. El hombre cambió de técnica, optando por unos ataques mucho más bruscos que la hicieron retroceder, pero no por inseguridad, sino por fuerza. Aun así, Kira se mantuvo y dio un peligroso paso al frente que casi le cuesta la vida pero que, en cambio, le brindó la oportunidad de acometer un ataque que Basil fue incapaz de detener.

Porque aquel paso al frente era todo lo que Kira tenía. Todo lo que podía dar por las muertes de Kalestra y Dido. Aquel paso al frente marcaría un antes y un después. Porque aquella estocada, que realizó con todas las fuerzas que le quedaban e iba destinada a asesinar al gobernante de Mudna, al final, solo consiguió cobrarse el brazo derecho, con el que blandía su arma.

El grito del hombre fue desgarrador, tanto que su ejército realmente detuvo sus pasos y algunos soldados mudnanos cayeron frente a la ofensiva nuclense que continuaba atacando. Sin embargo, una nueva e inmediata orden cambió el rumbo de la batalla:

—¡Retirada! ¡Retirada a Mudna!

Algunos permanecieron luchando, con el orgullo en su mirada. Sucumbieron. Los que no lo hicieron se marcharon siguiendo las órdenes, lanzando miradas nerviosas a su gobernador, que continuaba con la mirada desencajada a los pies de Kira.

Sid se acercó entonces junto a otros dos soldados y, entre los tres, cargaron a Basil. Ambos amigos no se miraron. No compartieron ni un solo gesto. Sid pertenecía a Mudna y Kira a Núcleo. Era así de sencillo.

La chica soltó la espada mientras el pitido en sus oídos huía con el ejército mudnano. El cuerpo de Kalestra continuaba cerca de ella. Enfriándose, con la sangre aún manando, llevándose su vida y todo su futuro.

—Aquí es a donde pertenezco. —Su voz le sonó lejana. Extraña—. Esto es lo que soy. Y para que todo el mundo sepa lo que soy…

Kira se agachó y cogió un puñal de la tierra. Su filo era del color de la sangre, perfecto para la ocasión. Se volvió hacia algunos del ejército que empezaban a congregarse a su alrededor. Lloraban y murmuraban oraciones por la muerte de Kalestra y Dido, sin recordar que Basil había sido herido de gravedad. Sin darse cuenta de que Kira estaba allí plantada entre tanta muerte.

Creyó ver a Ézer.

Pero ella no importaba.

Nadie reparó en su presencia.

Nadie, hasta que se llevó el puñal al ojo derecho.

NORA

CADA VEZ HACE MÁS FRÍO. Soy incapaz de calcular cuánto tiempo llevamos apresados. ¿Un día? ¿Tal vez tres? Por mucho que piense, no siento más que el traqueteo del carro de madera, al que nos han obligado a subir nuestros captores, y lo seca que tengo la boca.

Despego la lengua del paladar y me relamo los labios en un intento vano por hidratarlos. Apenas nos dan de comer y de beber. Solo nos dejan bajar del carro para hacer nuestras necesidades. La Voz está más presente que nunca en mis pensamientos, enloqueciéndome, y ojalá alguien hablara. Sea un captor, Ézer o Runa.

Con las manos apoyadas en la base de madera, busco entre mis dedos la bellota claveteada atada a mi muñeca. Presiono con fuerza, dejando que el dolor anule la sensación de ansiedad que comienza a oprimirme el pecho. Es entonces cuando siento el tacto de alguien más. Tiene los dedos fríos, largos y suaves. No muchas personas me han tocado, así que reconozco enseguida la piel de Ézer.

Me acaricia el dorso con movimientos muy sutiles, como si incluso ese gesto pudiese ser interpretado como un peligro por parte de nuestro enemigo. Las caricias apaciguan la inquietud que me está revolviendo el estómago y, poco a poco, voy soltando la bellota, aflojando su lacerante presión. Entrelazo el meñique con el de Ézer y él termina por juntar nuestras manos.

» *Tienes que hacer algo. Usa tu poder...*

—No —susurro al cuello de la camiseta.

» *Van a mataros. Y no querrás que nada les suceda a tus amigos.*

—Silencio —exijo un poco más alto.

Y mi petición va seguida de otro: «¡Silencio!», mucho más atronador por parte de uno de los captores, que culmina con un puñetazo en mi mejilla que me hace escupir sangre. Casi estoy a punto de agradecérselo, porque, al menos, tengo algo que llevarme a la boca.

Ézer me estrangula los dedos y le correspondo con una caricia. Ni siquiera sé cómo encuentro la resistencia necesaria que se niega a que me queje en alto por el golpe y que me conduce a tranquilizar a mi amigo.

Inmediatamente pienso en Runa. ¿En qué lugar del carro estará? La urgencia de estirar el brazo y comprobar dónde se encuentra aumenta por segundos.

» *Usa tu poder y encuéntrala...*

¿Seré capaz de canalizar la energía para conectar con la de Runa y no hacer estallar todo el vehículo? Nunca lo he logrado. Este poder jamás ha cedido a mi favor.

Pero si he sobrevivido a Núcleo, entonces rendirse no es una opción.

Mientras vuelvo examinar nuestras opciones, con la Voz repitiéndome que he tomado la decisión adecuada, el carro frena. Y, de pronto, como la primera vez que escuché a Runa, nuestros enemigos comienzan a hablar y recibo sus voces con alegría. Resulta un alivio, pero Ézer aprieta con más fuerza, lo que consigue que mi corazón vuelva a latir desenfrenado por el miedo.

Alguien me agarra del brazo y me obliga a incorporarme. No me resisto, aunque sí intento mantenerme unido a Ézer; sin éxito. A trompicones, bajo. Dudo en mis siguientes pasos, pero mi captor anda rápido y tira de mí hacia delante, seguro. Se detiene a pocos metros y me ordena:

—Quédate quietecito aquí. Das un paso y estás muerto.

Contengo el aliento como respuesta. Meneo con delicadeza la cabeza, intentando captar algún detalle que me revele algo sobre dónde nos encontramos. Creo que es de noche, porque la tela del saco ya no deja pasar ni la luz ni ninguna otra forma. Agacho la cabeza, concentrándome y obviando el sonido de los pasos que se acercan a mí. Logro discernir un ruido. ¿El crepitar del fuego? No, más bien un conjunto de sonidos que no desean ser escuchados, lejanos: una puerta cerrándose, las hojas crujir, susurros…

Es cuando noto que la brisa me acaricia la piel, que un captor empuja a alguien contra mí. Me protejo enseguida con los brazos y mis manos agarran una cintura redondeada y blanda. Runa, sin duda alguna.

—¿Runa?

—Noah... Oh, Noah. —Su titubeo me confirma que está tan asustada como yo.

—¿Has logrado ver algo? ¿Escuchar? No sé…

—Lo he intentado usando mi poder. —Ella lo ha conseguido—. Ézer y tú habéis estado frente a mí todo este tiempo. Creo que nos hemos dirigido al norte, pero no he podido hacer más…

—¡Silencio he dicho!

Otro cuerpo cae sobre nosotros. Ayudamos a un confundido

Ézer a reincorporarse y, contra todo pronóstico, no nos separamos. Mis dedos tiemblan en la cintura de Runa y Ézer me agarra tan fuerte del antebrazo que creo que me lo va a arrancar.

—¡Arrodillaos!

No nos movemos.

—¡Ahora! —Una voz distinta a la que usualmente nos ordena qué hacer. Más profunda y cabreada.

Accedemos a su orden sin rechistar. Apoyándonos entre nosotros, vamos agachándonos hasta tocar tierra con las rodillas. Aprovecho el movimiento para palpar el suelo. Todo es hierba, mullida y húmeda. Sí, es de noche. Puedo sentirlo en su frescura y en el rocío.

Nuestros captores comienzan a susurrar, tan bajito que es imposible entender nada. De pronto, unos pasos decididos se hacen notar por encima de las voces. El murmullo se apacigua hasta convertirse en silencio.

—Quitadles los sacos. —Una voz más suave.

Con brusquedad, nos retiran la tela y, aunque efectivamente es de noche, las luces me ciegan por segundos. Me escuecen los ojos y unas débiles lágrimas tientan con caer. Las antorchas, las estrellas y la luna son focos de luz deslumbrantes.

—¿Ézer? —Escucho antes de lograr apreciar nada más.

—¡Indra, menos mal!

Obligo a mi vista a acostumbrarse a la nocturnidad y alzo el rostro para averiguar qué está pasando. ¿Conoce Ézer a nuestros captores? ¿Es que nos ha traicionado y todo esto ha sido una patraña para lograrlo? Primero me encuentro con la mirada confusa de Runa, que observa a Ézer, quien se está levantado para darle un abrazo a una chica de piel oscura y pelo muy corto. Después analizo mi alrededor, esperando a que nuestro enemigo se abalance a por nosotros dos, pero no ocurre. Sí se muestran desconcertados; sin embargo, no mueven ni un músculo.

—Noah, Runa... —Ézer se deshace del abrazo y nos tiende una mano—. Tranquilos, todo está bien.

—¿Seguro? —pregunta Runa, inquieta.

—Siento mucho lo sucedido. —La chica se dirige a nosotros—. Hemos aumentado nuestras medidas de seguridad y eso significaba tener más tropas para hacerlo. Esta panda de bestias es nueva en ello y no conocen a Ézer. —Sonríe con unos dientes ligeramente torcidos pero resplandecientes.

—¿Este es el pueblo indómito al que nos dirigíamos? —cuestiono con esperanza.

—Exactamente. —Asiente Ézer, tranquilizador.

—De verdad, que... —Entonces la chica se detiene. Noto a su *panda de bestias* erguirse, tensos—. Que...

Lo vuelve a intentar, pero se queda muda. Entonces algo brilla más que las antorchas que se vislumbran a sus espaldas, que las estrellas y la luna; brilla su cuerpo con un fulgor dorado. Runa y yo nos lanzamos una mirada urgente, porque empezamos a sentirlo. El tirón es tan ansioso que me duele hasta el estómago. Mi amiga tiene los puños cerrados y sus nudillos empalidecen. En otra circunstancia me habría maravillado, estaría eufórico por encontrar otra de nosotras, pero no ahora. Ahora estoy aterrorizado.

Ézer no nos ha dicho nada sobre que esta chica es una anomalía. Un dolor en el pecho, muy diferente a la sensación que estoy sintiendo por tener a esa persona y a Runa cerca, se abre paso para inundarlo todo. Un cosquilleo se posa en mi cuello. Lo reconozco; no es miedo lo que siento, es decepción.

Decepción porque, de alguna manera, Ézer nos ha mentido.

Dos de nuestros captores se acercan corriendo a la chica decididos a ayudarla. No obstante, ella no parece sentirse mal, ya que sonríe mientras examina lo mucho que resplandece; el dorado no solo le rodea los brazos —como suele sucederme a mí, al menos—, sino todo el cuerpo. Esta debe ser la potencia de nuestra energía cuando sumas anomalías. Este poder es el que el Código desea para sus malvados fines.

» *Ya queda menos, Noah. ¿Lo sientes?*

La voz retumba como un eco, con más presencia que nunca. Casi puedo distinguir una tonalidad y una vibración precisas. Y, mejor aún, recordarlas. Pero no es como una voz humana, es como mi propia energía materializándose, dándose forma para alcanzar mi realidad y hacerse notar.

Me incorporo lentamente, asustadísimo. Obligo a Runa también, aunque parece una roca hundida en la tierra. La chica no deja de observar a la indómita como si fuese un monstruo, como si su pesadilla se hubiese hecho realidad.

No podemos quedarnos callados. Tenemos que decir algo. Explicarnos. Entreabro los labios con intención de empezar, pero mi garganta reseca se niega. Carraspeo y saco de su ensoñación a la indómita.

Lo veo en sus ojos: el reconocimiento. Amplía la sonrisa, para más confusión de Ézer y su panda de bestias. Nos va a delatar. Va a hacerlo aquí mismo, a las lindes de un pueblo desconocido. Me debo adelantar a sus palabras, otorgar confianza contando nuestro secreto antes de que ellos crean que lo hemos escondido por una razón peligrosa.

Sin embargo, la chica se adelanta:

—Bueno —dice con esa expresión tan agradable y exultante en su rostro—, si estáis con Ézer supongo que sabréis que soy una anomalía y que creemos en la Magia. Sé que verlo por primera vez impacta, pero ya os acostumbraréis. Dejo que la energía sea visible de vez en cuando. Me libera y libera a los de mi alrededor.

La tranquilidad con la que habla y conecta con la energía es envidiable. Pero hay un detalle preocupante que deshace mi sorpresa: ¿por qué no nos ha delatado?

—¡Bien! —retoma el discurso—. Mi nombre es Indra y soy amiga de Ézer. Por lo que he podido escuchar, tú eres Runa. Por cierto, me encanta el color de tu pelo. —Señala la maraña pelirroja que corona su cabeza—. Y Noah. —Asiento—. Sed bienvenidos a los pueblos indómitos.

Da media vuelta y echa a andar hacia la muralla de troncos de madera que se alza inalcanzable hacia el cielo nocturno y de cuyas paredes cuelgan las antorchas que hace unos minutos me han cegado. No he reparado en ningún momento en el enorme muro, tal vez, porque la noche lo consume con su oscuridad y camufla al pueblo del ojo ajeno; y enemigo.

Ézer se vuelve hacia nosotros con una expresión alegre e intento componer una respuesta parecida, pero resulta ser una mueca. Runa continúa paralizada y no es hasta que uno de los hombres de Indra le da un sutil empellón, que no comienza a andar. La sigo con pasos torpes.

Indra nos espera frente a una puerta que desde lejos es imposible de advertir, pero que de cerca son fáciles de descubrir las gruesas líneas en los troncos de madera que delimitan la forma de la entrada. Ella no borra su sonrisa, como si algo le hiciese gracia. Y el gesto, en vez de calmarme, me altera más.

Abre la puerta y vamos pasando bajo el dintel uno por uno. La panda de bestias no entra tras Runa, sino que cierran y se quedan fuera, quizá para continuar su rutina de vigilancia. Resistentes son, desde luego, ya que después de nuestro viaje siento mi cuerpo como un peso muerto y la suciedad como una segunda piel.

Trato de distraerme observando el lugar. Apenas hay pueblerinos por la calle. Supongo que la razón es una inminente alarma por nuestra imprevista llegada. Las casas son bajitas, hechas de madera y piedra, y se descubren gracias al fuego de las altas antorchas plantadas en la calle y la acción de la luna.

Los edificios varían de altura y forma, pero todos guardan algo en común: los árboles y la hierba crecen allí donde los pueblerinos no han delimitado caminos y parcelas. A algunos les habría parecido un lugar sepultado por la naturaleza, en cambio, a mí me resulta que conviven con ella. Muchas copas forman parte de los tejados y los gruesos troncos, de los muros.

Es muy diferente a Núcleo. Hay una fortificación que cierra sus límites y no está rodeado por los abandonados edificios de metal del antiguo mundo. Las construcciones son menos ambiciosas y parece existir una unidad en todas ellas. Además, todo es verde, no marrón o amarillo. Se respira vida y serenidad.

Dos pares de ventanas se cierran a nuestro paso y puedo captar el llanto de un bebé dentro de alguna de las casas. Pese al temor, no puedo evitar que mi lado curioso anhele descubrir y estudiar los misterios que entrañan los pueblos indómitos. Sus costumbres, sus habitantes, su historia.

Porque de ellos apenas hay datos en los documentos del Caimán, por no decir que solo los nombra como parte del pasado de Núcleo y Mudna. Estoy ansioso por ver todo lo que Ézer me ha contado sobre ellos: su diversidad y colaboración. Su frente unido contra el despotismo del Código. Y, sobre todo, sobre su creencia en la Magia.

Alcanzamos un edificio que destaca entre el resto por sus gruesos muros y la altura de tres pisos. A través de las ventanas cerradas se aprecia el resplandor anaranjado de luces que todavía no han sido apagadas.

Indra se gira hacia nosotros:

—El cobijo de los viajeros. Aquí se alojan.

—¿Y si los viajeros vienen de Núcleo o Mudna? —Runa enarca una ceja.

Le propino un codazo, alarmado. ¿Es que ni el miedo puede detener su impertinencia? Sin embargo, Indra esboza una sonrisa traviesa, casi complacida.

—Todos los recién llegados son sometidos a un interrogatorio leve.

—¿Y no te parece que ese prejuicio y todas esas murallas que levantáis son justamente el origen de la guerra en Nueva Erain?

—Quiero taparle la boca.

—¡Ja, ja, ja! —Indra no parece molesta—. No voy a negar tu punto, Runa, pero una cosa es desear la paz del país y otra muy distinta es ser tonta. Todos estamos en guerra y de alguna manera nos debemos proteger. Pero bueno, ya habrá tiempo para discusiones de este tipo y de aprender los unos de los otros. Ahora lo que necesitáis es un buen baño, comida caliente y una cama. Aquí en el norte las primaveras son muy frías.

Empuja la puerta y seguimos sus pasos. El interior nos recibe con un gran comedor repleto de mesas de madera y taburetes. A la izquierda, unas escaleras suben al piso superior; a la derecha, una larga barra se extiende hasta el fondo.

—¿Te gusta? —me tantea Indra al descubrir mi asombro.

—No he salido mucho de mi hogar, la verdad. —Esbozo una sonrisa forzada.

—Siempre hay una primera vez para todo. —Se acerca a nosotros. Desde esta distancia, aprecio mejor los pequeños ricitos oscuros que se enroscan los unos con los otros, y rastros de pintura azul en su cuello y manos, por lo que deduzco que ha salido del pueblo hace poco—. Ézer sabe cuál es su habitación, pero a lo mejor queréis compartir una. —Me mira.

—¡Indra! —Se alarma mi amigo con las mejillas enrojecidas.

No entiendo tanto nerviosismo.

—¡Ja, ja, ja! —Desde luego, a la chica le encanta tener una sonrisa en la boca—. Es broma… Creo. —Observa el techo con un gesto juguetón y luego regresa a nosotros—. Entonces que Ézer os adjudique la habitación que haya libre alrededor de la suya. Esta vez solo tenemos ocupado el segundo piso. Quitaos toda esa suciedad de encima y, cuando estéis listos, bajad. Le pediré a Norberto que os prepare la comida más suculenta que jamás hayáis probado.

—¿Indra? —la llama Ézer—. Noah no come carne animal.

—Oh, ningún problema. Muchos indómitos tampoco. —La chica cruza los brazos por detrás de la espalda mientras se mece ligeramente hacia delante y hacia atrás. Qué inquieta—. ¡Venga, arriba!

Ézer nos hace una indicación con la mano para que subamos las escaleras, todavía con las mejillas un poco sonrosadas. Compartir cama con él no me habría supuesto ningún problema, pero parece que a él sí le incomoda tenerme tan cerca. Aun así, noto que en su sonrojar no hay fastidio, sino más bien vergüenza. Más tarde le pediré a Runa que me explique el sentido de la broma de Indra.

Alcanzamos el piso superior y mi amigo se dirige directamente a una habitación. Las puertas contiguas a la de Ézer están abiertas y Runa comienza a husmear sin reparos.

—Podéis escoger la que queráis —indica Ézer.

—Siempre a la izquierda —determina Runa, dirigiéndose a la que está a una de distancia de la de Ézer—. Por cierto, sí que tienes que pasar tiempo aquí si tienes una habitación reservada especialmente para ti. —Y entra con una sonrisa traviesa.

Pienso que Ézer va a contestar, pero el tono de Runa lo ha dejado paralizado. Desde luego, aquí está sucediendo algo que la chica y yo desconocemos. La decepción crece.

—Nos vemos abajo —me dice, sin mirarme, y entra en su habitación.

Me quedo en el pasillo, plantado, esperando a que suceda un cambio en todo este secretismo. Sin embargo, solo quedan los ruidos que provienen del piso inferior y de las habitaciones de mis amigos. Está decidido: tengo que hablar con Runa cuanto antes.

Cierro el grifo y observo cómo toda la suciedad de mi cuerpo mezclada con el agua se escapa por un agujero perforado en el piso. Estoy helado y me enrosco enseguida en la toalla. No estoy acostumbrado a tener tantos materiales a los que recurrir para mi higiene personal. Junto al mar me secaba al sol y no existía el jabón.

Me siento en la cama mullida. Luego me recuesto, sintiendo que la comodidad me abraza y pestañeo varias veces para no quedarme dormido. Tengo que hablar con Runa.

Me levanto, aunque reticente, y saco de la mochila varias prendas de ropa. Es cierto que en el norte hace más frío, pero la única chaqueta que tengo es la que he llevado durante el viaje y está manchada y huele muy mal. Intento secarme el pelo, restregando los mechones en la toalla, y luego me recojo parte del mismo en el cogote como suelo hacer.

Esta vez, me cuelgo el colgante de la bellota al cuello. La observo durante unos segundos, respiro hondo y, tratando de no hacer ruido, salgo al exterior. Nadie circula por los pasillos, así que continúo con mi plan.

Con un puño bien cerrado, doy varios golpes, muy leves, en la puerta de la chica. Esta se abre de inmediato y Runa me recibe con una expresión relajada. Como a mí, el baño debe haberle sentado muy bien.

—Tenemos que hablar —le susurro.

—¿Ahora mismo?

—Si quieres descubrir qué nos están ocultando, sí.

Pero unos pasos que suben hacia el piso nos interrumpen y, sin meditarlo, Runa estira de mí hacia el interior de su habitación. Entrecerramos la puerta y escrutamos el pasillo. Apenas son unas sombras, pero su voz es inconfundible: Indra está llamando a Ézer.

—¿Sí? —Escuchamos al chico preguntar.

—Soy Indra.

—¡Ah, claro, pasa!

Una puerta se abre y se vuelve a cerrar.

—Qué me dices ahora, ¿eh? —Miro a Runa con curiosidad.

—¿A qué estamos esperando? —Es su respuesta mientras sale.

Cierro la habitación con cuidado y cuando me giro, me encuentro con que Runa ha pegado el oído a la puerta de la habitación de Ézer. Se lleva un dedo a los labios y yo la imito. Ella pone los ojos en blanco y, con un aspaviento insistente, me apremia a que me acerque con cuidado. De puntillas, doy varias zancadas hasta llegar a ella.

Al principio no se escucha nada, pero entonces Indra alza la voz. Sonrío, triunfante. Su entusiasmo natural no sirve mucho a la hora de ser discreta.

—¿Lo sabías y no me has dicho nada? —Parece nerviosa.

—¿El qué, Indra?

—¿El qué? —Un silencio. Unos pasos que se alejan. Su susurro suena más fuerte de lo que pretende—. ¿No lo sabes? ¿Por qué crees que me he iluminado de repente en medio de la nada justo frente a vosotros? Tus amigos son anomalías.

Runa y yo nos miramos angustiados. El silencio dentro del cuarto tampoco nos tranquiliza. Mi corazón se desboca y me llevo una mano al pecho, aplastando la bellota con el gesto. Ézer acaba de descubrir nuestro secreto en boca de quien, al menos, yo considero una desconocida que guarda demasiados misterios.

—Es imposible —balbucea Ézer—. Noah me lo habría dicho.

Runa aprieta mi brazo y la inquietud me llena la boca de un

sabor amargo. Mis mentiras están alcanzando justo a quien yo no quería que afectasen. Definitivamente, engañar es un verdadero veneno, diga Runa lo que diga.

Unas palabras murmuradas sin sentido.

—No te equivoques, Ézer, esto me hace muy feliz. —Y con el tono en que lo dice, parece verdad—. Estamos las cinco anomalías juntas. Las cinco que la Magia decidió salvar al final.

—A lo mejor hay más por ahí...

—Tal vez sí, tal vez no, pero mi magia no miente. Ella me lo dijo. Por eso mismo debemos reunirnos los cinco y comprobar si nuestro poder se completa al juntarnos, ¿lo entiendes?

—Es demasiado pronto.

—Siempre es demasiado pronto.

—Tú no lo entiendes, Indra.

—Creo que Sid está en un punto óptimo. En la última incursión en Mudna, Mijaíl me dijo que ese chico cada vez se aparta más de sus obligaciones. Y si tu hermana lo ha capturado... Podemos derrotar al Código, Ézer. Por fin podemos ahora que estamos las cinco anomalías en Nueva Erain.

Runa hunde sus uñas en mi brazo y no puedo evitar soltar un quejido. La chica me mira alarmada, pero en su gesto descubro mucho más de lo que ella pretende ¿Hay... rabia? La confusión me atonta por momentos, pero el silencio repentino que se forma dentro de la habitación nos obliga a bajar apresuradamente al piso inferior.

Llegamos al comedor sonrientes, tratando de disimular que no hemos cotilleado. ¿Las cinco anomalías juntas? ¿Somos cinco en total? El Caimán nunca nos ha cuantificado, pero Indra parece bastante segura del número. Desea juntarnos para así derrotar al Código. Ézer está metido en esto y... ¿Y si nos ha traído aquí justo para eso, para completar el plan de Indra? Entonces lo de simplemente explorar Nueva Erain era una mentira.

Runa me conduce hasta una mesa y me dejo arrastrar. Me siento en una silla con los pensamientos puestos aún en la conversación. Observo a mi amiga y me percato de que la expresión de su cara no debe ser muy distinta a la que muestro yo: puro malestar.

Escucho las voces de Ézer e Indra bajar por la escalera y, en un arrebato, tal vez imitando todas las veces que Runa ha querido fingir que está en medio de una conversación, le digo:

—… y después de liberar al conejo, me di cuenta de que no quería comer carne nunca más.

Runa frunce el ceño y hago una mueca para indicarle sin palabras que entienda por qué he reaccionado así. La chica desvía la mirada hacia las escaleras y sus ojos azules se agrandan.

—Claro, claro… —Vuelve la vista hacia mí, poco a poco—. Yo es que soy carnívora. Me encanta la carne. No me resisto a un buen muslo de pollo bien tostado… —El hilo de la conversación se va perdiendo a medida que ellos se acercan a la mesa.

—¿Lleváis mucho tiempo esperando? —nos pregunta Indra.

—Sí y no —contesta Runa, rápidamente.

Pese a lo confusa que puede resultar su respuesta, es satisfactoria para la chica, que se sienta al lado de la pelirroja. Ézer se acomoda a mi lado y le sonrío, complaciente.

La cena transcurre sin que Runa y yo perdamos los nervios por la cantidad de dudas surgidas a raíz de la conversación secreta. Los otros dos no parecen notarlo, pero, por si acaso, me concentro en mi plato de verduras revueltas con frutos secos ahogados en un caldo humeante que me hace salivar de gusto. Al menos Indra no ha mentido en una cosa: ese tal Norberto prepara manjares.

Despierto con el piar de los pájaros y con un picor espantoso en las piernas y los brazos. Los rayos de sol se cuelan por los huecos de la madera que forman las ventanas. Bufo, removiéndome entre las mantas.

Me miro los brazos, aún tendido en la cama, y descubro unos cuantos puntitos enrojecidos esparcidos por toda mi piel. Sin duda alguna, las chinches me han picado. Estoy acostumbrado por la cabaña junto al mar, pero no por ello me deja de irritar menos.

Me levanto, me quito el pantalón y me observo las piernas. Aunque en menor medida, también he sido atacado por ese bicho en ambas. Suspiro. Me dirijo a la esquina de la habitación mientras me quito el resto de ropa y el colgante. Abro la manija y el agua comienza a caer helada. Cuento hasta tres y pongo las piernas bajo el chorro. Ahogo un grito y, conteniendo mis ganas de huir del frío, cojo un pedazo de jabón y me lo restriego por todo el cuerpo; con mucho cuidado de no rascar las picaduras. Cuando termino, las pequeñas heridas siguen escociéndome.

De pronto, llaman a la puerta. Busco mi ropa para ponérmela y entonces, me doy cuenta de que no está. En el suelo están tirados los pantalones, la camiseta y la ropa interior con la que he dormido, pero el resto no está. Rebusco en mi mochila, sintiendo que la presión se instala en mi pecho a la vez que desde fuera vuelven a insistir.

No me queda otra que usar las prendas sucias. Mientras me dirijo a la puerta, me voy vistiendo. Abro, dejándome llevar por el enfado y la confusión. Tras ella se encuentran Indra y Ézer. Estiro de la camiseta, que todavía tenía a la altura del cuello. Los dos se quedan absortos mirándome, como si algo estuviese acechándome por la espalda.

—Vaya —empieza Indra mientras repasa mi cuerpo—. Bastante escuálido, pero creo lo entiendo Ézer.

—Indra. —El otro cierra los ojos y sus mejillas se tiñen de rojo.

Ya estamos otra vez.

—Toma. Está limpia. —Indra extiende los brazos en los que se amontona una pila de ropa perfectamente doblada.

Mi ropa.

Se la arrebato de un tirón y la examino, ansioso. Está todo, incluida la chaqueta. Le devuelvo la mirada, todavía confuso.

—Tranquilo, Runa se ofreció para buscarla. No he sido yo. —Percibe mi malestar.

—Está bien. Gracias —murmuro.

—No te enfades, Noah —interviene Ézer.

—Estoy bien, en serio. —Alzo un brazo, tratando de demostrar mis palabras.

—Pero ¿qué te ha pasado en la piel?

Ézer acerca una mano para agarrarme y, en un acto reflejo, aparto el brazo. Mi amigo se queda observándome, sorprendido por mi acción. Yo mismo me miro la extremidad, como si ella hubiese actuado por sí sola. ¿Qué ha ocurrido?

Dirijo los ojos hacia Ézer de nuevo, dispuesto a disculparme, pero la expresión de su rostro detiene mis palabras. Arrepentimiento. Entreabro los labios una y otra vez, pero no sé qué decir. El calor comienza a acumularse en mis mejillas y mi pecho. Titubeo y desvío la mirada en todas direcciones, completamente cohibido.

¿Qué me está pasando?

Y reacciono. Cierro la puerta con un sonoro «gracias», que más parece un grito. Me quedo quieto con la respiración acelerada. Unas gotas frías se desprenden de mi pelo y agradezco su contacto en mi piel ardiente. A lo mejor me estoy poniendo enfermo. Eso tendría sentido. Tal vez las chinches o la comida de aquí…

—Noah —escucho la voz de Ézer al otro lado—, cámbiate. Cuando salgas de la posada, sube la calle a mano derecha. Te encontrarás con una especie de llano enorme frecuentado por mucha gente. Te esperaré allí para curarte esas picaduras.

Sus pasos se alejan de la puerta y descienden al segundo piso. En su voz he advertido un deje de pesadumbre, y me es más fácil contestar un «sí», que tal vez ni siquiera ha escuchado, porque no tengo que decirlo enfrentándome a su hipnótica mirada.

Sigo las indicaciones de Ézer sin desviarme ni un metro, pese a que la curiosidad crece más y más a cada paso. A la luz del sol, el pueblo indómito parece un lugar totalmente diferente. No solo porque es más sencillo advertir los detalles en la construcción de las casas, los vivos colores de las flores que nacen de los frondosos árboles o las rutas trazadas en la tierra por la hierba y las rocas, sino por los habitantes.

Nadie se esconde de mí, ni me mira con desprecio o miedo. Incluso alguno inclina la cabeza o me sonríe a modo de saludo, al que yo contesto de la misma manera.

Todos parecen estar inmersos en alguna tarea: cargan madera, desplazan herramientas, telas y alimentos, cultivan la tierra, reconducen grupos de animales diversos, arreglan puertas, ventanas y tejados... Lo que está claro es que los habitantes tienen claras sus responsabilidades. Y, aun así, se detienen a darse los buenos días, a charlar o a intercambiar bienes.

Solo puedo echar un ligero vistazo a la actividad en esta calle, pero por lo que observo, funcionan igual que en Núcleo. No usan dinero, sino el método del trueque para abastecerse y evolucionar. Son autosuficientes; todos aportan algo en esta pequeña comunidad.

Conviven humanos y draizs en perfecta armonía. El sueño de Kira.

Y entonces, un intenso cosquilleo me recorre la nuca al captar un sonido melodioso que acaricia mis oídos. Proviene de una draiz que entona un texto de una manera muy especial.

Nunca he escuchado nada parecido. Nunca he escuchado una canción.

» *Sabes que no es verdad...*

Me detengo de golpe, paralizado por la Voz. De pronto, los sonidos de mi alrededor se agudizan. Las voces, los pasos, las piedras golpear la tierra al ser pateadas, las risas y los relinchos de varios caballos. Todo viene a mí, claro y sin fisuras. No solo soy capaz de escucharlo todo al detalle, también puedo oler la comida recién hecha, la peste de las heces de los animales y el sudor de los indómitos; si abro la boca, miles de sabores dominan mi lengua, y si observo, me es posible distinguir los matices en los colores. Incluso innumerables sensaciones se posan en mi piel, erizándomela, haciéndome vivir las vidas ajenas; el paso del tiempo.

» *¿Lo sientes? Soy yo. Venid hacia aquí y tomad mi mano.*

Despego los labios para contestar a la Voz, pero entonces, el rumor de otro cántico muy distinto al de la chica, se abre paso en mi interior. Lo noto; no proviene de esta realidad, de este presente. Es una voz del pasado, la voz de un niño cantando:

¡Aventúrese, humano inocente!
Los monstruos le ven como un bebé,
colocan un cebo por si pica...

—... para alimentarse de su ser.

—¿Noah?

Sacudo la cabeza y, de repente, todo vuelve a su sitio. Los sonidos, los sabores, los colores. Incluido esa especie de recuerdo borroso que ha dejado en mí una huella imborrable. ¿Acabo de rememorar una parte de mi pasado? Todavía siento la energía recorriendo mi piel, como una carga dispuesta a estallar en cualquier momento.

Me observo las manos, que sudan igual que el resto de mi cuerpo. Indra había dicho que nuestros poderes aumentan a medida que las anomalías nos vamos juntando. ¿Puede ser que la de las dos chicas haya incitado a la mía propia a activar una parte perdida de mí?

¿Qué ha dicho la Voz?

—¿Lo sientes...?

—¿Noah?

De nuevo, mi nombre me saca de mis pensamientos. Ézer me ha puesto una mano en el brazo y me mece con suavidad. Su mirada delata una profunda preocupación. Observo a mi alrededor, buscando muestras de que algo raro haya sucedido, pero lo único diferente es que la draiz ha dejado de cantar.

—Es que... —Intento recuperarme—. Es que nunca había escuchado una canción.

—¿Qué? —Mi amigo ríe entre dientes—. Perdona que me ría, pero ¿cómo es eso posible?

—No sé. Si he escuchado alguna, no lo recuerdo. Y si sé cantar, tampoco. —Me encojo de hombros, callándome lo que acaba de suceder.

—Eso cambiará pronto. Tenlo por seguro. —Extiende los dedos y los entrelaza con los míos.

Miro nuestras manos cogidas y una sensación de bienestar me inunda por completo, calmando el nervio que me ha provocado el lapsus que, de pronto, parece un sueño. Descubrir qué ha pasado se suma a mi lista de objetivos pendientes.

Ézer sonríe ampliamente y estira de mí. Lo sigo, movido por su entusiasmo. A medida que avanzamos la concentración de habitantes va en aumento. Mi amigo no emite una sola palabra hasta que llegamos a la entrada de una explanada. Me coloco a su lado y me mira con un brillo especial en los ojos.

Y, sin soltarle la mano, observo el panorama que se abre ante mí. Es un espacio gigantesco, rodeado de árboles de altas copas, y capas y capas de hojas. Pero eso no es lo que más me impresiona, sino la cantidad de habitantes que se congregan aquí y la de cientos de tareas que se están desarrollando al mismo tiempo. Es casi imposible seguir todos los movimientos.

Lo que he descubierto en la calle anterior solo es un precedente de las labores que se suceden en este llano. Comienzo a andar, completamente hipnotizado, y noto que Ézer se aferra con más fuerza a mis dedos.

Tengo que preguntarle por varios oficios o actividades que los habitantes están desempeñando. Todo el mundo tiene un lugar en el que trabajar y contribuir al crecimiento de la sociedad. En el paseo descubro que cualquier cualidad es útil para hacer funcionar al pueblo: enseñar, pintar, construir, cultivar, sanar, cantar... Nada es prescindible.

Un hombre me ofrece una manzana y tengo que rechazarla con una tímida sonrisa. A cambio de la suculenta fruta no puedo intercambiar nada.

—No tengo nada que ofrecerte a cambio.

—Tranquilo, recién llegado. —Sonríe, aunque un espeso bigote oculta sus labios—. No siempre damos para recibir. Sería imposible funcionar así.

Le lanzo una mirada insegura a Ézer, que asiente ante mi duda. Sonrío y acepto el ofrecimiento del vendedor con alegría. Agradezco el regalo y reemprendo la marcha. Me llevo la fruta a la nariz y su dulzor me inunda los sentidos. Me recuerda a mi propio cultivo junto al mar y le doy un enorme bocado, movido más por la nostalgia que por el hambre.

Me detengo un momento y me giro hacia mi amigo. Le tiendo

la manzana, esperando a que la coja. Sin embargo, Ézer suelta mi mano para envolver mi muñeca y acerca su rostro a la fruta. Veo perfectamente cómo hinca los dientes.

Mis ojos repasan sus labios durante unos segundos y los aparto enseguida cuando Ézer esboza una sonrisa traviesa. Carraspeo, alterado, y reemprendo el camino sin una palabra. No vuelvo a darle un mordisco a la manzana; no creo que sea capaz de soportar otro golpe de calor provocado por la boca de Ézer sobre la fruta como si…

Llegamos al centro del lugar, donde una mujer y un draiz están impartiendo una lección a su alumnado, que atiende con interés y entusiasmo. Un hormigueo me envuelve la nuca.

» *Tú también fuiste así.*

—No lo recuerdo, pero siento que así fue.

Y es cierto. Evoco sin claridad; no son imágenes las que acuden a mi memoria, aunque noto que está reconstruyéndose lentamente. Que me conozco más y recupero todo lo perdido. Aprendí como estos niños: escuchando a alguien.

—Los educan al aire libre. El alumnado tiene libertad de movimiento y puede preguntar cualquier cosa. Cada día se centran en un aspecto, pero nunca ciñen los temas. Si uno deriva en otro, entonces en ese cambio también se aprenderá algo.

—Entiendo.

Atiendo a la enseñanza, que hoy se centra en la ética ambiental. Los aprendices levantan las manos y desarrollan los conceptos con astucia. Durante un instante, se enzarzan en una discusión que se disuelve enseguida entre disculpas y silencios. El pequeño grupo forma parte del futuro de Nueva Erain; un futuro que puede ser más próspero en sus manos.

Y más si saben la verdad.

—¿Les enseñan también sobre…? —me callo.

—Dilo. Aquí no tienes que tener miedo por expresarte.

—¿Sobre la Diosa del antiguo mundo? O sea, la Magia —susurro.

Y decirlo en voz alta descarga un peso enorme. Exteriorizarlo sin miedo es liberador. Más lo es cuando Ézer asiente. La Magia es la protagonista de la historia de Nueva Erain. Ella, al fin y al cabo, es la razón por la que los humanos morimos y por la que continuamos vivos.

Runa no ha salido de su habitación desde ayer. Sé lo solitaria que es y lo reservada que se muestra respecto a su vida personal. Y, aunque la comprendo, porque también disfruto de mis silencios, no puedo evitar preocuparme por ella. Aún no hemos hablado sobre la conversación que Ézer e Indra mantuvieron la noche de nuestra llegada y me da la sensación de que su reclusión voluntaria se debe a ello.

Oculta demasiadas cosas. Miente tanto que sus intenciones son inescrutables. Intuyo que hay algo más allá de su mera predisposición a explorar Nueva Erain y permanecer alejada de otras anomalías. Entiendo por qué tiene miedo a que nos juntemos todas: desde que los tres estamos tan cerca, la magia vibra bajo mi piel y empuja por salir al exterior.

» *Sé cuidadoso. Es inevitable que vengáis conmigo.*

La Voz también está más presente. Las palabras que ayer formulé se repiten en mis recuerdos una y otra vez: «¿Lo sientes? Soy yo… Venid hacia aquí y tomad mi mano». Dirigiéndose a mí en plural, por lo que está bastante claro que se refiere a las anomalías. ¿Es que esa es la voluntad de la Magia? ¿Unirnos?

Indra parece bastante dispuesta a conseguirlo, aunque la chica desea que ocurra por una razón en concreto: la derrota definitiva del Código. No me parece que la Magia tuviese prevista esta guerra, aunque después de lo que le hizo al antiguo mundo tampoco me extrañaría, desgraciadamente. Cada vez tengo más claro que debemos ser cuidadosos con Ella.

Me cruzo de brazos, molesto. Indra nos quiere para vencer a Mudna y Mudna nos persigue para subyugar a Núcleo con nuestro poder. Un poder que, al parecer, solo la indómita demuestra sin miedo, porque Sid jamás ha mostrado tenerla.

Miro por la ventana, observando los rayos del sol esconderse tras las montañas. Se ha levantado una inusitada y cálida brisa que mece las copas de los árboles. Esta noche los indómitos van a organizar una fiesta. Nunca he asistido a una y tampoco sé en qué consiste, ya que por lo que sé, cada zona tiene una forma diferente de divertirse en este tipo de reuniones.

Termino de atarme la bota y salgo de la habitación. La puerta de Ézer está abierta, pero no hay nadie dentro. Deshago unos pasos hasta ponerme frente a la de Runa. No oigo nada en su interior y, por un momento, temo que se haya marchado sin avisar. Abro la puerta sin preguntar, movido por el desasosiego.

Sin embargo, Runa está sentada en una silla frente a la ventana, y observa el exterior con un gesto neutro, como si el paisaje no despertase ni una sola sensación en su interior. La chica se gira, alarmada, pero relaja la expresión cuando me ve.

—Noah. —Se incorpora, con una mano en el pecho.

Deslizo la mirada hasta su tatuaje. Los cuervos negros. Me parecen más oscuros que nunca y sus ojos mucho más rojos. Se encuentra verdaderamente mal. Ya no es tan complicado entenderla gracias a esas marcas coloridas que cambian sin su voluntad.

Su mirada reacciona insegura, alternando entre su brazo, el rincón de la habitación y mi rostro. Observo el cuarto hasta concentrarme en la esquina que ella rehúye, y descubro su mochila, llena y bien cerrada. Vuelvo a repasar la instancia y me percato de que todo está perfectamente ordenado. Todo, menos sus cartas de adivinación; unas cuantas están repartidas por la cama. No es tan difícil adivinar sus intenciones: se va a marchar.

—Te vas.

—Ya sabes por qué. —Su rostro se tensa.

—¿Tan importante es mantenerse alejada de nosotros?

—Sí. —Sus ojos se anegan de lágrimas.

En silencio, cierro la puerta y luego me acerco a la cama. Runa no me detiene, sino que se queda mirando cómo estudio sus cartas. Por mucho que la haya visto usarlas, nunca me ha explicado cómo funcionan.

¿Es posible usar nuestro poder para ver el futuro?

Hay seis cartas sobre la manta; cuatro colocadas en vertical y dos en horizontal. Una es con la que Runa siempre me identifica: El Hallazgo. El enorme ojo es inconfundible. Las otras cinco puedo recordarlas, porque Runa nunca me ha impedido observarla cuando las utiliza, pero me es imposible descifrar sus nombres.

Escucho los pasos de la chica acercarse a mí y le lanzo un vistazo de reojo. Clava sus claros ojos azules en sus cartas. De pronto, alza una mano, señalando una cuya ilustración muestra a un corazón anatómico y dice:

—El Corazón. Siempre busca, pero no encuentra. Es la unión y la protección, pero nunca lo cree.

—¿Quién es?

—Las cartas no siempre indican a un sujeto. Depende de su posición. En este caso, sí lo hace, pero… —Indica una carta horizontal al lado del corazón; el dibujo de una cueva—. Lo Desconocido. Oculto, misterio. No se sabe su origen, porque no se da a conocer. Si se encuentra en esta posición junto a la carta que indica a un ser, significa que ese alguien es desconocido para mí.

—Entonces… Todo este juego… Quiero decir —rectifico—,

tus cartas de adivinación se basan en posiciones y adjudicaciones.

—No es tan sencillo. No todos podemos descifrar su sentido.

—¿Yo podría? —tanteo.

—Sí, tú sí podrías, pero no te voy a dejar mis cartas.

Aprieto los labios, aunque Runa no me mira para advertir mi gesto. Quedan otras tres. Una está muy cerca de mi carta, en horizontal. El dibujo es el de una niña con los ojos vendados. Un escalofrío de pavor me recorre el cuerpo y esquivo la carta con la mirada.

—La Verdad. Junto a ti se encuentra el monstruo de la certeza. Imparable y esclarecedor. Llega para dar dicha, pero también arrebata. Te da si tú ofreces.

Me quedo en silencio, pensando en las palabras de la chica. ¿Significa que tengo que mentir menos o que la verdad que busco se encuentra más cerca de lo que pienso? Runa es muy enigmática y sé que, por mucho que pregunte, no me va a explicar su significado real. Esa parte de ella es la que más me hace desconfiar. ¿Qué pueden entrañar estas cartas que ni siquiera puede desvelarme lo que se supone que dicen?

—Estas dos en vertical son La Traición —el dibujo de una rosa de espinas larguísimas y afiladas—, y La Guía. —Una brújula con, al menos, diez flechas orientadoras—. La primera engaña. Se esfuerza por conseguir lo que desea a cualquier precio. Es eficaz pero dolorosa. La segunda es una senda. No tiene por qué acertar con el destino y, sin embargo, el camino que escoja siempre dará frutos.

—¿Ellas sí sabes quiénes son?

—Sí.

—¿Quién es La Traición?

Contengo el aliento cuando dirijo los ojos hacia Runa y ella me devuelve el gesto. Destila demasiada intensidad y su tatuaje se emborrona. Los colores se mezclan y mezclan, aunque no parecen llegar a componer un dibujo exacto. ¿Está confundida? ¿Me va a mentir? Al tatuaje nunca le ha costado tanto tomar forma.

—Es mejor que no te lo diga. Usar estas cartas no trae nada bueno. Que yo esté aquí… tampoco.

—No digas eso, Runa. Te necesitamos.

—¿Sí? ¿Para qué? ¿Cuando encuentres al Caimán te acordarás de mí? ¿Cuando cumplas tu misión y quieras viajar por Nueva Erain o explorar el resto de este planeta, me querrás a tu lado? —Aprieta los puños y da un decidido paso hacia mí.

—Sí. Te considero mi amiga.

—Dices que soy tu amiga, pero no sabes nada sobre mí.

—Es cierto y, en cambio, tu compañía me hace feliz. Me fortalece.

—Somos anomalías, es normal que te sientas así a mi lado.

Le cojo ambas manos, intentando infundirle un poco de ánimo. Ella parece al borde del llanto, pero no derrama ni una sola lágrima.

—No sé qué va a pasar en el futuro. No sé qué nos ocultan Indra y Ézer, pero vamos a averiguarlo. Porque no solo te están mintiendo a ti, sino también a mí. Dicen que somos cinco anomalías, que estaremos mejor juntas, que así derrotaremos al Código. Hay demasiadas preguntas, demasiadas voluntades y misiones puestas en marcha. Si no nos ponemos de acuerdo, es porque no hemos hablado. ¿Harás esto por mí?

—¿El qué?

—Hablarlo con ellos dos. Solucionar nuestros problemas sincerándote.

—Bueno…

—Te estoy presionando. Lo veo. Mira —suelto sus manos lentamente—, voy a estar en la fiesta que han preparado. Puedes marcharte o puedes unirte. Te estaré esperando.

Y doy media vuelta. Me cuesta muchísimo dejarla a solas con sus dudas, pero nada bueno he conseguido insistiendo. Si ella desea conocer la verdad enfrentándola, entonces solo tiene que salir de la posada.

El fuego crepita y las llamas danzan hacia la noche lanzando pequeñas chispitas. Le doy un bocado a la rebanada de pan untada en mantequilla e intento reírme sin atragantarme. Indra está contando una historia bastante divertida sobre la primera vez que intentó dirigir un rebaño de ovejas.

Ézer, sentado en el suelo, apoya un brazo sobre mi pierna. Observo cómo se le ilumina el rostro al carcajearse y no puedo evitar volver a esbozar una amplia sonrisa. Su felicidad se convierte en la mía con muy poco.

—¿Quieres más? —Ézer levanta una jarra de cerveza y me la ofrece meciéndola en el aire.

—¿Estás borracho? —Enarco una ceja.

—Oh, no, no. Aún falta para eso...

Pero tiene la nariz y las orejas rojas, lo que me parecen claros indicativos de que está embriagándose. Indra concluye la historia y se acerca a nosotros, esquivando a algunos de sus amigos y vecinos, y se sienta en el enorme tronco junto a mí.

—No dejes que beba tanto. Cuando lo hace es incluso más sincero de lo que ya es —concluye la chica dándole un enorme sorbo a su vaso.

—Estoy bien. —Ézer se recuesta más sobre mí—. Noah me cuidará. ¿A que sí?

—Claro. Siempre —contesto de inmediato.

—Y no lo dudo, pero —Indra extiende un brazo y le arrebata la jarra a Ézer—, de momento, vamos a pasar de cerveza a agua, ¿te parece?

—Sí. —Asiente mi amigo con una cabezada, obediente.

Ézer se gira hacia a un grupo de draizs que está charlando sobre la nueva cosecha y se une a la conversación sin problemas. Para mí es tan complicado ser natural; hablar sin meditarlo por miedo a ser juzgado.

—Ézer me ha comentado un poco vuestra situación. —Indra se cruza de brazos.

—No fue un buen comienzo en Núcleo.

—Runa y tú tenéis historias muy interesantes, desde luego.

—¿Tanto te ha contado? —tanteo, desconfiado.

—No te preocupes, es esa sinceridad lo que asusta por su parte, pero solo me ha revelado lo imprescindible para que no piense que sois espías de Mudna.

—Entiendo.

—Noah —su tono se vuelve un poco más serio—, también me ha dicho que buscas a alguien que se hace llamar el Caimán.

—Sí. Es alguien muy importante para mí. ¿Sabes algo?

—Da la casualidad de que sí.

—¿Sí?

El corazón comienza a latirme con fuerza. ¿Indra tiene la respuesta a mi más significativa pregunta? ¿Puede este fortuito encuentro ofrecerme la felicidad que tanto anhelo desde hace dos años? Dejo la rebanada de pan sobre un plato y me estrujo las manos temblorosas, nervioso.

—No te hagas muchas ilusiones, no lo conozco en persona. Sin embargo, tengo un amigo que sí sabe su paradero.

Balbuceo varias palabras antes de comprender que, efectivamente, Indra puede conducirme hasta el Caimán. Tal vez no ella en concreto, pero sí alguien cercano.

—¿Y dónde vive? ¿Cómo es? ¿Qué hace?

—Oh, despacio, despacio. —Indra hace un ademán con las manos—. Mi amigo nunca se ha explayado hablando sobre él. El Caimán no es alguien de interés real. Al parecer, es un ser solitario que vive en el norte, en una montaña. Pocos son los que se atreven a hacerlo. Debe ser bastante valiente.

—¿Por?

—Pocos seres he conocido que hayan tenido la más mínima voluntad de vivir en solitario. ¿Por qué? Todo lo que no forme parte de Mudna o Núcleo es indómito para el Código y, por tanto, necesario de perseguir y acallar. A lo mejor es más complicado encontrarte si estás a solas, pero derrotarte... Oh, derrotarte es bien fácil. Y eso es lo que provoca que se creen comunidades. Unas más grandes, otras más pequeñas, pero siempre en grupo.

—¿Tu amigo no sabe si el Caimán convive con alguien más?

—No, ya te digo que no cuenta mucho sobre él. No obstante, te lo puedo presentar y se lo propones. Espera unos días a que vuelva de... —medita unos segundos su respuesta— de un viaje y él mismo te indicará el camino.

—Perfecto.

Una esperanza reconfortante se asienta en mi pecho. Voy a conocer el paradero del Caimán. El Caimán no es un sueño ni un ser inventado. Es real. La cabaña junto al mar, la ropa que vestía y los documentos que he leído una y otra vez, día tras día, son reales.

» *Más cerca...*

—Sí. Más cerca.

Atrapo la bellota claveteada entre mis dedos y me llevo la mano al pecho. Inicié el viaje con desaliento, viendo arder mi casa y comprendiendo que ya nunca podría volver al hogar. Runa ha sido todo un desafío; percatarme de lo mucho que carezco al haber perdido la memoria ha sido muy frustrante. Cuando entré en Núcleo pensé que todo mejoraría, que al comenzar mi misión todo cobraría sentido, pero casi me condenan. Es en este pueblo indómito donde, por primera vez, me siento yo mismo. Donde la confianza se ha vuelto a abrir paso y me muestra que aún existe la esperanza.

Un murmullo me saca de mis pensamientos. Los habitantes reunidos en el llano reclaman una historia. Miro confuso a Indra, que se ha llevado un dedo a los labios, pensativa. Escruta su alrededor mientras algunos levantan la mano. Me cruzo de brazos, esperando el resultado.

—Noah podría contarnos la historia de los humanos. La verdadera. —comienza Ézer, sonriendo—. Esta es su misión, al fin y al cabo. Expandir por Nueva Erain lo que el Código quiere sepultar.

—Ézer, no —le susurro.

—¡Sí! —grita alguien.

—¡Queremos escuchar nuestra historia otra vez! —clama otro.

—En serio, no… —Me encojo, tímido.

—Noah, aquí tienes la oportunidad de empezar lo que Núcleo no te permitió. Lo siento, Ez. —Indra se encoge de hombros ante la mirada acusatoria de nuestro amigo—. Muchos lo intentaron en su momento y fueron asesinados por contar la verdad. Es muy valiente por tu parte que retomes esta lucha. Es importante que le recuerdes a la sociedad que no estamos aquí por una casualidad y que la Magia existe.

Las palabras de Indra hacen que una parte de mí se anime. Muchos de los habitantes me miran expectantes, susurrando mi nombre, pidiendo esta historia. No puedo negar que volverlo a intentar me pone bastante nervioso y que reaviva pesadillas que creía haber dejado en los calabozos del Liman.

Hago un amago de levantarme, pero las piernas no me responden. Ézer me coge por el codo y su calidez templa mi inquietud. Con su ayuda, poco a poco, voy incorporándome. Indra se levanta cuando yo consigo mantenerme en pie sin la ayuda de mi amigo; me tiemblan las rodillas.

—¡Atención! —La indómita alza los brazos para llamar la

atención de todos—. Noah nos va a relatar una historia que conocemos bien. Una que el Código se empeña en ocultar. Pero es nuestra verdad. Por ella estamos vivos y Noah desea que nadie la olvide.

El pueblo se arranca a aplaudir y sacudo una mano a modo de saludo a la vez que esbozo una sonrisa histérica. Indra se sienta de nuevo, pero Ézer permanece a mi lado. Le agradezco que no se aleje porque, estando de pie y el resto de indómitos sentados, puedo apreciar todo a la perfección. Las hogueras, sus ojos puestos en mí y lo mucho que brillan las estrellas. Y eso me pone más nervioso todavía.

El silencio aviva más la sensación de gran magnitud, como si ellos fuesen gigantes y yo una pequeña hormiga que solo desea huir de tanta atención. Ézer me pellizca con delicadeza y me susurra:

—Tranquilo. Por mucho que me duela, esto no es Núcleo. Como te dije, este es un buen lugar para comenzar tu misión. Creo en ti, Noah.

Y se acerca para darme un beso en la mejilla. Un «uuuh» se extiende por el llano y la piel me arde. Nunca me han besado y que lo haga Ézer hace que estalle dentro de mí una burbuja de nervios. Me vuelvo hacia él, escandalizado, pero mi amigo me responde con un guiño.

—Bueno… —Carraspeo. Alguien pide que alce la voz—. Bueno —repito como un tonto—. Como ha dicho Indra, mi nombre es Noah. Estoy seguro de que no sé más de lo que vosotros conocéis. Pero nunca es tarde… ni peligroso —añado y arranco algunas risitas— recordar lo que somos y por qué estamos aquí.

Aprecio de reojo cómo Indra señala a un grupo de draizs entre los que se encuentra la que escuché cantar en medio de la calle. Frunzo el ceño, pero entreabro los labios para continuar.

Entonces, diversos sonidos resuenan y vuelvo la vista en su dirección. Los draizs sostienen lo que parecen instrumentos musicales. Nunca he visto ni escuchado uno en persona.

La draiz entona varias notas que me erizan la piel. Intento hablar de nuevo, pero ellos empiezan a tocar y cantar. No muy fuerte, pero lo suficiente para que su embelesadora melodía nos alcance a todos. Es una canción distinta a la que la draiz cantó frente a mí; mucho más lenta y sin letra. Grave y atrayente. Se desliza y me acompaña.

—Nuestra historia comienza cerca y lejos de aquí. —Mi voz acompasa a los instrumentos—. Cerca, en este país; lejos, en el tiempo. La Diosa, venerada por unos pocos, intentaba sobrevivir a la cruel acción de los humanos. Ella se manifestó en nuestro planeta para salvarlo y mantenernos vivos. Para que Ella, la naturaleza misma, continuase viva.

» Pero era complicado. Muchos conocían los beneficios de usar a la Diosa, pero pocos, muy pocos, conocían su poder. Pocos sabían que ella era la Magia misma. Y, aun así, se creyeron con el derecho a usarla. La utilizaron, incluso cuando explotarla conllevaba el envenenamiento de sus cuerpos. La muerte.

» La voz de la Diosa estaba casi silenciada, pero, por suerte —la canción de los draizs aumenta durante unos segundos más su intensidad. Y, con ello, logran que mis palabras también adquirieran la fuerza necesaria—, unas cuantas personas consiguieron hacer escuchar su voz. Eran muchos los humanos que podían alcanzarla y, sin embargo, solo unos pocos consiguieron entenderla.

» De esos pocos, solo unos cuantos encontraron las fuerzas para pelear en un mundo devastado. Y lo intentaron. No conozco la historia de todos estos héroes, pero sí algunas. Uno se enfrentó prácticamente solo al poder que asolaba su país y salió vencedor. Otra logró que tantos se manifestasen a favor de la naturaleza que ellos mismos aprendieron de su error. Una pareja tuvo que superar crueles obstáculos y, aunque lograron que muchas personas su uniesen a su lucha, fue imposible que la sociedad entendiese la importancia de la Diosa. Y nunca podré olvidarme de la historia de dos hermanos que derribaron la barrera del prejuicio y lucharon como mejor supieron.

» Sin embargo, todos estos valientes llegaron demasiado tarde al juicio de la Diosa. Ella estaba cansada de lanzar mensajes de advertencia, y casi todos los humanos sucumbieron a su decisión de destruirlo todo. Purgar para renacer.

Enmudezco unos segundos. Por mucho que me haya repetido lo sucedido, continúa abrumándome que la Magia decidiese terminar con todo. Con las ciudades, los avances y la humanidad.

—Varias personas, a sabiendas de que iban a morir, decidieron buscar a la Diosa y pedirle por la redención del mundo. Había esperanza. Pero Ella no cedió. Ya no se veía capaz. Entonces, de entre esas pocas personas, solo unas cuantas tuvieron la misma idea. Parece improbable, pero, entre miles de millones, ese reducido grupo llegó a la conclusión de que, si todos morían, al menos salvarían un reducto de la humanidad. Su futuro. Cada uno de ellos le suplicó a la Diosa que salvase la vida de un ser querido: todos recién nacidos. Bebés que aún no habían sido influenciados por aquella sociedad que Ella creía totalmente contaminada.

» Y, contra todo pronóstico, la súplica alcanzó a la Diosa. Sin embargo, los humanos volvían a desconocer que la Magia ya tenía planes para ellos. Planes para los que se consideraban "tocados" por Ella en el antiguo mundo. Un pequeño reducto de toda la humanidad, pero una muestra de la misma. Los salvó. Los resguardó con su poder hasta que la Tierra volvió a ser un lugar habitable. Y cuando el planeta alcanzó ese estado, los depositó en ella, otorgándoles una segunda oportunidad para vivir.

» Y esos pocos recién nacidos salvados de un plan divino que no contaba con ellos —le lanzo una mirada cargada de intenciones a Indra—, se encuentran también entre nosotros, pero con una sutil diferencia: la Magia se encuentra en su interior.

Escucho algún sollozo y susurros de ánimo, y se me encoge el estómago. ¿Cuántas personas habrán perdido seres queridos por la destrucción de la Magia? ¿Cuántas murieron sin merecerlo? ¿Cuál fue la distinción que hizo que la Diosa salvase a unos y no a otros? Y, ¿por qué si no pretendía salvar a ninguna de las anomalías, luego les cedió su poder? Ézer me roza los dedos de la mano y me percato de que están esperando un final. Suspiro.

—Ocultar los errores del pasado es una equivocación. Si no contamos esta historia... Si no nos revelamos ante quienes intentan oprimirnos, solo estaremos reconduciendo a la humanidad hasta el mismo punto. La Magia no obró con esperanza, pero eso no significa que no siga viva en nosotros.

Concluyo con un suspiro, con la mirada clavada en mis pies. La canción se mantiene, intensificando su tono, algo que agradezco. Noto que Ézer e Indra se levantan y me agarran del brazo. Escucho sus voces sumándose a la de la draiz. Y después más y más.

Alzo el rostro, llamado por la melodía que cada vez incluye más tonos diferentes. Y es que la multitud se ha incorporado, entonando la canción. Detecto desde lágrimas hasta sonrisas. Abrazos, caricias y besos. Muchos se agarran de las manos o cierran los ojos para que la marea de este himno los guíe y les dé paz.

Me siento acogido y esperanzado. Está en nuestra mano utilizar la magia para ayudar. Únicamente para eso. Ézer apoya la cabeza en mi hombro mientras continúa cantando. Lo hace muy bien y me cohíbo cuando trato de entonar, así que me limito a escuchar. A escuchar lo que parece un ruego de salvación por parte de los demás.

Y, de pronto, un grito. Un grito que no se parece en nada a los que algunos emiten, descompasando el ritmo de la canción; terror puro. El silencio se hace de golpe, dejando que el chillido cobre sentido.

—¡Que alguien la ayude!

En la llanura abrazada por los árboles, su exclamación nos alcanza en forma de eco. Pero pronto advertimos que un hombre llega corriendo desde una de las calles que conducen a este lugar. Lo vemos hablar con algunos indómitos de las últimas filas y, de repente, como una cadena, se corre la voz.

Unos se pasan a otros lo que parece un mensaje urgente. Con una mano sudada, agarro la camiseta de Ézer por el pecho y noto su brazo rodearme la cintura. Más pronto de lo esperado, llega el mensaje hasta nosotros. Una de las chicas que se ha sentado a nuestra izquierda recibe el aviso. Va destinado a Indra.

—Indra, es Mijaíl. Acaba de llegar. Zahira está bien, pero Tanit ha muerto.

—¿Cómo…?

Veo el dolor anidar en su rostro. Sus enormes ojos oscuros se inundan de lágrimas y unas pocas rodean sus mejillas. La pérdida le arrebata cualquier signo de alegría.

—Indra… —consigo vocalizar.

—Estás de suerte, Noah. —El labio le tiembla y convierto mi preocupación en una mueca, porque no entiendo la frase—. Noah —retoma Indra, con la voz quebrada, pero tratando de recomponerse —, Mijaíl es la persona que sabe la ubicación del Caimán.

KIRA

SUS MIRADAS ME ATRAVIESAN CON DESAGRADO. Es como danzar alrededor de un panal mientras una colonia de abejas se dedica a picarme. Y pese al recibimiento —ni mis soldados ni yo esperábamos otro—, Sid continúa a mi lado. Él también me lanza vistazos, cada uno de ellos teñido de preocupación. Sin embargo, no tiene por qué responsabilizarse: hasta en la boca del lobo puedo defenderme sola.

Así me han criado y así seguirá siendo.

Desde la fría y amenazadora bienvenida en el límite entre Núcleo y Mudna, Basil y Fiama tan solo han abierto la boca para pedirle a uno de sus soldados que libere a su hijo de los grilletes que apresaban sus muñecas. No se me escapa el fugaz gesto de dolor que cruza el rostro de Fiama al comprobar el deplorable estado de Sid; ni siquiera es capaz de mostrar signos claros de desasosiego hacia él.

Normal para ellos. En Mudna a una reacción así no se le llamaría amor, sino debilidad.

Las murallas que rodean la capital enemiga se parecen a los colmillos de la mandíbula inferior de un depredador. Reciclaron los antiquísimos edificios de metal, que en Núcleo permanecen bordeándola, para convertirlos en muros inalcanzables que culminan en unos afilados y peligrosos dientes.

Incluso con el sol en lo alto, Mudna parece rodeada de una inmensa y amarillenta niebla. El cielo ha empezado a nublarse y ello solo provocaba que la monstruosa silueta de la ciudad se ensombrezca todavía más. Ya desde Núcleo es fácil advertir el castillo del Código, pero cuanto más cerca, más imponente se hace su figura. Según la historia, los humanos se encontraron esta ciudad a medio destruir, como un cementerio. Una ciudad fantasma. Y, con ayuda de los draizs, consiguieron alzarla de nuevo. No obstante, en esas paredes en parte piedra, en parte metal, y en su suntuosa enormidad, no veo para nada la acción de los draizs.

Con los caballos avanzando a trote todo el camino, llegamos hasta las puertas de Mudna bastante rápido. Yun se coloca a mi izquierda y Eadre —que ha corrido durante todo el camino— se detiene a mi derecha. El resto del ejército nuclense frena a mi espalda.

Fiama le hace una señal con la cabeza a Sid para que avance, pero este no reacciona. En cambio, yo le dirijo una mirada nerviosa y poco sutil, cuestionando su actitud. Ha llegado a casa por fin, ¿por qué no está entusiasmado?

Como Sid no se mueve, Bernice es la siguiente en intentarlo. Como respuesta, el chico aparta la mirada, molesto. Su amiga de la infancia enrojece hasta tal punto que parece que le van a explotar todas las venas de la cara. Sin embargo, hay una voz a la que Sid es incapaz de imponerse. Una voz que incluso podría tumbarme a mí.

—¡Sid! —ruge Basil.

Y su hijo no tiene más remedio que hacer avanzar al caballo hasta colocarlo junto al de su madre. Advierto la mirada que me dedica con una última cabezada hacia mí: intensa preocupación y una pizca de tristeza. Me afecta más de lo que creo, así que repaso el espacio para distraerme hasta que doy con Basil, a quien he estado evitando durante todo el recorrido.

Estudio la espalda del autoproclamado gobernante de Mudna y líder del Código. Está tenso, y esa postura hace destacar mucho más su ancha figura. La levita larga y de color granate se ajusta a su cuerpo, menos en un lado, el derecho; allí donde el brazo no puede rellenar la manga, porque yo se lo cercené.

Un dolor punzante me acucia bajo el parche. Dido fue asesinado por uno de sus soldados y Kalestra por sus propias manos. Solo tengo que llevar los dedos al cinto y dejar que Sustituta se haga cargo de ese monstruo con piel de humano. Pero entonces no sería diferente a él.

¿Cómo tantas personas siguieron a este ser ciegamente? ¿Qué tipo de terror es capaz de generar una persona con algunos adeptos para acallar a toda una sociedad? ¿Cómo Basil es siquiera capaz de dormir por las noches después de todo lo que han causado sus ansias de poder?

El vigía de la muralla aparece entonces por nuestra zona y nos avista. Basil no se da prisa en que nos abran las compuertas del grotesco muro. ¿Cuál es la intención tras toda esta normalidad? El hombre no parece un ser paciente, así que la espera me resulta confusa. Inquietante.

—¡Abrid la entrada! —grita el vigía al otro lado de la muralla—. ¡Han llegado!

—Preparaos —les susurro a Yun y a Eadre.

El de mi izquierda respira hondo por la trompa y emite un molesto ruido al expulsar todo el aire de golpe. La de mi derecha gruñe y rasca la tierra con sus dos pezuñas varias veces. Lanzo un rápido vistazo al resto de los soldados. Cinco humanos y tres draiz restantes. Después de Eadre y Yun, Lorad, Tricia, Rial y Salma son los nuclenses en los que más confío —sin contar a mi familia y a Pantea y Copelia—.

Se oye un chirrido y una puerta levadiza comienza a descender frente a nosotros. Tenemos que retroceder bastante y no puedo evitar enarcar una ceja hacia Yun con ironía. El draiz contiene una risa y esquivo su contagio mirando al frente. No puedo creer que me divierta en un momento como este.

La puerta de metal se estampa contra la tierra y levanta una gran nube de polvo. Se oye alguna que otra tos, pero son sofocadas por el entrechocar de los cascos contra el material de la puerta tumbada.

Primero cruzan la entrada Basil, Fiama y Sid. Las motas de tierra todavía no se han dispersado, por lo que en cuanto cruzan al otro lado, sus siluetas desaparecen. Sin embargo, unos atronadores vítores estallan dentro de la ciudad ante su aparición. Mi caballo se retrasa unos pasos, asustado por las repentinas ovaciones. Me he equivocado al pensar que la situación no podía ir a peor.

Tras los gobernadores de Mudna y su hijo, se une su poderoso ejército. Bernice me mira con suficiencia y entra alzando una mano a modo de saludo. El último soldado mudnano se esfuma entre la nube, y entiendo que es nuestro turno.

—Valor. Eso es lo que más temen —digo antes de espolear mi caballo.

Sin embargo, me cubro la cabeza con la capucha de mi capa y oculto parte de mi rostro con la melena. Mi espada hablará por sí sola. Los nuclenses me imitan, cubriéndose algunas partes de su cuerpo, mayoritariamente la cara. Las aclamaciones enmudecen en cuanto cruzamos al otro lado.

Aparezco acompañada por mis soldados. Yun y Eadre a cada lado. Decido no dirigir una mirada profunda a Mudna, sino limitarme a avanzar con la vista clavada en un punto vacío. Sin embargo, el recibimiento que los mudnanos le están dando al Código sobrepasa todas mis expectativas.

Parece que se ha reunido toda la ciudad. El silencio se va deformando con nuestro avance para ser sustituido por una molesta oleada de murmullos. De nuevo parecen un montón de abejas concentradas en una esquina, zumbando. Nos señalan, nos observan con miedo y asco, e incluso se atreven a soltar algún que otro insulto.

Por supuesto, de entre todos nosotros, los que más se sienten vulnerables son los draizs. Eadre no se ha molestado en ocultarse. Anda a zancadas, haciendo retumbar la tierra a cada paso, dejando que los rayos de sol reluzcan en su amarillenta y dura piel. Sus enormes ojos, completamente negros, son dos botones carentes de emoción que parecen no mirar a ninguna parte y a todo a la vez.

Yun, en cambio, se ha subido el pañuelo de tela que suele llevar atado al cuello por encima de la trompa. Aun así, las manchas marrones que contrastan con su pálida piel y las pupilas dilatadas, que hacen de sus iris dos delgados anillos azules, revelan su procedencia.

Los cinco nuclenses humanos de mi ejército son increpados con la palabra «traidores». Sobre mí capto todo tipo de apreciaciones, pero se pueden resumir en: asesina, traidora y demente. Aferro la empuñadura de Sustituta y paso la yema del pulgar por todas las escamas, intentando encontrar en el tacto una pizca de calma.

El trayecto hasta el castillo del Código es insufrible. La ciudad está revestida de granate y de círculos negros: banderas, fachadas, tiendas, chaquetas, brazaletes, maquillaje... Como si el acto de bienvenida no estuviese completo sin su distintivo. No hay mudnano cuya mirada no nos aguijonee.

Alcanzamos la cima con los caballos exhaustos. La calle principal que nos ha conducido hasta el castillo se ha inclinado hasta convertirse en una empinada cuesta que a cualquiera le habría agotado. Por suerte, la puerta levadiza nos espera abierta y nos ahorramos otra exhibición de imprecisión por parte de Mudna.

Aunque ellos entran a caballo, yo desciendo de mi montura. Mis compañeros me imitan y juntos cruzamos de nuevo otra puerta más. Otro obstáculo superado que nos conduce al mismísimo corazón del Código.

Nos encontramos de pronto en un patio amplio que conduce a diversas entradas repartidas en cuatro edificios diferentes. Tanto en la fachada externa como en los muros internos hay pendidas enormes banderolas verticales del color de la sangre con la enorme circunferencia negra bordada en ellos.

Varios mozos de cuadra se acercan y tenemos que retirar rápidamente los fardos de la grupa de las monturas, porque el servicio no espera para llevarse nuestros a caballos a saber dónde.

—¿Dónde os los lleváis? —rechista Salma.

—Salma —le advierto y la chica se cruza de brazos para aplacar su desacuerdo, sin dejar de lanzar miradas acusatorias a un mozo de cuadra que no contará ni con quince años.

La soldado continúa mostrando su enfado, pateando la tierra. Chasqueo la lengua. No sé hasta qué punto ha sido beneficioso que Salma nos haya acompañado. Tiene problemas de control, y su entrenamiento, centrado en actuar en el momento justo y como sea necesario, no mejora su actitud. No obstante, es eficaz y acata órdenes, aunque no sin rechistar primero.

—Esperaos aquí que yo…

—No hace falta. —La voz de Bernice me alcanza por la espalda.

Me giro sobre mis talones, haciendo crujir la tierra bajo ellos. Me retiro la capucha y aparto el pelo de mi parche con una sacudida. Una cosa es esconderme ante las acusaciones de un pueblo oprimido y otra es hacerlo frente a ella.

—Basil me ha pedido que os acompañe hasta vuestras habitaciones.

—¿Nos vamos a alojar aquí? —Enarco una ceja, escéptica.

—Por supuesto. Nuestros invitados lo son todo, aunque provengan de zonas salvajes.

—Nos acaba de llamar… —gruñe Salma, y levanto un brazo imperativo para detenerla.

La mudnana balbucea algo sin sentido y da media vuelta, un tanto asustada por la reacción de la soldado. Avanza contoneándose, haciendo que las telas de su complicado vestuario se muevan de un lado a otro. Cuando recorre diez metros, se percata de que ninguno la hemos seguido. Se vuelve con el rostro encendido y, manoteando en el aire, histérica, nos chilla:

—¡Venid conmigo, os lo ordeno!

—Somos salvajes, no entendemos —ríe Yun bajo su pañuelo.

—Intentemos no enfadar al personal y seamos más discretos. Se nos olvida que estamos en campo enemigo —digo mientras andamos hacia Bernice.

—Eres la primera que se ha reído —me recrimina Lorad.

—Mi culpa, que os sirva de ejemplo. —Les guiño un ojo.

Bernice nos conduce hacia la entrada del edificio central. Basil, Fiama, Sid y el resto del ejército han desaparecido. Ni siquiera me he percatado de cuándo se han marchado definitivamente. Concentro mi atención en cada pasillo y cada rincón. Se han terminado las bromas. No nos podemos permitir bajar la guardia en ningún momento.

Por supuesto, el Código desea lo contrario. Que nos acomodemos es justo lo que pretenden. Después de acompañarnos a nuestras habitaciones —nos han asignado una a cada uno— y de ofrecernos un baño reparador, nos invitan —obligan— a asistir a una merienda en el segundo patio del castillo.

—Hace un tiempo primaveral estupendo y los gobernadores desean hablar mientras disfrutáis de una exquisita merienda. —Nos había comunicado Bernice antes de abandonarnos en este piso que parece alejado de todo.

Las habitaciones son modestas, pero cuentan con todo: cama, armario, mesita, silla y un baño privado. Lo que menos me desagrada son los dos enormes ventanales que ocupan una de las cuatro paredes y dejan entrar la luz de la tarde. La estancia está perfumada y no hay ni una sola mota de polvo. A cualquiera este detalle le habría parecido positivo, un punto a favor para los anfitriones, pero yo sé la realidad: Basil nunca ha dudado en que aceptaría sus condiciones.

Sobre la cama, cálida y mullida, hay extendidas varias chaquetas granates con el círculo negro bordado en la pechera, aunque de tallas distintas, esperando a que me las pruebe y me decida por una.

—Me pregunto por qué no ofrecen nunca ropa interior —me burlo.

Aparto la prenda, dejándola sobre la silla, y saco lo que Pantea me ha preparado para el viaje. Chaqueta amplia y camiseta y pantalones ceñidos pero elásticos. En el fondo de la mochila encuentro otra muda limpia, aunque espero no tener que usarla. No tengo previsto alargar mi estancia más de dos días.

Me lavo entera, me visto y salgo al pasillo. Una mujer está esperando justo al lado de mi puerta. Me observa de arriba abajo y detiene su inspección en Sustituta. Si piensan que voy a asistir a cualquier inútil merienda sin protección, se equivocan. Sin embargo, la mujer retoma su repaso y con un asentimiento concluye.

—Basil y Fiama me han ordenado que te escolte hasta el patio trasero.

—No necesito escolta, necesito a mis soldados.

—Ya están allí.

Respuestas directas y rápidas. Esto no va bien. La mujer retoma la marcha y no tengo más remedio que seguirla, no sin antes echar un vistazo al resto de puertas. El silencio.

El suelo de mármol resbala, está incluso más pulido que el del Liman. El eco encuentra cobijo en los altos techos, algunos tramos abovedados y otros decorados con vivos colores o a medio acabar. Las paredes se alzan junto a unas columnas adosadas, en las cuales han sido tallados personajes de diferentes características, animales, conocidos y fantásticos, y épicas escenas de batallas cruentas.

Y yo que creía que el Liman era demasiado vasto. En comparación con este castillo, nuestra fortaleza parece una modesta casa destinada a tareas menores.

El interior del castillo reluce, porque un resplandor plateado parece cubrir la superficie de prácticamente todos los componentes del lugar. Y aun así, el edificio es oscuro a su manera. Pese al fuego de las antorchas y la potente luz que entra por cada enorme ventanal, tanta iluminación solo ayuda a crear sombras, porque hay demasiados recovecos en los que la oscuridad descansa. Lo deforma todo.

A medida que nos acercamos al supuesto patio trasero donde se va a realizar la merienda, los pasillos comienzan a llenarse de vida. Ya no solo por lo que parecen sirvientes, sino también por soldados y personas de porte arrogante.

Me observan al pasar como si fuese un mito hecho realidad. Se detienen en mi parche y en la empuñadura de Sustituta. De nuevo, me yergo y muestro todo lo que soy con orgullo. Si deseo impactar y lograr un cambio, no puedo actuar como si ellos me aplastasen.

Descendemos las últimas escaleras y el sol nos recibe con fuerza. Es un día caluroso, pero en el patio se las han ingeniado para montar una especie de carpas abiertas que cubren a todos los invitados. Porque somos muchos: todos los mudnanos presentes pertenecientes al Código.

Son fáciles de distinguir entre los mudnanos corrientes, ya que visten una chaqueta de color granate con el círculo negro estampado en el lado derecho, a la altura del pecho. Y combinan esta prenda con su extravagante e incómodo sentido de la moda. Nunca he visto camisas, faldas, botas y complementos tan complejos y poco prácticos.

Lo importante para ellos es marcar la diferencia.

Encuentro a Yun y a los demás bajo el toldo más alejado del patio. Algunos sujetan copas de cristal rellenas de lo que parece vino y otros sostienen unos platos con comida. Están tensos y molestos, tal y como debo lucir yo también en este mismo instante.

Solo cuando me acerco del todo, me percato de que Salma se ha vestido con la chaqueta que tan *amablemente* nos han obsequiado. Está ridícula. Y cuando me ve llegar sin la ropa apropiada, sus mejillas enrojecen de vergüenza. Se despeina el corto cabello negro con una mano libre, le tiende la copa a Yun y se cruza de brazos, tratando de disimular con su rabia que, en realidad, desea taparse parte del cuerpo.

—Se suponía que debíamos vestirnos así, ¿no? No incitar la ira de esta panda de locos.

—Se supone, sí, pero no pensaba que alguno de vosotros se atrevería a lucir su insignia. Y menos tú, Salma. —La miro, divertida.

—No me hace gracia, Kira. Me voy a cambiar.

—Prohibido. A partir de ahora actuaremos de acuerdo a sus leyes. No quiero alargar la visita, así que me voy a dirigir directamente a Basil para zanjar el trato cuanto antes.

Me vuelvo hacia el patio, en busca del gobernante de Mudna.

Noto cómo Yun se desliza junto a mí con una sonrisa dirigida a otro de nuestros soldados, fingiendo. Hago como que no lo atiendo, y escucho:

—Algo anda mal, Kira. Están demasiado tranquilos. El Código ni siquiera te ha mirado cuando has entrado en el patio. Solo algunos han dirigido su atención hacia ti, pero luego han continuado sus conversaciones como si fueses un animal inofensivo.

—Tal vez les han ordenado que no llamen la atención.

—Esto no es cuestión de mantener la paz, sino de que bajemos la guardia.

—Lo sé. Yo no la he bajado, ¿y tú?

—Ni aunque me inviten a la mejor merienda jamás organizada —me contesta con ironía.

Contengo una risotada, porque, de pronto, por una puerta diferente y mucho más grande que por la que yo he accedido al patio, aparecen Basil, Fiama y Sid. Ambos gobernantes van ataviados de la misma manera que cuando nos han recibido, pero su hijo se ha cambiado.

Ya no luce un aspecto desaliñado y derrotado. En cambio, parece una persona totalmente distinta. Ha tomado un buen baño. Las vendas que ocultan sus heridas están perfectamente colocadas e incluso le han maquillado alguna que otra zona del rostro para ocultar algunos moratones. Va erguido, por lo que la levita granate, idéntica a la de su padre, se amolda a su cuerpo, haciendo que su presencia sea más imponente. Se ha afeitado y peinado, aunque algunos mechones húmedos se rebelan en distintas direcciones. Sus ojos grises están apagados y se dirigen al frente, pero sin mirar. Parece vacío y triste.

Las manos comienzan a sudarme y me las llevo a la espalda, intentando ocultar mi nerviosismo. Carraspeo, golpeo sutilmente la tierra con la punta de mi bota y avanzo un paso. Sin embargo, no consigo continuar hasta que Yun no me da un leve empujón por la espalda. El gesto me envalentona más de lo que el draiz llega a imaginar.

Basil, Fiama y Sid se dirigen a una carpa vacía, bajo la cual esperan tres grandes y ornamentadas sillas de madera, rodeadas por tres mesas repletas de comida y vino. Espero a que se sienten para terminar de recorrer el camino y plantarme frente a ellos.

Sid sigue sin prestarme atención; por el contrario, cuento de inmediato con la de sus padres. Basil me observa con diversión, como si todo esto que hemos organizado fuese un mero juego. No puedo evitar que mis ojos repasen su lado derecho, carente de brazo. Fiama, sin embargo, me lanza miradas muy distintas a las de su marido. Van cargadas de sentimientos contradictorios, cada uno de ellos movido por la inquietud.

Contadísimas han sido las veces que he intercambiado alguna palabra con Fiama. Tampoco es que haya interactuado mucho con Basil, porque en esta guerra fría nos movemos mejor entre las sombras. Pero la mujer es otra historia. Son gestos sutiles: su mirada esquiva, la forma en que se estruja el dedo anular, justo el que se encuentra al lado de su desaparecido meñique, o cómo sonríe y habla con voz queda. O no está de acuerdo con las prácticas de su pareja, o es su forma de ser, escondiendo tras esa fachada de inseguridad la crueldad que los caracteriza.

Los observo de nuevo, uno a uno. Fiama me devuelve el gesto con una inclinación leve de cabeza, Basil se repantiga en la silla sin abandonar su odiosa sonrisa y Sid no reacciona. Mantengo la mirada sobre él, tal vez demasiado tiempo. Porque no solo estoy pidiéndole permiso para hablar —como he hecho con sus padres—, sino que también le estoy mandando mensajes que debería haberme guardado para siempre.

Basil los intercepta, estoy segura, porque su gesto se contrae; primero por la confusión, y luego se relaja, complacido, como si hubiese descubierto nuestro secreto. A no ser que ya sepa de nuestro pasado y yo esté disimulando para nada.

No quiero ni pensar en cómo me estarán observando el resto del Código y los nuclenses. Tengo unas ganas inmensas de llevarme una mano al parche. Un pequeño balanceo se adueña de mis piernas, pero lo corrijo, rápido. Soy la danían de Núcleo. En mí recae la responsabilidad total de reformar los Pactos de la Armonía y liberar a todos los presos. No son pocas las vidas que dependen de mis decisiones, sino las de una ciudad entera; y si logro conducir las negociaciones a un punto exacto, incluso la paz total del país.

Dejo de estrujarme las manos tras la espalda y las coloco a ambos lados de mi cuerpo. Adquiero una postura más relajada, y decido esbozar una pequeña sonrisa, muy fingida, pero aparentemente amable.

—Basil. Fiama. Sid... —Su nombre en mi boca se deshace y me muerdo la lengua por descuidada—. Me alegro de que vuestro hijo se encuentre a salvo en su hogar. Como bien reclamasteis en la misiva, aquí estoy, dispuesta a negociar una renovación de los Pactos de la Armonía, aunque…

—Kira, Kira, Kira. —Basil alza una mano y me detengo.

Un sirviente llega por su espalda y les entrega tres copas rebosantes. Trato de mantener mi mirada fija en el gobernador, pero no puedo evitar alternarla, inquieta. Él, en cambio, le da un breve sorbo a la bebida mientras espero a que se decida a retomar la conversación.

—¿Por qué tanta formalidad? —Hace aspavientos con el brazo, dirigiéndose al patio entero. Parece una pregunta retórica, pero no me voy a quedar callada.

—Porque, teniendo en cuenta nuestra situación actual, la cordialidad es un perfecto comienzo para nuestra futura relación.

—Futura relación, ¿eh? No hemos empezado ni a negociar y

tú ya estás puesta en lo que va a venir. Siempre pendiente del mañana, ¿no, Kira?

—No entiendo a qué te refieres, Basil.

—¿Qué mirarías si no? Desde que te encontraron junto a tu hermano, fuiste entrenada para ser la sombra de Kalestra y Dido. Protegerlos por encima de tu vida. Tristemente fallecieron. —Aprieto los puños y noto cómo las uñas se clavan en mi carne—. Pero por tu excelente actuación en el Incidente —no me pasa desapercibido el gesto que hace hacia su lado derecho—, Zigon y Ehun te pusieron al mando. Ay, el viejo Zigon y la buena de Ehun, solo querían retirarse sin más.

—Creo que sacar el Incidente a coalición no es precisamente cómodo, dado que nuestra reunión se debe, en parte, a renovar unas leyes que pueden conducir a este país a una unión pacífica y democrática.

No voy a caer en su trampa. No sé a qué está jugando, pero, desde luego, intenta desestabilizarme. Provocarme. Casi soy capaz de notar los latidos de Sustituta, clamando sangre. Pero la guerra y la pérdida ya me han demostrado que no son métodos fiables para alcanzar la paz.

Ni para devolver la vida a nuestros seres queridos.

En el mismo conflicto no puede hallarse la solución. Y menos si va unida a la muerte.

Basil se ha quedado en silencio y me escruta, buscando un nuevo hilo del que estirar para incomodarme. Sin embargo, estalla en una carcajada. Primero en solitario; luego se une el resto del Código. Fiama suelta alguna que otra risa y Sid solo sonríe cuando su padre le golpea la espalda, a modo de camaradería.

¿Es posible que el chico no quiera estar aquí? Ya lo demostró años atrás, entablando amistad conmigo y manteniéndola hasta que fue inevitable. Nuestros encontronazos durante estos últimos años no han sido agradables y, sin embargo, en ellos siempre nos hemos cuidado de qué acciones hacíamos en contra del otro. Al menos yo, aunque fuesen decisiones inconscientes.

—¡Ay, Kira! ¡Tranquilízate! Me estoy quedando contigo. Por supuesto que quiero conversar sobre los Pactos de la Armonía. La paz de Nueva Erain siempre ha sido una prioridad para el Código. Si alcanzamos un punto en común, podemos iniciar una campaña para unificar el país, incluidos los pueblos indómitos. —Su tono se tuerce al nombrarlos—. No podemos continuar así, tensando un conflicto que no beneficiará a ningún bando.

—Estoy de acuerdo. Por lo tanto, si te parece que vayamos a…

—¡Oh, no! Hoy abandonemos nuestras responsabilidades. Mi hijo —le pasa el brazo izquierdo por los hombros y lo atrae hacia él. Sid se tensa— ha vuelto a casa y Mudna ha preparado una gran fiesta de bienvenida. Me gustaría que disfrutaseis de ella. Sin excepción —añade lanzando una mirada a mis soldados. Es astuto—. Los mudnanos deben comprender que el fin de este enfrentamiento está próximo y que no existe lugar para el rencor.

—¿Estás seguro? —Frunzo el ceño, desconfiada.

—Creo que es la mejor opción. ¿Tú que piensas, amor? —se dirige a Fiama por primera vez.

Los ojos grises de la mujer, de pronto, como si lo tuviese estudiado, se iluminan y me da un vuelco el corazón por lo mucho que se parecen a los de Sid cuando está contento.

—Por supuesto que sí. —Sonríe ella—. Sid, Bernice y sus amigos saldrán esta noche a celebrarlo y, por supuesto, quedas invitada a acompañarlos.

—No hace…

—Madre, no creo que…

Sid y yo coincidimos en nuestra negación. Nos miramos directamente y encontramos en nuestro idéntico propósito un sentido: cuanto menos nos vean juntos, menos sospecharán.

—¿Esa es la educación que yo te he dado, hijo mío? —El gobernador aprieta los labios, enfadado, y la barba le enmarca el rostro todavía más, agravando su expresión.

—Padre, es que… —Hace una mueca hacia mí con desagrado.

—Basil, cariño, si los niños no quieren…

—¿Niños? ¡Son adultos, por favor, Fiama! Kira es la danían —lo pronuncia fatal— de Núcleo y Sid, en un futuro muy próximo, gobernará Mudna como yo lo estoy haciendo. Deben tener una relación cercana y cordial. ¿No buscamos la conciliación del país? Deben conocerse.

Si él supiese.

—Disculpa el comportamiento de mi hijo, Kira. Sin duda, se mereció la derrota en batalla, pero veo que no ha corregido su actitud para nada.

Sid agacha la cabeza, afectado. La amargura me encoge el corazón.

—No es necesaria la compañía si supone un inconveniente.

—Está decidido, Kira. —Basil finge amabilidad. Está loco—. A la octava campanada, una de mis sirvientas os recogerá y os conducirá hasta la entrada del castillo. Allí os esperarán Sid y Bernice, y juntos disfrutaréis de una gran noche.

Asiento, resignada, aunque sin demostrarlo. Me inclino con elegancia y giro mis pies hacia la carpa en la que continúan esperando Yun y los demás.

—Ah, por supuesto, mañana comenzaremos las negociaciones. No te preocupes. Disfruta del resto de la merienda y de esta noche. —Ladeo otra vez el rostro, pero cuando voy a marcharme, Basil me llama de nuevo—. Y, por favor, Kira, aceptad nuestro obsequio y vestidlo. Lo digo también por tus amigos. Mi equipo de diseño y costura ha estado trabajando en muchos y diversos conjuntos para que, viniese quien viniese, se siéntese acogido e integrado. No podéis vestir como el resto del pueblo.

—De acuerdo, Basil.

No me inclino de nuevo. Ya le he bailado el agua lo suficiente y esta actitud me está envenenando por dentro. En el rostro de mis compañeros descubro su asombro ante mi correcto comportamiento. Yo, sin embargo, les mando una disculpa silenciosa por lo que vamos a vivir esta noche.

Me observo en el espejo de cuerpo entero y me dan ganas de destrozar la chaqueta. Es un insulto para los nuclenses. Vestir esto es, claramente, una burla por parte de Basil. Quiere ver lo bajo que somos capaces de caer en pos de conseguir lo que hemos venido a reclamar. No lo soporto.

Las ocho campanadas tañen. Observo por la ventana cómo el sol ya roza las montañas del horizonte y, por primera vez, hago lo que me había prohibido. Me acerco al ventanal y me detengo a observar la lejanía; a Núcleo. Desde aquí es una línea oscura y borrosa. Mi hogar. Por ellos lucho, no se me tiene que olvidar.

Sintiendo que la presión se asienta en mi pecho, me aparto de la ventana. No debería haberlo hecho. Sabía que no soportaría encontrarme tan lejos, pero recuerdo que Almog está al cargo. Que mis padres, los kalentes y los nuclenses son fuertes y combativos. Pueden hacer frente a cualquier tormenta sin mí.

Alguien golpea la puerta desde fuera y le indico que salgo en un minuto. Primero tengo que coger aire y prepararme para una noche que no sé si seré capaz de soportar. Entonces, un piar. Lo reconozco enseguida. Me vuelvo hacia la ventana y, sobre el alféizar, un pájaro azul de alas amarillas me observa, dando saltitos nerviosos.

—Copelia.

Me acerco corriendo y abro. El pájaro vuela hasta mi hombro y me da un picotazo amistoso en la mejilla. Copelia está aquí y, si ella se encuentra en Mudna, lo más seguro es que Pantea también. Necesito verlas, y este pequeño mensajero me va a conducir hasta ellas.

—Dile a Copelia que estoy bien, que esta noche nos reunimos.

El pájaro canta una tonadilla reconocible como respuesta y se alza al vuelo. Cierro la ventana, sintiendo que recobro la energía. ¿Cómo me vuelve tan débil e insegura estar fuera de Núcleo? Es cierto que apenas he salido de mi ciudad más que para pelear en las batallas organizadas por Mudna. ¿Es mi inexperiencia una desventaja?

De nuevo, insisten desde el pasillo.

Tapo la empuñadura de Sustituta con un paño para que no llame la atención, me la cuelgo al cinto y salgo con una sonrisa, dando unos últimos vistazos a la chaqueta. Sin embargo, no tengo que reparar mucho más en el ridículo que estoy haciendo, porque mis compañeros humanos esperan ya junto a mi habitación y todos tienen la misma pinta que yo. Yun se encuentra junto a ellos, vestido normal.

—¿Dónde están los demás?

—No vamos a salir, Kira.

—¿Cómo? —Lo cojo por el brazo y lo separo de esa criada chismosa—. No podemos desacatar una orden directa de Basil. Porque ha sido una orden, no una propuesta.

—No te preocupes. Hace una hora que gozamos de su consentimiento para quedarnos aquí.

Parpadeo, muy perpleja. ¿Que Basil les ha ahorrado a los soldados draizs el apuro de pasearse por Mudna? No me lo creo.

—¿Y si es una trampa? ¿Y si mis padres tenían razón y esto solo es una ratonera para dividirnos e ir capturándonos? —Dejo que mi inseguridad hable.

—No lo tengo claro, Kira, pero ya no hay marcha atrás.

—Tened mucho cuidado. Huid en caso de emergencia.

Deslizo la mano por todo su brazo hasta que alcanzo el codo; ahí, aprieto en señal de ánimo. Él asiente con una sonrisa tranquila. No puedo perder a ninguno de los draizs, pero menos todavía a Yun y a Eadre. Aunque ellos no lo sepan de mi primera mano, los considero mis amigos.

—Nos vemos mañana. Pasadlo muy bien —se despide Yun con fingida tristeza.

Intento no demorarme mucho en vigilar sus pasos de vuelta a la habitación, porque la sirvienta está impertérrita pero atenta a cada palabra y cada movimiento. No podemos permitirnos que tenga la lengua demasiado larga.

Me vuelvo hacia los otros cinco mientras me aliso el final de la chaqueta. Tratan de actuar complacidos, pero en sus mandíbulas tensas, sus ojos hundidos en el piso de mármol y los pies inquietos se lee su contrariedad. Menos Salma, que enarca una ceja, divertida.

—No digas nada —le espeto, intuyendo sus intenciones.

—Tú también estás preciosa, Kira —se mofa ella a modo de venganza.

Estiro las comisuras de los labios hasta que me hacen daño.

—Os favorece mucho. —Actúo frente a la sirvienta—. Esta noche vamos a disfrutar. —Y empiezo a silbar la canción que los pájaros de Copelia suelen piar y que todo el ejército conoce.

Los soldados relajan el rostro, incluso el de Salma parece iluminarse de alegría. Me tranquiliza descubrir que no es la única que siente desasosiego encontrándose lejos de casa. Y, además, en zona enemiga.

Basil es un grandísimo idiota, déspota y egoísta. Este comportamiento no me viene de nuevas y, sin embargo, estando entre los muros de su castillo, no puedo evitar sentir que nos está engañando, que no debería haberme marchado de Núcleo y que, si esto es una trampa, preferiría que me pillase en mi ciudad.

He actuado precipitadamente, pero no entregar a Sid habría sido un error. ¿He dado un paso en falso y me he topado con arenas movedizas? La incertidumbre vuelve a atenazarme, aunque no llego a exteriorizarla, porque justo en ese momento alcanzamos el patio principal.

En él están Sid, Bernice y unos cuantos soldados. Fiama los ha llamado amigos, pero a mí me parecen más una escolta. Sid observa la ciudad, desanimado, y Bernice cruza los brazos contra su pecho, molesta.

—¿Dónde están los draizs? —escupe la mudnana con desagrado.

—Descansando después de un día tan completo como el de hoy.

—Vamos, que les da vergüenza pasearse por la ciudad, ¿no?

Aprieto los dientes y noto cómo Rial, uno de mis soldados más jóvenes, pero más diestros, da un paso al frente, enfadado. No lo culpo. Soportar en silencio los insultos constantes, ya sean dirigidos a una misma o a tus conocidos, frustra. Nuestra paciencia se tambalea; este lugar agota.

—Venga, Sid, yo quería pasar el resto de la noche contigo —refunfuña Bernice.

—Órdenes de arriba. Es lo que hay, Ber —le dice Sid con tono monocorde mientras se acerca a mí.

Me tenso, esperando cualquier tipo de reacción por su parte. Él se detiene a un paso de distancia y extiende la mano. Me está ofreciendo un saquito de cuero. No reacciono y el chico balancea la bolsita, haciendo tintinear su interior.

—Monedas.

—Muy lista, pequeña Kira. —Esa actitud insoportable que me ha fastidiado durante los últimos años sale de él como si nunca hubiese desaparecido.

¿Estará fingiendo?

—El dinero. Ese objeto inútil que solo sirve para generar desigualdad.

—Muy bien. Te sabes la lección —se burla Sid con más empeño.

—No vamos a usarlo. Gracias.

Sacude de nuevo el saquito y lo cojo para que deje de comportarse de esa manera, sintiendo que me arden las mejillas de puro resentimiento.

—En marcha.

Bernice ríe sus gracias y estira un brazo para acariciarle el pelo. Y con el roce, aparta algunos mechones, dejando al descubierto una oscura herida en la nuca de Sid. Se me encoge el estómago. Ese moratón no se lo he provocado yo, estoy segura. No sé si en la batalla alguno de mis soldados lo alcanzó, pero lo dudo. Lo dudo, sobre todo porque la contusión parece demasiado reciente.

Sid aparta la mano de su amiga con delicadeza e intenta taparse la zona herida con el cuello de su levita. Un impulso latente, que me incita a cogerlo de la mano, huir y rescatarlo de las garras del monstruo, me palpita bajo la piel. Esconderlo en un lugar seguro y hacerle entender que no está obligado a vivir bajo este yugo. Que él es distinto a esa fachada de arrogancia y menosprecio.

Agradezco que Salma se ponga a mi lado y comience una conversación que, al principio, ni siquiera escucho. La atención la tengo puesta en Sid, calculando lo mucho que puede haber cambiado. Cuánto de él es fingimiento y cuánto es realidad. Sin darme cuenta, me encuentro añorándolo profundamente. Nuestras discusiones, risas, juegos, enfados, silencios, caricias…

—Kira, mira. —Rial me saca de mis pensamientos con un codazo.

Pese a que ya hemos salido del castillo, todavía no había reparado en todo lo que me rodea. El gesto de asombro del joven soldado me desconcierta, pero solo me hace falta echar un vistazo más allá de Sid para hallar la razón. La ciudad está salpicada de luces anaranjadas. Algunas más grandes, otras más débiles. Lo iluminan todo a su paso; más que la luna. Antorchas, velas, hogueras... A cada metro que avanzamos una nueva luz se enciende para alumbrarnos el camino. Creía que la noche en Mudna iba a dar incluso más pavor que de día, cuya niebla amarillenta parece sepultarlo todo. No obstante, debo reconocer que la ciudad en este estado es bonita e incluso un tanto acogedora.

La brisa cálida trae consigo un remolino de aromas. Huele a incienso, pero también a carne recién hecha. A perfumes embriagadores y a noche abierta.

Al principio da la sensación de que Mudna está congelada. Las calles son murmullos y los ciudadanos parecen corretear de un lado a otro, como si ocultasen algo. Pero entonces, de las primeras casas empiezan a salir los habitantes. Barriles de cerveza, bandejas repletas de comida, música, risas, vítores... La fiesta se asienta en la calle a medida que Sid transita. Parece como si los mudnanos no hubiesen querido empezar la celebración hasta que el homenajeado apareciese.

Aunque la chaqueta que vestimos nos camufla bastante bien, a muchos no les pasa inadvertida nuestra presencia. Susurran y nos señalan. Asienten y nos reconocen. Algunos nos miran con desprecio, pero descubro también curiosidad y... ¿aceptación?

Los escoltas de Sid y Bernice campan a su alrededor como si no lo fuesen. Tampoco deben preocuparse mucho, porque si alguien decide atentar contra la vida del hijo de los gobernantes, Bernice estará ahí para protegerlo —aunque sea de involuntario escudo humano, porque no puede estar más pegada a él—.

No me molesta… No del todo. Nuestra relación se marchitó hasta morir. Incluso en aquellos días en los que éramos amigos de verdad, no determinamos nada. A ninguno nos gustaban las ataduras y las etiquetas. Tal vez porque en nuestra vida diaria teníamos que sobrevivir con ambas día tras día. Y, aun así, entre latido y latido, se cuela una punzada molesta.

—Vamos a ir a la plaza principal. Allí es donde está el centro de la fiesta —anuncia Sid sin apenas mirarnos.

—Muy bien. Tú eres el jefe. —Me cruzo de brazos.

Bernice me observa por encima del hombro, como si ella se encontrase tres pisos por encima de mí. Sus aires de superioridad son un fastidio, y trato de no medir fuerzas con la mirada.

—Kira —me susurra Salma—, ¿quiénes son esos?

La chica señala a un punto. En una casa de madera tan oscura como la noche y más grande que las colindantes, entran un grupo de personas ataviadas con largas túnicas negras y las capuchas ocultándoles la cabeza. Ni la fachada ni el interior están iluminados, por lo que el edificio y sus dueños parecen una sombra; un hueco oscuro e inexistente entre tanto brillo.

Los reconozco, aunque entiendo que Salma y los demás no. Son un grupo minoritario; un culto religioso. No sé hasta qué punto la ciudad tiene prohibida la práctica de la fe, pero está claro que Basil prefiere mantenerlos separados y bien callados.

Los rumores cuentan que el gobernador no cree más que en sí mismo, como si él fuese su propia divinidad. No son más que chismes, pero de Basil soy capaz de creérmelo.

—Kira.

Me vuelvo al frente y Sid tiene que retirarse con un movimiento seco, porque lo tengo prácticamente encima de mí. No me he dado cuenta de que he detenido mis pasos. Ni siquiera he contestado a la pregunta de Salma, que observa la cercanía del chico con desacuerdo.

—Dime, Sid —carraspeo, retrocediendo un paso.

—¿Sucede algo? ¿Necesitas parar? ¿Estás cansada? —Todas esas preguntas debería haberlas formulado con verdadera preocupación, pero solo son fría y simple cortesía.

—Estoy bien. Prosigamos. Tengo muchas ganas de ver la plaza. —Sonrío.

Sid mantiene el contacto unos segundos más, suficientes para que sus pupilas se dilaten un poco y su ceño fruncido se relaje. Entreabro los labios, desconcertada porque sea capaz de esbozar ese gesto tan tranquilo, teniendo en cuenta que estamos rodeados.

—De verdad, es solo que me sorprende lo bonita que es Mudna. Nunca había estado en una fiesta así.

Por suerte, Rial llega con los otros tres soldados. Sostienen un palo en el que está clavada una patata cocinada al horno y espolvoreada con algún tipo de especia rojiza que no reconozco, pero que resalta aún más su delicioso aspecto.

—Kira, necesitamos dinero.

—Rial, ¿qué he dicho de no usar sus monedas?

—Pero es que… —balbucea algo sin sentido, movido por el nerviosismo.

—El señor quería regalárnoslas —continúa Tricia.

—¿No habéis venido para disfrutar? Deja que tus amigos se compren lo que quieran. En el saco que os he dado hay dinero suficiente para todos.

Le dedico una profunda y rencorosa mirada a Sid. Y entonces sonríe. Pero no es una de esas expresiones postizas que hemos estado reproduciendo desde el encuentro con sus padres, no. Es una sonrisa verdadera y sincera que se acomoda en mi pecho. Sus ojos grises se avivan, y ya no parecen carentes de vida. Además, por fin miran. Me miran. Me cosquillean las puntas de los dedos.

—Toma. —Le tiendo a Rial el saquito con un hilo de voz—. No os entretengáis.

—Van a hacer un espectáculo con títeres ahí y me preguntaba si podíamos…

—No, Rial.

—Kira, tranquila —susurra Sid—. Los mudnanos saben que estáis bajo la protección de mi padre. No va a pasar nada.

Es su naturalidad la que casi provoca que le confiese que creo que Basil nos está dividiendo adrede para tendernos una trampa esta misma noche. Sin embargo, Sid también puede formar parte de ella. Su amabilidad puede ser la causa que nos lleve al desastre.

—Venga, Kira —me suplican Rial, Tricia y los otros dos a la vez.

—En cuanto se acabe, venís a buscarme, ¿de acuerdo?

Los soldados sonríen y afirman velozmente con sus cabezas. No me dejan decir nada más, porque se marchan corriendo hacia la casa en la que un montón de niños ya están sentados alrededor de una mujer que sostiene unas marionetas.

—Salma, ve con ellos.

—Pero, Kira…

—Tengo a Sustituta conmigo. Ellos me preocupan más.

—Entiendo tu inquietud, pero ya estamos aquí.

—Si no fuese por mi decisión…

—Kira. —Salma me pone un dedo bajo mi barbilla y me obliga a mirarla—. Todo está bien, porque, por mucho que pienses que podía haber otra solución a esta, no es cierto. ¿De acuerdo?

Asiento. No hay vuelta atrás. Salma deja caer la mano y se lleva un puño al vientre. Es difícil verla tan calmada, pero, con un último guiño, se dirige hacia la casa de los títeres como si pasease por Núcleo. Me quedo observando cómo se une al resto hasta que Sid se coloca otra vez a mi lado.

—¿Quieres ver el espectáculo?

—No. Continuemos —concluyo, dando la vuelta.

En un espacio abierto será más fácil que el pájaro de Copelia me encuentre y yo lo aviste a él. El bullicio es una desventaja. Demasiados sonidos y movimientos. Espero que la plaza esté menos abarrotada. Necesito reunirme con mis amigas antes de que este lugar me haga enloquecer del todo.

Avanzamos y, aunque Sid continúa a mi lado, Bernice se vuelve a colgar de su brazo. Me lanza miradas de rechazo y a punto estoy de decirle que haga lo que quiera. No vamos a pelearnos por una persona, aunque tampoco creo que sea lo que pretende. Si mi conexión fuese con una piedra, Bernice se aferraría a ella toda la vida con tal de molestarme.

En lo más profundo su situación me entristece. Sid me habló de ella muchas veces. Se habían criado juntos, porque sus padres son grandes amigos. Siempre destacaba que era una niña alegre, divertida y amable. No supe hasta después del Incidente que Bernice no estaba destinada a pertenecer al ejército, sino que deseaba ganarse la vida como pintora. Pero en esta ciudad en continuo avance no hay espacio para el arte, aunque sea pagado. En Mudna importan los oficios que puedan hacerla evolucionar.

Cómo y por qué terminó entre las filas del ejército mudnano es algo que desconozco. Hasta ahí saben Pantea, Copelia y sus espías. Me dan ganas de preguntarle qué sucedió. Qué se interpuso entre ella y sus sueños.

Llegamos a la plaza, ocupada por incontables puestecitos que ofrecen todo tipo de comida y objetos. Por lo que parece, todos los comercios están aprovechando la celebración para vender. Más dinero, menos vida.

Durante la conquista, los humanos obligaron a los draizs a ajustarse a este tipo de economía, abandonando el sistema de cooperación. Recuerdo haber tenido que usar monedas para comprar telas, comida e incluso muebles. Ese método destrozó la base de la sociedad nuclense: la violencia y la pobreza lo asolaron todo. Por suerte, los Pactos de la Armonía nos devolvieron la libertad para decidir cómo proceder.

Avanzamos entre las tiendas. Los mudnanos miran a Sid con alivio, pero me extraña que nadie se acerque a él y le dedique unas palabras. Es el hijo de los líderes de Mudna, su futuro gobernante, para ser exactos. ¿Por qué no le brindan la devoción que sí dedican hacia Basil? ¿Será cierto que Sid se revela constantemente a las imposiciones de su padre y eso genera desconcierto entre los ciudadanos?

El chico no parece afectado por la indiferencia. Charla con Bernice, prueba comida y comenta los útiles o curiosos objetos que se venden en cada parada. Los sigo sin mediar palabra. Prefiero no tener que discutir con Bernice, además de entrar en contacto con un Sid que a cada minuto cambia su forma de actuar.

Mientras los dos amigos se recrean en una tiendecilla, me permito desviarme y disfrutar sola de lo que me ofrece Mudna. Me echo el pelo sobre el parche, todavía más enfadada con la chaqueta por no tener capucha.

Muchos reparan en mí, pero no porque me reconozcan, sino por mi forma de vestir. Piensan que pertenezco al Código y, como caracteriza a todos en esta secta, que soy rica. Se me acercan bastantes personas a intentar venderme su mercancía. Solo unos pocos me reconocen al descubrir mi parche y la enorme espada que cuelga de mi cinto, intuyendo que se trata de Sustituta.

No pensaba que me fuesen a afectar tanto sus prejuicios. No es que yo carezca de ellos, pero a medida que me mezclo más y más entre los mudnanos me percato de que tengo razón: la dispuesta entre Núcleo, Mudna y los pueblos indómitos es un error.

Sigo sin estar de acuerdo ante la pasividad de los mudnanos; sin embargo, después de haber tenido tan cerca a Basil y sus adeptos, entiendo por qué los ciudadanos no alzan la voz. Es una pesadilla.

—Hola. —Una vocecita llama mi atención.

Miro hacia abajo y me encuentro con una enorme sonrisa mellada ocupando parte de un rostro de mejillas rechonchas y sonrosadas. Es una niña, que alza hacia mí una florecilla de pétalos blancos y rosas.

Me acuclillo para situarme a la altura de sus ojos. Toda ella es inocencia. Parte del futuro del país. A veces me pregunto si lograré vivir el cambio de Nueva Erain. Si yo seré una de las fuerzas que lo provoque. Esta incertidumbre siempre me agobia, pero en sus ojos infantiles encuentro consuelo. Seguiré luchando para conseguir que, al menos, esta niña vea que es posible convivir en paz.

—¿Dónde te habías metido?

Un estirón rompe nuestro contacto visual. Me incorporo de golpe, atusándome el pelo contra el parche. La mujer que coge a la niña me reconoce. Su rostro pierde el color y tuerce el gesto. Me cruzo de brazos, vulnerable.

—¿Qué le has hecho? —me espeta.

—Nada. —Contengo el aliento.

Me quedo inmóvil. La niña alarga mucho más el brazo, insistiendo en darme la flor. Con un movimiento cauto y delicado, cojo el tallo sin rozar sus deditos. Le sonrío como agradecimiento y ella me contesta con una agradable risita.

—Te quedaría muy bien enganchada en el pelo.

Desplazo la mirada hacia la mujer. No lo ha dicho con sarcasmo, ni siquiera con una pizca de antipatía. Tal vez destila un poco de desconfianza, pero no me duele. Por suerte, su tensión se ha disipado y solo quedan restos de una sutil incomodidad que a mí también me habría embargado.

Haciéndole caso, hundo el tallo entre mi espeso pelo. Estoy segura de que mis mechones rebeldes sostendrán la flor sin problemas. La niña asiente, contenta por el resultado. La mujer solo inclina la cabeza como despedida.

No aparto la vista de la pequeña hasta que se pierde entre la multitud, despidiéndose con unos enérgicos movimientos de brazo. Solo soy capaz de mover unos dedos al tiempo que me zambullo de nuevo en la marea de personas, que terminan conduciéndome al azar hasta un puestecito. Jamás me habría entregado así a una multitud considerada enemiga, pero la inocencia de la niña me ha enseñado algo muy importante: si yo misma demuestro a cada paso que dudo de ellos, ¿cómo voy a obtener una respuesta diferente al rechazo?

En la tiendecita se venden un montón de objetos de diferentes usos y mis ojos se detienen en una pulsera trenzada con hilos de colores que atrapan originalmente una pluma de tonos pálidos. No suelo usar complementos, soy bastante práctica a la hora de vestir. Además, la pulsera es demasiado bonita para mí.

—¿La quieres? —Escucho a Sid muy pegado a mi oreja.

Me vuelvo hacia él, sorprendida.

—¿Qué? No, no... Solo estaba mirando. —Doy unos pasos hacia atrás, pero el chico me detiene poniendo una mano sobre mi espalda, a la altura de la cintura.

—No seas orgullosa, Kira. Si quieres algo, dímelo. Esta gente vive gracias al dinero, te guste más o menos el sistema.

—No es eso...

Su contacto me está poniendo inexplicablemente nerviosa. Retraso unos cuantos pasos más, pero Sid no se aparta ni un milímetro. Con una finta, me deshago de su mano y me abro paso hasta encontrar un sitio despejado. Entre los grupos que comen y charlan de pie en medio de la plaza, hallo un hueco que ocupo con todo mi cuerpo mientras recupero el aliento con profundas inhalaciones. Necesito deshacerme de esta repentina sensación de agobio.

Sid llega hasta a mí unos segundos después.

—¿Estás bien?

—Demasiada gente… me abruma.

—Sigues sin ser una persona de fiestas, ¿eh? —Enarca una ceja, componiendo esa sonrisa tranquila que tanto consigue atraparme.

—Entiendo la felicidad y la diversión que puede generar una celebración, pero… No sé, nunca he conseguido superar mi miedo a las grandes masas.

—¿Siguen atentando contra tu vida?

Es un secreto. Solo un espía podría saber lo que lleva ocurriéndome desde hace casi dos años. El chico no parece percatarse de la implicación de su pregunta. Lo dejo estar, porque tampoco puedo contárselo. En los calabozos del Liman ya le advertí que no íbamos a volver a ser lo que éramos, pese a que cada vez que lo miro solo anhelo recuperar un poco más de aquella amistad.

—¿Dónde está Bernice? —Intento desviar la conversación.

Funciona, aunque Sid suelta un suspiro, resignado a dejarlo pasar, al menos por esta vez. Me tantea con la mirada, esperando un siguiente movimiento por mi parte, pero sigo tratando de averiguar qué Sid es real, cuál de todas las caras que me muestra es la verdadera. Aprovecha mi distracción para rozarme algunos mechones cercanos a la flor prendida.

—Me la ha regalado una niña.

—Me recuerda al río. A todos los días en que *el agua siempre estaba fria.*

Trago saliva. Que mencione la frase en clave que teníamos Ézer, él y yo para hablar en secreto de nuestros encuentros solo aviva una llama que no he logrado apagar desde nuestra primera conversación en los calabozos del Liman. Sid continúa siendo una persona arrolladora, llena de energía y confianza; una fuerza capaz de conducirme a un lugar libre de miedos.

Mi instinto grita que huya; mis impulsos, que me sincere. Hasta el momento no le he mentido, aunque sí he ocultado una parte importante. La parte sobre echarlo de menos y sobre las ganas que tengo de estrecharlo entre mis brazos.

Sid juguetea con un mechón de mi pelo, cerca de mi rostro. Ladea una de las comisuras, travieso. Vuelvo en sí tarde, cuando ya tiene material suficiente para jactarse de mí.

—¡No has cambiado nada! —ríe.

—Calla, que nos pueden oír —le chisto.

—No me importa.

—No te puede bastar un reencuentro para curar tantos años de dolor y separación. Es imposible, Sid. —Adopto una postura más seria.

—Nunca me ha importado. Y te contaría cuántas veces he sufrido las consecuencias de que no lo haga, pero, como según tú, ya no somos amigos, no puedo confiar mis más íntimos secretos a una persona que no se fía de mí.

Abro la boca para contestarle, pero las palabras no nacen. Quiero que me lo cuente. Tal vez me bastaría con escuchar su historia tras el Incidente. De amigos a enemigos. Ambas etapas no funcionan solas; y ahora una nueva despierta, temible pero sugerente.

—Kira, creo que lo mejor por ahora…

Sid retoma la conversación tras respetar mi silencio. Sin embargo, un pájaro pía sobre nuestras cabezas y desvío la atención hacia el animal. Azul y amarillo. Inconfundible. Sobrevuela la zona, se adentra un poco en una calle que conecta con la plaza y luego planea hasta posarse sobre un cartel de madera pendido en la fachada de una enorme y vieja casa.

—¿Kira? ¿Me estás escuchando?

—¿Sí? —Regreso.

—No voy a volver a repetir lo que te estaba diciendo. —Suspira—. Tengo que ir a esa taberna, ¿vale? —Señala con un dedo el edificio en el que espera el pájaro de Copelia—. No es un lugar para ti.

—¿Cómo que no es un lugar para mí? —Me cruzo de brazos, irritada—. ¿Qué significa exactamente que *no es un lugar para mí*?

—No quería decirlo así, Kira.

—¿No? Explícate entonces.

—Te vas a poner hecha una furia cuando entres y veas ciertas cosas. Quiero ahorrarte el disgusto. Nada más.

Trato de analizar el tipo de personas que puede frecuentar ese lugar, pero no se me ocurre nada que pueda enfadarme más que el castillo. Le doy un ligero puñetazo en el pecho. Él enarca una ceja a modo de pregunta.

—¿Qué hay ahí dentro que, según tú, no voy a poder soportar?

—Las personas y sus acciones. El ejército, integrantes del Código, gente acérrima a la política de esta ciudad… Vaya, ese antro encarna todo lo que tú no eres. Esa taberna, Kira, podría ser más enemiga tuya que mi propio padre.

O Sid se aclara de bando, o acabaré propinándole un puñetazo.

—¿Y lo tenéis montado cerca de la plaza más concurrida de toda la ciudad? Sus acciones muy clandestinas no serán.

—Muchas de las prácticas que se llevan a cabo allí dentro están penadas por la ley. Pero, claro, la ley es mi padre, así que si él gira la cara… —Se encoge de hombros, dando a entender el final—. Mantener contento al núcleo más influyente es una pequeña parte del plan de mi padre para continuar en el poder. O eso supongo yo.

—Quiero entrar —determino. Necesito ver con mi propio ojo qué clase de personas son en la intimidad las que no desean un cambio en lo establecido por la mano de un déspota como Basil.

—Puedes acompañarme, pero intenta contenerte. Ya te he dicho de qué lado están los que la frecuentan. Si te metes con lo que hacen, ten por seguro que llegará a oídos de Basil. Tenemos que pasar desapercibidos y no levantar sospechas.

—Por tus palabras, cualquiera diría que estás en contra de tu padre.

—¿Y en qué momento he dicho yo que esté a su favor?

Su pregunta incita una respuesta rápida, aunque no logro formularla, porque Sid me coge de la mano y estira de mí. Su cuerpo sirve de empuje y escudo contra todas las personas que nos encontramos en el camino hacia la taberna. Apenas me rozo con algunas cuantas, instantes en los que aprovecho para cubrirme de nuevo el parche con el pelo.

La última masa de gente es la más complicada de sortear, pero, al final, conseguimos entrar en la calle y plantarnos delante de la puerta del edificio. El pájaro de Copelia silba la misma tonadilla que me ha cantado en la ventana hace unas pocas horas. Y, de pronto, enmudece, quedándose quieto. Estoy en el lugar indicado.

—Kira, una cosa... Antes no me estabas escuchando, pero te estaba explicando que acudo a la taberna por una razón en concreto. —Selecciona sus palabras cuidadosamente—. No me juzgues antes de tiempo. Necesito que lo tengas claro.

—No me importa lo que hagas ahí dentro, Sid. No puede ser para tanto.

—Es una pesadilla. Créeme, no he cambiado tanto como

crees. Sigo siendo yo.

—¿Y en qué momento he dicho yo que crea que estás cambiando?

Sin embargo, Sid baja la mirada, algo molesto. No he meditado suficiente el impacto de mi contestación. Enseguida olvido la reacción que estoy buscando al atacarlo así. Si simplemente quiero hacerle daño, ¿por qué no actúo con indiferencia en vez de repetirle una y otra vez que dudo de cada uno de sus actos?

—Para lo observadora que eres, Kira, es increíble lo ciega que puedes llegar a estar en ciertos momentos.

Y, con esa afirmación, empuja la puerta de la taberna y entra. Cierro el ojo, sintiendo que la presión del día terminará por ahogarme definitivamente. Me es imposible lidiar con todo a la vez: ser efectiva, mantener la distancia, proteger a mis soldados y terminar cuanto antes. Y como Sid no para de rondar e inmiscuirse en cada uno de mis movimientos, complica más aún la misión.

—De hecho, ya estoy ciega de un ojo —susurro, y aprieto los labios—. Soy idiota.

Pongo las manos sobre la puerta y empujo. Me reciben los gritos, instrumentos desafinados, el hedor agrio y una humareda de tabaco que me hace toser. Nadie se fija en mí, así que me limito a encontrar un sitio en el que pasar desapercibida mientras Sid hace *lo suyo*.

El suelo está pegajoso. El techo apenas se ve, oculto por una nube de humo. La suciedad parece devorarlo todo. Temo que si toco cualquier cosa —o persona— me infecte de la enfermedad más mortal del planeta. Esquivo a varios soldados. También avisto algunas personas pertenecientes al Código. Lucen con orgullo el color granate y el círculo negro en sus chaquetas y prendas estrambóticas. Muy pocos son ciudadanos de a pie, aunque su apariencia denota riqueza.

Desde luego, la clandestinidad en este antro brilla por su ausencia. Cualquiera que asome la cabeza por una ventana o por la puerta, descubrirá sin problemas lo que traman y las personas en concreto que disfrutan de ello. Dos soldados se pegan en su propia cara mientras un grupo de borrachos corean sus golpes. Parece que el duelo consiste en comprobar quién es capaz de tumbarse a sí mismo del dolor.

En otra mesa están apostando grandes cantidades de dinero. Dos integrantes del Código están esnifando una sustancia verdosa. Todos beben, fuman y gritan.

Me siento en la única mesa libre, en un rincón, donde la semioscuridad me protege del caos. Me apoyo contra el respaldo, me cruzo de brazos y me quedo observando.

De pronto, un grupo de chicas aparece por una puerta que parece conducir al piso superior. La taberna se vuelve a mirarlas y entonces comienzan a silbar y a berrear como animales al tiempo que agitan sus cuerpos con movimientos obscenos.

Veo en el rostro de las aparecidas el miedo, la repulsión y el odio; en sus falsas sonrisas y en sus comedidos movimientos de cadera. Una por una se dispersan, tratando de complacer al personal desde el primer segundo.

Una chica pelirroja, aparentemente la más mayor de todas, sustituye el lugar del tabernero y se dispone a servir las siguientes jarras entre guiños y contoneos. Las demás se acercan a los clientes, se sientan sobre sus piernas, dejando que esos brutos manoseen sus cuerpos sin consentimiento. Descubro cómo deslizan monedas entre los pliegues de sus vaporosos vestidos y les susurran cosas al oído que ellas aceptan con un ligero asentimiento. Sumisas y anuladas.

Cierro los puños, intentando contener toda mi ira. Sustituta parece zumbar contra mi cadera, dispuesta a enfrentar a la taberna entera. Lo voy a hacer. Esto es una verdadera pesadilla. Una pesadilla que campa libre y por la que nadie mueve un dedo por enfrentarla. Engancho unos dedos en la tela que oculta la empuñadura de mi espada, pero entonces una mano me detiene.

—Quieta.

Levanto la mirada y me encuentro con los ojos verdes de Pantea, lanzándome una advertencia urgente. De pronto, me siento débil. Dejo caer la mano y los recuerdos irrumpen como una estampida. Esta es la taberna a la que Pantea acude para espiar a los soldados. Es el tugurio al que yo le había prohibido volver porque la habían agredido.

—Pan…

—Aquí soy Lita. —Sonríe con dulzura, sentándose a mi lado y dejando caer unos dedos sobre mi brazo—. No te tenses, sospecharán.

—Voy a matarlos a todos. —Dirijo una mirada asesina hacia el resto.

—Mírame y tranquilízate, por favor.

Le hago caso. Pondría mi vida en sus manos si fuese necesario. Ella conoce todos mis secretos y no me importa no conocer al completo los suyos. Es reservada y todavía no ha conseguido sanar muchas de las heridas de su pasado, pero es fuerte. Una de las personas más fuertes que jamás he conocido. Es un ejemplo, y verla reducida a este estado solo por espiar me está poniendo enferma de odio. Verlas a todas sometidas aviva mis ganas de hacer arder el edificio hasta el último cimiento.

—Te dije que no volvieses, Lita —remarco mucho el nombre.

—Copelia también está aquí ahora mismo. —Amplía la sonrisa fingida que tanto deforma su rostro—. Algo raro se está cociendo.

—¿El qué? —Me pongo alerta.

—No lo sabemos todavía. Pero los soldados suelen hablar mucho de sus batallitas. Les gusta pavonearse y, entre eso y el alcohol, terminan por irse de la lengua. Sin embargo, Kira, llevan una semana bastante callados respecto a estos temas.

—¿Una semana? —Algo me estrangula por dentro—. Hace una semana de la captura de Sid.

—Exactamente. ¿Crees que te han sacado adrede para iniciar una batalla contra Núcleo y…?

La pregunta se queda pendida en sus labios cuando un soldado pasa muy cerca de nuestra mesa. Pantea, con un movimiento rápido a la par que delicado, se acerca a mi oído y deja caer un beso en mi mejilla. Ríe por lo bajo y trato de esbozar un gesto de satisfacción. El hombre aprueba con una mirada llena de deleite nuestro juego de caricias y Sustituta vuelve a reclamar sangre.

Tengo que ser paciente. Lo que Pantea me está contando es muy grave. Si de verdad el Código me ha sacado de la ciudad para iniciar una guerra, estamos en verdadero peligro. Debo regresar cuanto antes.

—¿Dónde está Copelia?

—En la barra con un grupo de chavales jóvenes del Código. Se está haciendo pasar por un adolescente cuya familia quiere ingresar en la pandilla —dice con ironía—. Nunca solemos juntarnos en una misma zona, de hecho, tengo al resto del grupo dispersado por toda Mudna, pero… Pero esto es importante, Kira. Necesitamos saber qué están planeando antes de que suceda.

—He sido una idiota. ¿Cómo he pensado siquiera que Basil querría dialogar?

—Estás aquí por Sid, no te equivoques. No haber accedido habría desencadenado una batalla más feroz incluso.

—Eso ha dicho Salma.

—Y tiene razón. —Aprieta los dedos en torno a mi brazo—. Estamos a tiempo. Le diré a Copelia que mande a uno de sus pájaros y mañana mismo partimos hacia allí, ¿de acuerdo?

—De acuerdo. —Suspiro.

Pantea desliza la mano hasta mi mejilla y me hace volver la cara hacia su rostro. Me sonríe, tierna, y por fin encuentro paz en su gesto. Noto cómo mis fuerzas se van regenerando poco a poco. Saber que Pantea y Copelia están a mi alrededor, aunque no pueda hablar con ellas como me gustaría, crea un halo de tranquilidad dentro del cual me siento protegida.

—Vaya, vaya.

Nos giramos hacia el recién llegado. Se trata del soldado que hace unos minutos nos ha observado con detenimiento. Me acurruco y me escondo un poco más entre las sombras. No estoy dispuesta a que un imbécil como él sea quien descubra mi identidad.

Sostiene una jarra de cerveza y tiene las mejillas encendidas. Hipa varias veces y se echa hacia delante, escrutándonos con descaro, como si fuésemos meros objetos sin capacidad de decisión. Le da un trago largo a la bebida con un movimiento tan brusco que termina por derramarse parte del líquido por la cara.

—No sabía que tenías una amiga, Lita.

—Ya ves, Claudio —Pantea se encoge de hombros, adquiriendo una posición más relajada. ¿Cómo es capaz?

—Os propongo una cosa… ¿Os gustaría pasar una noche de desenfreno conmigo? Es todo un premio.

—¿Un premio? Acostarse contigo debe ser todo un castigo —le espeto.

Pretendo contrariarlo, pero el soldado está tan tranquilo sabiendo que aquí ostenta una posición de poder todavía mayor que estalla en una carcajada. Nos salpica con su saliva. Aparto la mano de Pantea de mi brazo con cuidado mientras me limpio el rostro con el antebrazo.

—Me gustan guerreras, ¿sabes? Todas las putas de aquí dejaron de pelear hace mucho tiempo.

Aprieto los labios. Mirándolo todo con perspectiva, estoy segura de que Basil sabía que Sid acudiría a la taberna esta noche y que yo lo seguiría. Se me ha olvidado lo mucho que le gusta jugar al gobernante de Mudna. Él ha movido ficha, pero el siguiente movimiento me pertenece y voy a quemar todo el tablero de juego.

El soldado alza una mano para tocarme el rostro, pero intercepto sus intenciones agarrándolo del dedo y torciéndolo. El hombre se pone más colorado todavía, aunque no abandona su sonrisa depravada.

—Además te gusta el juego duro, ¿eh? —Se relame los labios—. Me gustas, preciosa. Cada vez me gustas más. Puedo encargarme de ti primero y luego iré a por ese engreído de Sid que cree que puede arrebatarme mi juguete.

Esa revelación solo hace que me hierva más la sangre. Repaso la estancia. Algunos están poniendo atención en nuestra conversación, Copelia incluida. Otros continúan a lo suyo, ajenos a lo que está por llegar. Y entonces encuentro a Sid. Está cerca de la puerta por la que han aparecido las chicas.

Lo mejor de nuestra amistad siempre ha sido el fuerte vínculo que creamos con nuestros gestos. Solo una mirada me basta para entender un mensaje entero que normalmente necesitaría de palabras. Sus ojos piden que no lo juzgue, que recuerde su advertencia, que está aquí por una razón importante. Me sorprende que todavía seamos capaces de comunicarnos así. De confiar sin más.

—¿Dónde prefieres que te dé lo tuyo?

—¿Darme lo mío, pedazo de imbécil? —gruño—. No sabes con quién estás tratando.

—Qué juguetona…

Lo suelto, me incorporo y empujo la mesa con una patada hasta golpear el estómago del soldado. El hombre contiene un grito, pero el estruendo sirve para acallar a toda la taberna. Todos los ojos están puestos en mí y, dado que ya no hay vuelta atrás y que tampoco pienso contener mis intenciones, me echo el pelo hacia atrás, desvelando el parche.

—Es Kira. —Es el primer susurro que incita al resto de murmullos.

No dejo que la cháchara apague el momento perfecto para desenvainar a Sustituta. El soldado me mira con odio y asco. Se levanta a duras penas, y compruebo que está desarmado. Escupe en el suelo antes de decirme:

—O sea que estaba intentando follarme a la mujer más temible de todo el país. —Se pasa el brazo por la boca—. ¿Vas a pelear conmigo en estas condiciones? No llevo mi arma, pero a lo mejor tú necesitas una ventaja.

No me hace falta. Meto a Sustituta en la vaina y se la tiendo a Pantea. Mi amiga niega débilmente con la cabeza, como si de esa manera pudiera disuadirme. Sin embargo, estoy harta. Si al final vamos a terminar enfrentados, al menos, que sea este antro el primero en arder.

—Sid, ¿cuántas puertas traseras hay en este tugurio? —pregunto.

—Dos —me responde, subiendo encima de una mesa, arremangándose la levita hasta los codos.

—Perfecto.

Y me abalanzo hacia delante. Lanzo un poderoso puñetazo contra el rostro del soldado. Mi ataque es el que inicia una batalla de golpes, empujones y escupitajos los unos contra los otros. Nada tiene sentido, pero tengo un objetivo bien marcado.

De reojo compruebo que Sid está deteniendo a otros dispuestos a ayudar a su compañero que, ante mí, babea saliva y sangre. No espero a que se recupere. Me subo a la mesa, la cruzo y descargo un derechazo sobre su pecho. El soldado trastabilla hacia atrás, pero unos lo salvan de una caída segura y lo relanzan contra mí.

Aprovecha el empujón para atacarme con una serie de puñetazos que no dan en su blanco. Está demasiado borracho. Lanzo una patada contra su entrepierna, pero me detiene a tiempo, cogiéndome del tobillo. Caigo contra el piso, tratando de zafarme.

—¡Ese es tu lugar! ¡Cuando Basil se entere de lo que has hecho te vas a enterar!

A cada palabra, perdigones de sangre impactan en mi rostro. Sirviéndome de su alarde, arremeto mi pie libre contra la mano que me aferra. Aúlla de dolor, soltándome. Cojo una silla y la descargo contra su cabeza. El hombretón se derrumba inconsciente.

Muchos están saliendo despavoridos tanto por la puerta delantera como por las dos traseras. Pantea y Copelia están enzarzadas en sus propias peleas. Las pocas chicas que están metidas en el centro de la disputa tratan de defenderse con golpes y arañazos, siendo ayudadas por otras que se encuentran cerca de las salidas y que lanzan objetos diversos contra los hostigadores.

De pronto, noto una presencia tras de mí. Me vuelvo sobre mis talones, levantando los brazos para detener cualquier arremetida, pero el hombre del Código que ha estado a punto de clavarme un puñal por la espalda recibe un inesperado golpe que termina con la pelea.

Sid aparece tras la figura del hombre que se desploma. El chico abre la boca para decirme algo, pero no tenemos tiempo de intercambiar palabras. Lo agarro por el brazo y estiro para separarlo de lo que habría sido la perfecta trayectoria de un puñetazo por parte de un soldado. Lo coloco detrás de mí para que me cubra las espaldas, pero la disputa termina pronto tras una jugada de movimientos que concluye con un cabezazo a mi favor.

Me doy la vuelta, pero Sid me hace agacharme. Nuestros cuerpos sirven como obstáculo para que otro trastabille y acabe en el suelo. Nos incorporamos con el aliento acelerado y una disimulada sonrisa de satisfacción. Apenas quedan contendientes; todos han huido. Está claro que los hemos asustado y que, sin armas y sin su supuesto poder, no son tan valientes como parlotean.

Nos deshacemos de unos cuantos más hasta que dentro del lugar solo quedamos Pantea, Copelia, Sid, algunas chicas y yo. Sin esperar a que alguien diga algo, me acerco a la pelirroja que ha cubierto el puesto en la barra y que intenta calmar a una joven de cabellos negros.

—¿Tenéis un sitio seguro al que acudir? —le pregunto con urgencia.

—Yo… yo… —Me sorprende que su mirada se deslice hasta Sid. El chico asiente—. Sí, eso parece.

—Bien. Pues marchaos. No volváis aquí. Sois fuertes y únicas. —Le pongo las manos sobre los hombros para infundirles valor.

Asiente de nuevo, esta vez más enérgicamente. No sé qué significa el gesto que han intercambiado Sid y ella, pero, mientras sea positivo, no me hace falta conocer el porqué. La pelirroja empuja a la otra hacia la puerta trasera, donde esperan tres más apremiando con palabras de ánimo, aunque también de miedo.

—No miréis atrás. —Es lo último que les digo.

Pantea me tiende a Sustituta y la cuelgo en mi cinto. Miro a mis amigas y a Sid. Esperan con cuidado. Por la puerta principal empiezan a asomarse cabecitas curiosas cuyas reacciones varían desde la sorpresa hasta el terror.

—Bien. Pantea, Copelia, volved. Ya sabéis lo que tenéis que hacer.

Las chicas asienten, se acercan a mí y nos fundimos en un

abrazo grupal. Nos separamos, aunque reticentes. Ellas le lanzan un último vistazo a Sid, que atiende a todo con confusión, y se marchan por la puerta trasera. Cuando las pierdo de vista, me quito la chaqueta granate y la tiro al suelo. Me dirijo a uno de los ganchos de pared que sostiene una gran antorcha.

—¿Kira?

—Esto es lo que hay que hacer, Sid —le contesto, avanzando hacia la barra—. Actuar.

Tras comprobar que está empapada de alcohol, suelto el fuego sobre ella. Una enorme llamarada comienza a consumir la estancia. Los ciudadanos gritan ante el peligro e intentan coordinarse para alejarse lo más rápido posible.

Sid me coge de la mano y me arrastra hacia una de las puertas traseras. La madera quemada nunca ha olido tan bien.

NORA

EN CUANTO DAN LA ALARMA, Ézer echa a correr tras la chica y decido seguirlos. Persigo a Indra, aunque nadie me haya invitado a recibir al tal Mijaíl. Pese a que la indómita corre bastante rápido, me es sencillo adecuarme a su ritmo sin problemas, al igual que avistar las gruesas lágrimas que surcan sus oscuras mejillas. Solo unos cuantos habitantes más nos acompañan: el que ha alertado de, al parecer, la inesperada llegada y dos más.

La tensión se contiene en mi pecho. Mijaíl conoce el paradero del Caimán. Durante dos años me he estado preguntando quién y cómo será ese ser que abandonó su hogar y que yo ocupé sin permiso. Acaricio varias veces la bellota y el clavo.

¿Estoy siendo egoísta? Un cosquilleo de reconocimiento me inunda la nuca y me atraviesa la espalda. Estoy más ansioso que preocupado, pero noto en el estómago una presión molesta que confirma que la razón por la que estoy siguiendo a Indra es puramente interesada.

Deshacemos el camino que a nuestra llegada recorrimos con temor y desconocimiento. Pese a que es de noche, la visión que tengo del pueblo indómito es totalmente diferente. ¿Será porque aquí me siento como en mi hogar? Ya nada me parece tenebroso y oculto, sino que en la misma oscuridad y su silencio encuentro la paz.

Alcanzamos la muralla de madera, recibidos por las enormes antorchas. El vigía que protege la entrada nos espera con la puerta abierta. Salimos al exterior, al inmenso campo que aún no he podido ver bajo las luces de la mañana. Un punto rojo a nuestra derecha, el fuego de una antorcha, marca nuestro destino: suficientemente lejano como para que las siluetas de su alrededor sean meros espectros.

Continuamos corriendo. Ézer empieza a respirar con dificultad. Sin pensármelo mucho, extiendo la mano y cojo la suya, estirando con delicadeza. Él aprieta los labios en una fina línea a modo de agradecimiento, aunque es más visible su cansancio y preocupación.

A medida que nos acercamos vamos creando espacio con Indra. La parte egoísta que me ha empujado por interés se está apagando; sí, uno de los dos seres que parecen mirar un punto fijo de espaldas a nosotros conoce al Caimán, pero no mira a la nada, sino a un bulto. Inerte.

Frenamos en cuanto tenemos a los indómitos que acaban de llegar a unos pocos metros. Contengo el aliento. Una de ellos... ¿Una harum? ¿Una hija de un ser humano y un draiz aquí? Su piel es enteramente blanca, como su largo cabello y sus iris, que relucen con el brillo de la luna; dos perlas. Comparte la misma forma y extremidades que mi especie. Aparto la mirada de una sacudida cuando Indra y la harum se funden en un fuerte abrazo y se besan.

—¿Estás bien, Zahira? —Escucho que le susurra Indra contra los labios.

Miro a Ézer. Reprimo una oleada de calor y cosquilleos que

amenazan con quedarse atrapados en mi estómago. Con más brusquedad de la que pretendo, suelto su mano para cruzarme de brazos. Mi amigo se vuelve hacia mí enseguida, un tanto confundido. Sin embargo, luego me pone una mano en el hombro y aprieta.

—Tranquilo —susurra muy cerca de mi oreja.

Deja caer la mano, no sin antes deslizar los dedos por mi antebrazo. El calor se enciende más todavía, y el sofoco por reprimirlo me hace dar un paso al frente. La hierba y unas ramitas crujen bajo mi movimiento, deteniendo el encuentro de Indra y la harum, y haciendo que la otra figura, más grande y encorvada, se gire en mi dirección.

El miedo irrumpe, abrumado por la presencia del imponente hombre. Pese a que las profundas arrugas que pliegan su rostro en miles de sombras lo hacen parecer anciano, su musculoso y ancho cuerpo contradice su aparente edad. Una espesa barba blanca enmarca su curtido rostro moreno junto al pelo largo enredado entre pequeñas y gruesas trenzas. Sin embargo, mis ojos se posan en la marcada cicatriz que cruza parte de su fornido pecho.

Nos repasa uno a uno, deteniéndose más en mí. Nos sostenemos el contacto hasta que él da un paso hacia la izquierda, desvelando que el bulto sombrío se trata en realidad del cuerpo de una humana. Apoyada en el tronco del enorme árbol que nos cobija con sus ramas, tiene los ojos cerrados y los labios amoratados. Hay rastros de sangre ensuciando las figuras azules que parece que adornó en su cuerpo antes de salir del pueblo. Reprimo las ganas de vomitar. Más manchas oscuras y resecas indican la zona de otras heridas.

—Oh, Tanit. —Ézer se lleva una mano a la boca tras pronunciar el nombre del cadáver.

Indra solloza de nuevo y Zahira la acuna entre sus delgados

brazos. El hombre se vuelve hacia el cuerpo. Se arrodilla y hunde una mano de gruesos dedos en la hierba. Coge un puñado de tierra y luego lo esparce con cuidado sobre la pierna de la chica.

Bajo los brazos cruzados hasta el estómago para oprimírmelo. Ya había leído sobre el ritual draiziano de despedida a sus difuntos. Los humanos suelen enterrar a sus fallecidos, pero los draizs tienen una concepción muy distinta: los cuerpos deben descansar junto a la naturaleza hasta que esta misma decida llevárselos. Ella los protege y los oculta, pese a que los dejan al aire libre, permitiendo que las plantas, las rocas, la lluvia y la misma magia vayan erosionando cada milímetro de su organismo hasta fundirse con la naturaleza. No es cuestión de desaparecer bajo la superficie, más bien de volver al punto en el que empezaron: junto a Ella.

Me asombra que los humanos indómitos hayan integrado esta práctica. Según las apreciaciones del Caimán, cuando aparecieron en el país y los draizs les enseñaron esta práctica, se horrorizaron. Se escandalizaron por la normalidad con la que los otros eran capaces de contemplar la muerte de sus seres queridos. De aceptar la muerte. Tal vez eso tenga que ver también con que la esperanza de vida draiziana sea más corta. Por biología, esta especie muere naturalmente a la edad adulta. Los que más aguantan no pasan de los cincuenta y cinco años —humanos—.

Esparcir un poco de tierra sobre la piel del cuerpo fallecido es la otra parte del ritual; una despedida y una bienvenida al mismo tiempo. Así los vivos dicen adiós a los muertos, a la vez que estos últimos entran en contacto con la naturaleza. Abandonan una forma para entregarse a otra.

El hombre extrae la antorcha clavada en la tierra y se incorpora. Se acerca a las otras dos. Indra la coge del brazo, pero la harum no se despega de ella. Avanzan, y Ézer me hace una seña para que los sigamos.

Hasta que no volvemos al interior del pueblo y la muralla termina con toda posibilidad de visión, no dejo de lanzar miradas a mi espalda, tratando de descubrir en la oscuridad el cuerpo de la chica. No puedo olvidar su gesto tranquilo, tan opuesto al estado tan cruento de su cuerpo. Nunca había visto un cadáver, y presenciar uno tan cerca...

Regresamos a la posada en silencio. El hombre se separa de nosotros nada más entrar al pueblo, pero Indra y la harum nos acompañan hasta la puerta del edificio, pese a que Ézer ha repetido más de una vez, con voz ronca, que no hace falta. Una débil despedida cierra una noche marcada por la más profunda alegría y la más desgarradora tristeza.

Subimos las escaleras y llegamos ante la puerta de nuestras habitaciones. Y, de repente, noto frío. Un frío helado que no solo me paraliza, sino que también se transforma en un sentimiento. Cruzaré y me encontraré con una habitación oscura y vacía, idéntica a la de la cabaña junto al mar.

Me giro hacia Ézer, que permanece quieto frente a la suya con la mano cerrada en torno al pomo. Lo cojo por la manga de la chaqueta y él, por fin, desvía su atención hacia mí.

—No quiero… —empiezo con un susurro—. No puedo entrar ahí. —Señalo la puerta de mi habitación—. No sé por qué, pero…

—Te sientes solo, ¿verdad? Se nota que nunca has visto la muerte —contesta Ézer.

—Nunca. —Asiento.

El silencio nos rodea y el miedo me embarga, creyendo que el chico entrará en su cuarto y me dejará en el pasillo a mi suerte. Me aferro a su brazo, intentando que note la ansiedad que me está provocando pasar la noche acechado por el rastro en la memoria de unos labios mortecinos.

—Sé que no quieres dormir conmigo y yo nunca he dormido

junto a alguien. Creo que sé lo que implica, pero... ¿Puedes tomarlo como un favor?

—Ay, Noah... —Ézer sonríe, aunque con un deje apenado—. No es que no quiera dormir contigo. Dormir junto a alguien no tiene por qué implicar nada, pero yo... Tú... —Suspira—. Ven.

Abre la puerta y me conduce al interior. Suelto su manga, sintiendo tranquilidad por estar a su lado. Ézer cierra tras nosotros. Luego se pone frente a mí. Entre la oscuridad y los rayos de la luna, su pelo parece todavía más blanco. Le acaricio las trencitas que siempre recogen parte de su cabello. Cierra los ojos, deslizando una mano que recorre mi cintura y el torso hasta llegar a mi mejilla derecha.

—Mañana tenemos que hablar, Ézer —le digo.

—¿Sobre qué? —Me mira, frunciendo el ceño.

—Sobre dejar de mentirnos. No se me da bien. No creo en las mentiras.

—Entiendo. Entonces será mejor que nos vayamos a descansar cuanto antes.

Dejamos caer las manos, claramente agotados, y nos dirigimos hacia su cama. Ézer se quita la chaqueta y empieza a sacarse la camiseta por las mangas; no puedo evitar observar cómo se contraen los músculos de su espalda mientras se desviste. Empiezo a desnudarme también, movido por una sensación placentera que busca su fin en el cuerpo de Ézer.

—No te importa que duerma sin camiseta, ¿verdad? —pregunta, volviéndose hacia mí, cambiándose los pantalones.

—No, por supuesto. Yo también suelo dormir así...

Y es mentira. Pero no una de esas que hieren, como las que hemos sostenido desde que nos hemos conocido, sino de las piadosas. Aun así, me siento mal. Acabo de pedirle que terminemos con esta red de engaños, y ya estoy ocultándole que lo que en realidad quiero es que su piel entre en contacto con la mía.

Me siento en la cama y me quito las botas. Cuando me vuelvo para recostarme, Ézer ya se ha tumbado. Lleva un pantalón de algodón más cómodo y los pies descalzos. Trato de no quedarme mucho rato observándolo, recordando el respeto y la intimidad.

Me llevo las manos a la cabeza para desatarme la coleta, pero entonces, sus manos se enredan en mi pelo antes de que yo alcance algún mechón. Los nudillos de Ézer me acarician el cuello y la cabeza mientras maniobra. Ahí donde toca, la piel se me eriza y los nervios estallan en miles de impactos que relajan y tensan a la vez todo mi cuerpo.

Deshace la pequeña coleta y los mechones me rozan los pómulos. Me giro de nuevo y me encuentro con el rostro de Ézer a escasos centímetros del mío. Se muerde el labio inferior, incapaz de ocultar una creciente sonrisa de satisfacción. Me encojo un poco, cohibido por su cercanía, confuso por su próximo movimiento.

El recuerdo de Indra y la harum besándose cruza mi mente. ¿Eso es lo que pretende Ézer? ¿Besarme? Pero nunca he besado a nadie. El corazón comienza a latirme con una fuerza desbocada. En la quietud, nuestras respiraciones marcan las pautas. ¿Estará tan nervioso como yo? Él, que siempre parece seguro y decidido ante cualquier situación.

Lo dudo.

Me acuesto y me acomodo, notando que la inseguridad me va abandonando poco a poco. No quiero decirle que necesito ir despacio, que no comprendo mis sentimientos, que no entiendo nada sobre la atracción física, la intimidad y el amor romántico —si lo hay—. Que soy una hoja en blanco en la que voy apuntando cada una de mis experiencias para no resultar un extraño en una sociedad que vive y evoluciona a un ritmo muy distinto al mío.

Sin embargo, Ézer no parece expectante o ansioso. Me mira con una sonrisa tranquila en el rostro y las manos quietas sobre la cama.

—Gracias por dejarme dormir a tu lado —murmuro, intentando que nuestras voces rompan esta extraña tensión.

—Yo me alegro de que me lo hayas propuesto.

—Ézer…

—¿Sí, Noah?

Me humedezco los labios y con una mano temblorosa le aparto un mechón de la cara. Sus ojos brillan; un brillo que se instala en mi corazón e incendia cada impulso. Me acerco a su cuerpo, acurrucándome un poco.

—Recuerdas que dormir juntos no tiene por qué implicar nada, ¿cierto? —Me recuerda—. ¿Has entendido a qué me refiero con implicar?

—Creo. Relaciones sexuales, ¿no? —Incluso la oscuridad es incapaz de ocultar cómo sus mejillas enrojecen—. ¿Por qué siempre que te digo algo parecido te ruborizas?

—Porque me gustas, Noah. Pero no como te puede gustar Runa, sino de querer estar contigo en todo momento. De acariciarte y besarte. De proponerte que pases cada noche conmigo si es lo que quieres.

La declaración me paraliza. No esperaba una respuesta así. No sé cómo reaccionar ante una afirmación semejante. ¿Me gusta Ézer? Sí. Me gusta lo atento, constante y optimista que es. Su sonrisa y sus pequeñas pecas. La forma que tiene de observar cada minúsculo detalle, como si entrañara universos.

No sé cuánta implicación hay en mi sentimiento, pero Ézer no me está pidiendo una respuesta exacta. Solo que esté a su lado si quiero. Y así es. Ningún cosquilleo de reconocimiento invade mi cuerpo, o sea que mi memoria no se despierta ante esta sensación. Es nueva, y es con Ézer.

Me acerco un poco más y nuestras narices se rozan. Siento que se tensa y hago el amago de separarme, asustado por si lo he molestado; sin embargo, su mano se mueve más rápida y atrapa mi cintura. Es en ese juego de apartarse y atraer, en el que nuestros cuerpos se chocan y nuestros labios se juntan.

Solo un segundo. Tal vez dos. Pero me basta para notarlos húmedos y cálidos. Me separo cogiendo aire, como si hubiese estado aguantando mucho tiempo bajo el agua. Ézer está completamente sonrojado y su mirada parece temblar de puro nerviosismo.

—Tranquilo, es solo un beso —me apuro a decir, ni siquiera sé cómo.

—Sí, bueno… —El chico inspira hondo—. Es solo un beso. —Sus ojos se deslizan hacia los míos, viajan a mi boca y regresan a mis pupilas en un recorrido tan lento como desesperante.

Me repaso los labios con un índice. La sensación ha sido acogedora, plena y sofocante. Muchas partes de mi cuerpo están reaccionando como nunca lo han hecho y, aunque siento una especie de vértigo, quiero más. Porque no es solo un beso: es un beso de Ézer.

—Ézer…, no sé cómo funcionan estas cosas. ¿Debo pedirte permiso para besarte de nuevo? —Trago saliva.

Es inesperado que se eche a reír. El rojo de su piel se rebaja, dejando descubiertas a la luz de la luna su campo de pecas. Sus carcajadas relajan mis músculos y dejo que me contagien, porque me alivia, y verlo feliz me hace feliz. El miedo se ha disipado y el malestar por el recuerdo del cuerpo inerte de Tanit se esconde un poco. Al principio me asustaba la complejidad de las personas, pero somos tan fascinantes, podemos llegar a lograr tantas cosas con una simple palabra o un sencillo gesto, que ya no me importa equivocarme, aprender y dejarme llevar.

—El consentimiento es importante, por supuesto.

—¿Puedo besarte?

—Ahora me da mucha vergüenza contestarte que sí.

Enarco una ceja.

—Esa es una forma bastante extraña de decirme que sí, sin decir que sí directamente.

Nos juntamos de nuevo. Esta vez es Ézer el que se inclina y me da un beso. Intento imitar la forma en la que frunce los labios y los posa con suavidad sobre los míos, pero no me sale tan natural como a él. Ézer ahoga una risita y pasa el pulgar por mi boca. Besa mi labio inferior y luego el superior. Con tiento, lo imito de nuevo. O lo he hecho mejor o es que no lo he notado hasta el momento, pero el corazón de Ézer retumba contra su pecho.

Son besos torpes, aunque cargados de un sentimiento que lo transforma todo en real y único. El último de todos dura mucho, tanto que me tengo que separar para recuperar el aliento. Él tiene la boca enrojecida y sonríe. Por el escozor que noto en la mía supongo que mi piel se encuentra en el mismo estado.

No nos decimos nada. Ézer pone una mano sobre mi rostro y me acaricia la mejilla. Me pesan los párpados. Estoy cansadísimo y necesito reponerme de un día en el que parece que he vivido más que nunca.

No sé qué me deparará mañana, pero tengo claro que, por primera vez en mi memoria, voy a dormir con una sonrisa en la cara.

Los pájaros me despiertan. Sin abrir los ojos, me desperezo y me choco contra un cuerpo. Miro a mi lado, confundido. Ézer se está despertando con una mueca de fastidio. He dormido tan bien que me he olvidado de que he pasado la noche junto a él.

—Te has olvidado de mí. —Entreabre un ojo con una sonrisita traviesa.

—Lo siento —me disculpo por ambas cosas.

—No te preocupes. Me alegra que hayas conseguido descansar. Después de lo de anoche… no me habría extrañado que te hubiese costado.

—Me tranquiliza dormir a tu lado. Junto a nadar en el mar, es una de mis sensaciones favoritas.

El rubor tiñe sus mejillas de buena mañana y esa reacción comienza a hacerme gracia. Creo que se trata de la sinceridad y claridad de mis palabras. Por lo que he podido descubrir, a esta sociedad le cuesta expresarse, le cuesta liberar sus pensamientos. También entiendo el por qué: un régimen autoritario y una guerra eterna no ayudan.

Me alienta como soy, pero no puedo evitar el pinchazo de dolor que me crea el recordar que puede que el Noah anterior, el auténtico, sea una persona totalmente distinta. ¿Y si consigo recuperar mis recuerdos y en ellos encuentro que no me parezco en nada a mi yo del presente?

—¿Noah? —Ézer me despierta de mis cavilaciones.

—Dime.

—Creo que debemos ir levantándonos. Hay mucho que hacer y mucho que contarnos.

Se me había olvidado nuestra conversación pendiente. La conversación en la que Ézer e Indra lo contarán todo, y en la que yo también revelaré mi gran secreto. ¿Runa lo hará?

—Runa —murmuro.

—Estará en su habitación.

—Hace demasiado que no sale —me alarmo.

—A lo mejor se encuentra mal. —Se encoge de hombros.

—No, Ézer. Es… otra cosa.

Voy a incorporarme cuando Ézer me atrapa por la muñeca y me recuesta en la cama para abrazarme. Estamos muy cerca, como anoche. El recuerdo despierta bajo mi piel.

—¿Puedo? —Sonríe, divertido.

—La respuesta es sí, pero si te estás poniendo irónico por lo de...

Me calla con un suave beso. Lo correspondo con otro, y mis labios se amoldan a los suyos perfectamente.

—Tu barba me pica —me chista.

—Empieza a acostumbrarte. Se me olvida afeitarme la mayoría de las veces.

Le doy otro beso, confiado. Él me guiña un ojo y le río el gesto.

—Voy a ver cómo está Runa.

Me visto deprisa. Estoy bastante preocupado. La chica no apareció anoche en la fiesta y me siento bastante culpable por haberme olvidado de ella a la vuelta. Nuestro último encuentro no fue nada halagüeño y me temo lo peor.

Me dirijo a la puerta, lanzándole una última e intensa mirada a Ézer, que sigue acostado en la cama con una enorme sonrisa de felicidad y sin camiseta. La luz de la mañana repasa las líneas de su espalda. Todo mi cuerpo palpita de nuevo. No sé cómo voy a aguantarlo.

Salgo con el calor inundándome las mejillas. La posada todavía no ha despertado y no es una buena señal. El sol aún no está en lo alto, por lo que esperaba escuchar el sonido de la cocina y el bullicio de la gente empezando a desayunar. Llego hasta la puerta de la habitación de Runa y la golpeo varias veces. Nada. Silencio. Insisto, un poco nervioso. Se ha ido, estoy seguro de que se ha ido. Como no responde, abro la puerta, ansioso. Dentro no hay nadie, pero está su mochila y encima de la cama, unas cartas. Tres cartas de adivinación.

Me acerco, temeroso. Las reconozco por los dibujos: son La Traición y La Guía puestas una frente a la otra en vertical. Las separa una única carta en horizontal. No por mucho esforzarme voy a entender el título escrito en un idioma extranjero, pero entorno los ojos por si mi magia reconvierte los signos. Sin éxito.

La única opción es tratar de interpretar el significado del dibujo. No transmite nada bueno. Es un huracán que arrasa la tierra. Que la carta esté dispuesta en horizontal me alerta; es la manera de indicar que una carta afecta a otra. Y esta está influyendo a las dos.

Reacciono.

Salgo corriendo. Abro la puerta de la habitación de Ézer, olvidando que es de educación llamar antes. Por suerte, él ya se ha cambiado de ropa, se ha peinado y lo único que le falta es atarse el cordón de la bota.

—¿Qué sucede, Noah?

—Runa. Cre-creo que ha pasado algo malo —consigo decir.

—Vamos. —Hace un último nudo y se levanta.

Bajamos las escaleras a trompicones. A punto estoy de tropezarme con mis propios pasos y caer abruptamente, pero Ézer consigue enderezarme a tiempo, estirándome de la camiseta. No hay nadie en el piso inferior y mis nervios aumentan.

Una vez fuera, Ézer me coge de la mano y aprieta. Con un asentimiento, agradezco su contacto. Las calles no están tan concurridas como ayer, pero hay personas y draizs que están llevando a cabo sus tareas diarias. A lo mejor solo me estoy obsesionando, pero noto una perturbación en la energía.

» *Hazle caso a tu presentimiento y acertarás.*

Que la Voz me esté diciendo en pocas palabras que tengo razón me atormenta.

—Perdonad —me aproximo a las draizs—, ¿habéis visto a la chica pelirroja que llegó aquí conmigo?

—Sí, hace poco. Ha preguntado por Indra. Le hemos dicho que está con Zahira y Mijaíl en el llano. —O sea, donde se organizó la fiesta anoche.

—Gracias.

Me apresuro a avanzar, recordando el camino de ida. Ézer no dice nada, yo tampoco. No quiero sacar conclusiones precipitadas, porque no solo asustaré a mi amigo, sino también a mí mismo. Runa siempre ha ocultado algo; algo que parece profundo y oscuro. Sé que no quiere que las anomalías estemos juntas, porque lo cree peligroso, pero ¿hasta qué punto es capaz de llegar para separarnos?

En cambio, Indra nos quiere unidos.

Y una conclusión estalla contra mis peores temores.

—Oh, no.

El presentimiento cobra fuerza y estiro de Ézer con más insistencia. Me pregunta qué sucede y solo puedo susurrar que las mentiras nos han llevado demasiado lejos. Voy unos pasos por delante de él, así que no sé si me ha escuchado o no.

Una presión horrible se instala en mi pecho y trato de acompasar mi respiración para calmar la inquietud. Un intenso tirón me empuja hacia delante y un zumbido empieza a imperar en mis oídos. La tierra es dura, el aire cálido y la mano de Ézer, suave. Mi cuerpo reacciona con sensibilidad a mi alrededor, poco a poco. No, es el poder de la magia el que está despertando en mi interior y busca unirse al de Runa e Indra.

Es como si desease completarse. Como si fuésemos las piezas perdidas de una energía única y especial que solo puede funcionar si todas ellas están juntas.

Los habitantes comienzan a arremolinarse a nuestro alrededor. No están haciendo sus tareas diarias, como los que se encuentran frente a la posada, sino que se amontonan entre ellos y miran al frente para intentar vislumbrar algo. Muchos se ponen de puntillas o incluso saltan.

Le lanzo una mirada de urgencia a Ézer y el chico asiente. Retoma la acción, poniéndose delante para abrir camino. Me siento demasiado abrumado por la cantidad de sensaciones que están invadiendo mi cuerpo, que no deseo y que, sin embargo, se posan y permanecen como lo hacen los pájaros sobre las ramas de un árbol.

» *¿Lo sientes? Soy yo... Venid hacia aquí y tomad mi mano.*

—No entiendo nada —mascullo.

Es la segunda vez que la Voz dice esa frase. No me pasa inadvertido que ambas veces hayan sucedido cuando más anomalías hemos estado cerca las unas de las otras.

Desentrañar el secreto de todo lo que está sucediéndome pasa a un segundo plano, porque es indudable que los habitantes me están observando con una mezcla de curiosidad y alarma. Sus ojos están puestos en mí con un deje de rechazo tan contundente que, de pronto, deseo volver a ser el Noah con dificultades para relacionarse. Me duele descubrirlo y sentirlo. Me pego más al cuerpo de Ézer, tratando de encontrar la calma en su contacto. Él aprieta su mano en torno a la mía y suelta un quejido cuando consigue traspasar la primera fila de indómitos que se han detenido frente al llano.

Con la queja que se escapa de sus labios me percato de que el silencio es casi total. Los únicos susurros que se abren paso entre el mutismo se confunden con el sonido del roce que crea la brisa primaveral.

Salimos a la explanada y, de repente, la presión que he sentido hasta el momento me golpea. La magia zumba, tanto dentro como fuera de mí, y se descontrola. Los colores, las formas y los sonidos, todo, absolutamente todo, se deforma a mi alrededor.

Caigo de rodillas, notando que el pecho me va a explotar. Me mareo y siento náuseas. Parpadeo con rapidez, tratando de concentrarme. Tratando de apartar la angustia y quedarme en la realidad. Gruño, porque las piernas me tiemblan y mi pulso está tan acelerado que me asusta que un movimiento más me destroce.

—Ayúdame.

Siento la mano de Ézer sobre mi hombro como una enorme carga, aunque no lo he pedido a él la ayuda. Se la he pedido a la Voz. Ella siempre sabe qué hacer. Ella parece controlarme siempre. Tengo miedo y, sin embargo, siento a la vez que hay un punto en mi interior, muy escondido, que parece entrañar paz. Un punto en el que creo que puedo hallar el control.

» *Hazlo. Déjate caer. Deja que la unión proceda.*

Respiro hondo. De la misma manera que siempre hacía cuando la magia se descontrolaba cada vez que trataba de utilizarla o ella sola decidía despertar. Me acerco al punto. Es sólido y confío en su fuerza. Consigo dominarla un poco y abro los ojos. La magia no se vuelve a rebelar, pese a que a veces da tirones imprevistos. Puedo notarla posada sobre todas las cosas y seres vivos de mi alrededor. Incluso creo que puedo verla en forma de hilos y motas doradas que surcan el espacio, ahora definido, y lo llenan todo de vida.

Me habría girado hacia Ézer para asegurarle que estoy mejor, pero, frente a mí, cuatro pares de ojos no apartan su mirada de mi persona. Vibra y me roza la piel. La Magia. Me observo los brazos, rodeados de ese halo dorado tan característico que siempre me envuelve cada vez que la invoco.

Tira de mí. Tira de mí hacia los dos cuerpos iluminados por el mismo fulgor que el mío. Runa e Indra están cara a cara, separadas por unos pocos metros. Zahira y Mijaíl se han echado hacia atrás, pero alzan los brazos frente a su compañera en un gesto claro de protección. Sus miradas no siguen la trayectoria de sus cuerpos, porque están puestas en mí.

Zahira y Mijaíl me observan con asombro y los labios entreabiertos. Indra, para mi sorpresa, esboza una sonrisa ladeada que no coincide en actitud con la tensa posición de su cuerpo. Runa es la que se muestra más afectada. Sus ojos claros me miran con tanta intensidad que no sé qué se esconde en ellos. Tiene las palmas de las manos juntas y un cúmulo dorado las envuelve.

No.

No puede hacerlo.

Abro la boca para gritarle que no lo haga. Que, si mi presentimiento es correcto, existen miles de opciones más para llegar a un punto en común sin lamentarlo. Porque eso es lo que empiezo a descubrir en la forma en la que me observa y en la forma en la que le tiembla la barbilla: arrepentimiento puro.

Sin embargo, me detiene con un aviso:

—¡No, Noah! No des ni un paso.

—¡Tranquila!

—Tú no lo entiendes…

—Podemos entenderlo. Juntos.

—Yo…

—¡Hazle caso, Runa! —interviene Indra—. Por favor.

Error.

Runa se vuelve hacia ella rápidamente, despega las manos cargadas de magia y las apoya en tierra con fuerza. Ella lo sabe; sabe que la intensidad de su poder es lo que derribara todo a su alrededor. Como he temido, la tierra reacciona al contacto de la contundencia de una energía que, pese a no querer dañar, lo hace por descontrol. Un pequeño terremoto localizado despierta y se dispersa enseguida, abriendo el suelo a su paso. Gritamos, manteniendo el equilibrio, pero Indra ni siquiera se mueve. La energía dorada se concentra en sus pies y la grieta se detiene a milímetros de sus botas.

—¡Indra! —Zahira extiende aún más su pálido brazo, pero Mijaíl la hace retroceder.

—Cuídala.

El anciano asiente y aleja a la harum que, aunque se resiste, es incapaz de oponerse a la decisión de su pareja. Pese a que sigo todos estos movimientos, estoy completamente absorto. Runa ha intentado utilizar su magia para atacar a alguien.

¿Por qué nos hizo esto la Magia? ¿Por qué nos otorgó algo que escapa a nuestra habilidad y que tienta a nuestra más oscura voluntad?

Siento un dolor en el pecho. Un dolor que viene mezclado por la rabia y la decepción. Aunque cada día que pasa la entiendo menos, Ella no nos salvó para utilizarla de nuevo en pos de la violencia. No nos salvó y repartió una parte de su energía en unos cuantos seres para que ahora sea objeto de nuestras disputas. No podemos repetir los errores del pasado, pese a que haya personas dispuestas a perpetrarlos de nuevo.

La Magia, al fin y al cabo, no es la que está moviendo los hilos de nuestras decisiones.

—Runa… —le advierto.

—Si das un solo paso, Noah, te conviertes en mi enemigo. Es así de sencillo. —La chica aprieta mucho los dientes y un rubor rojizo tiñe sus mejillas.

—Pero…

—¡Cállate!

Y con el grito, el poder se libera de su cuerpo como una esfera enorme que palpita, nerviosa. Indra, por su parte, ha aumentado el suyo, pero ha adquirido una posición relajada al igual que el gesto de su rostro. El halo dorado la envuelve en forma de delgados tentáculos que se menean a su alrededor de manera protectora. El siseo que emiten sus poderes nos cerca al igual que el vendaval desatado por la potencia.

Me asombra cómo sus energías se materializan de formas distintas. Sin embargo, hay algo más. Algo que no sé si están sintiendo. Hay incontables partículas brillantes uniendo los dos puntos de magia con una corriente ondulante. No me atrevo a asegurar nada, pero parece que la energía fluye entre ellas con facilidad, aunque se acumule más en Indra que en Runa. La intensidad de mi amiga ahuyenta de vez en cuando la corriente.

Es fascinante.

Abro de nuevo la boca, decidido a terminar con este sinsentido, pero Runa extiende un brazo, levantando una ventisca que nos empuja a todos y arranca varios gritos más. Indra ni siquiera se mueve cuando, sin ninguna dificultad, transforma los tentáculos en un manto de lluvia dorada que crea un velo entre ella y la sacudida. El contacto hace retumbar el llano y algunos indómitos caen a tierra.

Es absurdo. La Magia no se va a dañar a sí misma, pero la intensidad de su presencia es demasiada para que solo una persona la controle. Si siguen así, terminarán por destruirlo todo; nosotros incluidos.

—¡Runa! —El grito suplicante de Indra hace que me incorpore, aunque Ézer me atrapa por el codo.

Mi amiga avanza unos pasos y destroza la tierra que pisa. Algo cambia en ella. Su magia se convierte en una afilada arma que nos traspasa a las tres anomalías como un gran aguijón. ¿Qué es eso? Me asusto al comprobar que deja huellas profundas y ennegrecidas a su paso; cenizas que se convierten en finos ríos que se expanden por el suelo y levantan una especie de humo gris. La energía se está convirtiendo y es distinta. Más peligrosa.

No lo entiendo. ¿Qué está despertando en Runa?

Indra contrae el rostro y, esta vez, alza una mano, muy sutil, para que de sus dedos se escapen cinco torrentes de magia que avanzan en dirección a las vertientes oscuras. Impactan y la potencia de la colisión nos hace retroceder un paso. Me duele muchísimo el pecho.

—Tengo que parar esto —le susurro.

—¿Cómo?

—No quiero atacar.

—Solo tienes que protegerlas, Noah.

Me giro hacia Ézer y trago con fuerza para liberar la tensión que oprime mi garganta. Creo que nunca comprenderé cómo el chico es capaz de infundirme tanto con cuatro palabras o una sola mirada. Lleva una mano a mi mejilla y la acaricia con un pulgar tembloroso.

Un grito nos devuelve a la pelea de la que solo nos hemos ausentado unos pocos segundos. A Runa e Indra las separan unos pocos metros y sus energías se rozan sin llegar a mezclarse. La potencia de la magia está levantando la tierra a su alrededor.

Zahira chilla de puro horror, pero Mijaíl la sujeta con fuerza. Si se acerca, la energía la repelerá, porque hay demasiada removiéndose entre ellas. Lo percibo.

» *Páralo, Noah.*

Aprieto los puños y trato de avanzar un paso, pero las piernas me tiemblan. ¿Cómo voy a enfrentarme a ambas? ¿Cómo voy a detener algo tan agresivo? Siempre que he usado mi magia ha sido para hacer el bien. Revivir cultivos, concentrar agua de lluvia... Y, aunque mis intenciones fueron buenas, siempre salieron mal. Sepulté cultivos y evaporé el agua. Mi cuerpo no es capaz de canalizar la energía de la misma forma que Indra y Runa lo hacen.

—Noah —masculla Ézer.

Lo sé. Si no hago algo, se matarán.

Indra alza la otra mano para descargar más energía, ya que los regueros grisáceos que Runa ha creado con cada paso están desprendiéndose y transformándose en una sombra. ¿No es demasiado oscuro para la Magia? La indómita intenta que su energía convierta la oscuridad en luz, pero la de Runa devora cualquier intento.

No puedo permitirlo. No puede ser que la Magia nos haya

otorgado este poder para sembrar miedo entre los seres vivos. Para crear desigualdad y rechazo entre nosotros. Me niego.

Avanzo, no sé cómo. Dejo que el poder fluya un poco más. En mis dedos cosquillea la energía, pero pronto escapa a mi dominio. Dos columnas doradas, gruesas y enormes, se materializan a mis lados y me rodean mientras me dirijo a las chicas, que continúan presionándose.

—Basta —susurro.

Las columnas hincan sus raíces en la tierra y la potencia lo arrasa todo, como si fuesen sólidas. Trato de que desaparezcan, porque tengo miedo de que su intensidad las golpee. Y, de repente, como si me hubiera escuchado, la magia se dispersa, lejos de mí.

—¡Basta! —grito.

Las chicas me observan, aunque continúan rezumando energía, brutal y pesada. Que paren. Por favor, que paren. Las columnas me adelantan y se dirigen a gran velocidad hacia ambas. Corro, aunque mis piernas reaccionan más lentas de lo que pretendo. Inesperadamente, Runa e Indra abandonan sus puestos, bajan la guardia entre ellas y levantan los brazos para que las barreras protectoras las cubran, esta vez, de mi involuntaria invocación.

Corro más. Corro para sobrepasar a mi propia magia. Veo la corriente dorada entre Runa e Indra, salvaje, aunque ordenada. Fluye a través de sus cuerpos y las rodea con frenesí, pero también con naturalidad. ¿Es posible que sean capaces de regular la energía si están juntas?

Las alcanzo antes que las columnas y, en un movimiento desesperado y dispuesto a interponer mi cuerpo para protegerlas, las abrazo de frente. Llevo mis manos a sus cabezas y las obligo a enterrar el rostro en mi cuello. Indra se tensa, pero Runa tiembla y se cobija.

Entonces mi magia impacta contra nosotros. No duele, solo noto como si la gravedad dejase de existir. Nuestros pies se elevan un momento. Me apretujo contra sus cuerpos, aterrorizado, pero no cierro los ojos. No los cierro, porque la magia dorada nos cubre y nos acepta. Nos acaricia y nos mece.

No hay brusquedad, no hay dolor. Su ferocidad se adormece y solo queda entre nosotros un flujo, tranquilo y puro, que, poco a poco, nos posa sobre tierra y va mermando hasta que solo quedan tres pequeñas burbujas doradas, cada una sobre nuestro pecho. Levitan, inquietas.

—Runa, Indra…

Ellas alzan el rostro y nos miramos. Nos aferramos con fuerza, incapaces aún de soltarnos. La magia permanece dos segundos más, titilando, antes de fundirse en nuestros cuerpos.

Una ola de paz me embarga y siento que la misma sensación inunda a las dos chicas. No sé qué decir. No sé cómo empezar a defender a Runa, a pedir perdón a Indra… No sé cómo explicar que la magia nos une con un lazo inquebrantable. Que es imposible que nos dañemos con ella. Que es como una respuesta silenciosa a la causa de todas nuestras heridas y que le hemos estado negando su existencia, inconscientes del bien que puede hacer en el mundo.

—¡Indra!

Zahira rompe la conexión cuando nos aparta para besar el rostro de Indra, tratando de convencerse de que sigue viva. Yo me arrodillo, agotado, observando a Runa con pena. Descubro en sus ojos que no es capaz de ponerle palabras a sus actos.

Ézer llega hasta mí y me envuelve con sus brazos. Runa retrocede con un paso vacilante, pero, de pronto, cuatro indómitos la rodean y la retienen con agarres firmes.

—¡No! ¡No le hagáis daño! ¡Indra! —apelo a su compasión.

¿Por qué la defiendo? Runa sigue ocultando, sigue siendo

imprevisible y oscura. ¿Por qué entonces? Porque veo algo, indescifrable, pero que clama ayuda. No es mi imaginación, está pidiendo socorro en silencio.

Indra alterna su atención entre mi súplica y el mutismo de Runa. No hay determinación en su expresión y tengo miedo de que condene a mi amiga sin siquiera dejar que se explique. Zahira exige inmediatamente su reducción, pero vuelvo a insistir en que debemos permanecer unidos.

—¿Indra? —Esta vez es Ézer el que prueba.

La indómita continúa con el ceño fruncido. Lo ha sentido. Sé que ha sentido esa unión necesaria tanto como yo; lo que ella ha creído desde siempre. Sé que ha entendido que nuestra energía es complementaria, no opuesta. Si Indra cree firmemente en que debemos mantenernos juntos, no condenará tan rápido a Runa. Dejará que se explique.

—Necesito hablar con vosotros dos —dice por fin—. Solo cuando lo hagamos, resolveremos esto de una vez.

Me incorporo, esperanzado. Sueltan a Runa con una sacudida brusca. No me sale ayudarla en su traspiés. Pese a que quiero ser justo, sus mentiras duelen bastante. Odio esta lucha interna. Necesito escuchar de su boca el porqué de sus actos tanto como Indra.

La indómita coge de la mano a Zahira y ambas avanzan hacia adelante. Ézer me da un pequeño empujón con un asentimiento de cabeza. Las persigo y me aseguro de que Runa también lo hace. No deja de clavar su mirada en mí. El azul de sus iris, que siempre ilumina su rostro, ahora es tan oscuro que enturbia todas sus facciones. ¿Por qué no me sale tenderle una mano, si lo que quiero es ayudarla? ¿Es la decepción tan fuerte como para que prevalezca el rencor?

Llegamos a una zona del claro alejada de los habitantes que ahora están siendo atendidos por Mijaíl. Indra y Zahira se sientan sobre la hierba y, aunque dudo, termino por hacerlo también. Mi amigo se acomoda a mi lado, y Runa lo hace un poco lejos del círculo deforme que formamos.

Por un momento, dejo que el cansancio y la desesperación me abatan. ¿Cómo vamos a lograr llegar a un punto después de lo que acaba de suceder? El rumor de los indómitos por la conmoción nos alcanza, y a Zahira le arde la mirada.

—¿Por qué, Runa? —Es lo primero que dice Indra.

Ella no responde. Por favor, Runa, di algo. Di algo antes de que tengan razones suficientes para condenarte de verdad. Su mirada baila por la hierba y temo que mienta de nuevo. No puedo respaldar más sus excusas.

—Runa... —empiezo, pero Indra levanta una mano para detenerme.

Está claro. O sale de la boca de Runa o no tendrán más remedio que interpretar sus silencios a raíz de sus acciones. Zahira gruñe. La harum está en completo desacuerdo con darle una oportunidad a la chica. No le discuto su desconfianza.

No puedo evitar observarla con más detenimiento, aunque no sea el momento adecuado. Toda ella es tan blanca como la nieve. Viste un conjunto ligero que se acomoda a sus curvas y deja al aire su espalda. El sol me revela algo en lo que no reparé por la noche: de su espalda, recorriendo su espina dorsal, sobresalen una especie de huesos pequeños y puntiagudos. Quiero preguntarle cómo se vive en este país siendo una harum. Cuántos más hay como ella. Porque en Núcleo no me encontré con ninguno, aunque difícilmente pude si estaba todo el día encerrado en el Liman.

—Yo...

La voz de Runa me saca de mi estudio.

—Yo...

—¿Sí, Runa? —Indra es suave.

Me alegro de que la indómita no sea como muchas de las personas impulsivas que me he encontrado hasta el momento. Es todo lo contrario a Kira, aunque esta me demostrase que su irreflexión no iba marcada por la maldad.

—Lo siento. No puedo permitir que las anomalías permanezcamos juntas.

—¿Te lo han ordenado en tu país? ¿Qué saben de nosotras?

Frunzo el ceño y analizo las preguntas de Indra. No me había parado a pensar en ello. ¿Y si Runa proviene de un país hostil? ¿Y si su exploración en Nueva Erain tiene un fin perverso? Aunque una punzada de dolor me ataca cuando pienso en que posiblemente me ha utilizado, desecho el pensamiento enseguida. ¿Cómo iba a saber Runa que pararíamos en lugares tan concretos durante todo nuestro viaje? ¿Que conoceríamos a Kira y terminaríamos con los pueblos indómitos?

Sus cartas. La explicación siempre está en sus cartas y en su supuesta visión del futuro.

—Creo en la Magia —desvía un poco el tema—, pero es demasiado intensa. El poder que dejó solo en nosotros, inexplicablemente, es inabarcable. ¿No lo has visto?

—Si no hubieses ido a matar, no habría pasado lo que ha pasado —escupe Zahira.

—El caos se desata igual, ¿sabes? —contraataca Runa—. ¿Tú qué sabrás?

—Soy tan hija de la naturaleza como tú.

—Pues entonces deberías entenderlo. —Nos mira y no soy capaz de encontrarme con sus ojos—. No voy a decir que no pretendía atacarte, Indra. Porque estaría mintiendo y me estoy hartando de hacerlo. —Sé que me observa de nuevo, pero sigo con los ojos clavados en la hierba—. Pero no era mi deseo matarte. Tal vez… ¿disuadirte?

—¿Y por qué no viniste a hablarlo?

—Porque… —se atraganta—. Porque… —Intenta de nuevo, pero no lo consigue—. Es complicado.

—Tenemos todo el tiempo del mundo.

—En mi país… Aquí…

¿Está dándole la razón a Indra sobre que su país tiene malas intenciones contra el nuestro?

—Indra —intervengo, para darle un respiro a Runa—, ¿por qué quieres que estemos juntas las anomalías? Escuché la conversación que mantuvisteis Ézer y tú. Yo tampoco quiero mentir más, pero ya os he revelado todo sobre mí. Sabéis que hay poco que contar. —Encierro los dedos en torno a la bellota.

—Para derrocar al Código. Conseguir la paz y la igualdad por fin. Somos fuertes juntas. Ahora mismo lo acabo de comprobar. El miedo que tiene Runa a nuestra unión es contrario a mi confianza en ella. Podemos salvar a este país.

—Lo destrozaremos con nuestra energía.

—¿No lo has notado, Runa? —le pregunta Indra—. ¿Te has percatado de que no podemos matarnos con la magia? Se amoldaba. —Se mira las manos, emocionada —. Fluía algo entre nosotras. Nuestra energía se canalizaba.

Entreabro los labios para señalar el momento en que el poder de Runa se ha convertido en algo más oscuro; realmente dañino. Sin embargo, su intervención me acalla y decido guardarme ese dato, esperanzado porque toda esta situación mejore:

—Sí, yo también lo he sentido —murmura.

—Yo lo he visto —refuerzo sus renovadas convicciones—. Era como una corriente. Os complementáis. Nos complementamos, pero hay algo en vuestra energía que se une para dar más impulso.

—Sí. —Indra sonríe, complacida por mi apoyo.

—Ézer… —Me giro hacia él. Es el momento—. Tus salidas por Nueva Erain no solo son por explorarla, ¿verdad? Porque te guste estar fuera de Núcleo. Estás ayudando a Indra a preparar una revolución contra el Código, ¿me equivoco?

Sus ojos me revelan que soy certero. La conversación entre ambos fue bastante indiscreta, pero quiero escucharlo de su boca. Quiero escuchar que nos ha mentido con su propósito y que, aunque no supiera que Runa y yo éramos anomalías, sí pretendía ayudar a reunirlas.

Respira hondo.

—Sí, Noah. Pero no os he utilizado. Yo no sabía... —Hay pesar en su voz.

Me tranquiliza de inmediato.

—Te creo. —Pongo una mano sobre la suya.

—Por mi parte, siento no haber sido más sincera y clara desde que llegasteis —dice Indra—. Pero por muy anomalías que seáis no podía confiar en vosotros tan rápidamente. La decisión de Runa de atacarme solo confirma que debemos seguir siendo cautelosos.

—¿Vais a castigarme?

—Deberíamos —masculla Zahira.

—Zahira, no —la interrumpe Indra—. No vamos a hacer tal cosa, Runa, pero has perdido nuestra confianza. Voy a tener que mantenerte bajo vigilancia unos días. Vas a tener que contestar preguntas y, poco a poco, tal vez, logres recuperar lo que te ofrecimos. Sin embargo, si decides marcharte de aquí sin pasar por esta segunda oportunidad, no te detendremos. En nuestra familia no queremos a nadie que sea capaz de traicionarnos, ¿entiendes?

—Sí... —susurra.

Runa está llena de dudas. Casi se pueden palpar. Pero Indra tiene razón. La chica va a tener que esforzarse para que creamos de nuevo en su palabra. Sé que es buena persona, pero una herida invisible se ha abierto dentro de mí y ha creado un muro entre nosotros. Ella me mira y, por primera vez, la enfrento.

—Lo siento.

—Estás perdonada. —Asiento.

—Lo siento —le repite al resto.

E Indra extiende una mano para posarla sobre la de Runa. Otra sacudida de energía tira de nosotros y nos miramos, cómplices. Indra y yo sonreímos, y la pelirroja hace un amago, aunque se queda en una mueca indescifrable acompañada de un intenso rubor rojo. No, nada se ha curado, pero empieza a hacerlo.

Y, de pronto, gritos. Gritos que provienen de la calle por la que hemos llegado al claro. Un recuerdo de anoche asola mis emociones. No puede repetirse lo mismo. No ahora. Entorno los ojos y distingo a un humano con ropas ajustadas de color azul. Me suena de algo, pero antes de que lo recuerde, es el susurro de Ézer el que provoca a mi memoria.

—Un mensajero de Núcleo.

Todos nos incorporamos a la vez. El rostro de Ézer ha mudado su color y le cojo la mano para animarlo, tal y como él había hecho antes conmigo. El chico aprieta con fuerza y, aunque me hace daño, intento devolverle el gesto para infundirle coraje.

El mensajero se acerca a toda velocidad. Suda y su rostro no entraña nada bueno. Se acerca. Más y más. Y la presión aumenta.

—¿Ézer? ¿Qué ha ocurrido? —pregunta Indra.

—No lo sé. Pero nada bueno.

El nuclense nos alcanza. Boquea con fuerza. Está tan acalorado que creo que se desmayará por la carrera. Aunque con movimientos torpes, Ézer es capaz de acercarse a él y ofrecer su cuerpo para que se apoye.

—Ézer… —respira hondo.

—¿Qué ha pasado?

—Tu hermana…

—¿Kira?

El humano asiente, pero no recupera tan rápido el aliento como para contestar de inmediato.

—¡Por favor! —urge Indra.

—Kira está en Mudna.

—¿Cómo que está en Mudna?

—Sí, fue a entregar a Sid por orden del mismísimo Basil.

—No —gime—. Tenemos que irnos cuanto antes.

—Debemos ayudarla —coincide Indra.

El mensajero ya está deshaciendo el camino cuando Ézer da un paso hacia adelante. Yo no puedo avanzar sin saber qué sucede. ¿Tan mala es la situación entre ambas ciudades que es demasiado peligroso que Kira acuda a Mudna? Un sentimiento de culpa me inunda al recordar que ella está en esta posición, porque intercambió a Sid por nuestra liberación.

Detengo a Ézer y lo obligo a que me mire. Debe saber que estoy aquí para apoyarlo, pero que debe decirme qué sucede exactamente para poder hacer algo en su favor. No se me escapa que Indra lo sabe y quiero conocer también el centro de sus temores.

—Ézer, ¿qué sucede? ¿Qué pasa con Kira?

—No puede ir a Mudna. No puede estar allí. Si pasa tanto tiempo con Sid… Si se da el caso…

—¿Entonces qué, Ézer? ¿Qué ocurrirá?

—Noah —su intensa mirada se posa en la mía y me impacta lo directo que es—, si Kira cae en manos de Basil estamos perdidos. Estamos perdidos, porque Kira es una anomalía.

KIRA

RIAL Y LOS DEMÁS HAN ENTRADO POR LA PUERTA PRINCIPAL, pero Sid se ha empeñado en que él y yo lleguemos al castillo por unos pasadizos secretos. Le increpo que es absurdo que nos escondamos, que lo hecho, hecho está. Que acarrearé con las culpas de la quema de ese antro. Que, si debo enfrentarme a Basil por liberar a esas mujeres y darle una paliza a ese grupo de violadores y despiadados, lo haré de buena gana. Pero Sid no me contesta, aprieta más mis dedos, que no ha soltado en todo el camino, y continúa arrastrándome por los pasillos internos de esta enorme fortaleza.

Con la mano libre, sintiendo a Sustituta bien sujeta en la cintura, paso la mano por la pared, apenas iluminada por la antorcha que Sid alza frente a nosotros. Es una mezcla de piedra y metal. Metal, como las construcciones destruidas y medio enterradas por todo el país; nuestro pasado.

Unas escaleras estrechas y empinadas interrumpen mi intención, porque tengo que fijarme en cada paso que doy. Cada escalón está oculto por las sombras y moteado por pequeños haces de la danzante llama de la antorcha. Deslizo la mano libre de la pared hasta la levita de Sid, insegura. Jugueteo con el bajo de la chaqueta hasta que me aferro.

—Ya llegamos —me asegura.

La incertidumbre está a punto de detener mis pasos. ¿Y si Sid me está conduciendo a una trampa? ¿Y si todas mis dudas sobre él, fundadas tras años y años de amistad y decepción, culminan en que es exactamente igual que su padre y que solo ha fingido querer recuperar mi confianza para llevarme a un punto de no retorno? Sin embargo, el chico abre por fin una puerta, que parecía escondida en la nada, y la luz de la luna se cuela por el hueco, iluminando a la perfección el final de las escaleras.

Apretamos el paso y entramos. Cierro la entrada tras de mí y me encuentro con la pintura de un inmenso y precioso paisaje. El cuadro cierra el pasadizo y decora una amplia habitación. Apenas hay muebles; solo lo imprescindible y útil: una cama, un armario, dos mesitas y una silla —de aspecto bastante cómodo— sobre una extensa alfombra. Las cortinas, las sábanas, la ropa tirada por el suelo... Todo está dominado por el color granate; agresivo y sediento.

Doy dos pasos tímidos, tratando de ampliar mi visión del cuarto. Mi natural sentido de la supervivencia me insta a buscar cada salida posible ante un inminente peligro. Hay dos puertas, una más grande y decorada que otra; deduzco que la más ornamentada dará al pasillo y la más pequeña a otro cuarto. Luego están los enormes ventanales, muy parecidos a los de la habitación en la que me alojo.

Sid permanece en completo silencio. Necesito que me diga algo. Cuál es el siguiente paso, porque todo el arrojo que me ha permitido actuar de tal manera hasta el momento se está deshinchando. Y no caigo en que estoy en el dormitorio del chico hasta que este se sienta en el borde de la cama mientras se quita la levita.

—¿Sid?

—Estás en mi habitación. Estás a salvo.

—Debería volver…

—Espera. —Me pide con voz ronca y un escalofrío me recorre la espalda.

Agacha la cabeza, entrecruza sus dedos y algunos mechones oscuros le resbalan por la frente hasta tapar sus ojos. Avanzo hacia él, cautelosa. No sé qué hacer. No debería estar aquí y empiezo a pensar que podría haber liberado a esas chicas sin haber incendiado el lugar. Pero no. De otra manera habría sido más complicado. He aprovechado mi oportunidad y si es verdad que ellas tienen un sitio seguro en el que resguardarse, entonces no me arrepentiré de las consecuencias.

Me quedo quieta a pocos centímetros de su cuerpo. Como se ha quitado la chaqueta, el cuello redondo de su camiseta deja al descubierto la enorme herida que marca su nuca. Levanto unos dedos y con las yemas, muy sutil, rozo su piel, bordeando el moratón. Sid ahoga un suspiro y se estremece. Como respuesta a mi contacto, el chico extiende los brazos y me rodea la cintura. Me tenso por su atrevimiento y estoy a punto de pedirle que me suelte, pero, en cambio, me quedo quieta.

Puedo sentir el calor de su piel desnuda atravesar la tela de mi camisa. No aprieta, no le urge tenerme cerca; solo necesita un lugar donde descansar, un lugar que no sea su fría y solitaria cama. Se le nota agotado, no tengo que verle el rostro para descubrirlo. Han destrozado a Sid poco a poco o, al menos, al Sid que yo conocía.

Poso una mano en su cabeza y le acaricio el pelo con cuidado. Sus dedos se hunden en la tela de mi camisa y siento que un hormigueo me inunda el pecho. Lo echo de menos. Muchísimo. Puedo negármelo cuantas veces quiera. Puedo intentar ahuyentar mis sentimientos llamándolo estúpido y juzgándolo.

Puedo repetirme todas estas cosas y mucho más, tal y como he hecho durante cinco largos años y, aun así, la realidad seguirá demostrándome que Sid no es mi enemigo.

De pronto, ambos captamos unos pasos acercándose a la habitación por el pasillo. No malinterpreto los sonidos. Si no sonasen con urgencia y agresividad, ni siquiera lo habría separado de mí.

—Ese tiene que ser mi padre.

—¿Qué hacemos? —Cojo la empuñadura de Sustituta, dispuesta a desenvainarla.

—No, no. —Su mano cae sobre la mía para frenar mi tentativa.

Para lo cálidos que están sus brazos, su mano está mortalmente fría. Tengo miedo de que Sid pague mi arrebato. El chico desliza sus dedos hasta mi brazo y me aferra con fuerza. Sin una palabra me conduce a un lado de su habitación, en dirección al armario.

Abre la puerta y me empuja dentro. Tengo bastante fuerza, así que no consigue meterme dentro. Él fija su mirada gris en mí y se pasa unos dedos inquietos por el pelo, despeinándoselo aún más. Mi actitud determinante está poniéndolo nervioso, pero no voy a dejar que se enfrente sin mí a la ira de su padre. No voy a dejarlo solo.

—Kira, por favor —me suplica.

—No pienso abandonarte. Es mi culpa.

—No es cierto. —Sus manos se posan sobre mis mejillas y acuna mi rostro con firmeza para que lo atienda bien —. Has hecho lo que no me he atrevido a hacer nunca. —Me suelta con una lenta caricia —. Sacaba una chica de ese antro cada mes. Mi padre se pensaba que se escapaban, pero no. Les conseguía un lugar seguro al que huir y… —Su voz se quiebra.

—Entiendo…

—Pero no ha sido suficiente. Tendría que haber hecho más, como siempre haces tú. —Agacha la cabeza.

Quiero decirle que su valentía es admirable, pero unos golpes contra la puerta hacen que sean nuestros corazones los que griten. Sid aprieta mi brazo y gimo, porque está ejerciendo bastante presión. Me pide perdón con un gesto arrugado antes de insistir:

—Métete en el armario, Kira.

—No.

Esta vez soy yo la que me agarro a su camiseta. Es mi culpa. Es mi culpa si entran en su habitación a hacerle pagar su atrevimiento. Porque Sid podrá ser hijo de quien es, pero, hasta que no esté al mando, para Basil es como otro peón cualquiera: sacrificable.

La puerta vuelve a resonar. Embisten contra ella. Sid saca una llave del bolsillo de su pantalón. Cómo debe vivir aquí si tiene que asegurar la cerradura. Y un sentimiento de nostalgia por mi hogar se expande por mi pecho. Echo de menos a Ézer, a mi familia y al resto. Definitivamente, tengo que salvar a Sid. Tengo que hacerlo y llevarlo lejos de este lugar.

—¡Sid! —La voz de Bernice.

—Es Bernice —digo con esperanza.

—Viene con el ejército. —Se vuelve hacia mí con un gesto suplicante—. Entra en el armario, Kira. Tú me has ayudado antes, déjame que te devuelva el favor. Acepta mi ayuda, aunque no la necesites.

Su ruego me empuja dentro del mueble por fin. Entro con cuidado, tropezando con piezas de ropa. Sid me ayuda a acomodarme entre ellas. Nuestro último contacto es una mirada. Intensa, desbordante y cercana. Encuentro en ella al chico de siempre. Al único que ha existido.

Cierra las puertas, pero una de ellas entrechoca y se queda entreabierta. Voy a sacar la mano para empujarla del todo y cerrar, pero Sid abre antes la de su habitación y oculto el brazo enseguida. Me tapo la boca, tratando de contener mi respiración. Se oyen unos pasos entrar y entonces, unas sombras atraviesan la luz que se cuela por el hueco para aparecer en mi campo de visión.

—¿Qué narices has hecho, Sid? —Bernice levanta los brazos, alarmada.

—No es de tu incumbencia, Ber —masculla Sid.

—Pues ahora tu padre quiere verte. —Le pone ambas manos sobre los hombros —. Ha sido Kira, ¿verdad? Ha sido ella y tú estás cargando con su culpa. Díselo. Dile que lo ha hecho ella sola y será suficiente para...

—Bernice, he sido yo. Llevo protegiendo a esas chicas durante mucho tiempo. Estoy harto.

Unos soldados entran y lo rodean. Mis músculos se tensan, tentada a salir al exterior. Doy un paso, que cruje bajo mi peso. Bernice se gira hacia el armario y retrocedo para ocultarme entre la ropa. Sid se muerde el labio inferior, inspira profundamente y le dice a Bernice con un tono directo:

—No hagamos esperar a mi padre.

Los soldados lo cogen por los brazos y Sid se remueve para quitárselos de encima. Susurra que no es necesario que hagan eso. Tengo que salvarlo. Hazlo, Kira. Ocultarte no es un favor para con él, porque lo único que quiere es protegerte. Y Sustituta se encargará fácilmente de ellos. Pero entonces, ¿qué pasará con Yun, Eadre, Salma y los demás? No. No puedo moverme de aquí y poner en peligro a mis compañeros. Por eso Sid me ha pedido que no intervenga. Nos está protegiendo a todos.

Bernice da media vuelta y sale de la habitación llevándose la antorcha que ha iluminado nuestro camino. Los soldados sueltan por fin a Sid, que de reojo observa en mi dirección. Tiene los ojos empañados y vuelve a mirar sin mirar. Desaparece de mi campo de visión y jadeo, sintiendo una presión agonizante en mi pecho. Deslizo la espalda por la pared del armario hasta acurrucarme en el suelo. Junto las rodillas a mi pecho y hundo la cabeza entre mis brazos.

La ropa huele a Sid. Es un aroma sutil. Un aroma que me recuerda al aire libre. A cuando jugábamos sin preocupaciones por nuestras responsabilidades. Para mí, él solo era un niño flacucho de mirada jovial que adoraba pasar tiempo junto al río mientras nos escuchaba a Ézer o a mí. Le encantaba aprender sobre las costumbres de Núcleo, remarcando siempre que alguna vez le gustaría visitar la ciudad.

Empiezo a hilar acontecimientos y un recuerdo me atraviesa la mente. Sus habituales moratones y heridas que él excusaba con una sonrisa y un simple: «soy bastante torpe». Y lo creí. Gimo de dolor. Podría haberlo salvado. Podría haberle tendido una mano como hice con todos los mudnanos que quisieron vivir en Núcleo. Habría confiado en él de la misma manera que me fie de Pantea cuando me lo pidió.

Recojo con dedos temblorosos una prenda del suelo del mueble y la abrazo, resguardando la cara en ella. Aspiro, y sollozo. Las lágrimas, hasta el momento atascadas, salen de mi ojo como un manantial. La aflicción no afloja su agarre, pero necesito llorar. Necesito manifestar de alguna forma lo mucho que me supera el presente.

Pienso en mis padres y en los kalentes de Núcleo. Haré lo que el pueblo decida, pero me romperé del todo. Me romperé, porque ya no conoceré la forma de dignificar las muertes de Kalestra y Dido. Ya no me conoceré a mí misma. Pero ¿es mi deseo continuar guiando a los nuclenses? ¿Fue mi deseo desde un comienzo? Fui entrenada para proteger a mis hermanos con mi propia vida. Pero cuando Zigon y Ehun me ofrecieron la danorniam no dudé en aceptarla. Me sentía responsable de todas esas vidas. Sentía que debía preservar el trabajo de Kalestra.

Entonces, ¿por qué estoy vacilando? ¿Por qué mis lágrimas parecen ser más que un simple desahogo?

La madera de la puerta principal de la habitación cruje cuando se abre. Me seco las lágrimas y vuelvo a taparme la boca para sepultar mi agitada respiración. Escucho atentamente para asegurarme de a qué puedo enfrentarme. Se oye el chasquido de una cerradura y los pasos de una sola persona. De eso estoy segura. Arrastra los pies con lentitud. Se acerca a mi posición. Me acurruco más, sintiendo la empuñadura de Sustituta clavarse en mi cintura.

Me atrevo a asomarme un poco por el hueco de las puertas. Una figura recortada por la luna se deja caer sobre la cama. Es Sid. Con cuidado, todavía atenta por si se trata de una emboscada, me pongo en pie. Abro el armario y saco la cabeza. No hay nadie. Corro.

Ahogo un grito cuando advierto la cantidad de heridas que cubren sus brazos. La camiseta está rasgada y manchada de sangre por la espalda. Tiene el pelo sudado y revuelto. Su respiración es profunda y lenta. Sin pensarlo dos veces, mis manos vuelan al cinto y lo desabrochan. Apoyo a Sustituta en la pared y me dirijo a Sid.

Me subo a su cama y cojo al chico por las axilas. Estiro con fuerza para subirlo del todo al colchón, y ahoga un gruñido. Debe dolerle el cuerpo hasta límites insospechados. La sangre mana de algunas de sus heridas. El ojo me escuece de pura impotencia. Ahora entiendo a qué se refería cuando me decía que muchas veces había sufrido las consecuencias de sus actos. Basil lo maltrata. Es su particular forma de doblegar su actitud. De enmudecer la voluntad de su hijo por ser justo y benevolente.

Me hierve la sangre, pero no puedo permitir que en este momento la ira predomine. Debo curar a Sid como sea. Voy directa al armario y lo abro de par en par. Saco varias camisas y, de vuelta a la cama, las hago jirones. Dejo los trozos de tela sobre el colchón y me seco las manos sudadas en el pantalón.

Aferro el cuello de la camiseta de Sid y estiro para romperla. El chico silencia un gemido, con la frente perlada de sudor. Con delicadeza, termino de quitarle la prenda. Ojalá estuviese Ézer aquí. Sus manos obrarían un milagro en las múltiples heridas y contusiones que crean un mapa de dolor en la piel de Sid. Pienso en Yun y sus estimables dotes curativas, pero me perdería por el castillo y no quiero dejarlo solo. Cojo aire. Soy suficiente.

—Soy suficiente —me repito.

Aparto la camiseta ensangrentada. Necesito agua. Recuerdo la puerta pequeña y ruego porque sea la entrada a un baño privado. Efectivamente. Abro la manivela del enorme tonel de agua y pongo bajo el chorro algunas de las vendas improvisadas. Tengo que limpiar las heridas y tratar de detener las hemorragias. Sé que estoy haciéndolo mal, pero ¿qué hago si no? ¿Pedir a Basil que salve a su hijo si es el causante de su desgracia? ¿A Fiama, quien posiblemente terminaría acudiendo a su esposo? ¿A Bernice, que me odia y me vendería a la primera de cambio?

Limpio las heridas. Sus siseos son ininteligibles, pero van acompañados de jadeos y sé que le estoy haciendo daño. Aguanta, Sid, eres fuerte. Después de una limpieza exhaustiva, empiezo a tapar los cortes más profundos. Son pocos y todos localizados en los brazos, pero suficientes como para que el escozor sea insoportable.

Cuando termino, continúa con los ojos cerrados. Medio inconsciente. No puedo acarrearle más problemas. Debo irme. Cojo a Sustituta y voy directa a la puerta. Lo siento tanto. Mañana mismo regresamos a Núcleo. Este viaje se nos ha ido de las manos. Este viaje ha sido una vana esperanza y una trampa. Lo sé. Lo sabían todos, y he sido tan estúpida e irreflexiva como para pensar que podría manejarlo sola.

Estiro la manivela de la puerta, pero está cerrada con llave. Es cierto: el chasquido de la cerradura. Deshago mis pasos hasta Sid y empiezo a rebuscar en sus bolsillos. Sin embargo, antes de que pueda concluir mi búsqueda, una de sus manos se aferra a mi muñeca. Lo miro y me encuentro con sus ojos puestos en mí.

—¿Me ibas a dejar?

—Te he curado como mejor he podido. Debo irme para no causarte más problemas.

Suspira y cierra los ojos un momento.

—Sigues sin entender nada.

—Entiendo que no podemos entablar relación ninguna. Entiendo que esta noche me he pasado. Tú estabas haciendo una gran labor. Poco a poco, pero la estabas haciendo. Entiendo por qué los mudnanos o siguen fervientemente a Basil o se callan, porque están atemorizados. Porque es un monstruo. Mira lo que te ha hecho. Lo que te ha hecho por mi culpa.

—Deja de fustigarte, Kira. También soy responsable. También me he enfrentado a esos soldados esta noche. Que no se te olvide.

Empieza a incorporarse entre quejidos y las telas de sus brazos y su espalda empiezan a oscurecerse por la sangre. Tanteo el espacio con las manos, dispuesta a detenerlo, pero tiene la vista nublada y una mueca de odio lo encrudece tanto que decido no importunarlo más. Al cabo de un minuto de agonía por cada movimiento, se sienta en el borde de la cama, vencido.

—Hazme un favor —murmura, débil—. En el primer cajón de la mesita de la izquierda encontrarás vendas y unos ungüentos.

Hallo todo lo que me pide y lo dejo a su lado. Observo cómo

se trata las heridas sin un ápice de aflicción, como si estuviese tan acostumbrado a hacerlo que resulta inútil reflejar cualquier tipo de sentimiento. Me abrazo a mí misma y me muerdo el labio inferior para contenerlo todo.

No llega a las heridas de la espalda y, sin dedicarme ni una sola mirada, me pide que lo ayude. Vendamos los cortes con la cataplasma extendida en las telas. Al deslizar las manos por su piel, me percato de que entrar en contacto con él es algo que también he echado de menos, pero silencio ese pensamiento, rápido. Cuando por fin terminamos, las vendas lo recorren desde el cuello hasta la cintura.

—Gracias. —Suspira.

—Será mejor que me vaya.

—¿No quieres quedarte? —sugiere con un hilo de voz.

Esta vez sí me observa. Sus ojos grises continúan nublados, pero hay un brillo especial en ellos. Una mezcla de osadía, anhelo y nostalgia. Algo revolotea en mi estómago y trago saliva. Aparto la vista. No puede mirarme así. Es un gesto que ya me ha dedicado en el pasado, cuando tenía sus tardes malas, pero le bastaba con mi presencia. Está cargado de confianza, la cual me afecta, y de una sinceridad aplastante.

—Quédate.

—¿Quieres provocar más la ira de tu padre, Sid? ¿Es que te has vuelto loco?

—¿Cómo quieres que te diga que no me importa lo que piense ese hombre? ¿Cómo, Kira? ¿Qué tengo que hacer para que confíes en mí? Después de cinco años tengo la oportunidad de reencontrarme contigo. De pasar a solas un rato, aunque sean cinco minutos. Por fin puedo decirte lo que realmente pienso. Lo que no me atreví a confesarte después del Incidente. Tuve miedo al descubrir quién eras. Tuve miedo porque descubriste quién era yo. Nuestra amistad se basaba en no saber nada el uno del otro y, créeme, no decidimos eso por si terminábamos juzgándonos. Decidimos eso porque desde un principio sospechamos de nuestra procedencia. Tú eras una niña que se movía como una auténtica guerrera y yo, un niño lleno de prejuicios que casi te abandona cuando te desmayaste al toparnos por primera vez.

—Los dos teníamos prejuicios. —Me equivoco—. Tenemos —remarco.

—Los tenemos, pero nunca es tarde para derribarlos. ¿Por qué te resistes? ¿Es que ya… no sientes nada por mí?

Me cuesta sonrojarme, pero su afirmación hace que me ardan las mejillas. Nunca he definido mis sentimientos por él, de la misma manera que creo que él tampoco lo ha hecho, pese a que con esta declaración queda claro que lo ha pensado más que yo. La maravillosa amistad que compartimos durante años quedó sepultada en el mismo momento en el que cruzamos armas. Pero si habla de algún tipo de amor romántico… Pasamos muchas noches en las que nos dimos más que caricias y besos, pero ¿fue amor o pasión la que definió nuestros actos?

Lo quería.

No. Todavía lo quiero.

Algo que jamás se le ha escapado a Ézer. Algo que Sid está tanteando ahora mismo, porque siente la misma inseguridad que yo.

—¿Kira? —insiste.

—Esto no lleva a ninguna parte.

—Porque ves el futuro, ¿no?

—Solo me hace falta ver tus heridas —le espeto.

—Kira, en serio. Yo… —Coge aire—. Yo…

Aprieta los labios, impotente. Con un suspiro cargado de dolor, se levanta y se acerca hasta mí. Sin dudarlo, pone una mano vendada sobre mi mejilla. Luego desliza la misma por mi cuello y repasa mi brazo hasta agarrar mi muñeca. Voy a forcejear cuando noto que está atando algo en torno a ella. Cuando aparta sus dedos me encuentro con la pulsera de la pluma que hacía unas pocas horas había estado observando con interés en el puesto de la plaza.

—No puedes negarte. Es un regalo.

—Sid…

—Así te acordarás de mí cuando mañana vuelvas a Núcleo.

Frunzo el ceño. ¿Cómo sabe que quiero irme de aquí cuanto antes? Lo olvidaba; esa conexión silenciosa que parece que no se ha estropeado. Permanece, como si fuese imposible hacer desaparecer algo tan fuerte como esta relación. Sonrío. A pesar de todo, sonrío. Sid siempre me pareció una de las únicas cosas estables que tenía en mi vida. Parece que no se ha movido de su sitio. Parece que solo estaba oculto entre las sombras.

—Mira —retoma el hilo.

Se acerca a la mesita situada a la derecha de su cama y coge algo. Lo encierra entre sus dedos hasta que llega a mí y entonces, los abre despacio. El aire se queda en mis pulmones. Una hoja de árbol, del color del otoño, está apresada y muy bien conservada entre lo que parece dos plaquitas de cristal.

—Nunca entendí aquello que me dijiste. Sobre que éramos como esta hoja… —Una sonrisa nace también en sus labios.

—Si te digo la verdad… Lo he olvidado.

—Para mí siempre has estado ahí.

Aunamos una enorme sonrisa repleta de añoranza. Sid vuelve a poner su mano sobre mi mejilla. La piel me arde y me pide que lo abrace. Un abrazo. Eso bastará para concluir esta historia una vez regrese a Núcleo. Nuestra verdadera despedida; la que siempre nos merecimos. Así que extiendo los brazos y lo rodeo, cogiéndome de las muñecas para aferrarlo bien contra mí, jugando con la pulsera entre mis dedos.

Su corazón enloquece. Agacha el rostro y lo entierra en la curva de mi cuello. Suspira y su aliento tibio se posa sobre mi carne. Aprieto más, movida por un impulso, y se queja. Recuerdo sus heridas y hago el ademán de separarme, pero intuye mis intenciones y sus manos se hunden en mi pelo para empujarme contra él.

—Kira, te lo repito. Te he echado muchísimo de menos.

—Y yo a ti, Sid.

Nos separamos con lentitud, a la vez. Le aparto unos mechones que le ocultan la mirada y él me recoge el pelo tras la oreja, dejando bien visible mi parche. Sin barreras. Sid inclina la cabeza y no lo voy a detener. No pienso hacerlo, porque los labios me hormiguean deseando recordar los suyos.

Sin embargo, solo se encuentran nuestros alientos, porque, de pronto, unos leves golpes contra la puerta de la habitación nos detienen. Nos miramos, alarmados. Sid se lleva un índice a los labios y asiento. Aun así, no puedo evitar despegarme de él para coger a Sustituta. Me la engancho en el cinto y me aproximo de nuevo.

—Sid, soy Bernice. Traigo medicinas. Por favor, déjame pasar.

Avanzo para abrir la puerta, pero Sid me detiene. Niega. Asiento. Niega con más insistencia. Tuerzo la cabeza hacia un lado, interrogante. Una mueca de desesperación nace para arrugar su frente y fruncir sus ojos. Se humedece los labios. Sí, yo también quiero besarlo. Pero no, no es el momento adecuado. Y sé que, posiblemente, esta ocasión jamás se repita, no obstante, aunque nos hayamos permitido olvidar por unos instantes quiénes somos, eso no hace desaparecer la cruda realidad.

—Ella te cuidará.

—Quiero que te quedes tú.

—Sé responsable —le chisto.

—Estoy harto de ser y hacer lo que los demás esperan de mí. Sobre todo, cuando ni siquiera pienso como ellos. —Aprieta los puños con fuerza.

—Entiéndelo, Sid. —Lo cojo de la mano—. Esto es lo que somos. Al menos, de momento. Por favor, abre la puerta —le pido con un tono frágil.

Respira hondo. Acaricia la pulsera que me ha regalado, recreándose un poco en mi piel. Luego accede, sacando la llave de su bolsillo. Yergo la espalda y me preparo para la recriminación de Bernice. No se hace esperar. Intuyo el insulto a la legua en cuanto me ve, pero Sid le tapa la boca.

—Bernice. Tranquila. —Se aparta.

—Kira, deberías irte —me espeta la soldado.

—Eso estaba a punto de hacer.

—No, digo que deberías marcharte mañana mismo.

—Eso haré. —Asiento, sintiendo un nudo en la garganta.

—Para nada ha sido un movimiento inteligente.

—Si estás intentando decirme algo, dilo con claridad, Bernice. Por favor. —La chica se asombra por la forma en la que le pido que se sincere—. No nos debemos nada personalmente, pero te aseguro que si hay algo importante que decir, entonces sí. Se lo debemos a la paz y al descanso que nos merecemos todas las personas de Nueva Erain, ¿no crees?

Pero enmudece del todo. Veo cómo se acurruca en sí misma y pide ayuda a Sid con la mirada. No me gusta nada el tono que está adquiriendo esto. Tengo por seguro que Basil me ha tendido una trampa. Una trampa letal. Tenemos que irnos. He fallado. He fallado estrepitosamente.

—Kira, deberías marcharte ya. —El chico extiende una mano hacia fuera.

—Por supuesto.

Avanzo, decidida, y con la cabeza bien alta. Sid me susurra

las indicaciones para volver a mi habitación. Nunca tendremos una despedida digna de nuestra amistad.

No he dormido en toda la noche. Con el ojo bien abierto y apretando con firmeza la empuñadura de Sustituta, he estado vigilando la puerta de la habitación por si irrumpían para apresarme. Ahora las luces de una mañana despejada me ciegan con dolor y no estoy preparada para lo que viene. Primero tendré que hacer frente a Basil y escuchar la compensación que desee por el destrozo del antro. La segunda es informarle de que nos marchamos. De que esta vez ha sido imposible de nuevo. De que la discusión sobre los Pactos de la Armonía tendrá que esperar.

Se lo va a oler. Estoy segura de que Basil se reirá de mí y entonces nos emboscará y asesinará, porque he sido tan estúpida como para caer en la baza de *entrégame a Sid a cambio de lo que desees*. Estoy agotada.

Me cuelgo la mochila al hombro y salgo de la habitación. El resto del ejército ya está frente a las puertas de sus respectivos cuartos, preparados para la marcha. Cuando volví anoche, no perdí tiempo y avisé a todos del cambio de planes. De las sospechas de Pantea y Copelia, del castigo de Sid, de lo raro que había actuado Bernice. Ninguno me llevó la contraria. De hecho, vi alivio en sus ojos. Soy una danían penosa.

—¿Preparados para volver a casa?

—Sí, Kira.

—Despidámonos de esta pesadilla.

Sin embargo, antes de llegar a las escaleras, la misma sirvienta que nos condujo a todas partes ayer, llega. Palidece cuando nos encuentra preparados con los fardos. Sus manos tiemblan.

—¿Nos puedes indicar dónde encontrar a Basil, por favor?

Nos marchamos de Mudna por motivos urgentes.

—S-sí —tartamudea y, nerviosa, se dirige al piso de abajo.

La seguimos. Toma un rumbo distinto. De nuevo, los pasillos amplísimos, demasiado decorados. La opulencia en detalles y destellos. Creo que cuanto más observo sus cinceladas columnas adosadas, sus techos sin un espacio por rellenar, el plateado desgastado de las superficies y las vastas y suaves telas granates que cubren muebles y penden como cortinas, más aversión me crea el lugar. El primer impacto del castillo está dominado por la belleza, pero la suntuosidad termina por ahogarlo todo.

Nos detenemos frente a una sala, en un pasillo cualquiera, casi idéntico al resto. Pensaba que la mujer nos conduciría hasta un lugar mucho más exclusivo; a un desayuno grupal en el que Basil pudiese hacer gala de su poder. Pero no. La puerta que encierra la habitación no es grande ni destaca. Es de madera robusta y vieja. Mi mano coge la empuñadura de Sustituta.

—No me gusta esto —susurra Yun.

—A mí tampoco —coincide Salma, apoyando sus antebrazos en las dos espadas cortas que penden de su cintura.

—¿Kira? —Siento que Rial se aproxima, cauto y un tanto inquieto.

—Disculpa. —Levanto la voz para que la mujer, que no se ha movido desde que hemos llegado, me atienda con claridad—. ¿Es aquí donde se encuentra Basil?

—Desea que os reunáis con él aquí antes de partir.

—Pero si no he informado de que nos fuésemos a marchar. —El miedo me estrangula.

—Habrá intuido vuestras intenciones.

¿Intuido? Ese loco no imagina nada. Lo ha sospechado o alguien se lo ha contado. Eso, o ya tenía prevista esta reunión tras el incendio de su nido de ratas anoche. Si fallo, solo me consuela que Pantea y Copelia se han marchado ya —junto a las otras chicas— y avisarán en Núcleo de nuestra creciente preocupación.

Un chasquido tras la madera hace que todos nos tensemos. La mujer, que tampoco nos ha dirigido una mirada desde que hemos emprendido el camino hasta aquí, cuadra los hombros y retrocede. La puerta se abre y aparece el monumental cuerpo de Basil. No luce enfadado, sino como siempre: engreído y orgulloso de cada paso que da.

—Oh, Kira, buenos días.

—Buenos días, Basil. —No pienso perder el tiempo en sus juegos—. Venía a decirte…

—Por lo que veo has cambiado de planes respecto a la discusión de los Pactos de la Armonía.

Sale de la habitación, le lanza una mirada seria a la mujer y esta se marcha, veloz. Creo ver el alivio en su rostro. Yo también estaría tranquila teniendo a Basil lo más lejos posible. El gobernante nos observa desde arriba, con el pulgar enganchado en uno de los bolsillos de su levita. Sonríe como si estuviese aguantando la resolución de un chiste.

—Me disculpo por el altercado de anoche. —Aprieto los dientes.

Enarca una ceja. Quiere algo más exacto…

—Me disculpo por haber incendiado uno de tus locales anoche, Basil. Núcleo lo compensará de alguna manera. Tenlo por seguro. —Respiro hondo.

Su gesto se destensa y ahoga una risita. Cómo odio que se burle por todo. Como si la vida fuese un juego en el que él siempre gana. Trato de no descomponer el gesto de tranquilidad que he decidido conservar para que Basil no descubra lo inquieta que estoy. Se pasa una mano por el pelo, tan negro como el de Sid, aunque veteado de canas.

—Mis soldados me han informado de que mi hijo y tú distéis un buen espectáculo. No me duele la pérdida del lugar más que por las chicas que *escaparon* —lo dice, paladeando cada letra, irónico— y el negocio que le habéis hecho perder al pobre hombre que lo regentaba. Pero tengo soluciones para todo. Los *deslices* —de nuevo, usando ese tono de voz que revela que está jugueteando con las palabras— suceden. Me haré cargo. No te preocupes.

No quiero deberle nada a este hombre como tampoco quiero ofrecerle ayuda para hacer remontar tal negocio. Prefiero rebajarme adulando su —supuesta— bondad, que suponer una pieza en la reconstrucción de ese lugar.

—Tu generosidad es admirable, Basil. —Sonrío. Me estrangularía ahora mismo.

—No hace falta que mientas por los demás, Kira. —Involuntariamente, se me crispa el gesto—. ¿Ves? Tú podrás ser muy buena con la espada, pero en estos duelos, gano yo.

Trago saliva. Sus palabras son cortantes. Sus palabras despiertan el pasado y se cuelan en mi memoria para avivar el dolor. Me llevo una mano al parche y el gobernante de Mudna comprueba con satisfacción cómo me ha hecho caer en el abismo. Aparto los dedos, afectada. Ni siquiera soy capaz de manejar esta situación. ¿Y si no consigo sacarlos vivos de la ciudad? No me atrevo a echar un vistazo al estado de mis soldados.

—Antes de que os vayáis, me gustaría enseñaros algo. Algo que habríamos negociado junto a los Pactos de la Armonía si no tuvieseis que marcharos con tanta premura.

—No hace falta…

Pero no me deja concluir. Mis ganas de marcharme se anulan en cuanto Basil abre ambas puertas, descubriendo su interior. A mi espalda, Yun ahoga un jadeo. Extiendo mis brazos, abarcando a todo el grupo, sospechando que alguno se lanzará hacia adelante. De hecho, acierto y detengo el cuerpo de Salma.

Apenas se aprecia algo. Las ventanas están cerradas. Los techos son altos. Las paredes están oscuras por la acción del humo concentrado en el interior. Huele a cerrado y a sucio. Tosemos. Hay herramientas y objetos diversos por todas partes. Las condiciones de la habitación son penosas. Peligrosísimas. Y, sin embargo, mi ojo solo repasa los rostros de las personas y los draizs que están trabajando en el cuarto.

—Es Dina —masculla Salma.

Tiene razón. Están Dina, Nisio, Yeu y Sotino... Están muchos de los soldados de Núcleo. Muchos de los que fueron apresados durante cinco largos años en cada batalla y que Basil se negó a intercambiar por los suyos. Al contrario que en Núcleo, aquí no los intentan reintegrar en la sociedad. No les ofrecen una oportunidad. Se confirman todas mis sospechas: los maltratan y los esclavizan. Tanto a humanos como a draizs, porque para el gobernante de Mudna no hay distinción entre los que considera traidores.

No sé si todos estarán aquí. Debería detenerme a observarlos. Saber si alguien ha muerto. Porque recuerdo cada cara que ha desaparecido. Al contrario que otros, yo no puedo olvidar a aquellos que se atrevieron a dar un paso al frente en pos de la protección de Núcleo.

—Basil. —Me tiembla la voz.

—Tranquila. Hoy están trabajando aquí dentro, pero de normal cumplen su cometido en el exterior.

Y a saber en qué condiciones. Aprieto a Sustituta, y decido que voy a sacarla. Que voy a terminar con la vida de este monstruo que está provocando esta situación desde que llegó. Sin embargo, él se vuelve y observa mi gesto, sin darle relevancia. Sonríe y niega. Hazlo, Kira. Desenváinala y termina por demostrarle lo buena que eres con la espada.

Pero no lo hago. No puedo, porque sé que, si no consigo matarlo, los demás pagarán mi nuevo arrebato. Me cruzo de brazos y avanzo.

—Intenta no hacer nada tan imprudente como lo de anoche, ¿quieres? —suelta con sorna.

Sus palabras huecas ni siquiera surten un efecto real en mí, porque mis brazos caen mientras mis piernas se mueven con rapidez, para alcanzar más pronto a Dina. La obligo a volverse, entre toda la humareda y los bártulos, que de pronto parecen herramientas de tortura, que cuelgan de las paredes y se esparcen por las mesas.

Sus cálidos ojos marrones parecen sumidos en un sueño, pero despiertan cuando me reconocen. Y se anegan de lágrimas en cuanto sus manos me aferran los brazos con los que la sujeto.

—¿Kira?

—¡Dina!

Salma llega por mi espalda y abraza a su mejor amiga. De hecho, nuestros brazos se entrelazan y terminamos por estrecharnos las tres. La chica despide un hedor terrible y los rizos de su largo cabello están pegajosos, muy sudados. Pero bajo las manchas de suciedad, puedo advertir el brillo natural de su piel oscura.

—¿Qué hacéis aquí? ¿Lo hemos conseguido? —Un halo de esperanza despeja su terror.

Las palabras se quedan en mi boca al tiempo que el resto de soldados se reúnen con los demás. Oigo la alegría del reencuentro y las lágrimas de impotencia. ¿Cómo hemos llegado a este punto?

—Dina..., vais a tener que esperar.

—¿Más? ¿Por qué? —Frunce el ceño—. Ayer —susurra— se rumoreaba que estabas aquí para solucionar las cosas. Que había pasado algo con Sid...

—Sí. —Observo a mis espaldas, pero Basil permanece bajo el dintel de la puerta, mirándonos como si esto fuese un espectáculo—. Sí, Dina, ese era el plan. Pero tenemos que cambiarlo. Está pasando algo. Han querido sacarme de Núcleo por una razón en concreto, y creemos que hemos caído en una trampa.

—Núcleo se puede defender sin ti, Kira. —Aunque tiene razón, su afirmación me duele—. En cambio, esta situación no, porque tú has sido elegida para guiarnos. ¿Lo entiendes? Basil no atenderá a nadie que no sea la danían de Núcleo.

—Basil no atiende a nadie, Dina.

—¿Nos vas a abandonar? ¿Nos vais a abandonar? —se dirige esta vez a Salma.

Aunque comparta la carga de su dolor con la otra soldado, no puedo evitar que sus palabras me destrocen. Entiendo que paguen conmigo su desesperación. Yo debería estar solucionando esto. Pero ¿cómo lo hago sin que a Basil le dé un arrebato y los mate antes de que pueda solucionarlo de forma pacífica?

No le puedo pedir paciencia ni a Dina ni a nadie. No, porque ellos son los que peor lo pasan. Los que cada día se despiertan sabiendo que viven según las normas de Basil. A sabiendas de que, posiblemente, mueran sin volver a casa, sin reencontrarse con sus seres queridos. La desesperanza y la muerte inminente es lo único que los acompaña, porque, aunque entre ellos encuentren el cobijo para seguir vivos un día más, ya no hallan a los seres que un día fueron. Están muertos por dentro. Basil los ha asesinado en vida.

—Marchaos. Marchaos porque vuestra presencia nos hace daño. —Dina retrocede ante nuestra mirada de horror y entonces lo entiendo.

Basil nos ha traído aquí para infundirnos una esperanza vana. Porque no pretende discutir sobre los Pactos de la Armonía. No pretende liberar a ninguno de los nuclenses. Quiere hacernos daño. Quiere darnos donde más nos duele. Hacernos caer con contundencia.

Le lanzo una mirada determinante a Dina. Quiero asegurarle que todo va a salir bien, pero después de su confesión, no me atrevo a poner la mano en el fuego ni por mí misma. Aun así, en mi gesto, le comunico miles de voluntades: rescate, apoyo, valentía, toda mi fuerza.

—Basil.

Me giro sobre mis pasos y noto que algunos me siguen. El hombre pone el brazo en jarra y amplía la sonrisa. Está disfrutando, pero voy a borrarle ese gesto de un guantazo. No obstante, cuando llego hasta él, empiezo a sentirme mareada. Basil sisea algo. O tal vez lo dice en voz alta, pese a que mí me alcanza como un murmullo.

Miro por encima de mi hombro, y me encuentro con que todos comparten mi estado, menos los nuclenses encarcelados; ellos están en el suelo, inertes. Me asusto, pero la sensación que me está invadiendo no me permite reaccionar, de hecho, me adormece. Advierto a Salma, que se ha llevado una mano a la cabeza y se apoya sobre los muebles para no caer. Yun se tambalea y Eadre extiende sus enormes brazos para mantener el equilibrio.

¿Qué nos ha hecho?

—Ya podéis pasar.

Un grupo de soldados mudnanos entran en la habitación y nos acorralan. Dos me sujetan y enganchan unos grilletes a mis muñecas. Me resisto, pero me pesan los músculos y tengo la cabeza embotada. Nos van a matar. Estoy segura.

Quitadle la espada —gruñe Basil.

Abro la boca para gritarles que ni se les ocurra hacerlo a no ser que quieran perder los brazos como lo hizo su gobernante, pero tengo la boca seca. Nada sale de mi garganta y esta empieza a cerrarse. Los pulmones se resisten a que les llegue el oxígeno y boqueo, sintiendo un sudor frío empapar mi espalda.

Me quitan a Sustituta. Me empujan y doy un traspiés. Me tienen que sujetar mientras avanzamos. De esta no salimos. Ni mis soldados ni yo. Y todo es mi culpa. De mi orgullo y de mi imprudencia. No hay salvación.

Nos sacan al exterior, pero no me doy cuenta hasta que el sol y la brisa impactan contra mi rostro. Todo son manchas borrosas y mis piernas aún no coinciden para dar dos pasos coordinados. Me arrastran sin cuidado y un tobillo empieza a dolerme. Creo que me lo he torcido al bajar los últimos escalones.

Respiro hondo y, por fin, mis pulmones se llenan, agradecidos, aunque con un leve pinchazo de dolor. Parpadeo para intentar ver más allá del mapa de lucecitas aturdidoras. Voy recuperando poco a poco la sensibilidad de mi cuerpo. Noto las manos de los mudnanos aferradas en torno a mis brazos. La molestia del tobillo empieza a acometer con más fuerza. Aunque el sol está en lo alto, la brisa fresca calma el ambiente. Recobro los sentidos y el resto de nuclenses también, porque oigo a Salma despotricar.

Cuando consigo enfocar la vista, me percato de que estamos todos de espaldas a Mudna y de cara a Núcleo; una sombra alargada en el horizonte. Tengo a Rial a mi derecha y a Yun a mi izquierda. Estamos dispuestos en una línea horizontal, maniatados y desarmados. Todos presentan el mismo aspecto que yo: desorientados y dolidos. No ha debido de ser fácil para Yun reencontrarse con Sotino, su lilab, y ser separado de él otra vez.

—Bueno, bueno. —La voz de Basil nos amenaza por la espalda—. ¿Quién nos habría dicho que sería tan fácil teneros así?

—Dinos qué quieres, Basil —le ordeno.

—Oh, no, no, pequeña, esto no va a funcionar así. Después de tanto tiempo planeando este movimiento, la resolución no va a ser sencilla ni rápida.

Una trampa. Desde el comienzo todo ha sido una trampa y he caído con la esperanza y la vida de muchos seres que confiaban en mí.

—Ilumíname, Kira. ¿Quiénes eran aquellos desconocidos que se presentaron en Núcleo?

No contesto.

—No te resistas, por favor. Sé mucho más que esto, solo estoy tanteando el terreno.

—Si sabes más, deja de jugar —le espeto, furiosa.

—Juego, porque tengo el privilegio de poder hacerlo. Aunque, venga, voy a rebajarme de la misma manera que has hecho tú antes. ¿Qué hacían dos humanos, una extranjera, incumpliendo las normas en Núcleo?

—Los Pactos de la Armonía contemplan la libertad de fe en nuestra ciudad. Además, nosotros creemos en la libertad de expresión.

—No te equivoques, Kira. Los Pactos acceden a que los draizs profesen sus creencias, pero no a que se pregone esa mentira sobre nuestro origen. Y tú lo permitiste.

—Los encerré.

—Los dejaste marchar.

—¿Y el pacto sobre no tener espías en las ciudades vecinas?

—Eso, Kira, vas a tener que aclarármelo tú.

Enmudezco.

—Sé que ayer en la taberna te encontraste con, al menos, una amiguita tuya. Demasiados ojos, demasiados oídos... Lo que no me creo es que te relajases tanto. ¿Fue por mi hijo, tal vez? Fiama sabe de vuestra relación y, por supuesto, si Fiama lo sabe, yo lo sé.

Las lágrimas se agolpan en mi ojo. No hay secretos para Basil. No hay secretos para un monstruo que, por sí solo, ha conseguido subyugar y hacer perecer a un país entero. Cómo nos infunde tanto temor como para no sublevarnos contra él sigue siendo un misterio para mí.

—Como habrás comprobado, mi hijo es un insubordinado. Tal vez lo contaminaste tú con tus ideas aprendidas de esos salvajes. — Yun aprieta los puños—. Envenenaste el pensamiento de mi hijo para que no luchase por sus ciudadanos.

—Sid siempre ha tenido bien claras sus ideas. Eres tú el que lo ha apartado de todo lo bueno.

—¡Ja, ja, ja!

Su risa es peor que una estocada. La espera está siendo insufrible. Quiero que esto termine ya.

—Kira, Kira, Kira. —Nos rodea para ponerse frente a nosotros—. Lo único que has provocado es que lo haya castigado día tras día. Sus gritos, sus lágrimas… —Algo rezuma en mi pecho. La rabia profunda. No sentir a Sustituta a mi lado rebaja la osadía—. Siempre ha sido leal a ti.

—Sigues equivocándote. Siempre ha sido leal a sí mismo. Lo único que le has enseñado es a no ser como tú.

Y creo que hago mella, porque su sonrisa se desvanece. ¿Mi intransigencia ante sus provocaciones ha resultado? Me empiezan a temblar las piernas por el cansancio y el miedo. Ya no sé qué hacer. No sé cómo resolver esta situación.

—Por favor, acercaos —ordena Basil, más allá de nosotros.

Escuchamos los pasos y el crujir de las armaduras. Un numeroso grupo de soldados se colocan frente a nosotros, dejando a Basil en medio, cara a cara conmigo. Cada uno sujeta un hacha de doble filo, gruesa y afilada. Menos Basil, al que le tienden a Sustituta. La desenvaina mientras la observa con un fervor enfermizo. Es como si, de pronto, poseyera algo que siempre ha deseado. Como si viese en el filo de mi espada un poder que jamás ha ostentado.

—Estoy cansado de esto —masculla—. Siempre he creído

que la antigua espada de Zigon era la que te impulsaba a actuar como lo hacías. Pero aun viéndote así de indefensa, eres capaz de proyectar todo el odio que sientes. Eres capaz de mirar con valentía y enfrentar los peligros sin tartamudear. Admiro eso de ti. Ojalá mi hijo fuese como tú. Una pena que nunca vayas a volver a ser un ejemplo para nadie. Porque aquí, Kira, se acaba tu destino y el de tus amigos.

Rial ahoga un sollozo y tiembla a mi lado. Junta su cuerpo al mío, y me sorprende cuando Yun hace lo mismo. Nos estamos replegando, sabiendo lo que va a pasar. Esas hachas matarán a mis amigos y mi propia espada sesgará mi vida; a manos de Basil.

Pienso en Ézer. En Ehun y Zigon. En Núcleo. Y pienso en Sid. En todo lo que ha dicho su padre de él. En qué habría pasado si hubiese confiado en su palabra y sus acciones. Me duele el pecho. La presión no ha descendido, más bien aumenta. Me atrapa y, aunque no me hace daño, me llena de una sensación extraña y poderosa.

—Ah, Kira. Sé que creéis que vais a morir aquí. Sin más, pero no.

Un pájaro sobrevuela la cabeza de Basil. Azul y amarillo. Un pájaro de Copelia. Pero una flecha cruza el espacio y se incrusta en el pecho del pequeño animal. El gobernante de Mudna retrocede, se agacha y recoge al pájaro. Lo observa, esperando encontrar un mensaje que el animal se ha llevado con él.

Sin embargo, Basil lo tira al suelo con un encogimiento de hombros. Sonríe y mi seguridad desaparece. No puede ser. No puede conocer esto también…

—Es un pájaro mensajero, ¿verdad? Tenemos gente que estudia la fauna de Nueva Erain. Estos pájaros no son salvajes. Siempre siguen una ruta que, curiosamente, termina en Núcleo. Aunque no hayamos descifrado sus cantos, al menos hemos matado muchos de vuestros mensajes. Y, ¿sabes lo mejor? Creo saber qué querían comunicarte. Pero, como tú has dicho, soy un ser muy bondadoso, así que yo mismo te lo voy a contar. Vais morir, sí. Aunque lo vais a hacer desangrándoos mientras contempláis cómo, definitivamente, cae Núcleo.

—No… —La respiración ahoga mi negación.

Nos acurrucamos más entre nosotros.

—Llevamos mucho tiempo planeando esto, Kira. Solo hacía falta encontrar algo que te sacase de allí. Si no llego a interrogar a Fiama, jamás habría advertido que ese algo fuese Sid. Tengo entendido que no tienes mucha confianza y que en Núcleo incluso atentan contra tu vida porque no te quieren arriba por ser lo que eres. Pues sabes… Siempre he creído que sí te respetan. Siempre habrá algún detractor, pero la gran mayoría, aunque sea en silencio, te seguiría hasta el final. Pero no vas a estar allí. Vas a estar aquí. Y nadie verá cómo llegas para ayudarlos.

Pensarán que los he abandonado. O que he muerto sin conseguirlo. No creo en las palabras de Basil, pese a que son lo que más deseo en la vida. Que confíen en mí. Que todos seamos una unidad inquebrantable en la que vivir en paz. Que jamás tengamos miedo a despertarnos y vivir como queramos.

—¿Preparados?

Basil hace una señal y el cuerno de Mudna resuena por toda la explanada. Me recuerda al Incidente. A la sangre y al sudor. Al fuego y las cenizas. Muevo las cadenas que apresan mis muñecas, pero no sirve de nada. Rial apoya su cabeza en mi hombro y Yun acerca su boca a mi oreja:

—Gracias por todo, Kira.

—Yun, gracias a ti. A todos vosotros… —sollozo.

Me escuece su despedida y su afirmación. Entrelazo mis dedos con los suyos. Cierro los ojos. Algunos dirían que es de cobardes morir así, pero no quiero verlo, solo quiero sentir la cercanía de los soldados... No, de mis amigos, para irme de este mundo sabiendo, al menos, que no he sido asesinada sola.

La piel de Yun es suave y me aferra con fuerza. Son mis amigos. Siempre equivocada, creyendo que tenía a pocos a mi alrededor o que permanecían a mi lado por obligación. Podrían no haberme seguido. Podrían haberme abandonado a la primera de cambio. Pero aquí están, ante un destino fatal que nadie ha buscado.

Los pasos enemigos son sentencias. De hecho, creo oír un barullo en la lejanía. Imagino a las tropas de Mudna llegando a Núcleo, y a mi ciudad respondiendo con torpeza, totalmente desprevenida. Oigo gritos, órdenes, el birberrio de Núcleo... El aire se torna cálido y se posa en mi piel. Los grilletes aprietan más y me parece escuchar cómo Basil aprieta la mano en torno a la empuñadura de mi espada. Me lo estoy imaginando. Es el terror el que lo agudiza todo.

Entonces se cuela la respiración de Yun. Y la de Rial. Y la de Salma. Eadre gruñe. Lorad parpadea. Hay sudor empapando cuerpos y un caballo acercándose. Sí, son cascos. Es un animal vigoroso y alguien lo cabalga. Tiene la respiración entrecortada. Se aproxima a nosotros. Basil está cerca. El caballo está cerca. La muerte también. Al contrario que lo imaginado, es cálida. Tal vez demasiado. Y muy luminosa. Cegadora. Abro los ojos. Al final, no puedo evitarlo.

Mi final es todo dorado. Y zumba. Y lo mezcla todo. Los sonidos, los colores... Aunque con armonía y orden. Yo también soy de ese color. Me siento imparable de repente. No me tiemblan las piernas. No me duele el tobillo. Tengo a Sustituta a un centímetro de mi cabeza, quieta. Los oscuros ojos de Basil están puestos en mí, conmocionados. No termina la trayectoria. El filo se estremece. Su labio inferior también.

Yun me mira como si jamás me hubiese visto de verdad. Rial se sorprende. Y en medio de toda esta confusión, Basil susurra:

—Eres una anomalía.

¿Que yo qué? Aprovecho su confusión, aunque yo no estoy mucho más preparada, y le propino un empujón que lo hace retroceder. Mis amigos reaccionan de la misma manera, sin dejar de lanzarme vistazos nerviosos.

El caballo llega y me giro dispuesta a contraatacar, pero es Sid. Desciende, aun con el animal en marcha, y corre hacia mí. Extiendo los brazos, de repente libres, su gesto se contrae, me lanza una advertencia, me giro sobre mis talones y descubro que Basil vuelve a contraatacar. Me tapo, inútilmente, pero entonces alguien me abraza y oigo un choque. Empujo el cuerpo que me retiene, pero es resistente, como si estuviese anclado al suelo. Miro. Es Sid, refulge de color dorado y ha detenido la hoja de Sustituta con la mano. Un río de sangre se pierde por su brazo y ahogo un grito.

Un tirón me une a él. Noto cómo toda esa corriente impetuosa se concentra en nuestros cuerpos. Retumba en mi interior como un terremoto. Antes era un eco, pero ha despertado en mí y está rugiendo, deseando salir al exterior sin impedimentos.

Me deshago de su abrazo. Mis amigos, aún maniatados, están intentando contener el ataque de los mudnanos. Debo ayudarlos. Debo ayudar a Sid.

Explotó. Inexplicable. Una ráfaga, como un torbellino, impacta contra el grupo de soldados, que se ven impulsados varios metros en dirección contraria a mis amigos. Escucho los gritos de triunfo de Basil. Algo sobre que Sid es una anomalía. Sobre que él lo sabía. Todo se vuelve a agudizar. Debo ayudarlo. La tierra se queja bajo mis pies y Basil, todavía desquiciado, pierde el equilibrio y cae.

Avanzo con pasos poderosos. Voy a matarlo. Puedo hacerlo con *esto* que me invade, sea lo que sea. Pero entonces, un estruendo hace que me gire. Varias columnas de humo, muy gruesas, se alzan desde Núcleo hacia el cielo.

Mis amigos chillan, Sid llega hasta mí. De repente, no siento nada. Toda mi atención está puesta en la ciudad. Mi ciudad. La ira me hierve. El miedo también. Mis piernas se mueven solas. Avanzan hacia adelante. Corren con desesperación. Todo a mi alrededor se desdibuja.

Entrego todo lo que tengo, toda esta energía devastadora, todo lo que soy, para llegar a Núcleo lo antes posible. Grito. Lloro. La energía estalla como ríos dorados a mi alrededor.

Y es todo lo que puedo ver antes de alcanzar la ciudad.

Sangre, sudor y poder.

NORA

CABALGAMOS SIN DESCANSO. Hemos recortado a la mitad los días de viaje que separan el centro del país del hogar de los indómitos. Miro hacia mi derecha, donde Indra sigue el paso de nuestra montura al galope. Runa se ha quedado en el pueblo. Mejor dicho, la han obligado a hacerlo.

Zahira es una harum implacable y cuenta con el apoyo de todos los indómitos. De la misma manera que Mijaíl parece otro portavoz dispuesto a no permitir fisuras en un grupo tan unido. Runa ha atacado a Indra, y si quiere arreglarlo solo le queda ceder. A nuestro regreso, la ayudaré. La descubrí débil, llena de inseguridades. Como si hubiese cambiado de parecer después de todo el viaje recorrido.

Aunque he leído mucho sobre las guerras que asolaron el país en el pasado, incluso las que sucedieron en el antiguo mundo; las traiciones, las muertes… Tal destrucción me sigue pareciendo lejana. Algo que, como nunca he vivido, soy incapaz de imaginar las razones.

Runa es cómplice de un plan orquestado en su país. No contra Nueva Erain, sino contra las anomalías, siendo ella una de nosotras. Zahira tiene razón: Runa debe sincerarse para poder entenderla. Pero pese a esta necesidad directa de que mi amiga hable, sigo sin poder eliminar el sentimiento de pena que me inunda cada vez que recuerdo su rostro contraído por el temor y la pena.

Observo la nuca de Ézer. El final de sus trenzas. Él la defendió también. No podemos juzgarla sin más. Cuando regresemos tras rescatar a Kira de Mudna, pienso pelear, al menos, para que se le dé el beneficio de la duda. Lo merece, pese a sus secretos y sus rarezas.

—¡Ézer!

Es Indra la que advierte a voces. Siento, contra mis brazos, cómo se le detiene la respiración por segundos. Me yergo para poder observar por encima de su hombro y la escena me paraliza: Núcleo está ardiendo. El humo es una sombra en lo alto de la ciudad. Las llamas lamen los edificios y los oscurecen a su paso.

—¿Una batalla? —pregunta Ézer, incrédulo ante la verdad.

—Tenemos que llegar cuanto antes y averiguarlo. —Por el tono de Indra capto que quiere animarlo, pero el horizonte grita todo lo contrario.

A medida que nos acercamos, empiezo a distinguir formas en las lindes de Núcleo. Hay soldados que no reconozco vestidos de granate, pero sí distingo a draizs nuclenses. ¿Por qué está cayendo la ciudad? ¿Qué puede haber pasado con Kira en Mudna? Aunque me gustaría que Ézer o Indra contestasen a mis dudas, me callo. Es una de esas situaciones tensas en las que es mejor permanecer en silencio.

—¿Qué es eso? —La indómita señala al frente.

Nos cuesta encontrar el objeto de su incertidumbre, pero, de repente, conseguimos discernirlo entre el humo y las llamas. No todo es negro y rojo, sino también dorado. Unos fogonazos que iluminan como chispazos diferentes zonas de Núcleo. Un tirón en mi interior hace que me lleve una mano al pecho.

La energía empieza a arremolinarse en mis brazos y mis piernas. Observo a Indra y esta asiente en mi dirección. Llego a la conclusión de que hay una anomalía actuando en la ciudad. Trato de reprimir el poder de la magia, porque no quiero que se repita un episodio parecido al del enfrentamiento entre Runa e Indra. Si ya no era capaz de controlarme solo, junto a ellas empeora.

Estamos llegando. Ya se escucha el entrechocar de las armas. Los gritos de agonía. El profundo hedor de la sangre, la ceniza y la muerte. Los brazos me tiemblan de miedo. Nunca he estado en una batalla real. Tal vez tendría que quedarme al margen, para no entorpecer. Pero algo en mi interior me empuja a continuar. Un hormigueo no me permite abandonar a nadie a su suerte, y me incita a actuar.

—¿Indra?

—Lo sé, Ézer. Creo que es Kira. Está fuera de control. Siento cómo fluye—se queja.

¿Cómo puede reconocer la energía de la danían? ¿Cómo puede sentir su estado a tal distancia? Yo solo noto una tensión, cada vez más agresiva, comprimiéndose y latiéndome bajo la piel. ¿Es porque la indómita siempre ha vivido libremente su condición, sin ataduras, como para conseguir manejar su poder?

Si entro en Núcleo… Si tengo que pelear… Sé que no saldré ileso. Tal vez ni siquiera vivo. Tiemblo más. Ézer suelta una mano de la rienda del caballo y la lleva a la mía. Aprieta. Lo agradezco, porque estoy al borde del llanto. No estoy preparado para luchar. No estoy preparado para matar por mi vida. ¿Y por la de otros? Respiro rápido, sintiendo que todo va a salir mal.

—Ézer. Hay otra anomalía. Hay otra, sí. Junto a Kira.

—¿Es Sid? ¿Lo visualizas?

¿Visualizar? Pienso en Runa y sus cartas adivinadoras. En los archivos del Caimán hay apreciaciones sobre el poder de las anomalías, pero, a día de hoy, me resultan bastante breves e incompletas. Tampoco creo en el destino predeterminado y, sin embargo, ¿quién me considero para poner límites a una fuerza que nadie es capaz de explicar?

Si la Magia pudo salvar a una pequeña parte de la humanidad de su propia devastación. Si de su naturaleza nacieron los draizs. Si ha conseguido que la Tierra permanezca viva. Si con Ella las anomalías somos capaces de desatar energías que se materializan e inciden en la realidad, ¿quién soy yo para negar las cualidades de su existencia?

—¡Es Yun! —grita Ézer.

El chico espolea al caballo y un brinco por parte del animal me saca completamente de mis pensamientos. Entierro el rostro en la espalda de Ézer hasta que noto que la montura va aminorando la marcha.

Un grupo de draizs y humanos están llegando hasta nuestra posición. Reconozco al draiz de pupilas dilatadas y trompa por nariz. También a la enorme de color amarillo que nunca habla. E incluso una de las soldados humanas que siempre reacciona a todo con desconfianza. No recuerdo sus nombres, pero sí quiénes son.

Ézer desciende, se cuelga el arco y el carcaj a la espalda y luego me ayuda a desmontar. Y, pese a su apoyo, sigo haciéndolo con torpeza.

—¡Ézer! —El draiz se dirige hacia mi amigo.

—¡Yun! ¿Qué está sucediendo?

—Basil nos ha traicionado. Ha utilizado a tu hermana para preparar una emboscada contra Núcleo.

—Pero ¿cómo? —Ézer no cabe en sí de la angustia.

—Llevan tiempo perpetrándolo —continúa un chico joven—. Basil nos ha dicho que estaba esperando el momento oportuno en el que Kira bajase la guardia.

—¿Cómo está mi hermana, Rial?

Los soldados se miran entre sí. Incluso puedo ver a la draiz enorme dudando, rascando sus pezuñas en la tierra. ¿Cómo puede Basil crear tanto dolor ajeno y regocijarse en él? El Caimán también escribió sobre él. Sobre cómo llegó a este país junto a muchos más humanos procedentes de otros lugares del mundo. Sobre cómo los dirigió y los unió, y encontró al resto de personas salvadas por la Magia en otros lugares de la isla. Pero también sobre cómo su actitud fue torciéndose a medida que interactuaba con los draizs y veía crecer su influencia entre los suyos. Sobre cómo anuló a los nativos y sometió al resto de humanos, con todas sus batallas y discusiones consecuentes, hasta llegar al día de hoy.

Me preguntaría qué más busca, pero viendo a personas como Indra la duda deja de formularse: Basil no cree que haya conseguido el dominio total de Nueva Erain. Basil no firmó los Pactos de la Armonía para llegar a un futuro pacífico. Basil solo está tanteando, jugando y planeando a largo plazo. Es un estratega al que no le importa tener periodos silenciosos si así logra hacer más ruido en el golpe final.

—Ézer, tu hermana... Tu hermana tiene su don —susurra Yun.

—¿Su don? —Ézer tuerce el gesto.

—Tu hermana posee magia —concluye el draiz.

—¿Entonces este chaval tenía razón? —me señala la soldado humana.

Ézer no contesta y aprieta los labios. Me acurruco a su lado. Observo cómo Yun lo estudia y cómo algunos cambian su actitud, dándose cuenta a la vez de que él lo sabía desde el principio.

—Lo sabías —musita Yun.

—Desde siempre. —Asiente el chico.

—¿Es verdad? —La soldado está empezando a enloquecer, llevándose las manos al pelo corto, mirando a Yun con decepción.

—¿Por qué nos habéis mentido? —Rial también está empezando a desesperarse.

—Salma, Rial, calmaos. —Ézer alza las manos en tono conciliador.

—No estoy entendiendo nada. No me gusta esto. —Mira a sus compañeros draizs con el rostro crispado—. Pero ahora debemos ir a ayudar a Núcleo. —Salma echa a correr.

Todos la persiguen sin discusión y el único que se queda rezagado es Yun. Alterna su dilatada mirada entre Indra, Ézer y yo. Parece estar reprimiendo muchos sentimientos. Algunos llenos de sentido, otros inexplicables. Se siente engañado por Ézer. Puedo advertirlo, porque es un gesto que yo he compuesto alguna que otra vez.

—Ahora tenemos que salvar Núcleo, pero Ézer… ¡Oh, Ézer, piensa en cómo decírselo a Kira! No va a ser fácil y Basil ya ha dado un paso más. Nosotros estamos hartos.

Y, con estas palabras, Yun corre en dirección a la ciudad. La velocidad que lo caracteriza es asombrosa, sin embargo, tengo la atención puesta en mi amigo. Tiembla, pero por un miedo distinto al mío. Indra se acerca y posa una mano sobre su hombro. Sus dedos, lentamente, empiezan a tornarse de color dorado.

—Indra —murmuro.

—Hay que hacerlo, Noah. Tú y yo somos los únicos que podemos hacer frente a esto.

—No estoy preparado —digo, cada vez más bajito.

—Solo protégete. Protégete y busca a Kira. Es necesario salvarlos a los dos, ¿entiendes?

Asiento, aunque sigo sin estar convencido. Ézer se vuelve hacia mí. Tiene los ojos anegados de lágrimas y el gesto me afecta tanto que echo mis brazos en torno a su cuello y aprieto. No sé cómo infundirle ánimos y decirle que todo va a ir bien. No sé si voy a ser capaz de ayudarlo y de dar lo que se espera de mí.

Sin embargo, el chico me vuelve a sorprender con su bondad natural. Me separa, coloca las manos sobre mis mejillas y sonríe. No es una de sus radiantes sonrisas, pero es tan pura y tan sincera, que siento el impulso de alejarlo de aquí. No obstante, lo que hago es inclinarme un poco para darle un suave beso en los labios. Es un leve roce, pero él ha fruncido un poco los suyos y nuestras bocas se han enganchado sutilmente.

—Voy a intentar darlo todo, Ézer.

—No arriesgues tu vida. Que hayas llegado hasta aquí ya es gesto suficiente, Noah.

Una explosión nos hace volvernos hacia Núcleo. Otra columna de humo. Estamos perdiendo el tiempo. Indra le pone voz a la urgencia:

—Por muy feliz que esté de que hayáis decidido dar el paso obvio que todos sabíamos que ibais a dar, debemos apresurarnos.

Dejamos a los caballos atrás y retomamos la marcha. Llegamos a la frontera este de Núcleo, en la que unos cuantos draizs está enfrentándose a un reducido grupo de mudnanos. Ézer es el primero en ayudarlos, cargando una flecha y disparándola certeramente contra la cabeza de uno de ellos. Suprimo una arcada detrás de otra. Pisamos cuerpos, sangre y barro. El olor a cenizas y a fuego es cada vez más intenso.

Tras vencer al último enemigo, continuamos avanzando mientras los draizs le comentan algo a Ézer. Indra se ha echado la capucha sobre la cabeza y se ha colocado a mi lado. Los nuclenses parecen no haberse percatado, pero la chica ya irradia la luz mágica por entero. Sus oscuros ojos se centran en mí y noto una conexión.

Inmediatamente, percibo cómo nuestras energías se hilan, aunque de manera muy débil. El fulgor dorado empieza a rodear mi cuerpo. La sensación no es nada parecida a cuando Indra y Runa conectaron, porque ahí sentí un verdadero vínculo. Como si sus magias conociesen la forma perfecta de enredarse.

Pese a nuestra tímida y torpe afinidad, todos mis sentidos se agudizan. El alrededor deja de tener secretos para mí, aunque me cuesta poner en orden la confusión de sensaciones y estímulos que recibo de golpe.

—Recuerda, respira hondo y…

Pero una horda de soldados llega a nuestro encuentro. Indra me empuja y trastabillo hasta caer a tierra. La chica encorva la espalda hacia delante y embiste contra el primer enemigo que la alcanza. Un grito desgarrador me hace volverme para descubrir que una soldado enarbola una enorme hacha en mi dirección. Arrastro el cuerpo y trato de alejarme lo máximo posible. En sus ojos brilla el terror, tal vez porque no quiere pelear en esta batalla, tal vez porque se ha percatado del resplandor de mi cuerpo. Sin embargo, antes de que pueda reaccionar, la energía despierta en mi interior.

» *¡Defiéndete!*

Una columna dorada sale de mi cuerpo despedida hacia el cielo y me engulle. El hacha restalla contra la pared mágica y se rompe en mil pedazos. Uno de los pequeños trozos se incrusta en su cuello y se derrumba. La he asesinado. Lo sé, porque noto que su corazón ha dejado de palpitar. Ya no se oye su particular latir descompasado.

Grito. Grito fuerte. Noto cómo la energía se arremolina a mi alrededor, levantando una fuerte ventisca. Es como los días de tormenta en la playa, cuando me atrevía a entrar en el mar embravecido y las olas me arrastraban hacia las profundidades. Así me siento: imparable e insaciable. El poder reclama algo. No es la muerte, pero siente la misma frustración. La misma tristeza y el mismo miedo.

» *¡Noah, avanza!*

—¡No!

—¡Noah!

Indra acude en mi ayuda. Un reguero de sangre le cubre la mejilla y recorre su piel hasta perderse por el cuello, tapando alguno de los signos azules pintados en su cuerpo. Con sus manos doradas, atraviesa el manto protector, ahora totalmente descontrolado, hasta agarrarme por los hombros. No entra del todo. Solo se queda mirándome fijamente, como antes.

—¡Puedes hacerlo!

—¡La he matado!

—Ha sido circunstancial. ¡La magia no sirve para ello! ¡Lo sabes bien!

—¡Nunca he sabido dominar mi magia, Indra!

La chica aprieta los labios y cierra los ojos. Quiero advertirla de su propia insensatez al bajar la guardia, teniendo en cuenta que estamos rodeados por la guerra, pero ella no se inmuta. Para la indómita, todo resulta invisible. Y no es que lo imagine, es que empiezo a sentirlo. Su relajación y cómo la magia acompasa su vida a un mismo son. Ninguna fuerza a la otra, porque no son enemigas, sino compañeras. Dejo que Indra intente conectar conmigo otra vez y, por un momento, noto que logra canalizar el caos que se desata en mí.

Hasta que unos chillidos me alertan. Están relativamente lejos de nuestra posición, pero mi energía los amplifica. Indra me suelta, alcanzada también por tales alaridos. Sin pensármelo mucho, echo a correr. La chica me pide que me detenga. Ézer me pregunta que adónde voy. No miro atrás.

Los gritos no cesan y, pese a que otros empiezan a entremezclarse cuanto más me adentro en la batalla, no pierdo la pista. No es hasta que llego al lugar del que proceden cuando me percato de que mi magia ha reaccionado al reconocimiento de las voces de Pantea y Copelia. Ambas chicas están rodeadas, junto a otras dos más, por soldados mudnanos.

No sé cómo logro hacer que mis piernas sigan avanzando sin tropezar por la indecisión y el pavor, pero me abro paso entre dos enemigos y abrazo los cuerpos de Pantea y Copelia. Enseguida, la magia las acepta en el interior de mi capa defensora y las baña de dorado. Las otras dos chicas se han quedado fuera y alargo un brazo para tocarlas también, cuando un soldado arremete contra ambas despiadadamente y acaba con sus vidas.

—¡No!

Al contrario de lo que pensaba que iba a suceder, Pantea y Copelia me aprietan entre sus cuerpos. Solo se relajan cuando comprueban que están protegidas dentro de la columna mágica. Las aferro. No permitiré que nada les suceda. Ellas me cuidaron durante mi encierro, y ahora les devolveré el gesto.

—Noah, tú eres… —empieza Pantea.

—Una anomalía, sí. —Me separo de ellas para mirarlas.

Agradezco que la magia nos conceda este suspiro. Pantea está manchada de hollín, pero parece ilesa. En cambio, Copelia tiene una horrible herida en el costado que la hace sangrar cada vez que respira hondo. Aun así, consigue mantenerse en pie con una seguridad envidiable. Y contagiosa.

—Y Kira… No lo sabíamos. Lo de Sid era un rumor. Para nosotras eran leyendas. ¿Nos han mentido todo este tiempo? Tú viniste a contarnos la verdad… —El discurso de Copelia se ve entorpecido por una tos que le hace escupir sangre.

—Noah, tenemos que sacar a Copelia de aquí.

—Tengo que pelear… —musita la espía.

—¡Escúchame! —le advierte Pantea—. No vas a morir aquí. No pienso permitirlo, ¿entiendes? —Sus ojos están inundados de lágrimas.

—Os sacaré de aquí —les aseguro.

De alguna forma, la magia se ha apaciguado, ya no se desorganiza expandiéndose y contrayéndose, aunque la columna sigue rezumando poder. Encontrar vivas a Pantea y Copelia ha conseguido calmar mi inquietud, pero no sé hasta cuándo durará esta paz mágica.

» *Los elegidos. Ellos son importantes.*

—Pantea y Copelia también. Y todas las vidas.

—¿Noah?

No dejo que pregunten más. Cojo sus manos, pero es Pantea quien lidera la marcha para conducirnos hasta un lugar que considere seguro. No se me escapan las miradas de desconcierto y recelo que ambas chicas le dedican a la columna dorada que nos protege de cualquier ataque externo.

Clavo mi mirada en el largo cabello de Pantea para no mirar los estragos de la batalla, porque ya es suficiente con sentirlos. Los cortes, la agonía, la muerte… Todo se siente demasiado real incluso cuando dejan de albergar vida. Se pega a mi piel para comunicarme las experiencias y destinos de todos los seres que ahora combaten en una guerra sin sentido.

Entonces me tropiezo y caigo hacia delante. Algo se clava en mi brazo y aúllo de dolor. Contra tierra, mientras trato de incorporarme, descubro cómo el fulgor dorado ha desaparecido. No. No. Aguanta. Debo protegernos. La sangre se desliza por mi brazo y suelto otro quejido cuando lo que me ha atacado se desincrusta de mi carne.

Me doy la vuelta y me encuentro cara a cara con un soldado

fornido y magullado. Blande su espada manchada de sangre para rematarme, pero, de pronto, un puñetazo trunca su intención y lo tumba. Pantea lo ha golpeado con todas sus fuerzas. Se está recolocando el guante moteado de rojo mientras sirve de escudo humano a una Copelia cada vez más debilitada.

—Li-Lita… —boquea el soldado, tratando de recuperarse. ¿Cómo la ha llamado?—. ¡Eres una espía de Núcleo!

—Sorpresa, Claudio.

El soldado recobra la agilidad, pero Pantea ya está preparada para asestarle otro golpe. Le pega una patada en la entrepierna y luego golpea su rostro con un implacable codazo. Claudio escupe sangre, perdiendo varios dientes, pero no se rinde.

Noto que la magia vuelve a mí y empieza a iluminarme el cuerpo. La sangre continúa escapándose de mi cuerpo y me llevo una mano temblorosa a la herida. La aprieto y el dolor me aturde. Me estoy desangrando. Reúno más energía. Pienso en cómo parar la hemorragia.

Pantea sigue peleando contra el soldado a la vez que intenta mantener en pie a Copelia, muy pálida y con la mirada más perdida que antes. Tengo que ayudarla. Tengo que defenderlas con todo el poder que mi cuerpo me permite utilizar.

Me concentro en la herida. Pido a la magia que me cure. Pido a la sangre que deje de manar. No hay nada a mi alrededor que me sirva para detener la pérdida, así que solo puedo implorar y tratar de manejar el indomable poder que me ha sido concedido. Y no sé cómo sucede, pero una burbuja dorada se crea en torno al profundo corte. No lo tapa ni tampoco lo cura. La sangre no continúa manando, pero unas gotas se han quedado suspendidas dentro de ese vacío que ha creado el pequeño anillo mágico. Apenas siento el brazo, no lo puedo mover, pero, al menos, ya no me duele.

Me incorporo entre gruñidos y dejo que la energía estalle sin control. La columna no reaparece, pero noto que el resplandor a mi alrededor es más espeso, más resistente. El poder vibra, afina mi sentido de la orientación y del equilibrio, y me lanza contra el soldado.

Choco contra el hombre y detengo su ataque. Rodamos por tierra y freno la velocidad con las piernas. Pantea detiene al mudnano y aprovecha para propinarle diversos puñetazos que le desfiguran el rostro.

Siento una arcada.

Está matándolo.

Voy a vomitar.

Es él o nosotros.

Vomito. Trato de incorporarme de nuevo. Pantea ha derrotado al soldado. Copelia silba y una bandada de pájaros azules y amarillos se posan sobre el cuerpo del enemigo y empiezan a picotear su carne. Le han arrancado un ojo. Lo he visto. Vomito otra vez.

—¡Noah!

Levanto la cabeza. Una soldado enemiga de cabello rubio me está apuntando con una de sus flechas. No importa, la magia me protege. Sin embargo, la chica suelta un proyectil certero, directo a mi espalda. Pero no encuentra mi espalda, sino el corazón; que tampoco es el mío, sino el de Copelia.

La chica ni siquiera se queja. Suspira. Noto su aliento escaparse, cálido y frío a la vez. Cae hacia atrás y logro sujetarla entre mis brazos. Pantea sí grita. Se desgañita. Siento sus cuerdas vocales rasgarse e hincharse por el esfuerzo y el dolor que se materializa en su voz. La espía se lanza contra la mudnana, pero yo me pierdo en la mirada vacía de Copelia.

Se está enfriando. Su piel parece de mármol. Nívea, pétrea. Lloro. Creo que lo hago durante un buen rato. Pierdo de vista a Pantea. Pierdo el sentido de todo, porque tengo a Copelia muerta sobre mí. Con una flecha clavada en el corazón.

De repente, la bandada de pájaros, que han estado picoteando el cuerpo del soldado, sobrevuelan el cuerpo de su amiga y, uno a uno, se van posando sobre ella. La cubren delicadamente, protegiéndola del exterior. ¿Es posible ver en la crueldad de una muerte la belleza de un recuerdo que otros hacen permanecer vivo? Porque los pájaros la están cuidado, la están aceptando, incluso cuando ya no está.

La magia se desprende de mis brazos y empieza a envolver a Copelia. También la protege, aunque tarde. La cubre junto a sus leales pájaros. No me explico cómo soy capaz de arrastrar a la chica hasta el interior de una casa. El techo y una de las paredes han sido derrumbadas, pero me parece cobijo suficiente para resguardar su cuerpo. Cuando todo esto acabe, alguien la encontrará. Alguien, si es que salimos vivos de esta.

Le dedico unas últimas lágrimas. Me aferro por última vez a su mano. Los pájaros me miran. Sus diminutos ojos negros no me reprochan nada. Sus corazones cantan a la vez y creo que me mandan un mensaje. Tal vez me lo esté imaginando. Ya no distingo entre lo que capto yo y lo que capta la Magia. Sin embargo, fantasear con que Copelia me perdona por no haber cumplido mi promesa de defenderla me llena de una calma inexplicable.

Inexplicable, porque no quiero su perdón, quiero que esté viva.

Salgo de las ruinas, cansado. La batalla se despliega delante de mí. He estado tan centrado en mis movimientos que no me he percatado hasta ahora de que todos me miran de reojo, manteniendo su posición lejos de mí. Incluso huyen. Me temen. Lo veo. Pocos han osado acercarse. Y puedo aprovechar su miedo. Puedo aprovechar que creen que soy capaz de matarlos con un simple chasquido para abrirme paso y salvar a cuantos pueda.

Respiro hondo. Recuerdo las palabras de Indra. Si me relajo, quizá consiga dominar la magia que hay en mí. Debo ir a por Pantea. No puedo permitir que ella también caiga. Pero entonces, dos rayos dorados entran en mi campo de visión. Los persigue un enorme grupo de soldados mudnanos. Uno de los fulgores es Kira. Está desquiciada. Un tirón me ahoga. Está concentrando muchísima energía. Muchísima. A su lado, la otra anomalía intenta detenerla. Supongo que es Sid. Es un chico alto, de pelo alborotado y mirada agotada. Está enfrentando su magia contra la de Kira, pero no para atacarla, sino para frenarla.

¿No se supone que son enemigos? ¿Por qué parece que Sid está intentando protegerla? El chico también concentra el poder, aunque de una manera más efectiva que la danían. Puedo percibir cómo cada uno hace uso de la magia, tal y como Indra es capaz de sentir. Kira quiere destrozar. Y si hace estallar todo lo que está acumulando, nos matará a todos, no importa si la magia se presta o no a la violencia.

Doy un paso. Dos. Tres. Zancadas. Zancadas en dirección a Kira. Creo que sé cómo calmarla. Creo que sé cómo contener ese poder desmedido. Se mueven con rapidez, pero continúo.

El ejército los ha rodeado y veo a soldados salir despedidos del centro en el que se deben encontrar ambos. Por otro lado, entra Zigon. Alza al cielo negro una gruesa y enorme espada, antes de descargarla contra sus enemigos. Desea abrirse paso para llegar hasta su hija; se descubre en sus ojos inquietos, que se posan en el centro del bullicio que no alcanzo a vislumbrar.

Lo ayudaré. Juntos llegaremos hasta Kira. Hago que la magia renazca con furia. Siento que puedo localizarla solo alrededor de mi cuerpo, como un manto, sin que regrese la columna dorada y caótica que lo desintegra todo a su paso.

Cargo energía en una mano y golpeo el suelo, recordando cómo lo hizo Runa contra Indra y esperando provocar el mismo efecto. Lo consigo: la potencia crea una enorme brecha que se abre hasta alcanzar al grupo de soldados. Los humanos se desploman o caen dentro de ella. Chillan, se agarran a las rocas y a las pocas briznas de hierba que tampoco son capaces de soportar su peso. Un pasillo se abre ante mí y consigo ver a Kira y a Sid. El chico la está agarrando con un ímpetu desmedido mientras trata de contener a los otros soldados que no saben si atacarlo o no.

¿Debo proteger a Kira de Sid? Ella tampoco está atacándolo, pese a que se resiste. Se resiste, porque quiere continuar destrozándolo todo. ¿Cómo ha llegado a este punto? Por mucho que yo no sepa controlar mi poder, siempre soy consciente de mis acciones. En cambio, Kira parece fuera de sí, en trance. Como si no fuese consciente de lo que está provocando.

De todas maneras, tanto Zigon como yo aprovechamos la indecisión de los mudnanos y llegamos hasta ellos de manera extraordinaria. El padre de Kira me mira con asombro, pero es capaz de hacer a un lado sus dudas y enfrentarse al enemigo. También capto la atención de Sid, que me observa, confuso. Sus magias me golpean, pero no me hacen daño. Así que me armo de valor mientras noto las espadas y las flechas de los mudnanos impactar contra mi cuerpo protegido. Me lanzo hacia Kira.

Al igual que he hecho con Pantea y Copelia, la abrazo. Noto uno de los brazos de Sid sobre el mío. El contacto de los tres reacciona como un torrente y me veo arrastrado sin remedio. Flexiono las rodillas para mantenernos en pie. La intensidad de la magia de Kira se despliega con fiereza y rasga, gruñe y golpea. Pero la hago mía. Trato de alejarla de ella, de concentrarla en mí y en expulsarla. Porque otra cosa no, pero soy experto en hacer estallar mi propio poder.

Percibo la energía de la danían abandonar su cuerpo y reconcentrarse en el mío. Grito. La libero. Es una sensación extraña.

Pese a que noto que es la misma energía la que está recorriendo nuestros cuerpos, la suya es un poco diferente a la mía. Como si portase en su existencia un pedazo de la de Kira. ¿Estoy absorbiendo algo que no le pertenece a la Magia, sino a la chica?

Me relajo. Ella vuelve a recargar.

—¡Kira, por favor, para! —grita Sid—. ¡Y tú! —se dirige a mí—. ¡No dejes de hacer lo que estuvieses haciendo!

Estoy cara a cara con el chico. Nuestras narices se rozan. Una pizca de su magia también me alcanza. Veo relámpagos y a una chica de ojos grises mecer un cuerpo pequeño. Veo en el reflejo de un espejo a un niño magullado frente a una ventana pensando en un río.

» *¿Lo sientes? Soy yo... Venid hacia aquí y tomad mi mano.*

—¡Cállate! —gritamos los tres a la vez.

Y entonces el velo que nublaba la mirada de Kira se desvanece. Me observa. Me reconoce. Hay un brillo de humanidad en su ojo.

—Noah. —Suspira.

—Kira —contesto.

—¡Kira! —Sid la hace girar y me recoloco, sin soltarla.

—¿Qué sucede? —Su magia revolotea, pero de una manera diferente, llena de incertidumbre—. ¿Qué me está pasando?

—Ahora no podemos explicártelo. Tenemos que huir —dice Sid, atolondrado.

Y lo cierto es que coincido con él. Nuestra posición actual está perjudicando más que ayudando. Nuestras magias parecen acabar de despertar. Y son inexpertas, movidas únicamente por los sentimientos que nos dominan. Continuar aquí es una irresponsabilidad. Me vuelvo a mis espaldas, donde la mitad de los soldados mudnanos han desaparecido bajo la espada de varios nuclenses, incluido Zigon.

Reconozco a Almog, poderosa y manchada de sangre, cerca

de nosotros.

—No pienso irme. Debo ayudar a mi pueblo.

—Kira, lo entiendo, pero no puedes seguir así, ¿entiendes?

—¡Hija! —Zigon llega hasta nosotros.

Si siguen acudiendo enemigos, no lo vamos a conseguir, porque Kira cada vez siente más firmemente que debe quedarse y darlo todo por salvar Núcleo. Entiendo su afán por ayudarlos. Recuerdo a Copelia y me muerdo el carrillo interno. En algún momento tendré que contárselo.

—¡Hija mía, debéis marcharos!

—Padre, ¡lo siento! Basil, Basil… —Es una niña que ha perdido el rumbo.

—Tranquila, no es tu culpa. Obraste como…

—¡No!

Kira aparta a su padre de la trayectoria de una flecha que la alcanza a ella en la pantorrilla. Sid intercepta el cuerpo de la chica. Aprieta la zona herida de la misma manera que yo he hecho con mi brazo. Me vuelvo para defenderlos, y me encuentro con la misma mudnana que ha asesinado a Copelia.

—¡Bernice, para! —le ruega Sid.

La soldado parece confundida. Se nota que ha llorado. Le tiemblan las manos y, aun así, es letal. ¿Esta es la verdadera cara de la guerra? Seres inseguros que no saben por lo que luchan. Seres a los que se les ordena actuar en pos de un futuro que solo beneficia a unos pocos.

—¡Voy a vengarnos, Sid!

Pero Almog la interrumpe y la enfrenta. Bernice se defiende con maestría y retrocedemos unos pasos. Kira, Sid y Zigon chocan contra la pared de un edificio. El draiz y el mudnano atienden a la danían, y me sorprende cómo son capaces de dejar a un lado sus rencillas para salvarla. ¿O es esta la verdadera cara de nuestra sociedad? Seres que saben que la confrontación que han provocado no debería existir. Seres que no ven a un enemigo, sino una vida que debería actuar sin miedo y con libertad.

—¡Ahora! ¡Ahora! —grita la soldado tras alejar a Almog de una patada.

Una explosión en lo alto del edificio bajo el que se resguardan Kira, Sid y Zigon hace estallar en mil pedazos la piedra y la construcción se derrumba. Entonces sucede. El antiguo danían empuja con sus brazos azules a su hija y a Sid lejos de él; con la suficiente intensidad como para apartarlos de la zona del desprendimiento. Los recojo con mi brazo de nuevo, por si la magia que los envuelve no los protege como a mí. Kira se resiste, pero escondo su rostro en mi hombro.

Y los escombros entierran a Zigon. Ha dado un solo paso. Un paso de esperanza que no ha servido. Me mareo. Aflojo. Kira se deshace de mi agarre y se dirige hacia los restos. Solo un brazo azulado sobresale entre ellos. Creo que la danían gritará, que su magia volverá a explotar hasta el punto en que destruya la ciudad entera de pena e impotencia, pero se apaga. Su poder se disipa como la llama de una vela. No siento nada dentro de Kira.

—¡Idos! —Almog se dirige a nosotros—. ¡Idos y no volváis hasta que os avisemos! ¡No podéis quedaros aquí!

—Pero, Kira… —empiezo.

—Lo mejor es que desaparezca durante un tiempo.

—¡Eso no es verdad! ¡Pensarán que ha huido, pensarán…! —la defiende Sid.

—¡Sid! —estalla Almog—. Pocos van a pensar eso. ¿No lo entiendes? Han caído todas las barreras. Han visto lo que Kira es en realidad… Y la magia es nuestro bien más preciado.

Pasa una mano roja de uñas largas por el pelo de la chica, que permanece quieta, con la mirada perdida en el grupo de escombros que sepultan a su padre. No parece percatarse de nada de lo que está sucediendo a su alrededor. Jamás pensé que la kalente pudiera ser tan delicada. Sobre todo, después de haber probado su ferocidad casi en carnes.

—¡Rápido! ¡Sid! ¡Noah! —nos apremia Almog.

—Volverá —asegura Sid, cargando a Kira sobre su espalda.

—Eso espero. —Asiente la capitana.

Nos alejamos.

Nos encontramos con Ézer e Indra.

Huimos.

Huimos de Núcleo.

De la destrucción.

De la muerte.

De todo.

Huimos, porque para volver a encontrarnos a nosotros mismos, la única opción ahora es huir.

KIRA

Si hubiese conseguido tocar su mano, la habría descubierto mortalmente fría. Porque no sé si lo que ha nacido en mí lo hubiera protegido. Porque, no importa cómo, él me ha salvado. Y ahora él ya no está. Mi padre ha muerto defendiéndonos a Sid y a mí. Nos ha lanzado a los brazos de Noah y nos ha rescatado de quedar sepultados bajo una montaña de escombros.

Busco con la mirada a Bernice que, junto a un grupo de soldados mudnanos, lo ha asesinado. Yo creía que ella no deseaba realmente estar involucrada en esta situación. Que, como muchos de nosotros, se sentía obligada a luchar, pero no hasta el punto de ver el mundo arder. No ha dudado ni un instante. Y ahora mi padre está muerto.

Busco con la mirada a Bernice, pero no la encuentro por ningún lado. De hecho, no creo estar en Núcleo. Todo lo que consigo ver es el verde intenso de la hierba húmeda, tan poco común en mi ciudad, y las patas embarradas de un caballo avanzando al trote. Huele a fresco y a lluvia. Algo me agarra por la cintura y acaricio la piel suave y peluda del animal. Trato de moverme, pero me duele todo el cuerpo. No sé si llego a protestar en alto, porque noto que la agonía se ahoga en mi garganta.

Me siento como una carga. Ya no percibo esa energía violenta y poderosa creciendo en mi pecho. Ya no capto nada en tonos dorados. Tal vez lo he soñado. Tal vez Basil realmente me ha alcanzado con Sustituta y ahora me estoy desangrando a lomos de un caballo, de vuelta a Mudna, para que sus ciudadanos se recreen con la visión de mi cadáver.

Ojalá. Ojalá Sid envuelto por el mismo halo dorado haya sido fruto de mi propia imaginación. Y la muerte y la destrucción que he provocado. Y la decepción en los ojos de Dina en esa habitación de Mudna. El odio arrugando la cara de Bernice. Y la pena y el cansancio que transmitía Noah. Y la muerte de Zigon. Ojalá todo sea una gran mentira causada por la conmoción del ataque de Basil. Porque prefiero morir así, y no con el cuerpo sucio por la sangre, el sudor y las cenizas que han teñido Núcleo.

Quiero llorar. Quiero volver al armario de Sid y desahogarme entre su ropa con aroma a aire libre. Quiero poder gritar que por lo que hemos luchado tiene sentido. Que todo el sacrificio está valiendo la pena. Pero lo veo todo oscuro. No me creo capaz de superar y sobrevivir a una realidad en la que Zigon no está; en la incertidumbre de cuántos más habrán caído y en si entre ellos, además, se encuentra algún otro ser querido.

Se me están pegando los párpados y mi conciencia me está abandonando lentamente. Puede que sí me esté muriendo, al fin y al cabo. Que, aunque Mudna haya asolado Núcleo, Zigon siga vivo, porque no ha tenido que protegernos.

Cierro el ojo. Al menos, el aire no huele a muerte.

Respiro hondo. Sé que sigo viva desde que una pesadilla me sumió anoche en el más profundo de los sufrimientos. Sé que estoy viva porque solo sufren los vivos. El sol baila sobre mi rostro y me calienta la piel. Muevo unos dedos adormecidos. Los músculos ya no me duelen tanto, pero los noto entumecidos.

Un torbellino de recuerdos acude a mí, imparable. Es como si quisiese insuflar más. Más pena. Más dolor. Más arrepentimiento. Cayeron cientos de vidas. Muchas bajo el peso de mi acción. Los gritos y el horror de los nuclenses que apenas podían defenderse. La fiereza de los mudnanos. Sid, en dorado, intentando detenerme. Una voz profunda, que no recuerdo y que tampoco reconocí, hablándome sobre los demás y sobre mí; sobre nuestra importancia y el legado que aguarda en cada uno. Bernice arremetiendo. Almog acudiendo. Noah abrazándonos. Zigon muriendo por nosotros.

Y una lágrima rueda por mi mejilla. Por fin. Sollozo, aún con el ojo cerrado. Ni siquiera sé dónde estoy, pero noto la falta de mi padre. La noto desgarrándome, robándome recuerdos felices e inyectando oscuridad en mis sentimientos. No voy a recuperarme de su pérdida. No quiero ni pensar en mi madre, pero lo hago. La imagino sentada frente a una ventana, con sus largos dedos entrelazados con fuerza, mirando a un horizonte por el que Zigon ya no va a volver.

Pese a todo el caos, el ruido y mi desfallecimiento recuerdo las palabras de Almog: «Lo mejor es que Kira desaparezca durante un tiempo». Sollozo más fuerte. Que se enteren en toda Nueva Erain que estoy viva, pero que estoy rota. Estoy harta de ocultar que tengo muchas heridas internas y que son más letales que la estocada más directa.

Noto que algo se posa sobre mi mano. Unos dedos fríos se aferran a los míos. La piel es áspera y callosa, y reconozco enseguida el contacto de Sid. Una anomalía. Lo que siempre ha buscado Basil en secreto, porque ocultó nuestro verdadero origen. Lo que todos creíamos leyendas para no dormir es cierto. Es cierto, por mucho que lo niegue, porque he visto ese poder. Y, lo más importante, lo he sentido. Ponerle este tipo de palabras a mis actos me resulta extraño, incluso recelo todavía de su existencia. Sin embargo, ¿voy a seguir girando la cabeza ante la certeza? Nunca he negado nada con rotundidad, pero incluso los draizs desmentían esta versión de la historia.

Entonces, ¿me mintieron? ¿Es eso? Mis padres, mis hermanos, todo Núcleo. Me dijeron que era mentira que la Magia nos condenó y solo salvó a unos cuantos. Que los indómitos defendían esa versión, pero que no estaba probada. Los creí y mantuve con firmeza esa seguridad. Pero los muros han caído y la realidad tiene más sentido que nunca. ¿Por qué Basil iba a prohibir si no algo que supuestamente es una mera mentira de unos cuantos? Lloro. Y me ahogo. Estoy acostada. No me llega bien el aire. El agarre de Sid se afloja y sus manos pasan a reincorporarme.

—Kira…

Es la voz de mi amigo.

» *Kira…*

Esa no. Esa es la *voz*. La *voz* que me habló durante toda la batalla y a la que Noah, Sid y yo mandamos callar a la vez. Esa conexión la sentí profunda y casi completa. Toso, interrumpiendo mi hilo de pensamientos.

—Kira, tranquila —insiste Sid.

—Estoy… —La voz sale ronca y carraspeo—. Estoy… —Nada. No me salen las palabras entre tanta lágrima.

—Relájate. No te preocupes. No me voy a mover de aquí.

Hago el intento de abrir el ojo. La luz me ciega, pero alcanzo a ver una silueta recortada contra el sol antes de volverlo a cerrar. Estoy un poco mareada y pido agua. Sid me suelta y oigo cómo corretea por lo que parece una habitación de suelos de madera. ¿Dónde estoy? En el Liman seguro que no, pero tampoco en Mudna. Él vuelve a mí y posa un borde de metal sobre mis labios. Sorbo tan fuerte que me atraganto con el agua.

—Eh, eh, cuidado. —El chico me acaricia el pelo. Le hago caso—. Eso es.

Cuando termino, me vuelvo a recostar. Otro intento. Abro el ojo. El sol primaveral impacta de una manera muy distinta a la del centro del país.

Poco a poco, voy distinguiendo formas. Mis pies desnudos. El final de un colchón. Ropa esparcida por el suelo y una silla. El brazo de Sid. A Sid. Lo observo. Me sorprendo al comprobar que sus heridas están prácticamente curadas. Tanto las que su padre le infligió como las que pudo hacerse durante la batalla. Ahora son una manchas amoratadas y finos y pálidos cortes surcando su piel. Alzo una mano temblorosa y pongo las yemas de los dedos sobre sus marcas.

—¿Cómo es posible? —me sale una frase completa, aunque susurrada.

—Tenemos que hablar de muchas cosas. —Trata de sonreír.

—¿De cómo mi vida ha sido una mentira? ¿De cómo Zigon ahora está muerto por mi culpa? —Un jadeo me atraviesa la garganta y lloro un poco más.

—No es tu culpa, Kira. —Sid se sienta en la cama con confianza y pone una mano sobre la mía—.Nada de lo que ha pasado es tu culpa.

—Dime. Por favor, Sid… —Su nombre en mi boca le hace torcer el gesto de pena—. Por favor, dime que tú no sabías nada del ataque.

—No sabía nada. Mi padre ha estado apartándome de sus planes durante muchísimo tiempo. Confía en mí. Hay demasiadas cosas ahí fuera… Demasiado que desconoces, pero que en cuanto te encuentres mejor, conocerás.

—Estoy mejor…

La urgencia me obliga a incorporarme, pero el cuerpo me lanza un pinchazo que me tumba de nuevo. Aparto la mano del rostro de Sid y me la observo. Quiero comprobar que todo es real. Que no estoy soñando. Suspiro. El chico me acomoda, tapándome con la sábana. Me acaricia la frente y me percato de que no llevo el parche. Me llevo una mano al ojo dañado. No quiero que Sid vea la cicatriz que más dolor me causa.

—No he mirado. —Es lo único que dice.

—No te vayas…

Y me vuelvo a dormir.

Ha pasado una semana desde la batalla de Núcleo. Nos encontramos en el pueblo indómito de Indra, la supuesta anomalía que nunca ocultó lo que es, pero que nunca salió de su pueblo para demostrar la verdad. La mañana del tercer día desde que estamos aquí comienza, y por fin puedo mantenerme despierta. Incluso me he levantado de la cama y las piernas me han respondido bien —una cicatriz feísima recorre uno de mis muslos—.

Han sido pocas, pero Sid me ha estado contando algunas cosas durante los instantes en los que logré permanecer consciente. Como dónde estábamos. Quién era Indra. Que Runa y Noah son anomalías también. Y que Ézer está aquí. Sé que no me ha dicho ni la mitad, pero, en esos momentos, fue suficiente para mantener a raya todo el sufrimiento que se sigue deshaciéndose en mí.

Tengo hambre, pero Sid me ha dicho que primero me limpie. Pese a que han tratado de lavarme mientras estaba inconsciente, es cierto que huelo mal y que hay zonas todavía sucias. El chico sale de la habitación, no sin antes lanzarme una última e intensa mirada. Sigue mirando sin mirar. En la profundidad de sus ojos grises hay una tormenta que nunca desaparece.

Me baño como es debido y me visto con un conjunto que han dejado para mí, porque lo he perdido todo. Incluso a Sustituta. Me coloco el parche, que encuentro sobre una mesilla. Salgo de la habitación, poco convencida de adónde debo acudir. Hay unas escaleras, y las voces trepan por ellas hasta llegar al piso en el que me encuentro.

No siento las fuerzas necesarias como para enfrentarme a alguien. Y menos a desconocidos indómitos. Ellos empezaron la batalla que hizo estallar el Incidente. Ellos siempre han querido mantenerse al margen. Y no los juzgo, pero entonces, ¿por qué desearían implicarse ahora? Pongo el pie en el primer escalón. El sol me indica la entrada del piso inferior y no veo triunfo ni paz en sus haces dorados.

Me miro las manos. Dorada. La supuesta Magia.

» *Baja…*

Me llevo las manos a la cabeza. Esa voz… Ese extraño eco que parece tanto el recuerdo del pasado como la visión de un futuro. No tiene forma. No permanece. Es la segunda vez que me habla, y sigo sin entender de dónde procede.

Desciendo, despacio. Uno por uno, cojeando. Las voces se hacen más presentes. También mi debilidad. Me tiemblan las manos. No quiero lidiar con nada más. Quedan tres escalones. No quiero que me miren como si todas esas muertes hubiesen dependido solo de mí. Quedan dos. No soportaré que me odien. Queda uno. Cómo vamos a superar esto.

Un abrazo, intenso. Reconozco el contacto. Lo he echado de menos durante semanas. Ézer. Lo estrecho contra mí y me echo a llorar. Las lágrimas brotan, cálidas y sinceras. Mi hermano está vivo. No consigo imaginar por qué se encuentra aquí, pero intento no darle vueltas, porque si no me volveré loca. Loca, porque me estoy dando cuenta de que no sé nada. De que he crecido en la mentira. De que me han estado ocultando la verdad por alguna razón que no llego a comprender.

—Ézer.

—Kira. —Estrecha el abrazo y me quedo enterrada en él hasta que me separa.

Tiene el rostro marcado de heridas y moratones. Recorro con mi dedo algún rasguño superficial y sus ojos marrones se anegan de lágrimas. Lo sé, Ézer. Nuestro padre ha muerto. Nos volvemos a abrazar y él solloza contra mi pelo. ¿Qué vamos a hacer?

Nos separamos de nuevo, aunque entrelazo mis dedos con los suyos. No puede dejarme sola frente a todo. No lo hace. Deja que observe el alrededor. Hay bastantes draizs y personas repartidas por la estancia: sentadas, de pie, apoyadas contra la pared… Y la mayoría me miran. Muchas con pena, otras con recelo. Pocas me lanzan reojos o esconden la mirada en algún rincón. En una mesa están sentados Noah, Sid, una chica de piel oscura, un hombre bastante mayor y… ¿Es posible? Una harum, pálida como la luna. Sí, debe serlo. Una harum sin ataduras, libre. No como en Mudna. No como en Núcleo. Aprieto los dientes; apenas he visto algún hijo de draiz y humano en mi vida; son pocos y siempre están escondidos por miedo a un rechazo mayor.

Clavo la vista en la indómita humana para apartar mis pensamientos de la harum. Ella, en cambio, me observa con reconocimiento y una débil sonrisa de ánimo. Me extraña no encontrar a Runa junto a Noah.

—¿Nos sentamos? —me propone mi hermano.

—Tengo un poco de hambre —susurro con la voz ronca.

—Tranquila, hay de todo.

Asiento y bajo la vista a las botas. Vigilo mis pasos hasta que me encuentro con una silla. Suelto a Ézer y pongo las manos sobre el asiento para, sin prisas, acomodarme. Aprieto los puños sobre mi regazo y no me atrevo a alzar la cabeza. De pronto, los dedos de Sid me acarician la piel. Lo miro y él tiene su atención puesta en mí; con su otra mano ocultando su boca.

—Kira.

No puedo obviar mi nombre y me giro hacia la llamada de la indómita. Supongo que se trata de Indra, pero tampoco me atrevo a sugerirlo. Ella espera y agradezco su paciencia. Creo que relajo el gesto, porque los demás se destensan ligeramente.

—Antes que nada, yo soy Indra. Quiero darte las gracias y decirte que lo siento por Zigon y…

Se calla. Aprieto los labios. ¿Y…? El ojo se me llena de lágrimas ardientes e intento detenerlas, pero alguna se escapa. Indra suspira y la harum que está a su lado le pone una mano sobre el hombro. No entiendo nada.

—No sé por qué deberías darme las gracias. No he hecho nada por ti. —No sé ni cómo logro pronunciar tantas palabras seguidas.

—Has hecho mucho. Por Núcleo. Por el país. Incluso por mí.

Frunzo el ceño. Busco en mis recuerdos, pero no logro encontrar a esta chica de mirada oscura. Ella no me mira con reproche por no recordarla. ¿Tal vez la salvé en la batalla de Núcleo? No recuerdo a ningún indómito. Entreabro los labios para plantear todas mis dudas, pero Indra se me adelanta.

—Tú conociste a Brita y Lelio, ¿verdad? —Capto cómo la harum aprieta el hombro de la humana y cómo a esta le tiembla el labio inferior.

—¿Brita y Lel…?

No consigo terminar de formular sus nombres, porque un recuerdo, como un rayo, cruza mi memoria e impacta en mi mente en cientos de imágenes. El Incidente. La pareja del pueblo indómito. La hija que salvé. Su piel oscura. Las marcas azules pintadas en su piel. Sus pequeños y desordenados ricitos. Yo vi morir a su madre y traté de salvar a su padre. A Brita y a Lelio. La primera no quería mi ayuda, el segundo la reclamó con dolor. Ambos murieron, pero su hija se salvó. La rescatamos en aquel callejón cercado por soldados mudnanos. Sid y yo.

Observo a mi amigo, que continúa con unos dedos quietos sobre los míos y los otros descansando sobre sus labios. Me observa con intensidad y sé que dice la verdad. También descubro en su mensaje que se conocen desde hace tiempo, como intuyo que todos aquí mantienen una relación de alguna manera. Sid, Noah, mi hermano…

—Tus padres… —empiezo con hilo de voz—. Tus padres murieron intentando protegerte.

—Viniste en mi busca porque ellos te lo pidieron, ¿cierto?

—Sí…

Y nacen más lágrimas que no detengo. Ella está viva. Ella consiguió sobrevivir. Pese a toda la muerte que me ha rodeado desde siempre, Indra es una vida que, aunque fuese por minutos, logré defender. Lloro por sus padres, porque noto el dolor de su pérdida en su mirada, como en la mía debe reflejarse la de Zigon. ¿Se puede sentir un mínimo de paz, aunque solo sea por una vida? No redime todo lo que considero errores, pero sí rescata una parte de mí.

—Por eso es por lo que quiero vengarme. Quiero que todas las anomalías nos juntemos y luchemos para derrocar a Basil de una vez por todas. Tenemos la fuerza suficiente para hacerlo. ¿No la sientes ahora mismo? Como un tirón. Quiere unirse. —La contundencia de su decisión me paraliza.

—¿Qué? —Es lo único que se escapa de mis labios.

—¿No nos viste ahí fuera, Kira? Nosotros cuatro podíamos con todo.

—Lo destruimos todo —matizo con los dientes apretados.

—Tú y Noah lo hicisteis.

—Indra —le recrimina Sid, pero el dolor empieza a nacer de nuevo y borra toda esperanza.

—Yo no quería, yo… —Me observo las manos.

—Lo sé, pero si lo entrenásemos podríamos conseguir lo que los pueblos indómitos han deseado siempre. Lo que tú has querido para este país desde que fuiste consciente. La paz. La eliminación del Código. La caída de Basil. ¿Me equivoco?

—No, pero… —El caos se apodera de mi mente—. No, pero… No sé. No pude rescatar a los nuclenses de Mudna. Núcleo ha caído. Zigon está muerto. No puedo regresar. Está esto, que no entiendo. Es demasiado… ¡Es demasiado!

Me incorporo de golpe, deshaciéndome del contacto de Sid. Él se levanta a la vez que Ézer, pero no les permito detenerme. Salgo corriendo escaleras arriba. Me tiembla el cuerpo. No puedo parar de llorar. Los recuerdos presionan donde más duele. No quiero ver a nadie. No quiero que me digan que debo seguir matando.

Entro en la habitación en la que he estado descansando estos días y cierro con un portazo. Me llevo una mano al pecho para controlar mi respiración. Las lágrimas empañan mi visión, pero me dirijo decidida a la ventana y la abro para que entre el aire. Aquí hace más frío y se me eriza la piel. Respiro hondo. Toso. Respiro hondo.

Me paseo por la habitación. Indra piensa que podemos vencer a Basil con nuestro poder. Que vengarnos es la solución a nuestros problemas, pero es mentira. Lo he comprobado. Ni arregla ni satisface nada. Simplemente aumenta el vacío que ya ha creado la pérdida que te ha llevado a sumergirte en esa ola de oscuridad.

Me siento en el suelo. Me tumbo del todo. El techo tiene humedades y está sucio. Paso las manos por el suelo de madera, y entonces mi izquierda acaricia algo sólido. Me vuelvo hacia ello y la empuñadura me lanza un destello. Sustituta. Me reincorporo con torpeza, golpeándome la rodilla contra el piso, pero ahogo el dolor. Agarro el arma y la saco. El filo está envuelto por una tela y no encuentro la vaina por ningún lado, pero es mi espada. La espada de mi padre. Alguien la ha recuperado.

Llevo el pomo romboidal a mis labios y dejo caer un frágil beso. Acaricio sus escamas esmeraldas y me parece que mi padre está a mi lado. Su calidez y determinación. Su lucha por la igualdad. Su aceptación. Su bondad y cariño. Zigon era todo eso para su familia, amigos y conocidos. Era cercano y respetable. Con sus sombras, llenas de tormentos, y sus enfados, teñidos algunas veces de una ira que asustaba. Sin embargo, aciertos y errores hacían de él alguien que deseabas que permaneciese a tu lado. Él y Ehun nos brindaron a Ézer y a mí la vida que nuestros padres biológicos no pudieron ofrecernos.

—*Nelim.* —«Vida» en draiziano.

Formulada de manera que signifique la vida que otorgan las sensaciones, los seres queridos o una misma. Los detalles que percibes y que atraviesan toda emoción. Así me hacía sentir Zigon, y así debería nombrarse Sustituta por fin. Mi espada, que no la espada que me legó mi padre.

—Nelim, nunca más te perderé. —Pego mi frente al arma y entonces alguien llama a la puerta.

Me incorporo y trato de no hacer ruido. Sin embargo, insisten de nuevo. Aunque creo que es mi hermano, no reconozco en la petición su natural insistencia. Puede que sea Sid. Observo unos segundos a Nelim y esta parece pedirme que acceda. Pero sé que soy yo la que quiere hacerlo. La que necesita compañía.

Abro la puerta con lentitud. Espero que no sea Indra; no creo que sea capaz de aguantar otro discurso por su parte. Sin embargo, unos ojos verdes aguardan al otro lado. Noah. Me humedezco los labios y frunzo el ceño. No me esperaba que fuese él, precisamente.

—¿Noah?

—¿Puedo pasar?

No, desde luego, no es la compañía que esperaba.

—Claro.

El chico da unos pasos tímidos y, solo cuando me aparto del todo, entra. Cierro la puerta. Noah se acerca a la ventana y se sienta en el alféizar. No me ha mirado ni una sola vez. Tiene la vista clavada en un horizonte dominado por las copas de árboles frondosos, unas montañas grises y el cielo azul. Me acerco, dejando a Nelim apoyada contra la cama.

—¿Qué pasa?

—¿Por qué no te sientas a mi lado?

Apenas lo conozco, pero durante sus días en Núcleo me di cuenta de que, aunque callado, es una persona bastante directa. Tal vez fruto de su nula capacidad en las relaciones sociales. Atiende sin prejuicios y cuando habla, lo hace con una franqueza abrumante. Por eso me pone alerta que ni siquiera se gire hacia mí.

Aun así, me acomodo a su lado. A nuestros pies el pueblo ha despertado y está haciendo sus labores. El silencio no se impone al ruido de las carretas, los animales y las risas matutinas. Este lugar casi parece de otro mundo. Uno en el que tiene sentido vivir.

—Kira.

—Dime, Noah.

—Tengo que contarte algo…

—Lo malo todavía no ha pasado, ¿verdad?

Se cruza de brazos y la manga de su fina chaqueta se frunce en su muñeca; advierto las tiras de un vendaje. Sus heridas sí parecen más recientes, como las que deberíamos lucir Sid y yo. Se pasa la mano por el pelo medio recogido y luego se rasca la barba de varios días. A lo mejor es porque solo me he fijado en mí o porque no he visto a nadie en días, aparte de a Sid, pero Noah también luce increíblemente derrotado. Tiene sus habituales ojeras más pronunciadas, los labios resecos, algunas heridas aún frescas y una sombra de terror en la mirada que solo producen las verdaderas pesadillas.—¿Estás bien? —murmuro.

—No. No lo estoy. Pero como tú. Como todos.

—Sí…

Mi dolor es compartido. No he sido la única aquí que lo ha perdido todo.

—Venga, Noah. —Compongo una sonrisa decaída—. Dímelo.

Y, por fin, me mira con decisión. Tiene los ojos rojos por unas incipientes lágrimas. Mueve una mano con muchísima lentitud hasta ponerla sobre la mía. Cojo aire. Lo hace él. Me arrepiento: no quiero que me mire así. Son los ojos de la muerte.

—Kira, no conseguimos salvar a Copelia.

Noto que algo me abandona. El dolor más lacerante se adueña de mí, pero, esta vez, no huyo. En cambio, y con sorpresa, abrazo a Noah. El chico también solloza contra mi oreja y responde a mi gesto. Huele a Ézer y me descubro a gusto contra su cuerpo. Para no haber mantenido contacto en veinte años —o no recordarlo—, ahora parece el más experto de todos.

—¿Qué pasó?

—Nos atacaron —susurra—. A Pantea, a Copelia y a mí. Traté de salvarlas, pero me hirieron el brazo de gravedad. Copelia me salvó de una flecha que al final resultó mortal para ella… —Se le quiebra la voz. Trata de controlar los espasmos provocados por los lloros—. Lo siento mucho, Kira. Protegí su cuerpo con magia. —La palabra me hace estremecer—. Lo escondí entre las ruinas, con sus pájaros velando por ella. Ya la habrán encontrado y la habrán despedido como merece. Lo siento, por mi culpa...

—No es tu culpa. Hiciste todo por ella. No es tu culpa —repito sintiendo las lágrimas arder.

—No tendría que haber muerto. No así. No allí. Yo… Yo...

Lo estrecho con más fuerza, para que ninguno de los dos desaparezcamos entre el recuerdo y la culpa. Un ancla que nos salve del mar de sufrimiento. Copelia ya no estará a mi lado nunca más. El corazón me pesa y el recuerdo de su sonrisa me araña. Mis labios intentan componer su nombre de nuevo, pero las lágrimas siguen dominando el impacto. Que no se me olvide su pelo castaño. Sus ojos vivaces. Su determinación. Su cariño. Pienso en Pantea, y luego vuelvo a Copelia, a aferrarme a su cuerpo invisible y a esforzarme por retener el tono de su voz. La cadencia de su risa.

Que no se me olvide, por favor.

No sé cuánto rato permanecemos abrazados el uno al otro, permitiendo que todo el dolor nos arranque sin vergüenza sollozos que parten el silencio en pedazos. Llega un punto en que se nos terminan las lágrimas y, pese a que Copelia continúa viva en mi memoria, a veces punzante, interpongo mis manos entre nuestros cuerpos y nos separo.

—Gracias por esperar a decírmelo. —Y es cierto. Antes no habría podido manejarlo.

—Siento tu pérdida, Kira. No creo haber vivido algo parecido, pero sí puedo imaginarlo. Perder a Ézer…

—¿A Ézer?

—Eh… Sí, bueno… —No duda ni cinco segundos en sacarme de mi confusión—. Es que aprecio mucho a tu hermano. Pero de una manera mucho más que amistosa. Es atento, cariñoso, risueño y singular. Me gusta estar a su lado. Me hace mucho bien.

Y es recíproco. Además, nos hemos besado. Hemos hecho…

—¡Basta, basta! —Meneo las manos frente a su cara, sintiendo mis mejillas enrojecer—. ¡Límites! Necesitas límites.

—Pero tu hermano me ha dicho que este tipo de cosas os las soléis contar. Que es absurdo sentir vergüenza por los sentimientos y la sexualidad.

—Sí, es cierto todo eso, Noah, pero… —¿Cómo hemos llegado a este punto? La diversión me hace cosquillas en el estómago—. Hay detalles que prefiero no saber.

—Oh, bueno, entiendo. La intimidad y todo eso. El… —piensa un momento— tabú. Esa palabra me la ha enseñado Ézer. —Se enorgullece—. El tabú es algo muy arraigado en esta sociedad. Muchos humanos son incapaces de eliminarlo en algunos aspectos.

—Y estoy de acuerdo. Simplemente, no quiero imaginarme a mi hermano... —Compongo una mueca que termina por extenderse en una sonrisa.

—¿Sabes? Cuanto más te conozco, más miedo me da cuando sonríes.

—¿Disculpa? —me indigno, aunque no puedo evitar que una risa incrédula se me escape.

—Es que de normal eres bastante seria, y en ese gesto tuyo encuentro seguridad. En cambio, cuando sonríes es… raro.

—Serás…

Le golpeo el hombro amistosamente y él estalla en una carcajada contagiosa a la que me uno enseguida. Es extraño. Noto el escozor de los ojos reclamando más lágrimas, pero la risa siendo sincera. Noto que la pena me está rompiendo el corazón, pero que el abrazo de una inocente alegría está tratando de juntar mis pedazos. Es una sensación confusa e inestable, pero, de alguna manera, extraña y soportable. Tal vez consiga sobrevivir así, con días repletos de recuerdos y dolor, y días en los que seré capaz de olvidar y disfrutar de lo que me rodea.

—Así que mi hermano y tú estáis juntos.

—¿Juntos? Podemos estar separados…

—Me refiero a que estáis manteniendo una relación estrecha a todos los niveles. —Asiente, entusiasmo, dispuesto a especificar, y levanto una mano—. Sin detalles, por favor.

—Ha sido inesperado, pero tengo claro que no quiero alejarme de él de la misma manera que Sid no quiere hacerlo de ti.

Ladeo la cabeza hacia un lado y Noah enarca una ceja, un gesto tan divertido como tierno. Sí, entiendo por qué a Ézer puede atraerle tanto este chico. Lleno de calma y generador de una confianza que sabe apartar de sus propias inseguridades. Admirable.

—Pensaba que Sid era tu enemigo. Que, pese a que es una anomalía…, había que mantenerlo lejos.

—Tenemos una historia. —Me observo las manos.

—Algo me ha contado Ézer.

—Pues eso…

—Te quiere.

Tuerzo el gesto.

—Oh, Kira, venga. Sé que aún me falta aprender del arte social, pero que no siempre sepa lo que ocurre no significa que no lo intuya. Y aquí no me hace falta ni preguntar.

—No importa, de todas maneras. No hay tiempo para ese tipo de cosas.

—Tienes tiempo para querer a Ézer, a Pantea, a Copelia, a Zigon —los nombra con un ligero titubeo, pero no se detiene—, a Ehun y a los demás, ¿pero no tienes tiempo para querer a Sid?

—Es diferente.

—No lo creo.

—Porque te falta mucho por aprender.

—No quieras trampear esto porque te puedes servir de mi desconocimiento. —Sonríe.

Sonrío.

—Siempre me has parecido una persona fuerte —musita Noah.

—Cada uno tenemos nuestras propias luchas, cicatrices y metas. Sé que antes he reaccionado con egoísmo. Sé que esperáis algo concreto de mí, pero...

—No tienes que presionarte. Conozco poco a Indra, pero es una chica que tiene las ideas muy claras. A mí me abruma la mayoría de las veces. Quiere que las anomalías nos juntemos y luchemos, pero... La batalla de Núcleo me mostró una realidad que no quiero volver a repetir: la guerra. La muerte.

—Es duro.

—Más que duro. Entiendo que te hayas asustado. Esto que nos pasa es... extraño. A veces yo también me cuestiono sobre nuestro origen. Sobre la Magia.

—Entonces es cierto.

—Sí.

La verdad hunde todavía más sus garras e intento recordar todo lo que sé sobre lo que hasta ahora había considerado un mero rumor. Como mucho una incógnita sin resolver. No es complejo, pero sí un poco descabellado.

Nos interrumpen tres golpes contra la puerta de mi habitación. Sé que es Ézer. El rostro de Noah se ilumina. Es una expresión tan inocente y llena de emoción, que un sentimiento cálido y reconfortante se instala en mi pecho. Es el chico el que se decide a abrir. Mi hermano entra, rozándole el brazo herido.

—Hola, Kira.

—Siéntate con nosotros —le propongo.

Noah asiente y vuelve a ocupar su posición. Mi hermano acepta con gusto, y descubro en él que le satisface que Noah y yo nos llevemos bien. O, al menos, que hayamos podido conversar con tranquilidad. Acerca una silla hasta nosotros y se sienta a horcajadas dejando el respaldo frente a él para poder apoyar los brazos sobre la madera.

—¿Tú lo sabías? —le pregunto—. La verdad.

—Sí. Los viajes que he realizado durante tanto tiempo me confirmaron la historia.

—Entonces me mentiste.

—Sí.

—¿Por qué? —Me duele su sinceridad.

—Zigon y Ehun quisieron ocultártelo para protegerte. Cuando la Magia hizo aparecer a los humanos en esta Tierra renovada, en la que ya vivían los draizs, nadie escondía qué había sucedido. Tenían que poner sus versiones en común, aprender otros idiomas, esclarecer por qué estaban allí de nuevo. Pero era una historia que todo el mundo temía contar, como si la Magia pudiera revertir su decisión, y Basil lo aprovechó enseguida para someter a Nueva Erain. Nosotros éramos demasiado pequeños y, para cuando crecimos, aquellos que se habían atrevido a contradecir las órdenes de Basil, los que viajaban contando la verdad, habían sido asesinados o no habían tenido más remedio que esconderse.

—Pero Basil sí cree en la Magia. Su búsqueda de las anomalías si no…

—Sí, pero es un poder que solo quiere para él mismo. O es suyo o no es de nadie.

—Entonces, ¿la Magia nos salvó a todos los humanos que hoy en día poblamos el planeta de su propia devastación? —apunto.

—Sí.

—¿Qué sentido tiene?

—Es un poder inconmensurable. Inexplicable. Muchas personas del antiguo mundo siguen sin entenderlo. La cuestión es que, al final, no cumplió sus amenazas. No acabó con toda la humanidad —continúa Noah.

—¿Y por qué nosotros tenemos su supuesto poder? ¿Solo somos nosotros cinco?

—Indra dice que sí. Que la Magia se lo ha dicho.

—¿La Magia le ha hablado?

—En teoría… —recapitula Noah—. ¿Cuando nos abrazamos Sid, tú y yo en la batalla no la escuchaste? ¿Una voz?

—Sí, pero… Es demasiado.

Entierro el rostro entre mis manos. Nada parece tener sentido. Hay demasiados cabos sueltos. Demasiadas historias sin terminar y pocas voces hablando de ello. Si es cierto todo esto, entiendo por qué alguien como Noah quiso volver a romper la mentira, cansado del juego de Basil. Nos merecemos vivir en la libertad de saber de dónde procedemos. Sin miedo. Sin prejuicios.

—¿Es mentira que nuestros padres biológicos murieron aquí al llegar de la migración?

—Sí, Kira.

—Pero si venimos de otra… ¿realidad? Si este no es el mundo exacto en el que nacimos… ¿Por qué la Magia nos eligió? ¿Por qué solo unos pocos albergamos su poder?

Ézer le lanza una mirada significativa a Noah y los insisto para que prosigan. No sé hasta qué punto voy a ser capaz de seguir creyendo. De seguir aguantando tanta revelación.

Entonces Noah saca de un bolsillo de su chaqueta un pequeño libro. Me lo tiende. Lo cojo con cuidado y lo abro para descubrir qué quiere decirme. No hay un orden claro. Trato de detenerme, sin embargo, para descubrir que cada párrafo condensa información diferente del país, de los humanos, de los draizs, de los harums… tanto en eraino como en draiziano.

—Olvidaba que entiendes el draiziano.

—*Sí* —empieza bien—. *Conozco escribirlo y oírlo, aunque hablar esto es…* —Piensa, pese a que ya se ha equivocado—. *Es muy peligroso.* —Ha querido decir «complejo», pero al entonar demasiado fuerte el final, ha transformado el sentido completo de la palabra.

—No está mal.

—Ézer me está enseñando —se defiende.

—No me cabe la menor duda. —Le lanzo una mirada traviesa a mi hermano y este me guiña un ojo como respuesta, aun con las orejas sonrojadas por mi atrevimiento.

Paso unas cuantas páginas más y Noah pone un dedo sobre una antes de que siga hojeando. Por la seriedad de su gesto entiendo que es una parte importante. Leo. Releo. Me sorprendo, incluso me horrorizo.

—Es imposible… —Alzo la vista del libro y la dirijo hacia mi hermano—. ¿Quién me salvó?

—Yo —susurra Ézer.

—¿Cómo puede ser? Solo tenías cuatro años. Eso quiere decir que nosotros… —Miro a Noah.

—Las anomalías tendríamos que haber muerto con el resto de la humanidad el día en que la Magia terminó con sus vidas.

Se me seca la boca y noto que palidezco. Un ligero mareo me hace tambalear y Noah me coge para que no caiga. No solo la Magia asesinó al resto, creyendo que así devolvería la paz y la tranquilidad al planeta, sino que además yo debería estar muerta. Pero fue una decisión egoísta. ¿Quién es Ella para decidir quién debe vivir y quién no? ¿Por qué debemos proteger este poder si procede de un ser caprichoso que decidió el cambio por nosotros? No me creo que, pese a todo el terror que puedan causar ciertas personas, la esperanza no venza; las ganas de cambiar y luchar por un futuro mejor.

—Supuestamente, el día en que la Magia terminó con millones de vidas, varias personas tuvieron la misma idea. Pedirle que salvase, al menos, la de un ser querido suyo. Ézer te salvó a ti. Por muy pequeño que fuese, tal vez, la inocencia por mantenerte viva la alcanzó.

—Y la transición de un lugar a otro me dejó el pelo blanco —musita Ézer.

—¿No es tu pelo natural? —preguntamos Noah y yo a la vez.

—¿En serio? Soy mágico. —Me golpeo la frente con la palma de la mano y veo de reojo cómo Noah le acaricia el pelo.

—¿Solo a cinco personas en todo el mundo se les ocurrió anteponer la vida de alguien a la suya y la de los demás? —retomo la conversación.

—Eso parece, pero hay rumores. Rumores de personas que también le pidieron a la Magia ese gesto altruista y no se le fue concedido —suspira Ézer.

—¿Y qué diferencia había entre nosotros y ellos?

—Que éramos recién nacidos —continúa Noah—. Humanos que aún no habíamos sido influenciados por la sociedad. La Magia pensaría que éramos dignos de ocupar un lugar en su nuevo mundo.

—Pero terminó salvando a más personas. Adultas, de hecho. —Frunzo el ceño.

—Sería sorprendente si no fuera porque en el antiguo mundo se decía que algunas personas habían sido elegidas por Ella de una forma especial. Se ha llegado a la conclusión de que estas fueron las que la Magia salvó junto a nosotros cinco.

Todo suena demasiado extraño. Demasiado loco. Ézer y Noah ven en mí el recelo ante la historia. Pero ¿qué esperan? ¿Que crea así por las buenas en un ser más poderoso que nadie, capaz de manipularlo todo a su antojo? ¿Qué la Magia asesinó a millones de personas como castigo por utilizarla egoístamente, pero luego salvó a unos cuantos sin una verdadera explicación?

—No nos crees, ¿verdad?

—Sí y no. Es demasiada información. Tengo que pensar y… Pensar. —Suspiro.

—Por supuesto. —Noah y Ézer se incorporan.

—Oye, Noah.

—¿Sí?

—¿Quién te salvó a ti?

—No lo sé, pero uno de mis objetivos es descubrirlo. Quien escribió este diario —señala el libro que aún sostengo entre mis manos— era el propietario de la cabaña en la que desperté hace dos años. No sé si conozco a este ser. Pero quizá, que yo apareciera allí tampoco fue una casualidad. Se hace llamar el Caimán, y aquí hay una persona que dice saber dónde se encuentra.

—¿Y vas a buscarlo?

—En breve.

Pero no lo miro a él, sino que me dirijo a Ézer. Sé que va a acompañarlo. Lo veo en sus ojos marrones, ahora tan transparentes como el agua. En cómo me lanza mensajes silenciosos con el rostro contraído. Hay infinitas disculpas y profundo dolor. No quiere dejarme sola, pero tampoco es capaz de quedarse después de tanta pérdida.

—Buen viaje.

—No estaremos separados por mucho tiempo. —Es Noah quien pronuncia esas palabras, pese a que esperaba escucharlas de Ézer.

Solo puedo asentir. Ellos se lanzan una mirada llena de pesar y se vuelven hacia mí de nuevo. Niego con una sonrisa triste y luego muevo la mano en dirección a la puerta para que se marchen. Ambos suspiran, pero se van. Al minuto me arrepiento de regresar a la soledad. Creer que esta conversación sería suficiente para mantenerme en pie ha sido una burda esperanza.

Porque Zigon está muerto. Copelia también. Yo no estoy en mi hogar. Y el pedazo de hogar que conforma mi hermano se va a marchar. Me voy a quedar sola, en un lugar desconocido, con gente desconocida que más me ve como una pieza indispensable de esta guerra, que como una persona con límites que necesita descansar de tanto odio y sangre.

No sé cuánto tiempo me paso sentada en el alféizar, viendo cómo draizs y humanos dialogan y trabajan juntos por un futuro mejor. Eso es lo que quiero para este país, aunque parece inalcanzable. El aroma del pan recién hecho sube desde alguna de las casas colindantes y me ruge el estómago. Una chica se ha puesto a cantar en la esquina de la calle. Tiene una voz melodiosa que calma.

Las antorchas empiezan a encenderse a mis pies y es entonces cuando me percato de que está atardeciendo. Me levanto por primera vez para encender las velas de la habitación. Cierro las ventanas porque empieza a entrar el frío. Me dirijo a la cama con la intención de acostarme y no despertarme hasta dentro de unos cuantos días más, pero alguien llama a la puerta.

Resoplo, cansada. Acudo y me encuentro con Sid. En silencio, me doy la vuelta, más porque de repente todo mi interior se incendia ante su presencia que porque me moleste que aparezca justo cuando más alejada del mundo me siento.

—No has bajado en todo el día —me dice, cerrando la puerta.

—Ha sido demasiado.

—Pero sabes que Indra tiene razón.

—Si vienes a convencerme de lo mismo, vete. —El enfado despierta para intentar protegerme—. Quiero cuidarme. Me lo debo. Mi padre ha muerto. Copelia también. Cientos de nuclenses siguen atrapados o han sido asesinados. No queda nada allí. Ni aquí. —Pongo una mano sobre mi pecho.

Me siento en la cama y dejo caer la cabeza sobre mis piernas. Me tira la espalda, pero permanezco en esta posición, oculta. Noto que Sid se acerca y que deja algo sobre la manta. Miro por encima de mi hombro para comprobar qué es, y encuentro una pieza de pan y otra de queso sobre un plato pequeño. Luego lanzo un pequeño vistazo al chico, y me sonríe.

Cojo la comida y la engullo. Me atraganto. El pan está crujiente y el queso, muy sabroso. Lo devoro todo en cuestión de minutos y bebo de la jarra de agua que hay sobre la mesita directamente, sin verterla en un vaso. Me limpio con la manga los regueros que me han caído por las comisuras de los labios mientras observo a Sid, algo avergonzada por mi reacción.

—Apenas has comido y bebido en días. Tranquila.

Hace ademán de coger la silla, pero lo detengo por el brazo. Antes de que diga nada, lo arrastro hasta la cama. Él se sienta, contemplándome con duda. Lo suelto. Su mano viaja rápido hasta mi muñeca, allí donde aún está atada la pulsera que me regaló. Sigue sorprendiéndome que, pese a que sigue sucia de tierra, cenizas y sangre, sobreviviera a una batalla. ¿Es igual el lazo que nos une a Sid y a mí? El chico juguetea con el abalorio, ensimismado.

—Gracias por la pulsera. Aunque tarde…

—Nunca es tarde —asegura.

—Noah y Ézer me han estado aclarando muchas cosas. Sé que todavía me queda por saber, pero… Bueno, por algo tengo que empezar sin enloquecer.

—Es normal. —Por fin alza la mirada en mi dirección.

—Deberíamos estar muertos. Tú, Noah, Runa, Indra y yo. La Magia no nos iba a salvar —mascullo.

—Y, pese a todo, somos los únicos a los que concedió su poder.

—No me parece algo bueno. La Magia no obró bien.

—No. Pero podemos hacer algo realmente positivo con ello. Ella nos ha puesto en esta situación, así que hagamos de esto una ventaja. Construyamos lo que siempre hemos querido.

Me observo las manos, dubitativa. Es raro, pero veo en la resolución de Sid un punto convincente.

—¿Quién te salvó a ti? —musito.

—Mi madre.

—¿Tu madre te contó esta historia? ¿Siempre la has sabido?

—Sí. —Se recuesta en la cama, mirando al techo—. El día en que la Magia nos volvió a depositar en la Tierra, yo invoqué mis poderes. Mi padre dijo que paré un rayo con mi propio cuerpo. Para él soy el arma perfecta.

—Pero nunca lo volviste a usar. ¿Por qué? —Me acuesto de lado, observándolo de perfil.

—Porque no quería utilizarla para dañar a nadie en pos de los planes de mi padre. Porque te conocí. Porque el día en que nos encontramos por primera vez, te desmayaste por eso mismo. Porque nuestras magias conectaron y tú no fuiste capaz de soportarlo. Mientras estabas inconsciente, te vi brillar en dorado, como yo lo hacía a veces en solitario. Reconocí la sensación…

—¿Y por qué no le contaste a Basil que yo era como tú?

Enmudece y se gira hacia mí. Los últimos vestigios del atardecer bailan sobre su pelo oscuro y sus ojos grises parecen en llamas. No hay duda ni sentimientos complejos. Solo esa necesidad, ese impulso tantas veces acallado, que nos aproxima a la vez. Nuestras manos se mueven hasta entrelazarse. Un hormigueo se extiende por mis dedos y aviva cada rincón adormecido. Su corazón se convierte en el mío y conectamos como si algo estuviese fluyendo entre nosotros. Como el agua del río Delt, en el que siempre nos reuníamos y en el que jugábamos, dejando que la corriente nos acunase.

Un fulgor dorado empieza a bordear su figura y no puedo evitar repasar su rostro, su cuello y sus brazos, tratando de averiguar de dónde proviene la magia. Qué hace y cómo nos afecta. El chico, por su parte, recorre mi pierna con una delicada caricia que me arranca un jadeo. El halo también me está rodeando a mí y siento que la energía se concentra en diversas partes de mi cuerpo. Intensifica cada detalle y, sin embargo, de alguna manera natural, consigo centrar toda mi atención y poder en él.

Sus manos callosas por la guerra raspando mi piel. Su aliento tibio besando mi rostro. Su aroma a aire libre. Sus latidos galopan. Las pupilas se le han dilatado y tiene los labios húmedos. Y no sé cómo estará percibiéndome él, pero para mí Sid es lo más real que he sentido nunca.

Hacemos de la distancia un rumor y sus manos se cierran en torno a mi cintura. Al contrario que las últimas veces, sus dedos son cálidos y agitan cada nervio. Nuestro reencuentro no se parece en nada a las veces que soñé con ello: algo sutil y delicado, a sabiendas de lo peligroso que sería hacerlo, poco comparable a cómo nos estamos besando ahora.

Nuestras manos recorren desesperadas el cuerpo del otro, tratando de recordar cómo son. Sid tiene cicatrices nuevas y algunos músculos más desarrollados. Le está creciendo la barba y me pica en el cuello cuando desciende a mordérmelo. Su mirada son dos destellos desesperados, como si hubiese esperado impaciente a recuperar este contacto. Me descubro más atrevida, más voraz, dejando que sus caricias compitan y ganen frente al dolor de mis heridas.

Nos desvestimos y nos reconocemos. No hacemos más, aunque no dejamos muchas rutas sin explorar. Sabemos dónde y cómo tocarnos. Distinguimos el sabor del otro en nuestros labios y en nuestra piel. Ahogamos gemidos que susurran lo imposible.

Nos buscamos, nos perdemos y nos encontramos hasta que la luna está en lo alto y el bullicio de las calles se ha convertido en un rotundo silencio. Me quedo sentada, con la sábana enrollada caóticamente entre mis brazos y piernas. Sid me observa desde abajo, con la cabeza apoyada en la almohada, las mejillas encendidas y la respiración un poco alterada.

Deseo más, pero me basta con haber comprobado que me sé el mapa de su piel como si jamás hubiese dejado de recorrerla.

—No se lo dije porque me vi en ti. Porque más tarde nuestra amistad sería lo más importante para mí. Porque, al final, te quería tantísimo que dolía —susurra con la voz ronca.

Me sorprende que retome la conversación. Me recojo un mechón de pelo tras la oreja y me observo las manos, en parte ocultas entre la sábana blanca.

—Nunca he dejado de hacerlo, por cierto.

Y con esa afirmación, cierra los ojos y su respiración, por fin, se calma. Sus rasgos se relajan y no me puedo creer que se haya quedado dormido después de tal confesión. Me acuesto junto a él.

Sid parece haber descargado parte del peso que ha ido arrastrando durante parte de su vida. En cambio, yo soy un torbellino de pensamientos y sentimientos. Soy en parte olvido, en parte dolor y en parte confusión. Le acaricio el pelo, pero ni siquiera se inmuta.

Parece que volvemos a empezar. Parece que se ha iniciado otra etapa en la que aún queda mucho más sufrimiento. Mucha más verdad. No sé si estoy preparada. Solo sé que no me he recuperado y que, posiblemente, no lo haga jamás.

Y creo que me va a ser imposible conciliar el sueño, pero, de repente, Sid vuelve a brillar y su energía viaja hasta mi mano. La mía reacciona y veo cómo se entrelaza con la del chico. El silencio es más profundo, como la oscuridad entre las velas. El calor, agradable. La magia me acuna. El sueño me atrapa.

NORA

HE SOÑADO CON KIRA. Con su ojo anegado de lágrimas puesto en Ézer. Ayer traté de no decirle que su hermano está decidido a acompañarme en busca del Caimán. No habría sido el momento ni la persona indicada para decirlo. Sin embargo, como ya había advertido, Kira es muy perspicaz. Enseguida intuyó que Ézer vendría conmigo. Por un segundo, me extrañó que no estallase con su garra natural para recriminarle su marcha, pero pronto caí en lo débil que está. En lo perdida que se siente. En lo mucho que parece haberla cambiado la muerte a la que supuestamente está acostumbrada.

Abro la ventana para que entre la brisa primaveral y ventile un poco la habitación. Ézer sigue durmiendo y me alegra observar que la sombra de insomnio y dolor que ha estado cercando sus ojos está desapareciendo por fin. Está un poco más delgado y muy pálido. Las muertes de Zigon y Copelia, la destrucción de Núcleo, saber que su madre y sus amigos luchan por reconstruir su hogar… Todo lo ha derrumbado. Anoche estuvo horas y horas llorando hasta que se quedó dormido.

Ha sido una semana espantosa. El silencio ha estado impuesto a las palabras. Que Kira se haya recuperado físicamente parece haber activado un poco al grupo, pero siempre parece que un halo de desconfianza e indecisión se cuela en cada contacto y conversación.

Nada mejora el hecho de que hayan decidido que Runa debe marcharse del pueblo. No la han perdonado, porque tampoco habla como prometió. Repite exactamente lo mismo que nos dijo el día del duelo entre ambas. Creo que tiene miedo de la repercusión que puedan tener sus decisiones en su país.

La he visitado durante estos días. La sacaron de la posada y la encerraron en una cabaña custodiada por vigilantes. Apenas me habla. De hecho, no me mira. Se sume en sus cartas de adivinación, llora y enmudece de golpe cada vez que va a pronunciar más de una frase al respecto de lo que le sucede. A mí es al que más le ha pedido perdón. Noto su desesperación porque no la odie. Y no la odio. Pero no puede esperar un acto de completa fe por mi parte si no me cuenta qué le ocurre con exactitud.

Sin embargo, he pensado una cosa. Ézer me ha tachado de imprudente y un tanto inocente, pero creo que es lo último que puedo hacer para demostrarle a Runa que su amistad es muy importante para mí. Que ella es una persona a la que deseo cuidar y mantener a mi lado.

Me pongo la camiseta y observo de nuevo a Ézer. Se ha despertado y me mira con una diminuta sonrisa. Me subo a la cama. Él enreda los dedos en el final de mi pelo y me atrae para darme un beso. No sé si seré capaz de acostumbrarme nunca a la indescriptible sensación que provocan sus labios contra los míos.

—¿En qué estabas pensando? —Se frota los ojos.

—En Runa.

—No vas a cambiar de opinión, ¿verdad?

—Pienso que es lo correcto. Si la abandono ahora, pensará que nadie la quiere. Si la abandonamos, entonces ella tendrá razón en pensar como lo hace.

—Nadie le ha dado motivos para desconfiar. La acogieron y ella reaccionó como lo hizo. Si tiene algo en contra de las anomalías, permíteme que tenga miedo por tu seguridad y la de los demás. —Se incorpora, con el sueño todavía pendido de sus pestañas.

—Ella no nos quiere hacer daño realmente. Creo que pueden estar amenazándola para que haga esto.

—Eso es mucho suponer, ¿no crees, Noah? Puede que solo estés buscando pretextos para mantenerla a tu lado. Las personas no siempre son lo que aparentan.

—Es lo que provocan las mentiras, Ézer. Mira a tu hermana, por ejemplo. ¿A dónde la han llevado las mentiras? —El chico se muerde el labio y sé que me he pasado—. Lo siento. Quiero decir que... Que Runa se ha equivocado, es cierto. A lo grande. Pero su silencio puede venir condicionado por algo más. ¿Crees que es una mala persona?

Ézer se pasa la mano por el pelo y me sorprende que dude. Él la defendió en su momento. Confío en su don para calar la personalidad y las intenciones de los demás, aunque no se me puede olvidar que no es adivino. Me levanto de la cama y titubea:

—No creo que sea mala persona, aunque no por ello va a aumentar mi confianza.

—Ézer, Runa va a venir con nosotros. Ella empezó este viaje conmigo y lo va a terminar.

—No sé si Indra, Zahira y Mijaíl querrán acompañarte.

—Entonces no los necesito.

Aprieto los puños y salgo de la habitación. No me gusta enfadarme con Ézer, pero no voy a ceder porque nuestras diferencias nos separen. A lo largo de este viaje he entendido que las discusiones pueden alcanzar puntos más comunes que dispares. Puedo superar el dolor de este disgusto si luego nos reconciliamos de manera más sincera.

Me giro hacia las escaleras y me encuentro con Kira y Sid frente a la puerta de la habitación de ella. Están muy juntos y los dedos de él se aferran en torno a la muñeca de la danían. No apartan la mirada el uno del otro y conversan entre susurros y risas quedas.

Bajo la mirada para dejar de cotillear y avanzo lo más silenciosamente posible, pero la madera cruje bajo mis pasos y oigo la sorpresa ahogada de Kira al descubrirme. Alzo la cabeza con una sonrisa nerviosa.

—Buenos días, Noah —dicen a la vez. Se miran; él se sonroja más que ella.

—Buenos días, Kira. Buenos días, Sid.

—¿Vas a desayunar?

—Sí.

—¿Podemos acompañarte? —El chico enarca una ceja.

—Claro.

Bajamos las escaleras. Kira se pone a mi lado y él nos sigue por detrás. Sid es bastante peculiar. Me lo imaginaba más altivo y prepotente. Más parecido a lo que se cuenta de su padre. Sin embargo, es callado y parece estar atormentado continuamente. Solo se relaja cuando tiene a Kira cerca. No lo culpo. Pese a que Indra y bastantes indómitos confían en él, hay muchos otros que lo miran con desprecio y se marchan si está cerca.

El comedor está vacío. Nos sentamos en una mesa pequeña y Norberto se acerca a preguntarnos qué queremos. Pido varias piezas de fruta, me da igual la combinación. Me ha quedado claro que Kira adora el pan y el queso, porque pide de ello como para cinco personas. En cambio, Sid tiene un apetito más comedido y se decanta por un café —nunca lo he probado— y un trozo de pan tostado.

—¿Estás mejor? —le pregunto a Kira.

—Estoy, que ya es mucho decir.

—Sí. Te entiendo.

—¿Por qué no ha bajado mi hermano?

—Hemos discutido.

—¿Por qué?

—Es largo de contar…

Miro a Kira con culpabilidad y espero que capte el origen de mi evasiva. Si le explico lo de Runa tendré que contarle sobre el viaje, y quiero que sea Ézer el que se lo confirme. Ella frunce el ceño y ladea la cabeza, un gesto que suele hacer bastante. Sid la observa con preocupación. Él sabe sobre esto. Han estado incluyéndolo en todas las conversaciones importantes desde que llegó. Al parecer, ya conocía y había tratado con Indra.

—¿Es respecto al viaje en el que Ézer te va a acompañar para encontrar al Caimán? —pregunta, sin titubeos.

—Sí… No quería contártelo yo, Kira. Quería…

—Querías que fuese mi hermano el que me lo dijese.

—Sí. —Asiento, algo avergonzado.

—No te preocupes. Estamos pasando momentos muy duros. Sé que Ézer aún no se ha atrevido a contármelo, porque piensa que no voy a poder soportarlo. Y, en cierta medida, me duele que nos separemos, pero sé que está hecho para viajar. Para aprender sobre este país y sobre el planeta entero. Nunca lo frenaría por mí. Además, no estoy sola y volveremos a estar juntos, ¿verdad?

Asiento de nuevo, insistente, y no se me escapa su consideración sobre su compañía. Anoche debió pasar algo, porque para haber sido tan rotunda conmigo respecto a su relación con Sid, ahora parece que nada de eso sea cierto.

—¿Ya le has dicho que la quieres? —se me escapa.

Kira aguanta la respiración, avergonzada. Me inquieta que

Sid reaccione mal, pero, en cambio, se ríe. Hay algo muy atractivo en él cuando se relaja y sus ojos despiertan.

—Se lo he dicho, sí.

—Lo sabía. —Sonrío.

—Límites, Noah. Límites. —Suspira Kira, aunque descubro que una sonrisa asoma por su comisura.

—No le hagas caso. Tu honestidad es admirable —me halaga Sid.

—Que hayas sido capaz de huir de tu padre también —admito.

Sid se carcajea de nuevo y me da unos golpecitos suaves en el hombro. El posadero llega con la comida y las bebidas. Kira devora el plato como si alguien se lo fuese a robar. Yo saboreo las frutas, algunas de ellas totalmente nuevas para mí hasta que me las dieron a probar aquí, como el melón y el plátano. Sid es el único al que le cuesta que el mendrugo de pan que tiene sobre el plato desaparezca, y bebe con una lentitud incomprensible.

Charlamos tranquilamente. Contamos anécdotas sin importancia, pero divertidas. Por un momento, nos olvidamos de todo el dolor que ha estado acuciándonos estos días. Como si nada hubiese sucedido. Incluso empiezo a advertir en la sonrisa de Kira una naturalidad contagiosa. Nunca habría apostado por que Sid fuese alguien gracioso, pero resulta que lo es.

—Ni Kira ni Ézer me han vencido nunca en una batalla acuática —se pavonea él.

—¿Cómo eres tan mentiroso? Eras malísimo nadando. Ni siquiera sabías chapotear —rechista Kira.

—Pero si eras tú la que siempre se caía de las rocas.

—¿Cómo te atreves? —Le golpea el hombro.

Sid se inclina hacia mí sin dejar de mirarla y me susurra al oído:

—Nunca juegues con ella. Es una tramposa.

—Incluso con trampas podría ganarle —le contesto, recordando el mar junto a mi casa.

—¿Qué estáis cuchicheando?

—Estamos hablando de lo maravillosa que eres.

—Te estás ganando…

—¿Un beso?

Kira infla los mofletes de pura vergüenza y creo que es la imagen más tierna que he visto en un tiempo.

—Un bofetón. Eso te estás ganando.

Pero terminamos riéndonos. Sin embargo, la diversión no dura mucho, porque Indra entra en la posada. Noto cómo Kira se tensa de inmediato y cómo Sid se apaga. El silencio lo consume todo. Y, aun así, la magia se activa de pronto. O tal vez ya estaba despierta, pero no la he percibido hasta que los nervios me han puesto alerta. La energía se concentra en Sid y en Kira, mientras que Indra la canaliza con armonía, dejando que fluya por nosotros y nuestro alrededor. Por mi parte, contengo con fuerza cada brote mágico que lo único que desea es escapar de mi interior.

—Estáis aquí. Perfecto.

La mesa empieza a temblar y oigo el tintineo de los platos y los vasos al chocarse entre ellos. Me giro hacia Kira y descubro que sus manos empiezan a brillar. No puede descontrolarse aquí dentro como sucedió en Núcleo. De hecho, es mejor que no se repita por su bien. El estado nulo en el que el poder la sumió fue peligroso.

Sid y yo tenemos la misma idea a la vez, porque extendemos una mano cada uno y alcanzamos las de Kira. El contacto sorpresa la saca de su concentración y nos manda sendas miradas de confusión.

La magia se calma. Se duerme.

—Necesito pediros una cosa —dice Indra, obviando el corto instante de tensión.

—¿El qué? —pregunto, curioso.

—Creo que antes de que partamos, los cinco deberíamos reunirnos. —No se me escapa que se refiere a las anomalías.

—¿Para qué? —apremia Sid—. Indra, no creo que lo más sensato sea que nos separemos ahora. Entiendo que Noah debe hacer lo suyo, pero tendremos que pensar en algo, ¿no? —Se gira hacia Kira—. Entiendo que no estás bien y que es muy abrumante todo lo que estás descubriendo, Kira, pero vamos a tener que hacer algo al respecto. Mi padre no se va a detener. No ahora que sabe que tú, Noah, Indra y yo estamos juntos y somos lo que somos.

—Le dije a Noah que lo acompañaría en busca del Caimán. —Indra se cruza de brazos.

—Si es Mijaíl el que sabe dónde se encuentra, no me importa ir solo con él.

—La cuestión es si él quiere ir solo contigo. Es un favor bastante personal.

—Pues que me indique la dirección en un mapa. No tengo problema en viajar a solas. Esto es muy importante para mí. —Agacho la cabeza.

—Vas a encontrarte con el Caimán, Noah, pero… —Indra se queda pensativa y no puedo imaginarme todo lo que está pasando por su cabeza.

El silencio regresa a nosotros. Kira sigue muy tensa, no aparta la mirada de Sid. Que el chico le haya dicho que debemos hacer algo al respecto de su padre, la ha puesto alerta. Debe haber intuido que su amigo está de acuerdo con Indra en un contraataque. Yo apenas sé mucho de los planes de la indómita a la hora de derrocar al Código, pero después de ver la desolación de Núcleo, creo que estoy conforme con que debemos actuar. Basil no puede seguir ganando.

—Vale. ¿Le has contado el plan entero, Sid? —retoma Indra.

Kira se incorpora de golpe con la respiración alterada. Le arde la mirada y, si su magia le sirviese para dañar a otro ser vivo, ahora mismo estaría incinerando a Sid. El chico se levanta despacio con las manos en alto. Oh, no. No le ha dicho nada. Nada de nada.

—Me has mentido —dice Kira con los dientes apretados.

—No, solo estoy esperando para no darte la información de golpe. Te has estado poniendo muy mal cada vez que te hemos acribillado con tanta historia.

—Yo decidiré cuál es mi límite, Sid. —Aprieta los puños.

—Por favor —interrumpe Indra—, calmémonos. Kira, lo siento mucho, ¿vale? Pero no lo pagues con Sid. —La danían se gira hacia la indómita, callada y rígida—. Quiero que juntos vayamos a hablar con Runa. Que tengamos una conversación en la que todos pongamos sobre la mesa nuestros puntos de vista, nuestra voluntad. Somos muy diferentes. Cada uno luchamos por objetivos muy personales. Sin embargo, tenemos una cosa en común: la Magia nos eligió para tenerla en nuestro interior. Para hacer algo bueno con ella. Por favor, no desperdiciemos esto que se nos ha concedido.

Sid y yo asentimos, pero Kira sigue recelosa. Su mirada viaja por todo el comedor, tratando de encontrar un punto en el que anclarse y estabilizarse. Se muerde el labio inferior y suspira. Alza la mirada, directa hacia Indra.

—No me volváis a pedir que me calme. Yo, a cambio, no desconfiaré a la primera. Eso sí, sin más mentiras. No nos ocultaremos información relevante. ¿De acuerdo?

La forma en la que se expresa es tan determinante que me cuesta darle una negativa. Ha recuperado un poco de la danían de Núcleo. De la que día a día debía guiar a los nuclenses y enfrentarse a los kalentes en discusiones por el futuro de la ciudad y del país. Sid e Indra también deben haber visto lo que yo, porque terminan accediendo a su oferta.

—Bien. ¿Me seguís? —Indra da media vuelta; nosotros nos lanzamos una mirada de apoyo y nos levantamos.

El trayecto es corto hasta la cabaña en la que mantienen encerrada a Runa. Sin embargo, está muy interna en el bosque, alejada de las zonas del pueblo que solemos recorrer. Nos hemos colado entre dos casas, en parte edificadas por dos enormes y espesos árboles.

Esquivamos las gruesas raíces que salen de la tierra, y el sol deja de incidir con tanta fuerza en cuanto entramos en la arboleda. Los rayos se cuelan entre las hojas y crean motitas de colores sobre la hierba mullida y húmeda.

Me alegro de que nos hayamos metido por el camino del bosque, ya que, pese a que por esta ruta sigue habiendo habitantes, ya sea porque tienen sus casas en las copas de los árboles o porque están recolectando frutos, madera u otros materiales, son pocos los que pueden observarnos con interés. A mí ya no me atienden con tanta curiosidad, en cambio, a Sid y a Kira los estudian como si fuesen extraños especímenes caídos del cielo.

La danían avanza a mi lado, muy pegada a mí. A veces me da la sensación de que quiere cogerme la mano o aferrarse de alguna manera, porque, cuando nuestras pieles se rozan, la retira, avergonzada. Me lanza pequeños vistazos con la intención de decirme algo, pero luego se arrepiente y devuelve la mirada hacia delante.

—Tranquila —le murmuro, preocupado.

—Me da miedo que Indra esté tan segura de lo que ha planeado.

—¿Por qué?

—Porque nunca nada sale como lo prevés, Noah. Créeme cuando te lo digo.

—Nos une la magia, aunque ahora solo tengas ganas de estrangular a Indra.

—Noah —se alarma con un brillo divertido en su mirada.

—Si sonríes, basta.

—¿No decías que te daba miedo cuando lo hacía? —Frunce el ceño.

—Estoy empezando a cambiar de opinión.

Y cojo su mano. Ella aprieta mis dedos. Sí, he hecho bien en darle mi apoyo.

Continuamos el camino en silencio. Escuchando a los pájaros piar, tratando de que los árboles no nos obstaculicen hasta el punto de caernos de bruces. En breve llegamos ante una construcción de madera casi camuflada entre la vegetación. Una draiz y un humano están plantados delante de la puerta, cada uno con una lanza en la mano.

Se relajan cuando nos ven llegar, aunque, de nuevo, sus ojos repasan a Sid y a Kira. En realidad, debe ser bastante sorprendente que la danían de Núcleo y el hijo del gobernador de Mudna estén en el pueblo, codo con codo. Supongo que les habrán explicado la situación actual, que es, como mínimo, curiosa.

—Buenos días —decimos cada uno de nosotros pasando por la puerta principal.

El interior está iluminado débilmente por el sol. Huele a madera y a cenizas. Runa está sentada frente a una mesa en la que están esparcidas las cartas de su baraja. La llamada de la magia a sí misma no se hace esperar y se expande con ímpetu. Sid ahoga un gemido y Kira se lleva una mano al pecho. Indra aprieta los labios. Runa cierra los dedos en torno al borde la mesa. Control. Necesitamos control. La magia está despertando con ansias, porque es la primera vez que los cincos estamos reunidos y lo nota. Por fin está completa y ahora solo anhela atravesar el silencio.

Kira empieza a tornarse de color dorado y mis manos acompañan su brillo mientras un ligero temblor se expande desde la tierra hasta el techo. Indra susurra que nos relajemos, pero la Voz en nuestro interior, porque clama en eco, nos altera mucho más:

» *Por fin. Por fin,* no para de repetir.

Sid se lleva las manos a la cabeza y cierro los ojos. Aprieto fuerte y respiro hondo. Indra no logra formular palabra, pero percibo su propia magia levitar, como una pluma que ha vencido a un impetuoso viento y consigue por fin descansar. Me aferro a su tranquilidad y la Voz se aleja. Relajación. La fuerza deja de estirar.

Abro los ojos. Ya no brillamos. Nadie dice nada. Nos recomponemos poco a poco, sintiendo que la energía todavía vibra en nuestro pecho.

Runa no levanta la vista, pero se decide a romper el silencio:

—La Mano Ejecutora, El Hallazgo y La Tempestad conducidos por La Guía hasta la Traición. —Interpreto perfectamente a quién hace referencia cada uno. Me duele que se defina a sí misma como tal. Entonces, coloca una carta sobre todas las demás—. La Magia en todas ellas. La Muerte… —Saca otra y la pone en horizontal al lado de la recién colocada—. También.

—Runa —la llamo.

Ella por fin alza la mirada. El tatuaje de su brazo es una mancha negra. No hay dibujos, solo oscuridad. Sus ojos azules parecen dos sombras ahora; no existe ni rastro de la seguridad con la que llegó a Nueva Erain. Nos observa uno a uno. Despega los labios. Siento esperanza, pero vuelve la mirada a las cartas.

—Runa, por favor —insiste Indra.

Se acerca a la mesa y con la mano nos indica que nos aproximemos también. Nos reunimos alrededor. Runa agacha aún más la cabeza, hasta el punto en que creo que su nariz va a rozar la superficie de la mesa. Indra suspira, impaciente, pero yo pongo una mano sobre su espalda, seguro.

—Runa, ¿cómo estás?

—¿Bien? —murmura.

—Tenemos que hablar. Todos nosotros. Juntos.

—¿Por qué? ¿Porque la Magia ha cruzado nuestros caminos?

Kira retrocede un paso, pero Sid la intercepta y no le deja seguir alejándose. Runa puede ser la razón por la que la danían se eche atrás del todo. Entiendo su pesimismo. Estamos en una situación horrible por lo incierta que resulta. Sin embargo, tenemos que encontrar la fuerza suficiente para avanzar, porque si no todos pereceremos al final.

—Runa, es necesario que hablemos de lo que vamos a hacer —intervengo.

—No veo a Kira muy convencida de tus palabras. —Casi se burla.

—No hagas eso. No intentes enfadar a los demás porque no te aclaras—le recrimina Indra.

—Tú quieres usarnos contra Basil. Da igual quiénes seamos. Podría tratarse de una mera piedra la que contuviese la magia y te lanzarías a protegerla sin detenerte a pensar.

—Eso no es cierto.

—¿Sí? ¿Te importaríamos lo más mínimo si no fuésemos anomalías? Solo quieres vengarte por la muerte de tus padres —gruñe Runa.

Indra da un paso adelante. Los puños se le incendian de dorado. El miedo hace que mi cuerpo se mueva. La retengo por la muñeca y, casi sin pensarlo, absorbo cómo hice con Kira en medio de la batalla. No tengo muy claro cómo lo hago, pero mi voluntad de detener un siguiente despertar hace que insufle la energía que Indra está canalizando a la perfección. Ella se vuelve hacia mí, confusa. La suelto.

—¿Qué has hecho?

—Nada.

—No, me has quitado magia —concluye.

—Más bien la asimila y la expulsa. No se la queda —aclara Sid—. Hizo exactamente lo mismo con Kira en la batalla de Núcleo.

—Interesante.

—¿Lo veis? Eso es lo que le resulta importante. ¡La Magia! No vengo de mi país para convertirme en otro peón de guerra.

—¿Otro? —destaco.

Runa se muerde el labio, arrepintiéndose de sus palabras. Lo sabía. Sabía que estaban coaccionándola de alguna manera. En su país le han ordenado hacer algo contra el nuestro bajo amenaza.

—Dilo. ¿Te están coaccionando para que nos ataques?

—Es mejor que no sepáis nada.

No se lo recrimino. Diciéndome que es mejor que no sepamos nada, confirma que algo malo se avecina y que nadie en Nueva Erain tiene una mínima idea. Indra, Sid y Kira también la observan con atención. Runa, tratando de controlar su nerviosismo, empieza a recoger las cartas, pero estampo las manos contra la mesa y paralizo su acción.

—¡Confía en mí, al menos! ¡Dímelo! Quiero ayudarte…

—Por eso te marchas de aquí y me abandonas, ¿no? ¡En busca del maldito Caimán, que es lo único que te ha importado siempre!

—¡Eso es mentira! Quiero que vengas conmigo. Quiero que me acompañes como lo has hecho desde el principio. —Rebajo mi rabia.

—¿Cómo? —Para mi sorpresa, no contraataca, sino que se asombra.

—No lo dirás en serio, Noah —masculla Indra.

—Runa es mi amiga. Todos ocultamos cosas. Ella no es diferente. La has perdonado, Indra. Yo también. Ella se viene conmigo —determino.

Y, por fin, una reacción real en Runa: empieza a llorar. Se desahoga en voz alta. La observamos, un poco compungidos. Se seca las lágrimas, pero no dejan de brotar. No la interrumpimos, aunque Indra tiene el ceño fruncido y los brazos cruzados. No le gusta mi decisión, pero no es la jefa de nadie, así que tendrá que aceptar nuestra voluntad si quiere que todos logremos confiar los unos en los otros.

—Zahira no nos acompañará.

—Lo comprendo, por eso no os pido que lo hagáis. Solo tenéis que darme la localización.

—No. No conocéis la zona. —Suspira Indra—. Vale. Si es tu voluntad, Noah, trataré de convencerla.

—Entonces, ¿no vas a venir con nosotros?

—No. He decidido unirme al otro grupo.

—¿Qué otro grupo? —interviene Kira por primera vez.

—Quería reuniros para contaros mi plan. Me ha quedado claro que cada uno de nosotros estamos en distintas posiciones respecto a lo que está sucediendo en Nueva Erain. Sin embargo, no quiero que os vayáis sin que escuchéis lo que tengo que deciros. Acomodaos si queréis. —Señala la habitación.

Permanezco junto a Runa, que ahora solo solloza por lo bajo. Quiero que note que mi decisión es sincera y determinante. Que estoy a su lado. Kira se sienta en el suelo y Sid la acompaña, aunque ella deja unos centímetros de separación. Indra apoya la espalda contra una pared, aún con los brazos cruzados.

—Bien. Mudna ha atacado a Núcleo, como bien sabemos. Las fuerzas del ejército nuclense deben haber mermado en cantidad. El pueblo debe estar devastado. —Me sorprende lo directa que es teniendo en cuenta que está Kira, pero esta no dice nada, solo juguetea con las muescas del piso de madera—. Basil ya ha cumplido ese objetivo, y ahora no parará hasta conseguir el siguiente: atrapar a las anomalías. Sabe quiénes somos y dónde podemos estar escondiéndonos. Mi plan es que nos marchemos de aquí. No quiero poner en peligro a los habitantes.

—No pararemos de huir nunca —musita Kira con la voz queda.

—Espera. Aquí viene la segunda parte del plan con la que tanto os he estado presionando. Hay varios pueblos indómitos por la zona noroeste del país que están preparando desde hace años la batalla definitiva contra Mudna. He estado colaborando con ellos durante mucho tiempo y siempre he apoyado sus decisiones. Sin embargo, tras ver la derrota de Núcleo, una ciudad tan bien preparada para la guerra… Sé que estos pueblos pueden presentar resistencia, pero no creo que puedan ganar. Por eso nos necesitan. Lo que pasó en Núcleo fue doloroso, Kira. Créeme, entiendo de la muerte tanto como tú. No era mi intención haceros creer que sois simples herramientas para un fin mayor. De eso ya se encarga el Código.

» Pero debo insistir. Necesitamos hacernos oír. Necesitamos que la esperanza brille en este país. Kira, has estado toda tu vida protegiendo y luchando por la paz. Sid, te has enfrentado a tu padre incontables veces por no estar de acuerdo con sus decisiones. Noah, saliste de tu hogar para contar una verdad que jamás debió ser ocultada. Runa —la chica alza el rostro, porque no se imaginaba que iba a ser nombrada—, viniste a este país con una misión de la que parece que te estás arrepintiendo. Has estado junto a Noah todo este tiempo pese a lo que nos ocurrió. Tú ves el futuro, ¿no? Entonces dime… ¿Qué ves ahora?

Runa balbucea algo sin sentido, pero, contra todo pronóstico, coge una carta del mazo medio recogido y la deja sobre la mesa en posición horizontal. En el dibujo se distingue una cadena de diferentes colores y formas. Kira y Sid se incorporan para descubrir qué ha sacado la chica. Ninguno entendemos su idioma, así que esperamos a que susurre:

—La Unión. Eslabones diferentes que se ensamblan unos con otros para reforzar una idea o una acción. Aparentemente débiles, pero fuertes si confían en el valor del conjunto. —Runa acaricia la carta—. Somos nosotros...

Por primera vez, su voz destila optimismo. Sé que Runa cree mucho en sus cartas y, sinceramente, empiezo a confiar en ellas también. Sid e Indra parecen bastante convencidos. La única que observa todo con recelo es Kira, pero no dice nada. Ha cumplido su promesa de intentar no dudar enseguida de lo que sucede.

—No nos podemos quedar. Ninguno. No podemos poner en peligro a toda esta gente que sí, desea la paz del país, pero que no es capaz de verse envuelta en otra guerra —murmura Indra.

—¿Y lo haremos en otros pueblos? —pregunta Kira—. Ya lo has dicho, Indra. Quieren presentar batalla, pero serán aplastados en cuestión de segundos. La fuerza del ejército mudnano es extraordinaria. Igual que la inteligencia militar de Basil.

—Lo sé, Kira. Lo sé. Pero ¿qué hacemos entonces? ¿Nos ocultamos? ¿Huimos del país? Sé que quieres volver a Núcleo y ayudar. Sé que Sid también desea ir a Mudna y restablecer la situación. Se nos ha concedido el poder de la magia, somos como un... Somos un don.

—¿Un don?

—Los dones de la Magia —susurro.

—Los únicos de todo el planeta. Podemos marcar una diferencia real si nos lo proponemos. —Sonríe Indra—. ¿Qué me decís?

Sid y Kira se miran y entablan una conversación silenciosa. Runa hace lo mismo conmigo. Cada vez estoy más decidido. Después de encontrar al Caimán y solucionar mi problema, estoy conforme con unirme al plan de Indra. No quiero que nadie de este pueblo salga herido. No quiero que se repita la masacre de Núcleo. Si es verdad que hay gente dispuesta a actuar, nosotros tenemos el poder como para ser apoyo suficiente. Incluso suponer la diferencia, como bien ha dicho Indra, que nos proporcione la victoria.

—Acepto —dice Sid.

—No tengo adónde ir de momento. Y tampoco quiero involucrar a nadie de aquí. Si es cierto que Basil nos va a perseguir por lo que somos —continúa Kira—, no me rendiré. Ese loco no puede seguir saliéndose con la suya. No puede... —Se abraza el cuerpo y Sid le pasa un brazo por los hombros.

—¿Y vosotros? —Indra se gira hacia nosotros, esperanzada.

Estoy a punto de afirmar, pero Runa me interrumpe incorporándose. Me coge de la manga de la chaqueta y da un paso al frente, en dirección a Indra. Creo que está recuperando parte de la confianza perdida. La otra chica también lo nota.

—Acompañaré a Noah en busca del Caimán. Luego me uniré a vosotros y os ayudaré... Si seguís confiando en mí, claro.

No puedo evitar que una sonrisa se expanda por mi rostro. Con un gritito de alegría, la estrecho en un intenso abrazo. Ella se queja, como es natural en su personalidad, pero noto cómo sus brazos rodean mi cintura. La he echado tanto de menos, que no sé si quiero deshacerme del contacto.

—Me vas a ahogar, Noah.

—No importa. Estoy muy feliz.

La separo, pero solo porque se está quedando sin aire de verdad. Advierto que Indra está conteniendo una risita. ¿Puede que este sea el inicio de una nueva esperanza? No quiero hacerme ilusiones vanas, pero vernos juntos, sintiendo que la magia fluye y que solo está en nosotros, me hace sentir especial. Acogido. Muy diferente a lo solo que me sentía muchas veces en la cabaña junto al mar.

—Está decidido. Sid y Kira, os guiaré hasta el pueblo indómito en el que se encuentra el grupo de la resistencia. —Los aludidos asienten—. Noah y Runa, será mejor que os preparéis para el viaje. Cuanto antes partáis, mucho mejor. Es preciso que no retrasemos nuestro encuentro.

—De acuerdo —decimos Runa y yo a la vez.

—Ahora solo me queda convencer a Zahira y a Mijaíl.

—¿Serviría de algo si pidiese perdón de nuevo? —pregunta Runa.

—Lo que más serviría sería decir la verdad. —Indra suspira.

—Está bien. —Nos volvemos hacia ella, asombrados—. Contaré mi historia.

No se me escapa cómo se nos contrae el rostro de miedo a todos. Incluso Zahira, que siempre se muestra resuelta, abraza a Indra, protectora e inquieta por lo que Runa acaba de confesar: su país, al noroeste de Nueva Erain, pretende asesinar todo lo que porte magia. Aunque sea un mínimo.

—Están decididos. Que la Magia nos salvase de su propia destrucción lo ven como una verdadera represalia. Una forma de castigarnos por lo que sucedió en el pasado. Preferirían estar muertos, porque muchos de ellos, al igual que aquí, aparecieron solos, sabiendo que sus seres queridos fallecieron en el antiguo mundo. Indiscriminadamente.

—¿Y creen que haciendo desaparecer todo rastro de magia conseguirán la paz? —Kira tiene la voz temblorosa.

—Al menos que no se vuelva a repetir.

—La Magia está viva, no solo dentro de nosotros —interviene Indra, enfadada—. ¿Eso lo saben? Pueden matarnos a nosotros cinco, pero Ella continuará viva.

—Supongo que es la desesperación.

—Vale. Entonces, tu país nos quiere muertos, pero… ¿Te mandan a ti para que nos asesines? —Sid plantea una duda bastante importante.

—Yo vivía con mi abuela. Éramos bastante pobres, pero no nos hacía falta mucho más para ser felices. —Su tatuaje por fin se aclara para mostrar un campo y un cielo azul libre de nubes—. Ella creía en mí. Fue la que pidió por mi vida a la Magia. Nunca me obligó a ocultar lo que era. Pero cuando los líderes de mi país se enteraron de mi existencia, trataron de asesinarme. Yo… Mi abuela… —Los ojos se le anegan de lágrimas y manosea con fuerza la baraja de cartas. Intuyo la resolución—. Mi abuela murió protegiéndome.

—Lo sentimos mucho, Runa —murmuro, poniendo una mano sobre la suya.

—No pasa nada. Sucedió hace mucho tiempo…

—¿Cuántos años? —pregunta Kira, sin discreción ninguna.

—Siete.

—¿Tenías quince años cuando te pasó eso? —se alarma Ézer.

—Nosotros no éramos mucho más mayores cuando nos enfrentamos en el Incidente —determina Sid.

—La cuestión —retoma Runa—, es que, aunque vieron lo que era capaz de hacer, se aprovecharon de mí y me capturaron. Asustados de que pudiese haber más como yo, u otras fuentes mágicas, me obligaron a buscar, a confirmar si su temor era cierto. Fueron varios años de tortura. Yo sabía controlar un poco mi magia, porque mi abuela me había ayudado, pero no lo suficiente como para lograr lo que me estaban pidiendo.

» Durante un año entero me encerraron en unos calabozos. Solo hablaba con los líderes. Apenas me daban de comer o de beber. Creían que si me dejaban al borde de la muerte, la magia me salvaría y me daría lo que ellos querían. Pero Ella empezó a hablarme. Me dijo que resistiese y que fuese fuerte. Que podía lograrlo. Sin embargo, la acallé, asustada, y comencé a esforzarme más y más.

» Esta baraja de cartas pertenecía a mi abuela. Ella me enseñó a leerlas. Como vosotros, en un principio, yo tampoco creía en su efecto. Pensaba que mi abuela solo hacía como que predecía el futuro para mantenerme tranquila. Sin embargo, lo que las cartas empezaron a mostrarme se hacía realidad. Fue entonces cuando pensé en usarlas para encontraros.

» Al principio todo fue muy confuso. Casi imposible. Pero os sentía. Me extrañó muchísimo que todos residieseis en el mismo país. ¿Tal vez la Magia y las cartas no funcionaban? ¿Tal vez la Magia era poderosa, pero no tanto como para mostrarme lo que estaba por venir? El caso es que era información. Y estaba segura. Tenía que estarlo para que ellos me creyesen.

» Delaté vuestra posición. Hubo muchísimas discusiones sobre qué hacer. Invadiros. Sacaros de allí de alguna manera. Pero, al final, recayeron en la opción más obvia: mandarme a mí contra vosotros. Si yo era fuerte, ¿cómo sería mi energía multiplicada por cinco? Así que el plan consistía en asesinaros a cambio de recuperar mi libertad.

» Con la magia tracé la ruta. Llegamos en barco y durante años os estuvimos espiando. Yo no desembarcaba. Querían tenerme bien vigilada. Aprendí todo lo necesario sobre Nueva Erain para involucrarme sin problemas. Sin embargo...

—No esperabas encontrarte conmigo —susurro.

—No.

—¿Cómo que encontrarte con él? —interrumpe Indra.

—El primer día que bajé del barco, el primer día de mi misión, me encontré con Noah. Mi bote llegó a la costa en la que se encontraba su casa.

—Ese barco que vimos en la lejanía… Me dijiste que era del Código. —Palidezco.

—Mi padre no tiene barcos. No pretende salir al exterior si puede gobernar un país entero sin que nadie se inmiscuya —aclara Sid.

—Tenía que mentirte, Noah.

—Entonces, ¿por qué no acabaste conmigo allí mismo?

—Porque no soy una asesina. Porque cuando nuestras magias conectaron me sentí más viva que nunca, ¿entiendes? Matar... Sobrevivir... Tenía muchísimo miedo. —Se encoge y me arrepiento de haber sido tan brusco—. Sabía que iba a morir tras asesinaros. ¿Cómo iban a dejar un cabo suelto como yo? Si no quieren magia, ¿por qué iban a dejarme viva? Solo soy una herramienta más.

—¿Y por qué me atacaste a mí, Runa? ¿Por qué lo intentaste? —pregunta Indra, apenada.

—Porque, pese a todo, tenía que hacerlo. Tenía que decidirme. Con Noah sentí una conexión especial. Es una anomalía repleta de anomalías. —Sonríe con añoranza—. Había perdido la memoria. Su fin en el país era muy loable. No me atreví. En cambio, tú querías juntarnos. Querías una alianza que yo no podía permitir... —Solloza.

—Tranquila —le susurro.

—¿Y dónde están tus líderes ahora? —cuestiona Kira.

—Deben seguir en alta mar. Me dieron un plazo máximo de seis meses para cumplir la misión.

—¿Y si no lo consigues?

—No lo sé. Y digo la verdad... No sé qué pretenden. Solo sé que quieren terminar con las anomalías.

En el comedor de la posada, los pensamientos parecen gritar más que las palabras. Un silencio, incómodo, nos envuelve durante minutos. La historia de Runa nos ha conmocionado. Creo que incluso Zahira se arrepiente de haber arremetido tan despiadadamente contra ella. Todos tenemos un pasado y nadie está exento de fallar. En cambio, podemos cambiar si es lo que deseamos. Y Runa lo desea.

—Sé que no me vais a dejar volver aquí. Sé que continuáis sospechando de mí. Pero si he contado mi historia es, sobre todo, por Noah. —Me giro hacia ella, asombrado. Su tatuaje empieza a convertirse en un mar verdoso que reconozco muy bien. *Mi* mar—. Él desea que lo acompañe, pero no por mi presencia quiero que Zahira o Mijaíl no le hagan este favor. Por favor, no le hagáis esto por mi culpa.

Nos quedamos embobados mirando a la chica. Ella ha hecho todo esto… ¿por mí? Me acerco y la abrazo, esta vez, delicadamente. Runa acepta el contacto, poniendo sus manos sobre mi espalda. Sabía que podía confiar en ella y que nos podíamos proteger el uno al otro. Estar juntos en este viaje, pese a las mentiras.

—Está bien —accede Zahira—. Iremos contigo, Noah.

—¿En serio? —Runa se aleja un poco de mí.

—Sí. Si esta es toda la verdad, y creo que así es, no puedo condenarte por querer salvar tu vida. No todos somos tan fuertes como para enfrentarnos a la muerte sin titubear —concluye Zahira.

—Gracias, amor. —Escucho que le susurra Indra antes de darle un sutil beso en los labios.

—Entonces, ¿deberíamos partir ya? —pregunta Ézer.

—Cuanto antes. —Asiente Indra.

Tardamos muy poco en empacar nuestras pertenencias. Kira nos ha ayudado y no se me ha escapado el temblor de sus manos al tratar de amontonar los objetos personales de su hermano. Ézer ha intentado tranquilizarla, pero ella ha respondido con una sonrisa tensa que para nada mejora la situación.

Fuera de la posada, Kira se está despidiendo de Ézer. Están sumidos en un abrazo que apena romper. Se separan y la danían se acerca a mí. Respira hondo, mirándome muy fijamente. Entonces, se pone de puntillas, me rodea el cuello y me estrecha contra ella.

—Tráelo de vuelta. Lo es todo para mí.

—Por supuesto —susurro contra su pelo.

—Y buena suerte. Ojalá lo encuentres.

—Yo también, Kira. Yo también.

Se separa un poco, pero lo mínimo para dejar caer un beso en mi mejilla. Se aleja del todo con una sonrisa sincera. No me esperaba tal gesto de su parte, por eso poso unos dedos sobre mi piel. Kira da media vuelta para reunirse con Sid.

Ézer vuelve a mí y Zahira se une. De la posada salen Runa e Indra mientras conversan. Me alegra que estemos en una situación en la que podemos relacionarnos sin pelearnos. Runa se despide de Sid y Kira, y se acerca a nosotros.

—Tened mucho cuidado, por favor.

—Por supuesto.

—Y gracias —añade Runa.

Zahira le da a Indra un último e intenso beso antes de dirigirnos hacia la parte norte del poblado. Emprendemos la marcha sin mirar atrás. Ézer me coge de la mano y Runa permanece muy pegada a mí. La harum nos conduce a través del bosque. Parece ser que vamos a utilizar una salida diferente a la principal. Una vía mucho más oculta y sutil para salir sin ser vistos. De hecho, es prácticamente invisible porque se encuentra oculta entre un grupo de espesos matorrales.

Pasamos por un agujero en la muralla de madera y salimos al exterior. Allí nos está esperando Mijaíl, que nos contempla sin inmutarse. Zahira le dice algo rápido y en draiziano. No lo capto bien, pero sé que le ha hablado de Runa. El hombre, como contestación, gruñe.

Solo es un viaje de dos días. Nos han ofrecido ropa de abrigo porque, pese a ser primavera, ya nos ha quedado claro que cuanto más te desplazas al norte, más frío hace. Permanecemos en silencio buena parte del día. Solo cuando nos sentamos a cenar, se me ocurre iniciar una conversación:

—¿Creéis que el Caimán aún estará en el lugar en el que Mijaíl lo vio por última vez?

—Es alguien sedentario. ¿Ves esa montaña de allí? —Señala con el dedo una monstruosa sombra recortada por la luna. Asiento—. No se ha movido en años. Siente más seguridad si no lo hace. Ya sabes, nadie busca a un solo individuo que no molesta. —Y le da un mordisco a un muslo de pollo.

—Entiendo. Y, ¿has hablado con él?

—Sí. Es un ser muy curioso.

—¿Y? —Aprieto la bellota y mascullo cuando el clavo me hace demasiado daño.

—No estés nervioso.

—No lo estoy.

—Sí lo estás —afirma Runa—. Tranquilo. Si lo conoces, creo que serás capaz de recordarlo. No tengas miedo.

Asiento y me concentro en mis verduras asadas. No estoy nervioso, estoy muerto de miedo. ¿Y si resulta que el Caimán no me conoce? ¿Que fue fortuito que yo terminase en su casa? ¿Que la carta que escribió en su diario y que está inconclusa no iba dirigida a mí? ¿Y si nunca puedo recuperar mi pasado?

—¿Noah?

La voz de Ézer me despierta. Tengo que controlarme. Estoy acompañado, no solo. Puedo hacer frente a esto. Es lo que he deseado desde hace dos años. Los documentos del Caimán fueron los que me incitaron a salir de mi casa. Él me formó. Él me ayudó a ser quien soy ahora.

No intercambiamos muchas más palabras, porque se nota que me ha afectado lo cerca que está el final de mi historia. No consigo dormir. Doy vueltas en el suelo, arrebujándome en la manta. De reojo veo a Zahira sentada contemplando el horizonte. Quiero decirle algo para intentar sentirme acompañado en el insomnio, pero no me sale nada.

Toda ella, pálida, brilla a la luz de la noche. Es hermosa. Y consigo conciliar el sueño observando el tenue resplandor que desprende su piel, como si fuese un haz que se ha escapado de la luna y permanece sobre la hierba para iluminarnos el camino.

Nos despertamos con las primeras luces del alba. Mijaíl se queja por su pierna y Zahira le da una medicina líquida que el hombre se bebe de un trago. Reemprendemos el viaje un poco más animados. El terreno cambia, cada vez más salvaje, a medida que nos acercamos a la montaña. Ézer me enseña el nombre de algunos tipos de plantas y animales. Runa también atiende, diciendo que en su país habitan otras especies, que nos describe y de las que nos asombramos por su existencia.

Mijaíl permanece callado; es un hombre muy huraño. En cambio, Zahira termina por unirse a nuestra conversación. Venciendo a mi vergüenza, le confieso que es la única harum que he visto, y ella me responde que hay más como ella en los pueblos indómitos. Que no es común encontrar harums en las capitales por el miedo a sufrir una discriminación mayor. Se siente afortunada y única. No la atormenta que haya pocos como ella, porque los indómitos conviven todos con los mismos derechos, sin distinguir orígenes. Cada ser es quien sienta que es.

Hacemos otra parada para comer al pie de la montaña. No consigo probar bocado, porque siento que cada vez está más cerca. Casi puedo advertir al Caimán entre los árboles, tal vez, con ese ser al que le pertenece toda la ropa pequeña que se quedó en el armario de la cabaña junto al mar. ¿Cómo será? ¿Cómo me recibirá? Si entabló contacto con Mijaíl sin conflictos, no creo que se oponga mucho a hacerlo conmigo, ¿verdad?

Empezamos a ascender la montaña. Hay tramos bastante abruptos en los que nos tenemos que ayudar entre nosotros. Pese a su maltrecha pierna, me asombra cómo se mueve Mijaíl entre los árboles y las enormes rocas. Se nota que es alguien que suele viajar por todo tipo de terrenos. Fuerte y constante. Seguro y audaz en cada paso que da.

Seguimos subiendo y subiendo, y no me creo que aún no hayamos alcanzado la cima. El sol empieza a descender; a convertirse en una mancha anaranjada en el cielo. Estoy a punto de quejarme cuando Mijaíl nos detiene con un dedo sobre los labios.

—Es ahí. —Señala Zahira un punto en lo alto.

Observo el cielo, un poco confundido, pero enseguida lo veo: humo. Me pongo de puntillas y trastabillo, pero la harum me atrapa antes de que caiga hacia atrás. Mijaíl nos hace señas para que continuemos con toda la cautela posible. No creo que el Caimán eche a correr si oye algo: el bosque nunca está en silencio, pero entiendo que, si ve llegar a un grupo de figuras desconocidas, se oculte o, como mínimo, se disponga a defenderse.

La tierra se va aplanando a nuestros pies. Ézer y Runa me cogen cada uno de una mano. Me alegro de que estén a mi lado. Necesito su apoyo, porque soy capaz de dar media vuelta antes de llegar.

Una última fila de árboles nos indica que más allá de ellos hay una explanada o, al menos, tierra plana y estable. Los cruzamos con decisión, yo por delante. Me encuentro con una cabaña de la que sale la columna de humo. Frente a ella, hay dos figuras. Una está agachada frente a una hoguera, y parece humana. La otra solo la había visto en dibujos. Es un caimán; el animal que le da nombre al autor de todos los documentos.

La criatura nos mira con fiereza y gruñe desde lo más profundo de su garganta. Retrocedo, asustado, pero Mijaíl continúa, haciendo sonar sus pasos. El ser se incorpora y en sus manos desnudas descubro que, efectivamente, es humano. Quiero llamarlo por su nombre. Quiero que me confirme que realmente es él. A quien he andado buscando y en quien he pensado durante dos largos años.

Y se gira. Viste ropas ajadas y una larga chaqueta hasta los tobillos. Atado a su hombro hay una placa de metal, muy parecida a la de los restos del antiguo mundo. Tiene el pelo echado hacia atrás, sucio. Una barba oscura y espesa dominando su cara. Parece joven, tal vez rondará los cuarenta y tantos, pero su gesto es tan rudo que lo envejece. Sus ojos resplandecen con el atardecer. Y se agrandan. Extiende una mano hacia mí. Mijaíl me empuja hacia delante y el desconocido no retrocede, sino que hace ademán de seguir avanzando.

Me clavo en sus ojos. No lo reconozco. No lo… Sí. Lo reconozco. Sus hogueras, su forma de enseñarme sobre lo que me rodea. Él cosiéndome ropas, porque se me quedaban pequeñas; cada vez crezco más y más. Él enseñándome a nadar, a cazar y a cultivar. Él llevándome por primera vez de viaje. Yo conociendo una forma de vida humana. La magia estallando dentro de mí. La sangre de la humana. El grito de él. Mi grito. La oscuridad. Dormir. Más profundo. La Voz. Despertar en mi casa. Una casa que no recordaba. Un yo que no recordaba mirándose al espejo. El collar de una bellota claveteada que no me pertenece, pero sí sé a quién. Lo recuerdo todo. Lo recuerdo a él como si nunca lo hubiese olvidado.

—¿Noah?

—¿Tristán?

TERCERA PARTE
DONDE LOS VALIENTES HUYEN

LA DESAPARICIÓN

Hace 7 años

EN LA ORILLA DEL MAR, Noah se concentró en aislar el agua de sus pies. Tristán lo miraba desde la puerta de casa mientras se tomaba un vaso repleto de zumo. En cambio, Yojimbo se ocultaba en el jardín que Tristán cultivó el día que volvió a su país tras la muerte de, prácticamente, toda la humanidad. Al caimán le gustaba que las plantas detuviesen la fuerte brisa que a veces se levantaba en la costa.

Noah se presionó aún más. Se le iluminaron los pies de dorado, el agua se acercó y, al contacto con su energía, estalló en miles de gotas. El chico protestó, cansado de probar su magia. Nunca le había salido bien. La intensidad de su poder parecía repeler, más que ayudar. Sí, Noah estaba a punto de desistir y decidir que jamás volvería a utilizarla. Al fin y al cabo, en una de las varias expediciones que hacía Tristán al año para enterarse de qué sucedía en Nueva Erain, se había enterado de un secreto que pocos sabían: Basil, el gobernante de Mudna, pretendía capturar a todos los que eran como él. Los había llamado «anomalías».

Aunque el mar le rugía que volviese a intentar domarlo, Noah se había cansado de intentarlo. A veces no comprendía su propio poder, pero Tristán se empeñaba en que lo que guardaba en su interior era un don. Algo que pocos tenían y que, por tanto, debía apreciarlo.

—*Es la energía que lo mueve todo* —imitó Noah la voz de Tristán, propinándole una patada a la arena.

—Sabes que te puedo escuchar desde aquí, ¿no? —Negó el hombre desde la distancia, y luego apuró zumo antes de entrar en la casa.

—¿Y por qué no me ayudas si te sientes tan aludido? —chistó Noah, enfurruñado—. ¿Por qué no me puede ayudar Yojimbo?

—¿Cómo te va a ayudar un caimán, si puede saberse? —le respondió a voz en grito desde dentro de la cabaña.

—¡Tú me dijiste que es una especie de ser mágico! ¡Yo también lo soy! Así que él debería poder ayudarme. ¿No te habla a través de la mente o algo así? ¡Que lo haga conmigo también! —Noah continuó quejándose.

Entonces Tristán asomó la cabeza por el hueco de la puerta y sonrió. Noah se cruzó de brazos esperando la broma. Así era el hombre que lo había estado cuidando durante casi dieciséis años. Toda su vida.

—Yojimbo solo responde ante el jefe de la casa. —Y estalló en una carcajada de la que Noah no dejó de rechistar hasta que entró en el salón.

Como siempre, la estancia estaba hecha un desastre. Papeles, libros y lápices estaban esparcidos por doquier; sobre mesas, estanterías, sillas y el suelo. No pisar algo era tarea prácticamente imposible. Noah bailó con sus pasos entre los objetos, dirigiéndose hacia la mesa sobre la que Tristán estaba sentado, escribiendo.

—¿Has descubierto algo más?

—¿Tal vez que hoy es tu cumpleaños? —Enarcó una ceja. Noah bufó—. ¡Felicidades! Si tu hermano pudiese verte. —Sonrió con tristeza—. Eres su viva imagen. Aunque tengo que decir que eres ligeramente más guapo que él.

—¡Oh, gracias, líder supremo de todo lo hermoso que hay en el mundo! —ironizó Noah.

—¡Ja, ja, ja! No, en serio, tu hermano estaría muy orgulloso de ti.

Noah trató de sonreír, más por Tristán que por él mismo. Su hermano había perecido el día en que la Magia lo destruyó todo, porque no había sido escogido por Ella. No era uno de los elegidos de la antigua Diosa. Sin embargo, no podía sentir pena si jamás lo había conocido, si jamás se había sentido solo. Tristán y Yojimbo eran su familia; los únicos seres vivos que había visto en toda su vida. Y, aunque empezaba a cansarse de aquel aislamiento, sabía que Tristán lo hacía por su bien.

—¿Estás bien? —le preguntó Noah.

—Claro, claro…

—¿Te estás acordando de tu hermana?

Si alguien se ponía triste rememorando el pasado ese era Tristán, quien a sus treinta y tres años había vivido muchísimo más tiempo en la antigua Erain que en la nueva. Noah recordó todas las veces que su mentor le había relatado cómo fue Amaranta, su hermana, la que lo salvó. Cómo le pidió a la Magia que, al menos, lo dejase vivir, aunque el resto de la humanidad muriese, incluido el mismo Tristán.

Noah admiraba muchísimo a Amaranta por ello. Y, pese al dolor, también se maravillaba con todo lo que le contaba su maestro del pasado. Al principio, no podía creer que aquella realidad fuese cierta. ¿Vehículos que volaban? ¿Edificios de metal tan altos que la vista se perdía en el cielo? ¿Algo llamado móviles que servían para hablar con otras personas no importaba la distancia que las separase? Le parecía imposible. Hasta que Tristán le enseñó uno de sus dos objetos más preciados.

—¿Puedo tocar a *Piloto*?

—Pero con cuidado, ¿eh? Lo necesito con todas las piezas por si algún día puedo repararlo.

—¡Claro!

Con un entusiasmo lleno de fervor, Noah se dirigió a la habitación que compartía con el hombre. Encima de una de las mesitas había un objeto metálico con forma de disco, medio oxidado y roto. Lo cogió con ambas manos y se lo llevó al salón. Le encantaba tocar la pátina fría y lo que Tristán llamaba objetivo; lo que le había servido a ese *robot* para mirar.

—Es lo más curioso que he visto en mi vida.

—¿Más que la bellota?

—Sé que no está en su biología ser así. ¿No me vas a contar nunca lo que realmente sucedió con ese collar?

—Cuando cumplas la mayoría de edad te lo contaré.

—¿Mayoría de edad?

—¡Ah, claro! ¡Bienvenido a tu próxima clase!

—¿El día de mi cumpleaños también vas a enseñarme cosas?

—Nunca vas a dejar de aprender, Noah. Es lo mejor de la vida.

—Bueno, mientras no sea matemáticas… Está bien. —Se acercó a la mesa para sentarse encima, pero Tristán lo detuvo con una mano—. ¿Qué pasa? ¿No me ibas a explicar lo que es la mayoría de edad?

—La cuestión es que yo te he dado la bienvenida a la próxima clase, no he dicho que vaya a ser sobre eso. —Sonrió más ampliamente.

—Entonces… —Los ojos de Noah brillaron esperanzados.

—¿Qué te parece si me acompañas a Núcleo esta vez?

—¿En-en serio? —balbució.

—¡Claro que sí!

—Y-y… ¿Cuándo salimos?

—Ya mismo. Lo tengo todo preparado. Feliz cumpleaños, Noah.

El chico saltó de emoción y abrazó a Tristán con fuerza. El hombre lo estrechó entre sus brazos, algo preocupado, pero con ganas de que por fin Noah tuviese contacto con el mundo exterior. Aislarlo un tiempo había sido una buena forma de enseñarle todo lo necesario para que no le sucediese lo mismo que le ocurrió a él. Sin embargo, Tristán sabía que apartándolo iba a conseguir lo mismo que pretendía evitar. Como él, Noah también debía aprender de sus errores. De lo fascinante y cruel que era el mundo.

Salieron enseguida, con Yojimbo persiguiendo sus pasos. El asombro de Noah no tenía cabida. Todo lo que había aprendido y que jamás había visto ya podía dejar de imaginárselo, porque lo estaba viviendo en primera persona. Tipos de plantas, de animales y el clima, incluso aquellos restos de metal que la Magia no consiguió destruir del todo.

—¿Voy a conocer a otros humanos y draizs?

—Sí.

—¿Son tus amigos?

—Más bien conocidos. La amistad es algo que necesita tiempo y cuidado, y yo no puedo ofrecer eso.

—¿Y por qué no nos mudamos al centro del país o a alguno de los pueblos indómitos?

—Sería hora de pensarlo, sí. Siento si te has sentido recluido durante todos estos años, Noah. La Magia nos hizo aparecer en esa cabaña medio derruida. Tú eras un bebé y yo estaba muy confundido. No sabía… No sabía… —Tristán comenzó a manosear el colgante de la bellota con nerviosismo.

—Tristán, lo sé. Tranquilo. —Noah le puso una mano sobre el brazo.

—Eres la persona más paciente que he conocido en mi vida.

—¿Más que tu hermana?

—Sobre todo más que ella —rio.

—Ojalá conocerla.

—Si algún día la encuentro, estaré encantado de presentarte a la mujer más valiente del planeta. —Y le deshizo el pelo.

—A la mujer que me salvó.

—Exacto.

Entonces, unas pisadas alertaron a ambos. Tristán empujó a Noah fuera del camino, y Yojimbo los siguió con parsimonia. El chico conocía la situación del país y verse cara a cara con alguien poco tolerante no iba a resultar el mejor regalo de cumpleaños. El hombre señaló al horizonte y él alzó el rostro para descubrir lo que estaba señalando. Era una humana. Estaba sola. Era bajita, fuerte e iba armada.

—Es una mudnana.

—Eso es malo.

—No tiene por qué serlo. No prejuzgues nunca, Noah. Pero lleva el círculo bordado en la pechera de su chaqueta. Pertenece al Código, y eso es lo que no me da buena espina.

—¿Y si hacemos como si nada? Escondernos no es precisamente una señal de buena voluntad.

—Tienes razón. Además, será la primera persona que conozcas.

—¿Cómo me comporto? —Se asustó el chico.

—Igual que conmigo. No te preocupes.

Noah asintió y salieron de su escondrijo. Yojimbo adelantó unos pasos hasta colocarse a su altura. Le acarició el lomo y notó la tensión en su espalda. ¿Tal vez el caimán estaba captando algo que a ellos se les escapaba? Pese a que Tristán le había dicho que fuese él mismo, Noah no pudo evitar ponerse muy nervioso.

La mudnana se percató de su presencia de inmediato y alzó

la lanza contra ellos. Tristán levantó las manos, sin embargo, la desconocida les gritó y movió el arma con agresividad.

—No vamos a hacerte daño. Solo estamos de paseo.

—¿A dónde pertenecéis?

—A ninguna parte —soltó Noah.

—¿A ninguna parte? —La mujer de la lanza frunció el rostro.

—Calla ahora, Noah —le advirtió Tristán en voz baja.

—¡O sea que formáis parte de los desertores!

—No, no es así… —comenzó Tristán.

—Entonces, ¿sois de Núcleo o de Mudna?

—De verdad, nos marcharemos por donde hemos venido —dijo Tristán.

—No puedo dejar que huyáis. ¡Sois traidores!

La mudnana avanzó con rapidez y Yojimbo se interpuso entre Tristán y Noah para protegerlos. La salida del animal hizo retroceder a la lancera, asustada. Imprevisto que Tristán aprovechó para coger de la mano a Noah y tirar de él hacia el camino de vuelta. Sin embargo, el chico no se movió y un fulgor dorado empezó a envolverlo.

—Tranquilo —le instó Tristán.

Pero Noah estaba muy alterado. Su respiración era profunda pero inestable. Tenía la mirada clavada en la del Código, que pretendía ensartar a Yojimbo para luego terminar con la vida de ambos. El miedo, la ansiedad, la inseguridad y el sentido de supervivencia lo sumieron en una oscuridad interna en la que él no podía ver, pero la Magia sí.

Noah gritó. Se desgañitó, dejando que la energía saliese de su cuerpo con violencia. La tierra a sus pies empezó a resquebrajarse. Tristán alargó una mano para alcanzarlo, para detener su descontrol, pero la potencia del poder que el chico estaba expulsando de su cuerpo lo lanzó hacia atrás. Yojimbo retrocedió para ayudarlo a reincorporarse.

La mudnana tenía la mirada desquiciada y temerosa clavada en lo que estaba presenciando. Trastabilló hacia atrás, comprendiendo la desigualdad en la batalla. Suplicó perdón, pero el chico estaba fuera de sí, recordando únicamente la amenaza.

Una fuerte ventisca levantada por Noah derrumbó a la soldado contra el suelo. Tristán gritó que se detuviese y Yojimbo intentó lo mismo, pero no lo hizo. La mujer, desde el suelo, se deslizó, tratando de incorporarse a la vez que evitar un inminente ataque. El cuerpo de Noah se iluminó cegadoramente.

Entonces todo terminó antes de que por fin Tristán se decidiese a arriesgarse, lanzándose hacia el cuerpo del chico, y de que la mudnana tuviese oportunidad de escapar. Noah chilló de nuevo, y otra sacudida de viento empujó a la soldado contra una enorme roca. Su cráneo crujió cuando impactó con la dura superficie y perdió la vida al instante.

Y Tristán consiguió llegar hasta Noah. Estaba seguro, porque sus brazos, durante unos segundos, sujetaron su cuerpo. Sin embargo, al abrir los ojos, se dio cuenta de que no estaba atrapando nada entre ellos. Noah no estaba. Se volvió sobre sí mismo. Lo llamó, haciendo que su voz se extendiese en eco, pero nadie respondió a su llamada.

El miedo lo atenazó. ¿La Magia también lo había asesinado a él? Se giró hacia Yojimbo.

—Dímelo. ¿Qué le ha pasado a Noah?

Como respuesta, el caimán se giró y, con pasos lentos, empezó a deshacer el camino. Tristán, al borde del llanto, lo persiguió, enfadado por su actitud.

—¡Ayúdame, Yojimbo! Sé que sabes algo. ¡Dímelo! ¿Qué le ha pasado a Noah?

Pero no recibió respuesta ni ese día ni en los dos años siguientes hasta que se marchó. Tristán lo esperó en la cabaña junto al mar. Escribió diarios, cuyas confesiones lo devoraban por la pena y muchos de los cuales terminó quemando en hogueras. Cuyas cartas no se atrevía a dirigir a Noah, porque escribir su nombre hacía más real su desaparición. Pero lo esperó. Apenas dormía. Apenas comía. Apenas vivía.

Había perdido a Noah. Se había precipitado y no había contado con la magnitud de su poder. Con cómo podría reaccionar ante una situación tan peligrosa como la que vivieron. Él lo había condenado, pero se negaba a pensar que el chico estuviera muerto. No. Sentía que estaba vivo. En algún lugar, la Magia debía haberlo escondido. Y fue a buscarlo.

Eso fue en lo único que Tristán se equivocó: en el lugar en el que Noah se había *escondido*. Porque en la más profunda de las oscuridades, en un oasis lejano, acogido por la mismísima Magia, Noah había quedado sumido en un largo letargo provocado por sí mismo. Por la incomprensión y la rabia. Por su miedo a la pérdida y a la muerte. Sin embargo, se escondería en ese cobijo hasta el día en que la Magia no lo dejase descansar más en su seno.

Y cuando Noah despertó, cinco años después, en aquella cabaña que lo había visto crecer, no reconoció sus paredes. No solo había perdido a Tristán y a Yojimbo, sino también a sí mismo.

Porque, reaccionando a un instinto de sobreprotección y supervivencia, dejó parte de él, de su memoria, al resguardo de la Magia. Oculta. Dormida. Esperando que algún día se sintiese preparado para recordar lo que se había forzado a olvidar.

KIRA

Rememoro y susurro las últimas líneas que ayer cerraron la carta que un mensajero de los indómitos hará llegar a mi madre en Núcleo. No me pasan desapercibidas las miradas y los juicios indiscretos que los habitantes lanzan al reparar en mí. Su poca sutilidad me incomoda, pero no los culpo. Aunque protegen a la Magia y creen en ella, nuestra presencia no comporta nada bueno para ellos. Además, a veces se me olvida que para ellos soy Kira, la danían de Núcleo. O que Sid es el hijo de los gobernantes de Mudna. Eso sí, el porqué de que la presencia de Sid no moleste tanto sigue siendo un misterio para mí. Él ya ha estado aquí, es lo único que se me ocurre.

Quiero que Ehun, Pantea y los demás sepan que estoy bien. Quiero que me respondan y me informen de que, dentro de lo peor, todo está bajo control. Quiero que me avisen de cuándo puedo volver. Lo único que no quiero leer es si algún ser querido más pereció en la batalla. Recuerdo a Zigon y a Copelia, y acallo un gemido de tristeza. Los echo de menos. No puedo imaginarme el día en que regrese a Núcleo y ellos ya no estén. Que mi padre no ronde con su mirada inquisitiva y protectora. Que mi amiga no silbe despreocupada, rodeada de sus pajaritos. No puedo ni pensar en lo afectada que estará Pantea.

Meneo la cabeza, tratando de escapar de la desesperación. No debo sacar conclusiones antes de tiempo. Toqueteo la pulsera de la pluma y recuerdo que tengo que encontrar a Sid. Me echo la capucha sobre la cabeza, meto las manos dentro de los bolsillos y empiezo a caminar calle arriba.

La nostalgia se instala en mi pecho al ver la actividad de los indómitos. El ambiente es muy parecido al de Núcleo. Sin embargo, aquí la paz es total. Los draizs y los humanos conviven en perfecta armonía. Trabajan juntos por mejorar, siendo ellos mismos, sin miedo a ser juzgados por su origen o inquietudes personales. Además, aquí los jóvenes harums no se esconden. No es que haya muchos, pero descubro a unos cuantos, y otra espina se clava en mi corazón. En Núcleo también tendría que haber centrado mis esfuerzos en ellos.

Dejo que el ambiente me envuelva. Bajo la capucha me siento más protegida, como si un simple trozo de tela pudiese protegerme de la atención ajena que, por supuesto, ya tengo centrada en mí. Agacho la cabeza, cohibida. Me hago hueco entre las sombras de los edificios, alejándome del bullicio. No formo parte de aquí. Nunca formaré parte de ningún otro lado que no sea Núcleo.

Echo de menos a mi madre, a mi padre, a Pantea, a Copelia, a Yun y al resto de mis seres queridos. Si Ézer estuviese aquí sería mucho más fácil, pero ya hace casi cuatro días que partieron en busca del Caimán. Trato de liberar mi mente, aislando a mi hermano de mis necesidades. Nunca me había dado cuenta de lo mucho que a veces dependo de él. Siempre es tan resuelto y optimista, y yo… tan yo.

Y, de repente, me tropiezo con un pequeño cuerpo. Lo rodeo con mis brazos antes de que caiga contra el suelo por mi despiste. Es un niño humano. Tiene una enorme cicatriz surcándole la frente y me mira con dos ojos enormes, redondos y azulados. Parpadea y retiro las manos enseguida.

Lo sorteo por la derecha, pero su diminuta y regordeta manita me detiene. Pongo una mano sobre la suya, alerta, y él nota mi nerviosismo. Alza la otra y se pone de puntillas para alcanzarme. No sé por qué, pero me acuclillo. El niño pasa la mano por mi parche y me estremezco.

—¿Te duele? —Tiene la voz aguda pero suave.

—Ya no.

—A mí tampoco. —Hace referencia a su cicatriz.

—Me alegro.

—¿Tú vas a salvarnos?

Enmudezco. Aprieta su manita en torno a la mía. Inmediatamente, su inocencia me recuerda a la niña que me regaló la flor en pleno centro de Mudna. En cómo luego la adulta que la buscaba no me trató con tanto recelo como esperaba. Este niño me observa igual que la pequeña mudnana. Sin preocupación, con curiosidad y sencillez. De la manera en la que solo puede mirar una criatura que aún no ha presenciado el horror.

—Lo intentaré, pero no sola.

—Indra.

—Exacto. Y Sid, Noah y Runa.

—El de Mudna, el chico de la bellota y la chica que atacó a Indra.

—Sí, bueno… Pero se han perdonado y juntos trataremos de que no vuelvan a suceder cosas malas —digo estas palabras con seguridad, pero tal y como las pronuncio la incertidumbre vuelve a desestabilizarme. No sé si podré salvar a alguien, cuando ni siquiera tengo claro qué hacer conmigo misma.

—Yo también quiero ayudar. —Se hinche y me saca una sonrisa.

—¿Cómo te llamas?

—Me llamo Gavril.

—Muy bien. Gavril, cuando tengas diecisiete años, ven a buscarme.

—¿Por qué diecisiete y no...? —Hace como que cuenta con sus deditos, pero intuyo que todavía no se le da del todo bien—. ¿Diez?

—¿Quieres que aumente la edad? —digo con voz divertida, pero enarcando una ceja para denotar algo de seriedad.

—¡No, no! Diecisiete está bien. Pero tendré que preguntárselo a mis papás.

—¿A qué esperas?

Da unos saltitos en el sitio y luego echa a correr. Retrocedo un poco para vigilar sus pasos. Me parece demasiado joven como para que vaya merodeando por ahí solo, pero llega hasta sus padres enseguida. Lo abrazan, y él levanta un dedo en mi dirección. Ambos hombres alzan tan rápido el rostro que no me da tiempo a huir de sus miradas. Aprieto los puños. Espero su desaprobación. Sin embargo, y como la mayoría de las veces, saco conclusiones demasiado pronto, porque sonríen y me saludan. Les devuelvo el gesto, asiento y me marcho.

Tengo que dar con Sid cuanto antes. El encuentro con el niño y la amabilidad de sus padres me ha embargado de una felicidad un poco tonta. Me gusta que me hagan sentir integrada y no una extraña que infunde más miedo que seguridad. Entiendo que muchos habrán oído demasiado sobre mí, o que se habrán extendido mil y una historias de lo que he hecho o he dejado de hacer. Tal vez, más de la mitad inventadas, pero seguro que unas cuantas ciertas, y me aterra que sean acerca de mis batallas o mis errores.

Hasta que hallo a Sid encaramado en la rama de un árbol, mirando el horizonte, otros habitantes me saludan con alegría y varios vendedores me ofrecen sus productos. Así que cuando me detengo bajo el grueso árbol que delimita un grupo de casas, tengo una capa nueva, otro parche y una tostada enorme recubierta de queso fundido que me incita a devorarla.

—¿Ya han descubierto tu grave obsesión por el pan y el queso? —Sid se burla de mí, balanceando las piernas.

—Qué gracioso —le chisto.

—Esos son muchísimos regalos.

—Indra nos quiere preparados a mediodía. Será mejor que dejes de jugar y bajes.

—Solo estaba contemplando lo bonito que es el paisaje. ¿Te has detenido a observar?

Quiero decirle que sí, pero mentiría. Y creo que ahora lo más próximo a la verdad sería decir que me he quedado embobada mirándolo a él. Su gesto y su forma de moverse son mucho más relajadas. Viste ropas cómodas, y tiene el pelo húmedo y desordenado, como si acabase de bañarse. Y la sonrisa que se le dibuja en el rostro es auténtica, llena de paz, al igual que sus ojos grises, normalmente velados por una profunda tristeza.

—No he tenido tiempo —balbuceo.

—Pues deberías, porque…

—¿Recuperaste tú a Nelim?

—¿Nuevo nombre? —Asiento—. Sí. Quería enseñártela en cuanto estuvieras mejor, pero, como siempre, te has adelantado.

—Gracias, Sid —carraspeo—. Tú ya has estado aquí, ¿cierto?

—Creí que nunca me lo preguntarías. —Aunque con una sonrisa, aparta la mirada de la lejanía con un gesto reticente—. Espera que bajo.

Lo observo descender del árbol. Apenas le cuesta y no le ofrezco mi ayuda porque, aparte de que no puedo por lo cargada que estoy, él tampoco la necesita. En su descenso advierto en Sid al niño que perdió cuando estalló el Incidente. Y me recuerdo despreocupada, robando a Nelim y cabalgando con ganas de perderme en algún lugar. De eso ya no queda nada, solo la espada de mi padre.

—Deja de pensar y cómete la tostada antes de que se enfríe.

Sid me saca de mis pensamientos y le doy un enorme bocado al pan antes de que él pueda descubrir todo lo que me inquieta. Exagero un murmullo de satisfacción, aunque la tostada esté realmente buena, y él se cruza de brazos, poco convencido.

—Está deliciosa —digo con la boca llena.

—Para lo tramposa que eres jugando, actúas fatal. —Y se ríe.

Se acerca hasta mí y me roba la rebanada con hilos de queso colgando a su alrededor. Muerde y mira hacia un lado, pensando un veredicto. También exagera su interpretación, y se gana un débil empujón por mi parte. Vuelve a reírse a carcajadas y me las contagia. Creo que no puedo resistirme a cuando reacciona de manera tan natural. Creo que eso es lo que más me atrajo de él cuando lo conocí. Lo que hizo de nuestra amistad algo tan genuino y duradero.

—Si tengo que subirme a árboles y juzgar tostadas con queso para que te rías siempre así, te prometo que lo haré hasta que me muera, Kira.

Sonrío, tímida, pero él no dice nada más, solo se queda mirándome en silencio. Nos terminamos la comida entre los dos, sin palabras. Nuestras miradas son sencillos ademanes que nos arrancan carcajadas mientras articulamos gestos que definen lo increíblemente sabrosos que están ambos ingredientes juntos. Ni siquiera nos sentamos.

—¿Vas a contarme por qué todo el mundo te conoce aquí?

—No me conoce todo el mundo. Solo unos pocos… Pero si quieres que te diga por qué, tendrás que probarte tu nuevo parche. —Y me hace alzar la mano en la que sujeto mi segundo regalo.

Lo he aceptado por buena voluntad y porque el vendedor estaba empeñado en que es la nueva moda, pero lo encuentro demasiado extravagante para mí. Gustaría más a la alta esfera de Mudna, acostumbrada a vestir de forma tan complicada.

—¿No quieres sustituir tu sencillo parche negro por uno verde con remaches de metal?

—Deja de mofarte.

—Pruébatelo.

—Pruébatelo tú.

—Muy bien.

Y no bromea. Se lo coloca sobre el ojo izquierdo y luego pone los brazos en jarra con una actitud solemnemente burlona. Me río porque está bastante gracioso. Alargo los brazos para quitarle el parche y que deje de bromear, y él aprovecha para dar un paso adelante y juntar nuestros cuerpos. Ensancha su sonrisa y pasa algo que pocas veces sucede: le brillan los ojos.

—Si me lo dejo —susurra—, te veré como tú me ves a mí.

—¿Medio tonta?

—Ja-ja —responde, irónico—. Podemos chocar los parches.

—Para eso tendríamos que estar mucho más cerca, ¿no crees?

—¿Qué estás insinuando, pequeña Kira?

Voy a quejarme por el adjetivo que siempre ha usado conmigo cuando nos hemos enfrentado. Me recuerda tiempos horribles y él debe notarlo, porque su diversión se diluye. Preocupado, se aproxima más y deja caer su frente contra la mía. Lo dejo hacer, porque sé que no lo ha dicho a propósito, pero la espina, que siempre tengo bien clavada en mi corazón, aumenta la presión.

Junta su parche contra el mío y nuestros labios se rozan. Nos damos un beso tan suave y superficial, que enseguida necesito más. No espero a que él se decida, así que recorto los milímetros y lo atrapo en un beso intenso pero repleto de ternura, al que terminamos abandonándonos. Hundo los dedos en su pelo y lo atraigo hacia mí. Me rodea la cintura con los brazos y suprimo un jadeo contra sus labios.

—¿Ves para qué sirven los parches? —musita contra mi piel.

—No te hace más irresistible, si es lo que pretendes.

—Pero ya lo soy un poco, entonces.

Le doy un pequeño mordisco en el labio inferior como venganza y aprovechando su embelesamiento, le quito el parche. Se aparta, protestando, pero me lo guardo en el bolsillo de la chaqueta. Con un guiño mutuo marcado por débiles burlas, nos cogemos de la mano y empezamos a deshacer el camino, en dirección a la posada.

—Venga, cuéntame —le insisto.

—El secreto de que yo era una anomalía llegó hasta aquí. Mijaíl es un espía de los pueblos indómitos desde que los humanos llegamos a Nueva Erain, así que en cuanto Basil contó lo que era a su círculo más cerrado y que pretendía usarme como el arma definitiva contra el resto del país, Mijaíl se enteró enseguida. Al principio desconfió tanto de si era cierto como de si yo era de fiar. No tardó mucho en enterarse de que discutía mucho con mi padre… En que… —se calla.

Aprieto su mano; gesto que sé que no es suficiente para terminar con todo el dolor que le ha causado Basil, tanto física como psicológicamente.

—Siento no haberme dado cuenta.

—No quería que nadie lo supiese. Mis heridas curaban rápido por la magia, así que decidí que todo lo que pudiese hacerme ese monstruo no acabaría conmigo, porque tenía algo en mi interior que le daba más miedo que nada en el mundo. Él sabía que, aunque no utilizase la magia, podía hacerlo.

—¿Y por qué nunca la usaste contra él?

—Porque es mi padre.

Y me mira. Sus ojos dicen tanto que me detengo a controlar la tristeza, la rabia y el desconcierto que me han creado sus palabras. Es su padre, sí, pero es más que eso. Es una persona violenta, injusta y egoísta. Es un veneno que aniquila todo lo que toca. Sin embargo, a esta primera difusión de odio, la sucede el entendimiento. Es su padre, alguien, en un principio, querido. Alguien que debió quererlo y cuidarlo independientemente de su poder.

—La cuestión —retoma, tanto la historia como el paseo—, es que cuando Mijaíl se aseguró de que yo era una persona fiable, tras el Incidente, contactó conmigo. Me dijo que el rumor de que había una chica en uno de los pueblos indómitos que era una anomalía, aunque jamás se le había visto, era cierta. Que ella sabía que había cuatro más, porque la Magia se lo había comunicado. Me comentó el plan que estaban trazando, la voluntad de terminar con el terror de mi padre. Acepté, aunque mi ida tenía que preverse a largo plazo.

» Fueron pocas las veces que visité este pueblo y, por supuesto, con muchísima discreción. Mis encuentros eran para hablar con Indra y algunos más, y planear el futuro. Entonces fue cuando les conté que tú también eras una anomalía.

—¿Se lo dijiste a ellos antes que a mí? —Su revelación me duele.

—Quería ponerte a salvo, por eso nunca he usado la magia. El día que nos vimos por primera vez te desmayaste por nuestra conexión. Los días posteriores ya no sucedió nada. Tú no reaccionabas, pero yo notaba tu poder latente. Me daba miedo que, si la utilizaba, por muy lejos que estuviera, activara la tuya y te pusiera en peligro.

—Tenía derecho a saberlo, Sid.

—Eso es cierto. No debí ocultártelo.

—¿Ézer conocía mi condición?

—Sí.

No solo me ocultó la verdad del mundo, sino también la mía propia. Lo sabían y lo estuvieron escondiendo durante todo el tiempo que compartimos. Incluso después de descubrirlo. Una evidencia, ahora que me paro a pensarlo, aunque no por ello menos dolorosa. Tras el recuerdo de Zigon y Copelia se alza esta nueva sombra, alimentada por los secretos. Quiero excusarlos, tienen razón, pero era y es mi vida.

Merecí vivir y luchar sabiéndolo todo.

—Él lleva más tiempo viniendo aquí, ¿verdad? —musito.

—Sí.

Aprieto los dientes para contener un sollozo que consigo que quede atrapado en mi garganta. No hubo mala intención en sus actos.

—Termina y déjame un rato sola. No me puedo creer que me hayáis apartado durante tanto tiempo de la verdad. Que tú, mi hermano, mis padres, mis amigos me hayáis… —Las lágrimas se agolpan en mi ojo—. Ya no por mí, sino por ser la danían de Núcleo.

Clavo mi ojo en los suyos y descubro que le duele mi directa, pero a mí me afecta más que hayan creído que no sería capaz de manejar todo esto. Mi familia me mintió para que no tuviese un motivo más por el que plantar cara, y Sid lo hizo para alejarme de su padre. Lo que no saben es que sus mentiras me han dejado en un punto muerto, en el que no me reconozco.

—Aquí y en otros pueblos indómitos es adónde destinaba a las chicas del antro de Mudna que quemaste.

—¿A todas?

—A ellas, y a otras personas de la ciudad que necesitaban huir de la opresión.

—Creo que tu padre lo intuía…

—Si lo hizo, no me castigó directamente por ello.

Trago saliva.

—Vas a ser un gran gobernador —susurro.

—Créeme, si algún día consigo liderar algo de Mudna: uno, la opinión del pueblo es la que contará. Y dos, no me llamarán gobernador. No me gusta.

—Como sea, lo serás…

Me suelto de su mano con cuidado. Sé que Sid se ha sincerado y que no ha sido agradable, porque también son recuerdos duros para él. Y casi me retracto de demostrarle lo mucho que me aflige esta situación, pero es el momento de pensar en mí. De tenerme en cuenta. Necesito espacio. Tal vez unas horas, o unos días. Quiero una soledad que me permita meditar todo con perspectiva. Que me permita perdonar sus secretos. Y perdonarme a mí.

—Te esperaré.

—No nos vamos a separar.

—Lo preferiría. Tomar distancia teniéndote cerca es todavía peor.

—Solo necesito un respiro.

—Lo sé.

Junta sus labios contra mi frente y deja un sutil beso en mi piel. Respiro hondo.

Llegamos ante la posada en cuestión de minutos. Allí nos está esperando Indra, con los brazos cruzados y el pie inquieto levantando el polvo de la tierra con contundentes golpeteos. Unas mochilas y nuestras armas se encuentran a su lado. En cuanto nos advierte, aprieta los labios y nos lanza una mirada llena de reproche.

—¡A mediodía, Kira! ¿Ves el sol?

—Lo siento. Nos hemos entretenido.

—¿No me digas? —Se le da fatal estar enfadada. Se nota

muchísimo cómo se desinfla su indignación—. Si pudiese, os castigaría, lo juro. —Y nos señala con un dedo acusatorio.

—Es solo que me habría gustado disfrutar de tu pueblo, Indra. He descubierto sus encantos muy tarde.

—Tendrás tiempo. Sabes que eres bien recibida. —Su enojo se ha esfumado.

—Gracias.

—Bien. No hay tiempo que perder. Saulo, Lie y Yolenta nos acompañarán en este viaje.

Nos saludan y se presentan uno a uno. El corazón me late con fuerza cuando me encuentro con que Lie es una draiz de la misma subespecie que Zigon y Ehun. Ella nota algo raro en mí, porque enseguida aparto la mirada. Las sorpresas no terminan, porque después de un primer vistazo, me fijo más en Saulo y me percato de que es un harum. Lo sé, porque su única distinción respecto a la especie humana son sus puntiagudas orejas, sus dientes afilados y su piel ligeramente morada. En el caso de Yolenta, es una humana tan seria que su nombre en su boca es un murmullo al presentarse.

Con una sonrisa complacida, Indra nos cuenta que entre todos nos han regalado ropa y otros útiles, porque vamos a necesitarlos durante el viaje. Nos cargamos a la espalda nuestras nuevas mochilas repletas de la generosidad del pueblo. Descubro que también me han obsequiado con una vaina y un cinto hecho a medida para mi espada. Es de color marrón oscuro, pero algunas partes están trazadas por delgadas filigranas de color verde, a juego con la empuñadura. Es preciosa y, para mis adentros, prometo no perderla jamás.

Hasta que no salimos del pueblo amurallado, no dejo de darle las gracias a todos los que nos encontramos. Advierto a Gavril entre el último grupo reunido frente a la puerta principal. Se despide de mí con alegría y entusiasmo. En otra de mis inesperadas reacciones, me acerco con pasos rápidos y le doy un último abrazo. No dejo de escucharlo hasta que no hemos recorrido unos metros fuera del pueblo.

Los primeros kilómetros los recorremos en completo silencio. Yolenta es la verdadera guía del grupo. Explora, rastrea y observa el sol con verdadera precisión. Pocas veces le pregunta a Indra sobre la dirección, sobre todo en lo que concierne a inminentes peligros, a lo que la chica le responde que confía en su instinto.

De pronto, Saulo y Lie, demasiado inquietos, convierten mi adorado y completo silencio en una discusión sobre técnicas para cocinar un nuevo tipo de verdura que han conseguido cultivar: la berenjena. Es tan absurdo lo que está ocurriendo que, pese a que al principio me cuesta, logro desvincularme de su conversación.

Me dedico a buscar algún tipo de armonía. Respiro hondo. Me concentro en mis pasos. Observo el paisaje. El centro del país es tan diferente. Allí predomina el polvo, y hay menos vegetación. Aquí es todo verde. Prados, bosques y altas montañas. Bajo cada paso hay hierba mullida. La flora es salvaje y variada. Es una zona más húmeda y más fría. No me desagrada, pero me cuesta acostumbrarme.

Cuando la discusión cambia de berenjenas a técnicas de lucha —un total sinsentido—, me fijo en los pájaros que sobrevuelan el cielo despejado. Una familia de conejos nos esquiva, frenéticos. Y en cierto momento me parece ver a dos zorros rondándonos.

Cuando nos detenemos a comer, me separo un poco del grupo, y nadie demanda mi compañía. Sí detecto las miradas furtivas de Sid, pero no le devuelvo ninguna. Las otras dos se unen a la conversación de Lie y Saulo, que ahora se centra en canciones populares. Lo que yo diga, una absurdez sin límites.

Sin percatarme de su acercamiento, Indra me tiende un trozo de carne pinchada en un palo y un vaso de metal lleno de agua. Acepto ambas cosas con un seco agradecimiento. Ella no regresa. La observo, expectante. Preferiría que no se quedase, mi ansiado espacio compete a todo tipo de seres, no solo a Sid.

—¿Puedo sentarme?

—Prefiero estar sola, la verdad.

—Entiendo. Si necesitas apoyo o alguien con quien hablar que no sea Sid, aquí estoy. No hemos empezado con buen pie y me gustaría cambiar eso. Así que, si lo necesitas, no lo dudes, ¿de acuerdo?

—Claro. Gracias, Indra.

La chica sonríe, se pasa la mano por el pelo corto y se despide con un movimiento de dedos. Me centro en disfrutar del pedazo de carne que me ha ofrecido. Cierro los ojos y escucho lo que hay más allá de las voces de mis compañeros de viaje.

Las hojas crujen, la brisa silba, los pájaros pían… Escucho el zumbar de las abejas, la respiración de los demás. El sol empieza a quemar donde más cubierta estoy y el frío a helar los dedos de mis manos y mis mejillas. Abro los ojos y los colores me ciegan, no la luz, los colores. El verde de las plantas, el rosa y el púrpura de los jacintos y los distintos marrones de la tierra y la madera me acogen con una viveza desmesurada.

Es la magia, potenciándolo todo. El brillo dorado me rodea. Me altero un momento y unas partículas brillantes se concentran en mi pecho. Respiro hondo. No puedo asustarme cada vez que se manifieste. Tengo que entender que forma parte de mí, tanto si lo he elegido como si no. Para la Magia significo más de lo que Ella significa para mí. Sin embargo, eso no quiere decir que no pueda entenderla, usarla y, al final, apreciarla. Sentirla una conmigo misma.

Ella se equivocó, pero su poder no es hostil. En realidad, le doy la razón a Sid: podemos hacer grandes cosas.

Cierro los ojos. Noto la corriente mágica en todo. Me calmo y se calma. El alrededor se atenúa. Creo que soy capaz de tranquilizarla hasta el punto de que no se manifieste, pero antes de intentarlo, trato de condensar un poco en las manos. Se desliza, se vierte por mi interior como un río y se queda en mis manos. La hierba es muy suave y está fresca. Paso la mano por el tronco y la madera me recibe áspera y dura. Toco mi piel, y me descubro blanda y frágil, aunque cada terminación nerviosa reacciona a mi contacto.

Dejo que mi respiración consiga apaciguar al miedo. La magia se esconde, pero permanece despierta, latiendo en susurros. Creo que es la primera vez que me siento en paz a su lado. Creo que puedo comprender su naturaleza.

Abro los ojos de nuevo. El grupo me está observando, pasmado y boquiabierto. Titubeo y, como no soy capaz de justificar lo que acaba de pasar, me coloco la capucha sobre la cabeza y me centro en la comida. Los demás retoman la conversación, aunque más quedamente.

Continuamos la marcha después de un descanso más que merecido y no nos detenemos hasta la noche. Me alejo de nuevo para cenar, pero esta vez me quedo más cerca. Lie se pone a cantar y algunos la corean. Se divierten con confianza.

Indra avisa de que mañana nos detendremos en un pueblo para que nos presten unos caballos. El viaje iba a durar casi cuatro días, pero Yolenta ha estimado que sería mejor si pudiésemos avanzar más rápido. No ha dicho que teme que Basil y su ejército nos intercepte, o que desconocidos piensen que somos una amenaza. Concuerdo con que será mejor que lleguemos a una zona segura cuanto antes.

—Buenas noches, Kira —me susurra Sid antes de quedarse dormido, muy cerca de mi posición.

Salimos al alba. Me alegra que el frío no haya aumentado y que el ambiente primaveral se anteponga a cualquier inclemencia climática. Como ya parece habitual, Lie y Saulo empiezan una de sus imprevisibles conversaciones. Advierto que Yolenta pone los ojos en blanco y ahogo una risita. Pillo a Sid mirándome, risueño, pero no le dejo comprobar que he descubierto su gesto.

Cuando el sol está en lo alto, vemos en el horizonte el asentamiento en el que nos vamos a detener. Parece más pequeño que el de Indra y no está amurallado. ¿Y si Basil decidiese atacar esta población? Se me atraganta la idea, pero la imaginación juega y construye una imagen veteada de fuego y sangre solo para mí.

—Entraremos Yolenta y yo, ¿vale?

—Pero yo quería ver a Mil —se queja Saulo.

—Podrás ver a Mil cuando el mundo no esté a punto de arder.

El harum se cruza de brazos, indignado, pero no le lleva la contraria a Indra. Los demás aceptamos. Me parece bien. Hay que adelantar. Avanzamos a buen ritmo. Después de recorrer un kilómetro, Yolenta e Indra se separan y nosotros nos detenemos. Nos apartamos del camino y esperamos bajo la sombra de unos árboles.

Ambos indómitos continúan con su verborrea, ahora centrados en ese tal Mil. Me apoyo en un árbol para observar mejor el horizonte, esperando a que las figuras de Indra y Yolenta aparezcan de nuevo.

Un ruido a mi lado me hace volverme, tensa, y descubro que Sid está haciendo malabarismos con dos manzanas. Me sonríe y mira las frutas alternativamente. Aprieto los labios y aguanto hasta que me diga algo; sin embargo, se queda moviendo ambas piezas y sonriendo. No es la primera vez que se comporta así y sé lo que está haciendo. Con su silencio pretende tentarme a hablar. Le voy a dar lo que quiere, pero para que me deje tranquila.

—No tengo hambre.

—Has hablado.

—Por favor.

—Vamos a jugar.

—Sid…

—No tienes que hablar, solo jugar. No hay problema, ¿no? —Se aleja de los árboles.

Chisto, pero me pica la curiosidad. Lo persigo, bajo la atenta miranda de Saulo y Lie, a quienes también ha llamado la atención. Sid se ajusta el carcaj a la espalda y coge con firmeza el arco. Ya sé que quiere. Sonrío, y él me lanza ambas manzanas con un guiño.

Retrocedo varios pasos a la vez que él también lo hace. Saca una flecha y se prepara para disparar. Jugueteo con la primera pieza de fruta, sonriendo maliciosamente.

—No te contengas —me pide.

—Nunca.

La primera manzana sale disparada hacia el cielo en línea recta. Sid alza el arco en un movimiento veloz, pero más lo es cuando suelta la flecha. El proyectil silba al cortar el aire e impacta de lleno contra la fruta, que cae ante mis pies.

—¡Me lo has puesto muy fácil!

—Esperaba que el sol te cegase.

—Más difícil, Kira.

Aprieto los labios. ¿Más difícil? Está bien. Esta vez lanzo la manzana lo más lejos posible de mí, horizontalmente y hacia la derecha, mientras miro a la izquierda. Creo habérselo puesto complicado, pero, de nuevo, Sid desliza las botas en tierra, levantando una nube de polvo; medio arrodillado, dispara la siguiente flecha. Esta vez el impacto es tan certero que parte la pieza por la mitad.

—¡Increíble! —Aplauden Saulo y Lie.

—Como siempre. —Siento una pizca de orgullo en el pecho.

Miro a Sid, esperando que diga algo, pero el chico me ofrece una reverencia acompañada de una suave sonrisa y me da la espalda, dirigiéndose hacia los indómitos. Le he pedido que se aleje y, aun así, es incapaz de dejarme un día sin sonreír. La magia tiene muchas formas, desde luego.

Indra y Yolenta tardan más de lo que prevemos, pero por fin aparecen con una montura para cada uno. Me toca lidiar con una hembra vigorosa de color marrón. Nos entendemos bastante rápido, pese a que me relincha cuando nota que algo me perturba.

Nos detenemos para comer. Yolenta aprovecha para explorar, y el resto del día transcurre igual que el siguiente. Decido acercarme un poco más, y me sorprende que me acepten sin problemas. Entendería que no lo hicieran por lo reacia que he sido a relacionarme durante todo el viaje. Pero Lie me pregunta enseguida sobre mis favoritos: color, animal, incluso arma. Le contesto, aunque no me siento muy cómoda con el interrogatorio.

Creo que Indra lo nota, porque me interrumpe para responder ella. Y luego se une Saulo y también Sid. Yolenta es la única que cabalga unos pasos por delante de nosotros. Siempre alerta y observadora.

Mañana llegaremos al pueblo indómito, y estoy nerviosa por lo que nos vamos a encontrar. Al parecer, son los mismos que iniciaron el levantamiento que originó el Incidente y, desde aquella derrota, no se han rendido. Siguen planeando la forma de derrocar la situación de terror creada por Basil. Y, pese a que estoy de acuerdo con sus intenciones, temo que sean demasiado violentos. El Incidente no es algo que recordar con orgullo.

Aprovecho el resto del viaje para relajarme y solo me inquieto de nuevo cuando Indra avisa de que estamos llegando. Nos estamos acercando a una montaña; a sus pies nace el pueblo e intuyo que crece colina arriba, porque apenas se deja ver. Usar el bosque como camuflaje y tener una visión más elevada del entorno me resulta una estrategia de defensa muy inteligente.

Soy la última de la comitiva. La yegua nota mi malestar, pero esta vez no relincha, sino que aminora la marcha y me deja espacio. Se lo agradezco con una palmadita en el cuello. Tengo que tranquilizarme o terminaré vomitando todos mis nervios. Entonces un pájaro cruza por delante de mi ojo y, por un momento, creo que me lo he imaginado. Pero el color azul y amarillo de sus plumas es inconfundible. Los cánticos de su piar. Sujeta una carta entre sus garritas. Es un pájaro de Copelia.

Siento un nudo en la garganta y el animal sale volando hacia adelante, hacia el pueblo. Sin pensarlo, espoleo el caballo y cabalgo tras el pájaro. Oigo mi nombre a mis espaldas cuando los adelanto a todos, pero no me detengo. Sé que es imprudente avanzar así, pero quiero alcanzar al animal, que no entiendo por qué no se ha detenido al sobrevolar mi cabeza.

No dejo que la yegua desacelere y entro en el bosque que abraza y protege al pueblo antes de que pueda decidir conscientemente qué hacer. El pájaro se posa sobre una rama cualquiera. Me detengo, para que mi montura no tropiece tampoco con ninguna rama. Extiendo una mano y la punta de mis dedos atrapan la misiva. Reconozco el papel. Es de Núcleo. Miro a todos lados, un tanto emocionada, pero no se oye nada. Todo son árboles. ¿Me he perdido?

Y antes de que pueda pensar algo en claro, una mujer sale a mi encuentro amenazándome con una espada en ristre. Levanto las manos en señal de paz, pero ella no parece convencida.

—¿Quién eres?

—Mi nombre es Kira —anuncio, guardando la carta en mi

bolsillo—. Soy la danían de Núcleo. Vengo junto a Indra, pero me he perdido…

—Ya, claro.

Su tono, tan implacable, me revela que va en serio. Desciendo de la montura sin movimientos bruscos. Ella me estudia con detenimiento y detiene su escrutinio en Nelim. De milagro no llevo una mano a la espada de manera inconsciente.

—Vas a ir por delante de mí…

—Te lo puedo explicar.

—¡Calla! Te repito. Vas a ir por delante de mí, con las manos puestas tras la nuca. Cualquier movimiento, en especial dirigido hacia tu arma, y estás muerta, ¿comprendido? —Asiento, porque no me atrevo a hablar—. No me darás las explicaciones a mí.

Me desplazo hasta ponerme frente a ella. Antes de que lleve mis manos a la cabeza, me tapa los ojos con una venda. Es brusca y su determinación indica una fuerza que no hay que subestimar. Si me rebelo, puedo salir muy mal parada. ¿Y si Indra se ha equivocado de pueblo y hemos acabado en uno hostil? ¿En uno al que no le gustan ni los mudnanos ni los nuclenses?

Avanzo, conducida por sus indicaciones escuetas y secas. Me tropiezo varias veces y algunas ramas me sacuden el rostro. No me quejo, pero me escuecen las heridas.

Llegado un momento, sé que hemos entrado en el poblado. Nuevas voces susurran y los pasos se intensifican. Subimos una empinada colina durante unos cuantos minutos y, de pronto, noto que la tierra se convierte en piedra bajo mis pies. La humedad aumenta y la luz se difumina. Hemos entrado en algún lugar.

Las voces que sonaban dentro del espacio han enmudecido de golpe. Las respiraciones se escuchan profundas, como si mi sola presencia asustase a los presentes. No quiero que me amenacen, no pretendo hacer nada malo.

Me quitan la venda y parpadeo antes de fijar mi vista al frente. Estoy dentro del inicio de una cueva. La parte que advierto está iluminada por la luz natural que se cuela por la entrada. Dentro hay unas cuantas humanas. Algunas se repliegan tras otras, pero una de ellas avanza dos pasos más que las demás. Lleva un arco cruzado a su espalda y el rostro marcado por un gesto duro.

—Por favor… —susurro.

—¿Quién te ha ordenado hablar?

—¡Elín! —le advierte la mujer del arco—. ¿Decías?

Tartamudeo antes de escoger las palabras adecuadas.

—Vengo con Indra. Me he separado del grupo, porque… estaba persiguiendo un pájaro.

—¿Un pájaro? —se ríe otra mujer de rasgos muy parecidos a los de la que me ha capturado.

—Es largo de contar.

—Tu nombre, por favor —demanda la del arco, sin atender a la ironía de la anterior.

—Mi nombre es Kira, soy la danían de Núcleo.

La expresión de su rostro cambia y se relaja. Se acerca con pasos cautos, que resuenan dentro de la cueva. Cuando la luz del sol impacta contra su rostro, me asombro de lo mucho que le brillan los ojos. La tonalidad es tan reluciente que parecen dorados.

—Bienvenida a nuestro hogar, Kira. Mi nombre es Amaranta.

NOAH

» *BIENVENIDO DE NUEVO, NOAH.*

—Noah…

—Tristán. Yojimbo…

La mano de Runa me rodea la muñeca, pero me deshago de su contacto con delicadeza y sin despegar la mirada del hombre. Mi cabeza es un caos de recuerdos, en los que intento asimilar los años vividos y los suspendidos en un trance. Pero Tristán y Yojimbo se adueñan de mi corazón inmediatamente. Van directos a la zona más sensible de mi memoria y despiertan los sentimientos más enterrados. Lo demuestran mis lágrimas y mis movimientos torpes, tratando de hacerme avanzar hacia mis seres queridos.

Tristán se aproxima a mí con zancadas ansiosas. Yojimbo lo persigue arrastrándose con rapidez. Mis pies se tropiezan antes de llegar hasta mi mentor, pero él me recoge entre sus brazos antes de que la pérdida de equilibrio me lance directamente contra tierra. Me abraza con fuerza y correspondo con intensidad. Me acaricia la cabeza y noto en mis mejillas el ardor de sus lágrimas. Las mías también se desbordan y sollozo mientras lo escucho balbucear:

—Cuánto has crecido. ¿Dónde estabas? Te he echado de menos, Noah. ¿Qué has hecho todo este tiempo? Por la Diosa, Noah, estás vivo. No vuelvas a desaparecer... —Y llora todavía más.

Me apretujo contra él y apoyo la barbilla sobre su hombro, porque medimos lo mismo. Tristán ha cambiado bastante, pero, pese a su espesa barba y algunas arrugas de preocupación más profundas, hay algo que todavía permanece y es el tono dorado de sus iris.

—Yojimbo también te ha echado mucho de menos. —Tristán me separa, aunque sus ojos enrojecidos no se apartan de mí.

Me arrodillo y el caimán se aproxima del todo. Acaricio su sólida y arrugada piel. Un sonido grave y profundo retumba en su garganta y lo siento contra la palma de mi mano. Le doy unas palmaditas en la espalda y me reincorporo. Me giro hacia el resto del grupo, que ha estado contemplando nuestro reencuentro en silencio.

—¿Has recuperado tus recuerdos? —pregunta Ézer.

—Sí... Yo... Lo recuerdo todo —digo, esperanzado.

—¿Habías perdido la memoria? —Tristán frunce el ceño.

—Tenemos que ponernos al día.

—Por supuesto. Por favor, acomodaos. Sacaré comida suficiente para cenar. No sé cuántos días llevaréis de viaje, pero parecéis exhaustos.

Algunos asentimos y otros le agradecen su ofrecimiento. Tristán me lanza una mirada cómplice y le sonrío. Tengo tantas ganas de contarle todo, de poner en orden mis pensamientos y memorias. La sensación es bastante extraña. Es como si el Noah de siempre nunca se hubiese ido, como si nunca hubiese sido otro, como si todo lo aprendido y experimentado jamás se hubiese esfumado. Está integrado, y no en forma de un mero recuerdo externo, sino de uno verdadero que sé que he vivido y que no siento como olvidado.

Tristán saluda a Mijaíl con reconocimiento y se presenta ante los demás. No puedo creerme que en un momento como este pueda entrarme tanta timidez. Pero es que ese hombre que sonríe seguido siempre por un enorme caimán es la persona que me cuidó desde el comienzo. Quien me enseñó todo sobre el antiguo y el nuevo mundo. Me guio en mi crecimiento, animándome en los momentos de alegría y apoyándome en los más oscuros. Me cuidó y protegió durante dieciséis años como solo lo hacen las personas que realmente se quieren.

Recuerdo a la perfección el día en que Tristán me enseñó a nadar. La primera vez que me dio a probar las nueces, o el primer sorbo de vino dulce. Recuerdo los cálidos atardeceres en los que me hablaba sobre *su* Nueva Erain en la orilla del mar y los amaneceres tormentosos en los que debíamos proteger el cultivo mientras sacábamos la lengua y tratábamos de beber de la lluvia. Sé tanto que creo que no me va a caber en la cabeza. He experimentado tantas emociones que ni siquiera recuerdo cuáles fueron las primeras y cuáles no.

Todo empieza a fusionarse. El Noah adolescente era imprevisible, descarado, refunfuñón y muy risueño. Creo que hay algo de todo eso en mí. No me he perdido. He recuperado mi pasado y sigo siendo yo, sin sentir que mi memoria devora quien soy en el presente.

Sin embargo, también regresa lo malo a su cauce y rememoro a la perfección a la soldado mudnana que asesiné. El acto que no fui capaz de afrontar hasta tal punto en que me resguardé en el Magia. Y la razón por la que, cuando volví a casa, mi memoria fue sepultada. Los recuerdos, los sentimientos, parte de mi aprendizaje… Rechacé todo lo que creí que me haría daño, porque no soporté el contundente golpe de la amenaza, el prejuicio y la muerte. No controlaba mi magia y la situación se tornó demasiado violenta e incomprensible para mí.

» *Has estado demasiado tiempo huyendo.*

—Maté a esa mujer, ¿verdad? —susurro.

» *No directamente, pero sí...*

—Y tú me protegiste.

» *Te protegí después de que huyeses y te ocultases en mí.*

—Debí ser más valiente.

» *Tus sentimientos hablaron por ti. Tenías miedo. Te negabas a volver. Te negabas a recordar. Huiste, Noah. Huiste con todo y volviste con poco.*

—Pero ya está. Ya he regresado.

» *Sí, ya has vuelto.*

Ézer y Runa me han estado observando mientras hablaba con la Voz. Ambos se acercan, lanzándose miradas nerviosas. Les sonrío y avanzo unos pasos para que entiendan que estoy bien.

—¿Cómo te sientes?

—Algo abrumado, pero completo.

—¿Nada distinto? —Ézer parece muy preocupado.

—Soy el mismo de siempre. —Le acaricio la mejilla.

—Se te ve más resuelto. No me gusta. ¿Ahora con quién voy a meterme? —Se burla Runa con una sonrisa en la cara.

—Mala suerte. —Cuelgo un brazo encima de sus hombros.

—¿Lo has visto, Ézer? Ahora es mucho más atrevido.

Nos reímos un poco y Runa me da un pellizco en la espalda para que la suelte, porque no paro de zarandearla. Su tatuaje luce los colores del atardecer y las líneas parecen definir hojas y flores de todo tipo. Está tranquila. Mi amiga me saca la lengua y se dirige hacia el grupo, que está ayudando a Tristán a avivar la hoguera y sacar alimentos y mantas de dentro de la casita de madera.

—O sea, que el Caimán tiene un nombre verdadero —dice Ézer.

—Estoy nervioso —confieso.

—Lleváis casi siete años sin veros. Es normal. Pero es él, ¿no?

—Sí, es Tristán.

Le cojo la mano y nos reunimos con los demás. El sol del atardecer ya es una simple línea en el horizonte. Un borde anaranjado oscuro que recorre las cimas de las montañas. He visto tantos ocasos que, aunque me parecen innumerables, jamás dejarán de parecerme hermosos. Con el sonido de las voces y las risas de fondo, veo cómo el sol termina por ocultarse y desvanece su luz para dejar paso a las brillantes estrellas y una luna prácticamente llena.

Me siento sobre un tronco y, aunque Ézer se acomoda a mi izquierda, Yojimbo mete el morro entre nuestras piernas. Se lo acaricio, notando algún que otro colmillo. Tristán es el último en sentarse alrededor de la hoguera, a mi derecha. Con unos trozos de hierro ha construido una parrilla y Zahira está poniendo unas piezas de carne sobre ella.

—Tristán, ¿tienes verdura?

—Claro.

—Es que no como carne.

—Tranquilo, estamos preparando también una tanda de setas para acompañar con los muslos.

—Gracias.

Dejo que el ambiente se distienda del todo para poder hablar con Tristán tranquilamente. Lo cierto es que busco algo de intimidad, pero me doy cuenta enseguida de que va a ser imposible tener nuestra conversación pendiente mientras cenamos.

Zahira y Runa se han puesto a hablar de tatuajes, y Ézer cruza varias palabras con ellas desde el otro lado del círculo. Mijaíl le comenta la situación del país a Tristán, y no quiero privarlo de información que le pueda interesar, así que decido que cuando terminemos la velada, lo apartaré de los demás y hablaremos.

Después de repartirnos la comida, me dirijo a Ézer. El chico sonríe, y es entonces cuando me doy cuenta de lo osado que he sido con nuestra relación. Y no solo con él, sino también con Runa, con Kira y con otros seres. Noto que las mejillas se me incendian y, por un instante, escondo la mirada en la tierra.

—¿Sucede algo? —me pregunta.

—No-no —tartamudeo.

—¿Tú tartamudeando? ¿Noah?

—Es que… He recordado todas las supuestas normas de conducta social con las que debemos proceder y… ¡No me lo creo! —Dejo el plato sobre mis piernas y oculto el rostro entre mis manos—. La de cosas que te he insinuado…

Escucho la risa de Ézer y eso hace que me avergüence mucho más. El chico me agarra las manos y las aparta con suavidad. Lo descubro mordiéndose el labio inferior y sus pecas destacando sus iris marrones.

—Ya te gustaría que solo hubiesen sido insinuaciones.

—¡Ézer!

Se acerca del todo y posa un suave beso sobre mis labios. Me arrimo un poco más, buscando otro. Y otro. Ézer me susurra algo, pero no lo entiendo. Sin embargo, su mirada se desliza hacia un lado y recuerdo de golpe que estamos rodeados de gente. Que Tristán me está viendo de esta manera.

Me separo de él, escuchando cómo se burla de mí entre dientes. Zahira y Mijaíl están un poco pasmados ante nuestro atrevimiento. Runa pone los ojos en blanco, y Tristán tiene una ceja enarcada con una sonrisa divertida.

—Y así todo el día. —Nos señala Runa.

—No seas mentirosa —le rechisto, y un agudo en mi voz me hace parecer más ridículo.

—Cuando Noah leía las historias de ficción que escribía para él, siempre sentía curiosidad por este tipo de escenas —cuenta Tristán.

—Ahora no mientas tú. —Pero dice la verdad.

—Puedes oponerte todo lo que quieras, pero te brillaban los ojos cuando leías las aventuras del príncipe Adif.

—¡Tristán! —Las mejillas me van a explotar si siguen enrojeciendo más.

El resto de la cena tiene como centro anécdotas vergonzosas sobre mí. Tristán las cuenta con pelos y señales, y cuando intervengo para intentar corregirlo, los demás me interrumpen con que se fían más de él que de mí. Llegado un momento, dejo que continúen. Verlos tan tranquilos y disfrutando de una noche tan pacífica como esta, serena todos mis nervios.

Ézer termina de cenar y se escurre desde el tronquito, en el que se ha sentado, hasta el suelo. Me hace una indicación con la mano para que me aproxime y acudo a su llamada. Envuelve mi cintura con sus brazos y me apoyo en él, mientras los demás continúan hablando. Por suerte, el tema sobre el ingenuo aprendiz de Tristán ha concluido.

Inciden un poco más en la batalla de Núcleo. En la muerte de Zigon y en la reunión de las anomalías. Hablan de lo frágil que se encuentra Kira, de lo perdido que está Sid y de la decisión de Indra. No me atrevo a aportar nada, porque me duele. Me duele muchísimo rememorar la pérdida de Copelia, la desolación de Kira, la callada tristeza de Ézer y la muerte de tantas personas. Solo atiendo al tiempo que Mijaíl allana el terreno para decirle lo que yo ya sabía que iba a ocurrir: que nos marchamos mañana por la mañana.

—¿Tan pronto? —Los ojos color miel de Tristán se desplazan hasta mí.

—Tenemos que hacer algo. Kira, Sid e Indra ya están de viaje.

—Pero estos pueblos indómitos de lo que habláis… ¿Estáis seguros de que quieren participar? —cuestiona Tristán.

—Son los que iniciaron la rebelión que desencadenó el Incidente —murmura Mijaíl con voz cavernosa.

—¿Sabéis su ubicación? —Noto que se tensa.

—Tristán, ¿estás bien?

—Noah… —Se pasa la mano por el pelo, y sé que está pensando la forma de decirme lo que ronda por su cabeza—. El Incidente fue lo que hizo que me marcharse de nuestro hogar.

Ya había intuido eso por la fecha de los documentos, pero no deja de sorprenderme que ese acontecimiento fuese el que hiciese que mi mentor abandonase la cabaña en busca de… ¿de qué?

—Tristán…

—Bueno, será mejor que descansemos y les dejemos tiempo para hablar a solas. Ya habrá otros momentos para burlarse de Noah. —Se incorpora Zahira, guiñándome un ojo.

Los demás la secundan. Ézer me da un beso en la coronilla y abandona su puesto a mi espalda. En cuanto ninguna parte de su cuerpo me ofrece contacto ya estoy echándolo de menos. Ahora parece que hace más frío y que el ambiente, antes relajado, se condensa de golpe. En silencio, los veo marchar en dirección a la pequeña casa que Tristán nos ha ofrecido como refugio para pasar la noche.

El último en entrar es Ézer con un asentimiento cargado de ánimos. Los nervios empiezan a acuciarme hasta que noto que Yojimbo me rodea, ocupando el lugar de Ézer. Los recuerdos de cuando el caimán me dejaba descansar, incluso dormir, contra su firme piel acuden a acunarme y apaciguar lo inevitable.

Creo que Tristán nota mi ansiedad, porque se levanta y, sin decir una palabra, se acomoda a mi lado. Yojimbo extiende la cola para dejarlo entrar en nuestro círculo y vuelve a contraerla cuando se queda quieto. No habla enseguida. Se toma su tiempo. Deslizo la mirada, cauteloso, para observar esos brillitos dorados que relucen en sus extraños iris. Es Tristán, no tengo por qué tener miedo a nuestro reencuentro. Es lo que siempre he deseado: recuperarlo a él y a mi pasado.

—Noah, ¿me perdonas por haberte abandonado?

—No, Tristán, no pienses eso…

—El Incidente fue iniciado por algunos pueblos indómitos. Creí que mi hermana… —Siempre le ha costado decir su nombre—, que Amaranta estaría entre ellos. Me llegaron rumores de que quienes la comenzaron habían habitado el antiguo mundo —al que él también perteneció—, pero no conseguí encontrarla. Y cuando me di cuenta, estaba demasiado lejos de casa y tenía miedo de volver y que continuases desaparecido... —No consigue terminar la frase.

—No pasa nada. Nunca me sentí abandonado. Incluso ahora, que he recuperado mi memoria y te he vuelto a ver… Tristán, jamás pensaría eso de ti. Me cuidaste como si fuese de tu familia. Me enseñaste todo lo que soy. Es más, si soy así, es en gran parte gracias a ti.

Entonces nos miramos. Me escuecen los ojos por las lágrimas y descubro que Tristán también está a punto de soltar unas cuantas. Nos abrazamos, pero algo hace que él se separe de inmediato. Sin dejar que diga nada, busca algo con la mirada, y entonces repara en mi muñeca. La coge con cuidado y observa con más emoción todavía la bellota atravesada por un clavo. El collar que, como una pista, nunca dejó de susurrarme quién era su dueño, porque le pertenece a Tristán.

—La bellota. Tú…

—Cuando desperté del trance, fue el primer objeto que me llamó la atención. Jamás me he separado de él.

Tristán se lleva una mano sucia y llena de cicatrices a la boca.

Contiene un sollozo; el inicio que desata nuestro pasado. Recordamos los días en la cabaña. Lo bien que vivíamos junto al mar, pero lo ineludible que se volvió que nos marchásemos de allí. Somos añoranza, y también esperanza. Hay rastros de dolor, cuyas heridas están cicatrizando ahora que estamos juntos de nuevo.

—¿Me cuentas cómo sucedió? —me propone Tristán, y asiento.

Me confieso sobre mi desaparición y la pérdida de mi memoria. Sobre que usé la magia involuntariamente para cubrir mis más profundos sentimientos. Le detallo cómo fue mi vida durante los dos años tras despertar del letargo. Que era un Noah a *medio hacer*, que recordaba ciertos conceptos, pero que había perdido muchas experiencias, como sentir o interactuar con otros seres. Le revelo el origen de que hoy esté aquí: contar la verdad que Basil decidió ocultar y encontrarlo a él.

Atiende expectante a toda mi aventura. Solo hace unas cuantas preguntas, porque insiste en que prefiere dejarme hablar. Creo que pasa una hora sin interrupciones. Y cuando termino, tengo la voz ronca y la boca seca. Tristán me tiende un vaso lleno de agua.

—Creo que llevas en los genes eso de ser intrépido. Estuve poco tiempo junto a tu hermano, pero por lo que conocí de él, me basta para asegurarte que así es.

Me estrujo las manos. Tristán sigue hablando del pasado como si pudiese recuperarse, como si nada hubiera cambiado. Como si continuase viviendo en el país que era antes de que la Magia lo regenerase todo, acabando con la vida de casi toda la humanidad. Sé que se aferra a los recuerdos, porque, de alguna manera, es lo que realmente le hace despertarse cada mañana. No digo que Yojimbo o yo no lo alegremos con nuestra compañía, pero siempre hay algo en él, en su mirada o en sus gestos, que pide más. Pide recuperar lo que su supuesta Diosa le arrebató.

—¿Y qué ha sido de tu aventura?

Tristán vuelve de su ensoñación, me sonríe débilmente y asiente. Charlamos durante toda la noche. De sus viajes, de lo aprendido y de las veces que nos hemos equivocado. La cabaña junto al mar regresa a nuestra conversación incontables veces. Nos reímos, dejamos escapar algunas lágrimas más y nos susurramos confesiones que hace años me habría dado vergüenza revelarle.

Me acoge el sueño apoyado en Tristán y Yojimbo. En mi verdadero hogar.

Parpadeo porque el sol me está molestando en la cara. Durante unos segundos, no reconozco dónde estoy. Me yergo, desorientado, quitándome la manta que me cubre el cuerpo. Pero entonces, la cola de Yojimbo se enrosca a mi alrededor, protector. Cierto; Tristán no ha sido un sueño. Lo encontramos ayer y estuvimos toda la noche hablando, aunque él ya no está a mi lado.

Miro por encima de mi hombro y me encuentro al grupo con las mochilas preparadas, desayunando de pie. Me incorporo, algo aturdido por el sueño. Me desperezo y dejo que la brisa matutina me refresque y me despierte del todo. No sé cómo voy a despedirme de Tristán. No sé si seré capaz de marcharme o de si encontraré el valor para pedirle que nos acompañe. Ayer fue un día demasiado especial e intenso como para que termine tan rápido.

Y entonces veo a Tristán salir de la casa. Lleva una mochila a su espalda ¿Eso significa que nos va a acompañar? ¿Quién lo ha convencido? Avanzo cada vez con más rapidez hasta llegar a ellos con el aliento cortado y la emoción contenida.

—¿Vienes con nosotros? —le pregunto a Tristán.

—Sí.

—¿Quién te ha convencido?

—Nuestro reencuentro.

Río y le doy un abrazo que lo deja sin respiración. Runa me lanza una manzana y la cojo al vuelo. Ézer me desordena el pelo antes de darme un beso. Sé que nos espera un largo viaje y que el futuro no nos depara un camino tranquilo o libre de dolor, pero ahora mismo estoy feliz y pienso exprimir este sentimiento para que me dé fuerzas.

Terminamos de desayunar y recogemos. Tristán no parece muy apenado por dejar su casa. Me dice que le costó construirla y empezar de cero, pero que es material y que nunca la ha sentido como su hogar. Recuerdo la conversación que mantuve con Runa sobre lo que significaba esa palabra para cada uno cuando apenas nos conocíamos. Ahora lo tengo más claro que nunca: mi hogar son las personas que quiero.

Nos ponemos en marcha y bajar la montaña me resulta más complicado. Me resbalo constantemente y a punto estoy de estamparme contra un árbol. Entre Tristán y Ézer consiguen que no salga malherido del descenso, pero terminamos sudados al llegar a la base.

Mijaíl ya nos ha comentado que vamos a estar casi seis días de viaje. Nunca he estado tanto tiempo caminando y espero no cansarme hasta el punto de abandonar a medio camino. Sin embargo, el primer día casi ni lo siento. Durante todo el trayecto hablamos y disfrutamos del paisaje. El frío no ha rebajado su intensidad y me sorprende lo mucho que cambian las temperaturas según la zona del país.

Hacia el mediodía del segundo día, nos vemos obligados a escondernos durante unas cuantas horas, porque casi nos intercepta un pequeño comando del ejército mudnano. Zahira luego nos comenta que son exploradores; soldados que no atacan, solo observan y luego comunican al Código lo que han descubierto y la mejor forma de intervenir. Ese día avanzamos en alerta constante, pero Mijaíl intenta tranquilizarnos diciéndonos que es normal que suceda, porque nos encontramos más cerca del centro del país. Sin embargo, no puedo evitar pensar que pueda haber más grupos como esos a causa de la búsqueda definitiva de las anomalías.

El tercer día transcurre bastante silencioso. Continuamos un poco nerviosos, pero el paisaje se transforma, mucho más verde y húmedo. Nos tranquiliza el cambio, porque eso significa que nos alejamos de la zona de peligro. Pero se hacen llamar «exploradores» por algo.

El cuarto y el quinto día son horribles. Las noches son demasiado frescas para lo habitual en primavera. Estamos mucho más cansados y la comida escasea. Zahira se ha cortado montando una trampa para cazar y Ézer ha terminado el trabajo para que luego ningún animal caiga en ella. Las ansias por llegar nos están afectando demasiado. Incluso parece que se han agotado las palabras entre Tristán y yo. El único que no tiene problemas es Yojimbo, que aparece y desaparece cuando le viene en gana.

Y solo cuando el sol está bien alto el sexto día, las esperanzas y las fuerzas se ven renovadas. En el horizonte advertimos la sombra que crea el pueblo indómito entre el bosque montañoso; Kira, Sid e Indra ya deben estar en él.

—Creo que la próxima vez que me siente, no seré capaz de levantarme jamás —masculla Tristán.

—Ya somos dos —coincide Ézer.

—Sois unos quejicas, en serio —bufa Zahira.

—Exacto. ¿No se supone que tú viajas muchísimo? —Runa señala a Ézer—. Y tú… —hace lo mismo con Tristán—, bueno, no sé, pareces un hombre fuerte.

—Nunca te guíes por las apariencias, Runa. Aquí la verdadera bestia es Yojimbo.

No reprimo un gesto de diversión. Me alegra comprobar que Tristán no ha perdido el sentido del humor. Siempre me hacía reír cuando estaba mal. Acomodo la mochila a mi espalda y digo:

—Venga, no queda nada.

—El optimismo de Noah es algo que no se perderá ni aunque lo deseemos todos juntos —se mofa Runa.

—Sigo siendo el mismo de siempre. Recuperar los recuerdos no me ha cambiado.

—Un poco sí, aunque es cierto que sigues siendo igual de adorable que siempre. —Mi amiga se acerca para pellizcarme la mejilla, pero la esquivo a tiempo—. ¡Oye, no huyas!

Jugamos a perseguirnos, pese a las regañinas de Mijaíl. Echo a correr hacia delante para sacarle ventaja. Me río y me detengo cuando los pulmones empiezan a pincharme de cansancio. Giro sobre mis talones y descubro que les he sacado bastante ventaja; son como hormiguitas en el horizonte. Me vuelvo de nuevo hacia nuestro destino mientras trato de recuperar el aliento. Y entonces me fijo en algo. Hay un grupo a caballo. Primero me paralizo, imaginando que es otra tropa mudnana de reconocimiento, pero no. Una de esas sombras me suena.

Avanzo, cuando uno de ellos empieza a galopar hacia el pueblo. Quiero usar la magia para agudizar mi vista, pero tengo miedo de que se descontrole, así que echo a correr. El grupo duda un segundo en si seguir al primer jinete y, antes de que lo persigan, consigo distinguir a Sid.

—¡Sid! —grito—. ¡Sid!

Pero no consigue escucharme y, junto al grupo, espolea su montura y recorren el mismo camino a gran velocidad. Sigo corriendo. Las figuras se van haciendo cada vez más pequeñas, porque los caballos son más rápidos que yo, aunque no desisto. Permanecen en mi campo de visión hasta que entran en el bosque. Mascullo un insulto para mis adentros. Observo a mis espaldas, porque caigo en la cuenta de que debo haber alertado a mis acompañantes.

Aunque más lentos, también corren hacia mí. Decido esperarlos, aunque las piernas me tiemblan, ansiosas. Al cabo de unos minutos, me alcanzan y no logro impedir que Mijaíl pierda su habitual sosiego para gritarme con su extraño acento:

—¿Estás loco, chaval? ¡Es que quieres matarnos!

—¡He visto a Sid! ¡Allí! —Por supuesto, aunque es absurdo, señalo hacia el bosque.

—No por ello tienes que echar a correr, ¡maldito loco! ¿No te has parado a pensar que vamos todos al mismo sitio?

—Mijaíl —lo corta Zahira.

Agradezco que intervenga la harum, porque las palabras del hombretón me están apocando, pese a que tiene razón. No estaban en peligro, y el entusiasmo por reencontrarnos no es razón suficiente para reaccionar de forma tan temeraria. Quiero agachar la cabeza, pero en vez de refugiarme en mi sofoco, me cuadro y le pido perdón.

—¿Cómo?

—Lo siento. Tienes razón. No tendría que haberme separado. Somos un equipo, lo queramos o no.

Nadie dice nada, pero Mijaíl farfulla algo, tratando de encontrar las palabras. Descubro en él a un viejo cascarrabias al que no culpo por haberme gritado la verdad. ¿Que podría habérmelo dicho de otro modo? Tal vez. Sin embargo, en las caras de preocupación de Tristán, Ézer y Runa descubro que, si no se hubiese adelantado Mijaíl, uno de ellos también habría respondido igual.

—Apretemos el paso. Que se hayan puesto a galopar de repente tampoco es buena señal —determina Zahira.

—Estoy de acuerdo —asiente Tristán—. ¡En marcha!

Engancho los dedos en las cinchas de la mochila y dejo que todos pasen por delante de mí. Me quedo el último a propósito y, aunque Ézer hace ademán de acercarse a decirme algo, Tristán se le adelanta. Compongo una mueca silenciosa de disculpa que el hermano de Kira acepta con una sonrisa.

—No le des más vueltas.

—Estoy bien.

—Noah, te conozco. No le des más vueltas.

Antes de que podamos darnos cuenta, nos encontramos en la linde del pueblo. Este no tiene muralla, como el de Indra, pero me parece que tampoco la necesita. Apenas hay unas cuantas casas en la base de la montaña. El resto han sido construidas en la ladera, ocultas entre los frondosos árboles, en una colina escarpada e inexpugnable.

Se me hace un nudo en la garganta cuando atravesamos la primera fila de casas y salen a nuestro encuentro un variado grupo de rostros enfadados. Mijaíl alza las manos y se acerca para hablar con uno. Están susurrando, así que poco puedo entender. Además de que me permanezco rezagado. Nadie me ha enseñado a manejar este tipo de situaciones. Por no decir que tampoco estoy hecho para ellas.

Advierto cómo Mijaíl nos señala por encima de su hombro. Los habitantes de este pueblo indómito nos observan, desconfiados. Sin embargo, el hombre nos hace un gesto de insistencia con la mano y avanzamos. Noto que nos arrimamos unos a otros formando una masa enmudecida que mira a su alrededor preparada para responder ante cualquier imprevisto.

El pueblo se parece mucho al de Indra. Las casas conviven con los árboles. Son ellos los cimientos, incluso algunos son el suelo. Se mimetizan con la naturaleza, no solo para dañarla lo menos posible, sino también para protegerse del exterior. Y pese a que entiendo que viven así para no cometer los errores del pasado, me resulta bastante incómodo desplazarme por el lugar.

Nos hacen subir la colina mientras nos exponemos al escrutinio. Draizs, humanos y unos pocos harums salen de sus casas o detienen su actividad para observarnos. Diría que es la causa de que no aparezcan muchos viajeros, pero mentiría. Mentiría, porque esos rostros asustados por lo desconocido guardan origen en el terror que Basil impone en este país. Todos me han mirado así, tanto en Núcleo como en el pueblo de Indra. Los mismos ojos que, ante lo inesperado, se quedan pasmados y luego escapan si pretendes hacer contacto con ellos.

Continuamos por un camino de piedras enormes que conduce a una cueva en la pared de la montaña. Vigilo a Yojimbo, porque no creo que pueda trepar esto, sin embargo, resulta ser más diestro que ninguno. Lo que yo diga, es un caimán mágico. Pellizco la manga de la larga chaqueta de Tristán, porque no solo las piedras están tentando a mi inestabilidad.

Nos hacen esperar antes de entrar en la cueva, pero de pronto oigo una voz que reconozco: Indra. Sale a nuestro encuentro casi corriendo. Abraza a Zahira y noto que el grupo se destensa hasta el punto en que empezamos a separarnos. Entonces aparece Kira de entre la oscuridad para recibir a Ézer con alegría. Tiene el pelo alborotado y un montón de rasguños en la cara, pero no parece importarle. Sid la sigue y decido acercarme a él, aunque el chico se pone en guardia en cuanto se percata de la presencia de Yojimbo.

—Tranquilo. Es bueno. —Trato de calmarlo—. ¿No me has oído antes?

—No.

Le empiezo a explicar que casi nos encontramos, cuando tres mujeres salen a la luz del día. Me quedo observándolas con interés. Imponen bastante respeto y una de ellas llama mi atención de inmediato. Lleva un arco cruzado a la espalda y sus ojos relucen… muy parecidos a los de Tristán. Un impulso me hace entreabrir los labios para preguntarle a mi mentor por esa mujer, pero ellos se me adelantan.

—Tristán.

—Amaranta.

¿Amaranta? Ambos se abren paso entre la gente y se funden en un abrazo que todos nos quedamos observando. Me quedo totalmente paralizado, estudiando con detenimiento a la mujer que me salvó de la decisión de la Magia. Tiene el pelo del mismo castaño oscuro que Tristán y los destellos dorados que caracterizan su mirada.

Se apartan y se dan varios besos en las mejillas. Están llorando, y creo que yo tampoco seré capaz de aguantar las lágrimas. Tristán ha estado hablando de ella durante tanto tiempo, con tanto amor y añoranza, que no sé si es comparable a nuestro reencuentro.

Agacho la cabeza y me paso la mano por el pelo, nervioso. Voy a conocerla. Voy a agradecerle que me salvase. Voy a… Unos pasos acallan mis pensamientos y levanto la mirada. Amaranta ha llegado hasta mí en pocas zancadas.

—Ho-hola. —Intento romper la tensión que nos une.

—¿Noah?

—Sí.

De pronto, sus manos vacilan en el aire y sé que está dudando en si abrazarme o no. Al fin y al cabo, no nos conocemos. Yo solo era un bebé cuando ella me vio por primera vez. Y, sin embargo, no me importaría que lo hiciera. Su mirada viaja hasta mi muñeca, de la que pende la bellota y asiente para sí misma, como si estuviese confirmándose algo en silencio.

—Gracias, Amaranta.

Ella alza la mirada y asiente de nuevo. Se ha quedado sin palabras mientras algunas lágrimas más se desbordan. Por fin deja caer las manos. Tristán se acerca y ella se vuelve hacia él. Amaranta accede a una petición silenciosa y retrocede unos pasos, lentos, insegura por separarse tan pronto de mí.

—Bueno, bueno. —Una de las mujeres que acompañan a Amaranta avanza hasta nosotros—. Mi nombre es Ada. Yo os diré qué tenéis que hacer.

Sid frunce el ceño y abre la boca, dispuesto a rechistar su orden.

—Era princesa en el antiguo mundo, y mi cargo es irrevocable. —Su tono no es del todo severo, pero hay un timbre por debajo de toda esa capa que nos obliga a tomarla en serio.

Nos han conducido hasta el pie de la montaña para que acampemos en un pequeño llano rodeado de árboles en el que cerca hay un lago. Tras montar el campamento, hemos hecho turnos para bañarnos en él. Hemos sorteado el orden, y a Ézer y a mí nos ha tocado los últimos. Las burlas de Runa no se han hecho esperar, pero he sabido sobreponerme con un: «Mejor, más tiempo para nuestras cosas», que ha dejado a mi amiga con la boca abierta.

Ahora estamos desnudos, nadando y disfrutando del tiempo que nos ha otorgado ser los últimos. Soy más consciente de lo que estamos haciendo y no puedo evitar que un rastro de timidez se instale en mi estómago cada vez que nos besamos o nos acariciamos.

Rodeo la cintura de Ézer con las piernas, echo los brazos alrededor de su nuca y él me atrae más para darme un beso empapado de agua dulce. Le muerdo el labio y él jadea. Sus manos viajan por mi espalda hasta el final y me abandonaría a él, pero me perdería para siempre.

—Será mejor que salgamos.

—Dile al osado de Noah que regrese, por favor. —Ríe contra mis labios.

—Imagínate que nos pilla Kira.

—Imagínate que nos pilla Tristán. —Su risa aumenta.

—Si querías cortarme el rollo, conseguido. —Me voy apartando de él.

—¡Ja, ja, ja! Ahí está mi Noah, incapaz de esconder la verdad.

Le doy un último y largo beso, y me deja marchar, aunque sus dedos juguetean un poco con mi pelo antes de soltarme del todo. Salgo y me enrollo en la toalla. Ézer me imita. Nos cambiamos con rapidez, porque el frío apremia. Recogemos y, brazo con brazo, volvemos a la zona de acampada.

Nos lanzamos una mirada de confusión cuando solo encontramos alrededor de la hoguera a Kira, Indra, Sid y Runa. Zahira, Mijaíl y los otros tres indómitos no están por ningún lado. Metemos los útiles en la mochila y nos acercamos al grupo que trata de calentarse, contemplando cómo el frío se materializa en el débil vaho que exhalan.

—¿Qué sucede?

—¿Nos puedes dejar a solas un momento, Ézer? —pregunta Indra.

—Por supuesto. Iré al pueblo a... No sé, a explorar nuestro nuevo asentamiento.

Me roza la mano antes de marcharse y yo me siento entre Kira y Runa, completando el círculo. Me recojo parte del pelo con una cuerdecita negra y regreso mi mirada al frente. Es curioso, porque tengo la sensación de que ninguno sabemos por qué Indra nos ha citado a solas. Así que, tras una aprobación muda, deslizamos nuestros ojos hasta la indómita, que se ha lavado todas las marcas azules.

—Si quiero que estemos solos, es porque os voy a proponer una cosa. Sé que hice mal forzándoos con el plan que tenía previsto y no quiero que vuelva a repetirse lo mismo. Somos un equipo, lo queramos o no. Somos los únicos a quienes la Magia les otorgó su poder. Tenemos una responsabilidad, porque nos eligió a nosotros, que en principio no íbamos a ser salvados, por alguna razón.

» Hemos tenido nuestros altibajos, pero hemos sabido perdonarnos. Pensadlo. Al final de todo, tras casi veintitrés años de evolución, miedo y desconocimiento; después de que cada uno terminásemos en un lugar completamente distinto... Aquí estamos. Reunidos. Siento la responsabilidad de proteger este país. De proteger el mundo entero. De tratar que nuestro poder sea la base de un futuro mejor. No quiero que tengamos que vivir la muerte de nuestros seres queridos a manos de la guerra. Por eso...

Enmudece un instante. Se observa las manos, indecisa. No sé exactamente qué nos va a proponer, pero sé que va a ser una decisión dura para nosotros. Si una cosa sé de Indra, es que sus planes suelen conllevar sacrificios.

—Por eso pienso que nosotros cinco deberíamos luchar contra Basil.

—¿Solo nosotros cinco? —matiza Runa.

—No quiero que más gente inocente muera. Este pueblo indómito está decidido a luchar, pero sabemos que muchos van a morir. Nosotros tenemos el don para que eso no ocurra. Poseemos un enorme poder que nadie tiene con el que podemos protegerlos a todos. Sé que es una locura, pero... Pero me gustaría evitar una masacre.

—No sé, Indra. La Magia no es ofensiva —empieza Sid, dudando.

—No es necesario atacar. Hay otras maneras. Por favor, al menos, atended a nuestro poder cuando estamos juntos. Solo sentidlo. Es más que suficiente...

Su cuerpo empieza a brillar y mi cuerpo a vibrar por dentro. A los pocos segundos, los cinco estamos rodeados por un aura dorada. Y, como siempre, todo a nuestro alrededor se agudiza, solo que ahora es diferente. Nuestras energías están intentando conectar, aunque noto la tensión y la reticencia. Un cúmulo de magia dorada sale de mi pecho. Las partículas palpitan un poco enloquecidas, y no creo ser capaz de controlarlo.

—Para —mascullo.

La luz dorada se disipa tras mi contundente petición. Me sorprendo al descubrir que Kira, Sid y Runa están relajados y sus ojos buscan encontrar un lugar en el que asentarse después de haberse abandonado a la magia.

—Lo siento. Yo… no puedo controlarla. En Núcleo lo destrocé todo.

—Como yo —me secunda Kira.

—Y como yo —continúa Sid.

—Forcé a mi magia con la intención de matar a Indra —susurra Runa.

—Yo tampoco lo he hecho mucho mejor —concluye la indómita—. Pero si entrenamos…

—¿Entrenar? —Frunzo el ceño.

—Sí, entrenar. Podemos hacer grandes cosas, pero solo si estamos de acuerdo. Si accedemos, será un punto de no retorno. Si accedemos, estoy segura de que lo conseguiremos. Nosotros cincos.

—Nosotros cinco.

KIRA

TE ECHAMOS DE MENOS, HIJA MÍA. *Sé que harás lo posible por ayudarnos, incluso cuando deberías tomarte un tiempo para recuperarte, como nosotros. No te atormentes. Te queremos, y esperamos tu vuelta con ansias. Con amor, tu madre y seres queridos.*

El sol apenas ha asomado tras las montañas del horizonte, pero algunos rayos ya bailan sobre la carta de Ehun. Reprimo unas lágrimas y doblo lentamente el papel. Lo guardo y me arrebujo entre las mantas, dispuesta a conciliar el sueño. Pero entonces Ada aparece y nos despierta con bruscos susurros y molestos aspavientos. Yo me incorporo de golpe, al igual que Sid, acostumbrados a los largos entrenamientos matutinos. Sin embargo, por el gesto somnoliento de Runa, Noah e Indra, intuyo que ellos no están del todo habituados.

Apenas han pasado unos pocos días desde que llegamos, pero en cuanto comunicamos que nosotros cinco seríamos la avanzadilla de la —esperamos— última batalla de Nueva Erain, los planes se han acelerado. Amaranta, que tiene bastante idea sobre estrategias de combate, se negó a que solo las anomalías nos enfrentásemos al ejército de Basil. Y, pese a que nos costó, creo que al final accedió, al menos, a que fuésemos nosotros en solitario los primeros en tratar de disuadir el enfrentamiento. Pero destacando que si la cosa se encrudecía, entonces el resto entraría a ayudarnos. Es casi imposible decir que no a un rostro tan severo como el de Amaranta.

Nos enfundamos las botas, y teniendo cuidado de no despertar a nuestros amigos, abandonamos el campamento colina arriba. Es bueno que no haga calor, pero el cansancio acumulado despierta de pronto, al menos, en mis piernas, y empiezo a sudar y a boquear.

—Si vais a entrenar con la magia, tenéis que hacerlo lo más lejos posible del poblado. No queremos que nadie salga herido o que cotilleen, sea amigo o enemigo —anuncia Ada con una energía envidiable—. Hemos enviado a algunos de nuestros indómitos a que investiguen, pero tras la batalla de Núcleo, suponemos que Basil tardará varias semanas en atacar de nuevo.

—Supones mal —determina Sid.

—¿Perdona? —El tono de Ada no admite discusión y, sin embargo, él no está dispuesto a dejar que se lleve la razón.

—Digo que tú suposición es lógica, y todos estaríamos de acuerdo. No obstante, mi padre no actúa así. A veces arriesga hasta el punto de que parece una locura, pero es por cómo se expone por lo que termina ganando.

—No creo…

—Con todo el respeto, *princesa*. —Quiero pegarle un codazo por la socarronería que ha destilado el apelativo—. Es mi padre. Lo conozco mejor que nadie. Sé cómo actúa. Sé lo loco que está. No esperará más de un mes para atacarnos. Nos quiere atrapar cuanto antes y utilizarnos para su propio beneficio, cueste lo que cueste.

—Tiene razón. —Nos sorprende la repentina intervención de Noah—. El segundo día de viaje casi nos tropezamos con un grupo de exploración mudnana. Nos están buscando. No están perdiendo el tiempo. Pregúntaselo a Mijaíl.

—¿No crees que teniendo en cuenta nuestra situación, ese dato podríais haberlo comunicado antes? —Es lo último que dice Ada.

Noah agacha la mirada, cohibido. Es gracioso ver los sutiles cambios que ha provocado en él la recuperación de su memoria. Nos hemos estado poniendo al día y su historia es de lo más sorprendente. La Magia lo refugió cuando más lo necesitaba. Amaranta es la persona que lo salvó de la destrucción. Tristán es el hermano de esta que, por alguna decisión extraña de la Magia, terminó en el mismo lugar del nuevo mundo que Noah.

Y, aunque suene increíble, Noah y yo nos parecemos en algo: él bloqueó parte de sí mismo para intentar ser feliz y yo bloqueé la magia de mi interior para sobrevivir. Ahora ambos nos hemos liberado de nuestra propia prisión.

Cuando el sol ha asomado la mitad de sus rayos, alcanzamos una explanada. Algunos alzamos la cabeza para comprobar cuánta caminata nos quedaría hasta llegar al pico, pero desistimos cuando una neblina, aun débil, no deja ver más allá. Es una llanura bastante espaciosa, de tierra húmeda y hierba alta. Hay suficiente campo como para correr y usar la magia sin que nadie salga herido. Es una perfecta alternativa a un campo de entrenamiento habilitado.

Nos detenemos cuando Ada, seis pasos por delante de nosotros, gira sobre sus talones para mirarnos. Runa tiene las mejillas tan encendidas que su rostro parece una manzana y contengo una risita. Indra apoya las manos sobre sus rodillas, cansada. Noah, Sid y yo parecemos los más enteros.

—Aquí entrenaréis cada mañana y perfeccionaréis vuestras

técnicas hasta que consigáis dominar la magia o hasta que sea irremediable que entréis en batalla, así que os aconsejo que os esforcéis. ¿Alguna pregunta?

—¿Cuántas horas vamos a estar entrenando? —cuestiona Runa, todavía sofocada.

—Todo el día.

El silencio de sorpresa no pasa desapercibido.

—Os iremos trayendo comida, agua y cualquier útil que necesitéis, pero vosotros mismos lo dijisteis: no estáis preparados. No sabéis controlar la magia. Si queréis ser la avanzadilla, si queréis que nadie de aquí se involucre al final, os aconsejo que deis el máximo de vosotros mismos. No va a ser fácil, pero sois un equipo y yo voy a supervisaros.

—Tú no posees magia, Ada —le dice Indra.

—Es cierto. Pero durante toda mi vida he tenido más contacto con Ella de lo que puedes llegar a imaginar, así que silencio. —Da dos palmadas y entendemos que su historia va a ser un misterio, al menos, por hoy—. Empecemos viendo qué tiene que ofrecer cada uno.

Y sus palabras dan inicio a un día que resulta ser un completo desastre. Nos turnamos para enseñar nuestras habilidades. Indra y Runa son las que mejor lo llevan. Se nota que han practicado durante años. Sid tampoco lo hace mal, pero concentra tanto poder que la propia energía termina derribándolo al suelo. Yo soy la siguiente y me pasa casi lo mismo que a Sid, solo que el fulgor que rodea mi cuerpo es mucho mayor y levanta una impetuosa ventisca que casi me eleva del suelo. El último es Noah, el más peligroso de todos. Consigue formar varias columnas protectoras — rezuman demasiado poder— que ya utilizó en la batalla de Núcleo, pero Ada se empeña en que pruebe algo nuevo. Nosotros le sugerimos que es mejor que no lo haga de momento, incluso el propio Noah se niega, pero la princesa insiste y el chico no tiene más remedio que actuar. Se acuclilla frente a la hierba y pasa la mano por encima. No sé qué pretendía hacer, pero termina provocando que la tierra se quiebre bajo el peso de la potencia que desprenden sus dedos dorados.

El rostro de Ada revela, claramente, que no estamos preparados. Apenas nos detenemos a descansar. La hermana de nuestra entrenadora, Elín, es la que nos trae la comida y la bebida, pero con el esfuerzo tenemos más sed que apetito. Seguimos con la demostración de poderes, centrándonos cada uno en lo que creemos que mejor se nos puede dar, sin embargo, nada sale como prevemos. Noah acumula tanta energía por querer formar un cúmulo de magia entre sus manos, destacando que consiguió mantener a raya la herida de su brazo en la batalla de Núcleo, que termina por originar un pequeño terremoto que provoca un desprendimiento en la ladera colindante.

Parecía imposible, pero llega la noche y Ada por fin nos deja marchar. Runa está al borde del llanto e Indra se acerca a animarla. Noah está tan pálido que, sin una palabra más, casi se deja caer montaña abajo. Sid me acaricia el antebrazo, porque me he quedado embobada mirando la nada. Sonrío débilmente. Esa noche no duermo. Estoy tan agotada que es el propio cansancio el que me mantiene con los ojos abiertos.

El segundo y el tercer día de entrenamiento no son mucho mejores. Hemos empezado a hacer ejercicio físico antes de poneros con la magia. Ada piensa que nuestro cuerpo es el receptáculo en el que habita Ella y que, por tanto, debe estar lo más sano y fuerte posible. Luego continuamos tratando de controlar la energía. Ha quedado más que claro que no podemos agredir con ella a ningún ser vivo. No sirve para la violencia. El peligro reside en su potencia desmesurada, y no se le puede llamar ni una ventaja ofensiva, porque el caos no entiende de leyes, ni siquiera dentro de la armonía de la Magia.

No obstante, nuestro pesimismo se ve paliado un poco por Indra, quien parece haber aprendido algo, porque noto que canaliza la energía con muchísima más suavidad. Juguetea con un hilo de magia entre sus manos y lo menea en el espacio como si estuviese guiando una larga y ligera cinta. Sonríe, y lo cierto es que ofrece un buen espectáculo. Termina satisfecha y Ada aprueba su evolución con una afirmación.

Runa sale después y, para nuestra sorpresa, trata de imitar a Indra. También percibo que regula la magia y la expande y la contrae; deja que fluya por su cuerpo y crea el mismo río mágico que, hace unos minutos, la indómita sostenía entre sus manos. No obstante, es más grueso y las partículas doradas están demasiado compactas. De hecho, la magia no se mueve con la misma agilidad, pero lo consigue. Empieza a batir en el aire. Se desplaza, danzando, y, entonces, Indra se une.

Ada despega los labios, supongo que para advertirles que no se precipiten, pero Indra genera otro hilo y lo conecta al de Runa. Un espasmo mágico nos llega al resto. La magia brota y discurre entre ellas. Canalizan energía de manera armónica, juntas. Agarran y traspasan. Es una sensación casi perfecta. Cuando terminan, no podemos hacer otra cosa que aplaudir.

—¿Cómo lo habéis hecho? ¡Es increíble! —se asombra Noah.

—Perfecto. —Asiente Ada, con una enorme sonrisa de satisfacción—. Sid, te toca.

La alegría se esfuma cuando la princesa nos ordena continuar con el entrenamiento. Por supuesto, Sid y yo concentramos tanto que Ada nos detiene antes de que explotemos. Noah sigue en la misma línea. Sus columnas protectoras ya no rezuman tanto poder, pero con el resto continúa siendo igual de desastre.

Una vez más, abandonamos el entrenamiento en silencio, derrotados. Hace días que no vemos a nadie, aunque tampoco hablamos entre nosotros o nos relajamos. Creo que el aislamiento nos está jugando una mala pasada. Echo de menos conversar con Ézer y Noah, o estar a solas con Sid. Incluso quiero conocer mejor a Runa e Indra. No sé si la intención es mutua, pero sé una cosa: los cinco hemos sido personas solitarias durante toda la vida, tratando de encontrar nuestro sitio. Y ahora que nos hemos reunido, parece que no solo la Magia quiere estar unida, sino también nosotros.

Al día siguiente, Ada nos propone organizar un pequeño enfrentamiento en grupos. No creo que sea buena idea, pero hemos aprendido a no contradecir sus decisiones. Pese a que con la energía no progresamos tan rápido como nos gustaría, evolucionamos mejor si nuestro cuerpo está activo y en forma. Es una sensación que viene de la resistencia de nuestros músculos y nuestra capacidad de respirar de diferentes formas según el momento. Ella tiene razón en que la magia debe estar conectada con nuestro cuerpo y, aun así, creo que hay una pequeña sádica en el interior de la antigua princesa, a la que le gusta ver cómo nos machacamos día tras día.

Lo peor que nos podía pasar, además de enfrentarnos entre nosotros, es tener público. Mijaíl, Zahira, Ézer, Tristán, Amaranta, Cilla —la hermana mediana de la princesa— y Elín han subido esta mañana para vernos practicar. Me da vergüenza que descubran que apenas hemos avanzado.

Somos impares y echamos a suertes la formación. Runa se queda fuera. A Sid le toca con Indra y a mí con Noah. Ada nos pide que planeemos una estrategia antes de combatir. Quien detenga antes al otro equipo, gana. Como no podemos dañarnos con nuestro poder, me tranquiliza, aunque haya miles de factores por los que podemos salir malparados, sobre todo de la mano de Noah.

—¿Qué quieres que haga? — me susurra el chico, aterrorizado.

—Primero que te calmes. Recuerda que no podemos hacernos daño.

—¿Y si genero otro desprendimiento y una roca nos aplasta?

—Trata de evitar ese pensamiento.

—Vale —masculla.

Pienso, lanzando sutiles reojos por encima de mi hombro al otro equipo. Se me ocurre una cosa. Ada no les ha dado mucha importancia a las columnas protectoras de Noah, pero creo que pueden ser más útiles de lo que piensa. Le susurro mi plan y él asiente. No me propone nada más, así que nos erguimos y esperamos a que los otros dos se decidan.

La batalla es otro caos. Le he dicho a Noah que nada más empezar, encierre a Sid e Indra en dos columnas protectoras, pero que revierta el efecto: que no sirva para protegerlos del exterior, sino para crear una prisión, desde dentro. Que no puedan contraatacar una vez estén encerrados en ellas. Sin embargo, no es capaz de hacerlo y mi primer encontronazo con Sid me lanza varios metros de espalda. Aunque no nos puede matar, está claro que su barrera nos puede rechazar.

Me quedo sin respiración y le pido a Noah que lo arregle mientras me recupero, pero el chico ya está atrapado entre varios tentáculos mágicos de Indra. Me incorporo y acumulo magia que palpita, confusa. Decido usar su intensidad como ataque, y apoyo la mano en tierra, un poco asustada por el resultado. La energía responde, inestable, y creo una grieta que separa a Sid de Indra, pero que podría haberlos engullido. Ambos me lo reprochan, pero Noah ha reaccionado de alguna manera y está tratando de insuflar la magia de Indra para hacerla desaparecer. Y parece que la situación puede decantarse a nuestro favor, cuando Noah deja de absorber para descargar. Los cuatro sentimos un doloroso tirón que nos derrumba a la vez.

¿Qué ha sido eso?

Los demás acuden en nuestra ayuda. Aunque me están hablando, solo un pitido copa mis oídos. Los otros tres parecen igual de desorientados que yo. Nos dejan descansar, pese a que no conseguimos recuperarnos del enfrentamiento. Ada nos da el día libre y bajamos de la montaña ansiosos por descansar, aunque fuera unas horas. Tristán, Amaranta y Noah hablan animadamente. Ézer intercambia varias técnicas con Runa. Indra con Mijaíl y Zahira, a quien ha cogido de la mano. Y las dos princesas menores le reprochan a la mayor su severidad.

Entonces me detengo. Retrocedo varios pasos y regreso a la explanada de entrenamiento. Algo nos ha sucedido. Estamos conectados por la Magia. ¿Eso significa que podemos sentir el dolor de los demás? No. Va más allá. Realmente no quiere que nos enfrentemos entre nosotros. Se siente completa cuando estamos los cinco, como si permaneciendo juntos conformásemos un solo cuerpo para Ella.

—¿Qué haces?

Me vuelvo para encontrarme con Sid. Estoy segura de que estoy tan magullada y sucia como él. Se aproxima hasta mí, porque sigo meditando la conclusión a la que acabo de llegar.

—¿Estás mal porque somos unos negados? —Sonríe.

—Estoy pensando… Creo que estamos entrenando mal.

—¿A qué te refieres?

—Antes, cuando Noah ha expulsado todo ese poder, me ha dolido.

—Y a mí.

—¿No crees que si no nos podemos matar o dañar con la magia es porque Ella no quiere que nos peleemos? ¿Que nos otorgó su poder para hacer algo bueno?

—¿Como qué?

—No sé, pero generar más guerras no, desde luego. —Me llevo un dedo a los labios, pensativa—. Creo que no deberíamos entrenar individualmente. No somos piezas que debamos actuar por separado, sino juntas. Indra dijo que nuestro poder es más fuerte cuando estamos unidos, y es cierto. ¿Por qué deberíamos actuar por separado?

—Tiene sentido.

—¿Verdad?

Sonrío, porque una chispa de esperanza ha apocado un poco a mi desaliento. Sid se acerca más y yo, que hasta el momento he estado centrada en el problema, lo miro por fin.

—No hemos tenido mucho tiempo para nosotros. —Niego, dándole la razón—. ¿Podemos volver a ser amigos? ¿Podemos, al menos, hablar como antes?

—Sí.

Mi determinación lo sorprende, pero más lo hace que lo bese. Noto enseguida lo ansiosos que estamos por tocarnos. Me abraza la cintura y su respiración se entrecorta con cada beso, pero no se detiene. Yo tampoco quiero que lo haga. Hundo mis dedos en su pelo y me descubro echándolo dolorosamente de menos. No puedo perderlo a él también. No, después de haberlo recuperado.

Sus manos me recorren la espalda y deslizo unos dedos por debajo de su camiseta. Se estremece, aunque no aparto la mano. La magia nos envuelve y aumenta nuestra percepción, tan placentera, que no vamos a querer detener. Sin embargo, algo me hace abrir los ojos. ¿Soy yo o estamos levitando?

Nuestros pies están colgando y me separo de Sid para decírselo. El chico se burla de mí hasta que comprueba que, efectivamente, estamos suspendidos en el aire. Una risa nerviosa nos hace tambalearnos y aterrizamos torpemente.

—Hemos volado.

El quinto día amanecemos con más ganas. Mi teoría sobre que la unión hace la fuerza y sobre la noticia de que Sid y yo levitamos, ha henchido de ganas al grupo. Noah nos revela que el día que Indra y Runa se enfrentaron, también quedaron suspendidos durante unos segundos, pero que no le dio mayor importancia, porque pensaba que era un efecto de la magia, no algo que pudiesen controlar.

Así que, después de la tanda de ejercicios, Ada nos dispone en círculo. Concuerda con mi idea de que trabajar individualmente puede que no haya sido la manera correcta, y que si la Magia está completa cuando nosotros estamos juntos, entonces debemos entrenarla en equipo. Nos propone hacer un ejercicio de meditación. Nos cogemos de las manos y nos miramos fijamente, pero no somos capaces de aguantar el contacto más de dos segundos.

Descubro que Indra nos busca con determinación, pero que Runa se siente más cómoda con Noah y yo con Sid. Le sonrío y él me guiña un ojo, por lo que ambos recibimos un débil coscorrón de advertencia por parte de Ada.

—El flirteo lo dejamos para más tarde, ¿os parece, tortolitos?

Su frase nos hace reír. La magia cosquillea en mi estómago y siento que en los demás está provocando el mismo efecto, porque nos volvemos a mirar. Esta vez no nos cohibimos tanto e intercambiamos gestos de satisfacción. La energía despierta con más ganas y nuestros cuerpos empiezan a brillar. Los característicos ríos dorados bailan alrededor de nuestros brazos y nuestras manos agarradas.

Indra avanza un paso, segura, y temo que el movimiento interrumpa nuestra conexión, pero la magia continúa activa y vivaz. Sid es el siguiente en tomar confianza y da dos pasos que luego deshace, así continuamente. Runa danza y Noah, cogido a su mano, trata de seguirla, aunque con movimientos mucho más arrítmicos y tímidos. Yo soy la última en entrar en el juego, más embelesada por cómo la magia nace de nosotros y se mueve a nuestro ritmo, que por miedo a que algo salga mal. Bailo de una manera parecida a la Runa y Noah, e Indra y Sid terminan por unirse a la improvisación.

Cabeza, brazos, cadera, piernas, manos, pies… Todo nuestro cuerpo está a disposición de la Magia, y Ella deja que nos fundamos. Somos un solo ente, no solo con la energía, sino también entre nosotros. Llegado un momento, nos atrevemos a cerrar los ojos y noto que nos soltamos las manos. La magia se desplaza, creando filigranas doradas que viajan entre la hierba, que vuelan hacia el cielo azul y que nos envuelven como enredaderas. Oigo una risa y luego otra coreando a la primera. Nos emocionamos entre gritos y vítores y abrimos los ojos para contemplar lo que hemos creado. Toda la explanada es un campo dorado. Brilla y vive más que nunca.

Le propino una débil patada a la hierba y la magia se esparce en polvo. Jugamos a atraparla, como si fuese un grupo de mariposas. Ella se divierte también y nos abandonamos a la distracción que crean nuestros propios sentimientos y pensamientos. Sin embargo, algo falla de repente. Noto que alguien se desconcentra y que una percepción oscura y afligida abraza su corazón. La magia se queja y, con ello, la tierra empieza a vibrar.

—Deteneos —nos advierte Ada, despacio.

Pero la montaña continúa temblando. Paramos, tratando de encontrar el origen de nuestra inestabilidad. Runa está pálida y llora en silencio.

—Runa, tranquila.

—No te preocupes.

—Relájate.

Nos acercamos poco a poco a ella, que está paralizada y acumulando magia a su alrededor. Noah es el primero que se atreve a acariciar su brazo. La chica por fin se gira hacia él.

—Runa, relájate, por favor —le susurra Noah y luego la abraza.

Indra se muerde el labio inferior y sus manos se mueven, nerviosas. No sé qué pretende hacer hasta que se decide a rodear el cuerpo de la pelirroja. La inseguridad regresa, porque, aunque no lo presencié, el encontronazo entre ambas sigue amenazando la idea de unidad. Sid y yo nos lanzamos una última mirada, antes de abrazarlos a los tres.

Cierro los ojos y la magia se retuerce tanto que me asusta. No quiero hacer daño a nadie. No quiero que se repita lo de Núcleo. No quiero separarme de ellos. Es una revelación bastante extraña, teniendo en cuenta nuestra corta relación, a excepción de Sid. Sin embargo, no sé si es por la Magia o porque, en realidad, nos estamos conociendo de verdad, pero no los quiero lejos de mi lado.

—Vamos a estar bien. Vamos a cuidarnos como mejor sepamos —murmuro.

Se tensan por mis palabras, pero Indra y Sid, que son con los que más contacto tengo, se relajan unos segundos después.

—Os lo dije, la Magia nos quiere unidos. No solo para estar completa, sino porque, de alguna manera, nosotros también nos complementamos —continúa la indómita.

—Jamás me he sentido más seguro que a vuestro lado —se sincera Sid.

—Jamás volverás a estar sola, Runa. Jamás volveremos a estarlo. —Noto que Noah sonríe.

—Gracias —solloza Runa.

Y entonces la tierra deja de temblar. Nos separamos lentamente. La energía ya no nos rodea, pero está bien. Sonreímos, tratando de recuperar las fuerzas, y Ada se aproxima con pasos cautelosos.

—Kira tenía razón, debéis permanecer juntos.

—No quiero dañar a nadie —dice Runa—. ¿Lo habéis notado? La magia es regeneradora, casi creadora. ¿Sabéis la de cosas que podríamos conseguir con Ella? ¿Y si… pudiésemos enseñarla al resto del mundo?

Su conclusión nos hace titubear a todos. ¿Cómo vamos a enseñarla si solo nosotros cinco la poseemos? Incluso Ada parece desconcertada, aunque agradada por la idea.

—Podríamos trazar un plan en el que contengamos al ejército de Mudna. Atraparlo, sin herirlo. Obligar a que se rindan —medita Sid.

Y una idea cruza mi mente. Me río por lo bajo, lo que provoca que la confusión del grupo se desplace hasta mí. Sus ojos cuestionan el origen de mi repentina risa y respiro hondo, dispuesta a resolver sus dudas:

—Noah es la solución.

Saber lo que tienes que hacer no te hace conseguirlo. La idea que tuve ayer fue apoyada unánimemente por todos, aunque Noah tartamudease, indeciso. Entiendo que le he cargado una gran responsabilidad a una persona que nunca ha estado preparada para ello. Pero si queremos lograr la rendición de Mudna sin derramamiento de sangre, no se me ocurre otra manera. Y al resto tampoco.

La idea es que Noah cree esas columnas protectoras alrededor del ejército, pero a la inversa, encerrándolos, como tratamos de hacer en la práctica contra Indra y Sid. Levantar una especie de prisiones mágicas a su alrededor que los impida moverse hasta que se rindan. Una vez estemos seguros de que ningún enemigo puede rebelarse, los indómitos aparecerán como retaguardia para acorralarlos del todo. Una amenaza decisiva.

—Puedo ayudarlo. —Se ofrece Runa y atendemos con interés—. De hecho, Indra también. La magia reacciona de manera distinta en cada cuerpo. Lo he percibido. Indra y yo sabemos canalizar y desplazar la energía sin problemas, ya sea al espacio o a otro objeto. En cambio, Kira y Sid tienden a concentrarla. Y Noah, tu magia protectora es única. Ninguno de nosotros hemos sido capaces de crear nada parecido. Solo debes centrarte en eso. No en atacar.

—¿Qué propones exactamente? —Ada busca una conclusión a sus ideas.

—Indra y yo ayudaremos a Noah a canalizar la magia. Trataremos de que no se descontrole. La moldearemos y la dirigiremos hacia él para que no se canse tan rápido al generar ese tipo de prisiones. Lo ayudaremos a aguantar. Kira y Sid contendrán al ejército al tiempo que Noah los va a atrapando.

—¿Te refieres a que liberemos potencia? —pregunto, asustada.

Ada asiente y estoy a punto de llevarle la contraria cuando Sid nos interrumpe:

—Quiero añadir una cosa. De mi padre me encargo yo.

—Sid… —empiezo.

—No. —Levanta una mano—. Sé que va a venir. Sé que piensa que este es el último golpe que va a darnos y que va a ser tan efectivo que por fin el país será suyo. Hasta que Noah lo atrape, mi padre es mío. ¿De acuerdo?

En sus ojos se desata la tormenta habitual que los condena a ese gris tan oscuro que aterra. Los demás asienten, pero yo no me veo capaz de mentir. No, porque sé que Sid lo quiere muerto. Lo noto en cómo le hierve la sangre, en cómo aprieta los puños y en cómo le rechinan los dientes de puro odio. Quiero decirle que yo también deseo enfrentarme a Basil hasta que suplique. Que ese hombre ha provocado la muerte de tantos seres, queridos como desconocidos, que merece perecer en nuestras manos. Sin embargo, también quiero recordarle que la venganza no trae nada bueno y que, asesinándole, solo lograríamos convertirnos en él. Pero no articulo palabra, porque el grupo comienza a hablar y a perfilar el plan.

El resto del día lo aprovechamos para practicar la estrategia planeada. Indra y Runa son admirables. Desde el principio demostraron que eran capaces de dirigir la energía sin problemas. Y es curioso el hecho de que Runa pensase que estaba destinada a acabar con nosotros, que la primera anomalía a la que se enfrentó fuese Indra y que ahora ambas formen la conexión perfecta. Sid y yo logramos compenetrar lo inestables que somos, pero la magia aún se revoluciona cada vez que imprimimos un poco de nuestra voluntad en ella. Noah es el que más dificultad tiene. Solo se centra en las columnas mágicas, y me alegra descubrir que, con la intervención de Indra y Runa, le resulta más fácil repartir la energía. No obstante, no consigue transformar la protección en prisión. Debemos esforzarnos más y encontrar el punto concreto en el que todos conectemos y seamos capaces de conducir el plan hacia la victoria.

Los días siguientes son puro esfuerzo. Apenas descansamos y las ojeras, la palidez y las heridas lo demuestran. Ada es un punto de apoyo importante. Nos anima y nos ayuda cuando no podemos más. Pese a que hemos aumentado nuestra resistencia y la magia ya no causa tantos estragos como antes, no conseguimos perfeccionar la técnica. El cansancio y la previsión de futuro nos está ahogando. Sabemos la responsabilidad que recae sobre nuestros hombros. La vemos cada día en los ojos de los indómitos cuando subimos y descendemos la montaña. Somos la última oportunidad, queramos o no.

La antigua princesa trata de alentarnos destacando lo mucho que hemos progresado en poco tiempo. A mí me está resultando eterno. Miro atrás y es como si jamás hubiese dejado de ejercitar con la Magia. Los demás muestran expresiones parecidas a la mía. Volvemos a intentar pulir la estrategia.

Es por la tarde de un día cualquiera cuando Ézer, Tristán, Amaranta y Yojimbo suben a ofrecernos la merienda. Al principio habríamos devorado los bollos y el zumo con ansias, pero ahora todos comemos sin apetito. No se me escapan las miradas de compasión que nos lanzan los demás, y Amaranta insiste en que no seamos la avanzadilla, en que es peligroso y arriesgado.

—Lo es, pero si salís con nosotros, nos centraremos más en protegeros que en la estrategia —digo—. Es mejor que esperéis escondidos y acudáis cuando esté todo bajo control.

—¿Entonces estáis progresando bien? —pregunta Tristán.

—Bueno… —Las mejillas de Noah enrojecen—. No consigo mantener las columnas mucho tiempo y continúo sin poder invertir el efecto para convertirlas en una prisión. Lo que quiero es que atrapen al enemigo y desde dentro del campo mágico no puedan atacar hacia fuera. Inutilizarlos completamente.

—Se me ocurre algo… —comienza Amaranta—. Pero no creo que accedáis.

—Propón. Cualquier ejercicio que nos ayude a evolucionar es bueno —opina Indra.

—Es bastante imprudente. —Amaranta mira de reojo a Ada.

—Oh, Amaranta, eso es más que imprudente.

—¿El qué? —Los cinco preguntamos a la vez.

—¿Y si os enfrentáis a Ada y a mí? —Se me seca la boca—. Tal vez no consigáis centraros del todo, porque no hay nada a lo que enfrentaros. Pero ¿y si Ada y yo suponemos una amenaza?

—Jamás os atacaríamos.

—¿Y si se nos va de las manos?

La alarma general se dispara, incluso en Tristán, que mira a su hermana como si hubiese enloquecido.

—Tranquilos, no haremos nada.

—No. —Nos sorprende que intervenga Noah, aunque con la voz un poco temblorosa—. Probémoslo. A lo mejor con un objetivo físico me concentro mejor.

—Cuidado —advierte Ézer.

—Lo máximo que puedo hacer es protegerlas. —Se encoge de hombros, pese a que sigo notando inseguridad en su tono.

Terminamos aceptando, aunque no sé por qué. Nos incorporamos, inquietos. Si algo sale mal, podemos matarlas. Ada desenvaina su espada y Amaranta se ajusta el carcaj y el arco a su espalda. Nos colocamos en el centro de la explanada. Sid y yo permanecemos en la retaguardia, e Indra, Runa y Noah unos pasos por delante de nosotros.

Las dos canalizadoras activan la magia y mientras los ríos dorados las envuelven también hacen que se enreden con la de Noah. Con una afirmación, avanzan e inmediatamente Noah crea dos columnas alrededor de Ada y Amaranta. Tal vez el control no es su fuerte, pero se ha vuelto más rápido. La princesa se asombra y atraviesa la magia con el filo de su arma. La indómita tira una piedra en dirección a una de las columnas y esta rebota, por eso le advierte a Noah:

—¡Son protectoras aún!

Noah aprieta los labios y se concentra en invertir el efecto. Noto cómo estira de la magia, pero también cómo esta no cede. Oigo a Runa infundirle ánimos y capto que ambas han aumentado la dosis mágica para redirigir la de Noah. La pelirroja se encorva un poco, cansada, e Indra le ofrece un poco de su energía para que se recupere.

Es maravilloso lo que podemos llegar a hacer, aunque aún no seamos capaces dominarlo. Y entonces mi atención se centra en

Amaranta, que está cargando una flecha. Alza el arma y apunta a Noah.

—Pero ¿qué...? —Avanzo un paso, pero Sid me detiene—. ¿No pretenderá...?

—Eso mismo.

—Hay que detenerla.

Pero mi amigo aumenta la presión y trato de desasirme de su agarre. Si Amaranta dispara va a ser certera. Lo sé por su natural y firme posición sujetando el arco. Porque las columnas siguen siendo protectoras para ella y no frenarán la flecha. Runa e Indra vacilan, pero Noah continúa, para nuestro desconcierto. La indómita se detiene. Grito. Esto no va a salir bien.

Runa también se aleja, con su tatuaje transformándose en una bandada de cuervos negros. El chico da tres pasos más y da una sonora palmada antes de que Amaranta suelte la flecha. Grito de nuevo, incluso Ada me corea para detener esta imprudencia. Pero el proyectil abandona la cuerda y se estampa contra el muro mágico. No sale, se queda dentro, a los pies de una Amaranta de sonrisa triunfante.

—Lo ha hecho... —La voz de Sid es un susurro.

—Sí... —La mía también.

—¡Lo ha hecho!

Sid rompe la formación y sorprende a Noah, abrazándolo por detrás. Nos reunimos. En los ojos de Runa veo unas lágrimas incipientes y a Indra le tiemblan las manos. Sid se aparta, y Ézer lo estrecha entre sus brazos a la vez que le da besos de alivio.

—He pasado un miedo de muerte.

—¡Lo has conseguido! —grita Indra, ahora con más jubilo.

Más seguros, entre palabras y gestos, conseguimos tranquilizarnos. Contamos la experiencia desde cada punto de vista cientos de veces. No obstante, mis ojos se deslizan más allá del grupo, donde Amaranta nos observa con la misma expresión de confianza que le ha ofrecido a Noah cuando lo estaba apuntando con la flecha.

Me separo del grupo y me acerco a ella con pequeños pasos. Enarca una ceja y se cruza de brazos. Me estrujo las manos, algo nerviosa. Su presencia me impone, pero necesito agradecerle su ayuda, por muy arriesgada que haya sido.

—Gracias.

—A vosotros. Estáis cargando con una responsabilidad que deberíamos compartir entre todos.

—Te cuesta mucho delegar, ¿no? A mí me pasa lo mismo.

—Más que delegar, me cuesta mucho quedarme quieta. Que el sufrimiento recaiga en quienes no están preparados.

—¿Es que alguna vez hemos estado capacitadas para esto? —Me encojo de hombros.

—Cierto, pero siempre pienso que se puede hacer más. —Le brillan los ojos—. ¿Puedo darte un consejo?

—Por supuesto.

—Protege a los demás tanto como tus habilidades te lo permitan, pero recuerda que tu vida también vale. Recuerda que no siempre puedes salvarlos a todos. —Una lágrima se desliza por su mejilla, pero se la seca enseguida.

—Amaranta…

—Solo recuérdalo. Nadie quiere perder a una persona tan valiosa como tú, Kira.

Entonces da media vuelta y se marcha. Yo me quedo congelada en el sitio, observando cómo se aleja. Poco tarda su hermano en seguirla, y Sid se acerca a preguntarme qué ha pasado; sin embargo, la admiración me ha dejado muda.

Una seguridad ciega se ha adueñado de nosotros, porque, de repente, somos capaces de hacer lo que antes se nos habría ido de las manos. La renovada confianza de Noah también influye bastante, todo sea dicho. Que sea capaz de crear, la mayoría de las veces, prisiones mágicas en vez de protectoras, aumenta la fe en nuestro éxito.

Los entrenamientos siguen destrozándonos, pero como la compenetración es mayor, somos capaces de reírnos de nuestros errores y ver en ellos una posibilidad de aprender. Todavía no sabemos nada del ejército mudnano, y pese a que ese hecho debería mantenernos alerta, Ada insiste en que apartemos ese problema de nuestras cabezas.

—¿Os apetece jugar un rato?

Hemos llamado *juego* a entretenernos con la magia como la primera vez que conseguimos bailar con ella. Siempre que Ada nos da tiempo libre, nos relajamos dejándola fluir y olvidando que la batalla más importante del país nos espera en un futuro.

—Quiero intentar una cosa —dice Noah—. Echo mucho de menos el mar y me gustaría recuperar la sensación de nadar en él. De la brisa marina. Como la magia potencia nuestros sentidos… ¿Creéis que, si proyecto esa imagen, lograremos percibirlo entre todos?

—Yo nunca he visto el mar —admito.

—Ni yo —me secunda Sid.

—Eso tenemos que solucionarlo.

Nos colocamos en círculo, nos cogemos de la mano y cerramos los ojos. Respiramos hondo y nos abandonamos a la magia. Esta se desplaza por nosotros y entre nosotros. Nos concentramos para convertirnos en un solo ser, como siempre. Al principio no sucede nada, pero entonces un sonido acude a mis oídos. No pertenece a nuestro alrededor. Es un rumor, como el roce de dos objetos. Y huele a sal. Es un olor tan intenso y único, que tampoco consigo reconocerlo en medio de una montaña. Y, de repente, una imagen: azul. ¿Es el mar? Lo he visto dibujado y me lo han descrito, pero nada se aprende mejor que experimentándolo.

Una sensación de vértigo nos invade. Ahogo una sorpresa, pero la impresión se desvanece enseguida. Sin embargo, ya no oigo amplificado el piar de los pájaros, no siento la suavidad de la hierba en mis tobillos, ni la brisa fresca contra mi rostro. Todo es diferente. La tierra está mullida, el viento es incluso más frío y ese rumor tan característico se ha intensificado. La magia tiene efectos sorprendentes. Abro los ojos.

Grito. Los demás reaccionan y también miran. Estamos en una playa. La arena húmeda bajo nuestras botas recibe el final de unas olas que casi nos mojan. Nos separamos de la orilla, asustados. Nos observamos. Comprobamos que nada nos ha sucedido. Indagamos en nuestro alrededor. Nadie parece reconocer dónde estamos.

—¿Qué ha pasado? —me escandalizo.

—Hemos... Hemos viajado en el espacio. —Sonríe Indra.

—¿Estás bromeando? —balbucea Sid.

—¿No lo ves? Hemos conseguido desplazarnos con la magia.

—Pero... ¿cómo? —Runa se tambalea entre el nervio y el éxtasis—. ¡Es increíble!

—¿Dónde estamos? ¿Sabremos volver? Oh, no... ¡Oh, no! —Empiezo a andar en círculos.

Y no sé cómo son capaces de no recaer en la importancia de nuestros actos. Indra se quita las botas, la chaqueta y los pantalones sin ningún tipo de pudor, y, con alegría, se lanza contra las olas del mar. Busco en Noah seriedad, porque sé que él puede llegar a ser tan aprensivo como yo, pero, cuando busco su comprensión, el chico ya está prácticamente desnudo y en dirección al agua. Runa los sigue, deshaciéndose de todo hasta quedarse en ropa interior. Entran y juegan.

Yo retrocedo varios pasos, asustada. No entiendo tanta tranquilidad. ¿Y si lo que ha sucedido es realmente malo? ¿Cómo vamos a viajar en el espacio? Entonces topo con el cuerpo de Sid. El chico hace una indicación con la cabeza hacia el mar, pero me niego. Enarca una ceja, sonríe malicioso y me recoge un mechón de pelo tras la oreja con unos dedos fríos.

—Perdóname.

Antes de que pueda preguntar, Sid me carga sobre su hombro y me conduce hacia el interior. Pataleo y le golpeo la espalda, pidiéndole que me suelte, porque no me hace gracia, pero mi amigo hace caso omiso. Antes de entrar en el mar, consigue quitarse las botas; sin embargo, a mí me lanza a él totalmente vestida.

Me incorporo enseguida, tosiendo porque la garganta me pica por el agua que he tragado. Me escuecen los ojos y me tambaleo, porque las olas me empujan de un lado a otro y la ropa, toda empapada, pesa. Los demás me reciben con un coro de risas y chapoteos, pero estoy bastante enfadada. Me lanzo hacia Sid, pero no se aparta, abre los brazos y recibe mi empujón con tranquilidad.

Cae de espaldas contra la orilla y lo paralizo, sentada a horcajadas sobre él. Le golpeo el pecho, espetándole lo estúpido que ha sido al hacer eso, pero consigue callarme enseguida cuando empieza a reírse sin impedimentos, como tanto me gusta.

—No te perdono —le recrimino.

—Estamos viendo el mar, Kira. ¿Cuándo volveremos a tener una oportunidad así?

—¿Y si no estamos ni en Nueva Erain? ¿Y qué tipo de poder es este? ¡Es de locos!

Sid levanta los brazos y, con las manos manchadas de arena, encierra mi rostro entre sus dedos. Calma sus carcajadas. Lo que hallo en este repentino contacto, mientras las olas murmuran y los gritos del resto llegan a mí, es libertad. Pacífica e inocente libertad; un ser en peligro de extinción que debemos cuidar entre todos si deseamos vivir ese futuro tan soñado.

Me inclino. Deja caer sus brazos a los lados. Mi pelo, empapado y áspero por los granos de arena y la sal, se arremolinan en torno a Sid, enmarcando su rostro. Poso un suave beso sobre sus labios. Él suspira y sonríe.

—Yo tampoco dejé de quererte —le confieso.

Contiene el aliento y creo que va a contestarme, pero no soy una persona excesivamente cariñosa, así que lo interrumpo y le pregunto, aún con el corazón desenfrenado:

—¿En el mar crees que se juega como en un río?

—Por-por supuesto. —Sigue sorprendido, con las mejillas encendidas.

—Pues vas a perder.

Me incorporo, quitándome la chaqueta. Antes de que mi amigo pueda reaccionar, me saco las botas y me lanzo al agua. Indra, Runa y Noah están jugando a saltar las olas, pero yo buceo. Dejo que el movimiento me acune y que la marea me ruja en los oídos. Sid llega junto a mí, me alza de nuevo y me vuelve a tirar.

Los otros tres se unen. El mar es impredecible, pero nos deja estar en él. Es libre y salvaje. Unos peces nadan entre nuestros pies, y pillamos a un curioso animalillo enterrándose en la arena. Y la playa consigue que nos abracemos otra vez. Anclamos los pies en la arena y, aunque logramos permanecer unidos varios segundos, la marea termina por derribarnos a la vez.

Salimos, exhaustos y tiritando. Hace mucho frío en la costa, aparte de que el cielo está completamente nublado. Nos vestimos con la ropa que hemos dejado esparcida por la arena y nos alejamos de la orilla unos metros. En silencio, disfrutamos de la visión que ofrece el mar. De lo completamente felices que hemos sido por un rato.

—Deberíamos volver —dice Indra—. No quiero ni imaginarme la cara de Ada cuando reaparezcamos.

—¿Sabremos hacerlo? —pregunto, temerosa.

—¿Qué has hecho para traernos aquí, Noah?

—Solo he imaginado a la perfección una playa. La imagen, las sensaciones... Todo.

—Hagamos lo mismo entonces. Solo que esta vez pensaremos en la zona de entrenamiento. Hazlo de nuevo tú, Noah. Los demás concentremos magia.

Nos disponemos en círculo y nos cogemos de las manos. Miramos por última vez el mar y sonreímos. No sabemos si saldremos vivos de la batalla contra Basil, y tal vez este ha sido nuestro último suspiro de paz, pero algo nos ha quedado claro: podemos confiar entre nosotros y buscar ayuda si la necesitamos.

Cerramos los ojos y dejamos que la magia vuelva a fluir. La sensación de la tierra y la hierba bajo mis pies regresa con intensidad. Ya no huele a mar, sino a vegetación, y el piar de los pájaros sepulta el rumor de las olas. Aunque sigo notando las manos de Indra y Noah mojadas, y la ropa pegada a mi cuerpo. Sé que cuando abra los ojos, la realidad regresará sin piedad, pero hasta el día en que deje de poder hacerlo, atesoraré esta experiencia junto a las que siempre me recuerden que nunca estaré sola. Brillará viva cuando los problemas lo tornen todo oscuro. Despertará cuando relatemos nuestras aventuras. Y, lo más importante, permanecerá en el tiempo, porque lo hemos vivido.

Abro los ojos a la vez que los demás, y ahogamos un grito de sorpresa cuando nos encontramos rodeados por las princesas, nuestros amigos y un grupo de indómitos. Nos soltamos las manos y los miramos nerviosos.

—Lo siento... —empiezo a disculparme, pero algunos se aproximan y me interrumpen.

—¿Qué pasa? —logra articular Noah.

—¿Dónde os habéis metido? —exige Ézer.

—Ya vienen—dice Tristán.

—¿Mi padre? —Sid retrocede un paso.

—Sí, y con un número bastante numeroso de soldados. —Ada parece muy preocupada—. Una de nuestras exploradoras ha llegado hace cinco minutos avisando de que están a menos de dos días de distancia. Os han rastreado. No queda tiempo. No…

—Estamos preparados —coreamos los cinco.

Y no sé si lo estamos, pero lo creemos. Y a veces, aunque pocas, creer hace posible lo impensable.

NORA

MIS DEDOS TIEMBLAN y no consigo abrochar la última cincha de la hombrera protectora. Vamos a esperarlos. Ese es el plan: esperarlos y emboscarlos con nuestra estrategia. Desisto con la hebilla y apoyo las manos sobre mis rodillas. Respiro hondo, pero el aire se colapsa en mi garganta y el pulso se me dispara. La ansiedad me estrangula de pronto y me tengo que sentar sobre la hierba, porque empiezo a marearme. Unos pasos apremiantes se detienen junto a mí. El sudor frío me recorre la espalda y trato de inspirar por la nariz y espirar por la boca lo más lento posible. Unas manos descansan sobre mi espalda y mis hombros, y el peso de mi miedo aumenta.

Han pasado dos días desde que la indómita llegó y alertó al pueblo de que el ejército de Basil se acercaba mientras nosotros estábamos en la playa. Hemos entrenado más, aunque con períodos más extensos de descanso. Hemos conseguido pulir la técnica, pero no sé si voy a ser capaz de actuar como esperan cuando llegue el momento de la verdad. No he verbalizado mi inquietud, porque doy por sentado que los demás han descubierto en mis movimientos arrítmicos y mis balbuceos, la inseguridad que me atrapa.

—Respira hondo, Noah. —Es Ézer.

—Todo va a salir bien —me susurra Tristán.

—No quiero que alguien muera por mi culpa. —Es lo único que puedo decir.

Noto que unas manos se separan de mi cuerpo y que alguien se aleja. Por las bruscas pisadas en la tierra, reconozco que es Tristán el que nos está dejando solos a Ézer y a mí. Alzo la mirada llorosa hacia él.

—Ézer… —gimoteo.

—Ven.

Me atrae y dejo que me envuelva. Poso las manos sobre su pecho y, entre ellas, hundo mi rostro. Me desahogo y le confieso toda mi incertidumbre, dando rienda suelta al temor que tiñen todos mis presentimientos. Ézer no dice nada. Solo me acaricia el pelo completamente suelto y me aferra para que no me desmorone.

—No estoy preparado. No lo estuve en Núcleo y no sé si voy a estarlo ahora…

—No estás solo. Junto a Kira, Indra, Runa y Sid también tienes a la Magia. Ella no te abandonará.

—Hace días que no escucho su voz.

—Tal vez ahora que está completa ya no necesita guiarte, pero eso no significa que haya desaparecido.

—¿Por eso crees que me hablaba? ¿Para guiarme?

Ézer me separa para que lo mire a los ojos, y asiente. No esperaba echarla tanto de menos. La primera vez que me dijo algo me volví loco, pero luego se convirtió en mi única compañía. En mi brújula. Mi amigo tiene razón. Que ya no se manifieste, no significa que no esté. Está aquí. En todo. En mí.

Me llevo una mano al pecho y presiono un poco. Alzo la mirada y la clavo en Ézer. Él titubea porque no esperaba una renovada determinación en mis gestos. No es que la seguridad se haya restaurado del todo, pero algo parecido a la valentía ha empezado a nacer para hacer sombra a mis dudas. Alzo los índices y tapo los dos lunares bajo sus párpados que tanto me llamaron la atención cuando lo conocí.

—Me encantan tus pecas.

—Y a mí tu nariz. —Se acerca y me da un suave beso en la punta.

Me aproximo, quito las manos y le beso los pómulos. Nos reímos, muy bajito, frente contra frente. Nos demoramos un poco más en nuestros labios, ignorando que el resto está llegando al llano del bosque en el que tantos días nos hemos derrumbado, cansadísimos por el entrenamiento.

—Protegeos. Regresad. Regresa, por favor. —A cada palabra suspira y su aliento permanece en mi boca durante unos segundos.

—¿Vas a unirte a Amaranta y las demás en la retaguardia?

—Estaré, pero como médico.

—Volveré.

—Lo sé.

Nos damos un último beso. Intenso, que sabe más a despedida de lo que me gustaría. Ézer se incorpora y me ofrece las manos para ayudarme a erguirme. Estas me detienen por la cintura y luego se desplazan hasta mi hombro. Sus delgados dedos atan la cincha que se ha resistido a mi nerviosismo.

Se lo agradezco con unas palabras silenciosas y él me acaricia la mejilla por última vez. Mientras me dirijo al grupo que ya se está preparando también, me recojo el pelo entero en una coleta. No estoy acostumbrado a que ningún mechón me ronde por la cara, pero sé que tener la vista lo más despejada posible puede suponer una diferencia real en el campo de batalla.

—Los vigilantes han informado a Ada de que el ejército se encuentra a pocas horas de aquí. Los emboscaremos antes de que puedan ver el pueblo. —Sid saca un mapa y lo extiende frente a nosotros—. Hay que marchar dos kilómetros y medio hacia el este.

—¿Cómo sabemos que van a tomar esa ruta? —pregunta Indra.

—Porque los bosques hacia el lado contrario son demasiado espesos y oscuros. Incluso de día es fácil perderse. Ellos no conocen bien esta zona del país, no tanto como los indómitos, acostumbrados a viajar y merodear —determina Sid.

—Entonces nosotros los esperamos en esa zona más despejada y los demás se esconden a nuestro alrededor. Los capturamos, damos la señal, los rodean y les damos a elegir entre la rendición o la detención, en caso de no ceder —recapitula Runa, cuyo tatuaje es un remolino de colores indecisos. Jamás lo había visto así.

—Sí, si todo sucede según la estrategia —asiente Sid.

—Y si no ocurre así, entramos en batalla —concluye Kira.

Todos me lanzan una mirada de reojo y a punto estoy de decirles que todo va a ir bien, porque puedo hacerlo, pero me callo. Lo hago, porque sé que no dudan de mí en concreto, sino de la presión a la que estoy sometido. Ellos también tienen una gran parte de responsabilidad, pero soy yo quien va a atrapar al enemigo y quien debe mantenerlos encerrados hasta que el resto de nuestros aliados salgan en nuestra ayuda; cuando los mudnanos ya no conformen un peligro real.

—Os tengo a vosotros. Tengo a la Magia. No necesito más —confieso.

Nos abrazamos, sintiendo las partes de nuestras incompletas armaduras entrechocar entre ellas. Todos vamos armados por si acaso, aunque, en principio, solo vamos a utilizar la magia. Unimos nuestras cabezas y nos mandamos susurros de ánimo que nadie más puede escuchar, pero que se instalan como fortalezas en los rincones más oscuros de nuestros corazones.

Nos separamos y esperamos a que Ada se acerque a nosotros, quien, hasta el momento, ha estado hablando con sus hermanas y Amaranta. Doy un último vistazo a mis amigos. Indra es la que menos protecciones viste, mostrando con orgullo las marcas azules de los indómitos. Una simple daga, como la mía, le pende de un delgado cinto marrón. Runa lleva incluso una especie de casco que le hace la cabeza aún más redonda si es posible. Porta una espada muy delgada atada a la espalda. Parece tan nerviosa como yo. Sid y Kira son los que más determinación demuestran, claro signo de lo acostumbrados que están a estas circunstancias. El primero carga un arco y un carcaj cruzados a la espalda, y tiene la mirada nublada, como la mayoría de las veces. Durante estos últimos días, ha estado muy callado, y solo ha sonreído cuando ha estado cerca de Kira. Es normal. Es el día en el que, por fin, va a enfrentarse a su padre sin ataduras. La segunda lleva a Nelim enfundada y sujeta a un complejo cinto marrón oscuro. Advierto que ya es la sexta o séptima vez que se lleva una mano al parche; un ademán casi involuntario, que le recuerda todo lo que ha vivido y perdido.

La antigua princesa se acerca a nosotros. Más piezas de armadura protegen su cuerpo y sujeta una enorme y poderosa espada. Es una figura que impone, pero que también inspira. En su rostro se ve el reflejo de mil batallas. De la supervivencia. Del renacer.

—¿Estáis listos? —Asentimos, mudos—. Despedíos de nuevo, antes de partir.

No ha terminado de pronunciar la frase y ya nos estamos dirigiendo hacia los demás. Despedirme de Tristán, otra vez, es una tarea compleja. Voy a desenredar el collar de la bellota de mi muñeca, cuando me detiene y niega.

—Es tuyo. Es un nexo de unión inquebrantable.

Lo abrazo, entre lágrimas. Palmeo la espalda de Yojimbo, cuyo gruñido de despedida me cosquillea en la mano. Luego me dirijo hacia Amaranta, a la que vuelvo a darle las gracias por salvarme. Ella, por fin, me abraza. Aunque desde que llegamos al pueblo ha hablado conmigo, ha mantenido cierta distancia, evitándome. Supongo que le recuerdo demasiado a su pasado. El último es Ézer, pero no lo hacemos muy largo. Separarnos nos duele tanto que, si permanecemos juntos unos segundos más, entonces nadie logrará que me marche de aquí.

Los cinco nos reunimos de nuevo, alzamos las manos en señal de despedida y comenzamos a descender la montaña, por una zona del bosque que nadie habita. No queremos encontrarnos con alguien, ni que alguien más nos diga adiós como si no fuésemos a regresar. Lo que queremos es pasar desapercibidos y que todo esto termine cuanto antes.

—Os seguiremos de cerca. —Es lo último que dice Ada.

Durante el trayecto hasta la zona aislada en la que vamos a provocar el enfrentamiento con una emboscada, permanecemos en completo silencio. Sid nos guía a través de los árboles, seguro de la dirección que ha estudiado de antemano. Algunas veces nos detenemos, creyendo haber escuchado algún sonido ajeno y extraño, pero solo es nuestra imaginación y nuestro miedo combinándose para volvernos paranoicos.

En cierto momento, los árboles empiezan a escasear y la colina a aplanarse. Estamos llegando. Sid no tiene ni que anunciarlo. Runa me coge de la mano hasta que salimos a un enorme claro. Me aprieta los dedos cuando el sol impacta contra su cara y doy un respingo por el gesto imprevisto. La chica susurra una disculpa.

—Quietos. Allí.

Y miramos al frente. Una línea granate en el horizonte formada por soldados mudnanos avanza sin temor hacia nuestra posición. Estamos totalmente al descubierto, pero tal vez aún no han reparado en nosotros, porque el bosque a nuestras espaldas nos camufla. Y entonces lo reconozco por su parecido a Sid y por el aura que desprende. Dirige al resto desde el centro. La levita granate se arremolina tras él por la brisa. Se nota que le falta un brazo. Tiene el rostro enmarcado con una sonrisa perversa que clama sangre.

—¿Ese es tu padre? —pregunto.

—Dejádmelo a mí. —Sid rechina los dientes.

—Sid, tranquilo. —Kira trata de calmarlo.

—Vamos.

—Con valor —murmura Indra.

—Con valor y Magia —concluyo.

Nos colocamos en una fila horizontal y avanzamos hacia el ejército. Aceleramos y descubrimos la incertidumbre en los soldados enemigos. Basil desenvaina la espada con su único brazo y nos apunta. Ordena algo y, aunque ninguno lo entendemos, liberamos la magia.

Nuestros cuerpos reaccionan con reconocimiento. La energía nos envuelve y flota a nuestro alrededor, dorada. Nos une, tira de nosotros y agudiza cada uno de nuestros sentidos. Indra grita y nosotros la coreamos. Runa se coloca a su lado para crear una marea dorada que nos envuelve y nos empuja. Siento que la energía en mi interior se reparte mejor por todo mi cuerpo.

Un levantamiento de tierra a mi izquierda me desconcentra por un momento. Kira y Sid han provocado un ligero terremoto en dirección al ejército y han logrado dividirlo. Aprovecho que el descontrol mágico ha surtido efecto y dirijo mi primera prisión hacia ellos. Me concentro y disparo una descarga de poder que, rápidamente, impacta contra ellos y los envuelve. Entrechocan sus armas contra la pared mágica, pero nada sucede. Lo he conseguido a la primera, y sonrío, orgulloso y más valiente.

No queremos que se produzca el choque entre ambas partes, así que Kira y Sid vuelven a concentrar una cantidad de energía abrumante que provoca otra profunda brecha que incluso nosotros nos vemos obligados a esquivar. Runa e Indra quedan al otro lado, pero no dejan de canalizar magia en mi dirección.

—¡Cuidado! —les grito.

Y me percato de que Kira está más centrada que Sid. El chico avanza, obcecado, hacia su padre. Me tengo que apresurar antes de que su odio nos perjudique a los demás. Sintiendo que una parte de mí pide liberar la primera prisión, porque está agotándome, genero otra que logra atrapar a varios soldados más, aunque en menor número.

—¡Retrasadlos! —pido.

Kira avanza con más rapidez, situándose la primera. Acumula energía hasta el punto de que la eleva del suelo. El ejército retrocede un momento, asustado, incluido Basil. La chica grita, concentrando tanto poder que provoca un terremoto que nos sacude y derriba a otra parte. Aprovecho su caída para capturar a unos cuantos más, pero varios soldados están a punto de llegar a nuestra posición.

Unas flechas cruzan el espacio y se clavan en esa avanzadilla que pretende interrumpir nuestra estrategia. Sid no parece más concentrado que antes, pero al menos ha reaccionado. Runa e Indra reaparecen a mi lado y conducen la magia hacia mí. Me tiemblan las manos y las partículas doradas alrededor de mi cuerpo empiezan a vibrar. Me estoy ahogando. Mantener durante tanto rato las prisiones mágicas está llevándome a la extenuación.

Me muevo con más torpeza, y Runa me obliga a apoyarme

en ella. De la espalda de Indra nacen unos tentáculos que se abalanzan sin temor hacia otros soldados dispersados. No lo vamos a conseguir. Son demasiados. Mire por donde mire, veo manchas de color granate a punto de atacarnos, dispuestos a asesinarnos.

La magia se revuelve en mi estómago y gruño de dolor. Runa e Indra también sienten mi rechazo y se quejan. Expulso varios rayos dorados que impactan contra el enemigo, pero que a punto están de acertar de lleno también en Kira y Sid. Caigo de rodillas y, aunque Indra me insufla más energía, no soy capaz de resolver el conflicto que se está desatando en mi interior. Empiezo a expulsar magia y, por un momento, ambas chicas están a punto de soltarme.

—¡Noah, aguanta! —me chilla Runa, aferrada a mi brazo.

Las prisiones empiezan a titilar y me asusto, porque la magia que estoy despidiendo no regresa ni me envuelve. Se marcha y, con ella, la energía que encierra a los soldados. Estoy destrozando el plan. Mi desliz va a matarlos a todos. Indra y Runa me gritan, pero no logro entenderlas.

Lloro. Trato de concentrarme, de recordar las prácticas. Confío en ellos. Confío en mi magia. Entonces, ¿por qué no confío en mí? Solo deseo protegerlos. Solo deseo que su fuerza y la mía sean suficientes.

» *¿Protegerlos?*

Es la Voz.

» *Los humanos jamás dejaréis de sorprenderme. Morir os supone una carga complicada de afrontar, pero muchos de vosotros, con vuestro último aliento, preferís defender a quien no puede arriesgando vuestra propia y frágil vida.*

—Los quiero… A cada uno de ellos —gimoteo.

» *Hazlo, entonces. Porque eres tú quien debe hacerlo, Noah, conmigo, pero sin mí.*

Y se marcha. Noto que algo en mi mente se desvanece. Araño la tierra. Respiro hondo varias veces. Percibo cómo la magia de Runa e Indra se mueve a mi alrededor y se cuela entre mis recovecos para insuflarme más poder, aunque cada vez más débil. No solo están agotadas, sino que también estoy absorbiendo su magia y deshaciéndola.

Empujo. Empujo toda la energía hacia delante. Si no puedo controlarla para proteger a los demás y cumplir con el objetivo, al menos, que se libere en dirección al enemigo. Tiene que surtir algún tipo de efecto, porque si no, estamos perdidos. Con un último grito desgarrador, logro que la energía se reconvierta en una especie de muro que avanza hacia el horizonte.

Me derrumbo contra tierra. Un punto mágico, que sostiene todas las prisiones, continúa activo en mi interior, pero me duele cada músculo. Indra y Runa me siguen gritando y tratando de levantarme. Esto aún no ha terminado.

Me incorporo entre jadeos y miro al frente. El muro que he creado es tan ancho que no se aprecia su final; se pierde entre los árboles que nos rodean. El ejército de Mudna ha quedado atrapado al otro lado, y solo en nuestra zona se encuentran algunas de las prisiones que he creado. Dentro, las personas gritan y lloriquean. Han desistido en romperlas con sus propias armas. Sin embargo, los del muro lo están intentando ahora, observándonos entre la cólera y una incertidumbre aterrorizada.

Sonrío débilmente. Lo he conseguido. De alguna forma que no alcanzo a comprender, pero lo he conseguido. Más calmado, dejo que la magia fluya un poco y que el muro se vaya deformando hasta crear prisiones más pequeñas alrededor de los soldados que han quedado al otro lado. Muchos huyen por donde han venido, y unos logran escapar de la captura, pero otros no. Es un sobreesfuerzo que puede tentar de nuevo al descontrol, pero tengo que aislarlos lo mejor posible para nuestra retaguardia. Y entonces me fijo en un punto. Es lo único que me queda por atrapar y, cuando reconozco quiénes son, se me cierra el estómago. Sid ha conseguido derrumbar a su padre contra el suelo y, sentado a horcajadas sobre él, le está propinando unos puñetazos que bien podrían destrozarle la cabeza.

—¡Noah! ¡Deshaz esto! —me grita Kira, muy cerca del último resto mágico que todavía no he convertido en una columna, insegura de cruzarlo con su cuerpo por si desestabiliza mi energía.

He dejado a Sid al otro lado cuando he expulsado ese enorme brote de magia. Va a matar a Basil. Sus puños están llenos de sangre, pero su rostro está surcado de lágrimas.

—Que llegue la retaguardia... No voy a dejar a Sid solo —susurro.

—¡Kira! ¡Llama a los demás! —le grita Indra.

La danían no pierde ni un segundo y silba. El sonido es agudo y fuerte, y tengo tiempo de sorprenderme por cómo lo ha logrado. Tardan un poco, pero hasta que no aparecen entre los árboles con las armas en ristre, Kira no deja de silbar con fuerza.

El batallón indómito entra dominándolo todo. Como si ya lo hubiesen practicado, levantan sus armas frente a las columnas mágicas y forman un círculo alrededor del ejército atrapado, tan amenazante, que algunos soldados sueltan sus armas inmediatamente. Kira me sigue suplicando que haga desvanecer el muro, pero sé que en cuanto lo haga, caerán todas las barreras y quiero asegurarme de que el enemigo está rodeado al completo cuando lo haga.

Entiendo el miedo de Kira por Sid. De hecho, yo tampoco quiero que asesine a Basil con sus propios puños, y que la acción desesperada y llena de recuerdos que, en principio, pueda ser un alivio, luego crezca como algo oscuro que lo marque para siempre. Que le recuerde que puede tener la sangre tan fría como su padre.

Los indómitos cercan al último grupo enemigo y entonces

dejo escapar el aliento contenido. Con ese suspiro, todas las barreras se desvanecen. Como si fuesen burbujas, estallan en miles de gotitas doradas. La improvisada retaguardia aferra mejor sus armas y acentúa su posición en ristre. El ejército mudnano se rinde; no obstante, aún queda por solucionar una cosa.

Un tirón nos lanza a Indra, a Runa y a mí hacia el lugar en el que está Sid. Kira está tratando de apartarlo de encima de su padre, pero parece que él está usando la magia para ofrecer algún tipo de resistencia. Veo las partículas de energía acumularse a su alrededor como una gruesa capa, zumbando con fiereza. Se está descontrolando. Tal y como le sucedió a Kira en Núcleo.

Ya no arremete tantos golpes contra su padre, pero sigue gritando y la magia aumentando. Los tres echamos a correr. Debemos ayudar a Kira y relajar a Sid, o el chico puede hacer estallar toda esa energía acumulada y, con ella, a todos nosotros.

—O se calma o nos matará.

Es increíble la cantidad de energía que está concentrando. Su cuerpo brilla tanto que es cegador mirarlo fijamente. La magia nos acepta, pero nos repele a la vez. El chico la está obligando a condensarse tanto en su cuerpo, que ha llegado a un límite en el que esta lucha por liberarse.

Llegamos hasta ellos a duras penas. Contengo una arcada cuando descubro la cara de Basil. Está empapada de sangre, con terrible heridas abiertas y magulladuras negras que le recorren todo el rostro. Y aunque me horroriza su estado, lo que termina acongojándome es su mirada; lo único que no guarda en común con Sid, porque tiene los ojos oscuros, y observan a su hijo con un pavor profundo. Sus labios tiemblan y sé que quiere decirle algo.

—¡Noah! ¡Ayuda!

Indra y Runa están estirando de Sid por un brazo mientras que Kira lo está intentando con el otro. Me acerco hasta la danían y estiro del cuerpo. Basil nos mira alternativamente, con gratitud, pero no puedo aceptar los sentimientos de una persona que solo teme por su vida. Por una persona que ha mantenido a este país bajo el terror y ha oprimido a una especie entera durante décadas. Por una persona que ha maltratado a su familia y a todos aquellos a los que consideraba débiles. Solo puedo dejarlo vivo para que la justicia hable.

Verlo así de derrotado, tan *fácilmente,* me recuerda que todos somos iguales. Seres de carne y hueso, frágiles y sencillos de quebrar. En nuestro interior solo hay voluntades e ideas y, con ellas, construimos el tipo de seres que queremos llegar a ser. Basil, casi inconsciente, no parece amenazador, sino perdido. Hay miedo a la muerte, y no sé si la tristeza que intuyo en sus ojos es fruto de querer encontrar rastros de humanidad en él. ¿Cómo se dejó influir por su sed de poder? La existencia del terror y la intolerancia siempre me sorprenderán.

—¡Te odio! —estalla Sid—. ¡Te odio, Basil! ¡Me has arruinado la vida! ¡Me has destrozado por dentro! ¡Nos has destrozado a todos! ¡Yo mismo te mataré y liberaré a todos de la carga que supones! ¡Te odio! ¡Te odio, papá! —Y el apelativo hace que su magia afloje un poco.

—¡Ahora! ¡Ahora! —grito, notando su debilidad.

Tiramos a la vez y Sid se deja llevar por nuestra fuerza. Basil no se mueve del sitio y, de inmediato, es rodeado por Amaranta, Ada y sus hermanas. Antes de que Sid se resista del todo a nuestros empujones, lo separamos de la multitud, arrastrándolo por tierra. Sin embargo, no deja de llorar, ni aparta la vista de su padre ni deja de concentrar poder. No absorbe la nuestra, pero parece que le está arrebatando toda la energía al exterior.

Está, como bien ha dicho, destrozado. No nos atiende. No escucha absolutamente nada. Está dejando que la magia, poco a poco, lo desintegre por dentro.

—¡Si sigue así va a morir! —grito.

—¡Si sigue así nos va a matar a todos! ¡Hay que detenerlo! —contesta Indra.

—¿Y si acumulo magia para contrarrestar la suya? —propone Kira, llorando.

—¿Estás loca? ¿Es que quieres morir tú?

—¡No quiero que muera él!

—¡Lo haré yo! —intervengo—. ¡No es la primera vez que he absorbido magia! ¡Lo sabéis!

—¡El intercambio de energías será letal para ti, Noah!

—¡Algo tenemos que hacer! —grita Runa—. O no solo moriremos nosotros, sino también todos a los que hemos intentado proteger, amigos y enemigos.

Y se me ocurre una idea. Ni siquiera la verbalizo, solo me concentro en imaginar la playa a la que nos desplazamos juntos. Allí no había nada. Si nos marchamos, ellos estarán a salvo. No obvio el pensamiento que masculla que, posiblemente, seamos nosotros quienes perezcamos, pero lo rehúyo, porque el miedo desvanece la imagen de la playa en mi mente.

Dejo que la magia que Indra y Runa continúan dejando fluir reconduzca la mía. La imagen de la costa se convierte en el recuerdo de los cincos jugando en el mar. Es una de las experiencias más bonitas que he vivido nunca, y ese pensamiento es suficiente para que la magia reaccione y nos conduzca hasta allí.

Cuando aparecemos en la playa, los demás reconocen el lugar y entienden lo que he hecho sin que diga una palabra. La intensidad de la magia de Sid se agrava cada vez más. Además, ha cerrado los ojos y está tan pálido que, por un momento, pienso que ha muerto. Pero mi percepción me revela que su corazón sigue latiendo, débil, pero latiendo.

—¡Voy a hacerlo, chicas! ¡Soy el único capaz de hacer esto!

—¡No, Noah! —se niega Runa.

—¡Algo hay que probar o los cinco moriremos!

Las tres se miran entre ellas. En el ojo de Kira hay una súplica exasperada. En los de Indra solo veo coraje y fuerza, y me anima el hecho de que en un momento así sea capaz de guardar tanta entereza. En cambio, en la de Runa solo hay tristeza y miedo. No sé qué transmitiré yo, pero espero que no perciban lo atemorizado que estoy.

—¡Separaos!

Ellas se sueltan, aunque muy reticentes. Cojo las manos de Sid, cierro los ojos y absorbo. Junto a movimientos protectores, es la única técnica mágica que sé realizar por voluntad propia. La magia de Sid me impacta y caigo de rodillas. La angustia es profunda, porque su energía no quiere pasar por mi cuerpo. La expulso de inmediato, sintiendo olas de alivio y otras de profundo dolor. Grito mientras Ella me recorre y sale expedida de mí hacia el cielo.

Quedan rastros de la vida de Sid cuando entra en mí. Recuerdos, impresiones... Trato de obviarlos, porque es su vida privada, pero hay sensaciones que siento como si fuesen mías. Lo mucho que quiere a Kira o el daño perpetuo que su padre ha causado en él a base de golpes y gritos.

—¡No se rebaja! ¡Te va a matar! —chilla Indra.

Entonces unas manos me sueltan de las de Sid, pero recogen las mías. Abro los ojos y encuentro a Runa entre ambos, en contacto. La magia del chico entra en su cuerpo con fuerza, pero la reconduce hasta mí más ordenada, como si fuese un puente. La sigo despidiendo y ahora me atraviesan también los recuerdos de Runa. Su abuela, las cartas, los castigos y los encierros continuos en la oscuridad. Todo es sufrimiento en nosotros.

—¡Runa, cuidado!

La magia de Sid abandona su cuerpo de repente. Se oye una especie de chasquido y siento que toda la energía viaja de golpe hasta el interior de Runa. La chica arquea la espalda y grita.

Absorbo con más ansias. Debo hacer desaparecer el torrente de magia de su cuerpo cuanto antes. Noto cómo la destroza. Cómo el poder arrasa su pequeño cuerpo. No puede contener tanta potencia, tanta energía.

—¡Runa, continúa! ¡Puedo hacerlo!

Se gira hacia mí. *Noah*, veo mi nombre dibujado en sus labios. Sus iris se han convertido al dorado y sus venas se intuyen bajo su piel, también del color de la Magia. Una especie de burbuja nos rodea y, de repente, percibo cómo la energía deja de llegar a mi cuerpo. En cambio, innumerables ríos dorados rodean a Runa. Contiene y expulsa. Canaliza la magia y la atrae. Hace todo lo que los demás podemos hacer.

—¡Runa! ¡No! ¡Déjalo o vas a morir!

—¡Sabíamos que uno de nosotros iba a caer hoy!

—¡No es cierto! ¡Puedo absorberla y expulsarla! ¿Por qué haces esto, si hay solución?

—Porque tu cuerpo no resistirá otro esfuerzo más.

—¡Y el tuyo tampoco!

Lloro. ¿Cómo puede estar tan tranquila? Pero entonces inclina su cuerpo y me abraza. La magia deja de alcanzarme, pero noto el rumor de la de Sid y la suya fusionadas, deshaciendo y deseando librarse del receptáculo que la encierra: el cuerpo de Runa. La agarro con firmeza, y trato de activar mi magia de nuevo, pero no reacciona.

—¡Ayúdame! —le clamo a la Voz.

—Ella no va a venir esta vez. Ella lo sabe.

—¡Runa! —sollozo.

—Lo vi en mis cartas. La Traición iba a sucumbir.

—¡Mientes! ¡Tú no eres la traición ni nada parecido!

—Escúchame, Noah. No queda tiempo.

Tiemblo entre sus brazos, porque nunca había notado tanta determinación en sus palabras. Me acaricia la cabeza y posa un beso en mi mejilla. No puedo permitirlo, pero su petición y sus intenciones me han dejado mudo y paralizado.

—Gracias.

—¡Te salvaré!

—Ya lo has hecho, Noah. Lo hiciste el día en que decidiste ser mi amigo.

Entonces se separa de mí. Toda su piel brilla. La magia la consume. Palpo sus brazos, luego su rostro. Pero Ella no deja de invadirla. Sus labios vuelven a formular mi nombre, pero un pitido muy agudo copa mis oídos y no logro escucharla. Cuando se convierte en una figura dorada, en la que apenas advierto a la Runa original, solo consigo apreciar cómo sonríe. En ese gesto la veo por última vez antes de que se desvanezca.

Como lo han hecho mis barreras mágicas, se transforma en millones de partículas doradas, que suben al cielo y se esparcen por el alrededor en un estallido violento que alza una fuerte ventisca, desata un poderoso terremoto y nos arranca un grito de dolor que, al menos a mí, me tumba contra la arena. El caos es furioso, pero veloz en desaparecer. De pronto, la magia enmudece del todo y se apaga. Por un instante me ahogo, como si la energía también se hubiese llevado consigo el oxígeno, pero una bocanada que me arde en los pulmones me devuelve a la vida.

Entre mis brazos ya no está ella.

—¿Runa?

Alzo la mirada, pero las lágrimas empañan mi visión. La Magia no ha soportado la reclusión y el cuerpo de Runa no ha sido suficiente para retenerla. Ambas se han esfumado juntas. Lloro. Lloro en alto, y dejo que la pena me desgarre por dentro. Ya no está a mi lado. Jamás volverá a burlarse de mí o protegerme en silencio. Se ha sacrificado por todos nosotros y ahora ya no está.

Indra me abraza y la estrecho con fuerza. Por encima de su

hombro veo a Kira apoyando la cabeza de Sid sobre su regazo. Quiero preguntarle si está vivo, pero en vez de palabras me sale un sollozo. La danían interpreta mi intención y asiente.

—No siento su magia, pero está vivo. Está vivo…

Lloramos en alto la frustración, la pérdida, la pena y todo lo que nos ha quebrado desde el comienzo. Permanecemos así durante un rato. Horas. Poco a poco, nos juntamos para encontrar en el roce el cobijo que nuestro desconsuelo pretende arrebatarnos. Su cercanía cura un poco mi dolor, pero los recuerdos de Runa son implacables.

—No puedo más —confieso.

—Huyamos —dice Indra.

—Nunca—contesta Kira.

La primera en conseguir reponerse o, al menos, controlar el tormento, es Indra. Se separa, mirando al horizonte. Pongo una mano sobre la de Sid, que continúa inconsciente. Kira tiene razón, ya no siento la magia en él. De hecho, la mía es un murmullo en mi interior, casi extinguido. En cambio, ellas siguen rezumando poder, aunque sosegado.

Runa. Runa. Runa. Runa.

Vuelve, por favor.

—¿Crees que ha perdido la magia?

—¿Eso es posible? —musito, con los pensamientos puestos en una cabellera pelirroja y unos ojos claros como el agua del mar.

—No sé. Ya no siento lo mismo en ti.

—Yo tampoco…

—¿Y a dónde se ha podido ir, si puede saberse? —Kira aparta un mechón de la frente de Sid.

—Ni idea. Ella nunca fue nuestra.

—Jamás nos perteneció. A nadie. Nunca.

Asiento. Kira se apoya contra mí y la abrazo por la espalda.

Lloramos un rato más en silencio. La muerte de Runa pesa y no creo que seamos conscientes todavía de ello. Esperamos a que Sid reaccione, pero lo máximo que obtenemos de él es una respiración pausada y lenta, como si estuviese sumido en un profundo sueño.

—¿Noah? ¿Kira? —nos llama Indra.

La miramos y ella nos hace una indicación. Ha palidecido un poco, y un cúmulo de malestar revolotea en mi estómago. Ayudo a Kira a acomodar a Sid en la arena y luego nos incorporamos. La brisa marina nos revuelve el pelo y nos recibe, cuidadosa. Observamos allí donde Indra tiene clavada una mirada inquieta.

—¿Qué sucede?

—En el horizonte.

Alza un brazo. Y lo advertimos. Es una enorme sombra, quieta en medio del agua. Reconozco la figura de un enorme barco. No puede ser. No después de todo lo que hemos tenido que sufrir. Las lágrimas me bordean las mejillas de nuevo y creo que no voy a conseguir superar este vacío.

—Son los del país de Runa —susurro—. Vienen a terminar su misión.

—Eso habrá que verlo —dice Kira, avanzando unos pasos.

—¿Estás loca? —la detiene Indra—. ¿Qué pretendes conseguir?

—Nuestra libertad. Cueste lo que cueste. Si me pasa algo… cuidad de Sid.

Nos deja con la palabra en la boca y su cuerpo se ilumina otra vez. Hay calma en su magia, aunque apenas puedo apreciarlo. Ella me ha abandonado prácticamente. Ha vuelto a donde pertenece o, quizá, ha ido a refugiarse donde las guerras no la acucien. Y, mientras Kira hace que su magia la eleve sobre la superficie del mar y la desplace hacia el barco, tal vez enemigo, pienso en nuestra vida. En las oportunidades que nos ofrece y en lo mucho que hay que aprovecharlas.

Pienso en la Magia. En un futuro que nos acoja y no nos haga huir jamás.

RIMA

EN LA OSCURIDAD, SU CUERPO TITILÓ. Rememoró el día en que las estrellas se desprendieron del cielo nocturno, o eso creyó ella en su momento, y se posaron sobre su cuerpo hasta fundirse en su interior. La Magia le hizo cosquillas ante el recuerdo y luego la inundó de calor. Respiró hondo para controlarla y el fulgor disminuyó.

Miró a su espalda, al campamento improvisado que habían levantado entre todos. No sabían cuántos saldrían vivos del país. No sabían si las cochambrosas barcas que habían construido con sus inexpertas manos servirían para hacerlos llegar a Nueva Erain. Rima pidió en silencio a la nada que les concediese la suerte de que todos sobreviviesen al viaje. Más de la mitad eran seres mágicos y puede que, por eso, Ella los salvase. Pero otros solo eran familiares o amigos que habían decidido abandonar la seguridad de sus casas para seguirlos, aunque el destino fuese la muerte.

La hermana de Rima era uno de esos seres, por mucho que esta se hubiese opuesto, porque no cargaba con el defecto de la magia. Su hermana pequeña podría haber vivido tranquila, pero escogió un futuro incierto y plagado de dolor antes que abandonarla.

Rima devolvió la mirada al frente, como si así pudiera descubrir en el horizonte la orilla del país en el que la Magia era aceptada. El país en el que todos sus habitantes eran protegidos sin distinción. El país en el que encontrarían la paz que aquella misma Magia que defendían, les había arrebatado.

AGRADECIMIENTOS

Este camino continúa y siguen en él quienes decidieron emprenderlo conmigo desde el comienzo. A esas personas que ya os nombré, que permanecéis a mi lado siendo entusiasmo, apoyo y alegría sincera, gracias. Mi familia, mi pareja, mis amigas y amigos, compañeras… Gracias por acompañarme y disfrutar de esta aventura tanto como yo. Sin embargo, siempre se quedan en el tintero personas que, desde el principio, también deberían haber estado nombradas especialmente en este apartado.

A Pablo, porque eres otra de las figuras artísticas de esta familia que cuenta con varias. Porque eres inspiración y alguien a quien mirar para entender lo que es la pasión, la dedicación y el empeño por lo que te define.

A Inca y Paula, que fuisteis el motor de mi imaginación y ahora un apoyo imprescindible. Porque aquellas historias de las que Cullera fue testigo permanecen vivas en mi evolución y en mi corazón.

Para Alba y Víctor, porque no perdéis la oportunidad de disfrutar de esta historia atrapada en páginas. Por vuestras palabras de ánimo y emoción, que, sin duda alguna, son mi alegría cada vez que me las dedicáis.

A Sonia, Aintzane, Consue y África, compañeras de editorial y amigas. Gracias por mantener viva la literatura y también la mía. Nada sería lo mismo si no compartiéramos este sueño que tiene mil almas y mucho que decir.

Por supuesto, muchísimas gracias a Iria, Selene, Haizea, Clara, Julia, Elena, Silvia y Tatiana, porque no esperaba que entraseis tan a lo grande en mi vida, y me siento muy afortunada por ello. Vivir esta revolución de letras a vuestro lado, como escritora y amiga, es increíble.

A Sandra, Ivonne, Laura, Ainhoa, Ángel, Litos, Pedro, Ilargi y Pablo, porque algunos me visteis crecer ya con la imaginación como empuje y otros os unisteis con esa emoción incontenible que hace tan especial este viaje.

Para Marta, Nieves y Ari, por seguir dándole forma a esta historia en todos los sentidos. Por la ilusión, la confianza y todo el trabajo.

A ti, que lees estas líneas, con el corazón despierto por vivir cientos de aventuras y viajar a mundos que, aunque creas que no, no son tan diferentes del tuyo. Por seguir y crecer con el ímpetu que solo dan las palabras. Muchas gracias por continuar a mi lado.

Muchas gracias, porque todavía no ha acabado.